椙山女学園大学研究叢書26

虹と日本文藝

——資料と研究——

荻野恭茂 著

あるむ

アーチなす〈虹〉 愛知県東郷町にて　　撮影・竹内政雄氏

ブロッケン現象　眼下の白雲上の円形の〈虹〉の中に機影が投影　　撮影・荻野慈子

〈二重虹〉　カナダ　ブリティッシュコロンビアにて　　撮影・森喜正氏

絵画の中の〈二重虹〉　ミレー「春」

虹と日本文藝

——資料と研究——

目次

第Ⅰ章　虹と日本文藝　―比較研究資料私註―

序 ……… 一

虹と日本文藝（一）　―比較研究資料私註(1)―　中国 ……… 二

小序

〈凡例〉

1＝『詩經』　2＝『楚辭』　3＝『山海經』

虹と日本文藝（二）　―比較研究資料私註(2)―　中国 ……… 一三

4_1＝『史記』　4_2＝『戰國策』　5_1＝『漢書』（巻二十六）　5_2＝『漢書』（巻二十七）

5_3＝『漢書』（巻六十三）　5_4＝『漢書』（巻二十五下）　5_5＝『後漢書』　6＝『文選』

7＝『玉臺新詠』　8＝『北堂書鈔』

虹と日本文藝（三）　―比較研究資料私註(3)―　中国 ……… 二五

9＝『藝文類聚』　10＝『初學記』　11＝『大平御覽』　12_1＝『大平廣記』　12_2＝『霏雪錄』

13＝『幽憂子集』　14＝『李太白全集』　15＝『杜詩引得』

虹と日本文藝（四）　―比較研究資料私註(4)―　中国 ……… 四一

16_1＝『白居易集』　16_2＝『唐宋八孔六帖』　17＝（李白・杜甫・白居易以外の）〈主要唐詩〉

18＝『爾雅注疏』　19_1＝『一切經音義』　19_2＝チベット密教の瞑想修唱文中の〈虹〉

20＝中国俗信の〈虹〉（参考―南・北アメリカ、イランの回教徒）　21＝『佩文韻府』・『駢字類編』他・総集

虹と日本文藝（五）　―比較研究資料私註(5)―　東・北アジア、南・北アメリカ、朝鮮、台湾……六一

22_1＝西北蒙古語族・キルギス語族における俗信の〈虹〉　22_2＝アルタイ系諸民族における俗信の〈虹〉
22_3＝シャーマニズム・チュルク語圏の〈虹〉　23＝シベリアの俗信の〈虹〉　24＝北極圏の〈虹〉
25＝南・北アメリカインディアンの〈虹〉　26_1＝『三國史記』（朝鮮半島）　26_2＝『朝鮮童謡選』
26_3＝朝鮮半島の俗信の〈虹〉　27＝台湾原住民の〈虹〉

虹と日本文藝（六）　―比較研究資料私註(6)―　インド、西南アジア……七三

28_1＝『大日經疏要文記』（インド）　28_2＝『季節のめぐり（リトウ・サンハーラ）』（インド）　28_3＝インドネシア民話の〈虹〉
28_4＝インドネシアの昔話　（注―『雲南各族故事選』）　29_1＝『旧約聖書』　29_2＝『新約聖書』
30＝〈虹〉のヴェールと首飾り等　31＝『イリアス Ilias』

虹と日本文藝（七）　―比較研究資料私註(7)―　ヨーロッパ、アフリカ……八七

32＝『カレワラ』（フィンランド）　33＝ビフロスト（北欧）　34＝〈虹〉における性転換信仰
35＝西アフリカのヨルバ族の〈虹〉　36＝『にじのみずうみ』（イタリア）　37＝アイルランドの昔話

虹と日本文藝（八）　―比較研究資料・通考―……一〇三

一　一次的認識
二　二次的認識　(イ) 性状的認識よりの発展　(ロ) 形状的認識よりの発展　占　色
三　三次的認識

第Ⅱ章　虹と日本文藝　―資料・私註―

虹と日本文藝(九)　―北辺・南島文献をめぐって―……一一五

38$_1$＝『ユーカラ』(虎杖丸の曲)　38$_2$＝『ユーカラ』(雷神Kanna-kamui　自叙の神話)　39$_1$＝沖縄諸島の〈ニジ〉

39$_2$＝池間島の昔話　39$_3$＝琉歌　39$_4$＝ウムイ(『琉球国由来記』)　39$_5$＝ウムイ(『諸間切のろくもいのおもり』)

39$_6$＝クェーナ・オタカベ　39$_7$＝ユングトゥ　39$_8$＝わらべ歌・言葉遊び　39$_9$＝慶世村恒任『宮古史』

通　考

虹と日本文藝(十)　―日本辞類書等をめぐって(1)古典編―……一三一

上代　40＝『一切經音義』　41＝『新譯華嚴經音義私記』

中古　42＝『篆隷萬象名義』　43＝『新撰字鏡』　44＝『倭名類聚鈔』　45＝『色葉字類抄』

46＝『類聚名義抄』　47＝平安時代の〈虹〉のアクセント

中世　48＝『塵袋』　49＝『醫家千字文註』　50＝『倭玉篇』　51＝『下學集』

52＝『塵添壒囊鈔』　53＝『節用集』

近世　54＝『VOCABVLARIO DA LINGOA DE IAPAM』(日葡辞書)　55＝『合類節用集』　56＝『鸚鵡抄』

57＝『日本釋名』　58$_1$＝『鹽尻』(巻之三)　58$_2$＝『鹽尻』(巻之十六)　59＝『増補　雅言集覧』　60＝『東雅』

61＝『倭訓栞』　62＝『倭漢三才圖會』　63＝『増補　俚言集覧』　64＝『箋注倭名類聚抄』

65＝『吐虹』

虹と日本文藝(十)続　―日本辞類書等をめぐって(2)近・現代編―……一四七

近・現代　61$_2$＝『増補語林　倭訓栞』　66＝『博物新編』　67＝稿本日本辞書『言海』

68＝日本大辞典『言泉』　69＝『大日本國語辭典』　70$_1$＝『故事・俗信・ことわざ辞典』

70$_2$＝『日本方言大辞典』　通　考

虹と日本文藝(十一) —上代散文をめぐって(1)—……一五五

71_{1}=『古事記』(天浮橋)　71_{2}=『古事記』(天浮橋)　71_{3}=『古事記』(天浮橋)　71_{4}=『古事記』

72_{1}=『日本書紀』(天浮橋)　72_{2}=『日本書紀』(天浮橋)　72_{3}=『日本書紀』(天浮橋)

72_{4}=『日本書紀』　参考—『本朝蒙求』　72_{5}=『日本書紀』　参考—『続日本紀』(雲七色、五色瑞雲)

虹と日本文藝(十一)続 —上代散文をめぐって(2)—……一六九

76_{1}=『常陸國風土記』(「行方郡板來村」)　76_{2}=『常國陸風土記』(「那賀郡茨城里」)

77=『播磨國風土記』　78_{1}=逸文「丹後風土記」(「丹波郡比治里」他)

78_{2}=逸文「丹後風土記」(「與謝郡…速石里」)　79=逸文「『近江風土記』

虹と日本文藝(十二) —中古散文をめぐって(1)—……一七九

80=『日本靈異記』　81=『聖德太子傳暦』　82=『竹取物語』　83=『枕冊子』

84=『宇津保物語』(龍、天人・天女)

虹と日本文藝(十二)続 —中古散文をめぐって(2)—……一九七

85_{1}=『源氏物語』(「さか木」)　85_{2}=『源氏物語』(「うす雲」)　85_{3}=『源氏物語』(「はゝき木」)

85_{4}=『源氏物語』(「夢のうきはし」)　参考—「龍」　86_{1}=『菅家文草』(巻第一)

86_{2}=『菅家文草』(巻第二)　87=『和漢朗詠集』(霓裳)　88_{1}=『本朝無題詩』(虹霓・蝀螮)

88_{2}=『本朝麗藻』

虹と日本文藝(十三) —中世散文をめぐって—……二〇九

89=『栂尾明恵上人傳』　参考—〈五色虹〉(『吾妻鏡』)　90=『平治物語』　91=『平家物語』

92_1＝『太平記』（巻第十二）　92_2＝『太平記』（巻第二十六）　92_3＝『太平記』（巻第三十六）
93＝謡曲「羽衣」　94＝狂言「鬼瓦」

虹と日本文藝（十四）—近世散文をめぐって—……一二五

95＝『犬枕』　96＝『安倍清明物語』　97＝『養生訓』　98_1＝「好色一代男」
98_2＝『繪入　好色二代男　諸艶大鑑』　98_3＝『一宿道人　懐硯』　98_4＝『本朝若風俗　男色大鑑』
98_5＝『男色大鑑』　98_6＝『西鶴おりどめ』（巻四）　98_7＝『西鶴おりどめ』（巻五）　98_8＝『西鶴俗徒然』
99_1＝『聖德太子繪傳記』（第一）　99_2＝『聖德太子繪傳記』（第四）　99_3＝『山崎與次兵衛　壽の門松』
100＝『寓意草』　101＝『名歌德三舛玉垣』　102＝『一話一言』　103＝『兎園小説』
104＝『野乃舎随筆』　105^1＝『甲子夜話』（巻三十）　105^2＝『甲子夜話』（巻八十）

虹と日本文藝（十五）—古典和歌をめぐって・付「連歌・狂歌」—……一三七

古典和歌　A—(1)＝『國歌大觀—歌集編』　A—(2)＝『續國歌大觀—歌集編—』　B＝『新編　国歌大観』
C＝『校注　國歌大系』　D＝『私家集大成』　E＝『明題和歌集』　F＝『女人和歌大系』
G＝『回國雜記』　H＝『近世和歌集』—日本古典文學大系93—　I＝『近世和歌撰集集成』
J＝『新類題和歌集』（享保18）　K＝『本居宣長全集』第十五巻—歌集編—
L＝『類題和歌鴨川集』　M＝『類題和歌鰒玉集』　N＝『群書類従』
O＝大観・大系・大成・等未収歌集
連　歌　a—(1)＝久保田淳筆「虹の歌」（『文学』第2巻・第3号1991夏、岩波書店）引用資料再録
(a)—(2)＝『續群書類従』
狂　歌　α＝『狂歌大観』　β＝『未刊近世上方狂歌集成』

虹と日本文藝（十六）　―近代短歌撰集『新萬葉集』をめぐって―……二六一
近代短歌　『新萬葉集』全十一巻（別巻　本巻①〜⑨　補巻）

虹と日本文藝（十七）　―現代短歌撰集『昭和萬葉集』をめぐって―……二七三
現代短歌　『昭和萬葉集』全二十巻

虹と日本文藝（十八）　―古典俳諧をめぐって―……二九三
古典俳諧　A＝『古典俳文学大系』　B＝『普及版俳書大系』　C＝(1)『巳のとし夏句集』

虹と日本文藝（十九）　―近代俳句撰集『俳句三代集』をめぐって―……三一三
近代俳句　『俳句三代集』全十巻（本巻①〜⑨　別巻）

虹と日本文藝（二十）　―近代詩をめぐって―……三三三
近代詩　106＝『落梅集』　107＝『紫』　108＝『あこがれ』　109＝『孔雀船』（「淡路にて」）
110＝『孔雀船』（「五月野」）　111＝『暮笛集』　112＝『二十五弦』　113＝『藝のゆるされ』
114＝『虹』（千家元麿）　115＝『アルス版全集第二巻』　116＝『白秋詩集Ｉ』
117＝『水墨集』　118＝『日本の笛』　119＝『北原白秋地方民謡集』　120＝『青猫』
121＝『散歩詩集』　122＝『秋の瞳』　123＝『重い虹』　124＝『夕の虹』

虹と日本文藝(二十一)　—近現代小説をめぐって—……三二九

近現代小説

125=『文づかひ』　126_{1}=『薤露行』　127_{2}=『草枕』　128=『歯車』

129=『ホテルQ』　130_{1}=『水晶幻想』　130_{2}=『南方の火』　130_{3}=『それを見た人達』

130_{4}=『化粧と口笛』　130_{5}=「虹」　130_{6}=「イタリアの歌」　130_{7}=「虹いくたび」

130_{8}=『再婚者』　130_{9}=「眠れる美女」　130_{10}=「たんぽぽ」　$130_{補}$=「夜の虹」

130_{11}=『古都』　131=『生活の虹』　132=『虹晴』　133=『虹の下の街・チエコとチヤコ株式會社』

134=『虹の工場』　135=『虹』(丸山義一)　136=『虹の冠』　137=『斜陽』

138=『虹と修羅』　139=『虹の橋』(高見順)　140=『虹の橋』(大佛次郎)

141=『虹』(原田康子)　142=『黒い雨』　143=『芽むしり仔撃ち』

第Ⅲ章　虹と日本文藝　**—近代歌人の〈虹〉歌とその表現—**

A　明星派　小序　**与謝野晶子**　小考……三六七

B　アララギ派　小序　**斎藤茂吉**　小考……三七九

第Ⅳ章　虹と日本文藝　**—児童文藝をめぐって—**

虹と日本児童文藝(上)……三九五

小序

昔話　(1)=「北海道アイヌ民族」(『日本昔話通観』第1巻)

(2)=「羽前小国」(『全国昔話資料集成』1)

(3)=「福島」(『日本昔話通観』第7巻)

(4)=「沖縄」(『日本昔話通観』第26巻)

A　絵本
(1)＝『二重虹』　(2)＝『にじのくに』　(3)＝『めぐちゃんの赤いかさ』
(4)＝『のんたんほわほわほわわ』　(5)＝『きんの　いとと　にじ』
(6)＝『にじのすべりだい』　(7)＝『にじで　なわとび』　(8)＝『にじの子レインぼうや』
(9)＝『チロヌップのにじ』　(10)＝『にじのカーネーション』　(11)＝『もんべの子作品集』
(12)＝『にじはとおい』　(13)＝『にじのはしがかかるとき』
(14)＝『コスモスさんからおでんわです』　(15)＝『うみのにじ』　(16)＝『虹を駈ける羆』
(17)＝『ムクは虹色の空』　(18)＝『にじのきつね』　(19)＝『きつねのよめいり』
(20)＝『ダールンの虹』

虹と日本児童文藝（下）……四一一

B　絵入本
(1)＝『めくらぶどうと虹』　(2)＝『ノンちゃん雲に乗る』　(3)＝『虹のかかる村』
(4)＝『白い虹』　(5)＝『虹―村の風景』

C　活字本
(1)＝『サバクの虹』　(2)＝『虹のたつ峰をこえて』　(3)＝『石狩に立つ虹』
(4)＝『冬の虹』　(5)＝『とら先生と海のにじ』　(6)＝『マリアさん、虹がみえますか』
(7)＝『五竜にたつにじ』　(8)＝『虹』　(9)＝『太平洋にかける虹』
(10)＝『虹いろの馬車』　(11)＝『街は虹いろ子ども色』

通考

結章……四一七

あとがき

世界〈ニジ〉語彙表

第I章

虹と日本文藝

――比較研究資料私註――

序

本稿における研究対象は、「虹と日本文藝」、すなわち「虹(ニジ)と日本文藝が、どのようにかかわり合っているか—ということ」であり、その事実の調査・考究の作業過程を経ることによって、最後にその文化的意義について論及せんとすること—を目的としている。

ここに対象の「文藝」とは、一般にいう「文学」＝Literatureのことであるが、文学という学問（いわば文学学）のことではないのでそれを避けた。

調査・考究のための根本的な方法としては、客観的な資料を駆使し検討する、いわゆる帰納的な方法を主として採用したい。

次に、〈虹＝ニジ〉(注1)に関する資料の性質としては、大きくは次の二つ、すなわち、

(A)　口承的（民俗学的）

(B)　文献的

なものに分たれると思うが、(A)の方は、現在、散発的でありながら「資料」のみならず「研究」の方面をも含めて、かなり開拓も進んでいるようで、稿者のような井の中の蛙的存在の管見(注2)にもすでに少しづつは入ってきている。ただし(A)と(B)とは、その性格上、内容的には異質なものが、時間的・空間的に、並行したりズレたりして存在していることも当然有り得よう。しかし、これらのことを念頭におきつつ、時には有難くそれらの学問的恩恵（(A)が記述された文献の参照）に浴させていただきながらも、稿者としては、自身の勤務的環境（国文学研究室）の関係上、比較的容易で且つ手ごたえもまずまずであろうと思われる(B)の方で行きたい。

この際、テーマがテーマだけに遺漏多きは当初より覚悟しつつ、しかもそれに虞れ怯むことなく、狩人にも似て遙かなる〈虹〉資料探索・渉猟の旅に出立しなくてはなるまい。とは言え、非力の身にあまるドン・キホーテ的テーマゆえ、茲に、学際的視野による大方の御教示・御叱正を衷心より期待するものである。

（注1）　雌雄のある場合は、その総称的表記。

（注2）　宮良当壮著「虹考」・『南島叢考』を始め、『柳田国男全集』所収の〈虹〉に関する諸論文。また、その柳田国男の熱い推輓を受けて世に出た安間清著『虹の話—比較民俗学的研究—』（昭53、オリジン書房）、Funk and Wagnall "Standard Dictionary of Mythology and Legend" 等。

虹と日本文藝（一）

——比較研究資料私註(1)——

小序

まず手始めとして、海外の「古代」における主要〈虹〉文献を狩猟して行きたい。海外と言っても、主としては、東洋では、中国・朝鮮であり、西洋は大方ヨーロッパ・中東である。前者は広く文化史的に見て、わが国の古典時代の文藝に強力な影響を及ぼしており、後者は、文明開化以後、すなわち近・現代の文藝とのかかわりが深かろう。その意味で、逆に影響のルーツ・源泉的なものを資料的に押さえておくことはこの際少なからず意味があろう。比較研究資料篇とでも名づけられようか。

（なお、本稿を成すにあたり、資料の閲覧等の便宜を、本学の久徳高文氏・二宮俊博氏・桜井好朗氏・犬飼守薫氏・塩村耕氏・その他関係の方々より賜わった。予め記して感謝の意を表したい。）

〈凡例〉

一、ここに「古代」とは、確たる文学史的定義によるものではなく、文献の内容が、凡そ西暦一〇〇〇年頃以前の時代を指す。そこには、日本文藝を含む日本文化への影響の、あるいは系譜の源泉的なものが、特に色濃く存在しているのである。

一、資料文献の初めに冠した数字（1 2 3……）は、後のちの考究「研究篇」中の論述の便宜のために筆者が付した整理番号である。

一、**私註**の、**〔一〕**＝**『書名』**等　**〔二〕**＝「摘出部分」　**〔三〕**＝「ジャンル」　**〔四〕**＝「内容の時代」　**〔五〕**＝「作者・編者」等　**〔六〕**＝「直接の典拠」　**〔七〕**＝「〔六〕の収録頁（P）」等　**〔八〕**＝「備考」　**〔考〕**＝「小考（内容に関する場合もあるが、主に資料的意義について）」である。

一、私注その他資料以外の公的な人名の敬称は総て略させていただいた。その理由は、テーマの性格上、文学者・歴史上の人物など多数あり、彼等にはかえって施さない方が自然であり、またその取捨のための区別・境界の適切な決定は至難の技と思われたからである。又は例えば「安間清氏」と記せば、その名は「清（きよし）」氏なのか「清氏（きようじ）」氏なのか、敬称が施されたり施されない場合が混在すると、咄嗟の場合、読者によってはかく迷われるケースも無きにしもあらずと考えたからである。因って御無礼の折は宜しく御海容を願いたい。

一、摘出資料文献の本文中の漢字の字体（正略・旧新）は、直接の典拠文献（私註〔六〕）に極力忠実に従うべき努めた。ただし、非常に特殊な字体や通行として意味上の混乱を来さないと思われるもの（例　巻→巻　朝→朝　遠→遠）は、通行の字体に、また漢字のルビについては、その底本・原典に存在しない場合は省いた場合がある。私註中は概ね通行体とする。

一、〈ニジ〉の語、または熟語・成句的に用いられているものはゴシック体とした。また参考のために〈ニジ〉の和語または、陰喩ではないかとの説のある語（句）、並びに、仮説的語句、すなわち、その可能性もなきにしもあらず、と筆者が考えた語（句）もゴシック体とした。

一、古典、特に写本時代の「校異」は基礎的なものとして殊に大切なものであるが、煩雑さを避けるため、それはその最小限度を付与した。すなわち、直接、〈ニジ〉(あるいは〈ニジ〉と同意的意味を持つ語(句))に関係する部分と、〈ニジ〉(前同)の意味を考察する上に影響する部分に限定した。「校異」による意味の相違が考察の基礎に影響する場合は、その旨を私注〔八〕の中で述べた。

一、「摘出部分」は、散文の場合かなり長大になる場合もあるが、一まとまりとして最少限度の部分を摘出した。これは一見、それ自体無意味のように見えても、実は、〈ニジ〉(前同)の前後のある部分が、連続的に或いは間歇的に、〈ニジ〉(前同)の意味を、ひそかに語りかけてくれている場合もあるからである。「研究篇」と異なる「資料篇」の性格がそうさせるのである。

一、資料本文右の傍線と番号（例・①——）は、筆者が私注〔考〕中または後々の「研究篇」での論考の便宜のために施したものである。

☆————☆

1

蝃　蝀

蝃蝀在東　莫之敢指
女子有行　遠父母兄弟
朝**隮**于西　崇朝其雨
女子有行　遠兄弟父母
乃如之人也　懐昏姻也
大無信也　不知命也

私註〔一〕『**詩經**』〔二〕「鄘風」・〈蝃蝀〉〔三〕詩（歌謡）集〔四〕春秋時代（600B. C.ごろ）以前、但しテキスト本文は、清の阮元の校勘するところの十三経注疏本に拠り、併せて他の諸書を参考としたもの。〔五〕孔子・選（伝）〔六〕漢詩大系第一巻『詩經』上（高田真治著・昭41・2・28・集英社）〔七〕P212～P213〔八〕テキストの最古のものは、秦の始皇帝の焚書の厄に罹った後修復された『毛詩』（前漢時代）である。

〔**考**〕脚注に〈・蝃蝀　虹のこと。「蝃蝀は虹なり」（毛伝）、蝃蝀は虹なり。曰、雨と交はり倏然（たちまち）質を成し、血気有るの類に似たり。乃ち陰陽の気、当に交はるべからずして交はる者。蓋し天地の淫気なり」（集伝）。・隮　虹のこと。釈文に周礼宗伯視祲の鄭注「隮は虹なり」とあるを引く。隮は躋に通ずるので、毛伝は「隮は升るなり」となし、集伝は「隮は升るなり。周礼（春官視祲）の十煇の九に隮と曰ふ。注（鄭注）以て虹と為す。蓋し忽然として見はれ、下よりして升るが如きなり」と。〉とある。「朝隮于西」は故に、「朝西ニ隮スレバ」とも、「朝ニ西ヨリ隮レバ」とも訓める。いずれにしても「隮」が「ニジ」であることについては『聞一多全集』('48開明書店）P88「釋隮」に借字論を踏まえ詳述されている。「隮」の字は、同経中「曹風」の「候人」の中にも一字出てくる。その第三・四聯は、

三　維鵜在梁　梁にゐながら魚とらぬ

不濡其咮　鵜はくちばしも濡らさずに
彼其之子　ぬしは
不遂其媾　逢うても下さらぬ　（※「媾」は情交）
四　薈兮蔚兮　思ひがませばあの山に
南山**朝隮**　朝から虹が立ち升る
婉兮變兮　可愛いや
季女斯飢　乙女のやるせなさ
（※目加田誠訳）

であり、朝、南山にむくむくと雲気が立ち升り、虹を成すのは、一夜明けて、まだ覚めやらぬ若い娘の性的欲求の不満の発露、邪淫への強い願望の反映とみているのである。（「神に仕えて独身を守る巫女の境遇を連想せしめて女子を誘った求愛の歌と解すべきではなかろうか。」—とする貝塚茂樹説（同著作集五—P242）もあるが、「隮」の内容については同意である。）

なお、北方系の『詩経』では、「ニジ」にあたる字は「蝃蝀」と、気が升り結果的にニジがたつことからくる「隮」の二字のみである。一字だけ、次のごとく、「虹」の字が存在するが、境武男著『詩経全釈』（昭49、汲古書院）によると、これは「ニジ」の意ではない。すなわち、

彼童而角　彼の童にして角あらば
実虹小子　実に小子を虹（訌）はすべし

「虹」は「訌」の音通として使用されているのである。

「蝃蝀」の文字について、森三樹三郎は、その著『中国古代神話』（昭44、清水弘文堂）中「虹蜺の神話」の中で、「虹蜺とか虹霓といふのは比較的後世のものであるらしく、詩経では虹のことを蝃蝀と言ってゐる（鄘風）。では虹といふ字は何時頃から用ひられたかといふと、後漢の高誘は『兗州、之を虹と謂ふ』といひ、虹といふ言葉は、もともと兗州即ち今の河北・山東方面の方言であったと見てゐる（呂氏春秋季春紀注）。さうすると虹は元来方言であったのであるが、いつしか蝃蝀を圧倒して一般に用ひられるに至ったと見なければならない。いづれの字に従ふにしても、虫の偏がつくといふことは注目に値する事実である」と述べ、虫偏に対する考えとして、『説文』の「虹は蝃蝀なり、状は虫に似たり」を引き、「説文のいふ虫とは、蛇の種類をさすらしく思はれるから、或は虹の形が蛇に似てゐるといふ所から作られた文字であるかも知れない」と結ぶ。白川静著『説文新義』巻五（昭49、五典書院）によると、「『虹』と併記される『蜺』の方は古く骨版の裏面にしるされている刻文の卜文中『昃に亦出蜺出りて北よりし、河に飲めり』とあり、『蜺』は両頭の獣形（＝↑印）

に作られている。」（図版一・卜文・雲蜺—解説）とある。その前に「面母なり」とあるが、「面母は女性の神の名でこの蜺は雌霓である。」（『字統』）すなわち、神話的伝承を伴う卜文の中に見られる、最古（殷代＝1300 B. C.ごろ）の部類に属する

「ニジ」の文字に見られる認識は、文意と同じく「動物」的なものである。また「王の『㞢帝』[注1]という繇辭に対する験辭であるから、出蜺は禍尤をなすものと考えられていたのであろう。」(『説文新義』巻十一)やや時代降って『漢書』に「似龍降」とある(『初学記』)のもその見方を受継いでいよう。さらに、虹蜺を動物、特に龍蛇とする俗信が中国に古くから存したことについて、熊海羊筆「三千年来的虹蜺故事」[注2]によれば、「周朝銅器花紋中の蜺」として、やはり「両端作龍首。身作弓形。」の「蜺紋」が示され、次には「漢画中的蜺」として「山東嘉祥武梁祠的漢代石刻有虹霓的図象。在後石室的第三第四両石上。両龍首接地。」などの記事がある。古代朝鮮半島の『三国史記』の「白虹飲于宮井」や古代日本の『常陸国風土記』の「努賀毗古・努賀毗咩」説話もこの系譜か。「蝃蝀」=→「虹・蜺」≒「蛇」→「天をつらぬく(大)蛇」(藤堂明保説)[注3]≒「龍」—の図式は、東洋系の資料中の記述を解しようとする時すこぶる有効である。

また、ヨーロッパで、ギリシャ神話を始原とし、「イリス」→「アイリス」となり、「虹の異名」になったごとく、日本の「をふさ」が、「ニジ」の異名であり、「なふさ=蛇」の転あるいは「な」を「を」と誤写か—の柳田国男説(『西は何方』・「青大将の起源」)も一考を要すべく浮上してくる。また「虹に関する信仰」については、グラネー著内田智雄訳『支那古代の祭礼と歌謡』(昭13、弘文堂)の付録(二)・「歌謡一六(蝃蝀)に関する注記」[注4]が周知され、「詩の構造」に関しては、藤堂明保監修・加納喜光訳『詩経』上—中国の古典18—(昭57、学習研究社)が明解。本詩は中国上古の「ニジ」に対する民俗・思想の一面—ニジとエロティシズム・陰陽の乱れと(男女間の)性的紊乱を示す妖祥—(それを指差し、あるいは、見ようとすること自体、忌避すべき邪婬願望の表われである。)を権威的・象徴的に指し示す文化的資料である。(cf.日本の各地に見られる「虹指差禁忌」俗信—虹を指差すと指(手)が腐る(切れる)等—安間清『虹の話』P24・25)

さて、ここからは稿者の見解である。上記ほぼ通説となっているものは、グラネーの説(《注4》に抄出)=田園における祭礼⇅陰陽の結合⇅〈虹〉⇅男女の結合→祭礼の堕落(醜穢)→祭礼の淫猥→〈虹〉の淫猥=を踏まえた「陰陽」信仰にほぼ根拠を持っているようである。また、『詩経』(毛伝)を編んだ編者の意識も—儒教的に天の示す禁忌の表出と解したにせよ—たぶんその通りであったのであろう。しかし、この一篇自体を、編者の意識から切り離して、すなわち、詩篇成立時の意識環境にさし戻してみるならば、—これが、『詩経』すなわち、儒教の聖典として享受するという意味においては邪道であるかも知れないが—稿者の当面のテーマの追究=先史時代を含めた中国古代における〈虹〉の認識の追究、としてみるならば—そこにまた、新しい世界が展開していることも有り得るであろう。すなわちこの「蝃蝀(北方)」は、—虹蜺(南方)にしろ—少なくとも近・現代的意識を完全に抹殺した上で見つめたとき、他ならぬ「天の大蛇」の類として存在(在東)するのである。〈陰陽のみだれに乗じて出現する—というとらえ方は、後代(陰陽道の成立以後)に付加されたものではあるまいか。古代、さらに遡って先史時代のヒトビト(人々)が、地上で見る蛇類は、現実の生活の中で何度と言わず明らかに見ているように、濃厚なセックスをすることを、その属性として持つ動物なのである。それをヒトビトは、本能的に、一面強く羨望し、一面強く畏敬あるいは畏怖したことであろう。超能力者と考えて…。そして、地上から天上の大蛇＝ニジ＝蝃蝀・虹蜺を想った時、この神威をさえ感じさせる程の「濃厚なセックス力―雌雄淫着の気の強さ」に加えて水を好んで飲み、（多く雷電を伴いつつ）「雨を呼ぶ」能力がその属性として更に付加されたのであろう。（cf.「雩」＝「雨乞い」＝ニジ）かく自然現象を動物的に解するのは、原始的観性たる〈アニミズム〉の上に〈見立て〉が、ぴったりと付加・融合されたものであろう。その融合の見事さゆえ、強力なイメージ構築がなされ、それが生ま生ましい現実感をもって迫っていたことであろう。これは、儒教・仏教・キリスト教・陰陽道・各国体系的神話類、等々の成立以前、すなわちほとんど何万年、もしくは何百万年前―ヒトがヒトとして地球上に生活するようになった頃―よりのもので、その地球上のヒトビトが、ほぼ等しく抱いていた〈ニジ〉に対する認識＝原始的認識、であったのではなかろうか。これは、中国・朝鮮等を中心とするアジア大陸、東南アジア諸島、南・北アメリカ大陸、アフリカ大陸、オーストラリア大陸、ヨーロッパ大陸の一部（フランス北西部のブリタニイ地方）、（指虹禁忌と絡めれば、古代ペルシア、ニューギニア、アッサム方面から遠くポリネシアの一部）すなわち、ほぼグローバルな、原住民に、〈ニジ〉を〈Snake〉類、（The rainbow serpent）と認識されている事実(注5)があるからである。そして、時代が降るに従って、新しい文化（主に宗教）と混交し、いわゆるミックス状態となったり、時にはそれ（原始的認識）を変革・排除して新しい認識に変貌したりしていることもあろう。後者は、強力なギリシャ神話やキリスト教、等の影響を受けたヨーロッパ大陸の場合にあてはまろう。中国の「龍」も、まず「地上の蛇」を見る→それに類似した〈ニジ〉を見る→「天の大蛇類＝蝃蝀・虹蜺」と思う→「龍」、の順が仮想できる。勿論、ある部分からは並列してもいよう。（cf.資料[12$_1$]）

この、「ニジ」を「蛇」類と認識してきたことは、先の私註中で述べたごとく、甲骨文の内容・文字もそうであり、以後の文献にも、〈ニジ〉を語源的には「ヘビ」の象形である「虫」編で表記（蝃蝀・虹蜺、等）していることや、『山海経』の絵図（資料[3]）、『大平広記』（資料[12$_1$]）等に見られる有名説話群、銅器類紋様、アニミズム意識の強い詩人の作品群（資料[2][3][5][6][14][16]）、公の記録（『後漢書』）等に残留しているものより推察しうる。雷沢の龍神の寄胎によったという伏羲、及びその妹の女媧をモデルとした伏羲女媧図（資料[7]＝漢武梁祠壁画の一部）―これが王墓であることを考えると、雨水の調節者としての呪能・水(注6)徳を表わすものであるらしいが、下半身が蛇身で交尾の状態を示している―は、直接〈ニジ〉ではないが、その同類の〈蛇〉の持つ属性が、見事に表現されている。〈ニジ＝蝃蝀・虹蜺〉も、同様の属性を持つ動物として認識されていたとして決して不自然ではなかろう。いずれ論及しなくてはならない、『萬葉集』東歌の〈努自〉や、堀口大学の詩歌や、『昭和萬葉集』中の作品に見られる、〈ニジ〉と〈エロチシズム〉の揺曳―と無関係ではないと思われるのである。先にも触れたごとくの柳田国男の論とも絡めて…

すなわち、これは眠っていた休火山の、ふとしたことによる突如の目覚め、噴火のごとく間歇的に広く文化史上に現われる性質のものである。先史・古代の生活感情の意識からくる認識が、脈々と深層心理として後代の人々の中に遺伝し続けている場合もあるのである。他の文化の影響よりその濃淡はあれども。これが完全に失せた時が、〈ニジにおける古代よりの脱却〉であろう。これは、当然、折口信夫的古代観に沿うものであるが、当面のテーマたる〈ニジ〉を通して文藝、広く文化を見るときの基本的な目でなくではならぬ。とすると、この篇の「蝃蝀」は、儒家の手になる『詩経』として読むときは、それは〈陰陽のみだれ〉に乗じて出現する気、そしてそれは天の示す禁忌の表出―でよかろう。しかし、編者の意図から自由に読む場合は、〈陰陽信仰〉を幽かな程に薄めて読むこと、すなわち（甲骨文・文字にさえ既に潜入していた）先行の原始認識たる〈蛇性〉（動物的存在認識）をクローズアップして読む―ことも出来るし、一歩譲って、〈陰陽〉信仰に、〈蛇〉類の属性―蛇淫―認識の織り込まれた深層心理、が同程度に混交・ミックスされた存在として読む―ことも出来る。原始生活の深く食い込んだ深層心理の方は、時として、作者、あるいは編者さえも、無意識のうちにわが裡（脳）に遺伝的に潜入混入されているものである。

　この見解は、安間清の「虹は竜蛇である」の結語に「おそらくは、これは人類最古の時代に始まったかと思われる最も原初の自然崇拝の一つではなかろうか。」とあることと、ほぼ同調しつつ、吉野裕子著『蛇―日本の蛇信仰』中の記述にヒントを得ているものである。さらに、稿者幼少時の奥三河山峡の村での生活体験も加担している。

　偶発一致論は一まず置いて、影響論を考える場合には、『詩経』は、中国最古の詩集であり、内容は「主に北方のものである」（秀村欣二著『世界史』昭27、学生社）ことを容れれば、江上波夫著『騎馬民族国家―日本古代史へのアプローチ』中の主張と絡めてみるのも一考であろう。

（注1）「虹は陰陽のみだれに乗じてあらわれるもので、これも何かの異祥とされた。」（白川静著『甲骨文の世界』昭47・平凡社）

（注2）民族学研究集刊　第二期　P255～260（中山文化教育館編輯　民国二九年三月　商務印書館印行）

（注3）『漢和大字典』（昭53、学習研究社）

（注4）抄出＝『恋愛歌の象喩の材料は、季節祭の間に採取せられたものである。田園的な主題はかゝる祭礼が行はれた場所の一定の風景から採られたものである。然るに祭礼は冬季の始や終に営まれた。乾燥季である冬の間は虹は現れない。―礼記月令曰季春之月（3月）虹始見孟冬之月（11月）虹蔵不見―然し冬が過ぎて、青年男女が田野に集る頃になると、彼等は空に虹の現れるのを見るのであった。かく彼等が結合する厳粛な時期に彼等を感銘させた所の此の現象は、彼等の結合の一標徴となるに到った。即ち虹に男女結合の思想が結びつけられたのである。……春秋の男女の祭礼の間に自然が執行した所の婚礼は、陰と陽との婚姻である。これら各自の支配する季節と季節との中間的な期間、即ち春と秋とには、陰陽は男女の団体が競争に於て相対峙し、約婚によって結合するように「攻」め且つ「会」したのである。この陰陽の結合は虹の中でも行はれた。虹によって天と地とは接合せられた。虹は陽の燦然たる発散と、陰の暗黒なる放出とによって形成せられた。かゝる自然の祭礼、即ち陰陽の厳粛なる結合には、尊敬が払はれねばならなかった。……嘗ては神聖であった田園的な祭礼が醜穢なものとなった如く、虹も又聖なるものではなくなって、淫猥なものとなったのである。虹を表徴としてゐた所の性的な祭礼が禁止せられるとともに、虹も又禁止せられた結合―不倫・不吉―の表徴と考へられるやうになった。」↓こ

の詩は、「雨と虹の主題。両親を打ち棄てること（異族結婚の原理）の主題。恐らく—そして第二義的に応用として—婚姻の歌、即ち花嫁に対する儀礼的な戒であろう。」』なお、「蝃蝀在東」の時を「朝」と見て、その気象の異常性※に、女性の不倫性・淫奔性を結びつけつつ、鄭箋・毛伝（古注）の正当性を是認しようとする儒家（朱熹—程子）の解釈（新注）を、「尤もらしいものである」と論じているが、具体的な解釈は見られない。しかしこれは、加納善光の訳「夕方に東にかかった虹は」「『詩経上』—前出）と、その時を「夕方」とし、「朝隮于西」を「一夜明けて西の朝空にかかる虹と」とすれば、自然現象と連動して、すんなりと理解されるのである。前出、漢詩大系本（集英社）の高田信治注も同解を示す。そして加納訳は、「性的祝祭が終わって、まだ恋愛の遊びを夢想する女に対して、女の掟を説く。」」、脚注に「古代中国で、虹は陰陽の気の交接と考えられ、エロスのシンボルとなっている。」とグラネー論文の内容を吸収している面も見られる。しかし両者には、かく陰陽説と庶民の生活から見た見解は見られるが、〈蝃蝀〉が〈蛇〉の類で、その属性からくる〈淫気〉との関連については触れられていない。（7私注、中（注1）図参照。）

※月令章句に「蜺常依陰雲而畫見於日衝無雲不見大陰亦不見率以日西見於東方」とある。つまり、〈ニジ〉は、ほどよい白さの雲を背景に太陽の反対側に現れる。しからば朝は「西」たつべきであるのに……。

（注5）Funk and Wagnall "Standard Dictionary of Mythology and Legend"(ⓒ'72 '50 '49–New York)、安間清著『虹の話—比較民俗学的研究—』（昭和53、おりじん書房）中の引用論文による。

（注6）松前健著『古代伝承と宮廷祭祀』（昭49、塙書房）参考。

2

私註〔一〕『**楚辞**』〔二〕(1)・(2)＝「離騷經」(3)＝「九歌」(4)

（「・・」「▲」「・」は稿者による）

（頁）（面）

飄風屯其相離兮帥**雲霓**而來御 回風爲飄飄無常之風以興邪惡 雲霓惡氣以喩佞人 (1)巻一—22—b

揚**雲霓**之晻藹兮鳴玉鸞之啾啾 (2)巻一—34—a

青雲衣兮**白霓**裳 (3)巻二—17—b

白霓嬰茀胡爲此堂 (4)巻三—13—a

上高巖之峭岸兮處**雌蜺**之標顚 (5)巻四—34—b

據青冥而攄**虹**兮遂儵忽捫天 (6)巻四—34—b

駕八龍之婉婉兮載雲旗逶蛇 婉釋文作蜿音苑 旄旗竟天皆霓霄也 (7)巻五—6—b

建**雄虹**之采旄兮五色雜而炫燿 (8)巻五—7—a

雌蜺便娟目増撓兮鸞鳥軒**翥**而翔飛 (9)巻五—10—a

驂**白蜺**之習習兮歷羣靈之豐豐 (10)巻八—14—b

借浮雲以送予兮載**雌蜺**而爲旌賀青龍以馳騖兮 (11)巻十三—14—b

虹蜺紛其朝霞兮夕淫淫而淋雨 (12)巻十四—6—b

騎**蜺**南上兮南上乘雲兮回回 (13)巻十五—8—a

駕八龍兮連蜷建**虹**旌兮旌威夷 (14)巻十五—10—a

乘**虹**驂**蜺**兮載雲變化 (15)巻十五—11—b

魚鱗衣而**白蜺**裳 登逢龍而下隕兮 逢龍山名 (16)巻十六—4—a

佩蒼龍之蚴虬兮帶隱**虹**之逶蚍 (17)巻十六—12—b

擧蜺旌之墆翳兮建黄纁之總旄 (18)巻十六—12—b

回朕車俾西引兮褰**虹**旗於玉門 馳六龍於三危兮 (19)巻十六—28—a

徵九神於回極兮建**虹**采以招指 (20)巻十六—28—b

雲霓紛兮晻翳 (21)巻十七—9—a

亂曰 天庭明兮**雲霓**蔵 三光朗兮鏡萬方 斥蜥蜴兮進龜龍 策謀從兮翼機衡 蜥蜴喩小人龜龍喩君子 (22)巻十七—15—a

＝天問　(5)・(6)＝「九章」　(7)～(10)「遠遊」　(11)＝七諫　(12)＝「哀時命」　(13)～(15)＝「九懐　(16)～(20)＝「九歎」　(21)・(22)＝「九思」〔三〕楚辞〔四〕戦国時代（300B. C.ごろ）〔五〕(1)～(10)＝屈原（の作と言う）　(11)＝東方朔　(12)＝嚴忌　(13)～(15)＝王褒　(16)～(20)＝劉向　(21)・(22)＝王逸〔六〕宋・洪興祖補注、竹治貞夫索引『楚辭索引・補注』（1979, 中文出版社）〔七〕作品の下に示す。

〔考〕資料中、多出の「兮」は、音は「ケイ」で、音調を助ける助字であり、楚地方で主として使われたものである。すなわち『詩経』が、主に上古中国∧北方∨の文化を担っているのに対し、少し（三〇〇年ほど）時代は下るが、この『楚辞』は、主に上古中国∧南方∨の湖南・湖北の文化を担っているものと言われる。「ニジ」の表記は、(A)「虹」、(B)「蜺」（霓）であり、『詩経』中にある「蝃蝀」・(「隮」)はない。具象的には、甲骨文字の延長線上に、動物（獣）的な存在として認識されていることは確かなようだが、敢えて「雄虹」、「雌蜺（霓）」と形容語的に性別の語を冠している所を見ると、(A)＝オス、(B)＝メス、を必ずしも、それを明白な前提としていたとは限らないようでもある。しかし冠せられている場合、続語に逆は見られない。とすると、やはり前提は前提で、詩の修辞上におけるもの、すなわち強調上あるいは音調上、の表現なのかも知れない。一般的には、鳥に雌雄といい、獣に牝牡というが、ニジの場合は「対異散同」の用法であろうか。或いは飛翔するゆえ鳥に類推したか。

　次に、「ニジ」に形容語がついて、熟語的に使用される場合が多い。「雄虹」「雌蜺(霓)」「雲霓」等のごとく。「毛詩名物解　赤白色謂之虹青白色謂之霓」・「音義云虹雙出色鮮盛者爲雄雄曰虹闇者爲雌雌曰蜺」のごとく、ニジとしては青みがかった白色(俗名美人虹)の場合か、双出の場合は、いわゆる二重虹の副虹(同心円の外側)の方の、「ニジ」を「メス」とみたから、「白蜺(霓)」[注1]「雲霓」となるのであろう。そしてそれは、注によれば気の衺れからくる「悪気」と解している。この受容態度は、すでに甲骨文字中に見出され、その延長線上にあるわけである（cf. [1]私註、中）　ちなみに、江東方言では「雩」[注2]と呼ばれているようであるが、これは、「雨」の「兒」の「霓」と同じく雨冠があり、ヨーロッパ語の「Rain-bow」・「Regen-bogen」と共通して、「雨」にかかわりがある。いずれにせよ、「雨を呼ぶ蛇類の∧蝃蝀・虹蜺∨」とかかわり合いつつ、その後に動物性がやや薄められてくる過程で発想されたものであろう。

　また、「•̣•」で示したごとく、「龍」のイメージの連想として発想されている場合が多い。やはり「龍」と同族の動物を思い描いていたのであろう。西洋の場合とは違うところである。[注3]続いて「▲」で示したごとく、後代の先蹤とも言うべき「衣裳」との結びつきが現れている。「衣裳」の中に∧ニジ∨がもぐり込んできているのである。さらに「・」で示したごとく確かに、多く「旗」(＝「旌」≒「釆旄」)とのかかわりで、詩的トーテム的発想がなされていることにも注目しておきたい。この点については、―「霓」のみについてであるが―先に、姜亮夫著『楚辭通故』に「惟屈賦用霓、大體分二義、一爲雲霓、一爲旌旗」とある。加うるに、前調査資料のごとく、(8)・(14)・(19)には∧虹∨もある。(虹旗は虹を描いた天子の旗)そして、(8)に見られるごとく、色は「5色」のようである。時が戦国時代であることを考えると、「戰國時代騶衍所唱之學說。以五行之德配於各朝代、五德終始說。至漢乃盛行陽陰五行説、…」(『中文大辭典』)により、常識的には「青・赤・黄・白・黒」であろう。少し時代は下るが、『後漢書』にも、「…身五色、有頭、體長十餘丈、形貌似龍。上問蔡邕、對曰『所謂天投蜺者也。不見足尾、不得稱龍』」として、「五行五」に分類されて出てくる。

（注1）⑷の「白霓」は、月宮に住む蟾蜍（ヒキガエル）の吐く白色の「云气」?·との蕭兵の説もある。これは、戦国時代の楚文化の一端を覗かせる、長沙馬王堆一、三号墓出土帛画によったものである。（『楚辞与神話』1986）

（注2）『爾雅』に「螮蝀謂之雩螮蝀虹也㊟俗名為美人虹江東呼雩音芌」とある。（㊟＝晋の郭璞）

（注3）『ギリシャ神話』・『北欧神話』・『旧約聖書』等が成立伝播した以後の西洋、特にヨーロッパ大陸の場合。こちらは、動物（獣）的存在ではなく、＜人格＞化されていたり、＜橋＞＜雨弓＞であったり、神の＜啓示＞であったりする。かく体系的文化出現以前は、（中国をも含めて）グローバルに「蛇」類と認識していたものであろう。

3

私註〔一〕『**山海經**』〔二〕第九　海外東經〔三〕子部小説家類〔四〕後漢建国（A. D. 25）以前〔五〕古本はもと三十二篇であったが、後漢の劉秀が校定して十八篇とし、これに晋の郭璞が注を加えた。（郝氏の『山海經箋疏』の序による）但し、絵《**影印2**》は明の蔣鎬によるもの。〔六〕大本原式精印四部叢刊正編『〇二四世説新語 山海經 西陽雜俎 弘明集 穆天子傳 廣弘明集』（1979, 台湾商務印書館）《**影印1**》〔七〕P54〔八〕「古代の神話と地理の書で、地理・産物などを記している。隋書経籍志以来、地理の書とされているが、四庫全書提要に至り、神怪の説の多いところから小説類に入れられている。山海経の名は史記の大宛伝に見えているが、著者名は記していない。」（近藤春雄著『中国学芸大辞典』昭53、大修館書店）〔**考**〕中国古代人が、＜ニジ＞（虹・蜺・螮蝀）を、どのように具象的にイメージしていたかが、文章が絵画化されたこの絵により明白である。（但し「𧈪𧈪在其北各有兩首」は「虹」が2匹のようにとれるが絵では一匹。それが「虹蜺」でもない—ことに注意）。先に引用した甲骨文字にみる象形より更らに明確である。すなわち、＜ニジ＞は、「龍」(注1)に似るが、角・足・尾、はない。ただし両頭である。（「蛟」(注2)は龍の小形で角のないもの）　とすれば、『後漢書』第十七「五行五」に見える「靈帝光和元年丁丑、有黑氣墮北宮溫明殿東庭中、黑如車蓋、起奮訊、身五色、有頭、體長十餘丈、形貌似龍。上問蔡邕、對曰『所謂天投蜺者也。不見足尾、不得稱龍。』」と、ほぼ符号一致するのである。（『漢書』にも類似の記載が見える。）

この『山海経』が上代日本人にかなり広く読まれていたことは小島憲之著『上代日本文学と中国文学　上』（昭37—塙書房）中、第四篇「風土記の述作」に見え、古代日本人の＜ニジ＞観を推定する上に大切な文献であると言えよう。

（注1）諸橋轍次著『大漢和辞典』によると、「龍」は、「四霊の一。想像上の獣。鱗を被り、角を載き、幽明変化測られずといふ。」とある。

（注2）（注1）と同典の記述参考。

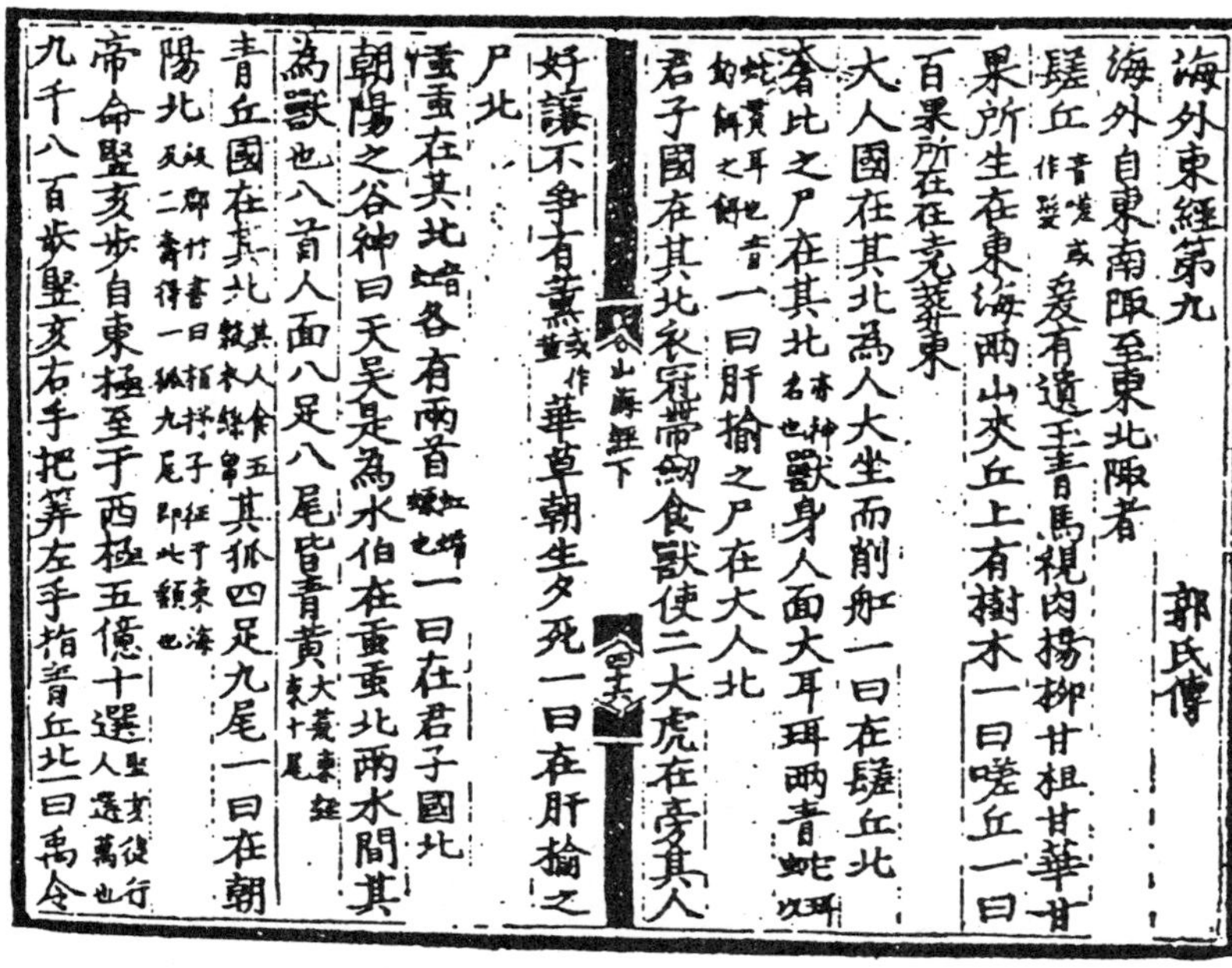

海外東經第九　　郭氏傳

海外自東南陬至東北陬者

䃗丘 音嗟或作發 爰有遺玉青馬視肉楊柳甘柤甘華甘

果所生在東海兩山夾丘上有樹木一曰嗟丘一曰

百果所在在堯葬東

大人國在其北為人大坐而削船一曰在䃗丘北

奢比之尸在其北 亦神名也 獸身人面大耳珥兩青蛇 以蛇貫耳也音釣餌之餌 一曰肝榆之尸在大人北

君子國在其北衣冠帶劍食獸使二大虎在旁其人

好讓不爭有薰 或作堇 華草朝生夕死一曰在肝榆之

尸北

䖸䖸在其北 音虹 各有兩首 虹蜺也 一曰在君子國北

朝陽之谷神曰天吳是為水伯在䖸䖸北兩水間其

為獸也八首人面八足八尾皆青黃 大荒東經云十尾

青丘國在其北 其人食五穀衣絲帛 其狐四足九尾一曰在朝

陽北 汲郡竹書曰柏杼子征于東海及王壽得一狐九尾即此類也

帝命豎亥步自東極至于西極五億十選 豎亥健行人 選萬也

九千八百步豎亥右手把算左手指青丘北一曰禹令

《影印１》

《影印２》

虹と日本文藝（二）

——比較研究資料私註(2)——

4_1

鄒陽者，齊人也。游於梁，與故吳人莊忌夫子、淮陰枚生之徒交。上書而介於羊勝、公孫詭之閒。勝等嫉鄒陽，惡之梁孝王。孝王怒，下之吏，將欲殺之。鄒陽客游，以讒見禽，恐死而負累，乃從獄中上書曰：

臣聞忠無不報，信不見疑，臣常以爲然，徒虛語耳。昔者荊軻慕燕丹之義，白虹貫日，太子畏之；〔一〕衞先生爲秦畫長平之事，太白蝕昴，而昭王疑之。夫精變天地而信不喩兩主，豈不哀哉！今臣盡忠竭誠，畢議願知，左右不明，卒從吏訊，爲世所疑，是使荊軻、衞先生復起，而燕、秦不悟也。願大王孰察之。

〔一〕集解 應劭曰：「燕太子丹質於秦，始皇遇之無禮，丹亡去，故厚養荊軻，令西刺秦王。精誠感天，白虹爲之貫日也。」如淳曰：「白虹，兵象。日爲君。」烈士傳曰：「荊軻發後，太子自相氣，見虹貫日不徹，曰：『吾事不成矣。』後聞軻死，事不立，曰：『吾知其然也。』」索隱 烈士傳曰：「荊軻發後，太子自相氣，見虹貫日不徹，曰『吾事不成』。後聞軻死，事不就，曰『吾知其然』。」是畏也。又王劭云「軻將入秦，待其客未發，太子丹疑其畏懼，故曰畏之」，其解不如見虹貫日不徹也。戰國策又云聶政刺韓傀，亦曰「白虹貫日」也。

私註〔一〕『史記』〔二〕巻八十三「魯仲連鄒陽列傳」の前部〔三〕史書〔四〕前漢（100B.C. ごろ）〔五〕司馬遷〔六〕漢、司馬遷撰 宋、裴駰集解 唐、司馬貞索隱 唐、張守節正義『史記』第八冊（1972中華書局刊）〔七〕P 2469・2470〔八〕中華書局版『漢書』巻五十一「賈鄒枚路傳」では、「昔者荊軻」中「者」ナシ。「夫精變天地」が「夫精（誠）變天地」、「秦不悟也」が「秦不寤也」となっている。尚、『史記』を去る約五〇〇年後の陳本改注列士傳には「軻欲刺秦王白虹貫日」とあったと『北堂書鈔』（＝資料8）の注はいう。更に時代は下って元（1300 ごろ）

の曽先之著す所の『十八史略』巻之一（漢文大系本）では、「鄒陽伝」に「刺客伝」を混交させ、さらに創意を加えた「乃装遣軻。行至易水。歌曰。風蕭蕭兮易水　。壮士一去兮不復還。于時白虹貫日。燕人畏之。軻至咸陽。」の異文がある。

〔考〕ゴシック体部「白虹貫日，太子畏之；」は、『文選』・古代類書類のルーツであるが、諸解は今一つ不安定である。わが国現代の『史記』の訳（小竹文夫・小竹武夫訳『世界文学大系5Ｂ　史記』筑摩書房）中、「白虹貫日，太子畏之；」の部分が「太子のため西のかた秦に入って王を刺そうとしました。その真心が天に感応して、白虹が太陽を貫いたのに、太子は軻が秦にゆかないだろうと疑いました。」と訳されている。すなわち、王劭系の解に立った訳であるが、これは、「刺客傳第二十六」中の、〈荊軻〉の部の記述を読み合わせてみると一応は納得がいく。すなわち、烈士傳の「見虹貫日不徹」や、索隱のいう「其解不如見虹貫日不徹也」は無理のように思われる。この場合、結果的に事の成る、成らざるの問題ではなくて、臣の君への変心を畏れているのである。刺客傳中、太子より重大事を聞かされた田先生（光）が、その次第を洩らすのではないかと太子に疑われている言動に接し、自ら命を断ってその証しとしたケースなどに見られるごとく、太子は疑い深い人間として描かれている。荆軻が自分の意に添う者を副（そえ）にしようと待つために秦への出立を遅らせている時も、太子は待ちかねて軻の変心を疑う言動に出ている。とすると、秦へ行く、行かない、をも含めて、行ったとしても、秦王の面前で、（太子の選んだ）副の舞陽が、顔色を変えて震え恐れたように、軻も王を懼れて、もしかしたら事の直前に、怯んで素志を枉げるのではないか—との疑心を抱き、彼の〈変心〉〈裏切り〉を畏れている、とも考えられる。真実は、軻の忠誠心は旺盛で且つ一点の曇りもないのである。すなわち、私見も「忠臣・軻の真心が天に感応して現に白虹が太陽を貫いているというのに」の意をとる立場に加担するものであり、『史記』諸注に欠けている『漢書』の顔師古の注「精誠若斯，太子尚畏而不信也。太白食昴，義亦如之。」と、ほぼ同意となるものである。結果はともあれ、君が臣を信じ切っていない、まさに悪例の最たるものが「太子畏之」なのである。太子のなさけない、不当極まりない猜疑心をなじっているのであり、翻ってこの場面では、これが処刑寸前の獄中よりの名と命を賭けた熱い上奏文であることを鑑み、（また全体を通しての文脈をも考慮に入れれば）それ、太子のケースになぞらえて、讒言による、孝王の自分への対応の不当さを強いメタファーを駆使した言葉で詰っていることになる。また王のプライドをもくすぐっている。この見事な表現の重さが、連句における発句のような意味をもって後の文脈に展開する、類似事項の波動的リフレーンの力に拮抗することができるのである。烈士傳・索隱解にひかれた解にたつ『漢文大系』本

（《六》史記列傳上、新文豊出版公司）の「白虹貫ケズレ日ヲ。太子畏ルレ之ヲ。」の訓点には承服しかねるのである。とまれ、「太子畏之」が、『北堂書鈔』（＝8）や『藝文類聚』（＝9）に見えないのも、単純に切りつめたのみではなくこの解釈の難解さゆえであったのかも知れない。ちなみに、「白虹貫日」は『資治通鑑』巻六秦紀一「始皇帝十七年—十九年（前二三〇—前二二八）」（中華書局）ならびに『戰國策』（『戰國策正解』—漢文大系19—新文豊出版公司印行）中の「燕太子丹の傳」には見え

ない。また「太白蝕昂」も『史記列傳』(漢文大系6―新文豊出版公司印行)中「商君列傳」(＝衛先生)に見えない。とすると、「白虹貫日」と言い「太白蝕昂」と言い、これらは、上奏の効果を大ならしめるための文飾・修辞の可能性が強い。わが国王朝時代『史記』は、小長谷恵吉著『日本国見在書目録解説稿』にも見え、貴族の教養の書として必読の書であったが、ここの所を「白虹日をつらぬけり太子をちたり」(校異・「白虹(虹)大島本」(池田亀鑑編『源氏物語大成』巻一、昭28、中央公論社―本文)と訓み下した『源氏物語』の作者の享受とも絡ってくる。『平治物語』・『平家物語』等、軍記物語の場合との関わりも吟味を用する。

尚、「白虹貫日」についての具象的な気象現象については、不明瞭な点が多いが、聞一多の「對於虹與雲氣之間他們都不加區別」(『聞一多全集』所収)を容れれば、「太陽に白色のすじ雲がかかった」ともとれないこともないが、事の重大さ、稀有さの比喩、あるいは感応現象を考えるとこれでは平凡すぎるようである。そこで、[7]―(2)の注に「〔尚書考〕〔霊耀〕〔鄭元〕曰日旁氣白者為虹」とあり、雑兵書に「日暈有白虹貫内」とあり、日本の『類聚國史』に、「養老五年二月　日暈如白虹貫暉。南北有珥。[注1]」「元慶八年正月廿三日　日有冠。右有珥、色黄左有向日。」、『三代實録』に「貞觀十六年四月七日乙未、時加未日有重暈。白虹貫日。即日在胃。」、『日本紀略』に「康保二年二月廿七日戊辰出羽國言上。正月八日未時。日之左右有兩耀卽虹貫之。」、『吾妻鏡』に「嘉禎四年二月十三日　午刻。日有重暈。(略)白虹貫日。」、『泰平年表』に「文政五年正月廿一日　辰中刻。日暈再重。兩傍に虹を現ず。巳刻過消す。」とあることを援用すれば、「白虹貫日」は、気象用語に言ういわゆる「暈[注2]halo」現象を言い、その中の数種が同時に起きたもののようである。先引記録のものは、それぞれ、このハロー現象のバリエーションであろう。すなわち、「幻日 mock suns」出現と重なる場合もあるが、直接的には「幻日環＝白色」または「太陽柱＝白色」を指すもののようである。これらは如実に「貫日[注3]」の相を示すのである。これが「白色」すなわち「白虹」であることの原因については―、ハローというものは、「太陽(または月)の光線が、氷晶でできた薄い雲―ふつうは上層雲である絹層雲、寒地の冬では地面近くにも氷晶がたくさんあるゆえ低雲―を通るときに屈折・反射して[注4]」出来るものであるが、「光の屈折によるものは、屈折率が波長によってちがうために色がついて見えるが、反射によるものは波長によるちがいがないから、明るく〈白く〉見えるだけ[注5]」なのである。

雨粒・水滴の反射・屈折により生ずる、一般にいう〈ニジ〉は太陽の反対側にたつもので、「貫日」などは有り得ない。ゆえに、「白虹貫日」は、太陽の「反射」によって起こる「暈 halo」現象の「太陽柱」が、「太陽S」を垂直方向に貫くか、「幻日 mock suns」が出現し、その「幻日環」が、太陽(S)ならびに幻日(B)を同時に水平方向に貫く、場合をいうのであろう。内暈(A)は珍らしいものではないが、この現象はめったには見られない、稀有というか、異常な現象であり、それゆえ、中国(あるいは日本の)古代人をして、重大かつ畏怖の想いに誘ったのではあるまいか。

(注1)　資料[51]―孟康注参照。
(注2)　『気象の事典』(昭40、東京堂出版)―畠山久尚筆―

【暈】

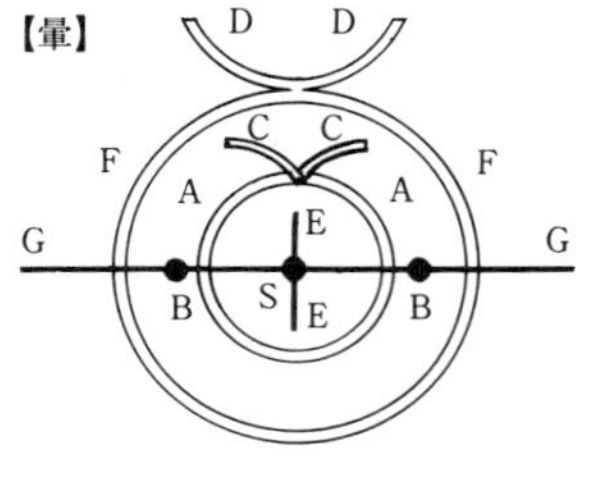

太陽（図中Ｓで示す）のまわりに以下のような暈ができる。
内暈－図中Ａで示される視半径約22°の光の輪。内側が赤で外側が紫。その間にスペクトルの順に色が並ぶ。
幻日－図中Ｂで示される光のかたまり。
太陽と反対側に尾を引いて、とがってみえる。
太陽に近い方が赤い。
上端接弧－図中Ｃで示される内暈の上端に接する弧。
色の順序は内暈と同じ。
天頂弧－図中Ｄで示される外暈の上端に接し、
天頂を取り巻くように形成される弧。
太陽柱－図中Ｅで示される太陽から垂直方向にのびた明るい（白い）柱。太陽の反対側はだんだん細くなる。上方への長さは角度で15°～20°ぐらい。
外暈－図中Ｆで示される視半径約46°の光の輪。
色の並び方は内暈と同じ。
幻日環－図中Ｇで示される天頂のまわりに太陽と同じ高度で空をめぐる明るい（白い）環。

影印３

（注3）　これが現実にあり得べき現象であることについては、原田三夫著『日常氣象學』に、「稀には、日や月を貫いて地平線と略々並行になった光の見えることがある。これを幻日環といふ。これと内暈との切れたところには、特に強く光る。これを幻日または幻月といふ。太陽が三つ出たなどといふのはこの幻日を見たのである。」（『斯文』第14編第1号所収、菅谷軍次郎筆「白虹貫日考」所引の文を再録）とあり、『世界大百科事典』7、（1965平凡社－正野重方筆）の「幻日」の項に「幻日は空気中に浮かんだ氷の小結晶による太陽の光の反射屈折によっておこるものである。……太陽および幻日を貫いて水平線に平行に白色の輪ができることがある。これを幻日環という。」（以上、…印は稿者による）－とあることによっても知られる。（ただ「白色」すなわち「白虹」の場合は「反射」の要素が大）

（注4・注5）（注2）と同書による。

〈補注〉　太陽柱は、最近では平成二年一月十九日北海道で観測された。（ＮＨＫニュース）

4₂

秦王使人謂安陵君曰。寡人欲以五百里之地易安陵。安陵君其許寡人。安陵君曰。大王加惠以大易小。甚善。雖然受地於先生。願終守之。弗敢易。秦王不說。安陵君因使唐且使於秦。秦王謂唐且曰。寡人以五百里之地易安陵。安陵君不聽寡人。何也。且秦滅韓亡魏。而君以五十里之地存者。以君爲長者。故不錯意也。今吾以十倍之地。請廣於君。而君逆寡人者。輕寡人與。唐且對曰。否。非若是也。安陵君受地於先生。而守之。雖千里不敢易也。豈直五百里哉。秦王怫然怒。謂唐且曰。公亦嘗聞天子之怒乎。唐且對曰。臣未嘗聞也。秦王曰。天子之怒。伏屍百萬。流血千里。唐且曰。大王嘗聞布衣之怒乎。秦王曰。布衣之怒。亦免冠徒跣。以頭搶地爾。唐且曰。此庸夫之怒也。非士之怒也。夫專諸之刺王僚也。彗星襲月。聶政之刺韓傀也。白虹貫日。要離之刺慶忌也。倉鷹擊於殿上。此三子者。皆布衣之士也。懷怒未發。休祲降於天。曾劉作休烈歷於天。與臣而將四矣。若士必怒。伏屍二人。流血五步。天下縞素。今日是也。挺劍而起。秦王色撓。長跪而謝之曰。先生坐。何至於此。寡人諭矣。夫韓魏滅亡。而安陵以五十里之地存者。徒以有先生也。

私註〔一〕『戰國策』〔二〕巻二十五「魏四」末部〔三〕史書〔四〕前漢（77～6 B.C.の間）〔五〕劉向（77～6 B.C.）編〔六〕王雲五主編國學基本叢書『戰國策』㈢（高誘注）〔七〕P26・

27〔八〕「司馬遷は、その『史記』の執筆に際して、朝廷の蔵書を利用できましたから、戦国時代を叙するのに『戦国策』の祖本を利用したのでしょう、ほぼ同文の記述が随所にみられます。」（常石茂『戦国策』解説―中国古典文学大系7、昭47平凡社）これはあくまでも祖本であって、現在の形の『戦国策』かどうかはわからない。

〔考〕この戦国（魏）策中の〈白虹貫日〉は、後々の類書類（8＝『北堂書鈔』、9＝『藝文類聚』、11＝『大平御覧』）に引かれて有名なものであるが、類書中では、

8　戰國策唐睢說秦王曰聶政刺韓傀白虹貫日

9　戰國策曰唐睢謂秦王曰聶政刺韓傫白虹貫日

11　戰國策曰唐睢謂秦王曰聶政刺韓相白虹貫日

とあり、10＝『初學記』、6＝『文選』、には見えない。

これら類書だけ見ると、「戰國策」あるいは「戰國策曰」とあり、「聶政とその姉」を、ヒーロー、ヒロインとした「刺韓相」とその後のお話（直ぐ次の「戰國（韓）策《巻二十六》に出）の中に、〈白虹貫日〉が出てくるがごとき印象を受けるが、実はここには全然出てこない。すなわち、この〈白虹貫日〉は、まったく違う場面、使者・唐睢が、小国の主君安陵君のため、安陵の国を死守するために、それこそ命を賭けて、強大国の王、秦王とやりとりをする場面において、王を説伏させんがための弁説中に駆使した強力なレトリックの一部として出てくるのである。王自身が自分の怒りを「天子之怒」と言っているのであるから、それ以上のもの、すなわちその親たる「天」の感応現象を持ち出しているのである。さらに一つ上のものを権威的に持ち出しているのである。これは、儒教が陰陽道をとり入れて強力な思想として浸透しつつあった時代背景ゆえ、特にその効果は秦王を震撼させうべき―大であったのであろう。この修辞法の駆使は、前資料『史記』（＝41）のパターンと同一である。又、「寡人諭也」の「諭」の内容は、「先王よりの地を大切にする安陵君の心」と同時に、「臣・唐且（睢）の忠誠心」なのである。とすれば、「夫……」以下は、塚本哲三が『戰國策（全）』（大8有朋堂）中に注し、常石茂が『中国古典文学大系7』（前出）に訳出するごとく、筆記者、いわばナレーターがおのずから漏らした心懐であろう。いわば蛇足のようなものである。ゆえに、「夫……」以下も、秦王の言とする、近藤光男の訳出（『全釈漢文大系第二十五巻』集英社）は採らない。近藤説を採ると、文体としては全くだらけ、文学性すなわち、表現的効果は激減する。あるいは最後の締めが死ぬのである。くり返すならば、「寡人諭矣」とで締めくくることによって、無限の余韻・余情、が生まれ、思想が奥に深々と込められるのである。

とまれ、日本文藝の作者達が、どのように『戦国策』を読んでいたか―『類書』あたりで済ませていたか、原典を読んでいたか、読んでいても、それがどの程度の鑑賞力によっていたものかどうか、を吟味すべき興味ある資料である。

51

凡天文在圖籍昭昭可知者，經星常宿中外官凡百一十八名，積數七百八十三星，皆有州國官宮物類之象。其伏見蚤晚，邪正存亡，虛實闊陿，〔一〕及五星所行，合散犯守，陵歷鬭食，〔二〕彗孛飛流，日月薄食，〔三〕暈適背穴，抱珥虹蜺〔四〕迅雷風祆，怪雲變氣：此皆陰陽之精，其本

在地，而上發于天者也。政失於此，則變見於彼，猶景之象形，鄕之應聲。〔五〕是以明君覩之而寤，飭身正事，思其咎謝，則禍除而福至，自然之符也。

〔一〕〔二〕〔三〕〔五〕略。

〔四〕孟康曰：「（皆）〔暈〕，日旁氣也。適，日之將食先有黑之變也。背，形如背字也。穴多作鐍，其形如玉鐍也。抱，氣向日也。珥，形點黑也。」如淳曰：「暈讀曰運。蝱或作虹。蜺讀曰齧。螮蝀謂之蝱，表云雄爲蝱，雌爲蜺。凡氣（食）〔在〕日上爲冠爲戴，在旁直對爲珥，在旁如半環向日爲抱，向外爲背。有氣刺日爲鐍。鐍，抉傷也。」

私註〔一〕『漢書』〔二〕巻二十六〈天文志第六〉〔三〕史書〔四〕漢の高祖から平帝の元始五年〔五〕後漢の蘭臺令史・班固の撰唐の祕書少監・顔師古の注〔六〕中華書局版『漢書』第五冊〔七〕P1273・1274〔八〕『後漢書』に対して『前漢書』、または『西漢書』ともいう。

〔考〕戦国時代に発生した儒教は陰陽道を次第にとり入れて、強力な思想に成長してきた。すなわち「万物生成変化の原動力である陰陽二気を、地上の聖人と宇宙の主宰者である天帝に対比させ、聖人は天帝の道すなわち天道を地上に移し、実現させるものとし、聖人が君主となることによって天下泰平になると説きました。こうして聖人は天道の霊感による体得者として呪術的に権威づけられ(注1)」た。これが漢代に入って体系化され、権威づけられたものの記述が引用資料5である。すなわち、天文的異変の根本は、地に在ってそれが天に上って発現するのである。その異変の発現の一つに抱珥・〈蝱蜺〉が見られることに注目したい。（この〈蝱蜺〉は、孟康の注を信ずれば、抱珥等と同類の「日旁氣」すなわち「暈」の一種をそう呼んだもののようである。）特に、政治的素材により構成されるわが国の文藝の〈ニジ〉を味読する際のキーポイントの一つとなろう。

（注1）村山修一著『日本陰陽道史話』（昭62、大阪書籍）のP7・8。

5₂

京房易傳曰：「有蜺、蒙、霧。霧，上下合也。蒙如塵雲。蜺，日旁氣也。其占曰：后妃有專，蜺再重赤而專，至衝旱。妻不壹順，黑蜺四背，又白蜺雙出日中。妻以貴高夫，茲謂擅陽，蜺四方，日光不陽，解而温。內取茲謂禽，蜺如禽，在日旁。以尊降妃，茲謂薄嗣，蜺直而塞，六辰乃除，夜星見而赤。女不變始，茲謂乘夫，蜺白在日側，黑蜺果之，氣正直。妻不順正，茲謂擅陽，蜺中窺貫而外專。夫妻不嚴茲謂媟，蜺與日會。婦人擅國茲謂頃，蜺白貫日中，赤蜺四背。適不答茲謂不次，蜺直在左，蜺交在右。取於不專，茲謂危嗣，蜺抱日兩未及。君淫外茲謂亡，蜺氣左日交於外。取不達茲謂不知，蜺白奪明而大温，温而雨。尊卑不別茲謂媟，蜺三出三已，三辰除，除則日出且雨。

私註〔一〕『漢書』〔二〕巻二十七〈五行志第七〉〔三〕5₁と同〔四〕5₁と同〔五〕5₁と同〔六〕中華書局版『漢書』第五冊〔七〕P1460

〔考〕京房易傳を引きつつ5₁より各論的易的認識が示されてい

る。すなわち〈蜺〉は、具体的には『説文』(『爾雅』にも引く)『音義』の説と異なって、「蜺、日旁氣」とし、雌の〈ニジ〉の表象の様で、様々な〈蜺〉の出現は、女性の様々な振まいの天における応現現象とみている。

5_3

是時天雨，虹下屬宮中飲井水，(水泉)(井水)竭。廁中豕羣出，壞大官竈。烏鵲鬭死。鼠舞殿端門中。殿上戸自閉，不可開。天火燒城門。大風壞宮城樓，折拔樹木。流星下墮。后姫以下皆恐。王驚病，使人祠葭水、台水。王客呂廣等知星，爲王言「當有兵圍城，期在九月十月，漢當有大臣戮死者。」語具在五行志。

私註〔一〕『漢書』〔二〕巻六十三〈武五子傳第三十三〉燕刺王〔三〕史書〔四〕武帝(100B.C.ごろ)の代〔五〕5_1と同〔六〕中華書局版『漢書』第九冊〔七〕P2757

〔考〕「虹下」が様々な異祥と並列され、かつその筆頭に記されている。

5_4

後五年，上復修封於泰山。東游東萊，臨大海。是歳，雍縣無雲如靁者三，或如虹氣蒼黃，若飛鳥集棫陽宮南，聲聞四百里。隕石二，黑如黳，有司以爲美祥，以薦宗廟。

私註〔一〕『漢書』〔二〕巻二十五下〈郊祀志第五下〉〔三〕史書〔四〕5_3と同〔五〕5_1と同〔六〕中華書局版『漢書』第四冊〔七〕P1247

〔考〕ここでは「或如虹，氣蒼黃」も〈美祥〉とされていることに注意。これは、部類として場面が〈郊祀志〉による故であろうか。

5_5

靈帝光和元年六月丁丑，有黑氣墮北宮溫明殿東庭中，黑如車蓋，起奮訊，身五色，有頭，體長十餘丈，形貌似龍。上問蔡邕，對曰：「所謂天投蜺者也。不見足尾，不得稱龍。易傳曰：『蜺之比無德，以色親也。』潛潭巴曰：『虹出，后妃陰脅王者。』又曰：『五色迭至，照于宮殿，有兵革之事。』演孔圖曰：『天子外苦兵，威內奪，臣無忠，則天投蜺。』變不空生，占不空言。」先是立皇后何氏，皇后每齋，當謁祖廟，輒有變異不得謁。中平元年，黃巾賊張角等立三十六方，起兵燒郡國，山東七州處處應角。遣兵外討角等，內使皇后二兄爲大將統兵。其年，宮車宴駕，皇后攝政，二兄秉權。譴讓帝母永樂后，令自殺。陰呼幷州牧董卓欲共誅中官，中官逆殺大將軍進，兵相攻討，京都戰者塞道。皇太后母子遂爲太尉卓等所廢黜，皆死。天下之敗，兵先興於宮省，外延海內，二三十歳，其殃禍起自何氏。

私註〔一〕『後漢書』〔二〕志第十七〈五行五〉〔三〕史書〔四〕光和一（A. D.178）〔五〕晋の司馬彪撰・梁の劉昭注補〔六〕中華書局版『後漢書』第十一冊〔七〕P.3351・3352

〔考〕緯書・潜潭巴中『虹出，…』を引いている所を見ると，〈蜺〉と〈虹〉とは、さほど厳格に区別していないようである。抄文中の「中平元年」は、霊帝光和元年を去る六年後（A. D.184）である。王道のバックボーンたる儒教が、陰陽道と同化しつつ民間伝承をも吸収して、『漢書』の内容を、更に具象性をもって、権威的に深化させている様相が如実に表われている。

[51]～[55]まで、[54]の特殊事情は考慮しなくてはならないが、凡そこれらは、ひとり古代の漢民族を支配したものであったのみならず、その潮流は、古代朝鮮半島や日本（大和系朝廷の統べる）古代・中世の文化・文藝に根深く及んでいるものと思われる。

[6]

（頁）（面）

抗應龍之**虹**梁○ (1) 巻一 —賦—9—a

軼雲雨於大半○**虹霓**廻帶於棼楣○ (2) 巻一 —賦—13—b

羽旄掃**霓**○旌旗拂天○ (3) 巻一 —賦—24—a

蹠龍首以抗殿○……亘雄**虹**之長梁○ (4) 巻二 —賦—5—a

託喬基於山岡○直墆**霓**以高居○ (5) 巻二 —賦—9—a

瞰**宛虹**之長鬐○察雲師之所憑○ 漢書注曰・宛虹也・ (6) 巻二 —賦—10—a

弧旌枉矢**虹**旃**蜺**旄○ (7) 巻二 —賦—18—b

龍輅充庭○雲旗拂**霓**○ 馬八尺日龍・輅天子之車也・故日龍輅・充滿也・庭朝廷・…旗爲高至雲・故日雲旗……霓天邊之氣也・ (8) 巻三 —賦—13—a

俯而觀乎**雲霓**○ (9) 巻四 —賦—2—b

虹蜺回帶於雲館○ (10) 巻五 —賦—12—b

髣若玄雲舒**蜺**以高垂○ (11) 巻六 —賦—7—b

丹梁**虹**申以並亘○……龍首而涌霤○ (12) 巻六 —賦—8—a

虹菸攝麾以就巻○ (13) 巻六 —賦—18—b

施**蜺**旌靡雲旗○ (14) 巻八 —賦—9—b

飛梁偃蹇以**虹**指○ (15) 巻十一 —賦—17—b

白鹿子**蜺**於欂櫨○蟠螭**宛**轉而承楣○ 方言日未升天龍謂之蟠龍・ (16) 巻十一 —賦—18—b

飛宇承**霓**○ (17) 巻十一 —賦—25—a

䋣如**宛虹**赫如奔螭○ 宛虹奔螭。梁上之飾也・如淳漢書注曰宛虹屈虹也・ (18) 巻十一 —賦—26—a

吐**雲霓**○含龍魚○ (19) 巻十二 —賦—5—b

流風蒸雷○騰**虹**揚霄○ 昭國語注曰蒸升也・ (20) 巻十二 —賦—10—b

冠**雲霓**而張羅○ (21) 巻十三 —賦—21—a

蜺旌飄以飛颻○ (22) 巻十五 —賦—15—b

體如遊龍○袖素**蜺**○ 遊龍素蜺・喩美麗也・ (23) 巻十七 —賦—19—b

仰視山巓○肅何千千○炫燿**虹蜺**○ (24) 巻十九 —賦—4—b

蜺爲旌○翠爲蓋○ (25) 巻十九 —賦—6—b

開榮灑澤○舒**虹**爍電○ (26) 巻二十 —詩—26—b

中坐瞰**蜿虹**○俛伏視流星○ 西京賦曰・瞰蜿虹之長鬐・ (27) 巻二十二 —詩—21—a

上凌青雲**霓**○下臨千仞谷○ (28) 巻二十四 —詩—10—a

明登天姥岑。高入雲霓。　(29) 巻二十五－詩－26－b
標峯綵虹。外置嶺白雲。間　(30) 巻二十七－詩－9－b
宸景厭照臨。昏風淪繼體。紛虹亂朝日。（張曰安日虹蜺邪之氣也・）　(31) 巻三十　－詩－12－b
飛閣纓虹。帶曽臺冒雲冠。　(32) 巻三十　－詩－25－b
飄風屯其離兮。帥雲霓而來御。（雲霓・惡氣・以喩佞人・）　(33) 巻三十二－騒－11－a
揚雲霓之晻藹兮鳴玉鸞之啾啾　(34) 巻三十二－騒－16－b
虹洞兮蒼天。　(35) 巻三十四－七－10－a
六駕蛟・龍。附從太白純馳浩蜺。（賈逵國語注曰純專也。浩蜺即素蜺也・波濤之勢若素蜺而馳。言其長也。）　(36) 巻三十四－七－11－b
慷慨則氣成虹蜺。　(37) 巻三十四－七－23－a
垂光虹蜺（尸子曰虹蜺爲析翳）　(38) 巻三十七－表－3－a
臣聞忠無不報。信不見疑。臣常以爲然。徒虚語耳。昔者荊軻慕燕丹之義。白虹貫日。太子畏之。（如淳曰・白虹・兵象・日爲君・善曰・畏・畏其不成・列士傳曰・荊軻發後・太子相氣・見白虹貫日不徹・曰・吾事不成矣・後聞軻死・太子曰・吾知其然也・）　(39) 巻三十九－上書－8－a
絶雲霓。負蒼天。　(40) 巻四十五－對問－2－a
百司定列。鳳蓋俄軫。虹旗・委旆。　(41) 巻四十六－序－9－a
鏡文虹於綺䟽。浸蘭泉於玉砌。　(42) 巻四十六－序－18－a
建旗・拂霓。揚葭振木。　(43) 巻四十六－序－18－b
星虹樞電。昭聖德之符。　(44) 巻五十四－論－17－b
上出雲霓。　(45) 巻五十九－碑文－10－b

（「・」「：」は稿者による）

私註〔一〕『文選』〔二〕抄文の下に記す〔三〕詩賦文章〔四〕南北朝時代（520ごろ）以前〔五〕梁の蕭統（昭明太子）撰〔六〕中華書局編輯部編『文選』上・中・下（1977・3中華書局刊）

〔七〕抄文の下に記〔八〕注は、李善が唐の顕慶三年（658）高宗に奉ったもの。周から梁までの約一〇〇〇年間の作家百数十人の詩賦文章等約八〇〇篇を選び集めたもので現存する詩文集の最古のもの。その選出の基準は、「事出於沈思，義歸乎翰藻」（文選の序）とある。すなわち、深く思いを沈め、修辞の秀れたものをとっている。

この〈修辞〉の面に要注目。念の為作者を記すれば、(1)～(3)＝班孟堅　(4)～(9)＝張平子　(10)～(13)＝左太沖　(14)＝司馬長卿　(15)・(16)＝王文考　(17)・(18)＝何平叔　(19)＝木玄虚　(20)＝郭景純　(21)＝禰正平　(22)＝張平子　(23)＝傅武仲　(24)・(25)＝宋玉　(26)＝顔延年　(27)＝江文通　(28)＝司馬紹統　(29)＝謝靈運　(30)＝沈休文　(31)＝謝玄暉　(32)＝陸士衡　(33)・(34)＝屈平　(35)・(36)＝枚叔　(37)＝曹子建　(38)＝孔文擧　(39)＝鄒陽　(40)＝宋玉　(41)＝顔延年　(42)・(43)＝王元長　(44)＝劉孝標　(45)＝王簡棲

〔考〕ニジ資料として『楚辞』と重複するものは、(33)・(34)の屈平（原）の名作「離騒」よりの抄文のみである。『文選』には、「ニジ」は「虹」「蜺」「霓」の字で表記されている。（『詩経』に表われた「蝃蝀」・《「隮」》はない。）注(6)・(18)・(27)に、「蜿」「宛」も「ニジ」のことであるように注されているが、これは後代の書き入れなので、もとは形容語である可能性もあろう。すなわち「蜿（宛）虹」は、「雄虹」「綵虹」「白虹」「星虹」・「浩蜺」「雲霓」等のごとくに。ただし、『楚辞』に見られた「雌蜺（霓）」はない。「虹」は「オス」、「蜺（霓）」は「メス」であるようであるが、『楚辞』中では「白虹」はなく、すべて「白蜺（霓）」であったが、(39)には「白虹貫日」とあり、そこの所が異る。これは「対異散同」を考えに入れれば、一応

は納得がいく。が、今一つ、こだわりたい気持も動く。
また、『楚辞』の場合と同じく、「龍」と結びついての発想が目立つ。やはり「(蛟)龍」と同族のものを思い描いていたようである。「旗」(＝「旌」)とのかかわり合いも『楚辞』と同様である。㉓の注では、龍と並記して「喩美麗也」としているのも中国的感性として興味深い。尚、㉖、㊹には「虹」が「電」に近接して見られることに注意。⑴・⒅などの、いわゆる梁あるいは梁上の飾りの形容語または熟語は、建築用語としてわが国の現実の建築物(東大寺南大門、薬師寺東塔、法隆寺鐘楼等)、また文藝に入って軍記物語等における、壮大な建築景観の表現に影響していよう。

㊴は、『文選』が、『漢書』を底本としながら、『漢書』に見える顔師古の解「精誠若斯，太子尚畏而不信也。太白食昴，義亦如之。」を載せていない。不見のゆえか、見識のゆえか。また『史記』中の王劭の解も載せていない。この『文選』の李善採択の注が不適当であることは、④(＝『史記』)の私注で述べた。

㊴などは、おそらく—『史記』『漢書』そのものとの接触ルートとは別に—ダイジェストとして、『文選』のわが国古典期の知識人層における熱烈な享受状況を考えれば、『源氏物語』『平治物語』『平家物語』などの〈白虹貫日〉思想に強く影響を及ぼしているものではあるまいか。総じてわが国への影響については「推古天皇のとき伝来して、聖徳太子の十七条憲法にも引用があり、また養老令には進士の試に本書を課すことをきめていて、万葉集その他に影響があり、枕草子にも『文は文集・文選』とあって文学への影響が顕著である。」(近藤春雄編『中国学芸大事典』)とのことであり、まさに一級比較資料であろう。

⑦

光景斜漢宮、横橋〔按〕作梁一照彩虹、〔西京賦〕亘雄虹之長梁〔注〕虹蝃蝀也蝃蝀有雌雄雄者色鮮好也 (1)
春情寄柳色、鳥語出梅中、氛氳閨裏思、
逶迤水上風、落花徒入戸、何解妾牀空

曳瀉流電、奔飛似白虹、〔尚書考〕〔霊耀〕〔鄭元〕曰日旁氣白者為虹 (2)

私註〔一〕『**玉臺新詠**』〔二〕⑴は巻八・「春望古意」全、⑵は巻九・「披褐守山東」抄〔三〕詩(漢~梁)〔四〕陳の徐陵の選。梁の簡文帝(550ごろ)に近侍していたころ・その命によって編したものと言われる。〔五〕作者⑴＝蕭子範 ⑵＝沈約〔六〕小尾郊一・高志眞夫編『玉臺新詠索引—附 玉臺新詠箋註—』(昭51、山本書店)中、「附」の板本影印本〔七〕P137(＝⑴) P166(＝⑵)〔八〕典拠本が原典そのままであるかどうかは不明

〔考〕⑴中の「彩虹」は、⑫中の「俄有一彩龍。與赤鵠飛去」と同表現。「ただし、この場合は斜光の中に五色の虹がまさに生き物のさまに、—蛇類のもつエロチシズムを湛えて—浮き上っているのであろう。これが和歌における序詞のごとく導入法的効果を発揮せしめている。「白虹」の解釈として、⑵中の「白虹」の注、すなわち「日旁氣白者為虹」に注目される。これは、気象用語にいう「(日)暈」のことを指すのであろう。『玉臺新詠』(また『玉臺新詠集』という)の内容的特色については、〔六〕

＝本文の解説中、小尾郊一は、「徐陵の『玉臺新詠集』の序によると〈艶詩を選録し、……〉と」あり、この「〈艶詩〉とは何かについては、即に拙論『艶歌と艶』（広島大学文学部紀要25－1）に詳細に論じたので重ねて述べないが、要するに女性の情愛、女性の姿態、女性の用いる器具等女性に関することを歌った詩が艶詩であり、それを集めたものが玉台新詠である。」としている。また、『文鏡秘府論』中の〈綺艶〉の語を引きつつ、梅野きみ子著『えんとその周辺』（昭54、笠間書院）中には、「『玉台新詠集』の詩風は〈綺艶〉といわれているけれども、その綺艶な風の詩には、やがては、鮑昭の遺烈のような〈淫艶〉な詩に連なる萌芽が認められよう」とあるが、(2)はさておき、(1)には、それらのものが確かに認められよう。その詩句中に、〈彩虹〉が援用されていることは、集伝に云う「虹は天地の淫気なり」（資料1私注参考）の観じ方と、「蛇」(注1)類に属する〈虹〉のもつ属性としての〈多淫〉性が重なって、その効果面において、修辞的に絡みつつ加担しているのであり、ここにおいて、わが国『萬葉集』中の「伊香保の虹」歌が想起されてくる。この『玉台新詠』が、わが国の上代・中古時代の文学と深いかかわりのあったことは、小島憲之著『上代日本文学と中国文学』（塙書房）・『国風暗黒時代の文学』（塙書房）中にも示されている。それは、『文選』の場合とは一味違ったかかわり合いなのである。

（注1）「漢代の武梁祠という墓の壁画には、伏義と女媧の両像が下半身蛇体で交尾の状態をあらわしたところを描いており」（村山修一著『日本陰陽道史話』（昭62、大阪書籍））＝《影印4》
林巳奈夫筆「中國古代における蓮の花の象徴」（『東方學報』1987－3、京都大學人文科學研究所－所収）より、複写。＝《影印5》

（影印4）

伏羲女媧図　漢武梁祠壁画の一部

（影印5）

伏犠女媧圖に伴ふ日月　帛畫
唐　トルファン，アスターナ

虹霓十五

陽氣之動史記云虹者陽氣之動○今案見天官書樞星之散春秋運斗樞星之散爲虹霓○

北堂書鈔卷一百五十一　五

今案類聚卷二引運斗樞同斗亂精春秋演孔圖云霓者斗之亂精也斗失度則虹霓見○今案陳俞本
同范書楊賜傳注續漢五行志注引演孔圖斗失以下作失度報蜺見態主毀譽鎮星散春秋文耀鉤云
鎮星散爲虹霓○今案玉函山房輯本脫此條陳木改引河圖稽耀鉤清明後見周書云清明後十日
虹霓始見禮記云季春之月虹始見○今案周書見時訓解禮記見月令陳本刪禮記以下小雪虹藏
周書云小雪之日虹藏不見○今案見周書時訓解夫妻荒年化成青絳釋名古者有夫妻荒
年菜食而死俱化成青絳故俗呼美人虹○今案此條不見釋名陳本及藝文類聚皆引作異苑夫妻失
禮則虹有赤色詩義問云夫妻失禮則虹氣盛有赤色在上者陰乘陽氣也○今案陳本同白
絳繞城黃帝出軍訣云白虹繞城不匝從虹所動擊之乃勝也○今案陳本訣作決動作缺初學記引出作
占動作在黑虹下營述異記云張駿薨子重華嗣立虎遣將軍王擢攻拔武御始與進圍抱罕重華遣宋
攄率衆拒之濟河攻于金城將決大戰乃日有黑虹下于營中○今案陳俞本攻拔十字作攻廣武乃下無日字餘
同御覽十四引述異記末句營上有樂輯二字則宋又誤作樂矣雙虹升天華陽國志云李特妻羅妊
雄夢雙虹自地升天後雄乃王蜀也○今案廖寅刻足本地作門亦非妊雄時乃夢陳本多寵易李特誤李時白

虹貫日戰國策唐睢說秦王曰聶政刺韓傀白虹貫日荊軻欲刺秦王白虹貫日○今案聶政一事見戰國
魏策荊軻以下陳本改注列士傳宛然長舒上沒霄漢異苑云太原溫湛婢見一渥向婢流
渉無有孔竅從鼻眼出處婢駭怖湛遂抽刀再斬化爲一物如紫虹形宛然長舒上沒霄漢也○今案學津討原本
異苑及陳本孔上脫有字無從鼻五字再斬作遂之化爲作化成飲釜異苑云晉陵薛願義熙初有虹飲其
釜願輦酒灌之隨投隨涸吐金滿器災弊日祛也○今案學津本異苑義熙初三字在晉陵上器作釜繞車
吳志云諸葛恪圍新城不克還拜蔣陵白虹繞其車○今案吳志十九同陳本還拜四字作還府紫霓太玄
經云紫霓圍日其疾不割○今案陳仁錫校本太玄圍上有朋字

私註〔一〕『北堂書鈔』〔二〕「天」部虹霓十五〔三〕中国古代的類書〔四〕隋・大業年間（605~617）以前〔五〕虞世南（六朝末→隋→唐）〔六〕『北堂書鈔』（精装一巨冊）（中華民国六十三年十月、宏業書局）〔七〕727〔八〕〈五〉の左頁絳の次の文字は「繞城」（大字）、8字目は「訣」である。

〔考〕部立様・題目見出しは、『初学記』の先蹤のようであるが、その序列が異る。いわゆる〈天―地―人〉の順序ではなく、「帝王」の部など、〈人〉に類するものが先で、〈虹霓〉を含む「天」の部が最後部に配列されている。本文中、「○今案云々…」は、後代すなわち清朝の学者の書き入れである。

かくいう編纂・記述体裁等の特色をつかむことは、模倣性の強い性格をもつ日本民族が生む文化、例えば『古辞書』・『類書』や『文学作品』を鑑識するとき、比較文化史的に必須となる。すなわち〈ニジ〉の流入に関する媒体関係を探る際にも。

虹と日本文藝（三）

——比較研究資料私註(3)——

9

虹

禮記月令曰．季春之月．虹始見．孟冬之月．虹藏不見．　釋名曰．虹．陽氣之動．虹．攻也．純陽攻陰氣也．又曰．夫人陰陽不合．婚姻錯亂．淫風流行．男女互相奔隨之時．此則氣盛．故以其盛時合之也．　說文曰．霓．屈虹．青赤．或白色．陰氣也．　毛詩曰．蝃蝀在東．莫之敢指．一名挈貳．○按挈貳見爾雅釋天．此有脫文．河圖稽曜鈎曰．鎭星散爲虹蜺．　春秋運斗樞樞星散爲虹蜺．　尙書考靈曜鄭玄注曰．日旁氣白者爲虹．　莊子曰．陽炙陰爲虹．　黃帝占軍訣曰．攻城．有虹從外南方入飲城中者．從虹攻之勝．白虹繞城不匝．從虹所在乃擊．　蔡邕月令章句曰．虹．蝃蝀也．陰陽交接之氣．著於形色者也．雄曰虹．雌曰蜺．蜺常依陰雲而晝見於日衝．無雲不見．大陰亦不見．率以日西見於東方．故詩云．蝃蝀在於東．蜺常在於旁．四時常有之．唯雄虹見藏有月．　戰國策曰．唐睢謂秦王曰．聶政刺韓傀．白虹貫日．　列士傳曰．荆軻爲燕太子謀刺秦王．白虹貫日．　異苑曰．古者有夫妻．荒年菜食而死．倶化成青絳．故俗呼美人虹．　又曰．晉陵薛願．義熙初．有虹飲其釜澳．噏響便竭．願輦酒灌之．隨投隨涸．便吐金滿器．於是災弊日祛.而豐富歲臻.　楚辭天問曰.白蜺嬰茀.胡爲此堂.蜺雲之有色.似龍.茀白雲委蛇者也.　又曰.虹蜺紛其朝霞兮.夕淫淫而霖雨.【賦】梁江淹赤虹賦曰.俄而赤蜺電出.蚴虯神驤.曖昧以變.依稀不常.非虛非實.乍滅乍光.艶赫山頂.照燎水陽.雖圖緯之有載.曠世識之未逢.既咨嗟而躑躅.聊周流而從容.餘形可覽.殘色未去.曜萎甤而在草.映青葱而結樹.霞晃朗而下飛.日通籠而上度.【詩】董思恭詠虹詩曰.春暮萍生早.日落雨飛餘.横彩分長漢.倒色媚青渠.梁前朝影出.橋上晩光舒.願逐旌旗轉.飄飄侍直廬.　蘇味道詠虹詩曰.紆餘帶星渚.窈窕架天潯.空因壯士見.還共美人沈.逸勢含良玉.神光藻瑞金.獨留長劍彩.終負昔賢心.

私註〔一〕『**藝文類聚**』〔二〕巻二・天部下・虹〔三〕中国古代的類書〔四〕武徳七年九月十七日（624－XI－3）由陽詢奏上以前〔五〕歐陽詢（陳永定元年生～唐貞観十五年卒《577～641》）編、汪紹楹校。〔六〕『藝文類聚』一（全四冊）（1965上海古籍出版社）〔七〕P38～39

〔**考**〕[9]中に突如「毛詩曰蝃蝀在東莫之敢指」と、『詩経』（＝[1]）中の「蝃蝀」が「螮蝀」と出てくるが、これは倭名鈔に見える「螮蝀虹也、帝董二音、螮又作蝃」によったものか。ただ、後代の類書類を見るとそれほど単純でもなさそうである。諸橋『大漢和』に見える「天弓・帝弓・紅橋・彩橋・螮蝀」（傍・＝稿者）の形状分類にほの見えているように「オビ＝帯」の象形的意味合いを重んじたものか。これは続く『初学記』（＝[10]）、『太平御覧』（＝[11]）にも引き継がれている。これは、先引『大漢和』に、

〔虹帯〕コウタイ　にじのおび。〔陸機詩〕飛閣纓虹帯、曾臺冒雲冠。〔注〕濟曰、言、虹雲之依臺閣、如冠帯焉。

とあり、詩的な〈見立て〉＝「虹帯」と、注中の「如冠帯」が見える。

これは、日本近世文学の西鶴・近松、等に頻出する〈虹の帯〉の感性と根底において一脈通ずるもののようである。

なお、[9]中の〈蜺〉と〈霓〉の違いは、唐代において、漢字の正しい書き方を示そうとした最初の通俗字体書である、『干祿字書』（顏元孫著）には「蜺霓上俗下正」とある。しかし、これは書道における基準であり、歴史的に見れば、（cf.[3]）どちらがどちらとも言えなかろう。

また、〈霓〉を「説文曰霓屈虹青赤或白色陰氣也」と、「色彩」の面のみならず「形状」の面からの規定（＝屈虹）を認めようとしていることが注目される。[8][10]には見えないが、[11]で再び採りあげられているものである。

虹蜺第七

〔敍事〕　春秋元命苞曰虹蜺者陰陽之精雄曰虹雌曰蜺釋名云虹陽氣之動也虹攻也純陽攻陰
之氣月令章句云夫陰陽不和婚姻失序卽生此氣虹見有靑赤之色常依陰雲而晝見於日衝無雲
不見太陰亦不見見輒與日相互率以日西見於東方故詩曰螮帝蝀凍在東螮蝀虹也爾雅云蜺雌虹
也一名挈ロ結反貳爾雅云凡虹雙出色鮮盛者爲雄雄曰虹闇者爲雌雌曰蜺　京房易傳曰蜺旁氣也其占云
妻乘夫則見之陰勝陽之表也四時有之唯雄虹見藏有月有此二說〔事對〕　吐金　化玉劉敬叔異苑曰晉陵薛願義熙初
有虹飮其釜須臾翕響便竭願葷酒灌之隨涸吐金滿器於是災弊日祛而豐富歲臻干寶捜神記曰孔子作春秋制孝經既成齋戒向
北辰而拜告備于天乃決鬱起白霧摩地赤虹自上而下化爲黃玉長三尺上有刻文孔子跪受而讀之　美人　丈夫郭注爾雅曰
俗名美人續捜神記曰廬陵巴丘人陳濟者作州吏其妻獨在家常有一丈夫長大儀貌端正著絳碧袍彩色炫耀相期於一山澗間至
於寢處不覺有人道相感接比鄰人觀其所至輒有虹見　拖軒　迴館司馬相如上林賦曰挽香沙而無見仰攀撩而捫天奔星更
於閨闥宛虹拖於楯軒左思吳都賦憲紫宮以營室廓廟庭之漫漫寒暑隔閡於邃宇虹蜺迴帶於雲館　一氣　五色文子曰天二
氣卽成虹地二氣卽洩藏人二氣卽生病春秋潛潭巴曰虹出后妃陰脅主又曰五色迭至照於宮殿有兵革之事　貫日　出暈史
記曰荊軻慕燕丹之義白虹貫日太子畏之應劭曰燕太子養荊軻令刺秦王精誠感天白虹貫日雜兵書曰日暈有白虹貫內在外者
從所止戰勝　屬宮　貫城漢書曰上官桀謀廢昭帝迎立燕王令羣臣皆裝是時天雨虹下屬宮中飮井井水竭沈約宋書曰劉義
慶在廣陵夜而白虹貫城野麕入府心甚惡之因自陳求還　晝見　夜出薛瑩後漢書曰靈帝光和元年虹晝見御所居崇德後殿
前庭中色靑赤王韶之晉安紀曰義熙二年七月夜彩虹出西方蔽月　太子畏　小人祥　上見上史記應劭注云如淳注曰虹臣
氣日爲君列士傳曰荊軻發後太子見虹貫日不徹曰吾事不成矣張璠漢紀曰靈帝時虹晝見庭中引議郎蔡邕詣金商門問對曰虹
蜺小人女子之祥　陰陽交　樞鎭散　春秋元命苞曰陰陽交爲虹蜺春秋運斗樞曰樞星散爲虹蜺河圖稽耀鈎曰鎭星散爲虹
蜺　若鳥飛　似龍降　漢書曰武帝東遊東萊臨大海是歲如虹氣蒼黃若飛鳥集城陽宮上漢名臣蔡邕奏曰奉詔云五月二十
九日有黑氣墮溫殿東庭中黑如車蓋騰起奮迅五色有頭體長十餘丈形宛似龍占者以虹蜺對虹著於天而降於庭以臣之聞則天

所投虹也貫月生項　升天姤雄詩含神霧曰瑤光如蜺貫月正白感女樞生顓頊常璩華陽國志曰李特長子盪字仲平少子雄字仲雋初特妻羅姙雄夢雙虹自地升天一虹中斷羅曰吾二兒若有先亡者必有貴者後雄遂王蜀〔賦〕　梁江淹赤虹賦東南嶠外爰有九石之山乃紅壁千里青蕁百仞苔滑臨水石險帶溪自非巫咸採藥羣帝上下者皆斂意焉於時夏蓮始舒春蓀未歇肅舲投渚緩拽江潭正逢巖崖相照雨雲爛色俄而雄虹赫然暈光曜水偃蹇山頂冩弈江湄迫而察之實曰陰陽之氣信可觀也又憶昔登鑪峯上手接白雲今行九石下親弄絳蜺二奇難并感而賦曰迤邐崎嶬兮不極之連山鍝鐈虎豹兮玉虺騰軒孟夏氤氳兮荷葉涵蓮悵何意兮容與冀暫緩此憂年失世上之異人遲山中之虛跡掇仙草於危峯鑄神丹於崩石視鱣岫之吐噏養黿梁之交積於是紫霧上河絳氛下漢白日無際碧雲卷半行雨蕭索光烱豔瀾水學金波石似瓊岸鎮龜鱗之峻峻繞蛟色之漫漫俄而赤蜺電出蚴虯紳驪曖昧以變依稀不常非虛非實乍滅乍光艷赫山頂照燎水陽雖圖緯之有載曠代彌識而未逢既咨嗟而躑躅聊周流而從容相番禺之廣澤憶丹山之喬峰騎傅說之一星乘夏后之兩龍彼靈物其詎幾寂火滅於山紅餘形可覽殘色未去曜葳蕤而在草映青蔥而結樹昏青苔於丹渚曖朱草於石路霞晃朗而下飛日通曨而上度俯形命之窘獨哀時俗之不固定赤舄之易遺乃鼎湖之可慕既以爲騂髯四毳之駕方瞳一角之人帝臺北荒之際弇山西海之濱流沙之野析木之津雲或怪彩烟或異鱗必雜虹蜺之氣陰陽之神

〔詩〕　董思恭詠虹詩春暮萍生早日落雨飛餘橫彩分長漢倒色媚清渠梁前朝影出橋上晚光舒願逐旌旗轉飄飄侍直廬

蘇味道詠虹詩紆餘帶星渚窈窕戾天潯空因壯士見還共美人沉逸勢含良玉神光藻瑞金獨留長劍彩終負昔賢心

私註〔一〕『初學記』〔二〕第一冊巻第二　虹蜺第七〔三〕中国古代的類書〔四〕開元十五年（727）五月一日奏上以前〔五〕徐堅（顕慶四年～開元十七年卒《659～729》）等編。〔六〕『初學記』第一冊（全三冊）（北京・中華書局）〔七〕P38～P40。

〔八〕〔詩〕は[9]と同文であるが、〔賦〕は[9]と異同があり、かつ[9]には著しい削除がある。

〔考〕部立様・題目見出し形式は[9]（＝『藝文類聚』）より、[8]（＝『北堂書鈔』）に近い。すなわちその系譜に属する。また、[9]と[10]との関係をみるに、[10]は[9]をさる約一〇〇年後に成立している。[10]の成立時は、日本では奈良時代前期にあたる。その内容をみるに、[9]は[10]に比べ、原典よりの抜萃性が強い。（コンパクトに出来ている。）また、両者相互間に重複も見られるが、非重複の部分もある。即ち新資料の付加がみられる。部立様・題目見出し形式の記述体裁から見て、遣唐使等の介在を経て、上古末期・中古期の日本文化への影響が色濃く考えられる文献資料である。

[11]

虹蜺
釋名曰虹攻也純陽攻陰氣故也陰陽不和昏姻錯亂淫
風流行男女乎相奔隨則此氣盛霓齧也其體絶見於非
時此灾氣傷害物如有所食齧
說文曰霓屈虹青赤或白色陰氣者也
河圖稽耀鉤曰鎮星散爲虹霓虹霓主內淫又霓者氛也
起在日側其色青赤白黄
周書曰清明後十日虹始見小雪日虹藏不見虹不收藏
婦不專一
詩曰蝃蝀在東莫之敢指（蝃蝀虹也夫婦過禮則虹氣盛君子見戒而諱之莫之敢指）

禮曰小雪之日虹藏不見
又曰玉氣如白虹天也
又曰清明後十日虹始見
爾雅曰蝃蝀虹也蜺爲挈貳
易通卦驗曰虹不時見女謁亂公虹者陰陽交接之氣陽
唱陰和之象今失節不見似君心在房內不修外事廢禮失
義夫人淫恣而不敢制故曰女謁亂公
詩含神霧曰瑤光如蜺貫月感女樞生顓頊
尚書考靈曜注曰日傍白者爲虹日旁青赤者爲霓
春秋演孔圖曰霓者斗之亂精也斗失度則投霓見（投時日…投蜺虹應）
春秋元命苞曰陰陽交爲虹蜺

春秋運斗樞曰樞星散爲虹蜺
（覽十四　七）
蔡邕月令章句曰虹蝃蝀也陰陽交接之氣着於形色者
也雄曰虹雌曰霓虹常依陰雲晝見於日衝無雲不見大
陰亦不見蜺常依蒙濁見日旁白而直曰白虹凡日旁者
四時常有之唯雄虹起季春見至孟冬乃藏
史記曰荊軻慕燕丹之義白虹貫日太子畏之如淳注曰
虹日象日君象
列士傳曰荊軻發後太子見虹貫日不徹曰吾事不成矣
後聞軻死事不立曰吾知之矣
漢書曰武帝遊東萊臨大海是歲虹氣蒼黃色若飛鳥集
城陽宮南
又曰上官桀謀發昭帝迎立燕王是時天雨虹下屬宮中
飲井井水竭
又天文志曰虹霓者陰陽之精光（如淳注曰雄曰虹雌曰霓）

張璠漢紀曰靈帝和光元年虹晝見御座殿庭前色青赤
上引蔡邕問之對曰虹霓小女子之祥又名臣蔡邕奏詔
曰有黑氣墮溫殿東庭中如車蓋騰起奮迅五色有頭體
長十餘丈形似龍占者以虹蜺對虹著於天而降於庭以
臣之聞則天所投虹者也
吳志曰諸葛恪園新城不尅引軍出往東興有虹見其船
還拜蔣陵白虹復繞其車（吳錄云恪曰虹何爲此衆識果爲孫峻所誅）
晉陽秋曰建武元年虹長彌天
晉安帝紀曰義熙二年七月夜彩虹出西方蔽月
前涼錄曰張駿六年有黑虹五里隆隆如鍾鼓之聲

沈約宋書曰劉義慶在廣陵有疾而白虹貫城野麕入府
心甚惡之因自陳求還
莊子曰陽炙陰爲虹
御覽十四　八　宋圭
文子曰天地二氣即成虹人二即生病
淮南子曰昔者馮夷大丙之御也（皆古得道能御陰陽者）乘雷車駕雲
虹
又曰太古二皇得道之柄立於中央（二皇伏羲神農）神與化遊以
撫四方是故虹蜺不出賊星不行（賊星妖星）含德之所致也（含德）
也
又曰虹蜺者天之忌也
孟子曰湯東面而征西夷怨南面而征北狄怨民之望湯
也若大旱之望雲霓
戰國策曰唐雎謂秦王曰聶政刺韓相白虹貫日
搜神記曰孔子修春秋制孝經既備孔子齋戒向北斗星而
拜告備于天乃有赤氣如虹自上而下化爲玉璜上有刻
文孔子跪而授之

又曰廬陵巴丘民陳濟者作州吏其婦姓秦獨在家忽疾
病恍惚發狂後漸差常有一丈夫長大儀貌端正著絳碧
袍采色炫燿來從之常相期於一山澗至於寢處不覺有
人道感接忽忽如眠耳如是積年春每往期會不復畏難
比鄰人觀其所至輒有虹見秦云至水側丈夫金瓶引水
共飲後遂有娠生兒如人多肉不覺有手足濟尋假還秦
懼見之乃內兒着甕中因見此丈夫以金瓮與之令覆兒
濟時醉眠在牀下聞人與秦語語聲至宕濟亦不疑也又丈

夫語秦云兒小未可得將去不須作衣我自衣之即以絳
囊與裹之令可時出與乳于時風雨晦冥鄰人見虹下其
庭秦常能辨佳食肴饌豐美有異於常丈夫後少時將兒
去亦風雨晦冥人見二虹出其家從此遂跡
異苑曰古語有之曰古者有夫妻荒年菜食而死俱化成
御覽十四　九　趙昌
青虹故俗呼爲美人
又曰晉陵薛願義熙初有虹飲其釜㸑吸響便竭願輦酒
灌之隨投便竭吐金滿器於是災弊日祛而豐富歲臻
述異記曰有黑虹下樂輯營火日輯病卒
紀年曰晉定公十八年青虹見
瑞應圖曰大虹覓天握登見之意感生帝舜於姚墟
太玄經曰紫霓圍日其疾不割
雜兵書曰日暈有白虹貫內出外者從所止戰勝
華陽國志曰李特生長子盪字仲平少子雄字仲儁初特
妻羅氏妊雄夢雙虹自地升天一虹中斷羅曰吾二兒有
先亡者有貴者後雄王蜀
黃帝占軍決曰攻城有虹從南方入飲城中者從虹攻之
勝白虹繞城不匝從虹所在擊之勝謹守其缺賊乃從其

地破走
文子曰父無爽子之憂兄無哭弟之哀童子不孤婦人不
孀虹蜺不見盜賊不行含德之所致也
楚辭曰青雲衣兮白蜺裳
楚辭天問曰白蜺嬰茀胡爲此堂（王逸注曰蜺雲之有色似龍者茀白雲逶迤若蛇者也言有此蜺茀氣逶移相嬰何爲於此堂乎蓋屈原所見祠堂也）安得失夫良藥不能
固臧（臧善也崔文子學仙於王子喬子喬化爲白虹而嬰茀持藥與崔文子文子驚怪引戈擊蜺中之因墮）

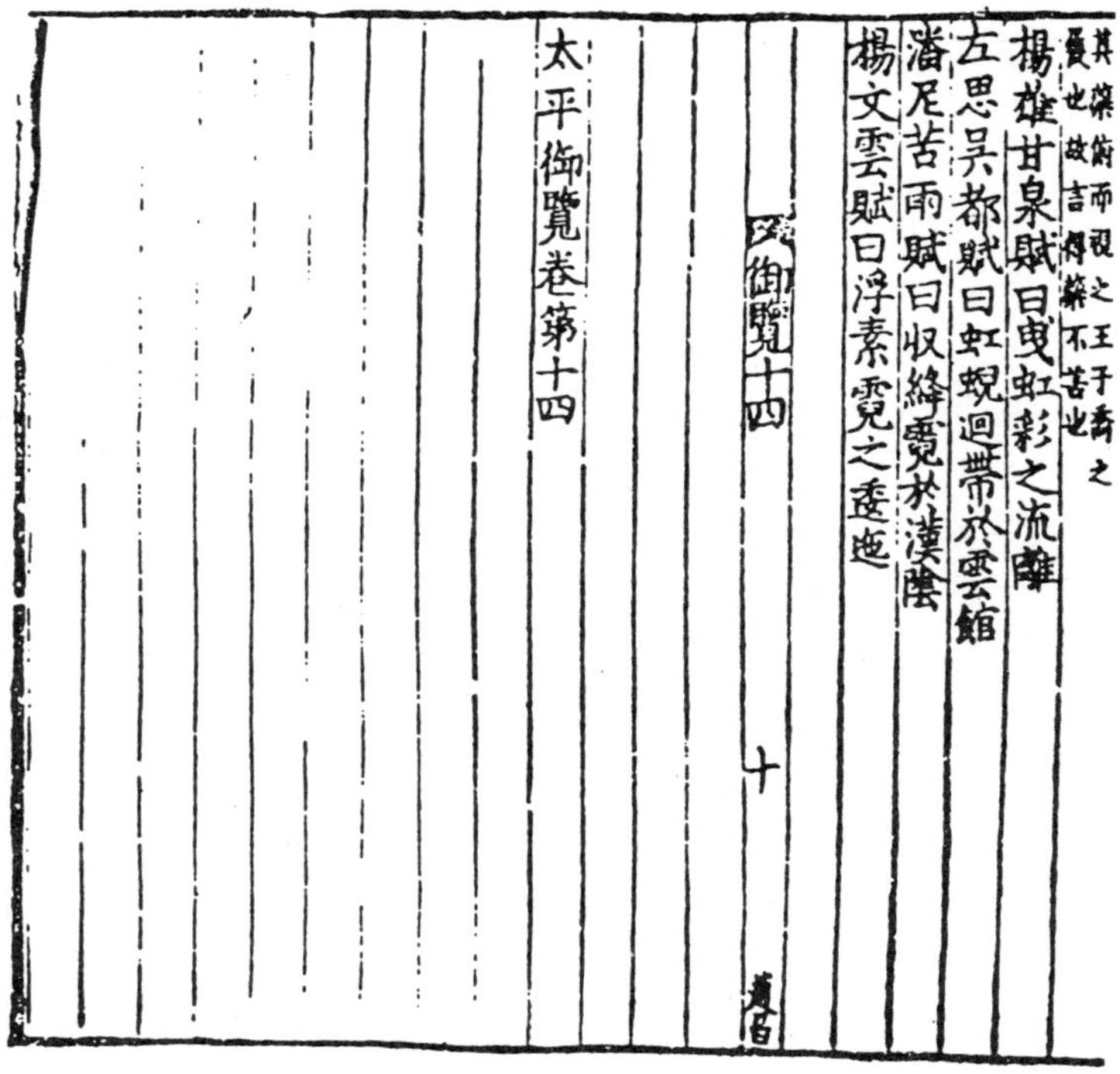
其染衍而視之王子喬之屬也故言得染不苦也
揚雄甘泉賦曰曳虹彩之流離
左思呉都賦曰虹蜺迴帶於雲館
潘尼苦雨賦曰收絳霓於漢陰
揚文雲賦曰浮素霓之逶迤
御覧十四　十
太平御覧巻第十四

私註〔一〕『**太平御覧**』〔二〕巻十四「天」部　虹蜺〔三〕中国古代的類書〔四〕太平興国八年（984）以前〔五〕李昉和扈蒙另外有十二名助手　〔六〕『太平御覧』第一冊（大化書局）〔七〕P71～P73〔八〕版本のため影印とした。出版説明に「初名『太平總類』、太宗看過後、賜名『太平御覧』…本書使用的版本是以宋蜀本爲主，再補以日本現藏的幾種宋本，遂成了最完善本子，茲影印之…」とある。

〔考〕記述体裁は、『初学記』より『藝文類聚』に近い。数度校合・増補がなされたものであるが、底（原）本自体、この種の中国古代的類書としては、比較的にみて新しいものである。従って、諸書の渉猟・博覧・引用がなされており、中国古代としては、集大成的最完善本、いわゆる決定版に近いものである。ただし、この書は量の増大に伴って必然的に賦・詩については、『初学記』と比照すればわかるように、その抜萃性が濃くなっている。（抜萃少）この書の原本は、菅原道真の建議によって、遣唐使が中止された（894）後に成立している（984）。従って、この場合、活発化してきていた太宰府を中心とする唐や新羅の商人との私的貿易の交流を通して渡来し、（出版説明にも「再補以日本現藏的幾種宋本」とあることから）中古（平安時代後期以降の日本文化に遍く影響を及ぼしている文献であろう。なお、近藤春雄著『中国学芸大事典』には、「本書の我が国の書物に見える始めは、中山忠親の山槐記の治承三年（一一七九）十二月十六日の条で、成書から百九十六年の後である。」とある。

なお、漢代に起った春秋に関する緯書で、佚書となっているもので、著名類書類（＝8 9 10 11 162）に洩れている緯書における〈ニジ〉に関する主たる記述を、清・馬國翰輯の『玉函山房輯佚書』（中文出版社）によって、次に補足しておく。

白虹貫牛山管仲諫曰無近妃宮君恐失權齊侯大
權退去色黨更立賢輔使后出望上牛山四面聽之
以厭神（後漢書楊賜傳懐太子注　開元占經巻九十八首有齊桓管夷吾句下餘引略）
山君位也虹蜺陰氣也陰氣貫之君惑於妻黨之
象也望謂祭以謝過也（後漢書注　開元占經末句作故夷吾勸去之也）

九虹俱出五色縱横或頭銜尾或尾繞頭失節女九
並譌正妃悉黜天子外苦兵起威内奪（開元占經巻九十八　十二）
【春秋緯感精符】
白虹貫日天子將排
宰相之謀欲有國則白虹貫日毀滅息上（並同）

前者は、『春秋緯文耀鉤』、後者は『春秋緯感精符』のものである。（小長谷恵吉著『日本國見在書目録解説稿』に「春秋緯卅巻―宋均注―」とある。『開元占經』は見られない。日本文藝との関連を考えるとき参考となる。）

前者中「**白虹貫牛山**」は、『後漢書』楊震列傳第四十四に「白虹」の「白」の字を欠くが「光和元年、有虹蜺晝降於嘉德殿前，帝惡之，……今殿前之氣，應爲虹蜺，皆妖邪所生，不正之象，詩人所謂蝃蝀也。……昔虹貫牛山，管仲諫桓公無近妃宮。……」（※「牛山」は「山名。山東省臨淄縣の南」《諸橋『大漢和』》）、管仲は春秋時代《?～645B. C.》の人）と引かれているもので、後者後部は、『史記』（＝$\boxed{4_1}$）、『戦国策』（＝$\boxed{4_2}$）にみる「白虹貫日」思想のルーツのようなものである。（但し、下って宋代、『後漢書』のごとく、「白虹」の「白」を落してはいるが、宋の王子韶撰の『鶏跖集』から取材した、宋の謝維新の撰になる『古今合璧事類備要』（1257）には「貫牛山」という見出しで同事が登載されている。）　また、後者中、「九虹俱出…」とあるが、同じく佚書の『春秋緯潜潭巴』（前書P 2212）には、

五蜺俱出天子詘

というのが見える。〈虹〉も〈蜺〉も、「奇数」で、「動物的」で、占兆の内容も、禍尤・妖祥・天忌であり、決して芳しいものではない。数については、主虹・副虹・反射虹・暈・幻日現象等、理論的には無限に生じうるものである。

12

夏世隆

故越王無諸舊宮上。有大杉樹。空中。可坐十餘人。越人夏世隆。高尙不仕。常之故宮。因雨霽欲暮。斷虹飲於宮池。漸漸縮小。化爲男子。著黄赤紫之間衣而入樹。良久不出。世隆怪異。乃召隣之年少十數人。往視之。見男子爲大赤蛇盤遶。衆懼不敢逼。而少年遙擲瓦礫。聞樹中有聲極異。如婦人之哭。須臾。雲霧不相見。又聞隱隱如遠雷之響。俄有一彩龍。與赤鵠飛去。及曉。世隆往觀之。見樹中紫蛇皮及五色蛟皮。欲取以歸。有火生樹中。樹焚蕩盡。吳景帝永安三年七月也。出東甌後記

陳濟妻

廬陵巴丘人陳濟。爲州吏。其婦秦在家。一丈夫長大端正。著絳碧袍。衫色炫耀。來從之。後常相期於一山澗。至於寢處。不覺有人道相感接。如是積年。村人觀其所至。輒有虹見。秦至水側。丈夫有金瓶。引水共飮。後遂有身。生兒兒原作而。據明鈔本改。如人。多肉。濟假還。秦懼見之。內于盆中。丈夫云。兒小。未可得我去。自衣。卽以絳囊盛。時出與乳之時。輒風雨。隣人見虹下其庭。丈夫復少時來。將兒去。人見二虹出其家。數年而來省母。後秦適田。見二虹於澗。畏之。須臾。見丈夫云。是我。無所畏。從此乃絕。出神異錄

薛願

東晉義熙初。晉陵薛願。有虹飮其釜鬲。噏響便竭。願輦酒灌之。隨投隨竭。乃吐金滿器。於是日益隆富。出文樞鏡要

劉義慶

宋長沙王道隣子義慶。在廣陵臥疾。食粥次。忽有白虹入室。就飮其粥。義慶擲器於階。遂作風雨聲。振於庭戶。良久不見。出獨異志

首陽山

後魏明帝正光二年。夏六月。首陽山中。有晩虹下飲於溪泉。有樵人陽萬。於嶺下見之。良久。化爲女子。年如十六七。異之。問不言。乃告蒲津戍將宇文顒。取之以聞。明帝召入宮。見其容貌姝美。問云。我天女也。暫降人間。帝欲逼幸。而色甚難。復令左右擁抱。聲如鐘磬。化爲虹而上天。

出八廟窮經錄。　明鈔本作八廟怪錄。疑當是八朝窮怪錄

韋皐

唐宰相韋皐。鎮蜀。嘗與賓客從事十餘人。宴郡西亭。暴風雨。俄頃而霽。方就食。忽虹蜺自空而下。直入庭。垂首於筵。韋與賓偕悸而退。吸其食飲且盡。首似驢。霏然若晴霞狀。紅碧相靄。虛空五色。四視左右。久而方去。公懼且惡之。遂罷宴。時故河南少尹豆盧署。客於蜀。亦列坐。因起曰。公何爲色憂乎。曰。吾聞虹蜺者。妖沴之氣。今宴方酣而沴氣止吾筵。豈非怪之甚者乎。吾竊懼此。署曰。眞天下祥符也。固不爲人之怪耳。夫虹蜺天使也。降於邪則爲戾。降於正則爲祥。理宜然矣。公正人也。是宜爲慶爲祥。敢以前賀。於是具以帛書其語而獻。公覽而喜。後旬餘。有詔就拜中書令。出祥驗集

（——は稿者による）

私註〔一〕『**太平廣記**』〔二〕巻第三百九十六　雨風虹附「虹」〔三〕中国古代説話集〔四〕太平興国二年（977）二月李昉等が勅命（北宋の太宗）を受けて編集し、翌三年八月完成以前〔五〕李昉等〔六〕『太平廣記』第八冊（中華書局）〔七〕P3171～3173〔八〕『太平廣記』は五〇〇巻・目録一〇巻、計五一〇巻。神仙、道術・卜筮・夢など、九二項目に分類されている。

〔**考**〕説話中の「虹」はすべて動物的すなわち、生物現象の意味領域に属している。「夏世隆」説話は、「蛟」→「赤鵠」と共に、〈断虹〉→〈男子〉→〈大赤蛇〉→〈龍〉への移行過程が明瞭に包含提示されている。沢田瑞穂は「連理樹」（『中国文学研究－第六期－』（昭55、早稲田大学中国文学会）中、「火葬の風習をもつ民俗では、墓の樹木や鳥という土葬系の話よりも、立昇る火葬の炎や煙から連想して、天空を彩る七色の虹こそ適わしいと考えたものであろう。」とされているが、この主旨を援用すれば、「赤鵠」すなわち「鳥」も「大杉樹」と共に出てくることから、〈虹〉と〈龍〉のあわい、「土葬民俗」と「火葬民俗」とのあわいに、この説話は位置するものと言えようか。「劉義慶」説話は、話中、入室したものが〈白虹〉である所に注意。次資料[12₂]参考。『類書』に全文ではないが重出している

ものがある。「陳濟妻」の〈丈夫〉説話は⑧・⑨に薛願の〈吐金〉説話は⑥・⑦・⑧・⑨に重出。これは有名度を示していよう。〈瑞兆〉的要素が加担しているのかも知れない。(参考—現代日本においても、虹のコード刺繍が施されている財布が市販されている。虹が金を吐く、お金が財布にたまる—の民俗思想が奥に隠されているのであろう。) 部分的ではあるが、〈丈夫〉説話中の「丈夫有金瓶　引水共飲」と共通的要素を有している。

「韋皐」中の〈出世〉説話は、「出祥驗集」とあるが、周次吉編『太平廣記人名書名索引』(中華民国六十二年元月、芸文印書)には、「出祥験集　144／2朱克融：396／25韋皐」とあるのみで、他書の場合、例えば、[注1]「見唐志」のごとき「見」の記述がないので、たぶん散佚文献であろう。従って作者・成立年代も不明であると思われる。しかし、比較的資料としては新しく、作者の創意が濃厚に加わったものかと思われる。その部分は、皐鎮が「吾聞虹蜺者。妖沴之氣。」と、伝統的な民俗的受容態度で憂えたのに対し、その席に列っていた客人の一人・署が「眞天下祥符也。固不為人之怪耳。夫虹蜺天使也。降於邪則為戻。降於正則為祥。理宜然矣。公正人也。是宜為慶為祥。」と言い、これにより公(韋皐)気をよくしたが、それから十日ばかり経つと計らずも、天子から詔が降って、韋皐は、中書令に拝せられるの栄誉に浴した—という所である。

とまれ、「虹蜺の出現」を民俗的見地からの〈妖祥〉、更に「虹蜺彗星者天之忌也」(『淮南子』)ときめつけ、〈凶兆〉と考える伝統的な系譜に対し、「大虹竟天握登見之意感生帝舜」とする『瑞應圖』(⑪所引)の系譜なすなわち、逆に〈瑞兆〉と考える系譜に、正邪のカテゴリーを絡めた、やや儒教の匂いのする条件付きながらも、「韋皐」説話は属していることに注目し、これを特記しておかなくてはならない。しかし、舜の生誕説話も主として緯書に見られるものであるから、「緯書といふものは古くからある伝説を伝へたものではなく、漢代になってから帝王を神秘化するために作られた話を多く載せてゐるのであるから、その内容も深く信ずるに足らない。」(森三樹三郎著『中国古代神話』昭44、清水弘文堂)ということも考えられるが、これは神話あるいは民俗(序文中で述べた資料の性質Ⓐ)の側から見た考えであり、広く文化史的に見れば、やはり新しい一種の文化的作物であろう。とすれば、『詩含神霧』(佚書)の「貫月生頊」や常璩『華陽國志』の「升天姤雄」(⑩・⑪所収)の場合も同様に考えるべきであろう。特に日本文化との比較上も。

成立は不明であるが、『祥験集』の『韋皐』説話も、これと同じく比較的新しいものであり、かつ作者、あるいは編者の創意の加わったものと推定される。説話というものは、一体に、エキセントリック性が持ち味であるが、それが更に享受を意識しつつ、表現として磨きがかかってきている、ということである。

「夏世隆」の〈虹→男子→蛇→龍〉説話は、日本の風土記の、「首陽山」中の〈天女〉説話は、日本の『竹取物語』の下敷きのようである。これがローマン的豊麗・洗練されたものではあるまいか。また〈羽衣〉説話と結びつき、それを踏まえて作られた作品群(謡曲・歌舞伎・長唄・常盤津、他)を連想させるに十分な資料である。(ただし、神田秀夫[注2]によると、「朝鮮の羽衣説話が南から来たか、北から来たかは、私などにはまだ何とも言へないが、」日本の建国以前「三世紀に朝鮮から牛をつれてやってきたと考えられる〈天の日矛〉の一団」が関係している―とのことである。）

（注1）　中華書局版・古小説叢刊『宣室志』（（唐）張讀撰）には、「宣室志輯佚」中《類説》引三條の一として、同説話が約めて載っている。

（注2）「羽衣説話」（日本文学研究資料叢書『日本神話』《昭45、有精堂》所収）

12₂

越州有道士陸國賓者曉乘舟出見**白虹**跨水甚近及至其所見蝦蟆如箬笠大白氣從口出卽跳入水虹亦不見

私註〔一〕『**霏雪錄**』〔二〕十四丁〔三〕説話集〔四〕？〔五〕明・劉績選〔六〕『筆記小説大觀』六編第七冊〔七〕P3903〔八〕延寶三年刊『琅邪代醉編』では、「者曉乘」の「曉」ナシ。「從口出」には「從ロ―中出」と「中」がある。

〔**考**〕記録された時点は明で、比較的新しいのであるが、その民俗的内容は、ずっと古いものではなかろうか。というのは、古くから中国では、太陽の中には「烏」がおり、月の中には「蟾蜍（ヒキガエル）」と「兎」がいる―と考えられていたが、（蝦蟇＝蟾蜍、とみると）馬王堆漢墓の帛画中の「月」中に見える蟾蜍は、明らかに白気を威勢よく吐いている《**影印6**[注1]**7**》のである。そのことよりも知られる。そして、この「白気」と「白虹」とは混淆され易かったもののようである。日本近世の歌舞伎の名作、児雷也の芝居で、蝦蟇の妖術を使う児雷也が登場する藤橋のだんまりでも、深山の谷間に虹が懸るが、これなどとも遠く関わりがありそうである。

（注1）　曽布川寛著『崑崙山への昇仙―古代中国人が描いた死後の世界―』昭56、中央公論記―より複写。

（**影印6**）

長沙馬王堆１号墓出土帛画部分（模本）上段

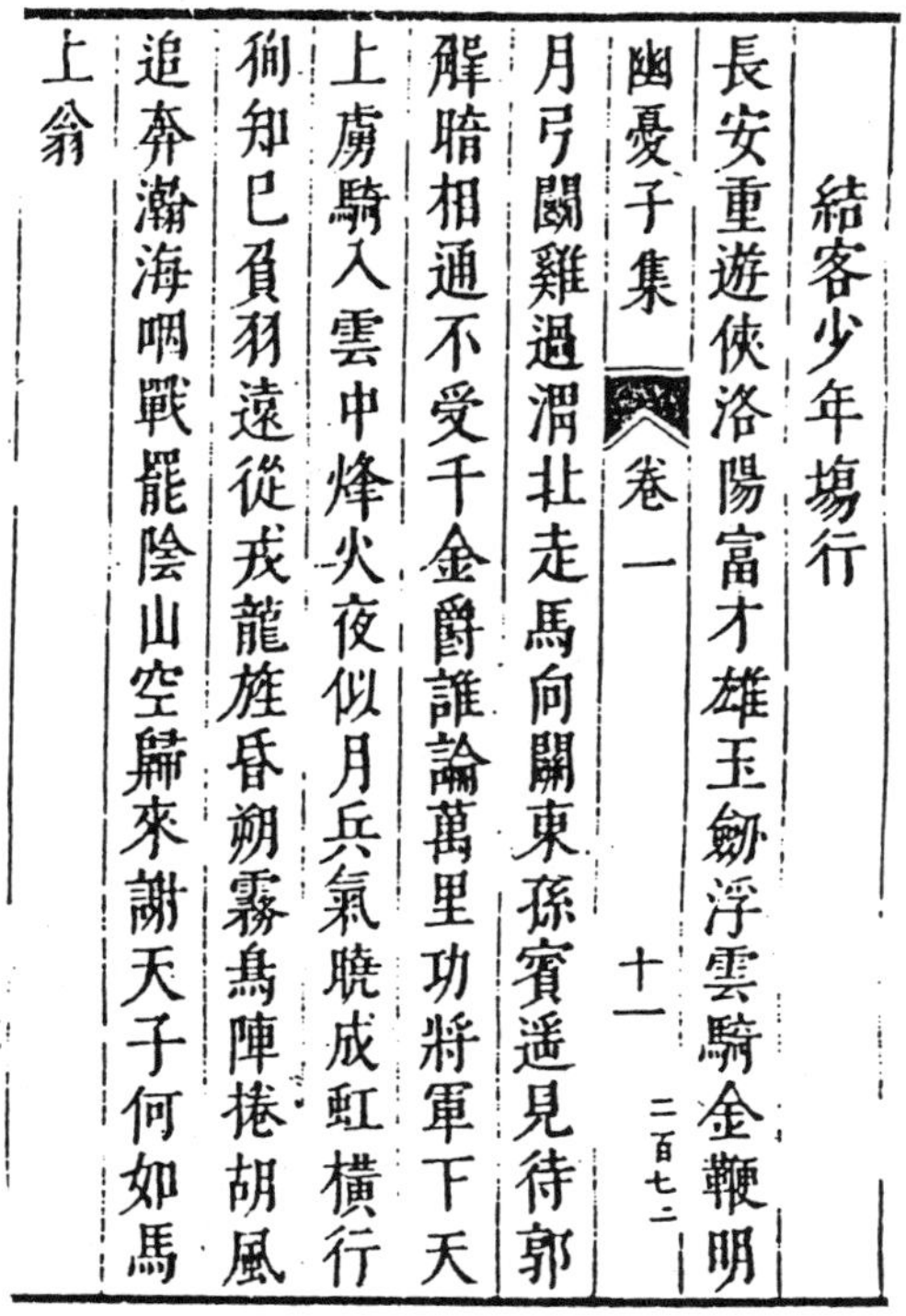

結客少年塲行

長安重遊俠洛陽富才雄玉劒浮雲騎金鞭明

幽憂子集　卷一　十一　二百七二

月弓闘雞過渭北走馬向關東孫賓遥見待郭

觧睹相通不受千金爵誰論萬里功将軍下天

上虜騎入雲中烽火夜似月兵氣曉成虹横行

徇知已負羽遠從戎龍旌昏朔霧鳥陣捲胡風

追奔瀚海咽戰罷陰山空歸來謝天子何如馬

上翁

13

（影印７）

長沙馬王堆１号墓出土帛画部分

私註〔一〕**『幽憂子集』**（四部叢刊本）〔二〕巻一・「結客少年塲行」〔三〕楽府〔四〕初唐〔五〕四部叢刊本は明代（1640）。但し作者・盧照鄰は初唐の人。(637～689)〔六〕大本原式精印四部叢刊正編『〇三一幽憂子集・他』（1979・11, 台湾商務印書館）〔七〕P11〔八〕徐明霞點校『中國古典文學基本叢書』（1980・11，中華書局）中「盧照鄰集」中に注あり。

〔考〕雄壮な行軍を叙する詩の中に「烽火夜似月，兵氣曉成虹」と〈虹〉の現れることに注意。この「結客少年塲行」は、『楽府遺声』に『遊俠二十一曲中に結客少年塲あり』という。蕭士贇の注によると、曹植の詩『結客篇』の『結客少年塲、報怨洛北邙』を取って題にし、飽照より始まるという。」（武部利男訳『李白』―世界古典文学全集27―昭47、筑摩書房）もので、以後同テーマで詠まれた詩は、数多く見られるが、その中で〈虹〉に関するものは、李白（14―(2)）にもあり、唐の虞世南にも、

　　睒睒霜戈動　耿耿劔**虹**浮

があり、また唐の沈彬にも、

　　重義輕生一劔知　**白虹貫日**報讎歸

がある。これらの〈虹〉は、兵気・兵象の、あるいは仁俠的雄壮な詩情に加担しているが、この発想の底には、宇宙を支配する全能者たる〝天〟の意思の発現たる（卜占）、

　春秋讖曰；『天投蜺，天下怨，海内亂』（後漢書巻54に引）などに見る妖祥観が屈折しつつも潜んでいるのであろう。日本・中世の軍記物語等との比考に興味をそそる資料である。

14

大車揚飛塵，亭午暗阡陌。中貴多黃金，連雲開甲宅。路逢鬬雞者，冠蓋何輝赫。**鼻息干虹**(注1)**蜺**，行人皆怵惕。世無洗耳翁，誰知堯與跖。　古詩　(1)

（注1）　曹植〈七啓〉：揮袂則九野生風，慷慨則氣成**虹蜺**。

羞道易水寒，從（一作「徒」）**令日貫虹**。燕丹事不立，　樂府　(2)

淫樂意何極，金輿向回中。萬乘出黃道，千騎揚**彩虹**。　樂府　(3)

君王賜顏色，**聲價凌烟虹**。　(4)

元丹丘，愛神仙，朝飮潁川之淸流，暮還嵩岑之紫烟　古近體詩　(5)

三十六峰常周旋。長周旋，躡**星虹**，身騎飛龍耳生風

橫河跨海與天通，我知爾遊心無窮。

粉圖珍裘五雲色，曄如晴天散**綵虹**。　古近體詩　(6)

與君弄倒影，攜手凌**星虹**。　古近體詩　(7)

七元洞豁落，八角輝**星虹**。　古近體詩　(8)

君王賜顏色，**聲價凌烟虹**。　古近體詩　(9)

符彩照滄溟，淸輝凌**白虹**。　古近體詩　(10)

他日還相訪，乘橋躡**彩虹**。　古近體詩　(11)

祖席留丹景，征麾拂**綵虹**。　古近體詩　(12)

西歸去直道，落日昏**陰虹**。　古近體詩　(13)

虹霓掩天光，哲后起康濟。　古近體詩　(14)

坐令**鼻息吹虹霓**。　古近體詩　(15)

石壁望松寥，宛然在碧霄。安得**五綵虹**，架天作長橋　古近體詩　(16)

仙人如愛我，擧手來相招。

欻如飛電（一作「練」）來，隱**白虹**起。　古近體詩　(17)

江城如畫裏，山晩望淸空。兩水夾明鏡，雙橋落**彩虹**。　古近體詩　(18)

人烟寒橘柚，秋色老梧桐。誰念北樓上，臨風懷謝公。

翔雲列曉陣，殺氣赫**長虹**。　古近體詩　(19)

秦人失金鏡，漢祖昇紫極。**陰虹**濁太陽，前星遂淪匿。　古近體詩　(20)

太白夜食昴，**長虹日中貫**。秦趙興天兵，茫茫九州亂。　古近體詩　(21)

私註〔一〕『**李太白全集**』〔二〕(1)＝「其二十四」全　(2)＝「結客少年場行」抄　(3)＝「上之回」抄　(4)＝「東武吟」抄　(5)＝「元丹丘歌」全　(6)＝「訓殷明佐見贈五雲裘歌」抄　(7)＝「贈盧徵君昆弟」抄　(8)＝「訪道安陵遇蓋寰爲予造真，臨別留贈」抄　(9)＝「還山留別金門知己」抄　(10)＝「將遊衡岳，過漢陽雙松亭，留別族弟浮屠談皓」抄　(11)＝「送温處士歸黃山白鵝峰舊居」抄　(12)＝「送梁公昌從信安王北征」抄　(13)＝「酬宇文少府見贈桃竹書簡」抄　(14)＝「答高山人兼呈權顧二候」抄　(15)＝「答王十二寒夜獨酌有懷」抄　(16)＝「焦山（繆本下多一「杳」字）望松寥山」全　(17)＝「望廬山瀑布二首」抄　(18)＝「秋登宣城謝朓北樓」全　(19)＝「登廣武古戰場懷古」抄　(20)＝「商山四皓」抄　(21)＝「南奔書懷」抄　〔三〕古詩・樂府・古近體詩〔四〕盛唐〔五〕李白701～762〔六〕淸の王琦注『李太白全集』上・中・下（中華書局刊）

〔**考**〕(1)(15)の表現はユニークである。杜甫より四倍程度の量の虹霓詩がある。気宇壮大な詩性、雄大な構図を得意とするゆえであろうか。アニミズム性は杜甫より稀薄のように思われる。

（追）

蝃蝀入紫微，大明夷朝暉，浮雲隔兩曜，萬象昏陰霏。　古詩　(22)

15

驅車石龕下　仲冬見**虹霓**　……(1)
妙取略地平　**虹**蜺就掌握　……(2)
蕩蕩萬斛船　影若揚**白虹**　……(3)
茅茨疎易**濕**　雲霧密難開濕字則上漏下濕之義 列子曰虹蜺也雲霧也皆天の積氣也　……(4)
返照斜初徹一作**散**　浮雲薄未歸　**江虹明遠**一作近　**飲**　峽雨落餘飛　……(5)
鳬鴈終高去　熊羆覺自肥　秋分客尚在　竹露夕微微
練練峰上雪　纖纖雲**表霓**　……(6)
嶺雁隨毫末　川蜺飲練光　……(7)

私註〔一〕『**杜詩引得**』Harvard–Yenching Institute Sinological Index Series Supplement No.14〔二〕(1)=「石龕」抄　(2)=「揚旗」抄　(3)=「三韻三篇」抄　(4)=「梅雨」抄　(5)=「晩晴」全　(6)=「泛溪」抄　(7)=「奉觀嚴鄭公廳事岷山沲江畫圖十韻」抄〔三〕詩〔四〕盛唐〔五〕杜甫 712~770〔六〕燕京大学哈佛京学社引得編纂所編『杜詩引得』(CHINESE MATERIALS AND RESEARCH AIDS SERVICE CENTER, INC. 1966 Taipei)〔八〕漢詩大観本とは巻数が異る。(底本が異る)

〔**考**〕(5)(7)中、動詞「飲」の主体は、明らかに〈虹〉・〈蜺〉であり、すなわち動物的生態で表現されている。(但し、(7)は絵を見ての作であるが。)とすると、他の詩の場合も、鑑賞に際してはそのニュアンス―原始的享受―加味した方がよいのであろう。詩聖と謳われ、広く日本文藝に親しい杜甫ゆえに、この点は注目に価する。

虹と日本文藝（四）

——比較研究資料私註(4)——

[161]

拂簷**虹**霏微，遶棟雲迴旋。　(1)　卷六　—　閑適二

雁齒小**虹橋**，垂簷低白屋。　(2)　卷八　—　閑適四

天黃生颶母，颶母如**斷虹**，欲大風卽見。　(3)　卷十七　—　律詩

山明**虹**半出，松闇鶴雙歸。　(4)　卷二十　—　律詩

蜃散雲収破樓閣，**虹殘**水照斷橋梁。　(5)　卷二十　—　律詩

風轉雲頭斂，烟銷水面開。**晴虹**橋影出，　(6)　卷二十四—　律詩

虹梁雁齒隨年挽，素板朱欄逐日修。　(7)　卷二十七—　律詩

烟開**虹**半見，月冷鶴雙棲。　(8)　卷三十七—　律詩

梁成**虹**乍見，市散蜃初移。居易。　(9)　外集卷上—　詩詞

橋轉**長虹**曲，舟回小鷁輕。居易。　(10)　外集卷上—　詩詞

飛梁徑度，訝**殘虹**之未消　(11)　外集卷下—　文

有大蛇兮，出山穴，亘路傍；凝**白虹**　(12)　卷三十八—　詩賦

之精彩，被素龍之文章。

法曲法曲舞**霓裳**，政和世理音洋洋，
開元之人樂且康。《**霓裳**羽衣曲》起於開元，盛於天寶也。　(13)　卷三　—　諷諭三

冬雪飄飆錦袍煖，春風蕩漾**霓裳**飜。　(14)　卷十二　—　感傷四

漁陽鞞鼓動地來，驚破**霓裳羽衣曲**。　(15)　卷十二　—　感傷四

風吹仙袂飄颻擧，猶似**霓裳羽衣舞**；　(16)　卷十二　—　感傷四

輕攏慢撚抹復挑，初爲**霓裳**後緑腰。　(17)　卷十二　—　感傷四

自從不舞**霓裳**曲，疊在空箱十一年！　(18)　卷十五　—　律詩

行搖雲髻花鈿節，應似**霓裳**趁管絃。　(19)　卷十五　—　律詩

兩瓶箬下新求得，一曲**霓裳**初教成。　(20)　卷二十　—　律詩

千歌百舞不可數，就中最愛**霓裳舞**。　(21)　卷二十一—格詩歌行雜體

虹裳霞帔步搖冠，鈿瓔纍纍珮珊珊。　(22)　卷二十一—格詩歌行雜體

飄然轉旋去聲迴雪輕，嫣然縱送游龍驚；
小垂手後柳無力，斜曳裾時雲欲生。　(23)　卷二十一—格詩歌行雜體

四句皆《**霓裳舞**》之初態。

繁音急節十二遍，跳珠撼玉何鏗錚。　(24)　巻二十一―格詩歌行雜體

《**霓裳曲**》十二遍而終。

清絃脆管纖纖手，教得**霓裳**一曲成。　(25)　巻二十一―格詩歌行雜體

秋來無事多閑悶，忽憶**霓裳**無處問。　(26)　巻二十一―格詩歌行雜體

聞君部內多樂徒，問有**霓裳舞**者無？　(27)　巻二十一―格詩歌行雜體

答云七縣十萬戸，無人知有**霓裳舞**。　(28)　巻二十一―格詩歌行雜體

唯寄長歌與我來，題作**霓裳羽衣譜**。　(29)　巻二十一―格詩歌行雜體

四幅花牋碧間紅，**霓裳實録**在其中；　(30)　巻二十一―格詩歌行雜體

我愛**霓裳**君合知，發於歌詠形於詩。　(31)　巻二十一―格詩歌行雜體

君不見，我歌云：驚破**霓裳羽衣曲**。　(32)　巻二十一―格詩歌行雜體

又不見，我詩云：曲愛**霓裳**未拍時。　(33)　巻二十一―格詩歌行雜體

何以送閑夜？一曲秋**霓裳**。　(34)　巻二十二―格詩歌行雜體

宴宜雲髻新梳後，曲愛**霓裳**未拍時。　(35)　巻二十三―　律詩

卧聽法曲《**霓裳**》　(36)　巻二十六―　律詩

牆西明月水東亭，一曲**霓裳**按小伶；　(37)　巻二十七―　律詩

子晉少姨聞定怪，人間亦便有**霓裳**。　(38)　巻二十七―　律詩

鸞吟鳳唱聽無拍，多似**霓裳**散序聲。　(39)　巻二十八―　律詩

皆言此處宜絃管，試奏**霓裳**一曲看。　(40)　巻三十三―　律詩

霓裳奏罷唱梁州，紅袖斜翻翠黛愁。　(41)　巻三十三―　律詩

池上今宵風月涼。閑教小樂理**霓裳**。　(42)　2739

霓旌不肯駐，又歸武夷川。　(43)　巻三十六―　半格詩

私註〔一〕『**白居易集**』〔二〕(1)＝「遊悟真寺詩一百三十韻」抄

(2)＝「題小橋前新竹招客」抄　(3)＝「送客春遊嶺南二十韻」抄

(4)＝「晩興」抄　(5)＝「江樓晩眺，景物鮮奇，吟玩成篇，寄水部張員外」抄　(6)＝「河亭晴望」抄　(7)＝「答王尚書問履道池舊橋」　(8)＝「和李相公留守題漕上新橋六韻」抄　(9)＝「喜晴聯句」抄　(10)＝「僕射(王起)來示，有「三春向晩，四者難并」之説，誠哉是言！輒引起題，重爲聯句。疲兵再戰，勁敵難降，下筆之時，囅然自哂。走呈僕射兼簡尚書(劉禹錫)」抄　(11)＝「洛川晴望賦」抄　(12)＝「漢高皇帝親斬白蛇」抄　(13)＝「法曲歌」抄　(14)＝「江南遇天寶樂叟」抄　(15)・(16)＝「長恨歌」抄　(17)＝「琵琶引」抄　(18)＝「燕子樓三首并序」抄　(19)＝「醉後題李、馬二妓」抄　(20)＝「湖上招客送春汎舟抄　(21)～(33)＝「霓裳羽衣歌」抄　(34)＝「偶作二首」其二　(35)＝「重題別東樓」抄　(36)＝「(題)」　(37)＝「答蘇庶子月夜聞家僮奏樂見贈」抄　(38)＝「嵩陽觀夜奏《霓裳》」抄　(39)＝「王子晉廟」抄　(40)・(41)＝「宅西有流水，牆下搆小樓，臨玩之時，頗有幽趣。因命歌酒，聊以自娯。獨醉獨吟，偶題王絶」其三・其四　(43)＝「送毛仙翁」抄　(42)＝「得夢得新詩」抄（(那波道圓本『白氏文集』本文・平岡武夫・今井清編『白氏文集歌詩索引』下冊（同朋社）））〔三〕詩・歌・雑体・賦・文〔四〕中唐〔五〕白居易772～846〔六〕中國古典文學基本叢書・顧學頡校點『白居易集』（中華書局）〔七〕P121・158・353・435・446・550・623・853・1530・1532・1538・870・55・228・238・239・242・311・321・452・458・459・459・459・459・459・459・459・459・459・460・460・460・492・514・602・611・625・633・760・760・(329)・826〔八〕出版説明に「宋紹興刻七十一巻本《白子長慶集》是現存最早的白集刻本，此次整理卽用紹興本作底本，請顧學頡同志參校宋明清各本進行校勘和標點。」とある。

〔**考**〕白居易、字でよべば白楽天の文藝は、昭明太子の『文選』

と並んで『白氏文集』略して『文集』と愛称され、金子彦二郎著『平安時代文学と白氏文集』によると、日本には、その生前すなわち、承和一、二年ごろ（834，835ごろ）にはすでに伝来していたという。特にその詩は、平安朝後半以来『源氏物語』『枕草子』『倭漢朗詠集』『平家物語』『徒然草』等を始めとして、定家の歌作論『詠歌大概』にも「雖非和歌之先達時節之景気世間之盛衰為知物由白氏文集第一第二帙常可握翫深通和歌之心」とあるように、日本文藝への影響には目ざましいものがある。そこで、〈ニジ〉に関しての前調査資料を分析してみると―白楽天の文藝においては、〈虹〉と〈霓〉が現れている。まず、〈虹〉に関しては、⑿に〈白虹〉が〈白蛇〉の形容として一つ出てくる以外は、「白虹貫日」等戦乱の予徴的な面には程遠く、また全体に、おどろおどろしい感じや妖気性には淡白なようで、(22)に〈虹裳〉の一例が見えるが、多く「橋」や「梁」との関連における叙景的表現のなかに現れている。次に、〈霓〉に関しては、(22)の一例を除いて）「霓裳」（＝ニジのスカート）または、「霓裳羽衣曲(注1)（譜）」「霓裳（羽衣）舞」として現れている。頻度は〈虹〉より多いが、取材典拠としては「長恨歌」と「霓裳羽衣歌」が大半を占めているので、ほぼ同量とも考えられる。全体に李白ほどは〈ニジ〉の語彙が豊富ではないが、この点（霓裳―）が際立った特色であろう。また古典的な用法として、一例「霓旌」（＝(43)）がある。（ただし那波本では「霓旋」となっている。）(3)中の「颶母」は注によると「断虹」のことらしい。颶（海上の暴風）を生む母体と考えたのか。日本では、『両儀集説』によると、「霓ハ山端地上ニ短ク見ユル者也、俗是レヲホデリ或ハタチモノト号ス、ホデリハ颶母ナリ、尤モ風雨の占徴トス」また、「地上山端ノ湿雲ニ映ジタル色ナリ」とし、いわゆる〈副虹〉というより〈反射虹〉を指すようである。

ここで、再び白楽天に突出している「霓裳」について、更にもう少し注しておきたい。これは「霓裳羽衣曲（舞・歌）」中に現れるものであるが、突出しているということは、白楽天がいかにこの曲、舞に心酔していたかを物語るものである。「霓裳羽衣曲」については、すでに、鈴木虎雄著『支那文学研究』（大14、弘文堂）所収の「霓裳羽衣の曲」に詳しい。詳しいと言ってもその内容については、「斯の舞曲が、どんなものであったかは善くわからぬ。特に斯の舞のできた、玄宗皇帝の時のものが、如何なる者(ママ)であったかは、詳記した者が無い。」のであるから、楽天の記す「霓裳羽衣歌」という詩篇を分析した上での、おおむね推測である。すなわち、資料161中、⒃～㉖の前後の文によっている。また、「長恨歌」（＝⒀）、「琵琶引」（＝⒁）の詩句を加えてみると、古来の雅楽にない軽快なテンポと優美な舞の合体したものらしい。この当時としてはハイカラな曲は、いわゆる西域方面から流入、すなわち西涼府節度使楊敬述(注1)が献じた法曲で、『唐曾要』（巻33）には、

婆羅門改為霓裳羽衣

とある。この改新に梨園の先生たる玄宗の天才が関与しているようである。『太眞外傳』等の「月宮伝来説話」も、西方異界の芸術と玄宗の才との合体を幻想的に叙したものであろう。とすると、その半面のルーツは、遙かヒマラヤを越えて、古代インド宗教に遡上るわけである。バラモン教は「梵天」を中心とし、その梵天は「帝釈天」と共に仏法を護る。〈ニジ〉を「帝釈天の弓」＝「インドラの弓」＝「天弓」、また「帝釈天の宮」

（＝$\boxed{28_1}$・$\boxed{28_2}$参照）とする、古代インドの〈ニジ〉観に、仏教を介して一面連繫するもののようである。色彩はともかく形状的には、よく似た法衣の「裙」と、その発想において何らかの関係を有するのかも知れない。「羽衣」の方は、インドの「カターサリットサーガラ』・アラビアの「アラビアンナイト」・北欧の「エッダ」の中にも記されている「白鳥処女」型の羽衣説話が混入合体したものであろう。

日本文藝との関連では、「霓裳」あるいは「霓裳羽衣の曲」は、『菅家文草』、『和漢朗詠集』、『太平記』、お伽草子類、各種謡曲等と親しい。しかしその著名度を考えれば、圧倒的な影響が見られてよさそうなものであるが実はそうではない。これは、遠藤実夫著『長恨歌研究』（昭9、建設社）に、「仁明天皇の承和年間に伝来した霓裳曲(注2)は泰平の世相と唐化熱の盛期に会して少なからず流行したものと思われる。然るに当時疫病流行して人民百姓の死亡する者が続出したので公卿僉議の結果、これ全く霓裳曲の故であると評定あってこの曲を奏することを停められ、次代文徳帝の御代までは殆ど舞はれなかったけれども、清和帝の貞観二年六月十日之を内教坊に賜って奏でしめられたが、この度は別に凶い事も起らなかったので、爾来正月の節会にはこの曲を奏することになった（龍鳴抄）」とあるが、前部の事柄あたりが尾を引いて長くその要因となったのであろうか。甲骨文字の昔から、また緯書上、〈蜺〉はしばしば不吉な存在ー淫乱・病事・刀兵の厄ーとして卜定されていたことは、資料$\boxed{1}$ $\boxed{5_2}$ $\boxed{5_5}$他により明瞭で、その〈蜺〉を『干祿字書』（cf. $\boxed{9}$私注）のごとく〈霓〉と混用しつつト占したであろう陰陽寮の博士らの情報を容れた「公卿僉議の結果」が想像される。

さらに「霓裳」について、具体的なイメージを構築すべく、考証してみたいのであるが、敦煌壁画等をも含む、上海市戏曲学校中国服装史研究組編『中国历代服飾』（學林出版刊）、沈從文編著『中國古代服飾研究』（1981，商務印書刊）を閲してみても、これと特定できそうな図柄は見当らない。また、文学芸術研究院舞踏研究室・王克芬編著『中国古代舞踏史話』（1980，人民音楽出版社）には、「霓裳羽衣」構想画＝（（影印8））がみえる。しかし、「裳」は言わば「プリーツ・スカート」のごときものと思われるから、全体のイメージ、または羽衣の方はともかく、「霓裳」の方は、高松塚古墳の壁画にみられるもの＝（（影印10））（講談社版『壁画古墳の謎』1972）の方がより近いように思える。右端・左端の女子は、アコーデオンプリーツのような色とりどりの裳(注3)をひいている。いずれにしても、イメージとしては、『離騷圖』＝（（影印9））の延長線上、すなわち形態上は、女性的な、柔かく優艶なイメージ、にあるもののようである。それは、〈霓〉と混用の〈蜺〉の中に、その始源のアニミズムによる動物的「雌性」が生づいているからであろう。

（注1）『唐書』巻二十二・志第十二・禮樂十二には「河西節度使楊敬忠獻霓裳羽衣曲十二遍」とある。（中華書局版『新唐書』第二冊）

（注2）わが国では「玉樹後庭花」のことを「霓裳羽衣曲」と呼んでいたーとの説もあるが、どちらにせよ、冠した曲名の中に〈霓〉の語が使われていることが問題なのである。

（補注）参考ー日本の平安時代の十二単衣の上（唐衣の下）につける、いわゆる「裳(も)」は、腰の裏半面に腰幅よりやや広い程度で末広がりになりつつ、背丈けに近い長さ（従って半分ほどは床をする）で、八枚のプリーツと両側に同長さほどの色鮮やかな

錦などの引腰より成る。（高倉流－高橋春子氏「衣の民俗館」で見学）

《影印8》

「『霓裳羽衣』構想図」（『中国古代舞踏史話』より）

《影印9》

《影印10》

（注3）「プリーツかどうかは速断できませんが、色は青（色としてはグリーン）、朱、黄、白、玄の五色ではないか。」（広岡義隆氏説－稿者宛ハガキ）

162

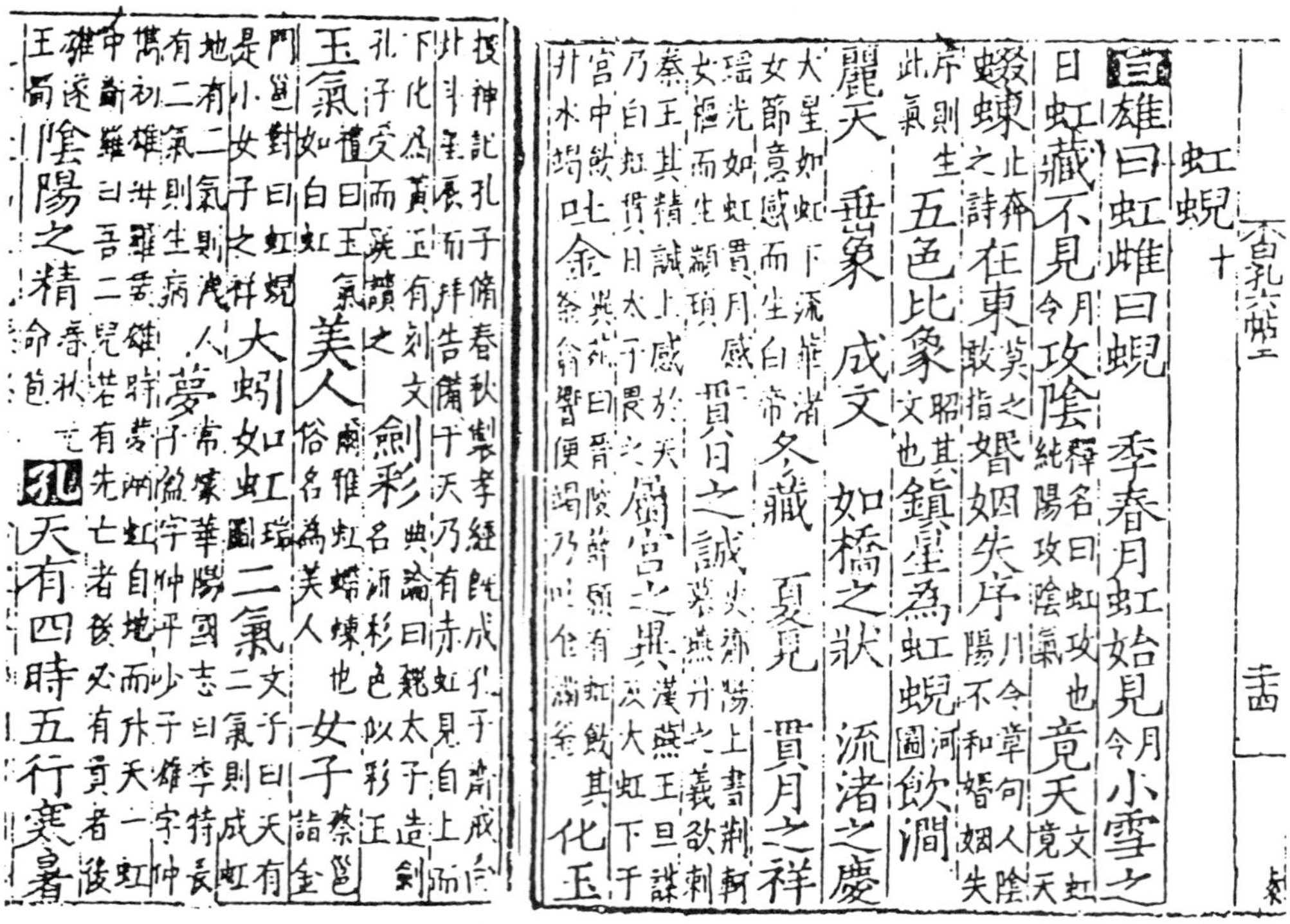
白孔六帖二

虹蜺十

[白]雄曰虹雌曰蜺 季春月虹始見 月令 小雪之日虹藏不見 月令 攻陰 釋名曰虹攻也純陽攻陰氣 竟天 文虹竟天 蝃蝀之詩 止奔 在東 莫之敢指 婚姻失序 月令章句人陰陽不和婚姻失序則生此氣 五色比象 昭其文也 鎮星為虹蜺 河圖 飲澗 麗天 垂象 成文 如橋之狀 流渚之慶 大星如虹下流華渚女節意感而生白帝 冬藏 夏見 貫月之祥 瑤光如虹貫月感女樞而生顓頊 貫日之誠 史記鄒陽上書荊軻慕燕丹之義欲刺秦王其精誠上感於天乃白虹貫日太子畏之 蔽宮之異 漢燕王旦謀反大虹下于宮中飲井水竭 吐金 …… 化玉

拾遺記孔子脩春秋製孝經既成孔子齋戒向北斗星辰而拜告備于天乃有赤虹自上而下化為黃玉有刻文孔子跪受而讀之 劍彩 典論曰魏太子造劍名流彩色似彩虹 玉氣 禮曰玉氣如白虹 美人 爾雅虹蝃蝀也俗名為美人 女子 蔡邕詣金門邕對曰虹蜺是小女子之祥 大蚓如虹 瑞圖 二氣 文子曰天有二氣則成虹地有二氣則泄人有二氣則生病 夢 華陽國志曰李特長子……孔[孔]天有四時五行寒暑……陰陽之精……

私註〔一〕『**唐宋白孔六帖**』〔二〕第二巻「虹蜺」部〔三〕類書〔四〕六帖本三十巻唐代〔五〕白居易撰〔六〕明・嘉靖壬午年一五二二年刻本原書線装本『白孔六帖』(中華民国六十五年十月、新興書局)〔七〕P51・P52〔八〕欽定四庫全書簡明目録によると「白孔六帖一百巻　六帖本三十巻唐白居易撰續六帖本亦三十巻宋孔傳撰其合両書為一而析成百巻不知為誰據玉海所載則宋本已然矣二書均仿北堂書鈔之例而傳書稍詳其名六帖者制帖経以得為通也」とある。

〔考〕形態は『北堂書鈔』(Cf.[8])に類似しており、成語故事を雑載して詞藻の用に供したものであるが、部立形式などは『倭名類聚鈔』等にも影響を及ぼし、またこれが、生前より我が国の思想文藝に絶大なる影響を及ぼしてきた白楽天の撰になるものだけに、その資料的意味は重い。

[17]

陳　潤　賦得浦外虹　日影化爲**虹**灣灣出浦東一條微雨後 五色片雲中輪勢随天轉橋形跨海通 還將飲水處持送使車雄 ……(1)

孟浩然詩　**海虹**晴始見 ……(2)

孟郊詩　有物飲碧水高林掛**青霓** ……(3)

李賀詩　**青霓**叩額呼宮神 ……(4)

杜牧詩　**斷霓**天帔垂 ……(5)1

右同　長橋臥波　未雲何龍　複道行空　不霽何**虹** ……(5)2

李商隱詩　**虹**収青嶂雨 ……(6)

王維詩　虚空陳妓樂　衣服製**虹霓** ……(7)

元稹詩　願以諭端倪。蟲蛇吐雲氣。妖氛變**虹**蜺。……(8)1

右同　山頭**虹**似巾　……(8)2

祖詠詩　鳥雀垂窗柳。**虹**蜺出澗雲。……(9)

私註〔一〕李白・杜甫・白居易以外の〈主要唐詩〉〔三〕賦・詩〔四〕唐代〔五〕清の陳夢雷原編〔六〕中國學術類編『古今圖書集成』（中華民國六十六年、鼎文書局）〔七〕P714〔八〕[8][9][10][12][13][14][15]では漏れている唐代の主要詩人の虹霓に関する賦ならびに選句。但し、(5)2は星川清孝著『古文真宝』（後集）－新訳漢文大系16－（明治書院）所収「阿房宮賦」抄(7)は京都大学中国語学中国文学研究室編『王維詩索引』（昭53、采華書林）、(8)1(8)2(9)は中華書局版『全唐詩』本文による。

〔考〕(1)の「將飲水處」に注意。(3)は、「鵶路溪行呈陸中丞」の抄であるが、叙景のようで「飲」の主体は「青霓」のようである。(4)の「青霓」は、「青い虹模様の祭服をつけた道士」を言う。（漢詩大系13『李賀』－斎藤晌著、集英社）あたかも青霓が地を叩くがごとくイメージされている。(5)2は「龍」と〈虹〉との親族的心が、その押韻・対句表現の中に見られる。また、この〈虹〉は、ダイナミックに美しく多彩なるもののメタファーとして、阿房宮讃賦の一角を形成する。(8)1のおどろおどろしさは、民俗的背景を匂わせ、わが国歌舞伎の先蹤でもあろう。(8)2の発想は〈螮蝀〉の語感に類似する。(9)の〈虹蜺〉は、「鳥雀」と対句となって動物的にイメージされている。

[18]

螮蝀謂之雩螮

蝀虹也　俗名爲美人虹江東呼雩○螮音帝蝀丁孔切雩于句切　蜺爲挈貳　蜺雌虹也

見離騷挈貳其別名見尸子○挈苦結　弅日爲蔽雲　即暈氣五彩覆日也○弅撫

【疏】○螮蝀謂之雩螮蝀虹也

者郭云俗名美人虹江東呼雩然則螮蝀一名雩一名虹詩
鄘風云蝃蝀在東月令季春之月虹始見音義云虹雙出色
鮮盛者爲雄雄曰虹闇者爲雌雌曰蜺虹是陰陽交會之氣
純陰純陽則虹不見若雲薄漏日日照雨滴則虹生螮與蝃
音義同○蜺爲挈貳者蜺雌虹也一名挈貳說文云霓屈虹
青赤或白色陰氣也郭云見離騷者即天問云白蜺嬰茀胡
爲此堂及遠遊章云雌蜺便嬛以曾撓兮是也挈貳其別名
也文見尸子○弅日爲蔽雲者郭云即暈氣五彩覆日也然
則暈氣弅日名蔽雲周禮春官眡祲掌十煇之法鄭司農云
煇謂日光炁是也

私註〔一〕『**爾雅注疏**』〔二〕巻六〈九〉〔三〕字書〔四〕・〔五〕周－春秋時代（孔子・門人－500 B.C.ごろか）→注＝晋・郭璞（276～324）→疏＝宋・邢昺（932～1012）〔六〕清・嘉慶二十年重刊宋本『十三經注疏』（中文出版社）〔七〕P5669〔八〕「弅日為蔽雲（即暈氣五彩覆日也）」も聞一多説によれば、広義の〈ニジ〉のようであるので取り上げた。作者については、「恐らくは周末から漢代にかけて漸次増補完成を見たもので、欧陽脩の如き、恐らくは聖人門下の書ではなく、泰漢時代の学者の詩経の解釈に関係した人びとの説を集めたものであろうと言っている（詩本義）。」（近藤春雄著『中国学芸大辞典』）〔疏〕

中「音義」は、晋の郭璞の『爾雅音義』のことで佚書。清・馬國翰輯『玉函山房輯佚書』（中文出版社）の「爾雅音義」によると、次の様にある。

螮蝀虹也蜺爲挈貳虹音講俗亦呼爲青絳也蜺釋文
作霓霓音五擊反釋文虹雙也鮮盛者爲雄雄曰虹闇者
爲雌雌曰蜺邢疏詩鄘風蝃蝀孔穎達正義釋文引雄曰虹雌曰霓二句

〔考〕『爾雅』そのものは、「文字を説明したもので、字書中、最古のもの」（『中国学芸大事典』）であり、その後の〔注〕〔疏〕を含めて、直接に、あるいは間接に、（例、『一切経音義』等を媒介として）日本の古辞書・類書等への影響も陰に陽に多大な文献である。〔疏〕には、下って宋代の認識が垣間見られるが、おおむね、類書（資料[8][9][10][11]）等の引きうつしであり、「純陰純陽則虹不見若雲薄漏日日照雨滴則虹生」あたりに、やや新味が見られるか。

[19₁]

(a)
曰虹胡公反江東音絳
爾雅音義云雙出
鮮盛者爲雄雄曰虹暗者爲
雌雌曰蜺蜺又作霓五奚反

(b)
青虹古文作䖣同胡公反說文螮蝀也
狀似蟲字從虫俗呼爲美人螮音
帝蝀音凍

(c)
色虹胡公反郭璞爾
雅音義云虹雙
出鮮盛者爲雄雄曰虹暗者爲雌
雌曰蜺蜺或作霓霓音五奚反

(d)
天弓亦言帝弓即天
虹虹音胡公反
俗云絳出鮮盛者名虹
暗昧名蜺蜺音五奚反

(e)
虹蜺古文𧈫同胡公反俗音絳爾雅音義
出曰雙出鮮盛者爲雄雄曰虹暗者爲
雌雌曰蜺蜺音五雞反說文螮蝀虹也江東呼爲雩釋
名虹攻也純陽攻陰氣也螮音帝蝀音董炘曰螮蝀江
東呼雩音芋見爾雅郭注陸德明釋
文云虹郭音講俗亦呼爲青絳也

私註〔一〕『一切經音義』〔二〕(a)＝巻一〈大集月藏分經—第十巻〉(b)＝巻十五〈五分律第十八巻〉(c)＝巻十九〈佛本行集經第一巻〉(d)＝巻二十一〈大菩薩藏經第一巻〉(e)＝巻二十五〈阿毗達磨順正理論第一巻〉〔三〕仏典辞書〔四〕唐の貞観（627

～629）の末〔五〕元應〔六〕釋元應撰・莊炘・錢坫・孫星衍校『一切經音義』（乾隆五十一年1786校　中華書局）一・四・五・六〔七〕(a)＝P47 (b)＝727 (c)＝P865 (d)＝P946 (e)＝P1133
〔八〕「唐一切經音義序」の前頁に「此據海山仙館叢書本影印初編各叢書僅有此本」とある。

〔考〕(d)のごとく〈ニジ〉を「天弓」とする見立ては、シベリア・ソヨート伝説（＝22_2参照）にもあるが、やはりインド的発想－インドラ天（－→帝釋天）の弓（＝28_2）－の方が始源であろう。この「天弓」を含め、「日虹」「青虹」「色虹」も、主に文藝分野から狩猟されている『佩文韻府』や『駢字類編』には見られないもので（＝21）、仏典特有な〈ニジ〉語のようである。（ただし、農諺に「對日鱟」（（20－(e)））は見られる。）〈虹〉または〈蜺〉の注は、ほとんど『爾雅音義』・『釋名』『釋文』よりの引きうつしであるが、類書類と大きく違う所は、〈ニジ〉について、不吉・妖祥・邪淫、逆に、瑞祥・虹脚財宝埋蔵、等、マイナス、プラスの民間伝承的説話的、あるいは儒教的価値認識はのぼってきていない。ただし、引用文献上に含まれる〈ニジ〉の雌雄、すなわち動物性や、俗名、美人は見られる。

19_2　－チベット密教－

エホマー
法界アカニシタ天
浄信の**虹**の光みちる空間に
帰依のよりどころ、根本のラマが清浄なつねならぬ姿で
阿弥陀仏の本性を示してたゆたっている
深い敬信と渇望をこめてあなたに祈ります
甚深の道ポワの行に神秘の力をおさずけくださらんことを
アカニシタ天への旅に神秘の力をおさずけくださらんことを
法身の王城にたどりつかんことを

〔一〕**チベット密教の瞑想修業唱文中の〈虹〉**〔四〕？・〔五〕ラマ・ケツン・サンポ〔六〕ラマ・ケツン・サンポ＋中沢新一共著『虹の階梯－チベット密教の瞑想修業－』（1981、平河出版社）〔七〕P292
〔八〕ラマ（師）すなわち、ネパールに暮す亡命のチベット僧ケツン・サンポ・リンポチェより口頭により伝授されたものを、中沢新一が日本語に移したものである。

〔考〕上掲資料は、ラマ・ケツン・サンポ（Lama Ketsun Sagpo）から、中沢新一が、修業中、直接伝授された、いわば聞き書きの中の唱文の一つである。チベット仏教ニンマ派の伝承するゾクチェン密教の修業中の一技法「ポワ」、すなわち、意識を移し変える身体技法、特に「凡夫のポワ」の唱文の中に、浄信の虹として〈虹〉が出てきているのである。ポワは、浄土観想・瞑想と共に、これを唱えつつ行う修行である。（この具体的唱文が、どのくらい古くからのものか、あるいは、ラマ・ケツン・サンポ独自の創作によるものか、は良くわからないので、ここでは一応参考資料とした。）また、「臨終の時、この時は意識・五感が相当に衰弱しているのであるが、友人やラマなどが耳もとで大きな声で観想のプロセスをどなってもらうと、大いに助けになるもの」であり、「つまり中央管を意識の転移していく『道』とし、心滴をその道を行く『旅人』として、阿弥陀（アミターバ）の大楽にみちた浄土（極楽）にたどりつく『旅』にたとえ」ると「旅人がまだ道にいる間につかまえるのは簡単だし

確実であり、三悪趣に再生する最悪の事態だけはなんとかまぬかれることができる」という。（意識が身体を完全にぬけだしてしまってからでは、たとえすぐれた密教行者でも、死者の意識を追いかけ、つかまえるのは難しい。）

修業は、これを生きながらに行うものであるが、意識を此界より彼界（仏界・無量仏）へ移し変えるもののようである。

さて、浄信の〈虹〉は、とびかう水滴、あざやかな光のマンダラ、すなわち、修業によって摘出する神秘体験の一つ、本然の輝き（リクパ）、人の心に宿る「仏性」体現への烈しい願いを込めつつ瞑想する、その修業の過程に必須のもののようである。また、「神々が一堂に会したこの大きな集会樹を、うすく閉した視線のすぐ上あたりの眼前にあざやかに観想しなさい」という、観想図―ゾクチェン・ニンティクの集会樹―の中にも鮮やかに〈虹〉らしきものが表出・形象されている。これを見るとき、仏像に見る円形の光背や、『新訳聖書』・ヨハネ黙示録における神の玉座を荘厳する〈虹〉が想起されてくる。イスラム教の侵入によって、インドの仏教は衰退したが、現在、中国の自治区の一つであるチベットに伝えられた仏教は、さまざまな困難をかいくぐって幸い辛うじて生き残っているもの―で、その意味で、仏教文化に親しい日本文藝を考えるときの比考資料となる。〔考〕中の記述は、〔六〕書中の記述を引用・要約した部分―主に「　」で示す―が多い。）

ちなみに、〈虹〉はチベット語で、འཇའ་ཚོན である。

20

北虹換君王。……(a)

北虹刀兵起。……(b)

北虹賣兒女。……(c)

東鱟晴。**西鱟**雨。……(d)

對日鱟。不到晝。主雨。言西鱟也。若鱟下便雨。還主晴。……(e)

三月……**虹**見九月米貴。……(f)

四月……立夏日看日暈。有則主水。諺云。**一番暈**。添一番湖塘。是夜雨損麥。……諺云。日暖夜寒。東海也。**乾虹**見米貴。……(g)

五月……**月内虹**見麥貴。……(h)

虹が出たとき降る小雨に当たると黒髪が白くなる。……(i)

天頂有**半節虹**　要做風颱敢能成。……(j)

私註〔一〕中国の俗信の〈虹〉〔二〕俚諺・農諺〔四〕？〔五〕？

〔六〕(a)〜(c)＝諸橋轍次著『大漢和辞典』巻二（大修館）(d)〜(h)＝徐光啓著『農政全書』巻十一―農事占候―（國學基本叢書所収）(i)＝安間清著『虹の話―比較民俗学的研究―』（前出）(j)＝台湾総督府編『台湾俚諺集覧』（大3）〔七〕(a)〜(c)＝P1542 (d)(e)＝P84 (f)(g)＝P72 (h)＝P74 (i)＝P78 (j)＝P25〔八〕(d)(e)の直前に「諺云」とある。

〔考〕引用書解説に、(a)＝「北方に虹が出ると革命が起る。気候不順のため饑饉が起り、天下が乱れるといふ意。江蘇省の俚諺」(b)＝「北方に虹が出ると動乱が起る。湖北省の農家の俚諺」(c)＝「北に虹が出ると児女を売るやうになる。気候不順の為に饑饉となり、子女までも売らねばならないようになる意。河北省の俚諺」とある。(a)〜(c)すべて「北虹」であり、それらの立地面は、「江蘇省・湖北省・河北省」であるから、その地方—かなり広範囲、すなわち中国の半分程度を占める北部平野地帯—からの方角「北」に特に不吉な意味があるようである。「北虹」は太陽が南に輝く時の虹、すなわち真っ昼間の虹である。権力色の濃い「白虹貫日」と異なる、下級層のシビアーな庶民生活が、虹のたつ方角の凝視を通してのぞいている。(d)(e)の「鱟」は、諸橋『大漢和辞典』によると、かぶと蟹または魚の一種を指す語であるが、虹の俗称でもあるという。私見であるが、かぶと蟹の甲の形よりの見立てによるものではあるまいか。「俗称」云々は、『農政全書』の「論虹俗呼曰鱟。」の引載であろう。なお、「鱟」は商務印書館版『辭源』に「呉方言称虹为"鲎"」とある。(d)は、虹が東天に現われれば晴れ、西天に現われれば雨が降る—ということであるが、これは同時にそのたつ時期、すなわち前者は夕方（夕虹）、後者は朝方（朝虹）をも暗に示しているのであろう。しかし、Funk and Wagnall 前掲辞書によると、

北アメリカ　の

○セネカ族は南方に見える虹は大雨降りの兆、西方に見えるのは輝く霧雨の兆という。少し論点はずれるが—

○カリフォルニアのインデアンは虹の夢をみるのは凶事の前兆と思っている。

○マッケンジィ河方面や北太平洋海岸地方、イロクオイや南西部地方の（インデアンの）神話では、虹が現われるのは少女の月経の兆であるとか、悪魔の意思がふりかかるとかいう。

○南東部地方の（インデアンの）ユーチ族は、虹は空を横切って広がる乾燥した天気をもたらし、雨を降らせないということを信じている。

南アメリカ　の

○アラワク族は、海を越えて見える虹は幸福の兆であるが、陸の上に虹が現われるのは悪魔が犠牲者を探しているのだと信じている。

イラン　の回教徒すなわち

○イスラム教徒は、虹の雄羊座の東に出るものは幸運をもたらし、同じく西に出るものは饑饉を意味するし、西方にある雄牛座に出るものは幸運を、東方の雄牛座に出るものは多くの女性に苦悩をもたらすという。

ちなみに、日本では、『柳田國男全集』＝A、『古事類苑』＝Bに、

○朝虹蓑ほごせ、夕虹に蓑を巻け（福島）上川虹に川越すな—A

○虹霓の立ちて西に有るは明日必雨降り、東に見ゆるは必風吹く、切れ切れに光り散るは風起る、日暮に東南に見ゆるは天風なり、（兎園小説四集）—B

とある。

すなわち、地理的民俗的宗教的環境によって当然さまざまに内容は変化しうるものなのである。(f)〜(h)は、いわゆる農諺であって(d)(e)等古来よりの「諺」が、さらにその中に散りばめられてその説得力を高めている。農耕民族の生活の知恵の断片であり、それらは麦の花や米の花の開花—時期により悪影響を及ぼす—成育と密接に関係していたものであろう。(f)(g)の「米貴」、(h)の「麥貴」（不出来のため米価・麥価が騰貴する）の収穫後の結果の予測がそれを示している。ちなみに、日本では「二月

（西に）、三月、四月、十二月虹を見れば米の値高し」（小学館版『故事ことわざ大辞典』）という。かく〈虹〉は、洋の東西を問わず、「占い」あるいは「予見」の具に供せられたのである。そして中国の「虹の諺」は多く農耕に根ざしたものが濃厚である。(i)(j)は、台湾の俗信であるが、(i)は日照雨（=狐の嫁入り）に不吉観・淫象観がまつわっている。〈虹〉の橋を渡って昇天できなかった悪いオットフの悪戯であろうか。(j)は「天に虹が半分出ると大風雨になる。」の意。

(a)〜(i)の中の〈虹〉は、雌雄総称の〈ニジ〉を言い、「暈」も中国的に云えば、〈ニジ〉の範疇に属し得るものであろう。

21

虹

春虹 白虹 雄虹 朝虹 玉虹 奔虹 錦虹 騰虹 文虹…(1)1
輕虹 雰虹 長虹 晩虹 星虹 丹虹 晴虹 煙虹 殘虹
江虹 隮虹 大虹 五虹 絳虹 銅虹 陰虹 夢虹 船虹
覆虹 攄虹 彩虹 隱虹 乘虹 屈虹 宛虹 飛虹 舒虹
會虹 跨虹 直虹 寫虹 幡虹 秋虹 雕虹 海虹 畫虹
架虹 采虹 雲虹 承虹 凌虹 仙虹 隙虹 爛虹 臥虹
彗虹 九虹 黒虹 紫虹 飲虹 蜿虹 斷虹 渴虹 生虹
掛虹 如虹 烟虹 垂虹 風虹〔天文象宗〕月暈也主風
乾虹…(1)2
北虹…(1)3
二虹…(1)4
水虹（=水椿）…(1)5
日虹 青虹 色虹（天弓）…(1)6
赤虹…(1)7
虹蜺 虹蜆 虹氣 虹彗 虹渚 虹泉 虹壑 虹路 虹縣…
虹橋 虹陛 虹棧 虹梁 虹褸 虹旌 虹旆 虹旃 虹裳…(2)1
虹帶 虹舸 虹艦 虹馬 虹驂 虹燿 虹美 虹明 虹光
虹輝 虹起 虹色 虹文 虹勢 虹指 虹映 虹影 虹構
虹植 虹飲 虹見 虹穿 虹貫 虹出 虹在 虹截、虹攢
虹開 虹分 虹超 虹藏 虹騫 虹據 虹亘 虹傍 虹殘
虹沴 虹生 虹化 虹感 虹繞 虹中 虹消
虹友 虹采 虹彩 虹草 虹泉 虹旃 虹帶 虹丹 虹女…
虹吐 虹洞 虹輝 虹口 虹蜺絲 虹蜺閣 虹蜺吐穎…(2)2
美人虹 貫月虹 華渚虹 貫日虹 飲釜虹 吸酒虹…(3)1
天酒虹 橋似虹 飲澗虹 貫白虹 不霽虹 暮成虹
楚雲虹 共成虹 五采虹 彌天虹 蠙如虹 偃蹇虹
兵氣虹 晴散虹 袖拂虹 氣成虹 瀑噴虹 飲如虹
送雨虹 詞如虹 踏長虹 借紫虹 篆明虹 袖蓮虹
幡帶虹 照采虹 委曾虹 毫端虹
月内虹…(3)2
半節虹…(3)3

蜺

虿蜺 珥蜺 雌蜺 白蜺 縄蜺 素蜺 雲蜺 子蜺 舒蜺…
妖蜺 銜蜺 青蜺 彩蜺 斷蜺 横蜺 紫蜺 紅蜺 拂蜺…(4)1

夕蜺　蜩蜺　赤蜺　浩蜺　騶蜺　絳蜺　川蜺　長蜺　彩蜺

承蜺　弄蜺　掃蜺

黒蜺……(4)2

暗蜺……(4)3

五蜺……(4)4

五重蜺　天投蜺……(5)

蜺幬　蜺雲　蜺形　蜺妖　蜺拂　蜺堕　蜺連　蜺旄　蜺旌……(6)

蜺旌飄……(7)

霓

雲霓　如霓　投霓　晴霓　霆霓　蹈霓　文霓　千霓　隱霓……(8)

生霓　横霓　翻霓　軾霓　蒼霓　彊霓　拂霓

霓裳　霓裟　霓袖　霓襟　霓服　霓旌　霓旄　霓旆　霓幢……(9)

霓節　霓仗　霓飲　霓字　霓壞　霓騎　霓糾　霓妖

化女霓　憑天霓　巻碧霓　萬丈霓……(10)

蝃蝀　(注)蝃音帝……(11)

隮　隮西……(12)1

濕　濕字則上漏下濕之義烈子日虹蜺也。……(12)2

挈貳　(爾雅)蜺爲｜｜　(雲古今注)｜｜螮蝀也(鄭明選虹賦)以｜｜　｜弁日爲蔽｜　子所詐是名爲虹字以｜｜｜謚以螮蝀……(13)1

挈示　甘氏星經又日蜺爲挈示……(13)2

䨻……(14)

雩　蝃蝀謂之雩蝃蝀虹也俗名為美人虹江東呼雩音芌……(15)

蝱蜺　(注)孟康日：〔暈〕日旁氣也。……(16)

颶母　颶母如斷虹、欲大風卽見。……(17)1

氣母……(17)2

蝎　虹の古字。……(18)

鬻　東鬻　西鬻　對日鬻……(19)

天弓　虹之異名虹五色彎曲如弓故名天弓玄應音義『天弓亦言帝弓卽天虹』……(20)

天忌……(21)

絳氛……(22)

紅橋　彩橋　玉橋……(23)

水椿　水虹屈霓也主雨風虹月暈也主風水虹滇人呼爲水椿……(24)

旱龍　虹有形質俗謂之旱龍。……(25)1

挂龍　今里俗所云挂龍者卽霓也。……(25)2

暈　孟康曰：〔暈〕，日旁氣也。〔尚書考〕〔霊耀〕〔鄭元〕曰日旁氣白者為虹。京房易傳曰：蜺日旁氣也。…(26)

析翳　尸子曰虹霓爲析翳去聲析翳卽挈貳之轉。…(27)

འཇའ་ཚོན　…(28)

Niron　…(29)

私註〔一〕『佩文韻府』・『駢字類編』他総集〔二〕虹・蜺・霓・挈貳―の部〔三〕韻書〔四〕清の聖祖の康熙四十三年（1704）・同康熙五十八年（1719）以前〔五〕勅撰。前書は張玉書ら、後書は張廷玉ら編・奉書。〔六〕前書は王雲五・索引主編『佩文韻府』（商務印書館刊）、後書は、据上海同文書局石印本影印『駢字類編』（北京市新華書店刊）〔七〕(1)[1](3)[1](4)[1](5)(6)(7)(8)(10)(11)(12)[1](13)[1]は前書により、(2)[1](9)は後書による。頁は散載。(1)[2](3)[2](19)は徐光啓著『農政全書』巻第十一（國學基本叢書所収）に、(1)[3]は資料[20]―(a)(b)(c)参照。(1)[4]は資料[12_1]（陳濟妻）。(1)[5](24)は明の楊愼著『升菴全集』(ハ)P978（國學基本叢書所収）に、(1)[6]は法隆寺・大治本『一切經音義』による。(2)[2](4)[3](17)[2](18)(22)(23)は諸橋『大漢和辞典』による。(3)[3]は台湾総督府編『台湾俚諺集覧』（大3）に、(4)[2]は『漢書』（＝[5_2]）に、(4)[4]は『春秋緯潜潭巴』（迭書）に、(12)[2]は[15]―(4)による。(14)は『太平御覧』（＝[11]）に、(15)は中文出版社版『十三經注疏』中「爾雅」による。(注)＝晋の郭璞。(16)は『漢書』（＝[5_1]）により(注)＝唐の顔師古。(17)[1]は『白居易集』（＝[16_1]―(3)）による。(20)は舒新城・張相等主編『辭海』（1979・中華書局香港分局）による。『佩文韻府』には、出典「白虎通」とあるが不見。誤記か。『玄應音義』は唐代。[19_1]―(d)参照。(21)は『淮南子』天文訓による。(25)[1]は『丹鉛總録』。(26)は[5_1]・[7]・[5_2]参照。(13)[2](25)[2](27)は清の阮元編『皇清經解』所収「寶應劉州倅襞齋遺稿」中〈段玉裁曰〉。「班固、西都賦、虹霓廻帶於棼楣」の注にも「善曰、尸子曰虹蜺爲析翳」とあり。(28)は西北民族学院蔵文教研組編『蔵漢詞典』（1979・甘粛人民出版社）。チベット語。(29)は羽田享編『満洲語辞典』

〔考〕(12)[1](12)[2]は類似発想による。(25)[1]の〈旱龍〉は、大切な雨水を飲みつくす、いわゆる「悪龍」「毒龍」らしい。諸橋『大漢和』に、「旱龍潭カンリョウタン」という潭の名があり、それは「河北省山県の西方、上方山の象王峰の峭壁の下。夏日大雨が降って、水が俄かに満ちてもしばらくして乾くから名づけた。古、毒龍の居た所と伝へる」とある。(1)[2]の〈乾虹〉と同義か。（虹≒龍）〈虹〉と「龍」の接点は、「雷」の共有にあろう。（「中央アジア諸民族の場合雷をさす ― lu（オロ―ulu）は疑いもなく、中国語ロン《龍、雷》にもとがある。」(注1)）日本語の〈ニジ＝虹〉と〈タツ＝龍〉の関係に通う。〈ニジ〉も「タツ」と言い〈タチモノ〉(注2)とも言う。「タツ」は「神威あるものの顕現」。さて、(1)～(10)の典拠資料文献は、当然、唐以前ばかりでなく、宋以後のものも含まれてはいるが、主に詩歌作成の用に供せんとして編まれたものとはいえ、そのニュアンスの多彩を示す熟語表現の豊富さにおいて、日本の〈ニジ〉の場合と比較してみて驚嘆に価する。(11)以下は、ローカル性の強い方言や、俗字・俗名・古字・異名、また俚諺・農諺中のものである。また、(1)[6]には仏典的特性が濃く、(20)には西域インド方面の影響が見られるが、とにもかくにもこの驚くべき多彩ぶりは、国土広大で、北から南へと微妙にニュアンスを変えつつも、一般に寒暖の急変の激しさや雷雨の激しさに豊む厳しい自然的風土の特性と関連して、そこに現出する〈ニジ〉に神秘思想が芽生え絡まる－緯の哲学、卜占＝宇宙の森羅万象を支配する天の具体的な啓示－ことにより、その関心の質・度合いは、何と言っても比較的マイルドな自然風土に包まれた日本の場合とは、格段の開きがあるのであろう。当然、享受に際して、民俗的意味合いなどにもかなりの相違をみるものであろう。

また、漢・唐代には、一面、太古的「天忌・妖祥」思想から解放されて、〈虹縣〉という県名が、明代には〈虹梯〉という関所名も見える。〈虹洲〉（明）・〈虹舟・虹亭〉（清）の字号等も見える。現代中国においても、上海には〈虹橋空港（ホンチャオ）〉・〈虹口（オンキュー）〉があり、サイフォンに〈虹吸管（ホンシークワン）〉の字をあて、ネオンサインを〈霓虹灯（ニーホントン）〉と呼ぶ。また、仙人の煉った薬・仙丹のことを〈虹（ホン）丹〉ともいう。

さて、資料[1]～[21]を通してみるに、かく悠久の歴史の中で様々に変容しつつも、その自然に支えられた精神生活が生み出した中国の多彩な〈虹〉文化が、日本文化といかに関わり合うか。その中から日本文藝は何を、どのように摂取し、何を拒否し、何に無知であったか－を知る上で、有効な資料であろう。

（注1）ウノ・ハルバァ著田中克彦訳『シャマニズム－アルタイ系諸民族の世界像－』（三省堂）のP191。
（注2）『両儀集説』六巻二八。

〔七〕補……(1)7は『初学記』（＝[10]）。

資料11の私註中で引用した『開元占經』(一名《大唐開元占經》、清人又或名《唐開元占經》)の「虹蜺占」の部を最近公刊された本国版によって補助資料的に掲げておく。ただし、自然科学史研究所・薄树人記す序文に「中国文化史上的一部奇书」とあり、「占」に集約されている点では特色を有すると思うが、思想・内容的に見て、前掲資料と重複するもの多く、さして新味は見られない。

補1 ―『唐開元占經』―

唐開元占經卷九十八
唐　瞿曇悉達　撰
虹蜺占
元命包曰陰陽交為虹蜺漢書天文志曰虹蜺陰陽之
精如淳曰雄曰虹雌曰蜺又曰色著為虹色微為蜺
月令季春之月虹始見　爾雅曰蝃蝀謂之虹也　京
房曰虹日旁氣也　蔡氏月令章句曰虹蝃蝀也陰陽
唐開元占經 卷九十八　一
交接之氣著於形色者也雄曰虹雌曰蜺常依陰晝見
於日衝無雲不見太陰亦不見虹常依象陽見於日旁
白而直者曰蜺　凡日旁者四時常有之惟虹起季春
見至孟冬乃藏　爾雅曰蜺為挈貳郭注云蜺雌虹雄
也挈貳蜺別名也　説文曰蜺屈虹青赤或白色陰氣
也　合誠圖曰虹蜺主惑心潛潭巴曰虹蜺主内淫
春秋緯曰虹蜺者斗亂之精也主失度主惑譽　又云
虹蜺見雨即晴旱即雨註云謂久雨虹見即晴久旱蜺

見即雨也　京氏曰凡蜺者陰撓陽后妃無德以色親
也雒罪級曰蜺出不言内妬亂　京氏曰蜺三出三已
三辰除之除即日雨韋昭注曰三辰從寅至辰也　詩
曰蝃蝀在東莫之敢指朝隮于西崇朝其雨毛氏曰夫
婦過禮則虹氣盛　元命包曰世惑臣謀虹舒照　高
宗八節虹氣占曰虹以立春四十六日内出正東貫震
中春多雨夏多火災冬多海賊秋多水民流亡　虹以
春分四十六日内出東南貫巽中春大旱災北起　虹
唐開元占經 卷九十八　二
以立夏四十六日内出正南貫離中大旱火為災麻獨
甚　虹以夏至四十六日内出西南貫坤中小水虫為
災食穀魚不滋　虹以立秋四十六日内出正西貫兑
中秋多水冬旱　虹以秋分四十六日内出西北貫乾
中秋多水虎為災食人逆賊生　虹以立冬四十六日
内出東北貫艮中春多旱夏火粟貴　京氏曰虹春出
西方黒雲覆之夏大水白雲覆之夏多寒民病瘧若温病者赤雲
覆之夏多旱黄雲覆之夏大旱穀不熟　虹夏出西方黒雲覆之

秋多雨白雲覆之冬多風青雲覆之冬多寒民病瘧若病瘟赤雲覆之秋大旱黃雲覆之秋大收　虹秋出西方黑雲覆之冬多雨白雲覆之冬多風又多寒民病瘧若病瘟又赤雲覆之冬大旱若黃雲覆之冬糴大賤　京房氏傳曰虹冬出西方黑雲覆之春多雨白雲覆之春多狂風青雲覆之春多寒民病瘧若病瘟赤雲覆之春大旱黃雲覆之春雨和調　虹出南方無春夏秋冬所見之處不出三年民流亡不歸收葬風雨不時民飢　虹出北方雨

陰陽不調當雨反旱當旱反雨冬夏不調萬人大愁所照之國必有賣幼孫者其歲多病疾夏小雨冬荒不出三年所照之國民守其倉暴骨惶惶哭泣相望童子行行大旱二百八十日乃雨所照之國尤甚　易飛候占曰虹凡相有五法蒼無胡虹也赤無胡者蚩尤旗也白無胡者蜺也衡不屈者天杵也直上不詘者天棓也此五虹以甲乙出東方歲若穀大賤犬食人食丙丁出南方天下大旱庚辛出東南甑釜不充釜食多空戶五步六

死人　虹以四月五月六月出西麥貴七月八月出西菜貴九月出西大小豆貴十月出西盡貴一出一倍再出再倍三出三倍四出四倍五出五倍飢民千里　十月虹出東北者其國亡　虹出橫至上反入又不曲正直者不出九十日民多病死不出三年大旱民流亡所照之國尤甚　虹出直上行名曰章所出之處民多病而死民多瘟者不然大旱千里民多妖言所照之國尤甚　又曰溫而不雨虹出無處者下精不功之事也

溫而虹出家人屋姙婦多死　夫王道之始先正夫婦夫婦正則父子親父子親則君臣忠君臣忠則化行王道之興無不以德衰無不以危天見變異以為戒欲其覺悟故為虹蜺之異所以譴告人君也后專夫權民苦刑殺人妖君之行故虹蜺五色也　韓詩曰蝃蝀刺奔女也蝃蝀在東莫之敢指蝃蝀東方名也詩人言蝃蝀在東者邪色乘陽人君淫泆之徵臣為君父隱諱故言莫之敢指刺衛奔女私奔淫泆決成家室之計皆指女也

抱朴子曰屈虹見城上其下必大戰流血　屈虹從
城外入城中者三日內城可屠　黃帝占曰攻城從外
南方入欲城中者從虹攻勝　郗萌曰城上有交頭虹
城可攻　潛潭巴曰虹五色迭至照於宮有兵革之事
　張璠漢記曰靈帝時虹晝見殿前色青赤蔡氏曰小
人女子之祥也　續漢書靈帝光和元年有黑氣墮北
宮溫殿東庭中如車蓋隆起奮迅五色有頭長十餘丈
形皃似龍上問蔡氏蔡氏對曰所謂天投蜺者也不見

足尾不得稱龍中平元年黃巾賊張角起兵六年宮車
宴駕　漢五行志曰后妃有專蜺再重赤而專至旱注
云專者員也　潛潭巴曰五蜺俱出天子詘　感精符
曰九虹俱出五色從橫或頭銜尾或尾繞頭失節九女
並譌妃族族惡黜天外若兵起戚內奪　京氏曰蜺有
九皆主身也專君者以色專愛及君事也　通卦驗
曰虹不時見女謁亂宮虹者陰陽交接之氣陽唱陰和
之象今失節不見者似人君心在房內不修外事廢禮

失義夫人淫恣而不敢制故女謁亂宮地鏡曰虹從池
井出若飲國空虛　易妖占曰虹出君池若飲君井其
君無後　漢書曰天雨虹下屬燕王只井中飲井井水
竭只後誅　周書時訓曰清明後十日虹始見不見婦
人色亂小雪之日虹藏不見收虹不藏婦不專一　演
孔圖曰地歐蜺氷天而敗皆臣子逆四方注云地歐蜺
土中躍出也　抱朴子曰赤虹見城上其下必大戰流
血　易候曰赤虹如杵萬人死其下白虹亦然　運斗

樞曰帝老不聽政赤虹填門注云不能聽政故虹貫塞
主門以絕之也　文曜鉤曰齊舉管夷吾虹貫牛山趣
齊去婦毋近妃宮齊侯大懼更立賢輔宋均曰出君住
而陰氣貫之君惑於妻館之象故夷吾勸去之也

虹蜺貫日二

京氏對災異曰　虹蜺近日則姦臣謀貫日客伐主其
救也釋女樂戒非常正股肱入賢良　雒罪級曰五虹
刺不言內妾恣　京氏曰臣傷君不救國君亡　易候

曰赤虹與日俱出其所之有急　甘氏曰赤虹出日左
大凶

白虹三

易候曰白虹其下有流血　晉天文志曰白虹者百殃
之事衆亂所基　白虹霧姦臣謀君擅權主威夜霧白
虹見臣有憂晝霧白虹見君有憂虹頭反至地流血之
象　黃帝占曰白虹繞城不匝從虹所在擊之勝其決
賊及從其地破走　抱朴子曰白虹見城上其下必大

戰流血　京房曰秋有白虹一雙出西方急陳兵待之
其赤氣依傍者必有拔城

白虹貫日四

感精符曰宰相之謀欲有國則白虹貫日毀滅息　摘
亡辟曰白虹貫日四夷為禍主恐見伐　感精符曰白
虹貫日天子將排　荆州占曰白虹貫日臣殺主　甘
氏占曰日旁有白虹衝日在東方東方反在西方西方
反在四方皆然期不出五年中有臣倍其主者白大將

死色赤大夫出一曰有反城　白虹貫日近臣為亂諸
侯有欲反者赤黑虹尤甚期不出三年　雒罪級曰白
虹貫日近臣亂勝主人亡　易妖占曰白虹在日為喪
又為兵　京房對災異曰虹蜺貫日客殺主專君位大
臣秉樞不救之則兵至宮殿戰　史記曰鄒陽上書曰
荆軻慕燕丹之義白虹貫日太子畏之應邵曰燕太子
丹秦始皇遇之無禮丹亡去故厚養荆軻令刺秦王精
誠感天白虹為之貫日列士傳曰太子見虹貫日不徹

曰吾事不成矣　後漢書曰郎樟永建五年舉孝廉除
郎中時白虹貫日樟因上便宜三事陳其咎徵書奏棄
官去之　詩推度灾曰撓弱不立邪臣蔽主則白虹刺
日為政無常天下逆　京房易傳曰白虹雙出日中妻
以貴驕夫　白虹在日側黑蜺裹之氣正直妻不從正
蜺與日會婦人擅國蜺日奪明而火溫溫而雨尊卑不
別列宿虹蜺出　郗萌曰虹與日俱出房心間諸侯王
死期不三年　甘氏曰虹出牽牛之度必有壞城期二

年　陳卓曰虹出須女后族專權謀殺為害　洛書曰
天無雲有赤蜺遶昴畢東北角西行臣主相謀伐　洛
書摘亡辟曰蒼雲白虹圍軫亡之戒也　運斗樞曰后
族專權虹貫太微

唐開元占經　卷九十八　九

唐開元占經卷九十八

私註〔一〕**『唐開元占經』**〔二〕巻九十八・虹蜺占〔三〕唐代の暦並びに占に関する書〔四〕唐代とそれ以前〔五〕唐の瞿曇悉達の撰〔六〕責任編輯：曹伍生『唐開元占經』（1989、中国書店）〔七〕P.709～713〔八〕全書共一二〇巻（解題）

〔考〕『開元占經』は、小長谷恵吉編『日本國見在書目録解説稿』（昭31、小宮出版）中の「外典書籍目録」（室生寺本）ならびに「不収書目」中には見当らない。とすれば、その撰述の年代については諸説があるが、おおむね寛平年間（889～897）であるので、それ以前の日本文藝との関わりは稀薄なものであろう。

虹と日本文藝(五)

——比較研究資料私註(5)——

221

虹は蒙古語で**ソロンゴ**・キルギス語で**ケムピルヌィン・クサグィ**といふ。ケムピルは老婆、クサク kusak は夜、羊をつないでおく縄である。蒙古人は次のやうな物語をする。或る一人の男に妻が二人あつて、それが互に喧嘩をしてゐた。三人の息子の母であった年上の妻を姑が呪った。そこでこの妻は息子二人を伴ひ、家畜を皆つれて、天に逃げて行った。今では彼女は自分の家畜を**虹**に繋いでゐるのだ、と。

私註〔一〕**西北蒙古語族・キルギス語族における俗信の〈虹〉**〔三〕口承伝説〔四〕?〔五〕?〔六〕ポターニン著・東亜研究所訳『西北蒙古誌』第二巻―民俗・慣習編―(龍文書局)〔七〕p254・255

〔**考**〕大草原の遊牧の民である、西北蒙古の住民は、その人種的構成上、三群に分たれる。即ち、蒙古人種、トルコ系人種、支那人種である。キルギスは、トルコ系である。トルコ語の、Gök Kuşağı と関連があろう。天で「家畜を虹に繋いでゐる」などという所は、遊牧民らしい発想であるが、この〈虹〉も、もともとは「縄」の形象に近い「蛇」類の瞬目よりの発展であろう。「天に逃げて行」くなど、日本神話の「高天原」的夢想も見られて興味深い。ヒマラヤからバイカル湖にかけた広範な地域に分布しているモンゴルの神話的英雄叙事詩『ゲシル・ボクドゥ』には、天と地を結んで人を登らせる〈虹〉の架け橋の話を伝えており、同じモンゴル系のアメリカインディアンの世界(=25)に多見される「橋」型とも共通し、『古事記』の「天の浮橋」も類想される。松本秀雄博士(注1)には、血液鑑定による遺伝子の分析により、原日本人(縄文人)のふるさとを、北方系蒙古人に特徴的なSt遺伝子をもつ、ブリアート人の住む、シベリアのバイカル湖周辺とする説もある。青年が歌う馬子歌も「まさに追分節そのもの」であり、「唐臼」や「唐箕」や三味線そっくりの三絃の琴もある。バイカル湖から、山脈一つ越えると、オホーツク海に注ぐアムール川（黒龍江）の上流であり、その「アムール川を下れば、バイカル湖周辺の人たちが日本列島に到達することも、さほど難しくないでしょう」と博士はいう。日本民族のみどり子に一般に見られる「蒙古斑」のことを考えれば、あながち等閑視しておられない。しかし、不思議といえば不思議だがソロンゴ ᠰᠣᠯᠣᠩᠭ᠎ᠠ は日本語の〈ニジ＝ノジ（古代）〉と音声的には似ても似つかない。アイヌ語の〈ラヨチ〉とも異なる。因みに満洲語では〈Niron〉(注2)という。当然の事ながら、「人種」の移動と「文化」の移動とは、関係のある時もあり、ない時もあろう。また、文化の重層観の視座も必要であろう。

（注1）『週刊朝日』新年増大号（1991）中、「縄文人はシベリアから来た!?」。ブリアート（自治共和国）人は、もともと、羊や馬を追う遊牧民だったが、その後、牧畜を生業にする人たちと漁業や農業に就く人たちに分かれたといわれる。（前書による）

（注2）羽田亨編『満和辞典』（昭47、国書刊行会）。また本書によると「Šolonggo」は「狩りの際先づよく様子を見定めて矢を放つ人」とあり、古代インドのインドラ天が武神であるのと似通う。その「弓」が〈虹〉であるのと。また「角ある小龍・みづち」のことを「Šolontu」という―とある。蒙古語の〈虹〉である「ソロンゴ」と語源を一にするものかも知れない。もしそうだとすれば、やはり「蛇」類ということになる。そして、蒙古語の「ソロンゴ」、満洲語の「ニロン」は、その地域性からみて、中国語の「ロン＝雷・龍」と音声的に何らかの関わりがありそうである。（[21]―（注1））参照）

[22₂]

ソヨートの伝説には、**虹**を弓とし、稲妻を矢とする強い英雄(1)が出てくる。しかし、虹が雷神の武器として登場するのは、ここでは普通ではないので、単に詩的な表現にすぎないであろう。それに対して、**虹が川や湖の水を吸いとり、あるいは飲む**という観念は、どちらかといえば一般的である。ヤクート人は、**虹**は大地から人間を持ち上げることさえできると考えている。ある伝説によると、ある時、**虹**はヴェルホヤンスク近在の少女を持ち上げて、イルクーツクのそばに降ろしたことがある。(2)カフカスでは、**虹**にさらわれて雲の中に連れて行かれないようにと、こどもたちに注意する。空に**虹**が浮ぶと、水汲みに行ったり、水浴に行ったりしてはならない。(3)この種の信仰観念はヨーロッパ全域に拡まっている。(4)ヤクート人もブリヤート人も、**虹**を《牝狐の小便》と呼んでいる。

私註（一）**アルタイ系諸民族における俗信の〈虹〉**（二）「雷」中（三）アルタイ系諸民族の伝説（四）?・（五）?・（六）ウノ・ハルヴァ著・田中克彦訳『シャマニズム―アルタイ系諸民族の世界像』（昭46、三省堂）（七）p196

〔**考**〕（1）のソヨート伝説において、〈**虹**〉を「弓」とするのは、古代インドの「インドラ天の弓」（＝[28₂]）や、中国仏典の「天弓」（＝[19₁]）、中東・ヨーロッパにおける各種「弓系」の類型に属する。しかしこれは普通ではなく、一般的なのは、「、、、」部の観念である、とあるので、やはりこれはグローバルに広がっていた原始的観念たる動物的認識、すなわち「天蛇」観によるものであろう。(2)は、その「天蛇」観に「橋」型機能が加わったものであろう。(3)には禁忌民俗が見られる。(4)の《牝狐の小便》は、何やら《狐の嫁入り》(=「日が照っているのに小雨が降ること。日照り雨。狐の祝言。(『故事俗言ことわざ大辞典』小学館))と一脈通じている。日照雨(そばえ)的気象環境は〈虹〉の出現を誘うものだからである。「ブリヤート人を日本人の一つのルーツと見る」(22_1ー(注1))や日本語のアルタイ語関係説も脳裏をかすめる。

22_3

シャーマンのドラムには**空への橋**を表わす**虹**の絵が描かれている。

……チュルク語では**虹**を表わす語は**橋**を意味する。

私註〔一〕**シャーマニズム・チュルク語圏の〈虹〉**〔四〕?〔五〕?〔六〕バーバラウォーカー著・山下主一郎他訳『神話・伝承事典』(1988大修館書店)〔七〕p666〔八〕典拠は「Eliade, Mircea. *Shamanism*. Princeton, N.J.: Bollingen Series, 1964.」

〔考〕亀井孝・他編『言語学大辞典』第1巻ー世界言語編(上)(1988三省堂)によると、チュルク語の「主な分布地域は、中央アジアを中心に、西は黒海沿岸、ヴォルガ川中流域、東は中国新疆地方、シベリア東部に及ぶ地域であり」、アルタイ系言語の一分野で、「朝鮮語との、あるいは日本語をも加えた親族関係が問題にされることが多い。」とある。シャーマン的素材の混融した、また〈虹〉の橋観型発想の見られる日本文藝を解する時の興味ある資料であろう。

22_1ー22_3は、アルタイ諸言語(蒙古語族の諸言語・ツングース語族の諸言語ー東シベリア、中国東北地方北部ー・チュルク語族の諸言語、等)との関連が今も考えられている(注1)「日本語の系統論」とも絡っている。

(注1)　日本語の系統を考える会編『日本語の系統基本論文集1』(和泉書院)

23

ユカギル族の間では、**虹**は**太陽の舌**である。……(a)

サモエド族の**虹**はムンバノ(Munbano)と呼び、**太陽神のコートの縁**であるという。……(b)

私註〔一〕**シベリアの俗信の〈虹〉**〔六〕『Funk and Wagnall 前掲辞書』

〔考〕北極圏に近いシベリア東北部(北極海岸)に棲息する蒙古系種族のものであるが、太陽光の乏しい地方の、その特色的発想の感ぜられる俗信である。古型(天蛇型)でないのは、その生活中、ヘビは見られないわけではなかった(注1)が、その瞩目に乏しかったためか。そして、(b)の方は、中国では一般的となっている広義の〈ニジ〉、すなわち「日の暈」をいうのであろう。普通の〈ニジ〉だと太陽の反対側にたつわけで、詩的な見立てとしてもやや無理であろう。ただ「太陽の…」の発想は、ウラル語族ハンガリー語の「szivár-vańy」(太陽のー弓)と一面共通している。

(注1)「ヘビの現生種は二五〇〇種が知られ、南極を除く世界の

各大陸に広く分布し、一部のものは北極圏付近に達している。」
（『日本大百科全書』21、1988小学館）p90）

24

翼ひろげ鉛色のそらに飛んで
オーロラを引き下ろそう、
オーロラは輝く星に震えて、
お前のウェディングガウンとなろう。

虹も、また、七色の色変えて、
きれいな帯を持って行くよ、
新月を捕え、端をかすめて、
お前の指輪をつくってやろう。

私註〔一〕**北極圏の〈虹〉**〔二〕「オカニトと呼ばれる娘」六連中、第三・四連〔三〕詩〔四〕？〔五〕エスキモー人〔六〕戸部実之著『イヌイト語辞典―エスキモーの言語―』（1989、泰流社）〔七〕p20〔八〕――線は稿者による。

〔**考**〕エスキモーは、北極圏に住む蒙古人種系の狩猟・漁猟の民であるが、その言語は、日本語と同じく多く謎に包まれている。

　引用資料は、野卑なものの多いエスキモーの文藝の中では、珍らしく詩的に高度なものである。「おお　オカニトよ　僕はこうする…」で始まる、「オカニトと呼ばれる娘」六連から成る愛の詩篇の第三・四連であるが、気象現象中、最高に美しい

ものの双壁とされる「オーロラ」と〈虹〉を素材に持ち出し、愛の詩による「くどき」を高らかに奏であげている。特に、北極圏特有の「オーロラ」を〈虹〉に先行させているのもエスキモーらしい。〈虹〉の色は、この訳によると「七色」となっている。また、〈虹〉を「帯」に見たてる所は、中国における、「螮蝀」の「螮」に宿る象形的イメージ「虹帯」、日本近世文藝に頻出する「虹の帯」の逆行的発想と共通している。

　なお、〈虹〉のイヌイト語は、Chaw'ne または Too loo'muk であり、日本語との音声的共通点は見られない。

25

(a)

(1)南・北アメリカインディアンでは、きわめて多く、〈虹〉は、「ヘビ」、いわゆる「**虹蛇** rainbow serpent」として認識されていた。

(2)多くの南アメリカインディアン達は、〈虹〉を、「**巨大な水蛇** a gianic water serpent」と同一視している。（〈虹〉がまだ小さい時は、それは少女に捕えられてペットとされる。しかし、〈虹〉は急速に成長して多くの人間を呑みながら世界を廻っていく。そしてついには、この巨大な蛇は鳥の軍勢によって殺される。この鳥共の戦勝の後、この怪物の血の中に浸ってそれぞれの異なった染料によって自分自身を彩色する。―アレワナ、アラワク、ワイト、ジバロ、ビレラインディアン）

(3)南米中部のチャコ Chaco 地方に住むアスルスレイ人は、〈虹〉は「**大空の大蛇** sky serpent」として見ている。

(4) Timiskaming Algonquians は、〈虹〉を、「**水から生じたもの**

forms from the water」と呼び、Timigami Ojibwa は「霧から生じたもの mist from the water」と呼んでいる。（そして両集団とも、〈虹〉は、大きな水のかたまりの上で破壊者から霧によって起こされる—と信じている。）

(b)

(5)北アメリカのアリゾナ州北部に住むプエブロインディアンは、一般に〈虹〉は「**精霊** spirit」であり、彼等の宗教の礼拝場の「**内部梯子** interior ladder」は〈虹〉を象徴・演出している。

(6)ホピーやその他のプエブロインディアンの神話では、「雲人 Cloud people」や「精霊 kachinas」は〈**虹**〉の**上**を旅する。

(7)ナハボー族の神もまた〈**虹**〉**によって**旅をする。

(8)北米南東部のカトーバインディアンや北西部のトゥリンギット族では、〈虹〉は「**死の路** the road of the dead」と認識されている。

(c)

(9)ホピーやトンプソンインディアンでは、〈虹〉を指差すことは**タブー**（禁忌）とされている。指差せば指が腫れあがる。（しかし、ひじや口唇でそれをするのはかまわない。）—The Tect says.

(10)北カリフォルニアの種族の子供たちは、〈虹〉の色を教えたり、指差したり、してはいけません—と警告されていた。そうしないと指の一本が曲ったり、腐り落ちたり、病気になったりするであろう—と。

(11)カリフォルニア北部のインディアンは、〈虹〉の夢を見るのは**凶事の前兆**と思っている。

(12)北米南東部のユチ族は、〈虹〉は、大空を横切って延び、**乾燥した天気**をもたらし、雨を降らせない—と信じている。

(13)マッケンジィー河方面や北太平洋海岸地方、イロクオイや南西部地方の（インディアンの）神話では、〈虹〉が大空に現れるのは**少女の月経の兆**であるとか、悪魔の意思がふりかかるであろう—とか言われている。

(d)

(14)〈虹〉の出現は**大豊作の予兆**である。（右載(c)—(13)地方）

(15)〈虹〉をくぐって走れば**良い医者**になれるであろう。（北カリフォルニア）

(16)アラワク族（前出）は、海を越えて見える〈虹〉は**幸福の兆**である—と信じている。

(17)南米チブチャ族（現在は絶滅したという）は〈**虹の女神**〉を認めていた。

私註〔一〕**南・北アメリカインディアンの〈虹〉**〔二〕Rainbow〔三〕神話・民間伝承〔四〕南・北アメリカ大陸の古代〔五〕Funk and Wagnall〔六〕Standard Dictionary of Mythology and Legend

〔**考**〕アメリカインディアンは、南北アメリカ大陸の原住民の総称である。人類学的には、地方的差異も見られるが、おおむね蒙古人種的特性を有しており、日本民族にも近いわけで、〈虹〉についても、比較研究資料的に、一応の知識を得ておくことは、少なからぬ意味があろう。

(a)グループ(1)〜(4)は、おおむね〈虹〉が、「動物性」（＝水蛇・天（〈虹〉）蛇性）water serpent, rainbow serpent）に認識されているもので、太古グローバルに拡がっていた〈虹〉の原始的認識に属するものである。

(b)グループ(5)〜(8)は、〈虹〉は「精霊」であり、おおむねそれが往き来する「橋」的に観じているものである。

（c）グループ（9）～（13）は、おおむね〈虹〉を「タブー」または「凶祥」と観じているものである。⑿は、「虹が雨、生存に大切な雨水、を飲む」という、世界各地にある俗信と共通し、やはりマイナスの面からのとらえ方である。

（d）⒁～⒄は、（c）とは逆に、おおむね〈虹〉を「瑞祥」とすなわちプラスの面でとらえているものである。

通覧するに、どれも世界のどこかにはありそうなものであるが、インド・中東・ヨーロッパ等の古代に多出する「弓」との関連が薄いことは注目される。この、狩猟生活をしながら、「弓」系発想に至らなかったのは、「蛇」系発想がその始原であり、それがあまりにも強烈であったからであろう。

とされ、この資料[25]も、日本文藝上の〈虹〉を見るときに、その比照資料として重要であろう。

[26 1]

新羅本紀第二（助賁）

（1）[※246] 十七年冬十月。東南有白気如匹練。十一月京都地震。十八年夏五月王薨。

新羅本紀第三（慈悲）

（2）[※478] 二十一年春二月。夜赤光如匹練。自地至天。冬十月。京都地震。二十二年春二月三日。王薨。

新羅本紀第四（眞平）

（3）[※631] 五十三年秋七月。遣使大唐獻美女二人。魏徵以爲不宜受上喜日。彼林邑獻鸚鵡。猶言苦寒。思歸其國況二女遠別親戚乎。付使者歸之。白虹飲于宮井。土星犯月。五十四年春正月。王薨。

新羅本紀第九（孝成・景徳）

（4）[※738] 二年夏四月。……白虹貫日。所夫里郡河水變血。

（5）[※761] 二十年春正月朔。虹貫日。日有珥。

百済本紀第三（阿莘）

（6）[※405] 十四年春三月。白氣自王宮西起。如匹練。秋九月。王薨。

百濟本紀第四（聖）

（7）[※549] 二十七年春正月庚申。白虹貫日。冬十月。王不知梁京師有寇賊…

列傳第十

（8）

弓裔。新羅人。姓金氏。考第四十七憲安王誼靖。母憲安王嬪御。失其姓名。或云。四十八景文王膺廉之子。以五月五日生於外家。其時屋上有素光。若長虹。上屬天。日官奏曰。此兒以重午日生。生而有齒。且光焰異常。恐將來不利於國家。宜勿養之。王勅中使抵其家殺之。使者取於襁褓中。投之樓下。乳婢竊捧之。誤以手觸。眇其一目。抱而逃竄。劬勞養育。年十餘歲。遊戲不止。其婢告之曰。子之生也。見棄於國。予不忍。竊養以至今日。而子之狂如此。必爲人所知。則予與子俱不免。爲之奈何。弓裔泣曰。若然則吾逝矣。無爲母憂。便去世達寺。今之興教寺是也。祝髮爲僧。自號善宗

私註〔一〕『**三國史記**』〔二〕「新羅本紀第二・三・四・九」「百済本紀三・四」「列傳第十」〔三〕史書〔四〕関係部分＝（A.D. 246～876ごろ）〔五〕金富軾ら編。（官撰）〔六〕朝鮮史学会編・末松保和校訂『三國史記』三版（昭49・国書刊行会）〔七〕順次、p20・33・48・101・106・251・265・489〔八〕※・——線は稿者による。

〔**考**〕（3）は中国の甲骨文字（[1]私注参照）から始って『漢書』（＝[5 3]）・『太平広記』（[12 1]）に至って見られた〈動物〉[注1]の描写である。また（1）（2）（6）は、白気・赤光の描写であり、ずばり〈虹〉

ではないが、聞一多の「對於虹與雲與氣之間、他們都不加區別」[注2]の説を援用すれば、〈虹〉的現象に対する表現であり、いずれも間もなくして、「異常現象」（「地震・王薨」）の記載が見える。(5)の「虹貫日」は、〈虹〉に「白」を冠した「白虹」ではないためか、クーデター的事変との予祥とはなっていない。(4)(7)の「白虹貫日」は、明らかにクーデター（＝——線部）の予兆的妖祥の心で記されている。(8)は列伝中の記載ではあるが、やはり不吉なるものの予兆的思想に裏打ちされている。ここに『准南子』の「天文訓」に見える「虹蜺・彗星は天の忌なり」や『漢書』・『後漢書』の記述（＝$\boxed{5_{1}}$～$\boxed{5_{5}}$）の記述が想起されてくる。(4)(7)は『史記』（＝$\boxed{4_{1}}$）・『漢書』の影響であろう。本記は総じて『漢書』・『後漢書』の記述態度、内容共に類似している。当然のことながら、古代の中国の文化が、古代朝鮮半島に影響[注3]していることの一端であろう。「新羅本紀」第九中に見えるもので、唐の玄宗皇帝が、特使・邢璹をして言わしめた「新羅號爲君子之國。頗知書記。有類中國。以卿惇儒故持節往。宜演經義、使知大國儒敎之盛。」も、それを示す象徴的資料であろう。かくて、〈虹〉観もおおむねその中にとり込まれているのである。

更にまた、朝鮮半島と日本との交流[注4]は古代においても密接であった。『三国史記』中にも散見する交戦・戦役による交流も勿論あったわけだが、367年頃には始めて百済の使者も来ているし、応神十五年には百済の王子・阿直岐も来朝している。李進熙は、九世紀に成立した新撰姓氏録を引きつつ「古代日本には、新技術、新文化を携えておびただしい人が朝鮮からやってきた。そして、日本人になり、国家成立にもかかわっていったんです。」（『朝日新聞』昭58・2・7夕）との説さえ立てている。定説的と見られる、文化面を見ても、例えば、応神十六年には、百済より王仁が来朝し、論語・千字文を献じている。また、538年には仏教が、553年には医・易・暦などの博士が、百済よりきている。逆に、『萬葉集』には、「遣新羅使の歌」（「巻十五」阿部継麻呂・大伴三中等）に関するもの一四五首も見える。かくのごとく、朝鮮半島は、古代中国文化の日本への中継点・朝鮮文化の直接的影響・共通文化圏的存在、等の見地から、この官撰で現存最古の三国時代に関する唯一の正史『三国史記』は日本の文化を考える上に逸すべからざるものであることは明白であり、当然〈虹〉の問題に関しても同様のことが言いうるであろう。この意味で貴重な資料文献と言わなくてはならない。

（注1）〈虹〉とは別に、中国と同様に朝鮮においてもそれに類似したものに「龍」がある。〈虹〉の概念と混交しているのである。例えば、「新羅本紀」に「（164年）春正月、龍が王都に現れた。」→「冬十月、阿飡（あさん）の吉宣が反逆して発覚し…」とか、「（253年）夏四月、龍が宮殿の東池に現れ…」→「五月から七月まで雨が降らなかったので、祖廟や名山を祭り祈った。すると雨が降った。」（※龍が水を飲んでしまった—ことが裏にあるのであろう。祭りは中国の雩（う）祭に通じる。中国では〈ニジ〉の事も雩という。）「（461年）夏四月、龍が金城の井戸の中に現れた。」→「（462年）夏五月、倭人が襲来して…」とか、「（490年）三月龍が鄒羅の井戸に現れた。」→「はじめて王都の市場が開設され、各地の商品が集った。」（※日本古代中世の〈虹〉がたつ所に「市を立てる」と共通。—『古事類苑』天部〈虹〉参照）（「新羅本記」の訳文は井上秀雄による）

（注2）『聞一多全集』（1948、上海開明書店）

（注3）中国との交渉史は「東夷伝」に詳しい。（井上秀雄他訳注『東アジア民族史—正史東夷伝—』①②—東洋文庫—（平凡社）参照。

（注4）田村宏筆『虹（にじ）は大和ことばか』（金沢大学文学研究科『研究論集』第三号（昭52・3））の中で、「日本上代語

の nizi～nuzi ひいては現代語の〈にじ〉は、現在文献によってたしかめることの出来る最古の朝鮮語－中期朝鮮語（十五世紀以後）－の資料に mwjigai としてあらわれる語を借用し、借用後に朝鮮語の －gai に相当する部分を省略した」のではないかと推論されている。（借用時期は遡及した時期に推定）　ちなみに、現代朝鮮語では、宋枝学編『朝鮮語小辞典』（昭37・大学書林）によると、「무지개 mudʒigæ [名] 虹.」（ムジゲ）である。「語尾の音は国語の接尾美称の〈コ〉に相当するものであるらしい。」（宮良當壮『虹の語学的研究』－金沢博士還暦記念東洋語学の研究、三省堂－所収）ともあるが、また大和ことばの「きり＝霧」を、안개（アンゲ）という所を見ると、古代日本語の、接尾語の「げ」の用法の一、「②（名詞について）…のけはい、…らしさの意を添える。」（小学館『古語大辞典』）に近似しているように思われる。なお、大和ことばの「へみ（び）」にあたる語はやはり別にあって、뱀（ベム）という。M－B音相通現象を考慮に入れれば、これまた無関係ではなさそうである。ここにも共通文化的ニュアンスの一端が垣間見られる。ついでながら、大きいへび、大蛇のことは、구렁이 gu-reong-i（グロンイ）という。

（現代韓国語については、本学の田口純一助教授、韓国留学生の高香玉(コヒャンオク)さんの御教示を得た。多謝。）

262

銭嚢(ふくろ)……………………………………………………………(a)

船頭　船頭　船を押せ
草緑(チョロク)のような　大海に
硯滴(ヨンジョク)のような　船が出る。
月を取っては　裏にあて
日を捥(も)ぎとって　表にし
粟(あわ)の粒ほど　裾を縫い
瓜の種ほど　ひだをとり
七色虹(なないろ)で　縁(ふち)を飾り
二重の虹(ふたえ)で　紐(ひも)つけて
姉(あね)の亭主に　上げよにも
妹(いもと)の亭主　喜ばず
妹の亭主やろうにも
姉の亭主が喜ばず
日陰(ひかげ)小麦(こむぎ)の　藁(わら)のよな
うちの兄さんにつけて上げよ。

〔一六一九－黄海〕

仙女(せんにょ)の衣の……………………………………………………………(b)

仙女の　衣(ころも)の　中紐に
七色虹(なないろ)を　飾りつけ
二重の虹(ふたえ)で　縫いとめて
革履(かわばき)タルタル　引く家に
驢馬(ろば)のいななき　する家に
白飯(しろめし)三度　炊(た)く家に
嫁入りしたは　よいけれど
よくしたことも　気に添わず
悪くしたのも　気に添わず

百年あまりで　戻って見たら
父さん　母さん　影知れぬ。
〔二二三六—慶北〕

私註〔一〕**『朝鮮童謡選』**〔二〕童女謡〔三〕口伝童謡〔四〕？
〔五〕作者＝？　訳・編者＝金素雲〔六〕金素雲訳編『朝鮮童謡選』—岩波文庫870—871ａ（昭8第一刷、昭47第七刷改版、岩波書店）〔七〕(a)＝p216、(b)＝p218・219〔八〕『諺文朝鮮口伝民謡集』（第一書房版）を原本として、それに基づいて日本語に訳されたもの。他にも、一、二〈虹〉の出てくるものもあるが、同類型なので割愛した。(a)は「鞦韆（ぶらんこ）のうた。」冒頭「船を押せ」は、揺り始めの後押をたのむ言葉。（資料注）

〔**考**〕跋文に、北原白秋の「一握の花束」というのがある。それによると、「幼い頃、私たち筑後柳河の童子は朝鮮のことを単に韓と呼んでいた。もとよりかの邪馬台の故土である故、韓土との交通が上代より既に殷盛であったにちがいない。私たちには東京という言葉よりも韓という一団の遠洋漁業隊があって、片々たる小舟に乗じては、毎春秋釜山から元山津あたりの沿海までも稼ぎまわっていた。不知火の筑紫潟から五島、平戸、対州を経て、飛石づたいに渡ったものである。古老の夜話にも韓のことがよく語られもすれば、漁師の女房たちにも降って湧いたような韓の子の母に対する嫉妬沙汰もよく起った。考えて見ると、私なぞは古代日本と朝鮮、シナ、南洋、或は阿蘭陀文化の雑種のようなものである。そうした混淆した土俗・伝説・言語の間に育てられて」、又、「朝鮮の童・民謡は国情国性の然らしむる幾多の理由において、日本のそれらより以上の辛辣な皮肉と譏笑とに恵まれている。悲痛味も多い。表面的の儀礼と語彙とにおいては寧ろシナの影響から禍いされ過ぎている。ただ純粋の童謡においては児童性の天真流露と東洋的風体とを通じて日本のそれらと極めて近似関係にある。童謡は殆ど東西軌を一にしているが、いわゆる韓の児童生活と感情とは筑後柳河の私たち童子にことに親しみ深く交流するものがあって、それらは愈々私の微笑を豊かにしてくれる。」とある。この白秋の言は、一九二九年（昭4）版『朝鮮民謡選』のものの援用であるが、九州・柳河に生まれ、育った、作者の実体験から眺望したもので、その生活的・文化的交流、童謡の本質、等を、かなり的確に捕捉しているように思える。この口伝童謡に関してみると、白秋の言のごとく、その純粋さゆえ、古代中国の影響からは、かなり自由な面がみられる。表面上は、〈虹〉にその〈蛇〉性が見られず、色なども、陰陽五行的5色ではなく、7色になっていることなど。しかし、よくよく吟味してみると、そうとばかりは言われない逆の大きな面も、ずっしりと潜んでいる。例えば、〈虹〉は〈蛇〉性は隠しながらも、その「属性」（産出性→(イ)淫性（男女の結合→婚姻→エロチシズム）、(ロ)財宝蓄積→富裕性）は内面に受け継いでいる。具体的に見ていくと、(a)は、〈虹〉が「吐金」説話（＝[8][9][10][11][12_1]等）をルーツとする金銭財宝産出系に連なる古代中国の民俗意識を匂わせ、(b)は、表現は優しいが、やはり、『詩経』（＝[1]）に象徴される古代中国の、女性の〈虹〉にかかわる「凶祥」的民俗意識に繋るものを潜ませている。すなわち、淡いエロチシズムを匂わせる仙女の「嫁入り」の設定と、その後にくる禍いである。すなわちこれらは、動的には、日本文化・日本文藝への中継的要素、静的には—東北地方以南に関し—共通文化圏的要素を想定させてくれるに十分な資料である。これは吉野ヶ里遺跡（佐賀県）問題以前に、九州・邪馬台説を直観し、「考えて見ると、私なぞは古代日本と朝鮮、シナ、南洋、或は阿蘭陀の雑種のようなもので」と、うそぶく筑後柳河の詩人・白秋の心身に遺伝的・教養的に沁みついているものと同様のものである。(a)など、端的には、日本現住の稿者架蔵の—今、まさに掌上に在る—7色の帯をもつ「虹の財布」にまで及んでいる。

[26_{3}]

虹が井戸に映る時、髪を梳くとその毛が伸びる。ただし、……(a)
虹の影が消えない間に梳かないとその人は夭死する。
虹は天女が沐浴した雫である。……(b)
虹は天女が入浴する時天降ってくる橋である。……(c)
虹が立つとき死んだ人は仙人になる。……(d)
孝女と雨を降らす仙官の二人は天上に昇って夫婦になろうと……(e)
　云い、やがて二人は**虹**に乗って天に昇った。
虹の立つところには宝物がある。……(f)

私註〔一〕**朝鮮半島の俗信**〔六〕安間清著『虹の話—比較民俗学的研究—』（昭53、オリジン書房）〔七〕p56・p78〔八〕(e)=孫晋泰『朝鮮の民話』収載。全北州完全町での聞書。

〔**考**〕(a)は本質的には〈虹〉の吉祥—人に幸福を授ける—観に根ざしていようが、後半は、髪梳きは手ぎわよくすべきとの隠された教訓かも知れない。後部は(d)と一脈通ずるように思える。

(b)(c)(d)(e)は、その奥に〈虹〉の橋型発想が隠されており、(b)(c)はそれと天女伝説が、(d)(e)は仙人伝説が絡っている。天女伝説は次段階では、白鳥処女説話と合体して羽衣伝説に発展するものであろう。(b)(c)はルーツと見られる古代中国的に見れば（注1）、ニジはニジであるが雌ニジの〈蜺〉のニュアンスであろう。(b)は先掲=[22_{2}]のアルタイ系北方狩猟民族の、ヤクート人、ブリヤート人の《牝狐の小便》の素朴さと比較してみると興味深い。(f)は中国の吐金説話と深く底流で関連を持ちつつ、広くグローバルに分布している虹脚埋宝説話に属するもので、『古事記』中の「天の日矛」の故郷に近い慶尚南道の咸陽郡の伝説。

　本資料は常民界の俗信なので、官撰の[26_{1}]の世界とやや位相がある。[26_{1}]の方が、古代中国的な面での知的・教養的な要素が、政治的要請に従って濃厚なのである。しかし、下からの発想（注2）である[26_{3}]も、ソフトではあるが[26_{2}]のごとく、やはり古代中国的な影は払拭されていない。

（注1）古代中国の天女伝説については[12_{1}]（=『太平広記』）参照。
（注2）中国との交渉史は「東夷伝」に詳しい。（井上秀雄他訳注『東アジア民族史—正史東夷伝—』①②—東洋文庫（平凡社））参照。

[27]

彼等は人間にはオットフが宿ってゐると信じてゐる。そしてそのオットフなるものは人間が死ぬと、その肉體をはなれるものであると考へてる。その肉體をはなれたオットフが彼等の神に相當するものなのである。彼等には神の存在はオットフ以外にはないのである。そしてそのオットフには善惡二種の種類がある。死によって人間の肉體をはなれたオットフはアトハンに赴くのであるが、アトハンとはいわば彼等の淨土である。それはシロン（海または池の意）の彼方にあって[a]、其處には橋がかゝってゐる。虹はハマゴオットフといはれてゐるが、それがシロンに架せられたる橋なのである[b]。ハマゴは橋である。オットフは其の**虹の橋**を渡つてアトハンに赴くのであるが、（自殺せるもの、變死せるもの）男なれば生前馘首をしたことのないもの、女なれば機織をよくしなかったもののオットフは、其の橋を渡ってアトハンに入ることが出來ない[c]。さうしたオットフは途中から引返して來て、人界にさ迷ってゐる。それが卽ち悪いオットフであって、無事にアトハンに入ることの出來たオットフは善きオットフである。善きオットフは時々アトハンからやって來て、其の遺族や族衆に幸福を授ける[d]……**虹**を指差すことを忌む。若しそれをすれば指が曲るか、手が落ちるとされてゐる。

私註〔一〕**台湾原住民の〈虹〉**〔三〕民俗信仰〔四〕?〔五〕?〔六〕小泉鉄筆「蕃人の慣習と土俗」（雑誌『改造』昭5・12、所収）〔七〕p59・p60〔八〕（自殺せるもの、変死せるもの）は後続文章より要約挿入。原文中のルビは省略した。

〔**考**〕「一a」部の浄土が「海の彼方に存在するという発想はおおむね海洋民族のものであろうが、それに〈虹〉が架橋していると信じるのは、南アメリカの「アラワク族は、海を越えて見える虹は幸福の兆である」[注1]とも一脈通じている。「一b」部の精霊の《橋》型の見立て、あるいは信仰は、「インドネシアからメラネシアの方面にかけて広く分布して」[注2]おり、これは、フンク・ワグネル両者の言のごとく「幾多の民俗の神話の中で虹は天と地との間の橋であっ」[注3]たもので、取りたて珍しいものではない[注4]。この《橋》型は、安間清も推定しているごとく、《龍蛇》型、《天蛇》型の次段階のものであろう。

さて、またこの《橋》型にも2段階あるようである。「一c」部の虹橋通行権に関する資格の有無を云々するというのは、初段階には存在しなく、これが存在するのは後段階であろう。すなわち上掲信仰の場合も仏教の因果広報思想などが染み入った後のものであろう。（cf. 閻魔大王）この後段階のものは、ヴェーダ思想のこもる『カタ・ウパニシヤッド』や、ペルシャ人の「キンバッドの橋」また、キリスト教の「天国の橋」（マタイ7：14）にも見られるものである。中間的段階のものは、バビロニア神話のイシュタル女神説話に見られる。「女神は天界の父を罰するために、虹の橋を架け、彼が渡るのを拒んで、神が地上の祭壇に供えられた食物を取りに行くのを妨げた。天界の父が供水 Flood を送って、地上の彼女の子供たちを破滅させようとしたからである。[注5]」とあり、現に「横暴」な神も天界に存在しうるのである。（それ以前に父神は天界に昇るためにすでに虹橋を渡ったはずである。）天界追放譚や貴種流離譚も、宗教的道徳観や倫理観が導入された後のものであろう。初段階においては、〈虹〉の橋を精霊の誰もが、大らかに自由に往き来していたものであろう。このタイプのものは、北アメリカインディアン[注6]の諸族にも見られる。「一(a)」部は、日本における祖先崇拝（信仰）の本質と同質のものであろう。ただこの部は、よきオットフにとって、海上に輝く〈虹〉の橋の通行は決して片道切符を与えられているのではなく、まさにその往来は自由自在であることを銘記しておきたい。とされ、〈虹〉の橋の性格からみると、比較的新しい段階のものと思われる。

[27]は、折口学の「たま」(注7)・「とこよ」・「まれびと」(注8)論に相当するもので、日本の古代文藝を比較する際に興味ある資料である。

(注1)(注3)(注6) フンク・ワグネル両者著前掲辞書。

(注2) 古野清人・馬淵東一筆「虹をめぐる高砂族の口碑と習俗」(『旅と伝説』第十一年七号)

(注4) 資料[32]私註〔考〕参照。

(注5) 山下圭一郎他訳『神話・伝承事典』(昭63、大修館) p666。

(注7) 〈霊魂の話〉「古代研究(民俗学篇)」(『折口信夫全集』第三巻、中央公論社) 所収。

(注8) 〈国文学の発生〉「古代研究(国文学篇)」(『折口信夫全集』第一巻、中央公論社) 所収。

虹と日本文藝（六）

——比較研究資料私註(6)——

西方ニハ名テレ虹ナ為二帝釋宮一ト　281

私註〔一〕『**大日經疏要文記**』〔二〕疏第十三巻〔三〕仏典注釈〔四〕空海以前のインド、即ちインドにおける9世紀以前〔五〕空海（774～835）〔六〕祖風宣揚会編『増補訂　弘法大師全集』第一輯（明43、吉川弘文館）〔七〕P604〔八〕「帝釋」は、中村元著『佛教語大辞典』によると、「インドラ（Ⓢ Indra）神。ヴェーダ神話における最も有力な神であったが、後、仏教にとり入れられて梵天とともに仏法を守護する神とされた。かれの名は俗語で、Sakka と呼ばれたので、「釈」と音写され、また神々の帝王とみなされるので、「帝」という。仏教神話においては、忉利天の主で、須弥山頂の喜見城に住む。（c.f.『源氏物語』蜻蛉、『今昔物語』一巻第四）」とある。

王孝廉著『花與花神』（中華民國六十九、洪範書店）には、

・印度那迦族[注1]把虹叫做　Kungumi–Pukhu，意思是「天帝之橋」

というのが見える。これは古代よりグローバルに拡がって存在していた、〈虹〉の二次的認識による《橋》型発想に、当地の神話・宗教が結びついたものであろう。

〔**考**〕空海の大日経の注釈書を通して、古代インドの〈虹〉観の一が垣間見られる。すなわち古代インドにおいては、〈虹〉は神々の王の住む壮大な宮殿なのである。また、これが「要文記」中に出てくることの意味も銘記しておきたい。

（注1）那迦人 Nagas は、印度アッサム地方ナガス山のあたりに住んでいる少数民族。支那チベット語属、ビルマ語族。

（本資料の所在について、尾崎知光氏より御教示をたまわった。多謝。）

さてまた雲はおそろしく …………………………(a)
ひびく雷(いかずち)太鼓とし、
インドラ天の弓(注1)さながらに
きらめく稲妻を弦として
はげしく注ぐ雨を矢に
旅人の心をつよく貫(つらぬ)く。 (四)」

蔓草と紛ふ稲妻　**インドラ天の** …………………………(b)
弓にも似たる虹にかざられ
雨水重くたれし雲、
帯に映(は)え　宝石(たま)鏤(ちりば)めし頸環もて
粧(よそお)いこめし女のありて
ひとしく旅人の心をうばう。 (一九)」

インドラの弓なす虹も消え失せて、 …………………………(c)
空にひらめく旗とみし
稲妻の光　いまはなく、
バラーカー(注2)も羽ばたきに
空ゆく雲を動かさず
孔雀も空を仰ぎ見ず。 (一一)」

私註〔一〕ऋतुसंहार『季節のめぐり(リトウ・サンハーラ)』〔二〕(a)・(b)=II・「雨季(ヴァルシャー)」(シェルヴァナ月ーバードラ月=七月中旬ー

九月中旬)、(c)=III・「秋(シャラド)」(アーシュヴィナ月ーカールッティカ月=九月中旬ー十一月中旬)〔三〕詩(古典サンスクリット抒情詩)〔四〕インド中古(A.D. 4~5)〔五〕カーリダーサ(A.D. 4~5)〔六〕『世界名詩集大成⑱』ー東洋篇ー(昭35・平凡社)(引用詩の訳者は田中於菟弥)〔七〕(a)=P250、(b)=P251、(c)=P253〔八〕田中注に、(注1)=インドラは天界の主、雷霆神。「インドラの弓」は虹のこと。(注2)=鷺の一種、小さい鶴の一種ともいわれる。雨季の景物、漢訳、水孔子。

〔**考**〕インドラ(天または神)は、インド抒情詩の起源ともいうべき、ヴェーダ語による最古の抒情詩『リグ・ヴェーダ』に、曙の女神・太陽神・夜の女神・風神・雨神・森の女神・火神、等と共に武勇神として登場する。悪龍ヴリトラを電撃で退治することを初め、多くの功績をあげ、神々の王者・帝王と見なされている。(〈虹〉はインドラ天の弓 indra–cāpa, indra–dhanus(注1)であるとすると)、悪龍を退治する所など、「龍≒虹」の動物的概念の濃厚な古代中国の場合とかなり異なる。(「水」(特に洪水))を支配するという意味では、一面共通するが、また、中国では〈乾虹〉〈旱龍〉(21ー(1)2 (25)1)、逆に大切な雨水を飲み干してしまう、それゆえ〈悪虹〉即ち〈毒龍〉ではあるが、龍を〈虹〉から全く切り離し、独立した存在として、特に「悪龍」すなわち神に対峙する悪魔的(宗教的・哲学的)に解する所は、西欧文明(注2)のパターンに近い。始原論は別として、その接点(注3)を示すものかも知れない。)「インド・アリアン民族がインドの西北地方に移住してインド文化の基を拓いたのは、西暦紀元前一五〇〇年前後と推測されるが、荒漠たる中央アジアの草原地方から移ってきた彼らは、インドの大自然に接して宇宙の大威力に搏たれ、森羅万象に神性を認めてこれを謳歌讃美した。『リグ・ヴェーダ』讃歌はこれらの自然讃美の抒情詩歌を中心として成立したものである。」と田中於菟弥筆巻末「インド詩史」にあるが、引用詩の原典は、サンスクリット語ではあるが、その精神は脈々と受け継がれている。〈虹〉が、インドラと関連する点では 28₁ と共通するが、こちらは、「インドラの宮殿」ではなく、「インドラの弓」(そのもの、あるいは比喩)である所が異なる。古代中国にも「天弓」(亦言帝弓＝ 19₁ －(d))というのが見られるが、これが『玄應音義』等を出典としている所を見ると、民族移動とは逆の、仏教文化をメディアとした、インド→中国への流入なのであろう。また、「インドラの弓」の方が、仏教臭のまつわる 28₁ ＝「帝釈の宮＝インドラの宮」の先蹤のように思える。そして、この「インドラの弓」は、西に広がって『旧約聖書』の קֶשֶׁת (qešet) (《もとは弓を意味する》)(源はバビロニア神話)、イラン回教徒(注4)のラスタム(ペルシャの伝説上の英雄)の「弓矢」、ヨーロッパ・ゲルマン語属の「Rain－bow」・「Regen－bogen」・「ラグの石弩」(cross－bow 別称 arbalest)等、《弓》系発想と関連のあるものであろう。

いずれにしても、インド古代・中世の詩の主流の背景は、バラモン教ないしヒンドゥ教であるが、仏教も度外視しえず、その仏教(に混融したもの)をメディアとして、その伝播先たる日本文化・日本文藝と、〈虹〉との関連を考察する上に有効な資料であろう。

(注1) 荻原雲来編『梵和大辞典』3(昭39、鈴木学術財団)P 227・228

(注2) dragon (《翼・爪をもち火を吐くといふ伝説の》)龍。the old Dragon 魔王 (《＝Satan》)(岩崎民平編『研究社ポケット英和辞典』－より) モンゴル人も「龍は翼をそなえ、魚の鱗に似た体をしているものと思っている。」(ウノ・ハルヴァ著『シャマニズム－アルタイ系諸民族の世界像－』三省堂－P 190) そうであるが、モンゴル族にはトルコ系もあり、イラン系騎馬遊牧民やアルタイ系騎馬遊牧民らが関係し西型の「備翼」となったのではなかろうか。

弓系の発想にしてみても、rain－bow のごとく西欧的である。

(注3) アレクサンドル大王の全オリエント征服(330. B. C)と、逆に「オリエントの要素は次第に優越して逆に西方世界に強い影響を与えた。」(秀村欣二著『世界史』)

(注4) Funk and Wagnal 前掲辞書。

28₃

(前略)

そこで小鹿は、敵味方ともに戦いにあきたころ、また調停を申し入れた。しかし、その仲裁は受け入れられなかった。象たちはひどく怒って、和解に応じようとしなかったし、蛇の方も服従を拒んだ。

そのとき蛇は力の強い同盟者を仲間に入れる方法を考え始めた。ちょうどそのとき、パヌンキサンの険しい岩壁の洞穴から、サセンデ蛇が姿を現わした。その洞穴は、一番奥まで行くには昼前いっぱいかかるほどの奥深い穴であった。その蛇が洞穴から出てきたとき、日照雨となり、またそのとき、七角龍の石の水槽から水を飲むために、高く燃え立つ火炎の舌のような大きな虹が、矢のように速く、空から降りてきた。

そこで蛇のシヒムは、その石の水槽に鉄のわなを仕掛けた。虹はそのわなに頭をはさまれて、助けを求めて哀願した。そこでシヒム蛇は、自分たちを天上につれて行くならば、わなから放してやると約束した。虹がそれを承知したので、七角龍と蛇のシヒムは、虹の背に乗って天に昇った。

(後略)

(――線は稿者による)

私註〔一〕インドネシアの民話の〈虹〉〔二〕「象と蛇の戦い」

〔三〕インドネシアの昔話〔四〕?・〔五〕?・〔六〕ヤン・ドゥ・

フリース編著ー斎藤正雄訳『インドネシアの民話ー比較研究序説ー』（1984、法政大学出版局）〔七〕P489

〔考〕この昔話（民話）では、〈虹〉は、明らかに「動物」的存在であり、かつ「蛇」と区別されている。すなわち、本来、「蛇」は地上の動物で、〈虹〉は天上の動物と考え分けられている。そして、〈虹〉は水を好み天空を飛行し、天上渡界のための交通手段的役割も背負わされている。目ざす方向（海中＝龍宮城）こそ違え、昔話「浦島太郎」の「亀」の役割である。動く渡航手段たる「龍舟」（後に「橋」型に発展する）等の類型の、さらに一歩以前の形態ではあるが、「蛇」と区分けされている所は、その分だけ新しい。日本の古代にも見られる一タイプである。「高く燃え立つ火炎の舌のような」の直喩の中に次資料と同系の火葬系民族の発想が垣間見られる。284よりこちらの方が古型であろう。

284

昔、むかし、ひとりの星うらないが、人里はなれてひっそりとくらしていました。

たずねてくる者など、だれもおりませんでした。ただ、姪のドリという名の娘が、さぞかし不自由だろうと、ちょくちょく長い道のりを歩いては、食べものをはこんできていました。

ドリはたまに帰りがおそくなって、星うらないの家で一夜をあかすことがありましたが、村人はだれひとり、気にとめる者などありませんでした。

時がたつにつれ、星うらないは、この美しい年ごろのドリを恋するようになり、とうとう村のおきてをやぶって結婚してしまいました。姪と結婚するなんてことは、けっしてゆるされるものではありません。ですから、このことを知った神さまは、たいへんお怒りになって、村人たちに三年つづきの日照りの日々をあたえました。

この日照りで、田んぼや畑の作物は、かれはて、人びとは飢えでくるしみつづけました。

日照りが長びいてくると、村人たちはみなあつまって、なぜ神さまは自分たちにこのようなしうちをなされるのだろう、と話しあいました。

年よりたちは、口をそろえて、自分たちのだれかが、村のおきてにそむいたからこうなったのだといいました。

そこで村人たちは、その原因をつきとめようと、いく日もいく日も、あちらへこちらへと歩きまわりました。

が、なんのてがかりもみつけられませんでした。

なかばあきらめて、村人たちはさいごに星うらないの家にいってみました。

すると、どうでしょう、なん日もみかけなかったドリがかいがいしく家の中をきりまわしているではありませんか。

村人たちは、とっさに、ここに神さまがお怒りになっている原因があると気づきました。

ドリもまた、村人たちがそろってやってくるのを見て、すぐにそのわけに気づきました。

ドリは、あわてて家の中にかけこむと、戸にかぎをかけ、星うらないに「けっして自分をみすてないでください」とたのみました。

戸口に立った村人たちは、

「ドリを出せ！　ドリを出せ！」

と、はげしくさけびました。

村のおきてにそむいた者は、たとえ子どもであろうと、娘であろうと、見すごすことはゆるされません。

神さまのお怒りをしずめ、このくるしい日照りをなくすためには、どうしてもドリにばつをあたえなければならなかったのです。

村人たちはみな、大声を出して、

「ドリを出せ、ドリを出せ」

とさけびつづけました。

けれども、中からはなんのへんじもありません。

村人たちは、ますます声をあらだてて、

「ドリを出せ、出さんのなら家をぶちこわすぞ!」

と、おどかしました。

ドリは、家の中で、おそろしさのあまりぶるぶるふるえながら、星うらないに「どうぞ、自分をおいていかないでください」と、なんどもなんどもたのんでいました。

いっこうに中からへんじがないので、村人たちは、がまんならなくなって、もっていたオノやナタをふりかざして、家をこわしにかかりました。

そのときです。C1 見たことのない、色とりどりの美しいけむりが、すうッと、それはそれはゆっくりと、天にむかってたちのぼっていきました。

「あれは、なんだ……」

ふりかざしたオノをおろし、ナタをおろし、村人たちは、息をのんで、ただ、そのふしぎなけむりのゆくえをながめていました。

C2 ふしぎなけむりは、どんどん天高くたちのぼり、やがて、美しい半円をつくってかがやきました。D それは、七色にすがたをかえ、空高くしっかりとむすびついたドリと星うらないのすがただったのです。

E 慈悲ぶかい神さまが、ふたりをあわれんで、虹にしてくださったのでした。


（――線は稿者による）

私註〔一〕『Cerita Rakyat Nov, 1975』〔二〕「Asalnya Pelangi」〔三〕**インドネシアの昔話**〔四〕?〔五〕?〔六〕菊池三郎編訳（岡崎紀子・和知幸枝・小川るみ・下田由紀共訳）『インドネシアの昔話―虹になった娘と星うらない』（1986―1、小峰書店）〔七〕P17～21〔八〕採択地＝KARO。インドネシア語よりの訳出。『Cerita Rakyat』＝チュリタ・ラヤット（『民話』）。Asal＝origin Pelangi＝rainbow「※1おきて」は「インドネシア語でいうadatのことで、社会・共同体・村の風俗慣行のこと」と〔六〕書尾注にある。

〔考〕この〈虹〉の起源にまつわる昔話が、どのようなプロセスを経て形成されたかは詳かではないので、さしあたって眼前にある引用資料（＝284）に従って少しく分析・考察してみる。「解説」中、編訳者は、「一つ一つの話の背景にはインドネシア固有の原始アニミズムからはじまって、ヒンドゥ教・仏教（インド）・イスラーム教（アラビア）などの流入宗教の影がさしているばかりか、Adatアダットと称する習慣法の存在に人間が縛られている」と記している。してみると、この話の中の「神さま」はいかなる神であろうか。村のおきてAdatを破ったが故に、その怒りを「村人たちに三年つづきの日照りをあたえ」、農耕民に決定的な飢饉の苦しみをなめさせた―（B1）所は、儒教的な宇宙の主宰者たる天帝（c.f. 51 私註）の性格も見られないこともないが、聖人が君主となることを眼目としている儒教的大きなスケールのものではなく、B2―に見られるごとく、小さな村における常民の行ないに対しての関わり合いの中での神である。すなわち矮小化されており、儒教とは位相があるようである。最後部に「慈悲ぶかい神さま」とあるが、これはベーダを奉ずるヒンドゥの神のようでもなく、「慈悲」の理念はあれど戒律の遵守に関し厳格無比なイスラムの神でもない。とすると、儒教の匂いをかすかにまとわらせつつ、仏教的な「慈しみ」の心が影を落としている、農耕社会において中心的な重みをもつ村の鎮守の神さまのような神であろうか。

またAを伏線としたDには、男女の結合、一歩つっ込んで雌雄の結合が見られる。これは、その奥に〈虹〉を同類の〈蛇〉類のもつ属性―強力なる雌雄淫着性―と感受する原始的認識が文藝的衣粧の下にひそかに生づいている。それを、古代中国の『詩経』(=[1])に見てきたような禁忌思想のみで処していない。すなわち村のおきては破れど、娘の優しい心を賞でて、あわれみの情をかけ、輝く天上の〈虹〉として永遠の愛を確約した「慈悲深い神さま」となっている。そこにインドネシア常民の優しい心の投入が見られる。

また、C1・C2部に見る 煙→〈虹〉への発想は、雲南の昔話(注1)にも見られるが、『太平広記』(=[12_1])中の「夏世隆」説話の私注でも引用した沢田瑞穂の「火葬の風習をもつ民俗では墓の樹木や鳥という土葬系の話よりも、立昇る火葬の炎や煙から連想して、天空を彩る七色の虹こそ適わしいと考えたものであろう(注2)」と通うもので、やはり火葬民俗系の民のものであろう。

また、人物設定としての「星うらない」とその「姪の娘」との関係は、古代中国の類書を通して「春秋運斗樞」にも見られる「鎮星散為虹霓」や『佩文韻府』・李白の詩(=[14])にも載せられている〈星虹〉とも、その発想の時点において、かすかながら関わりがありそうである。

なお、本話には後日譚は見られないが、〈虹〉となったということは、その後当然、雨がもたらされた意が隠されていよう。中国で、雨乞いを意味する「雩祭」の「雩」が〈虹〉と同義語であることと思い合わされる。結果的に(娘の、その優しさゆえに自身も幸福となり)村人にも幸福を与えることとなったのである。また奥の奥に、深層心理的に、原始的〈虹〉のもつ、いわゆる吐金思想が隠されている。

編訳者が解説にいう「インドネシア共和国民はモンスーンという太平洋に吹く季節風と黒潮という太平洋の海流とによって大昔から日本列島と深くつながっていた」こと、また「日本人のルーツ」として先行業績を踏まえつつ、安本美典説(注3)「縄文時代前期―南から。一万年まえごろから、縄文時代がはじまる。気候は温暖化にむかう。約六千年まえごろの縄文前期に温暖化のピークに達する。このころは、すでに、空前の大航海民族であったマライ・ポリネシア民族の活動は、はじまっていた。小笠原列島を北上し、関東に達したマライ・ポリネシア系の民族がいたと考える」と絡めても興味深い。

「浦島太郎が乙姫さまとしあわせにくらした竜宮城のような美しい海の国(注4)」に生まれ育った本話は、日本常民の心の反映した文藝と共通する優しさのふるさとを見るようでもある。

(注1) **『雲南各族民間故事選』**(一九六二年、人民文学出版社刊)に「彩虹」と題して、

サニ族の美しい娘と、近村の牧童と若者とが恋仲になった。ある金持が、息子が娘に求婚して断られたのを逆恨みし、巫師に頼んで二人の仲を割かせる。巫師は紙で豹をつくり、若者を襲わせる。若者は負傷し、それが原因で死亡する。娘は聞いて悲歎し、若者の火葬の日に、娘は腕環類を遠方へ投げ、人々が拾うすきに火中に跳びこんで死ぬ。金持が娘の死体を村に運んで火葬にすると、その炎は若者の火葬の炎と合して空の虹に化した。―

ベトナムに真近い中国西南部の高原に住み、チベット・ビルマ語系の言語を話す少数民族のものであるが、こちらの方が原型に近いように思われる。(注2) 論文中の引用文より再録。

(注2)「連理樹」(『中国文学研究—第六期—』(昭55、早稲田大学中国文学会) 中。
(注3)「日本人のルーツ」(『アエラ』No. 35— '95. 8. 27　朝日新聞社)
(注4)　資料284の「はじめに」中。

291

　神ノアと其子等を祝して之に曰たまひけるは生よ増殖よ地に滿よ　地の諸の獸畜天空の諸の鳥地に匍ふ諸の物海の諸の魚汝等を畏れ汝等に懾かん是等は汝等の手に與へらる　凡そ生る動物は汝等の食となるべし菜蔬のごとく我之を皆汝等に與ふ　然ど肉を其生命なる其血のまゝに食ふべからず　汝等の生命の血を流すをば我必ず討さん獸之をなすも人これを為すも我討さん凡そ人の兄弟人の生命を取ば我討すべし　凡そ人の血を流す者は人其血を流さん其は神の像のごとくに人を造りたまひたればなり　汝等生よ増殖よ地に饒くなりて其中に増殖よ

　神ノアおよび彼と偕にある其子等に告て言たまひけるは　見よ我汝等と汝等の後の子孫および汝等と偕なる諸の生物即ち汝等とともなる鳥家畜および地の諸の獸と契約を立ん都て方舟より出たる者より地の諸の獸にまで至らん　我汝等と契約を立ん總て肉なる者は再び洪水に絶るゝ事あらじ又地を滅す洪水再びあらざるべし　神言たまひけるは我が我と汝等および汝等と偕なる諸の生物の間に世々限りなく為す所の契約の徵は是なり　①我わが虹を雲の中に起さん是我と世との間の契約の徵なるべし　即ち我雲を地の上に起す時虹雲の中に現るべし　我乃ち我と汝等および總て肉なる諸の生物の間のわが契約を記念はん水再び諸の肉なる者を滅す洪水とならじ　虹雲の中にあらん我之を觀て神と地にある都て肉なる諸の生物との間なる永遠の契約を記念えん　神ノアに言たまひけるは是は我が我と地にある諸の肉なる者との間に立たる契約の徵なり

(①——記号は稿者による)

私註〔一〕**『旧約聖書』**(キリスト教・ユダヤ教[注1]《の一部》)〔二〕「創世紀」第九章・前半〔三〕宗教書(文学として認める人もある。)〔四〕口碑伝承に始り、紀元二世紀にいたる約一〇〇〇年の間(前田護郎筆『TBSブリタニカ』11)〔五〕ヘブライ人〔六〕『舊新約聖書』(1976・日本聖書協会)〔七〕P12〔八〕旧約・新約を問わず、聖書各書の原本はまったく現存していない。ゆえに写本が大きな手掛りとなる。最古の旧約聖書の写本は、ヘブライ語[注2]であり、その書写時代は、前一〇〇〇年代末といわれる。日本語への翻訳過程の主流はヘブライ語→ギリシャ語→ラテン語→英語→日本語である。ヘブライ語で〈虹〉は、元来「弓」を意味する　קֶשֶׁת(qešet)であり、「①——」の英訳は「I do set my bow in the cloud, and it shall be for a token of a covenant between me and the earth.」[注3]である。〈虹〉は、新約のごとく「rainbow」でなく、ただの「bow」[注4]である。

〔**考**〕摘出部分の第九章は有史以前の口碑伝承であるが、神の書であると信仰されつづけてきた聖書、その中を貫流する思想として、すこぶる重大な神と人の①《契約》の徵として、あえて〈虹〉[注5]が人類の存亡をかけて登場させられていることに瞠目し、これを特記しておかなくてはならない。この思想を受けて、仏和辞典類（例・『仏和大辞典』昭56・白水社）などにも、arc-en-ciel の項に「不幸のあとにくる希望の象徴」の付記がある。なお、思想的な背景がもたらす、この心躍るような心性は、ニュートンによる偉大な光科学的研究の発表の後も、やすやすとそれを超えてワーズワースの名詩「虹」やD・H・ロレンスの名作『虹』等にその発現を見るのである。

日本文化への影響については、キリシタン時代以後、（葡・西・英・米・独・仏等の）外国宣教師からの口承・外国語訳からの享受、主に明治以後は（英語よりの）日本語訳からの享受によって考えられる。聖書の翻訳については、前田護郎・記〔聖書の翻訳〕（『TBSブリタニカ』11所収）が適切で、その中、特に「日本語訳」についての記述が有効である。一つの基本的な物差しとなる。

以後、聖書の影響を受けたと思われる〈虹〉の日本文藝・否広く日本文化に照準を合わせるとき、上掲文章（＝29$_{1}$）は、その発光源として極めて重要な、いわば、特級資料となろう。

（注1）ただし、―「旧約」（The Old《Testament》）とは、「新約」（The New《Testament》）に対してつけられた名称である。旧約、つまり「古い契約」とはモーシェ（モーセ）による神との契約をさしている。これに対し、「新約」とはイエスス（イエス）による神との契約のことで、モーシェによるかつての神との契約が更新されたことを意味している。しかし、この発想はクリスチャンのものである。ユダヤ教徒はイエススをメシア（救世主）とは認めず、モーシェの契約を唯一のものとして今日なお信じているから、新約とか旧約とかいう概念はもっていない。（三笠宮崇仁筆「旧約聖書について」（『筑摩世界文学大系1』）『古代オリエント集』昭53―所収）

（注2）ユダヤ・イスラエル両王国に分裂する前の、繁栄をきわめた古代の王国・ヘブライの言語。セム語系に属する中央セム語の一。

（注3）『THE HOLY BIBLE containing OLD AND NEW TESTAMENTS』Being the Version set forth 1611 A. D. Translated out of the Original Tongues and with the Former Translations Diligently Compared and Revised. ―NEW YORK THOMAS NELSON & SONS.

（注4）中『新聖書大辞典』の「にじ」の項参照。

（注5）シュメール―3500 B. C. 頃、東北の山地から民族系統不明のシュメール人が侵入して、（チグリス・ユーフラテス両川によって潤されたこの地に）多くの都市国家を作り、先住の彩陶民族の文化をひきつぎ文字（楔形）を作りなどしてメソポタミア（河間の意）文明の基をおいた。（秀村欣二著『世界史』）―による「シュメール語版〈洪水伝説〉は、ニップール出土の大きな粘土版に書かれて」おり、「『聖書』創世紀中の〈ノアの箱舟〉伝承の原型で、―ノアはシュメール伝説ではジウスドゥラであるが、―オリエントの洪水伝説を考察するに際して大変重要で、年代的には『聖書』の創世紀よりもずいぶん古い」（（注1））と同本、五味亨・杉勇訳・解説―中要約）が、この〈洪水伝説〉中には〈虹〉は見られない。ただし、残念なことに、¾以上が破損していて解読できない、とのことなので、あるいはその欠損部分に〈虹〉の話が存していた可能性がないわけではない。また、その中ではエピソードにすぎないが、「叙事詩」の中に〈大洪水〉のテーマをもつ『ギルガメシュ叙事詩』にも〈虹〉の話は見えない。とすると、ある段階で、聖書の記者が、（メソポタミア南部の古称で「光は東方より」とうたわれたオリエント文明の中心でもあったバビロニア、その地方の）バビロニア神話―古バビロニア時代は、シュメール・アッカド時代に続く時代で2200―1180 B. C. 頃―の女神「イシュタルの虹架橋説話」（『神話伝承事典』、大修館、c.f. 30（注4））を吸収しつつ、〈洪水伝説〉と結びつけてより迫力のある神話として再構築したもの―と考える方が現在的である。「旧約聖書に出てくる礼拝時の神への賛美の言葉も、その多くは、イスタルに対するバビロニア人の祈りの文句から―ユダヤ人の祭司たちによって―模倣・盗用されたものであった。」（前出『神話伝承事典』）なども援用されよう。

なお、《契約》の徴、すなわち啓示の具象的形象が、宗教的・文藝的論理上、〈虹〉である「必然」と、「人類の存亡をかけて」いることについては、馬場嘉市編『新聖書大辞典』(昭46、キリスト新聞社)に、「にじ」Rainbow, **קשת (qešet)**〔元来は「弓」を意味する語〕にじ(虹)は最も印象的な美しい自然現象の一つで、**バビロニアの神話**では重要な役割をもち、悪人に対して怒る神がこれにきらめく矢(電光)をつがえて放つ弓と見ている(詩篇7・12⒀―、ハバ3・9―、比較)。そのためこれが大空にかけられることは神の怒りが過ぎ去った記号であった(創世9・13)。にじはノアとの契約のしるしとされ、これは全人類にかかわる普遍的な意味をもつものとされている。にじの7色の美しさは神の栄光の象徴にふさわしい。(エゼ1・28、また黙示4・3、10・1)。」とあることにより、おおむね理解される。しかしこの記述は「必然」については明解であるが、「人類の存亡…」(同記中、「全人類にかかわる普遍的な意味」)については、同辞典中の「旧約は神がモーセを通してイスラエルびとに与えられた救いの契約(出Ⅰ24・8)をさし、新約はイエス・キリストを通してあまねく人類すべてに与えられた救いの契約(マコ14・24)をさす。」(P736)と齟齬するように思えるが、当初イスラエル人に向けられたものであってもその後の燎原の火の如き聖書のグローバルな伝播、すなわち歴史的時間的次元を導入して考えれば首肯されうるものであろう。終部の「にじの7色」についてはいささか問題はあろう。

[29$_2$]

この後われ見しに、視よ、天に開けたる門あり。初に我に語るを聞きしラッパのごとき聲いふ『ここに登れ、我この後おこるべき事を汝に示さん』直ちに、われ御靈に感ぜしが、視よ、天に御座設けあり。①その御座に坐したまふ者あり、その坐し給ふものの狀は碧玉・赤瑪瑙のごとく、②かつ御座の周圍には**緑玉のごとき虹**ありき。また御座のまはりに二十四の座位ありて、二十四人の長老、白き衣を纏ひ、首に金の冠冕を戴きて、その座位に坐せり。御座より數多の電光と聲と雷霆と出づ。…………(a)

我また一人の強き御使の雲を著て天より降るを見たり。その頭の上に**虹**あり、その顔は日の如く、その足は火の柱のごとし。その手は展きたる小き巻物をもち、右の足は海の上におき、左の足を地の上におき、獅子の吼ゆる如く大聲に呼はれり、呼はりたるとき七つの雷霆おのおの聲を出せり。…………(b)

私註〔一〕**『新約聖書』**(キリスト教)〔二〕(a)＝「ヨハネ默示録」第四章前半部　(b)＝「ヨハネ默示録」第四章前半部第一〇章前半部〔三〕宗教書(文学と認める人もある)〔四〕おおむねイエス＝キリスト誕生(西暦元年)以後弟子の時代〔五〕紀元一世紀後半のキリスト教宣教の大きな潮流の中で活躍した人たち(『新聖書大辞典』)〔六〕『舊新約聖書』(1976・日本聖書協会)〔七〕(a)＝P509　(b)＝P516〔八〕「②――」部の英訳は「and *there was* a rainbow round about the throne, in sight like unto an emerald.」

〔考〕(a)は、神[注1](復活したキリスト?　聖霊?)の玉座を荘厳するもので、緑玉(エメラルド)のごとき〈虹〉が形象的に登場している。「…ありき」であり、「…をりき」ではないから、すでに原始的すなわち動物(蛇)性を具備しているものではなかろう。チベット密教における各種曼陀羅中の仏像のまわりにも〈虹〉は登場している。(＝[19$_2$])　これらは、古代インドの〈帝釈天＝インドラ天、の宮〉（＝281）と、いささか類似している。その地理的歴史性を考えると、並行偶発的見解より、何らかの繋がりが想像される。(b)は、(a)と違って、強き御使い自身を荘厳するものとして〈虹〉が登場している。また、『イメージシンボル事典』(注2)（大修館）によると、「rainbow キリスト教ではキリストとマリヤ、『聖霊の七賜物』を表す」ともある。（これが敷衍的に人間界で感受されると「完成をめざして奮闘する人間を表す」（『同事典』）ということになるのであろう。）いずれにしても、マイナスではなく、否、讃美すべきプラスの存在―福音をもたらす―の一つとして〈虹〉は認識されているのである。『旧約』の「約」（＝神の人間に対する救いの約束）の精神が底流にあっての表現であろう。これは「新約は、古い契約である律法が待望し、準備したものを成就する意味をもっている。」（『新聖書大辞典』）と大枠では合致するもののようであるが、〈虹〉に関しては、旧約の中にその先蹤が見られる。「エゼキエル書」第一章末部に「首の上なる穹蒼の上に青玉のごとき宝位の状式ありその宝位の状式の上に人のごときもの在す 又われその中と周囲に磨きたる銅のごとく火のごとくなる者を見る其人の腰より上も腰より下も火のごとくに見ゆ其周囲に輝光あり その周囲の輝光は雨の日に雲にあらはる、**虹のごとし**ヱホバの栄光かくのごとく見ゆ」（前引『旧新約聖書』）とあるのがそれである。ただし、〈虹のごとく〉との直喩表現でありやや弱い。

（注1）「①―」部の英訳は、「and *one* sat on the throne.」（『HOLY BIBLE』291―注3）ミケランジェロの宗教画「最後の審判」（システィナ礼拝堂、ヴァチカン美術館）では、中央に、右脇腹にある致死の傷のある復活したイエス・キリストが見える。ただし、三位一体説以後の解釈。

（注2）アト・ド・フリース著、山下主一郎・他・訳『Dictionary of Symbols and Imagery』1984 大修館書店）

30

虹の7色は7つの天球と、虹の色合いを持つ**マーヤーのヴェール**を表した。マーヤーはヴェールの陰で、物質界を複雑な多彩の色に彩って顕示する女神であった。彼女に仕える巫女は、ヴェールの7色を身にまとったが、これはエジプト神話では**イシス Isis の7枚の肩掛け**として、また聖書では**サロメ Salome の7枚のヴェール**として表わされている。

女神イシュタルの虹のヴェールは、ときには衣服となり、ときには宝石となった。虹は**イシュタルの首飾り**と呼ばれ、その首飾りで彼女は、選ばれた者たちの霊魂のために、天界への橋を架けた。彼女の虹の首飾りは渡る者を選択する力を持(a)っていた。

私註〔一〕**〈虹〉のヴェールと首飾り等**〔二〕中東方面の神話〔四〕?〔五〕?紀元前〔六〕バーバラ・ウォーカー著山下主一郎訳主幹『神話・伝承事典―失われた女神たちの復権―』（The Woman's Encyclopedia of Myths and Secrets）（1988、大修館書店）〔七〕P665・666〔八〕〔七〕のこの部分の原拠は「Angus. S. *The Mystery–Religions*. New York: Dover Publications, 1975.」である。

〔考〕〈虹〉を、(A)「衣裳」・(B)「副飾品」に見立てる資料である。「ヴェール」は、(A)(B)の中間的小物的存在[注1]ではあるが、その見立てはそれぞれにエスニックな特色を示す。東洋における「天女の羽衣」などと、偶発的であろうが、類型的に共通するものであろう。衣裳型に属するものは、シベリアのサモエド族に「太陽神の上衣の縁[注2]」、北アメリカのヒダッア族に「水または雨の帽子[注3]」(Cap of the water or rain) などがある。「首飾り」は副飾品ではあるが、(本来的意味と思われる) 神秘的な威力を発揮する―虹をかけたり、渡る者を選択したり―点では、日本の「たま」と類型的に共通する。その「たま」を深淵に身を潜めつつ〈龍蛇〉は抱いている。彼が淵を出でて天に昇るとき〈虹〉となる。「――(a)」部、すなわち虹が「渡る者を選択する力を持つ」というのは、多くの神話に共通のモチーフである。例えば、ヴェーダ思想の最終的段階を表わしている『カタ・ウパニサッド』や北欧神話 (=33―注9・16) にも見られ、台湾原住民のオットフ信仰 (=27) にも見られる。ただし、これらより、イシュタル女神のバビロニア神話の方が緩い[注4]。

(注1) 西鶴・近松の小説に登場する女性の締める「虹の帯」も小物である。

(注1)(注2)(注3) Funk and Wagnall 前掲辞書。

(注4) 〔六〕の『神話・伝承事典』には、「もし女神がその気になれば、人間も神も、橋を渡ることはできなかった。あるときには、女神は天界の父を罰するために、虹の橋を架け、彼が渡るのを拒んで、神が地上の祭壇に供えられた食物を受け取りに行くのを妨げた。天界の父が洪水 Flood を送って、地上の彼女の子供たちを破滅させようとしたからである」とあり、確かに、あまりに横暴な父の使者たる神の下界を拒んではいるが、父あるいはその使者たる神は、その前にすでに昇天の際に虹橋を渡っているはずである。現に天界にいるのだから。他の神話や台湾のオットフ信仰など、まずもって―生前の行ないの如何によって―昇天さえ難しいのである。ただし、人間の霊魂であって神ではない。

31

こう彼女は言って、いきり立つアレスを彼の玉座に坐らせた。しかしヘレはアポロンと、不滅の神々の伝令使**イリス**とを宮殿の外に呼び出し、翼ある言葉で話しかけて言った。

「ゼウスは、あなた方二人にできるだけ早くイデ山に来るよう命じております。それで、あなた方が行って、ゼウスの顔を見た時、彼が指図し、命ずることはなんでもしなさるがよい」

女神ヘレがそう言って、ふたたび元へ戻り、彼女の玉座に坐った、すると、二柱の神は急ぎ飛び出した。彼らは、野獣の母たる、泉の多いイデ山に着き、①遠雷のゼウスがガルガロス*の頂上に坐っているのを見出したが、彼の周囲には、香り高い雲が、王冠のように取り巻いていた。この二柱の神は黒雲を集めるゼウスの面前に進み出で、そこに立った。ゼウスは二人を見て、機嫌が悪くはなかった、それは、この二人が彼の愛妻(ヘレ)の言葉にただちに従ったからである。彼はまず**イリス**に向って翼ある言葉を語って言った。

「足の速い**イリス**よ、急いで行って、①ポセイドン王に、わたしがこれから言うことを言ってもらいたい、誤って伝えることのないようにせよ。(すなわち) 彼が戦闘から身を引き、神々の群にか、あるいは神々しい海に帰るかするよう命じてもらいたい。だが、もし彼がわたしの言葉に従おうとせず、それを軽んずるというならば、その時は、彼の心のうちでとくと考えてもらいたいのは、彼がいくら強いといっても、このわたしが彼を襲う時には、わたしに抗しはしえないということだ。なぜなら、わたしは彼よりも遙かに力があり、さきに生れたと考えているからだ。ところが、彼の心は、他の神々が恐れを抱いているこのわたしと匹敵すると自称することを恐れないのだ」

　彼がこのように言うと、足が風のように軽く速いイリス女神は彼の言葉に従い、イデ山を下って、神聖なイリオス（城市）へ急いだ。あたかも、高空に生れた北風に煽られて雪か冷い霰が雲から飛び出す時のように、そのようにまっしぐらに勢いよく軽快なイリスは飛んで、名声あまねく聞えた、③大地を揺り動かす神に近づき、彼に話しかけて言った。

＊イデ山の頂の一つ。

私註〔一〕『イリアス Ilias』〔二〕第十五巻の前半部の一部〔三〕（ギリシャ）神話（叙事詩）〔四〕紀元前8世紀（800. B. C.）ころか? 〔五〕ホメロス Homeros（ヘロドトスの説によると850. B. C. ころの人か?（高津春繁解説参考））〔六〕田中秀央・高津春繁訳『ホメロス・イリアス、オデュッセイア・アイスキュロス他－世界文学全集Ⅲ－1』（昭41・8・10、河出書房）、『イリアス』の訳は田中秀央による。〔七〕P97〔八〕『イリアス』は、同じくホメロスの手になると伝えられる（五、六十年を隔てて成立したと言われる）『オデュッセイア』と並んで、古代ギリシャ文学の劈頭を飾る。①～⑤共、オリンポスの12神の一。①Zeus は男神。主神で、神々及び人間の父。天を掌り、黒雲を集め、風雨・雷電を支配する。②Hera は女神。ゼウスの妻、天界の女王。③Poseidon は男神。ゼウスの兄弟。海神、同時に大地をめぐり、ゆり動かす神。④Ares 男神。ゼウスの子。軍神。⑤Apollon 男神。ゼウスの子、光・文芸・音楽・予言の神。「神々と人間とが密接な交わりをもった世界をうたったホメロスの詩篇は、竪琴（たてごと）をたずさえた吟遊詩人によってギリシャ世界各地を歌われてまわり、ギリシャの団結を固めるのに力があった」（秀村欣二著『世界史』（昭27・学生社））という。

〔考〕イリス Iris は、足が風のように軽く速く、不滅の神々の伝令使で、アポロンと並ぶ二柱の神の神で女神。このイリスは、「ギリシャ神話の虹（にじ）の神。《イーリアス》で神々の使者とあるのは、虹は天から地へ届くものだからである。」（佐々木理筆『世界大百科事典』（昭39・平凡社））呉茂一訳「イーリアス」（『世界文学大系1－ホメーロス－』（昭38、筑摩書房））中では、すでに「虹の女神（イーリス）」と明記されている。（かくして、この流れを汲むラテン－英辞典『CASSELL'S NEW LATIN DICTIONARY』には「Iris」の語に「Messenger of gods, and goddes of the rainbow.」の訳が施され、また現行各種『英和・仏和・独和辞典』類にも、Iris は①花の名②虹彩（医）③（希神）虹の女神－などと記され、「虹」すなわち、rainbow, arc－en－ciel, Regen－bogen, の異名のごとき記述がみられる。）

　その属性は、

(1) 女（神）。

(2) 天空を支配する①雷神（父神・ゼウス）の子。

(3) 使者（天と地の間を往来する②③）。

である。『旧約聖書』（Ⅱ－281）と比照するとき、神と人間、天空と地海との橋渡し的存在であることは、本質的には一致しているが、ギリシャ神話『イーリアス』の方は、〈自然の虹〉ではなくて、あくまでも〈虹の女神〉・聖なるメッセンジャーである。また、東洋の〈天女〉とも一味違い、いきいきとして人間味豊かである。

またここで一言付け加えておくならば、一般に、ギリシャ・ローマと一口に言うが、ー後者は前者の文化を吸収していながらも、ローマ神話における〈虹〉は、「天に放たれたディドの苦悩する魂、愛する者へのユノの祝福のしるしを表し」（前出『イメージ・シンボル事典』）その間には、かなりの開きがみられる。

（注1）「女神」との関連では、さらに古いと思われる、太女神マーヤーや、バビロニア神話の女神イシュタル、の場合（c.f. [30]）があるが、これらにおいては、〈虹〉が、[31]のごとく、「女神そのもの」ではなく、神秘的な力を発揮する衣裳・副飾品あるいは、心の投影した具象的現象として表象されている。ただし、太古的感覚からすれば、即一体なのかも知れないが…。「女神そのもの」の例として、南アメリカの「チブチャ族（現在は絶滅したという）も『虹の女神』を認めていた。」（[25]ー(17)）という。

虹と日本文藝（七）

——比較研究資料私註(7)——

32

樫の木が切られると、　「大きな樫の木」……(a)
忌まわしい木が倒れると、
太陽は輝きだし、
月が照り始めた、
雲は長く流れだし、
大空に**虹**がかかった　taivon kaaret kaartamahan
霧の深い岬の先に、
靄（もや）の濃い島の端に。

若いヨウカハイネンは言った。　「呪誦競べ」……(b)
「まだ少しは覚えている！
このような頃（とき）を覚えているぞ、
俺が海を鋤いていたとき、
海の窪みを掘り起こし、
魚の洞窟（あな）をうがち、
深淵を深め、
湖水を沈め、
山々を覆（くつがえ）し、
岩石を積み上げていたときを。
「すでに俺は六番目の人で、
七番目の男だった
この大地を作り、
大空を築き、
空の柱を立て、
天（そら）**の虹**を運び、　taivon kaarta kantamassa,
月を導き、
太陽を助け、

北斗を正して、
空に星を散りばめたときに。」
　老ワイナミョイネンは言った。
「確かに嘘を言っている！
お前はそのとき見てはいない、
海が鋤かれたとき、
海の窪みが掘り起こされ、
魚の洞窟がうがたれ、
深淵が深められ、
湖水が沈められ、
山々が覆され、
岩石が積み上げられたそのときに。
「お前を見たものはありはすまい、
見られも聞かれもしていない
この大地を作り、
大空を築き、
空の柱を立て、
天(そら)の虹を運び、　taivon kaarta kannettaissa,
月を導き、
太陽を助け、
北斗を正して、
空に星を散りばめたときに。」

「ポホヤ乙女」………(c)

　さてポホヤの乙女は美しかった、
国でも海外(そと)でも名高く優れ、
大空の軛(くびき)の上に坐り　Istui ilman vempelellä,
虹の上で輝いていた　taivon kaarella kajotti
清純な衣をまとい、
白い着物を着て。
黄金(こがね)の梭(ひ)から、
銀(しろがね)の筬(おさ)を使って
黄金の布を織り、
銀の布に気を配った。
　握っている筬が唸(うな)り、
手中の糸巻きが回転し、
銅(あかがね)の掛け糸が軋(きし)み、
銀の筬が響いた
乙女が布を織るときに、
銀の布に気を配るとき。
　強固な老ワイナミョイネンは
けたたましく走っていった
暗いポホヨラから、
霧深いサリオラから。
少し旅を続け、
わずかばかり進んだ。
上の方から、頭上から
梭(ひ)の響きが聞こえてきた。
　そこで彼の頭を上げて、
大空を眺めた。
虹が綺麗に空にかかり、

乙女が虹の端にいて、　neiti kaaren kannikalla,
黄金（こがね）の布を織っていた、
銀の布も鮮かに。

「レンミンカイネンの………(d)
ポホヨラ婚礼旅行」

「黒い蛇よ、地下のものよ、
トゥオニの色した蛆虫（うじむし）よ、
土の色よ、ヒースの色よ、
すべての空の虹の色よ！　kaiken ilmankaaren karva!
さあ旅人の道から去れ、
前進する勇士の前から！
旅人を行かせてやれ、
レンミンカイネンを通してやれ
かのポホヨラの宴会へ、
素性よい人の会食へ！」
　そこで蛇はすごすご退いた、

「サンポ奪回へ出発」………(e)

　彼は耳が鋭くて、
目はそれよりも優れていた。
眼差（まなざ）しを北西に投げた、
首を日の方へと向けた。
遠くに虹が見えた、　kaaren kaukoa näkevi,
さらに彼方に雲の群れが。
　実は虹ではなかった　Eipä kaari ollutkana
また小さな雲の群れでもない。
舟が走っているのであった、
舟が進んでいるのであった
澄んだ海の面（おもて）を、
広い大海原を、
高潔な人が舟の艫（とも）に、
雄々しい人が漕ぎ台に。
　むら気なレンミンカイネンは言った。

「ワイナミョイ………(f)
ネンの演奏」

長老が歓喜（よろこび）の調べを弾（ひ）くときに、
ワイナミョイネンがかき鳴らすとき。
　大気の自然の乙女自ら、
素晴しい大空の処女も、
歓喜の曲を讃美した、
カンテレに聞き入った。
ある者は大空の軛（くびき）の上で、　mikä ilman vempelellä,
天空の虹の上でにこやかに、　taivon kaarella kajotti,
ある者は小さな雲の上で、
ばら色の縁（へり）まで目映（まばゆ）く。
　かの月の乙女、優美な処女、
才たけた太陽の乙女子は
その織機（はた）の筬（おさ）を手にし、
その掛け糸を上げていた、
金の布地を織っていた、
銀の布を編み鳴らした
赤い雲の端で、
長い虹の先で。　pitkän kaaren kannikalla.

彼女たちが耳にしたとき
その妙なる調べの音（ね）を、
握っていた筬が抜け、
杼（ひ）が手許から滑り落ちた、
金の布糸が断ち切れて、
銀の掛け糸がかすかに鳴った。

（ゴシック体＝稿者）

私註〔一〕『カレワラ』(kalevala)〔二〕(a)＝第一章「大きな樫の木」217行〜224行　(b)＝第三章「呪誦競べ」215行〜254行　(c)＝「ポホヤ乙女」1行〜30行　(d)＝「レンミンカイネンのポホヨラ婚礼旅行」759行〜769行　(e)＝「サンポ奪回への出発」341行〜355行　(f)＝「ワイナミョイネンの演奏」93行〜116行〔三〕フィンランド叙事詩（＝古代民族詩集）〔四〕天地創造〜フィンランド古代（cf.「フィン・ウゴル語族は紀元前二五〇〇年頃さらに分かれるが」と「概説」にある。クローン説は、「本体は戦争、略奪が横行していた一〇〇〇〜一二〇〇年頃の冒険心に富んだバイキング時代に成立したもので、キリスト教が異教を駆逐しつつある時期を背景にしている。」〔五〕フィンランド古代人（ウラル語族）。シャーマン→大口誦詩人バンニネン O. Vanninen、大詩人ベルットゥネン A. Perttunen、大吟誦詩人シッソネン S. Sissonen 他→（採集・記述・編集・部分的創作）＝エリアス・リョンロット Elias Lönnrot （1802〜84）　日本語訳＝小泉保〔六〕『カレワラ』(上)・(下)―岩波文庫―（1982、岩波書店）〔七〕(a)＝(上)P26　(b)＝(上)P39 40　(c)＝(上)P96 97　(d)＝(下)P57　(e)＝(下)P225　(f)＝(下)P243　〔八〕資料31の詩の最上段の番号は「行目」を示す。〈虹〉の出てくる行のみ原文を付した。「カレワラ」は、リョンロットによると、カレワの勇士たちの国。「カレワ」は、フィンランド人の最古の祖先で、ワイナミョイネン・レンミンカイネン・ヨウカハイネン、等は異教のある時代におけるカレワの後裔であるという。また訳注によると(e)の「サンポ Sampo」は呪的秘器で、未詳。「高潔な人」は「英雄・大詩人・老ワイナミョイネン」。「大空の軛（くびき）」＝〈虹〉―という。

〔考〕〈虹〉についてみると、神話的叙述の中であるが、大むね、天体気象現象としてとらえられていて、原初的な、動物的（天蛇的）認識は見られない。そして、(d)以外は総て、「瑞象」的享受のようである。(d)だけは、「黒い蛇」すなわち、「自ら創造を開始した。ヒーシはこれに命を与えた、忌まわしいいやな奴の唾液に、人食い女の吐いた唾に。これが毒蛇に変わった、黒い蛇に変形した。」（同章723行〜728行）とあり、それと同列に表現されていることから、瑞象ではなく、妖象・凶象であろう。とすると、この部分のみ、中国の古代（cf.1私註）と共通している。よくよく吟味すれば、〈虹〉は、蛇や蛆虫との（注1）（たぶん無意識の）並列の中に、かすかに原初の認識が残留、垣間見られているのかも知れない。また、第一章の「天地創造（注2）」の「伝承の中には卵性神話と海中攪拌神話が混在しているようである。そして卵が砕ける要因は『風』の霊力にあるとクーシ（1963）は主張している。しかし海を掻き回して天地を創造する攪拌のモチーフは、日本のイザナギ、イザナミの天の浮橋での創生神話と一脈通ずるところがあるようである。」（小泉保解説）とあるが、これを〈虹〉に関して類推してみると、→(c)の、ポホヤの美しい乙女の「大空の軛の上に坐り、虹の上で輝いていた」や、「虹が綺麗に空にかかり、乙女が虹の端にいて」や、「大気の自然の乙女自ら、……ある者は大空の軛の上で、天空の虹の上でにこやかに、…」等は、〈虹〉を、日本神話の「天の浮き橋」に一面置き換え得る性質のものであろう。

また、(c)のポホヤ（＝ポホヨラ）は、「海のかなた」（小泉保）の他界（常世（とこよ））―ハルバ（1945）によると「天国」―のようで、とすると、〈虹〉は、他界と此界との間の、一種の美しい架橋（≒天の浮き橋）のようである。そして、この〈虹〉の上で機を織る美しい乙女に、ワイナミョイネンが求婚（「おいで、娘さん、わしの橇に、降りておいでわしの橇へ！」）するが、乙女は、いくつもの無理難題を要求し、結局不成功に終る。日本の『竹取物語』のモチーフに一脈通じている。他界（天界）―此界（地上界）往来のモチーフも、その芽生えの段階において、〈虹〉[注3]が関与していよう。

遠い森と湖の国の古代との類似[注4]発想である。

（注1）沖縄諸島中の小浜島には、〈虹〉を、「チネー・ミマンティー（天の蚯蚓（ミミズ））」と呼ぶ。（宮良当壮「虹考」）

（注2）(b)の「空の柱」も、日本の『古事記』の「天の御柱」と類似している。

（注3）(f)の109行に「赤い雲の上で」とあり、これは仏教の来迎図や、雷神想像図のごとき神話的認識であろうが、「橋型」発想としては、〈虹〉の方がナチュラルである。

（注4）人種的ルーツも重なる面がある。フィンランド人は、ハンガリー人などと同じくアジアから入ってきた民族(フィン族)。ヨーロッパスタイルの生活・文化を築いたが、言語や伝承はアジア的なものが多い。ゲルマン系、ラテン系等と異なる。

（補注）序ながら、第十五章の580行に水に関係する「翼蛇」（→伝説上のドラゴン）がでてくるが、「橋型」より古いもので、（注1）と同じく原初的感覚の残留したものであろう。

cf.『KALEVALA-THE LAND OF HEROES-Translated by W. F. Kirby』によると、

There to drift in Tuoni's river;
And he raised a water-serpent,
From the waves a serpent lifted,
Sent it forth to me unhappy,

（本資料閲覧に関し、本学教授・柴田正氏の御協力をたまわった。多謝。）

33

The Norse Bifrost is the bridge over which Heimdall stands guard; at Ragnarök the frost giants will storm the bridge and raid Valhalla, breaking the bridge into bits. This rainbow bridge flames in three colors, keeping the giants from mounting it lest they melt; but when the bridge cools the way will be open. Bifrost is not identified with the rainbow in the *Elder* (*Poetic*) *Edda*, but Snorri Sturluson's *Prose Edda* so names it.

私註〔一〕ビフロスト〔三〕北欧神話〔四〕?‐〔五〕北欧のゲルマン人〔六〕Standard Dictionary of Folklore Mythology and Legend by Funk & Wagnalls. In New York.〔七〕P922〔八〕Bifrost＝神が天上から地上にかけた虹の橋。Heimdoll＝虹の橋の番人。Ragnarök＝北欧神話の神々の黄昏、世界の終り。Valhalla＝北欧神

話の天国。

〔考〕世界の終末的設定については、逆説的に一面、『旧約聖書』（=29）と通う。〈虹〉を〈天地をつなぐ橋〉とする点は、概念的には、ギリシャ神話『イリアス』の場合（=31）と通う面もあるが、「橋」の具象性はより強い。この「橋」的発想、または修辞上のメタファーは、中国では唐詩あたりから、その具象性は顕著になってきている。（それ以前は「龍舟」[注1]が仙界昇仙のための渡し舟として其の役を果していた。この同型は、タヒチ[注2]にもあり、王の航海する棹舟（カヌー）の名が「アヌアヌア」(**anuanua**) と呼ばれ、〈虹〉を意味していた。）かく北欧神話や古代中国においてのみならず、〈虹〉は、フンク・ワグネル両者の言のごとく「幾多の民族の神話の中で虹は天と地との間の橋であ」[注3]ったようである。原初的発想の《天蛇》型の次段階において、ほぼグローバルに広がっているもので、いわば《橋》型発想とタイプ付けられるほどのものである。ただし、正確にいうと、この間にもう一つ過渡的な存在として、「蛇橋」型がある。これは、「新幾内亜的原始民稱虹爲『蛇橋』」（王孝廉著『花與花神』）、すなわちニューギニア原始民等に見られるものである。このプロセスを経て文化的に発展した《橋》型発想を、例証的に掲げるならば、上掲、北欧神話、フィンランド古代叙事詩『カレワラ』[注4]、ギリシャ神話、古き代の中国の詩、モンゴルの叙事詩『ゲシル・ボグドウ』[注5]、の他、北アメリカの各種インデアン[注6]、オーストラリアやドイツの一部[注7]、インドネシアのブギ族やマカサル南西部住民（の天地開闢神話[注8]）、セレベスやポリネシアの、ハワイ[注9]、メラネシア方面[注10]、インド[注11]、バビロニア[注12]、中央アジア[注13]の伝説、台湾[注14]、朝鮮[注15]、等である。それらはおおむね神霊・精霊・死霊の往来する道である。しかし、その通行権にはしばしば条件が付けられている。すなわち選択されることがあるのである。これらの事実は日本南島・宮古島の神話の古伝、創世神のたつ天空の橋「天（あめ）の夜虹（ゆのづ）の橋（ばす）」（慶世村）や、本土の神話『古事記』中の「天の浮橋」という文藝的表現や、『丹後風土記』中の「天の椅立（はしだて）」、『播磨風土記』中の「八十橋」、『万葉集』中の「天橋」、中世の詞曲詩上に散在する「天の浮橋」とも比考されよう。さらに、近世、近松の「虹の橋」、長唄『岸の柳』の「虹のかけはし」、また、近代以後の数々の作品に多出する「橋」あるいは「橋」的表現の系譜的先蹤であろう。

次に〈虹〉**の「色」の種類・数**についてみると、中国の古代では陰陽五行説の影響下、おおむね「5色」（=五方正色《青・赤・黄・白・黒》か、五方間色《緑・碧・紅・紫・瑠黄》）であったが、アフリカのブッシュマン[注16]の壁画では、黄・赤・の「2色」、アメリカ・インデアンにおいては「3本の線」（3色？）であったが、この神話では、燃えたつ「3色」となっている。このことも日本との比考資料となろう。「3色」について考えるに、この「3色」は普通の場合の3原色[注17]、「赤・黄・青」のことかと思われる。その中主たる色は、「黄」かと思われる。波長の一番長いのは「赤」であるが、ヨーロッパでは「炎の色」は明るい「黄」が強いようである。ウル・デ・リコの『虹伝説』中の絵の中の焚火の炎の色も、ふちはやや赤っぽいが、ほとんどが黄である虹を食べる7色の鬼の首領も「黄」鬼である。（一番弱虫の「藍」鬼の「藍」色は弱々しくてほとんど見えない。）

鈴木孝夫著『閉された言語・日本語の世界』―新潮選書―によると、太陽の色も「英語では黄色に決っている」そうである。ゴッホの絵の太陽の場合の色も同様であろう。

上掲33の虹の話の異伝として、「北欧人の間には、オウヂンが天上の宮殿を造って後、小人の助けによって、ビフレエストという橋を架けて渡った。この橋が即ち虹だと考えられて居ります。虹が三色をなしていて、真中の赤色であるのは火が燃えているからで、この橋を登って行くだけの資格のない者は、この中で焼いてしまうのです。(注18)」というのがある。3色であるのはわかるが、赤が「真中」というのは科学的には不可解である。神話的主観的表現であろう。ともあれ、「三つの色に燃えたっている」という前者の方が、不動尊の火炎のごとき迫力において勝っている。ふと気づいたことであるが、〈虹〉の色を3色と観じるのは、古今東西を通してそれほど奇異なことではないようである。現に、稿者の机上にも、3色の〈虹〉が、印刷された色鉛筆用の角型ケシゴム(注19)が載っている。

しかし、一般的に現代の日本では〈虹〉は「7色(注20)」と言われているが、日本の文献中、管見に入ったもので言えば、岡村良通著す所の随筆『寓意草』（1750ごろ）が一番古いもののようである。

（注1）曽布川寛著『崑崙山への昇仙』（昭56、中央公論社）。

（注2）W・ベアリー著　加藤一夫訳『古代文明研究』上巻（昭6、春秋社刊『世界大思想全集』）P240。なお、「王の住む家は『天の雲』と同義の「アオライ」（aorai）の語で呼ばれ、王の声は『雷火』、王居に燃える矩火の光芒は『電火』と名づけられ」すべて、天上界のものとなっている。

（注3）・（注6）両者著前掲〔六〕辞書。

（注4）資料32

（注5）「ヒマラヤからバイカル湖にかけて広範な地域に分布するモンゴルの神話的英雄叙事詩。モンゴルの神の子ゲシル＝ボクドゥの事跡を語るもの。（山本節著『神話の森』P43）

（注7）ベアリング・グウルド著、今泉忠義訳『民俗学の話』P169。

（注8）松本信弘『日本神話の研究』P188。この神話の中に「太初に天神の子が人類のため地を経営する命を受け、虹の橋によって地上に下り、その仕事が終ってから天界に下りし三人の男、地又は地下界より来た三人の女と婚し、人類の祖となる。」とある。（…印＝稿者による）

（注9）前掲〔六〕辞書。

（注10）古野清人・馬淵東一筆「虹をめぐる高砂族の口碑と習族」（「旅と伝説」第十一年第七号。）

（注11）『カタ・ウパニシャッド』（注12）Katha Upanishad。ただし、天界への輝く虹の橋を渡るのは、その正邪によって難易がある。神話に類型多し。

（注12）山下主一郎・他訳『神話伝承事典』P266。

（注13）資料22_3中。

（注14）（注10）論文ならびに、小泉鉄筆「蕃人の慣習と土俗」（雑誌『改造』昭和五年十二月号）所収「オットフ」信仰。このオットフ（死霊または精霊）信仰の特色は、「善き」オットフは、時々海の彼方の浄土から〈虹の橋〉を渡ってやってきて遺族や族衆に幸福を授ける―ことである。（cf.27）

（注15）26_3―(c)(d)(e)参照。

（注16）「オレンヂ自由国を流れるカレドン（Caledon）河南岸の小丘の洞穴中に『虹を背負う女の雨 She-rain』とブッシュマン自らの説明する壁画が残されている。形は牛の如く、全身にわたって上部に黄と赤の二色で表された虹を横たえる。」（石田英

一郎著『河童駒引考』P106）

（注17）時板誠記・吉田精一編『国語中辞典』（昭48、角川書店）に「①普通の絵の具では、赤・青・黄の三色。光では赤・青・緑の三色をいう。」とある。

（注18）ベアリング・グウルド著今泉忠義訳『民俗学の話』P168。（…印は稿者）。

（注19）ERASER FOR COLORED PENCIL-SEED made in japan. ただし、色は赤。

（注20）世界の古代を見渡すと、訳者の先入観が入っているかどうかは定かでないが、北極圏のエスキモー人の詩の〈虹〉（＝24）と、インドネシアの昔話に出てくる〈虹〉（＝28）に、その「7色」が見られた。

34

In Europe, it is believed that anyone passing beneath a rainbow will be transformed, man into woman, woman into man. In Rumania, for example, it is said that the rainbow stands with each end in a river, and anyone creeping to its end on hands and knees and drinking the water it touches will instantly change sex. (See below for the connection of the rainbow with the serpent, and compare TRESIAS.)

私註〔一〕〈虹〉による性転換信仰〔三〕ヨーロッパの俗信〔四〕?・〔五〕?・〔六〕33と同〔七〕P922

〔考〕この、ヨーロッパに伝わる、虹の下をくぐり抜けたり、虹の根の触れている所の水を呑むと、男は女に、女は男に変身するという、いわば、虹による《性転換》信仰は、この俗信の型としては特異なもののようである。初等数学における移項のようで面白い。これも、いつかどこかで、東洋の「陰陽道」思想が（脚注にも暗示されているごとく）雌雄淫着性の濃厚な「蛇」信仰と結びつきつつ混入し、変容をきたしたものかも知れない。

35

The great snake of the underneath, the rainbow serpent of Yoruba, is, like many other mythological serpents, an earth god. He comes from the earth to drink in the sky.

私註〔一〕西アフリカのヨルバ族の〈虹〉〔三〕アフリカの俗信〔四〕?・〔六〕33と同〔七〕P922

〔考〕〈虹〉を地下の大蛇と観じている。それは大地の神でもある。その蛇は大地から天空へ水を飲むために来るのである。天蛇型と比べ、その発想が正反対である所に特色がある。かくて、大地の主である蛇神が天空をも支配し、大切な気象をも支配していることになる。小島瓔禮編『蛇の宇宙誌』（1991、東京美術）によると、この型は、アフリカのみならず、インド・オーストラリア・アメリカ等にも残っており、「日本でも、大地の主の蛇の信仰があり、それが雷神信仰の形をとっている。日本の虹の観念も、アフリカなどの蛇信仰と同じ基礎に成り立っていた」という。〈虹〉と日本文藝を考える際にも一つの示唆となる。

36

（前略）

マザレばあさんは、はなしはじめました。「みずうみに　いってできるだけ　みごとな　にじを　かけるのじゃ。オンディーナは　きっと　にじをみにくるだろう。そうしたら　おまえは、ほうせきうりに　ばけて、―きれいだな。[a]この　にじの　かけらで、ほうせきをつくろう―と　いって、にじの　はしを　ちょんと　きって、ほうせきぶくろに　いれてみせる。しばらくして、さっきのにじがほうせきに　かわったような　ふりをして、ほんものの　ほうせきを　とりだして　おひさまに　ひからせて　みせるんだ。オンディーナめ、きっと　その　ほうせきが　ほしくなる。そうしたら、―うちへ　いけば、もっと　きれいなのが　たくさん　あるよ。ほしければ　ついておいで―と　いうんだ。あいつは　きっと　おまえについていくだろう。」　＝A

（中略）（宝石売りに化け忘れた、まぬけな

まほうつかいは、いきなり　にじを　じめんに　ひきづりおろしました。そして、ずたずたに　ちぎって、みずうみに　なげこみました。にじの　かけらは、きらきら　ひかりながら、みずうみの　そこに　しずんでいきました。そのひから、このみずうみ　みずは、うつくしい　七いろの　にじの　いろに　かわりました。　＝B

私註〔一〕『にじのみずうみ』1970、偕成社〔二〕中部・末部〔三〕イタリアの昔話〔四〕?・〔五〕文・坂本鉄男　絵・岩崎ちひろ〔六〕〔一〕に同〔七〕P19・20＝A　P30・31＝B

〔考〕この絵本の文を書いたイタリア語学者の坂本鉄男は『にじのみずうみ』は、イタリア北部につたわるむかし話です。（略）けしきの美しいところには、その美しさに関係のある伝説や民話がつたわっているものですが、このカレッツァ湖も、ほんとうに虹をとかしたような、日本では考えられないほどきれいに澄んだ水をたたえた湖です。（略）」と記しているが、もとは、その美しい湖の水の色の由縁を説く、いわば類型としてよくある成立伝説である。B部がそれにあたる。A部は、その湖に住む、美しい水の精・オンディーナを好きになった、深い森に住む、まぬけで醜い若い魔法使いは、あの手この手で水の精をつかまえようとするが、ことごとく失敗する。そこで、大先輩の魔法使いであるマザレばあさんに知恵を拝借することにしたが、そのマザレばあさんの考えた策略である。

(a)部には、次資料37ほど直接的ではないが、その発想の奥に《虹脚埋宝》説話が隠されているようである。この話が「ドイツ語系住民のあいだにつたわったもので」（坂本鉄男記）あることとも関係があろう。〈虹〉と〈宝石〉との関係、堅密度はやや薄められてはいるが、それはそこに文藝的創意が働いているのであろう。「七いろのにじ」というのも、昔話としてはやや現代臭がある。37の発展型と見ておけばよかろう。

37

昔(むかし)、小(ちい)さな町(まち)に、シンギーといふ男(をとこ)が住(す)んでゐました。[A]たいへん

欲の深い男でしたので、みんなからきらはれてゐました。

ある時シンギーは、町を通つた旅人から、虹の脚が地面にくつついてゐるところを掘ると、黄金がいくらでも見つかるといふことを聞きました。旅人の話を聞いたとき、シンギーは二つの眼を團栗のように圓くしました。それからといふものは毎日々々その話ばかり頭の中でくりかへして、一しょうけんめいに虹の立つのをまつてゐました。

とう〱ある夏の夕の雨あがりの空に綺麗な虹が現れました。シンギーは急いで物置きからしやべるを取り出して、氣でも狂つたようにうちを飛び出しました。シンギーはしやべるを肩にしたまゝ、空ばかり見つめて、どこまでも、どこまでも歩いて行きました。が、森をぬけても川を渡つても、それから廣い〱野原を越えても、やっぱり虹は遠方にかゝつてゐます。いくら行つても虹の脚が地面にくつついてゐるところには出會ひません。

そのうちに虹は夢のようにふっと消え失せました。シンギーはもうがっかりして、しやべるを投り出したまゝ、草原の中にぐたりと倒れてしまひました。

「あゝあゝ、ひどいめにあつた。どうだ、着物も何も泥だらけだ」

シンギーはかういつて、大きな溜め息をつきました。けれども根が大へんな欲張りなので、そのまゝうちに歸らうとはしないで、どこといふ目當てもなくのこ〱と歩き出しました。シンギーの考へでは虹の脚が地面にくっついてゐるところを見つけるまでは、幾月でも幾年でも歩き廻るつもりでした。

シンギーは、日がかん〱照りつけても、雨がざあ〱降り續いても、しやべるを肩にしたまゝ平氣で歩きつゞけました。その間に虹は幾度となく空に現れましたが、どうしても地面にくっついてゐるところは見つかりませんでした。

家を出てからちようど三年三月になつたある日のこと、シンギーは歩きくたびれて野中の杉の根元に寝ころんで、うと〱なつてゐました。すると頭の上で、

「まあ、きれいな虹だね」

「ほんとに綺麗だね。あの虹が地面にくっついてゐるところには、どっさり黄金が埋まつてゐるがね、人間のとんまにはとてもわかるまいよ」

「わかつてもだめさ。そこまで行くうちには消えてしまふから」

「なにそれにはいゝことがあるんだよ。虹の方を向いてね、一息に、『虹さん、虹さん、消えるなよ。おれが行くまで消えるなよ』と三度

唱へると、どうしたつて消えっこはないんだから」
「おい〱、めったなことを喋つてはいけないよ。下に人間が寝ころんでゐるぢやないか」
「大丈夫だよ、ぐっすり寝込んでゐるからね」
といふ話し聲が聞えました。シンギーはそれを聞くと、もう嬉しいので胸がわく〱して來ました。そしてそっと眼を開けて見ますと、杉の小枝に二匹の烏がとまつてゐました。シンギーはいきなり立ち上つて大きな聲で、はーと、叫びました。烏どもはびっくりして、ばた〱と羽叩きして逃げ出しました。それを見向きもしないで、シンギーは虹を見つめたまゝ、一息に、

　虹さん、虹さん、消えるなよ。
　　おれが行くまで消えるなよ。

と三度唱へました。そしてしやべるを摑むなり、一さんに虹を目がけて駆け出しました。

一町、二町、三町、夢中になつて駆けて行くうちに、だん〱と虹の橋に近づきました。半里もひた走りに走りますと、まあ、どうでせう。C鮮かな七色をした虹の脚は、とある泉の傍で、吸ひ込まれるように、地面にくっついてゐるではありませんか。

「しめた」

顔を眞赤にして、だく〱と汗を流してゐるシンギーは、覺えずから叫びました。さうしてすぐにしやべるを閃かしてそこを掘り始めました。小石混りの土をぐん〱掘り下げてゐるうちに、たちまち、かちりとたゞならぬ音がしました。

シンギーは、しやべるを投り出して覗き込みました。とたんに眩しい光がさっとあたりに迸りました。穴の底には數へても數へきれぬほどの黄金が埋もれてゐるのでした。

「しめたっ」

シンギーの口からまた同じ言葉が迸りました。シンギーは、穴のそばにぺたりと坐り込んだまゝ、黄金の中に肱まで手を突っ込んで、なんともいへぬ程嬉しそうな顔をしました。と、そのせつな、虹がさっと消え失せました。シンギーは大急ぎで黄金を掬ひ出して、かねて用意しておいた大きな袋にぎっしり詰め込みました。そしてそれを背負ひながら、しやべるを杖に歩き出しました。あんまり袋が重いので、シンギーは歯をくひしばつて、よろめき〱歩きました。それでも歩くたびに背の上でざく〱と黄金の鳴る音を聞くと、もう袋の重いぐらゐはなんでもありませんでした。

すると道傍の小さい森の中に、手をつなぎ合せて踊り廻つてゐたD森の精の小人共が、その姿を見つけました。

と、小人共は、ぴたりと踊りを止めて、
「おい、おい。あれを見ないか。A欲張りのシンギーが、なんだか重いものを背負つてゐるよ」
「なんだらう。あれのことだから、きっと寶物でも盗み出したんだらう」
「一ついたづらをしてやらうぢやないか」
「うん、それがいゝ、それがいゝ」
と、小人共は足音を忍ばせて、シンギーの後から駆け出しました。何しろ背の高さ五寸ぐらゐの小男ばかりが、草原の上を身軽に駆けるのですし、それにもう日も西の空に沈みかけてゐましたので、シンギーは、ちっともそれに氣がつきませんでした。

眞先にかけつけた一人の小人は、ひらりと身を躍らして、袋に飛び

つきました。そして懐から楊枝ほどの小刀を取り出して、そっと袋の底に小さな穴を明けました。さぁ大へん、黄金はその穴から一つ一つ漏れはじめました。きら〳〵と夕日に閃いて地面に落ちようとすると、大勢の小人共が兩手を開いて一つ〳〵それを受け留めます。だからいくら袋から溢れ出しても、ちっとも音を立てません。シンギーは相變らず額に汗をにじまして、のそり〳〵と歩いて行きます。黄金が減るにつけて、袋の重さが輕くなつては、シンギーに氣どられるといふので、小人共は後から〳〵と袋に飛びつきます。黄金が減るにつれて、袋の上の小人の數が次第にふえて行きます。そして袋のまはりに、ずらりとぶら下りながら、小さい〳〵聲でくす〳〵笑つてゐます。やがて袋の中の黄金がすっかりなくなる頃には、袋のまはりが小人だらけになりました。小人たちは互に顔を見合して、

「おい、シンギーも、ずいぶんとんまだな」

「おれ達を黄金と思つて、後生大事に背負つてゐるのがをかしいね」

などさゝやき合ってゐました。

やがてシンギーは、自分の住んでゐた町はづれまでやって來ました。と、路傍の石にどつかと腰を下して、

「さぁ、こゝまで來ればもう大丈夫だ。今日からは町一番の大金持ちか。おれはなか〳〵の仕合せものだな」

と獨言をいひました。と思ふと、たちまち後の方から〳〵と笑ふ聲がして、

「シンギーばかもの」

「何が仕合せものだい」

「町一番の大金持ちがをかしいや」

など口々に罵り騒ぐものがありました。シンギーは、びっくりして後を振り向きますと、大勢の小人共がひらり〳〵と逃げ出してゐました。をやっと思つて何氣なく袋を下してみますと、黄金はたゞの一片も見えなくなつてゐました。シンギーは、氣が狂つたようにもと來た道にかけもどりました。が、いくらあとに戻つても、黄金らしいものは一つも見えないで、Eその代りに黄金色のかわいゝ花が道ばたにずらりと咲き亂れて、夕風にそよ〳〵と動いてゐました。

みなさん、月見草はかうして世に現れたのです。

私註〔一〕**アイルランドの昔話**〔二〕「虹の脚」〔三〕ヨーロッパの昔話〔四〕?〔五〕山崎光子・松村武雄訳〔六〕『世界童話集　下』―日本児童文庫20―（昭4、アルス）〔七〕P192〜198〔八〕アルス刊の日本児童文庫は、昭2〜5に刊行され、全75冊。（国立国会図書館、児乙部全集―N―20）促音不揃い。

〔考〕まず本話の原資料については、かく児童を対象とした文芸シリーズの性質上、書誌的解題的な学術的記載が見当らないのでよくはわからないが、民族学の泰斗・松村武雄博士との共訳になるという点を考えると、かなり原資料に忠実であろう―ということを前提として考えてみたい。

Aの設定と展開に見る教訓性、Dにみる異界の人物像との絡み、Eにみる物の性質・発生の由来談、等は、おおむね世界各地の昔話に普遍的にみられる類型的な表現パターンである。Eの類型は、ウル・デ・リコの『虹伝説』にもみられ、日本でも、羽前小国の昔話中、「二〇銭の降る虹」や沖縄の動物昔話「ひばりと若水」の類話、等にみられる。ただ、Eのもつ詩的空想性の美しさは、ケルト民族に目立つ秀れたものであろう。Bにつ

いてみると、「町を通った旅人から」とあり、「旅人」はアイルランドの地、すなわちシンギーの居住地以外のアイルランドの住人、ともとれるし、遠くギリシャやその他の地方の国の住人ともとれる。また旅人がどこかの国で仄聞した話ともとれる。後者とすれば、「虹脚埋宝」信仰が世界に流布していたことが暗に匂わされていることになる。

Cの〈虹〉の脚が「とある泉の傍」とあるのは、安間清が指摘（『虹の話』）するように「聖水」信仰すなわち神聖なる水辺が神を祭るところであり、竜神はすなわち水神であり、〈虹〉はその「神竜」＝「水蛇」、であったとの原始民間信仰とのかかわりを裡に秘めた無意識なる発現的表現であろう。また、「鮮やかな七色をした虹」の〈虹〉の「七」色については、ヨーロッパ民衆の〈虹〉についての大方の認識「六」色（鈴木孝夫『日本語と外国語』）と異なり、あるいは訳者の日本の児童向けの作意が混入しているかも知れない。

〈虹〉の文化の問題として本話中一番重要なのは＝＝部である。

さてこの昔話の成立が、どのあたりまで遡上りうるかについては、確証はないが、『虹の脚に黄金が埋まっている』という俗信は、古いギリシャ神話に繋がりのあることを想定しうるであろう」と、安間清は『虹の話—比較民俗学的研究—』（昭53、おりじん書房）の中で述べている。これは、ホメロスの『イリアス』の最終章にあたる、第二十四巻の、勇士ヘクトルの葬儀の次第を歌う場面に、「ところが、早生れの、ばら色の指をした曙が現われると、人々は栄えあるヘクトルの薪の堆積のまわりに集まった。〔一同一つのところに集合して後〕まず彼らは火の力の及んだかぎりのすべての薪を輝くぶどう酒で消した。それから彼の兄弟たちや僚友たちが、泣きながら白骨を拾い集め、大粒の涙が彼らの頬を流れくだった。彼らは骨灰を取って、それらをやわらかい深紅の布で包んで、黄金の壺に入れた。彼らはそれをただちにうつろな墓穴に収め、その上に隙き間のないように大きな石塊を積んだ。すばやく墓を築き、しかしそうしている間に、立派な脛当をつけたアカイア人たちが早くも攻撃を加えることのないために、警戒兵たちが周囲に到るところ配備された。やがて墓を築き終ると、彼らは帰営した。しかしさらに集まって、ゼウス大神に養われた王・プリアモスの宮殿において素晴しい（弔いの）饗宴を張った。[注1]」とあるが、それを指しているようである。かくギリシャ神話、すなわちエーゲ文明との関連もありそうではあるが、37は、アイルランドの昔話であることを考えると、その地の原住民たるケルト族のことが考えられる。例えば、「虹の端にある『黄金の壺』は、ケルト族の『聖杯』の別型であり、また子宮のシンボルであって、月女神（マナ）が彼女の西方の楽園で、死者の霊魂をしまっておく壺と関連があった。[注2]」の言も、その前段階あるいは先蹤的な伝説として同時に容認しておきたい。これが敷衍されて「一般にヨーロッパの全体にわたって虹の地に触れているところには幸運があると言われている。それは、虹の端には黄金の壺か又はその他の宝物が、それを発見する人のために準備されているからである。[注3]」となるのであろう。ただ隠されている宝物は土地によって異なる。例えば、「アイルランドでは金時計、ギリシャでは金の鍵、ノルウェーでは金の水さしとスプーン」(注4)等々である。そしてこの**《虹脚埋宝》**信仰に通ずるものは、ヨーロッパのみならず「アフリカ大陸のChaga族・北アメリカ原住民、南米のアラワク族・マレー人、イランの回教徒」(注5)の中にも見出される。日本周辺では、まず中国で、資料[12]中の「薛願」・「韋皐」中〈虹〉の**《吐金》《出世》**説話中にその精神が見られ、朝鮮の慶尚南道咸陽郡では、「虹の立つところには宝物がある。」(注6)と言い伝えられ、台湾の基隆付近では、「昔お爺さんが虹の両端を掘ったらば黄金が出た」(注7)と伝えられている。「龍」との混交概念では「(490年)三月龍が鄒羅の井戸に現れた」→「はじめて王都の市場が開設され、各地の商品が集った。」というのがある。([26]注1参照)

日本本土では九州阿蘇地方の俚諺に「黄牛の背に乗って虹の下をくぐれば長者になる」(『民俗学』五ノ七)というのがあり、「虹の両脚の下には宝物が埋っている」という俗信は高知県地方(『同』三ノ四)にあり、安間清によると、これは信州下高井郡方面、遠く北に飛んで奥州羽後の国にもあるという。そして、日本古文藝に入って、『日本書紀』(注8)『日本霊異記』(注9)『枕草子』(注10)などに影を落としているようである。『百錬抄』に見える「上皇六条中院前池虹立。可立市之由…」(1089)、「高陽院立市。依虹蜺立也。」(1092)の記載とも間接的に繋っていよう。すなわち、「境界領域」(注11)における「交易」の民俗の思想とも混融する性質のものであろう。

この〈虹〉と「市」との関連は、中国の国際的市場である〈虹口〉を想わせ、遠くメラネシア・ミクロネシア諸島(注12)における〈虹〉とその呪詞を伴う原始的贈答交換儀式→「開市」を想わせ、ポリネシアに属するハワイ諸島に現に行なわれている「レインボーセール」を想わせる。そして、同じくオセアニアのオーストラリアの原住民の神話や宗教儀式において、虹蛇は、造物者、文化的英雄、豊饒・多産の神、天父―のように重要な存在である。」(注13)という〈虹〉のプラス面の評価と接触していよう。やはり、その根源は、フンク、ワグネル、安間清のいう〈虹〉の原始観すなわち「《水》蛇・《天》蛇」(→神龍)観のグローバルな存在に吸収されるものであろう。

かく、世界各地に分布していた**《虹脚埋宝》**信仰は、黄金を求めて虹を追跡する儚い夢想家「虹を追う人」(注14)(rainbow chaser)の語を生み、拡散された「虹の彼方に」(注15)の句が、さらに『聖書』世界的至福感と結びついて、人を浪漫的陶酔境に誘い込む。

(注1) 田中秀央・高津春繁訳『世界文学全集Ⅲ—(1)—ホメロス・アイキュロス他』(昭41、河出書房)による。ただし、===部は稿者による。

(注2) 山下主一郎、他訳『神話・伝承事典』(昭63、大修館書店)P665。但し、===は稿者による。「子宮」は、Davidson(前出)によれば、「『子宮』は、rachamin(「母の愛」または「思いやり」)の擬人化されたもの。サンスクリット語のkaruna(菩薩の慈悲)と比較される。」とあるが、もっと直接的なもののような気がする。

(注3)・(注5) Funk and Wagnall 前掲辞書。

(注4) 向井正・向井苑生『反射屈折回折散乱』(昭59、地人書館)中「ニジ伝説」より。

(注6)・(注7) 安間清著『虹の話』(前出)P64。

(注8) 雄略天皇三年夏四月「乃於河上虹見如蛇四五丈者。掘虹起處而獲神鏡。」(岩波・日本古典文学大系本)

(注9)信敬三寶得現報緣　第五「有五色雲　如電如度北　自而往其雲道　芳如雜名香　觀之道頭有黃金山」。((注8))と同)

(注10)第十四段「を(お)ふさの市」。(三巻《能因》本)

(注11)「市と虹」(勝俣鎭夫筆。『日本の社会史』第四巻((昭61、岩波書店))所収)

(注12)Bronislaw Malinovsky "Crime and Custom in Savage Society"(『民俗学』第二巻第九号((昭和5・9))に中村康隆紹介)「トロブリアンド、アムフレット、ダントルカストー、トュベトュベ、ニゥギニア東南部諸島、マーシャル、ベンネット、ウッドラーク、ラウラン等の島々に住まふ諸共同態によって行はれている」

(注13)Funk and Wagnall 前掲辞書。

(注14)萩原朔太郎の著作にも『虹を追ふひと』=限定特装版=(1970、青娥書房)がある。

(注15)「Over The Rainbow」(ダニイ・ケイ主演「虹を摑む男」の映画の中で、ジュディ・ガーランドが歌う歌= Words by E. Y. HARBURG Music by HAROLD ARLEN)や、若山喜志子編『虹は彼方に―牧水の歌六百首撰抄―』(昭42、東京美術)、マリー・ジョゼフ著・原もと子訳『虹のかなたに―リウマチと闘う女性の自伝―(昭59、婦人の友社)、ジェシカ・ジェフリーズ著・松本牧子訳『虹の彼方へ』(昭59、ハーレクイン・エンタープライズ日本支社)、アンハーリー・熊谷淳子訳『虹の彼方に』(昭61、ハーレクイン・エンタープライズ日本支社)、高橋源一郎著『虹の彼方に(オーヴァー・ザレインボウ)』(昭59、中央公論社)、岑清光著『虹のかなたに』―続七曜メルヘン―(昭43、近代文芸社)等がある。

虹と日本文藝（八）

――比較研究資料・通考――

通考

以上で、ひとまず、海外の、おおむね古代における〈虹〉資料渉猟の旅を終る。よって、ここで、その成果たる〈虹〉資料（＝1～37）について、その微視的なものは、各資料の私註中の［考］に譲り、巨視的見地から、通覧・考察してみると、おおよそ次のごとく要約できるものと思う。

一　一次的認識

〈ニジ＝虹〉の原初的・根元的認識は、地球上の、地域地域におけるそれぞれの素朴な日常生活中における体験的重要性と、その形状の嘱目との関わりにおける強弱によって異なっていたようである。従ってその認識はこれよりの発想と深く結びついていたものと思われる。

Ⓐ「蛇」　系（天蛇・水蛇・地下蛇型）…多く遊牧・農耕民族 ⊕（プラス）⊖（マイナス）

Ⓑ「弓・弧」系（天弓・雨弓・神弓型）…多く狩猟民族
（天弧・雨弧型）

Ⓒ「貝・蟹」系（天の大貝・甲蟹型）…多く海洋民族

Ⓓ「縄」　系（天の畜縄型）…東アジア遊牧民族

Ⓔ「吐息」系（蝦蟆の吐息型）…湖沼辺住民族

Ⓕ「小便」系（雌狐の小便型）…アルタイ系（ヤクート族・ブリヤート族）

Ⓖ その他

Ⓐの場合は、単なる気象現象としてではなく、原始アニミズムの発動としての、生物的、特に「動物的いのち」それも「蛇」類のいのちを内蔵してるものである。これは後代における「見立て」以前の時点における実感的享受よりの認識なのであり、それに基いて発想されているものである。

そしてこれは、ニコライ・ネフスキーの調査を初めとして、その後の調査によると、かなり大きな比率を保有しつつ、グローバルに広在していたもののようで、おおむね「雨」「水」と密接に関係し、人力を越えた神霊的性格を有する水霊性を内蔵する動物の要素が濃い。太古・爬虫類、後にいう恐龍時代の哺乳類の恐怖体験の深層心理と共に、当然、畏怖の念がまつわっている。アジア民族を中心に、アメリカインデアン（＝25）などに見られる「虹指差禁忌」民俗もその名残りであろう。

「天蛇」型の場合、その棲息する場所は、「天上」（天界）であり、それが「地上」の水中（海・湖沼・滝つぼ・堰等）に飲水のために天降るわけであるが、そこに渡り鳥の越冬のごとくとどまっている場合、一見、そこの住人・主（ぬし）のごとく受け取られる場合もある。アメリカインディアン等に見られた（＝25）「水蛇」型がそれであろう。また、これ（天蛇型）とは発想が真反対のもの、すなわち、上―下、天―地、の関係が逆の「地下蛇」（＝35）も見られた。アフリカ・インド・オーストラリアに著しい。

その属性の一つとして、水を好み天―地の間を自由自在に往き来する超能力を有している。すなわち、いずれの場合も、壮大な天―地の空間を支配下に置き、気象現象さえも統御しているのである。

また、稲光りを発しつつ、大音響を伴って現出し、逆に雨水をもたらす―飲んで溜め込んだ水の放出か？―場合もある。ここには、稲光り≒火≒蛇の赤い舌、の連想も見られる。

〈虹〉を動物的存在と観ずれば、当然そこには、

雌雄

を有することになる。この点は東洋、特に中国において、すこぶる顕著に残存しており、西洋においてはおおむね稀薄である。西洋においても、もとは存在していたものであろうが、後に興った強大な宗教文化の影響により、その動物性の問題をも含め、かなり早い時期に、表面的には消滅または隠蔽されていったようである。「虹の下をくぐれば性が変わる」（＝34）などが、そのかすかな残片であろう。しかし、内在的に見ると、後述の二次的認識たる

「財宝」や「橋」との関係

などに、形を変えて遺伝しているものと思われる。

また、蛇類であるから、その属性として、当然「雌雄淫着性の気の濃厚」な存在として享受され、そこより

濃艶なエロチシズムの揺曳

を感受していた。この「雌雄淫着性の気の濃厚」という属性の嘱目は〈虹〉の属性と重なり、（中国では陰陽思想と結びついたが）有難い「産出」性を人類に強くイメージさせたことであろう。これがもたらす「雨水」はその最たるもので、〈虹〉の致福能力の究極的淵源がまさにここにある。かてて加えて蛇類には摩訶不思議な「脱皮再生」能力も見え、消えてはたつ〈虹〉の〈再現〉の嘱目と重なる。そしてそれは古代の人類にとって「畏怖」と「強い憧憬」の混融したものであったはずである。

蛇類の生存について見ると、約二億年前に恐龍の先祖とされるリストロサウルスという爬虫類が南極大陸にいた。（化石の出土）しかし、これは勿論人類誕生前のことである。人類誕生後について見ると、この南極圏を除き、北極圏を含めほぼグローバルに生存していたようで、嘱目の可能性は広い。そのうち、Ⓐ系は、より縁の深い遊牧・農耕民族がかかわっていたものと思われる。

Ⓑの場合は、狩猟を生活の中枢においた民族の発想によるものであろう。（ただし、狩猟生活をしながらも、Ⓐの「蛇」系が既にその

始原としてあり、それがあまりにも強烈な場合は、このⒷ「弓」系の発想は生まれ得ない。逆に弱い場合は、Ⓐを駆逐する場合もあろう。）狩猟生活自身、原初的パターンの一つであり、その狩猟のための重要な道具としての「弓」の嘱目により発想され、陽光・雨等を支配する天帝または天神・雷神の弓と観じたもので、時間的にはⒶよりはやや新しかろう。というのは原初的とはいえ「弓」という道具、素朴ながらも文化的所産の現出以後に関わるものであり、幾分は見立て的要素も混入している可能性もある。始原は単なる〈天弓〉〈雨弓〉として現れるが、それにはやや自然神的な素朴な天神・雷神等、いくらか宗教くさい享受の面もまつわっている場合もあるからである。繰り返しになるが、この「弓」系発想は、自然的生物たる「蛇」系発想とは対極的というか、敵対関係に立つ場合もある。即ち、洪水・旱魃等、大切な雨水の調節を乱す魔物（天にいる毒蛇・悪龍の類―この場合は当然〈虹〉と同一視されていない―＝21―(25) 1並に〔考二〕を射滅ぼしてくれる、神威ある〈天帝の弓〉（＝28_{2}並に〔考二〕と観じているふしもあるからである。

ロマンス語派に顕著な「弧」系も、おおむね「弓」系と同様環境よりの発想であろう。

Ⓒの場合は、海洋民族のもので、そのうち「貝」系は、さくら貝状の大貝の嘱目によったものであろう。メラネシアのパラオ語（orrekim）がこれにあたる。ミクロネシアのプロアナ語（rakim）も同類であろう。ヤップ語（ragim）も。Ⓐと並列的に存し原初的なものであろう。「蟹」系は、「甲蟹」（＝20―（d）（e））があり、中国南部の海に面する地方の嘱目か、同質の地方よりの中国への伝播によろう。

Ⓓの場合は、遊牧民族の一部（トルコ系蒙古人22_{1}参照）に見られるもので、牧畜・家畜等を結びつけておく「縄」の嘱目より発想せられたもので、それを天上界（高天原？）に夢想してみたものである。

Ⓔの場合は、湖沼辺民族の嘱目よりの発想であろう。中国古来よりの民俗たる、「白気を威勢よく吐く月中の蟾蜍」（＝12_{2}）とも何らかの関わりがあろう。（※〈虹〉を水中の龍蛇の吐く息とする日本の俗信《安間論文》とも通う。）

Fの場合は、アルタイ系の、ヤクート族や日本人の一つのルーツともいわれるバイカル湖周辺のブリヤート族に見られるものである。資料22_{1}・22_{2}参照。

二　二次的認識

一次的認識の上に、文化的要素―体系的宗教・神話等―が加味された、いわば発展的認識をいう。これには、

（イ）　性状的認識よりの発展　と

（ロ）　形状的認識よりの発展

がある、形状的認識の中には、〈虹〉を論ずるのに大切なファクターたる色彩的面も含む。

（イ）

主としてⒶ系すなわち蛇系の場合にそれが見られる。嘱目される地方によって、それぞれの文化に影響され、さまざまの禁忌（タブー）がみられたが、それらを透過・変容した彼方に見られるものである。「天蛇」・「水蛇」「地下蛇」としての〈ニジ〉の変容・発展

である。日本文藝に関係の深い東洋についてみると、次の甲・乙のパターンがみられるが、その性状的共通項は、「異界の主で飛行自在、神霊的パワーを有する水霊的存在で、致福能力も有する」ということである。

東洋を主とした〈ニジ〉は、おおむね次のように分類される。これには変身現象をも含めている。

甲類〈虹=♂〉→龍（王）　昇天↑地中・水中　海中=龍宮
　〈蜺=♀〉→龍女（乙姫）

乙類〈虹=♂〉→美男→天人♂=天使　→天降る
　〈蜺=♀〉→美女→天女　=天使　→天降る

丙類―〈虹=♂〉→龍の性状的風貌をもつ虹=荒ぶる天蛇

甲類は、時経て空想の世界でデフォルメされつつ藝術的造型がなされたものであるが、それは、〈ニジ〉が「雷(レイ)」・「電光」（イナズマ）とセットにされて認識され、なお原始的動物性（一―Ⓐ）をも残存させているものである。「電光」（イナズマ）の気象現象は「蛇」類のもつ火を吹くような舌の動きと重ね合わせてイメージされたものであろう。そして神威的パワーの保持者である。これには中国型(注1)、モンゴル型(注2)、インド型、南洋型、等いろいろあり微視的にみればやや差異がみられるが、おおむね「たま=霊力」を抱き地中または水中・海中（=龍宮）を棲家として、時に「登龍」すなわち雲を呼び飛行昇天して雨水をもたらす。備翼がないのが普通であるが西洋のドラゴンのごとくあるものもある(注3)。

乙類は、〈ニジ〉が、甲類と「雨水」の問題等で関係は持ちつつも、比較的独立して認識されて藝術的造型がなされたものであろう。「虹蜺―郭注爾雅曰俗名美人」（=10）とあり、これを性別に仕分ければ「美男」・「美女」となろう。さらに天界の住人（神）となる。（首陽山説話（=12$_1$中）のように、蜺を総称的に〈虹〉に含ませる場合もある。）よって、特に〈蜺〉の方は、その美しい多彩・淡彩の視覚イメージから、更らにそのような美しい「羽衣(注4)」をまとう「天女」となるのであり、これは、片やグローバルに散在していた「白鳥処女説話」と結びつきつつ形成されたものと思われる。大空に消えなんとして、きれぎれに残る淡く美しい〈ニジ〉のイメージは、これまた美しい羽衣をまとう天女の昇天の姿の幻想を生んだのであろう。

また、乙類の風貌は・気象現象においては、オーロラと並んで最も美しいもの―魂を奪うような清艶・優美な存在―とされる〈ニジ〉をその淵源とするものであるから、当然、甲類の「豪快」性と違って、「清艶・優美」性にある。従ってこの世の外の存在（変化者(へんげもの)）のもつ、神秘的なまでの清らかに美しい、いわゆる「美男」・「美女」でなくてはならない。そしてこちらも何らかの神威的パワーを有し、人類に至福をもたらす存在である。

この「致福能力」は、甲類にもあるが、甲類は力が強大すぎて、時に「マイナス」的効果をあらわす場合がある。つまり、「プラス」「マイナス」両面があるが、乙類は発動すればおおむね「プラス面」である。乙類は擬人化が進んでいるから甲類より新型であろう(注5)。丙類は龍的本質を有するゆえ当然「マイナス」面も表れうる。

形状面からのみみれば、次項の「(ロ)―a_1」型にも参入されよう。ただ、古代感覚では、天界は時に天海であり、方向こそ違え、同様に「異界」である。よって天上の「天女」も海中の「乙姫」も質的にはさして変らない。

かくて甲・乙類共、世界の文化・文藝的風土の中で、さまざまに生き生きと活躍することとなった。勿論、これらはその道程において互いに混交・混在・並列(注6)していることもあったのである。

電光・雷鳴・シャワーの後、虹の発現。「龍」が〈虹♂〉と時に混交・混在しつつ、その主たる属性たる「雨を呼ぶ、雨を放出する」性格の発露について考えてみる。

雨水というものは、遊牧民族であれ農耕民族であれ、はたまた海洋民族においてさえも、自らの生命体において、不可欠の極めて重要なものであることは、原初より経験的に認識されていたことであろう。とすれば、その「量」にこそ問題があった。すなわち、その量が、

（1） 正常・適正　か
（2） 過多・過少　か

によって、メリットとデメリットが生ずることとなる。

まず、（1）であれば、生命体全体に必須のこの上なく有難い恵みの雨、慈雨であり、畏怖の念を奥に蔵しながらも、感謝すべき素晴らしい存在として認識されたことであろう。すなわち、雨水が適当であれば、すべて生命体は存続し、繁栄することも可能となる。当然生産も促進されよう。これを象徴的に表現すれば、かの古代中国に頻出する「〈虹〉が金を吐く」こととなり、いわゆる

〈虹〉吐金説話

となる。また、ギリシャ神話やケルト族に見られる、死者の霊魂を封じ込めて地下に埋葬しておく「金の壷」民俗が、彼界（天上界）の交通手段たる〈虹〉の存在と結びついて、その境界たる〈虹〉との接点、すなわち「虹脚」を意識する。すなわち、「虹吐金の場所」＝「金の壷埋葬場所」、と混融し、地球上いたる所に分布している、

（＝36並びに私注参照）

〈虹〉脚埋宝説話

となって行ったのであろう。それが拡大されると、財宝あるいは富との関連の民間信仰に発展する。そのうち、彼界—此界の中間的存在たる境界観念と結合すると、そこに、

〈虹〉と市

との関連も発生してくる。これが、財宝にとどまらず、敷衍されて精神的な価値としての「幸福」として享受されるとき、「ナイアガラで〈虹〉を見ると幸福になる」という様な素朴なものから、キリスト教やチベット密教に象徴される〈虹〉の発現をして最高のプラス価値として評価する文化となり、人々に、

瑞祥・至福感

として享受される。そしてこれを核に抱く文化・文藝等においては

夢みるようなローマン的美意識

に結晶していく。（ただし、『旧約聖書』のノアの箱舟のあとにたつ〈虹〉の場合には、（1）（2）両面より抽象されつつ、しかるに（1）のプラス面の比率の大きい「苦難のあとの希望の象徴」と解される。）

しかし、（2）の場合は、「過多」となれば「洪水」となり、「過少」となれば、「旱天(ひでり)」となって、人畜・草木を苦しめ、生命体を脅かす。よって「毒龍」と呼ばれたりもする。敷衍されて（中国では陰陽の乱れとしての）「天変地異」とも結びつけられ、

忌避すべきマイナスの存在

となる。「過少」の場合、これは原初的には、単に〈虹〉が水を飲み

干す—という素朴な享受から、それが神霊に観じられてくると、その「怒り」に起因するものと解し、その魂を慰撫せんとして、祭—雩祭等種々の民俗行事—が盛んに行なわれる。特に、古代中国とその文化の影響を受けた地方では、かく怒りを和らげ、正常にする（適当な雨水をもたらしめる）雨水の調節者、治水者としての呪能（[1]（注6）参照）を有するものが、小さくは共同体の首長、大きくは天子である王、すなわち為政者であった。従って秀れた為政者たるためには、その能力を十分具備していなければならない。（古代中国では〈虹旗〉は天子の旗とされ、「龍車」は龍を支配する天子の車とされた。）その拠り所としての絶対的必要性から、呪能にかかわる神秘思想の一環として、陰陽・儒教思想と混融しつつ、

〈虹〉に関する占文化

が著しく発達した。（『唐開元占經』《補1》に集約されているが、おおむね《凶》である。）下からは、「農諺」・「俚諺」等の形で発達した。これらは体験的なものである。よって、それぞれの地域的特性に根ざしたものであるから、当然、種々様々の形をとる。

（この適性願望の価値観は、かく生活体験の実感を踏まえつつ、中国などの「中庸」文化思想の一つのファクターに位置するものであろうか。）

Ⓑの場合は、形状的な面からすれば、本質的な変化は見られないが体系的神話にとり入れられて、—素朴な自然神としての天神とか雷神とかの域を越えて—神話上の武神・英雄神の弓となる。すなわち、性状的な面での文化的威力・パワーに発展がみられるのである。（インドラ天の弓、イラン回教徒のラスタムの弓、等。[27]参照）

ⒸⒹⒺには、ヴァリエーションはあれど、さして発展的認識は見られない。

Ⓕには、朝鮮半島に「天女の沐浴の雫」の見立て（[26₃]）があるがそれと関係しようか。主体が、雌狐→天女、小便→沐浴の雫　と文化的に洗練されている。バイカル湖周辺の民と朝鮮半島の民との文化的交流が見られるわけである。

（ロ）

ⓐ1「イリス」　見立て型　移動主的
ⓐ2「舟」　見立て型　移動物的
ⓐ3「橋」　見立て型（有「逆見立て」型）　固定的
ⓐ4「啓示物」　見立て型
ⓑ「軛」　見立て型
ⓒ「衣服・服飾品」見立て型　（有「逆見立て」型）
（イ）裳
（ロ）帯
（ハ）首飾り
（ニ）ヴェール
（ホ）肩かけ
（ヘ）コートの縁（ふち）・衣類の中紐
（ト）水または雨の帽子
ⓓ「刀厄・兵乱象」見立て型
ⓔ「天女沐浴の雫」見立て型
ⓕ「梁」　逆見立て型
ⓖ「旗」　逆見立て型
ⓗ その他

ⓐ型（ⓐ1～ⓐ4）は、Ⓐ系すなわち「蛇」系（天蛇・後の龍等）より発展したもので、内に性状・機能面たる、此界（地上界）―彼界（天界）の交通手段的能力を秘め、それに形状的な面の加わって発想され、「見立て」られたものであろう。

まず、ⓐ1の場合、「イリス」は、ギリシャ神話『イリアス』における軽快俊足の虹の女神で不滅の神々の伝令使。天上―地・海上の間を自由自在に往復する。(31参照) ギリシャ神話では神であってもそれぞれに「人格」化されている。一次的認識のⒶ系（天蛇・虹蛇系）の形状の発展としての文藝的扮飾が見られる。文化的に発達洗練はしているが、「移動の主体」である所に、その性状は内在し色濃く残存している。東洋の「天人・天女」型（乙類）も形状面からのみ見ればここに参入されえよう。

ⓐ2の場合、その連想は、本質的には、くねりつつ水上を見事に滑るがごとく泳ぎ渡りゆく蛇類のもつ能力の嘱目に支えられているものであろう。古代中国における仙界昇仙のための渡し舟たる「龍舟」[12_2]《注1》参照）や、ハワイなどポリネシア諸島に見られる「王の航海するカヌー（棹舟）＝anuanua＝〈虹〉」(33私注参照）等をいう。神話上、神の子孫である王の乗る舟であるから、当然、神界（彼界）との交通の具である。古代中国人の描いた死後の世界たる崑崙山へ昇仙も、本来海洋民族の信仰―海のかなたの常世の国・蓬莱の島山―であったが、海に乏しい地方の民が、その信仰を享受して、大空を海と見立てて夢想したもので、その世界における「龍舟」であろう。（これも後に天帝の子たる天子の乗る舟を指すようになる。） 台湾原住民に見られた「ハマゴオットフ」―此界とアトハン（＝浄土）との虹の架け橋―やインドネシア・メラネシアの方面に広く分布している「橋」型の前段階と見てよかろう。(27参照)

固定的でなく移動的、それも移動の具的であるのが特徴である。

次に、ⓐ3についてであるが、これは、ニューギニアの原始民等に見られる「蛇橋」、すなわち[一]―Ⓐ系との間の過渡的なタイプを経て、文化性を帯びつつ発展・固定したものである。古代のある時期より、橋は大むね半円形（反り）を有しており、その嘱目とも合致している。ほとんどグローバルに分布しているもので「見立て」としては最有力に位置する。天上⟷地上、彼界⟷此界、の壮大な空間に架かり、神霊・精霊・霊魂を、その主たる通行人としている。二次的認識ゆえ、中国では、『詩経』（＝[1]）や『楚辞』（＝[2]）など極く古い資料には出てこない。唐代の詩には勿論出てくるが、「逆見立て型」、すなわち、「橋を〈虹〉に見立てる」型も出てくる。（例[16_1][16_2]参照）「渡し舟」的機能は同じであるが、ⓐ1ⓐ2が移動的であるのに反し固定的であるのが特徴である。

ⓐ4の場合は、『旧約聖書』のノアの箱舟事件のあとにたつ〈虹〉に代表される。(29_1) 啓示、すなわち神―人との間の精神的交流形態からみると、やはりⓐ3の「橋」機能と同じ概念を共有する。すなわち、ⓐ3の更らに文化的に発展したものである。但し、この中に「至福」概念も含まれるので、一次認識中の、Ⓐ―㊉面が遺伝している。

ⓑの場合は、フィンランドの神話『カレワラ』に見られるもので乗物の道具の形の嘱目よりの見立てである。但し、「大空の軛」(32)となっている。

Ⓒの場合は、全体に多彩で美しい色彩のものに見立てられている。超能力を具備している場合もある。

（イ）は中国の『楚辞』中〈白霓裳〉（＝[2]中）・白詩中〈霓裳〉（＝[16_1]中）等に見られる。天女の着す美しい裳もその発展であろう。現実の世界に存する、例えば、高松塚古墳の壁画中の女人の着する、アコーデオンプリーツ様の色とりどりの裳（＝16_1影印）や、日本で天孫系のお姫さまの着する十二単衣上の裳は「逆見立て型」の名残りであろう。

（ロ）は、中国―〈虹帯〉（＝9私註中）や、北極圏エスキモーの詩（＝24中）などに見られる。（日本近世の西鶴や近松作品中に頻出する〈虹の帯〉はこれの「逆見立て型」である。

（ハ）は、中東方面の神話中、女神・イシュタルの首飾りで、超能力も有している。（＝30中）

（ニ）は、イシュタルやマーヤー（＝30中）や、サロメ（＝『聖書』中）のものがある。

（ホ）は、エジプト神話中、イシスの7枚の肩掛け（＝30中）となっている。

（ヘ）は、シベリアのサモエド族に見られ、「ムンバノMunbano」＝「太陽のコートの縁」と見立てる。（＝23）同様の衣類の縁よりの発想が「七色虹で縁をとり」、「二重の虹で紐つけて」と、朝鮮の童謡にある。（＝26_2）但し、朝鮮童謡の場合は、美しいには美しいが、一次認識中、Ⓐ―㊀（マイナス）面の要素が混入している。中国よりの儒教思想の混在であろう。

（ト）は、北アメリカのヒダッア族に見られる「Cap of the water or rain」。（＝30私註）

ⓓの場合は、その見立て源泉は中国のようで、またかなり特殊なものであり、「白虹貫牛山」（＝11）を源として、広く「白虹貫日」としてみられる。「牛山」・「日」を君主に、〈白虹〉を臣に見立てている。ただし、これは普通いう〈虹〉ではなく、「暈 halo」現象中に起こる特異な「太陽柱」現象―貫通現象―（＝4_1）の、刀厄にかかわる形状的見立てである。同内容とは言え、〈北虹〉＝「兵乱の象」と次元を異にしている。（＝20）

ⓔの場合は、朝鮮半島の俗信に見られる。（＝26_3―(b)）バイカル湖辺のアルタイ系ブリヤート族・ヤクート族にみられた「雌狐の小便型」＝一次認識のⒻ、の文化的に洗練されたものであろう事は先に述べた。天女自身すでに〈雌虹〉の末裔である。

ⓕの場合は、ⓓ3ⓑの形状的見立ての「逆」のものである。例えば『文選』（＝6―（1））や白楽天の詩（＝16_1中）に〈虹梁〉〈梁成虹〉などとして見られる。「反り」の形状よりの逆見立てであろう。ただし、反りの具合・風情が主眼で、「反り」の方向は逆である。強いて言えば「反射虹」の形となる。

ⓖの場合は、かなり古く、上古中国「南方」の湖南・湖北の文化を担っているといわれる『楚辞』（＝2）にみられる。〈虹旗〉も見られるが、これは「天子の旗」である。色は五色であろう。「逆見立て」型である。

その他は、1～37の資料中に散在。特に21や語源未詳の〈ニジ〉語彙中。

占

上古より〈虹〉は、摩訶不思議な現象として享受され、「占」の世界や俚諺・農諺中においても有力なメンバーの一人であった。そこにおいては、予兆として、妖祥・凶祥観も見られたが、逆に、瑞祥・至福観も見られた。その原因のおおむねについては、A系の一次認識で私見を述べた通りである。しかし、種族の相異と文化の相異によって二次的にはかなりのヴァリエーションが出てきている。

色

「色」の文化的問題に入る前に、少々その光科学的な問題に触れておく。〈虹〉は、空中の水粒または氷の小結晶に、太陽または月の光があたり、その水粒等が、プリズムのような役割を演じ、反射・屈折・回折・散乱によって生ずる、（屈折率の異なる波長の差異による）いわば光のスペクトルによる無限に連続した色相のグラデーションである。それが、

主虹（第一次虹）では波長の　長→短　の順で、上から、

赤→橙→黄→緑→青→藍→紫

となり、副虹（第二次虹）はその逆となる。一般に可視の〈虹〉は主虹・副虹だけであるが、理論的にはそれらの反射虹として、無限に現われる可能性は存するのである。これが極く極く稀に可視される場合もある。

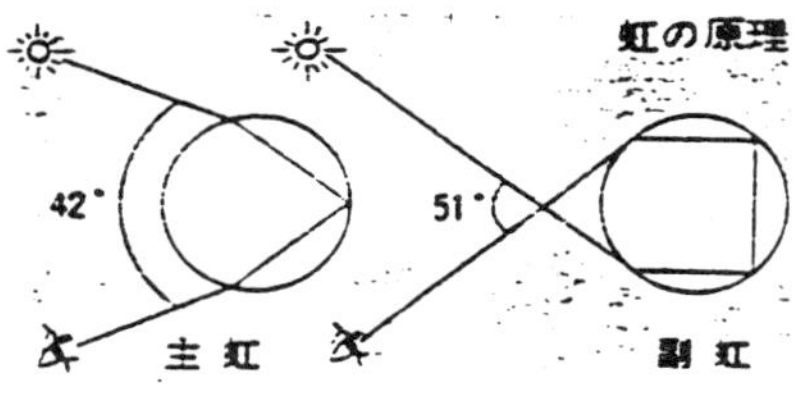

この〈虹〉に関する光科学的な問題については、向井正・向井苑生著『反射屈折回折散乱』―地人選書2―（昭和59、地人社）中、§3「光と水の物語」に詳しい。

さて、「色」の（種類と数の）問題については、資料33私註中〔考〕の後半部において少々詳しく考察してきた通りであるが、原始時代には、色の問題より、その本質・形態に、より多くその関心は寄せられていたようである。色の区分的享受も未分化であったことであろう。

とまれ・上掲〈虹〉資料に、鈴木孝夫著『日本語と外国語』（岩波新書）中の証例でもって補足させていただくと、それぞれの地域の自然的環境や文化の相違によって、

一色　二色　三色　四色　五色　六色　七色

の色数がある。

「一色」は古代中国文献に見られる〈白虹〉・〈白霓（蜺）〉の「白」である。後者はすでに『楚辞』（＝2）に多出している。前者は、主として「白虹貫日」と熟して用いられるほどのものであるが、これは普通いう〈虹〉ではなく〈暈〉の一形態であることは先に述べた。また資料21中には、〈丹虹〉〈黒虹〉〈紫虹〉等がみられるが、これは、一色というよりは、一色を強調的に押し出したものであろう。

「二色」はアフリカのブッシュマン（＝33注14）に〈黄赤〉の二色として、「三色」は北欧神話ビフロスト（＝33）に（色または光の三原色として？）、またアメリカインディアンに（三本の線として＝33〔考〕中）に、また西洋古典・ギリシャ語でクセノポンに、「四色」

は西洋古典・ギリシャ語でアリストテレスに、(現代ものにまで拡大すれば、ロシア語原本のスペイン語訳の、子供向けの「虹」と題した詩の本の表紙に描かれた半色の虹の四色(外側から橙、黄、緑、青)に、「五色」は陰陽五行説下の『後漢書』(=5_{5})等に[注7](五方正色または五方間色[注8]として)、「六色」は西洋古典・ラテン語でマルケッヌスに、(現代ものでは、P. L. Travers 作の『メアリー・ポピンズ』に出てくる〈虹〉に)おおむね「藍色」の感受しにくい西欧人に、また「七」の数に聖性[注9]を認める文化中、さらにニュートン[図A]等科学者による光の分析の業績の発表以降に、多くみられる。資料24(=エスキモー人の詩の〈虹〉)、同28_{3}(=インドネシアの昔話)、同37(=アイルランドの昔話)、等にみられるが、これは原話そのままなのか、訳者による作為が介在しているものかどうか定かではない。

同じ数字でも、種族・文化等によって中味も当然違ってくる。色を感じる自然背景も異なるからである。[注10]

〈虹〉のカテゴリー

今一般にいう〈虹〉のほかに〈暈〉〈幻日〉等(=ハロー現象)を含める場合もある。〈日暈〉〈月暈〉も含めるのである。現代の言葉で「峨眉宝光 Buddhist Halo」または「ブロッケンの虹の輪(妖怪)」も同様であろう。古代中国では更らに〈隮〉=立ち昇る気≒雲気≒霧気　のごときを含める場合も見られる。資料21には〈雲虹〉〈楚雲虹〉〈気成虹〉〈蜺雲〉〈雲霓〉〈煙虹〉等々、が見え、隣接的「気」の現象に敷衍して使われている。

三　三次的認識

〈虹〉が大自然の中の単なる気象現象の一として素直に認識されるものである。古代的認識から脱脚した現代的認識ともいえる。これはニュートン等科学者の業績より以前にすでに発生し、ニュートン等の時点で理知的に再確認されてきたものである。その目には大むね、オーロラと並んで気象現象中最高に美しいものと映る。しかし、その中に、妖気・エロチシズム・兵象・畏怖・不吉・禁忌(タブー)・凶祥、等—の㊀(マイナス)感、逆に、夢・希望・ローマン・心躍り・豊穣(豊富)・至福・瑞祥、等—の㊉(プラス)感を伴って感じられるとしたら、第一次・二次のものが、その心性・深層心理の中に残存・潜在・混融しているからである。

ここまで、大むね、〈虹〉の享受・認識についてのパターンに主眼を注いで分析してきたが、その方法的始原の特定については、気の遠くなるような大昔のことも含まれるので、軽々に論ずべき問題ではない。しかし、強いていうならば、古代の日本が、いわゆる、トインビーのいう「行きどまり」[注11]・「降きだまり」の文化であってグランドキャニオンの地層の重なりのような歴史の中では、(1)並列発生説、(2)伝播説、この両者を補助学(考古学・歴史学等)の発達をにらみつつ、それに沿って適宜組み合わせて考察していくのがよかろう。

一二三が、次なる「〈虹〉と日本文藝」を、その〈古代性〉〈現代性〉の問題と絡めつつ比較文化的に見ていくための「目」となり「物差し」となろう。

（注1）神霊視される鱗虫の長。鳳・麟・亀とともに四端の一。よく雲を起し雨を呼ぶという。（『広辞苑』）

（注2）［仏］（梵語 nāga インド神話で蛇を神格化した人面蛇身の半神。大海や地底に住し、雲雨を自在に支配する力をもつとされる。仏教では古くから仏伝に現れ、また仏法守護の天竜八部衆の一とされた。（『広辞苑』）

（注3）モンゴル人も龍は備翼と考えている。（ウノ・ハルヴァ著、田中克彦訳『シャーマニズム—アルタイ系諸民族の世界像—』（昭46、三省堂）P190。

（注4）「『羽衣』は世界的には一応『白鳥乙女』説話と考えられる（Eberhard）。」篠田知和基「羽衣説話・ヨーロッパの視点」所収、『開発における文化』平5、名古屋大学大学院国際開発研究科）

（注5）それらしきものは前引「比較研究資料」中にも散見されるが、新資料でいえば、宋の文同の『丹淵集』にもある。

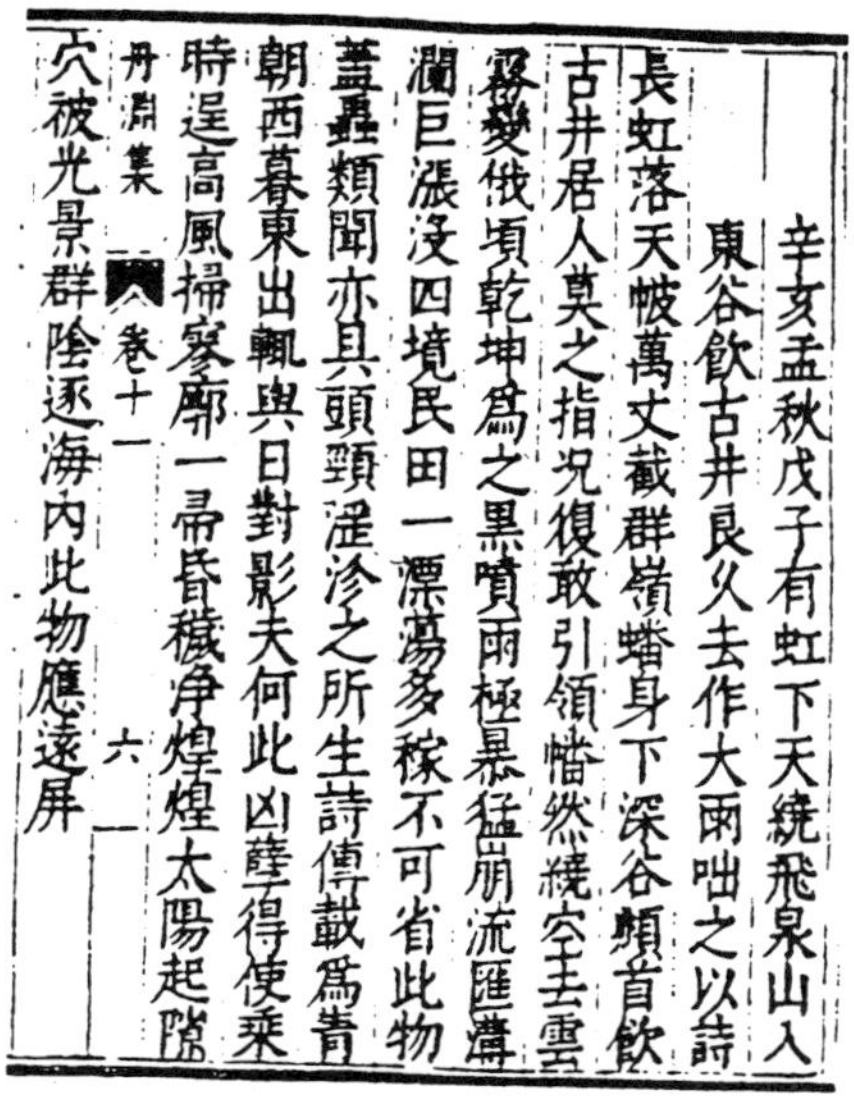
辛亥孟秋戊子有虹下天繞飛泉山入
東谷飲古井良久去作大雨咄之以詩
長虹落天帔萬丈截群嶺蟠身下深谷頫首飲
古井居人莫之指況復敢引領帽然繞空去雲
霧變俄頃乾坤爲之黒噴雨極暴猛崩流匯瀰
瀾巨漲沒四境民田一漂蕩多稼不可省此物
蓋蝃類聞亦具頭頸淫沴之所生詩傳載爲青
朝西暮東出輒與日對影夫何此凶孽得使乘
時逞高風掃寥廓一帚昏穢淨煌煌太陽起陰
丹淵集　巻十一　六
穴被光景群陰逐海内此物應遠屏

（注6）混交・混在の例としては、「山東嘉祥武梁祠的漢代石刻有虹霓的図象。在後石室的第三第四両石上。両龍接地。」（＝[1]私註）、「断虹飲於宮池→化為男子→俄一彩龍。」（[12]$_{1}$夏世隆）、資料[21]—（25）1、[21]—（25）2。並列の例としては[5]$_{5}$、[6]中。

（注7）現代中国文藝にも「五色」は引き継がれている。例えば、『馮至 Feng Zhi 詩集』（秋吉久紀夫訳、1989、土曜美術社）中「晩春の花園」の最後の連に、

ぼくはもっと涙を落として／ぼくの心の中を湿し、甘露のように、ひとすじの五色の虹が空の彼方に掛かるよう準備していたい。

とある。この場合〈五色の虹〉は吉祥。ただし、恋愛の心に古代を宿す。

（注8）中国では古くから、宇宙を「五行」（木火土金水）の気のめぐりとしてとらえる考え方をし、五行に方位と色を付与した。つまり、木は「青」、火は「赤」、土は「黄」、金は「白」、水は「黒」。これを五方正色といい、この中間色（緑（みどり）、碧（へき）、紅（こう）、紫（むらさき）、瑠黄（るおう））を五方間色という。（松本宗久著・制作『日本色彩大鑑』《河出書房新社》）

（注9）鈴木修次著『数の文学』（東京書籍）によると、ヨーロッパ文化の一源流ともいえる『旧約聖書』やユダヤ教の神学では〈七〉は神聖な絶対数と考えられて」いる。

（注10）世界における現代語の〈虹〉に関して、その色の「数」と「種類」については、鈴木孝夫著『日本語と外国語』—岩波新書101—（1990、岩波書店）中、第2章「虹は七色か」に、言語社会学的見地からの詳細な考察がある。（遡って「西洋古典語の虹」—の節もある。）

（注11）樋口隆康著『日本人はどこから来たか』—講談社現代新書265—（昭46）によると、「日本はアジアの東端からさらに海へこぼれおちた位置にあって、まさに「行きどまり」である。外からの諸文化ははいってくるだけで、それから先へは出て行くところがない。

このような「行きどまり」の地域では古い要素のあるものは、いつまでも消えないで残り、新しい要素と重層することがしばしばである。したがって、ちがった根源からちがった時代にはいってきた多種類の要素が混成して、一体となった文化をつくり出している。

日本はまさに文化のルツボである。
この「行きどまり」の日本へはいる道は、四つないし五つが考えられる。一はシベリア、極北から樺太、北海道をへて、東日本にはいる北方ルート、二は朝鮮半島から対馬海峡を渡って、北九州に上陸する朝鮮ルート、三は中国の東海岸からまっすぐに九州へ至る東シナ海ルート、四は台湾、沖縄をへて、南九州へ上陸する沖縄ルート、五は南洋から小笠原島をへて、関東地方へ到達する南洋ルートなどである。」とある。

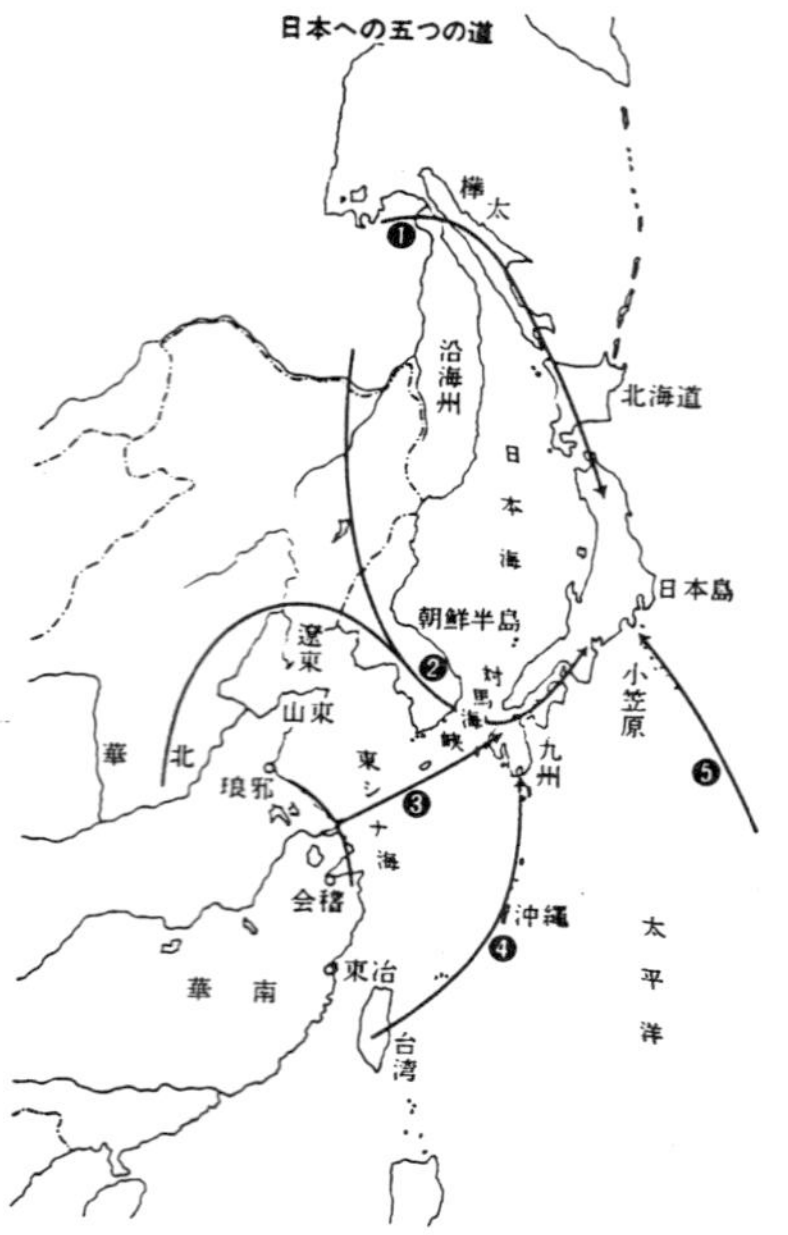

（樋口隆康図）

「更にもう一つ、日本海対岸の沿海州から朝鮮半島の東、日本列島へと流れているリマン海流に乗って、シベリア沿海州辺りから、朝鮮半島の東側、日本列島の島根の沖を通り、そして能登半島または佐渡島に到着というルート」（山口博「鹿の歌と鷲の神話―シャーマン・エコー―」（『文学・語学』第一五五号、平9・5） Cf. 22 ―(3)

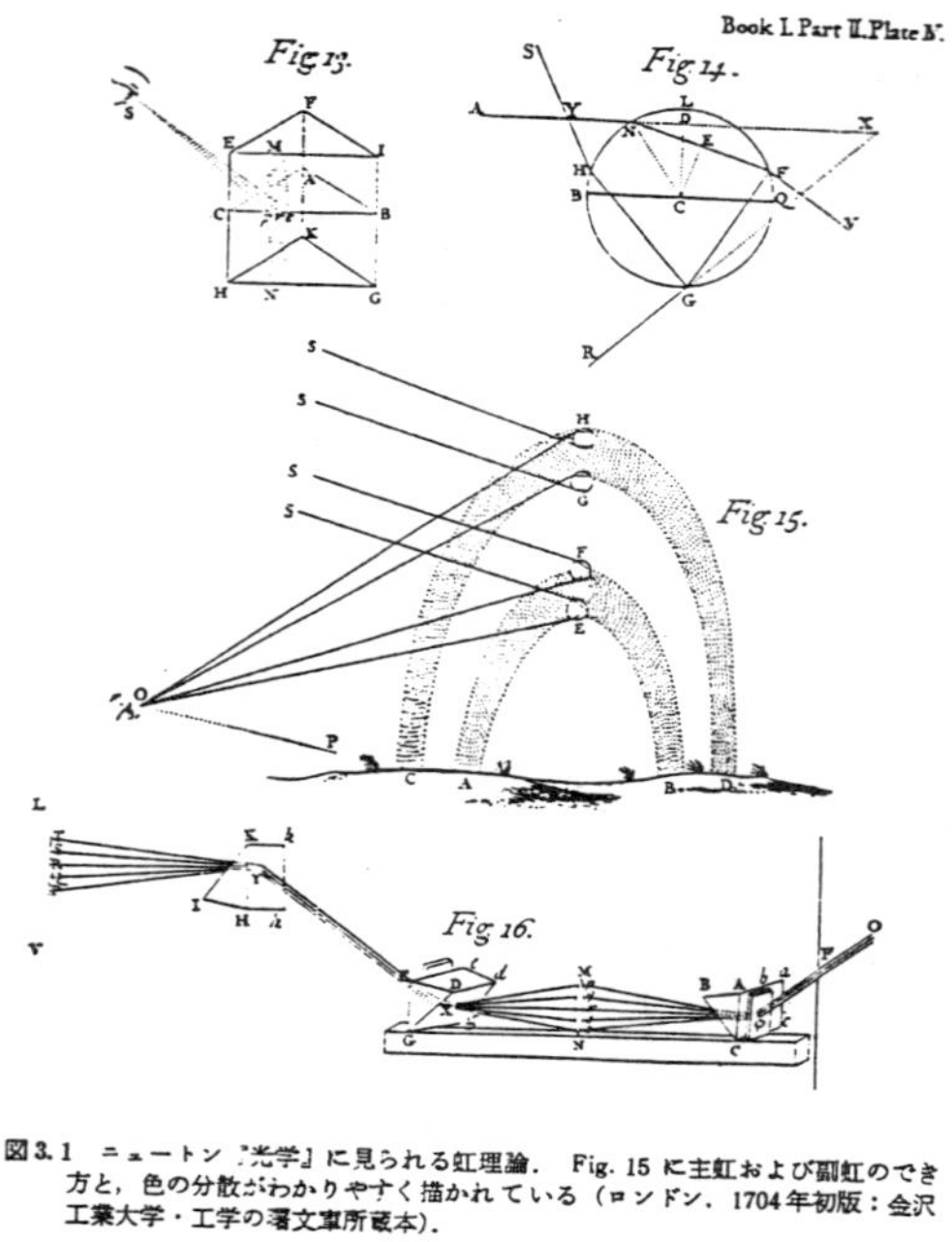

図3.1　ニュートン『光学』に見られる虹理論．Fig. 15 に主虹および副虹のでき方と，色の分散がわかりやすく描かれている（ロンドン，1704年初版：金沢工業大学・工学の曙文庫所蔵本）．

（図A）前出、向井正・向井苑生著『反射屈折回折散乱』より。

第Ⅱ章

虹と日本文藝

——資料・私註——

虹と日本文藝（九）

――北辺・南島文献をめぐって――

小序

十数年前に一念発起し、中国の古代に第一歩を印しつつ踏み入った、海外の古代を中心とした〈ニジ〉渉猟の旅路よりやっと母国・日本に帰還した。「日暮れて道遠し」、ほっとする間もあらばこそ、懐かしい母国・日本の文藝における〈ニジ〉探訪の仕事にかからねばならない。はたしてどんな〈ニジ〉が待ち受けていることであろう。胸の高鳴るのを禁じえない。そして、ひとわたり海外を見てきた目に日本の〈ニジ〉は、またどのように映ることであろうか。興味は津々として尽きることがない。

ただここで、一つ断っておきたいのは、前部・比較研究資料「通考」の所でも考察してきたが、大和ことばでいう〈ニジ〉・アイヌ語の〈ラヨチ〉に相当するものと、始原を一部共有(注1)しつつ、また史上、時として混同して認識されてきたものに「龍＝リウ＝リュウ≒ドラゴン　大和ことばでいうタツ」がある。これは、「比較研究資料・通考」中でも触れてきたように、古代中国においても既に、混交・混在・並列、状態にあったもので、これを完全に視野に入れるとなると非常に複雑になって茶畑に入りこんだ(注2)ようになる恐れが予想されるので、日本文藝においては、おおむね〈ニジ〉を主体とし、それにそのメタファー・見立て的表現になるもの、異名と思われるものを加え、「龍」系の方は必要に応じ補助的に調査・注考を試みることとする。

その記述の体裁は、おおむね第I部のそれにならいつつ、同時に同部・資料ならびに私註と関連づけつつ、また作品の表現と絡ませつつ、比較文化的視点よりのものを主とした私註的〔考〕察を加えていくこととしたい。

（注1）〈ニジ〉的要素に、「雷」＋「電光」的要素が加わってワンセットとなり、文化的には別系的に進展・成長を遂げたものである。

（注2）日本では「龍」の和名が「タツ」であり、〈ニジ〉のたつ〈瀧〉に「龍神」様を祀ったり〈ニジ〉の出現を「ニジがタツ」といったり、その「タチモノ」が〈ニジ〉そのものであったり、かなりの混乱がみられる。因みに〈ニジ〉と「ヘビ」とも同様な関係が見られ、「金のたまる財布」において混交する。「ヘビの皮を入れた財布はお金がたまる」＝「〈ニジ〉の五色または七色の帯のある財布はお金がたまる」との俗信が現にある。

《参考》

〔倭名類聚抄十九 龍魚〕龍 文字集略云、龍（力鍾反、和名太都。）四足五采、甚有二神靈一者也、白虎通云、鱗蟲三百六十六而龍爲二之長一也、

〔延喜式二十一 治部〕祥瑞

龍 被二五色一以遊、能幽能明、能小能大、〇中略　右大瑞

38 1

Ukámpéshkaúnkur　ウカムペシカびと　(1)
aárkotómka　なるらしく
rán túikata　降りきたると共に
rayóchiréu ne(注一)　**虹霓**のうねりを成して
ikúrkashike　わが上へ
kotámetáye,　太刀を引きたり。

Kashírari(1)　すぐ續きて　(2)
Ukámpeshka wa　ウカムペシカより
kamúi ék hum　神の來る音
túrimimse,　鳴りとよみて
repúnkur yúpi　沖つ國の兄
kúrkashike　が上へ
níshpa suyép　首領の振る太刀
rayóchiréu ne　**虹**の如くうねりて
koréukosánu.　うねり落つ。

Shiné ókkayo　（味方は）たゞひとりの男　(3)
anép ne kórka　に我あれど
a-túnash-shuyép　わが迅く振る太刀
rayóchiréune.　**虹**のうねる如くにて、
utúratúra　相共に（彼等は）
aték-utúru　わが手のひまを
atám-utúru　わが太刀のひまを
chípeshíshpárepa.　水の如くに抜けて逃ぐ。

私註〔一〕Yukar(注2)（**ユーカラ**）〔二〕「虎杖丸の曲」(1)連＝1510～1515行、(2)連＝1532～1540行、(3)連＝3083～3090行〔三〕Yukar アイヌ口承・英雄詞曲〔四〕成立＝八世紀～十三世紀ごろ、以降（知里真志保説）〔五〕伝承者＝沙流のワカルパ＋新平賀の九十媼ウテカン　記述者＝金田一京助〔六〕金田一京助著『アイヌ叙事詩　ユーカラの研究』第二冊（昭6、東洋文庫）〔七〕(1)＝P329～330　(2)＝P331　(3)＝P415～416

〔**考**〕成立は知里説によると〔四〕の如くであるが、「ユーカラを単なる民族的英雄説話として歴史的事実の裏付けなど認めない」金田一説もある。知里説は「北海道を本拠とするヤウン・クル（内

陸人、北海道本島アイヌ）と大陸の方から海を越えてやってきて、北海道の日本海岸の中部からオホーツク海岸の各地に橋頭堡を確保して住んでいたレプン・クル（渡来の異民族）との民族的な戦争の物語（実戦の物語）とし、ユーカラの内容をなす民族的な葛藤は、オホーツク式文化が本土海岸に栄えた年代（今から凡そ一三〇〇～八〇〇年前の五百年間）で、ユーカラが文学として成立するのは、その以後で、民族の苦難を克服して意気軒昂たる平和建設の時代であった。」（久保寺逸彦著『アイヌの文学』による）とする。本土における軍記物語『平家物語』等のケースを思い浮かべれば一応納得がいく。また、新谷行は、「……体験を通して創造された物語である」としながらも『ユーカラの世界――アイヌ復権の原点――』（昭49・角川書店）中に「ただ、ここでもう少し考えておかねばならないのは、一つは擦文文化――アイヌの文化――の前身と考えられている北海道の縄文文化が、一方では本州の縄文文化に関連があり、一方では琥珀の首飾（約二千数百年前のものといわれる）でみられるように、大陸と大いに関連があるということである。そしてもう一つは、擦文文化そのものが本州北端に明らかにその痕跡を残し、本州との関連において近畿地方に国家を作った大和朝廷の北辺侵略が気になる。大陸との関連についていえば、考古学者は琥珀文化の一方的な北海道流入を考えているようだが、一方的な流入というより、われわれが現在考えられ得るよりもっと大きな、いわば先史時代的宇宙感覚で大陸との交流が積極的に行われていたのではないか。……少なくともここでは、ユーカラの世界がそういう大きな宇宙感覚で展開され、あるいは先史時代的記憶が断片的な結晶となってユーカラの中に混入されていることを喚起しておきたいのである。」との指摘は、〈ニジ＝ラヨチ rayochi〉を考えるとき傾聴に値する。

アイヌは、人類学上は「ヨーロッパ人種の一分脈に蒙古人種の血を混えたもの」（『広辞苑』）であるが、わが国の歴史上では、エミシ・エゾ・エビス、と呼ばれており、大和朝廷の北辺侵略については、『日本書紀』に安倍比羅夫遠征の記事、斉明天皇四年～六年（656～658）があり、津軽海峡を渡ったかどうかは定かでないが、各地の蝦夷を征服し、降服したものの中では、七月には蝦夷二百人が朝献している。すなわち、アイヌ文化の接触は、文献的にも確かにあったのである。なお、アイヌは、鮭をとったり農耕も少しはするが、狩猟生活を主とし、文字を持たないが、アイヌ語は、言語学者によれば、系統的には古アジア語群 **Paleo-Asiatic Group of Languages** に属し、アメリカインディアン・エスキモー・アリュート（以上、アメリカ大陸）、チュクチ、カムチャダール・コリヤーク、ユカギール（以上、北東アジア）等の言語と親縁関係にあると見なされ、形態的には、抱合語とか、輯合語と呼ばれ、動詞活用が最も変化に富み、これに主格の人称接辞や目的格の人称接辞がつき、さらに、副詞や名詞までも、その動詞を中核として抱合されて、一語さながら一文をなすという珍しい型のものとして、およそ日本語などとは縁遠い言語と考えられている」（久保寺逸彦著『アイヌの文学』の序より）のである。まさにその通りで、〈ニジ〉系の、朝鮮・沖縄や日本本土とは異なるのである。とすると、〈ラヨチ〉は、本土にみられる〈ヲロチ〉系――先史時代の残留、あるいは大和朝廷との交流による――と同根[注3]ではなかろうか。ヤマタの〈ヲロチ〉のしっぽから出てきた「天叢雲剣（あめのむらくものつるぎ）」が憑神の剣である如く、この物語の題名の「虎杖丸（いたどりまる）クポネシリカ」も英雄ポイヤウンペの危機を救う憑神の宝剣である。

そして、「知里氏の『アイヌに伝承される歌舞詞曲に関する研究』によれば、虹もまた魔物と考えられ、人を見ると追いかけてくることがあり、虹に追われた者は仮に助かっても貧乏になるといわれる。虹（ラヨチ）はもともと天を支配する神の妹[注4]であったが、エシムケプというものを本当は白い蕁麻で作らなければならないのに、いろいろな色の布を集めて作ったのでその罰として魔神にされてしまったのだといわれる。」（新谷行著『ユーカラの世界』）そうである。「虹（ラヨチ）」は、♀（妹）となっているから中国風にいえば「蜺（霓）」であろう。金田一の(1)の訳は「虹霓のうねりを成して」と、このことにはあまりとらわれていないようである。ともあれ、虹が魔物にされてしまった説話は、ある時期以降のものであろう。すなわち、（善）神と魔神の対立するシャーマニズム的二元観成立以降のことであろう。それ以前、遙か遠い先史時代の痕跡としては、善神・魔神を総括して考えられるような〈神秘的な力〉ではなかったか。本土に残留する〈ヲロチ〉（本土での別語、「ヘミ（ビ）」・「ノジ（ニジ）」を指す）と同類の。(1)「虹霓のうねりを成して」、(2)「虹のごとくうねりて」、(3)「虹のうねるごとくにて」、の（敵味方両方の）太刀の動きの比喩 (1)＝メタファー的 (2)(3)＝シミリー）による修辞の彼方にそれを透視できるように思える。それは狩猟生活中に目にする「うつしみのいのち」であろう。そして、この比喩が使用されるのは、対象に物凄い怒り憎しみを抱いて太刀を振りおろす場面に限るのであって、黄金のラッコを追いつつ太刀を振りおろすような場面には使われていない事からも納得される。（例、1080行前後）

満州語[注5]に、「Nioron にじ〔1．天文五：虹霓〕—gocingga loho 刄光虹の如く流れ散る刀〔補1．軍器一：流虹刀〕Nioronggo dabtangga loho 刄光虹の如き刀〔補1．軍器一：粉練刀〕」というのがみられるが、地理的状況からしても、先史時代に何らかの交流があったことも考えられる。

なお先引「虹説話」中、「虹に追われた者は仮に助かっても貧乏になる」というのは、中国の吐金説話や西洋や日本各地に見られる虹脚埋宝説話と対極にあるものであり、これが呪文によって解消されたとしても、積極的夢のあるものではない。また、「いろいろな色の布」は、いわゆる「虹色」を指すのであろう。

（注1）服部四郎論『アイヌ語方言辞典』（昭39、岩波書店）によると、（Chi は ci 表記になっているが、）「rawoci」は美幌方言、「raoci」は宗谷方言、「rayóci」は、幌別・沙流・帯広・旭川・名寄方言、「rayoci」は樺太（ライチシカ）方言、「rayuci」は八雲方言、「rayunchi」は千島方言、とある。

（注2）Yukar の語源は、i-ukar（i「物を・事を」、ukar「互いになす」）で、詞曲のヒーローの言動を、伝承者が、言葉をもって模倣し再現する意味であろう。——（久保寺逸彦『アイヌの文学』《岩波書店》より）その発生は石狩川付近という。

（注3）同様な見解が、柴田治呂著『カムイから神へ——アイヌ語は日本語の源流だった』（平3、筑摩書房）にみられる。

（注4）ラヨチ rayochi が、天神の「妹」であることは、中国の伏羲と女媧との関係に類似する。すなわち、ラヨチと女媧とは「妹」という点において共通している。（「女媧——〔媧〕音瓜。伊川先生曰。婦居尊位。或云。女媧氏伏羲妹也。」（『十八史略』巻之一——《『漢文大系』五、新文豊出版公司》また、「伏羲の后とも妹とも伝えられている。」《近藤春雄『中国学芸大事典』》）とすると、〔考〕中所引の新谷行説、すなわち「先史時代的宇宙感覚で大陸との交流が積極的に行われていたのではなかろうか。」が、にわかに気に

なってくる。一応、この説を許容したとすれば、伏羲と女媧とは、王墓（＝[7]《注1》）に見られるごとく人身蛇尾である。すなわち「蛇性」が濃厚である。とすると、やはりラヨチも又「虹蜺のうねり」の表現のごとく「蛇性＝ヲロチ」であろう。

（注5）羽田亨編『満和辭典』（昭47、国書刊行会）

38₂

nehikorachi　忽ちにして
kane shinta　黄金(こがね)の神駕
shinta ka wa　神駕の上より
usat rayochi　焔の**虹**
chi-hopunire　燃え立ち
shirki awa,　たれば、
Samai-un-kur　サマイウンクルの
kor kotanu　領(し)る村は
kotan-pakehe　村上より
kotan-kesehe　村下へ
nui-ko-terke　焔燃え移り行き
nea kotan　その村の
kotan unahi　村居の跡には
uhui nichicha　焼け柱
chi-hetukure　残り立つのみ
ash ruoka　我が後を
nukar kane kor　見つつ
Rikun-kanto ta　天つ空なる
a-un-chise ta　わが棲家に
ikesui-an wa　憤りつつ
arpa-an ruwe.　帰り来れり。

私註〔一〕Yukar（**ユーカラ**）〔二〕雷神 Kanna-kamui 自叙の神謡〔三〕Kamui Yukar アイヌ口承・神謡〔四〕？〔五〕記述者＝久保寺逸彦〔六〕久保寺逸彦著『アイヌの文学』――岩波新書939――（昭52、岩波書店）〔七〕P135〜136〔八〕この神謡の筋は、雷神が、人間の世界を見物に赴き、沙流川沿いにあるアイヌラックルの村とサマイウンクルの村を訪れる。アイヌラックルの村では、村長の命を村人がよく守って、家の中に入って謹んでいるが、サマイウンクルの村では、同じく村長の命があったにもかかわらず、不敬な振る舞いをした女が二人いたので、〈雷神は怒って〉、これを罰したというのである。

〔**考**〕雷神の物凄い怒りを表現する所に〈虹〉が援用されている。すなわち神駕の上から燃えたった焔の〈虹〉が、村上より村下へと、めらめらと長々と燃え移って行き、村を焼き尽くす。そのさまは、まさに〈ラヨチ〉の行状である。あるいは〈ヲロチ〉のような行状である。その中には、人を畏怖させるべき太古的怪威神威が込められている。すなわち落雷現象の中に〈ラヨチ〉を詠み込むことによって、この詩に神謡としての「力」と「生動感」を付与することに成功したのである。前掲英雄詩曲中の「虹霓のうねりをなして」「虹の如くうねりて」と共通する面もあるが、その景の大きさゆえ、その大蛇的イメージは、神謡らしくより強大である。そして、〈虹＝ラヨチ〉は、〈雷電〉と、密接な関係を保っていることに注目しておきたい。

そして何よりも、この地方色豊かで、狩猟者的感覚とシャーマニズム的世界を基盤としつつ、「咽せ返る様な異教の匂い」（金田一『ユーカラ概説』）を放つ「ユーカラ」も、他ならぬ日本古典文藝の一ジャンルであり、成立時はともあれ、作品中には先史時代の痕跡を内臓しているものであり、その一つを、いみじくも「rayochiのうねり」に見るのである。

なお、ユーカラの〈虹〉の類型的なものを、「虹と日本児童文藝」中、「昔話−(I)」（資料）として掲げ小考を付した。

39_1

偖て虹に関する琉球諸島の方言を調べて見ると、凡そ三種の形式がある。其の第一は**ニジ**形式の語で、第二は天に棲息する動物とする形式の語、第三は雨に関係あるものとする形式の語である。是等の中最も多く用ゐらるゝものは第一形式の語で、他の第二、第三形式の語は比較的に尠い。今便宜上第二、第三形式の語から述べる。第二形式の語の例を求めるならば、宮古島の**ティン・バウ**〔tim-bavu〕と、小浜島の**チネー・ミマンチィ**〔tine-mimantsi〕とである。前者はてんへび（天蛇）の意味で、後者は「天の蚯蚓」と云ふ意味である。両者共動物は違ってゐるが、其の形状の酷似して居る所に同様な感覚の存することを認めることが出来る。宮古島には素より蛇は棲息してゐない。併しながら蛇に対する民族的意識と理解とは充分之を有して居る。これあるが為に頭上高く弓張る虹を見て「天蛇」と呼んだのである。又これのみならず、宮古島には蛇に対する信仰が大いに行はれてゐる。御嶽（神社）の主神にさえ之を祀り、而してこれには三輪山伝説に酷似した話がある。小浜島の「天の蚯蚓」と見たのも甚だ面白いことで、蚯蚓の中でも殊に大蚯蚓は其の肌色の奇しき迄に虹色を帯びてゐるものである。是等は何れも動物の種類に拠らずして全く其形態或は色彩等に感じを得てゐるのである。

次に第三形式の語は、新城島（アラグスク）の**アミ・ファイ・ムヌ**〔ami-fai-munu〕與那国島の**アミ・ヌミヤー**〔ami-num'a:〕等である。前者は「雨を食ふ者」、後者は「雨を飲む者」と云ふ意味である。「食ふ」と云ふことは必ずしも固形物の場合のみに限らない。液体の場合にも用ゐてゐる。例えば飲酒家をサキ・ファイヤーと云ふが如きである。これは「酒食ふ者」と云ふ意味である。而して雨を飲み、雨を食ふ者と考へることは矢張り虹を動物視してゐる訳である。そうして是等の言葉の裏面に隠れて居る動物は何であるか、新城島にては雨が降らうとして降らなければ、虹が喰ったと云ひ又其**虹は大龍の化身**であると信じ、更に**大龍は蛇の千年の歳月を経過したもの**だといってゐる。序に石垣島の俗信仰では雨を飲むと云ふよりも寧ろ、河海井戸等の水を飲み干すものとせられてゐる。これも或は天蛇と見てゐるのかも知れない。兎に角何れにせよ、是等の島人の間には虹を荘厳なるもの、神聖なるものと観てゐることは確かである。

最後に第一形式の語は、北は大島より南は八重山まで、琉球全島に亙って行われている。

私註〔一〕**沖縄諸島の〈ニジ〉**〔二〕「虹考」中〔九〕〔三〕論文〔四〕大正十四年八月〔五〕宮良當壮〔六〕『國學院雜誌』31巻8号〔七〕P48・49〔八〕沖縄諸島の文化は、特に古代日本の文藝に色濃く影響を及ぼしている、又は底流に共通のものが見られる、ことは、現在ではほぼ定説になっているので、第一次文献ではないが、調査時が大正期であり、比較的古態を温存していると思われる沖縄諸島の言語を中心として研究された、宮良当壮論文「虹考」の一部を抄出させていただいて、日本文藝を考える上での、一つのよすがとした。元稿中の旧漢字は常用漢字に改めたものもある。

〔**考**〕第三形式の〈ニジ〉は、水を「飲む」という点では、シベリアの伝説（20_1参照）や、古代中国の、遙か殷代（**1300 B.C**ごろ）の甲骨文字に既に見られ（1私注参照）、古代朝鮮半島の『三国史記』中の「白虹飲于宮井」（21_1参照）、アフリカ大陸の、いわゆる奴隷海岸地方に住むヨルバ族（**Yourba**）の「虹蛇（**rainbow serpent**）は、大空の中に水を飲むために大地から現れてくる。[注1]」、同じく西海岸地方のエウエ語族（**Ewe-speakingtribes**）の「虹蛇はその尾でもって海中に立ちあがり、それが現れてくるときには、身を屈曲させて水を飲むのである。[注2]」、と共通するが、沖縄（新城島・与那国島）の場合は、「水」の中でも、特に「雨」を飲むのである。ここに特色がある。『南島歌謡大成』を閲すると、その中に多くの「雨乞い」の歌謡に逢うが、これら島民の祈りとは逆に、そのネガティブな意味合い（雨を食う）を〈ニジ〉に感じていたのであろう。雨が晴れ上がる時に、〈ニジ〉が出現することの矚目による発想であろうか。（石垣島のものが普遍的である。）

第一形式の〈ニジ〉は、「ニジ（古語ヌジ）の語源を、蛇類の総称と推断したナギ[注3]（ナジ）に求めることが出来る」と元稿中縷々考証されている。これを容れ、前蹤資料1～21と比照し、「天の虹蜺＝チネーミマンチィ」を親族的発想とすれば、概ねシベリア・古代中国・朝鮮等の〈ニジ＝虹蜺〉観と共通するようである。そして、結局は、太古におけるグローバルな〈ニジ〉観に吸収されうる性質のものであろう。ただ、第一形式[注4]の〈ニジ〉は、語源的には、古代日本本土の〈ニジ≒ノジ〉に関する田村宏氏の朝鮮語源説[注5]と共通語圏的に相容認されうるものかも知れない。そして、当然これら二者――沖縄・朝鮮・日本本土の――〈ニジ〉は、漢字渡来以前からのもので、渡来以後も、中央における一部有文字階級の人々を除く一般無文字階級の人々の間、または、漢字は知っていても、中国古来の抱合概念を知らず、ただ機械的に〈ニジ〉を〈虹〉の漢字に置き換えただけの人々の間では、〈虹〉の抱く概念である、「日旁気」とか「暈」（5参照）は含んでいなかったことであろう。因みに、漢語の〈虹〉はコウ[注6]〔**Ko:**〕であり、わが国北方のアイヌ語では、「ラヨチ[注7]（**rayochi**）」であるから、まさに異質である。「ラヨチ」は「オロチ」（＝大蛇）と同根かも知れないとすれば、宮良説沖縄第二形式中の「ティンバウ」（＝天蛇）と合流しよう。『和名抄』に見え現在も勢力を張っている「ヘビ」の原形――**M**↕**B**音相通――「倍美（ヘミ）」は、また別系であろう。同一物に対してかく種々な語の存するのは、日本本土の民族と言え、数十万年の間には、種々な種族が、重層・累層を含めて錯綜して存在してきたからであろう。

さて、この〈ニジ〉語と沖縄文藝との関連であるが、沖縄の有名な狩俣の「創始神話」に「ンマテダ（母天太）」という母神が、毎夜枕上にひとりの青年が座ると夢見、懐妊する。その後その青年の素姓を知ろうとして、その右肩に糸のついた針を刺しておくことによって、彼が大蛇であることを知る。その後、数ヵ月して彼の予言の通り男の子が生まれるが、その朝、大蛇は七光を放って天上に舞い上がって消えた。」というのがある。この大蛇の生態はまさしく〈天蛇〉であり〈ニジ〉語の原内容である。

しかし、沖縄文藝中、本格的なもので、王朝文化の花と目され、沖縄の万葉とも呼ばれる『おもろさうし』はと見ると、仲原善忠・外間守善共著『おもろさうし辞典・総索引』（昭53、角川書店）を閲した所では、第一・二・三形式とも総て登場していない。その流れを汲む（比較的新しい）琉歌にはわずかに（2首）見られる。（39$_{3}$参照）　これらのことは、本土の万葉・勅撰和歌集を考える上に興味ある比考事実である。

（注1）（注2）フンク・ワグネル両者著前掲辞書。資料35。

（注3）「三分観の一考察――平良市狩俣の事例――」（『琉大史学』第4号、昭48・6）

（注3）「ナギ」は、「ナガ（長）キ」ものを表す語根で、「ナガ（長）シ」、「ナガ（流）ル」、「ナガ（眺）ム」、「ナガ（長）蟲」、「ム（ウ）ナギ」の語を得るという。（宮良説）「クチナハ」、「ナブサ」（私解――ナガフサの略か）も同類か。――柳田国男「青大将の起源」参考。また柳田国男によると、ヌジ・ノジ・ニュウジ・ミョウジ等種々　本土における地方音をあげつつ、中央で確立した〈ニジ〉の方が新しい、すなわち、「ニジが一番古い言葉で無いと云う事は可成有力に了解される。」といい、それら（複雑な音）は五十音図を定める時に整理され〈ニジ〉となり、中央で見られない様な音の存在は整理されなかった地方に残っているものだ――という。「虹の語音変化など」・「国語史論」（『柳田国男全集』所収

（注4）宮良當壮作沖縄諸島におけるニジ語変化状態表。

なお、久徳高文「憶吉南波記」の〈虹雲の間〉中に、「沖縄都ホテル地下一階の宴会場の一つは、「虹雲の間」と名付けられている。この「虹雲」の漢字の部分にローマ字で「NUJIGUMO」と書き添えてあった。我と我が目を疑って幾たびも見直したけれど、「NUJI」は「NUJI」であって、けっして「NIJI」ではなかった。万葉集に

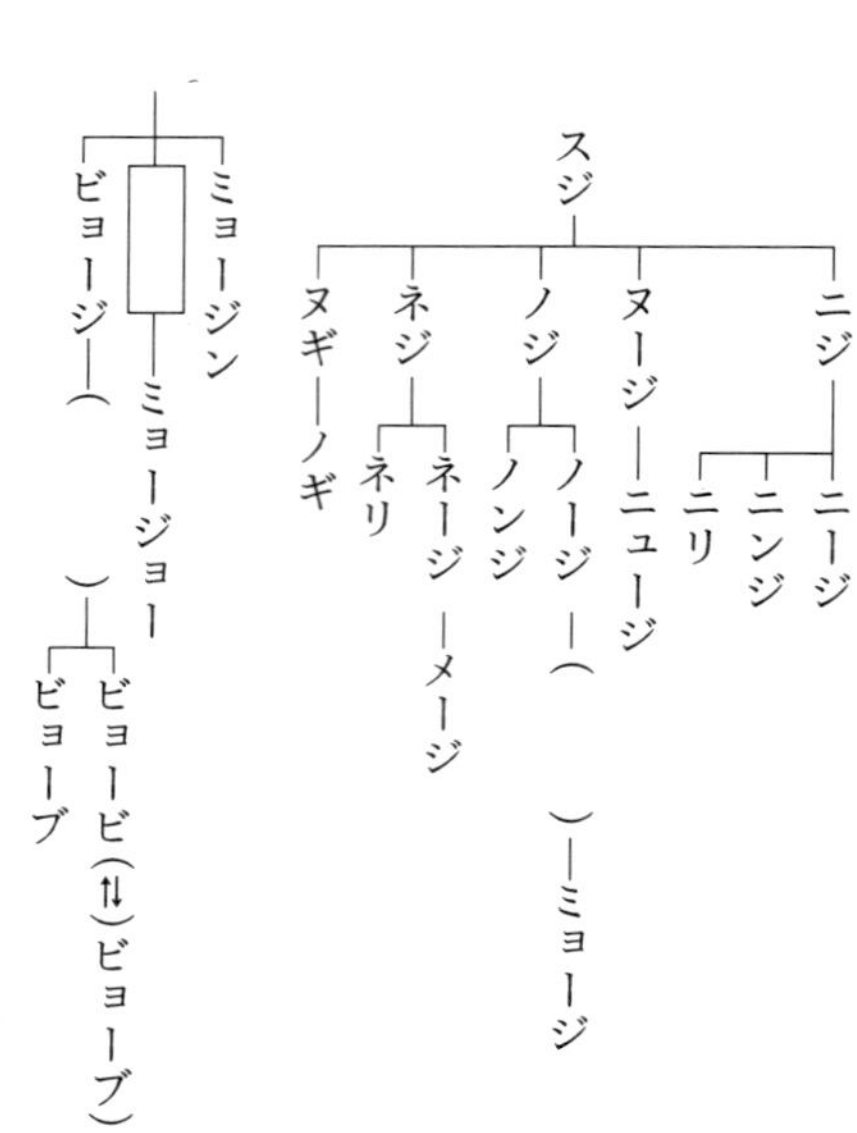

ただ一語だけ伝わる東国の古代方言が、沖縄ではりっぱに現代語として通用しているわけである。ここに、時間と空間を大きく越えたみごとな一致が存在する。本土と南島の間をつなぐ一筋の連帯の糸の確かさに打たれずには居られなかった。」ともある。（『そのてあ』7号、昭和58・4、久波奈古典籍刊行会）

（注5）金沢大学大学院文学研究科『研究論集』三号（昭52・3）所収「虹〈ニジ〉は大和ことばか――古代日本語の鼻音にみられる一現象のかかわり――」中「日本上代語の **nizi** ～ **nuzi**（ひいては現代語の「にじ」）は中期朝鮮語―現代文献によってたしかめることのできる最古の朝鮮語（十五世紀以後）――の資料に **mujigai** としてあらわれる語を借用したものではあるまいか」と推測されている。

（注6）康煕字典に、「唐韻」戸公ノ切、「集韻、韻會、正韻」胡公ノ切従音洪――とある。

（注7）『蝦夷語箋』『バチェラ――アイヌ英和辞典』による。「ニシ（nishi）」もあるがこれは、雲・天・空の意味である。

（補注）昭和七年十二月『金沢博士還暦記念　東洋語学の研究』（三省

堂）中に、宮良当壮「虹の語学的研究」が見えるが、その冒頭に『國學院雜誌』（第三十一巻第八号）に発表した『虹考』を改題して送ることにした。訂正したのは、要するに新資料の挿入と説明の方法であって、考え方が違った訳でないことを、断って置きたい。」とある。

39_2

昔、人間は巣出水を浴びて脱皮した。天の神の太陽がひばりに巣出水を運ばせると、途中で**虹**が現れて、巣出水を奪って捨ててしまう。太陽と月が**虹**をしかったので、それから**虹**は太陽を避けて太陽の反対の方向に現れるようになり、ひばりは太陽にしぼられて小さくなった。（ゆがたい三P５池間島P４）

私註〔一〕**池間島の昔話**〔二〕平良市池間島〔三〕動物昔話「ひばりと若水」の類話〔四〕？〔五〕語り＝平良市池間島・女〔六〕『日本昔話通観』㉖「沖縄」（1983、同朋社出版）〔七〕P808

〔**考**〕動物昔話の類話として分類されているように、〈虹〉も古代的認識たる「動物的存在」として描かれている。38_1中の、第三形式の変形——巣出水を「飲む」のでなく、「奪って捨ててしまう」——であろう。

39_3

おもて花咲かち艫に**虹**引かちかれよしのお船の走るがきよらさ　(a)

かき曇て降たる雨やうちはれて慶良間渡にかかる**虹**のきよらさ　(b)

私註〔一〕**琉歌**〔二〕(a)＝13－「節組の部」〈かぎやで風節〉、(b)＝1479「吟詠の部」〈夏の歌〉〔三〕琉球歌（定型＝八八《上句》八六《下句》）〔五〕(a)＝読人しらず　(b)＝山里永昌〔六〕島袋盛敏著『琉歌大観』（昭和39、博栄社）〔七〕(a)＝P4　(b)＝P340〔八〕〈虹〉はニジと発音。『虹』は、歌の場合はニジというけれど、口語ではヌージという。」、また『慶良間渡』は慶良間渡の島と那覇の間の海。慶良間の沖。」（著者筆(b)の《語意》）比嘉春潮の序に「琉歌と組踊は沖縄の標準語であった首里語を基盤に発展して来たと見ることができよう。それで琉歌を読み琉歌を歌うには首里語の発音によるのが正しい伝統である」とある。(a)(b)共、『南島歌謡大成Ⅱ』中、「参考資料　琉歌全集」中にも再録。(a)の歌は、航海の安全を祝慶すべく国王の前でも奏した（「かぎやで風節」注）。著者による《歌意》は、(a)＝「船の進むへさきの方には、白波を蹴立てて、真白い花を咲かせ、艫の方には波のしぶきが、日の光をうけて、七色の美しい虹をひかせ、めでたい航海の船の走る光景は、実にみごとである。」(b)＝「一天にわかにかきくもって、滝のように降った雨は、さっと晴れて、慶良間渡の沖にかかった虹が、絵にかいたように美しい。」

〔**考**〕(a)(b)共、結句に「きよらさ」を置き、「古代臭」＝蛇性、はかなり薄められている。(a)の「虹引かち」の「引かち」に残映を見れば見られる、という程度である。まして古代中国的凶祥・妖祥的享受は感じられない。

　これは、琉歌の全盛期が、17C中頃から19C初め頃であったことにもよろう。

39₄

一	にるやさき	ニルヤ崎
二	かなやさき	カナヤ崎
三	すいのもと	すいの元
四	すいのわき	すいの脇
五	うめきいぢへる	うめき出でる
六	さめきいぢへる	さめき出でる
七	ましにやこう	ましにやこう
八	しらにやこう	しらにやこう
九	雨つゝで	雨を包んで
一〇	しるつゝで	しる〈雨〉を包んで
一一	天ぢをみやに	天地御庭に
一二	あめぢまみやに	天地真庭に
一三	白雲	白雲に
一四	**のぢ**くもに	虹雲に
一五	雨つゝで	雨を包んで
一六	しめいきやちへ	しめ出だして
一七	てるかは	テルカハ〈太陽〉
一八	つきしる	ツキシル〈月〉
一九	あまがわら	天川原
二〇	てにがわら押分けて	天川原を押し分けて
二一	波路押わけて	波路を押し分けて
二二	しる田はる	立派な田原
二三	しのみばる　降り下ちへたばうれ	立派な実原〈田〉降り降ろして下さい

私註〔一〕**ウムイ（『琉球国由来記』）**〔二〕此時〔稀に旱魃の時〕の御唄（渡嘉敷間切）〔三〕南島古謡〔四〕1713年（＝成立時）以前〔五〕？〔六〕外間守善・玉城政美編『南島歌謡大成』――Ⅰ沖縄篇上――（昭55、角川書店）〔七〕P352〔八〕同工異曲のものが、『渡嘉敷間切由来記』（P353）にあり、〈ニジ〉の所は、「**くちくもに**」（＝くち雲〈虹雲〉に）となっている。また、同工のものが、座間味村ウムイにもある。ただし、〈ニジ〉は、漢字で「虹」となっている。

〔**考**〕本資料中の、「のぢ」は、「白雲」と対比・並列して使われていることから、「のぢくも」と熟した語で、「のぢ」は独立した用法によるものではなく、「くも」の形容的用法によるものであろう。すなわち、色彩における「白」の対比で、鮮やかな幾色の「虹色に映えた雲」のことであろう。このウムイの内容が、国の由来または旱魃の時の雨乞い、にかかわる祝詞的なもので、表音も「のぢ」と古態を保っており、この〈虹色(のぢ)〉の〈虹(のぢ)〉の中に、遠き世の蛇的・蚯蚓的認識（＝39₁参照）が、かすかながら無意識下に潜んでいるのであろう。次資料39₅も、〈ニジ〉に関しては、ほぼ同様であろう。『渡嘉敷間切由来記』（P353）中の「**くちくも**」は、国語学的には、宮良当壮の沖縄諸島におけるニジ語変化表（39₁注4）にも見当たらず、不詳である。

39₅

一	てにがうへや	天の上は
二	あめがうへや	天(あめ)の上は
三	**のずウ**くもの	虹雲の
四	しらくもの　ましちゃ	白雲の真下

五	くにぽぎは	九年母木を
六	かぱしゃぎは　うゑて	香ばし木を植えて
七	うゑてみちゃ	植えて三日
八	うゑてよか　なれば	植えて四日になると
九	しらにさち	白根が差して
一〇	あかにさち	赤根が差して
一一	うゑたこと	植えたので
一二	しらひげはさち	白鬚が差して
一三	おれじもがなれば	おれじも〈初夏〉になると
一四	わかなつがなれば	若夏になると
一五	しろかばがむゝら	しろかばがむむら
一六	もゝすゥちュみすゥちュで	百包みに包んで
一七	やそそちュみそちュで	八十包みに包んで
一八	おしふどち	押し解いて
一九	おしあけてみれば	押し開けて見ると
二〇	きョらや〱	清らや清らや
二一	おろくやゥい	おろくやうい
二二	まだまやゥい	真玉やうい

私註〔一〕**ウムイ**（『諸間切のろくもいのおもり』）〔二〕テンカウヘノフシ（金武間切）〔三〕南島古謡〔四〕1895?（=成立時）以前〔五〕?〔六〕外間守善・玉城政美編『南島歌謡大成』——Ⅰ沖縄篇上——（昭55、角川書店）〔七〕P363〔八〕二三行～四五行略。

〔**考**〕二二行目の「真玉」に、遠く「のずゥくも」の〈虹〉が響いていることに注意。玉を抱く龍のパターンであり古代色が濃い。

39₆

一	けふの時なふち	今日の時を直して　……(a)
二	なまのときなふち	今の時を直して
三	あまのみつら[1]しか	天の珍ラシが
四	てこのみつら[2]しか	テコの珍ラシが
五	あめ乞ておれろ	雨を乞うて降りる
六	いふ乞ておれろ	いぶ〈雨〉を乞うて降りる
七	天のみやのかうしやしゆ	天の庭のカウジヤ主
八	あめのみやのかうじやまへ	天の庭のカウジヤ前
九	ちろや大司	ヂロヤ大司
一〇	かな〔や若〕司	カナヤ若司
一一	雨ふらちたまふれ	雨を降らして下さい
一二	いふふらちへたまふれ	いぶを降らして下さい
一三	井口ひろくあけて	井口を広く開けて
一四	井はなひろくあけて	井端を広く開けて
一五	**あめのは**し掛て	雨の橋を掛けて
一六	**くれのは**し掛て	くれ〈雨〉の橋を掛けて
一七	かうしやしゆ	カウジャ主
一八	かうじやまへと	カウジヤ前と
一九	とゑ	十声
二〇	ゑりぢよ　あわせめしよわちへ	御声を合わせなさって
二一	雨おろちへたまふれ	雨を降ろして下さい
二二	いふおろちへたまふれ	いぶを降ろして下さい
二三	あはす風乞ぬ	あばす風は乞わない
二四	しきよと風乞ぬ	しきよと風は乞わない
二五	やは〱とたまふれ	柔々と下さい

二六　なご〳〵とたまふれ　　和々と下さい
二七　みまふやうちへたまふれ　　見守りなさって下さい
二八　やしなやうちへたまふれ　　養いなさって下さい
＊1・2　仲原善忠による読みは「う」。

一　いしたうね御たかへ　　石たう根御崇べ　……ⓑ
二　かなたうね御たかへ　　金たう根御崇べ
三　あまのきみかなし　　天の君加那志
四　てこ〔の〕きみかなし　　てこの君加那志
五　天のみや　　天の庭の
六　あめのみや　　天の庭の
七　かうじやしゅ　　カウジヤ主
八　かうじやまへ　　カウジヤ前
九　ちろや大司　　チロヤ大司
一〇　かなやわか司　　カナヤ若司
一一　**あまのはし**掛よわちへ　　雨の橋を掛けなさって
一二　**くれのはし**掛よわちへ　　くれ〈雨〉の橋を掛けなさって
一三　ゑりぢよ　　御声
一四　とこゑ　あわせめしやうち　　十声を合わせなさって
一五　井はなひろくあけ　　井端を広く開け
一六　井口ひろくあけよわちへ　　井口を広く開けなさって
一七　いぶおろちへたまふれ　　いぶ〈雨〉を降ろして下さい
一八　雨おろちへたまふれ　　雨を降ろして下さい
一九　あんじおそいか田原　　按司添いの田原が
二〇　さとぬしかみとり　　里主の実取り〈田〉が
二一　水ふしやにわれて　　水欲しさに割れて
二二　いぶふしやにわれて　　いぶ欲しさに割れて
二三　三かひてはとうさ　　三日といえば遠い
二四　四かひてはまとうさ　　四日といえば間違い

二五　夜くれのふにたまふれ　　夕暮れに下さい
二六　夜すゞめたまふれ　　夕しじまに下さい
（二七〜一一九略）
一二〇　あはす風おとろしや　　あばす風は恐ろしい
一二一　しきよと風やくめさ　　しきよと風は畏い
一二二　やは〳〵とたまふれ　　柔々と下さい
一二三　なこ〳〵とたまふれ　　和々と下さい
一二四　あふし越たまふれ　　畦を越えるほど下さい
一二五　あせら越たまふれ　　畔を越えるほど下さい
一二六　みまふやうちへたまふれ　　見守りなさって下さい
一二七　やしなやうちへたまふれ　　養いなさって下さい

私註〔一〕**クェーナ**（＝ⓐ）・**オタカベ**（＝ⓑ）『久米仲里旧記』（＝ⓐⓑ共）〔二〕ⓐ＝「右同時〔大雨乞之時〕同所〔いしたうね〕ニ而くいにや（仲里間切儀間村）ⓑ＝「いしたうね雨乞御たかへ言（仲里間切儀間村）〔三〕南島古謡〔四〕1703年頃（成立時）以前〔五〕?〔六〕外間守善・玉城政美編『南島歌謡大成』——Ⅰ沖縄篇上——（昭55、角川書店）〔七〕ⓐ＝P172　ⓑ＝P60・61・62〔八〕ⓑは二七行〜一一九行略

【考】[32]$_5$——ⓐⓑには、直接〈ニジ〉の語は出ていないが、〈あめのはし〉〈あまのはし〉〈くれのはし〉等が、それに当たろう。〈ニジ〉に関しての「見立て」表現であり、比較研究資料（[18][22][27]等）で見てきた通り、グローバルに散在しているパターンである。〈ニジ〉を、Rain-bow〈雨の弓〉とした、インドヨーロッパ語属的享受と様式的には同類であろう。『南島歌謡大成Ⅰ』中の外間守善

の解説によると「オタカベ・クェーナ・ウムイ共、沖縄原始・古代における呪術的詞章であり、それらは農耕儀礼の周辺にその発生の基盤を置く。オタカベが呪術的生命を消滅させていったのにひきかえ、クェーナ・ウムイは、ウタフコト（謡い）、マフコト（舞い）を伴いつつ、詩的（叙事歌謡的）発展をみたもの」（稿者要約）という。とすれば、39_{4} 39_{5} 39_{6}は、いわば本格派の文藝である『おもろさうし』・「琉歌」（＝39_{3}）とは、ややズレた次元において、本土の文藝との共通文化圏的視座を設定してみるのも面白かろう。

39_{7}

虹（にじ）(1)

むーとぅぬ　きんぬかね　／　根元の金のかねは
わーがためー　／　私のためだ
すーらぬ　きんぬかね　／　梢の金のかねは
いゃーがため　／　お前のためだ

虹（にじ）(2)

のーぎー　のーぎー　／　虹！　虹！
とんぷぃかで　きぇーれ　／　おういたび食って消えな
とんぷぃかで　きぇーれ　／　おういたび食って消えな

私註〔一〕**ユングトゥ**〔二〕3「自然に関するユングトゥ」二四・二五〔三〕南島古謡〔四〕古代〔五〕？〔六〕田畑英勝・亀井勝信・外間守善編『南島歌謡大成』――Ⅴ奄美篇――（昭54、角川書店）〔七〕(a)＝P654〔八〕恵原義盛採集資料。〔(1)〕の注に「＊虹が大きく弧を描いて鮮やかに立つと子供達は声を揃えて歌う。」、〔(2)〕の注に「＊虹を方言でノーギという。とんぷぃは蔓生無花果で美味の実のものと中が空になっていて食えないものがある。とんぷぃは名瀬の方言で、名瀬市の中でも根瀬部ではツトンマ、芦花部ではチッパという風に名が違う（名瀬＝伊津部のもの――寺師忠夫氏より採集）。」とある。

〔考〕(1)の〈ニジ〉が、樹からたつ（＝霊魂の昇天）――点は、土葬民俗に淵源をもち、それに火葬民俗（荼毘の煙の昇天イメージ）が加担したものであろう。（21_{1}中、「夏世隆」説話ならびに私註〔考〕参照）さらに、外国の古代に散在していた、「虹脚埋宝」信仰（㉙私註〔考〕参照）も同時に混入していよう。(2)は、しかとはわからないが、台湾に見られたオットフ的なもの（㉒私註〔考〕参照）のうち、アトハン（浄土）に渡れない悪玉のもの、に対する呪いなのではあるまいか。「おいしい果物をやるから、それでも食べて、機嫌よく、災いを起こさないうちに早く消えてくれ！」と。『南島歌謡大成』Ⅴ中の、外間守善の解説中に、「ユングトゥは、奄美のわらべ歌であるといわれている。……わらべ（子供）が歌うからわらべ歌というのだといってしまえばそれまでだが、少なくともその初源は、聖なる言葉をよむことにあるはずであり、よむ言葉の広がりが呪いのための言葉をよむようになり、マジニョイ（呪い言）とも重なりあう側面が生まれてきたのであろう。……ユングトゥを歌い伝えてきたのは子供であるが、ユングトゥそのものをよんだ主体は、かならずしも子供であるわけではない。」とあり、この言が身に滲みる。(2)は「食って」と動物生態的描写。

39₈

虹（沖永良部島）

のーじ　のーじ
かたなさち　てぃきりり
てぃきりり

虹よ　虹よ
刀をさして手を切れ
手を切れ

私註〔一〕わらべ歌・言葉遊び（奄美）〔二〕２「虹（沖永良部島）〔三〕南島古謡〔四〕？〔五〕？〔六〕田畑英勝・亀井勝信・外間守善編『南島歌謡大成』――Ⅴ奄美篇――（昭54、角川書店）〔七〕P676〔八〕田畑英勝採集資料。

〔考〕比較資料[1]で見てきたごとく、中国古代の『詩經』に見られた「蝃蝀在東　莫之敢指」と質的に同類で、日本の各地に見られる「虹指差禁忌」俗信が根底に流れているものであろう。その隠し味を踏まえての童べ歌であろう。神をもおそれぬヤンチャな子供等の（虹を見ての）はやしたてる歓声が一読聞こえてくるような歌である。「オレの指を切れるものなら、ヤーイ、切ってみろ！」と。

39₉

㈠(ア)天の国の天帝（アメノテダ）が、(イ)天の岩柱の端を折って弥久美神（ヤグミノカミ）に授け、下界の風水のよいところに島を造れという。㈡(ア)弥久美神は、**天の夜虹橋**（アメユノヌズノバス）の上から海にそれを投げる。石がかたまり島になる。(イ)帝（テダ）は赤土を下させた。㈢(ア)古意角（コイツノ）という男神に、下界に下り、人の世を

立てて守護神になれという。男神は女神を願い、姑依玉という女神をともなう。(イ)二神は、盛加神（モリカノ）という豪力の神のほか八十神百神（ヤソカムモカム）をともない、**天の夜虹橋**を渡り、七色の綾雲に乗って下界近く来ると天の神の国から追われた鬼どもが邪魔する。盛加神は天の立矛（アメタテボコ）でなぎ倒そうとし、火麻呂神（ビマルノカミ）は火で焼き殺そうとし、天干瀬神は大雨を降らせて流しすてようとする。古意角神はそれをとめ、八束穂（ヤツカホ）の白飯（シロイイ）をたまい、直なる心は明らけく輝く心ぞと宣り、八継（ヤツギ）の色（イロ）たて衣（キヌ）の御袖でなでると、鬼も神の心を現し、皆集まって天下った。(エ)漲水天久崎（ピャルミズアメクザキ）に宮居し、一切の有情非常を生む。(オ)二神は、宗達神（ムニダルノカミ）・嘉玉（カダマ）という男女の神を生む。（以下略）

私註〔一〕慶世村恒任『宮古史伝』（昭30、那覇、南陽印刷合資会社）〔二〕P21－22〔三〕開闢神話〔六〕小島瓔礼（よしゆき）筆「琉球開闢神話の分布と比較」（『日本神話と琉球』――講座日本の神話10――（昭和52、有精堂）〔七〕P41－42

〔考〕小島瓔礼によると『「天の夜虹橋」は、むしろ（記紀の天の浮橋の原形をしのばせるもので……』とあるが、世界各地の古代において、数多の「橋」系見立ての資料（資料[33]〔考〕中、他）を見てきた稿者の目にもそのように映る。資料[39₁]中に見える「宮古島には蛇に対する信仰が大いに行われいる」と絡めてみると、「天の夜虹橋（アメノユノヌズノバス）」は天蛇性を核にもつ、いわゆる二次的認識たる「橋」であろう。記紀の「天の浮橋」の場合はそれが文藝化されたものであり、『源氏物語』の「夢の浮橋」や定家の名歌「春の夜の夢の浮橋」等は、さらに洗練化されたものであろう。

通　考

〈虹〉に関する「北辺」と「南島」の共通項は、「動物」的認識であり、異項としては、「南島」においては「橋」型がみられ、「北辺」には見られない——ことである。

比較言語的にみれば「北辺」と「南島」は、まったく異質であり、「南島」は「朝鮮半島」とならんで大和系である。

虹と日本文藝（十）

——日本辞類書等をめぐって (1)古典編——

小序

辞書・類書等は、それ自体、国語学の資料あるいはその研究対象として重要なものであるが、本研究のテーマたる「虹と日本文藝」に関してみれば、日本文藝の作者の教養的媒体として重要な関係資料あるいは補助研究資料の位置にたつ。そしてこれらは、作者を含有しつつ広がる文化的土壌の象徴的存在の一つでもあろう。よって次に、日本の辞書・類書・音義書史上、重要と思われるものを、凡そ時代順にピックアップしつつ、〈ニジ〉に関する事項について調査してみた。ただし、総て大和系のもので、北辺・南島のものは含まない。

上代

40

(a)

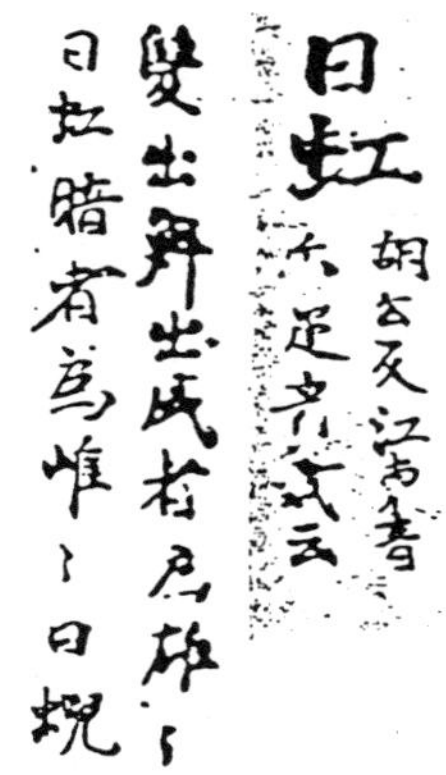

(b)

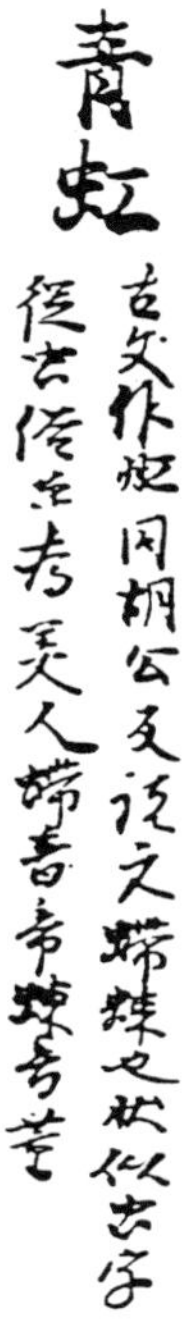

(c)

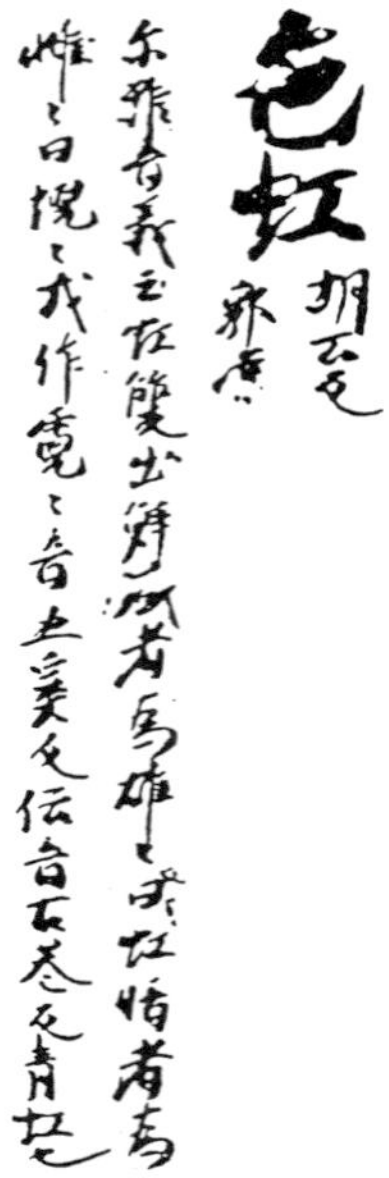

(d)

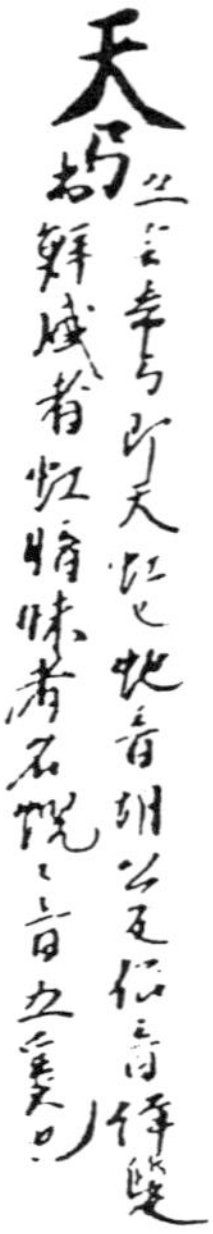

(e)

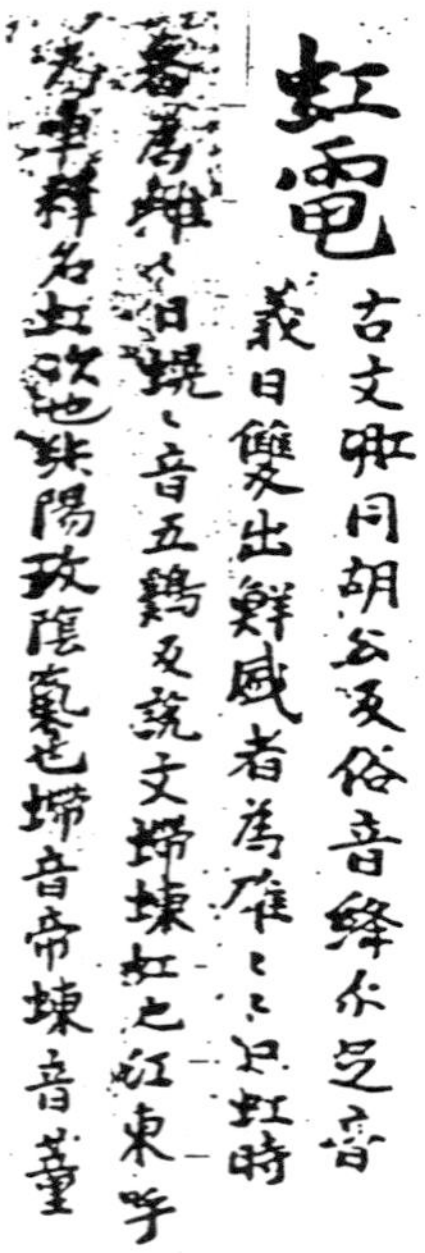

虹霓 古文羾同胡公反俗音絳尒疋音義曰雙出鮮盛者為雄ゝゝ曰虹暗者為雌ゝ曰蜺ゝ音五鷄反説文螮蝀虹也江東呼為雩釋名虹攻也純陽攻陰氣也螮音帝蝀音董

(f)

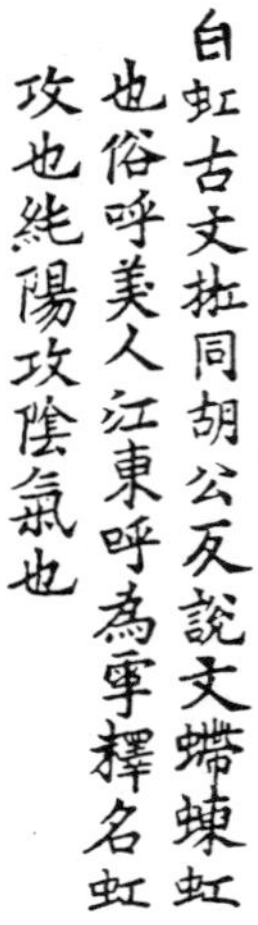

白虹古文扗同胡公反説文螮蝀虹也俗呼美人江東呼為雩釋名虹攻也純陽攻陰氣也

私註〔一〕『**一切經音義**』（大治本）〔二〕a＝巻第一　b＝巻第十五　(c)＝巻第十九　(d)＝巻第二十一　(e)＝巻第二十五　〔三〕仏典辞書〔四〕唐の貞観（627〜629）の末→奈良時代の末〔五〕玄應〔六〕古辞書音義集成第七・八・九巻『一切經音義』(上)・(中)・(下)（昭55・55・56、汲古書院）〔七〕(a)＝上P50　(b)＝中406　(c)＝中518　(d)＝中P572　(e)＝中P718　(f)＝下391〔八〕法隆寺一切経　大治三年書写本　宮内庁書陵部蔵(f)は高麗蔵本。

〔考〕資料19参照。『爾雅音義』の影響を多分に享けていることは一目瞭然であるが、「日虹」とその義などにはやや疑義がある。とまれ「―虹」は、かく音義書に採択されているということは、仏典中、難字・難語・注意を要する語、の部類に属するものであるということであり、またこの書が、『新撰字鏡』等、日本の古辞書の成立に影響を与え、また自身書写されて、奈良期以来、僧侶を通して、日本の文化に多大な貢献をしてきたものであろうことを考えると、〈ニジ〉文化の面からも興味深い。なお「天弓」はインド→中国→日本、のプロセスであろう。

41

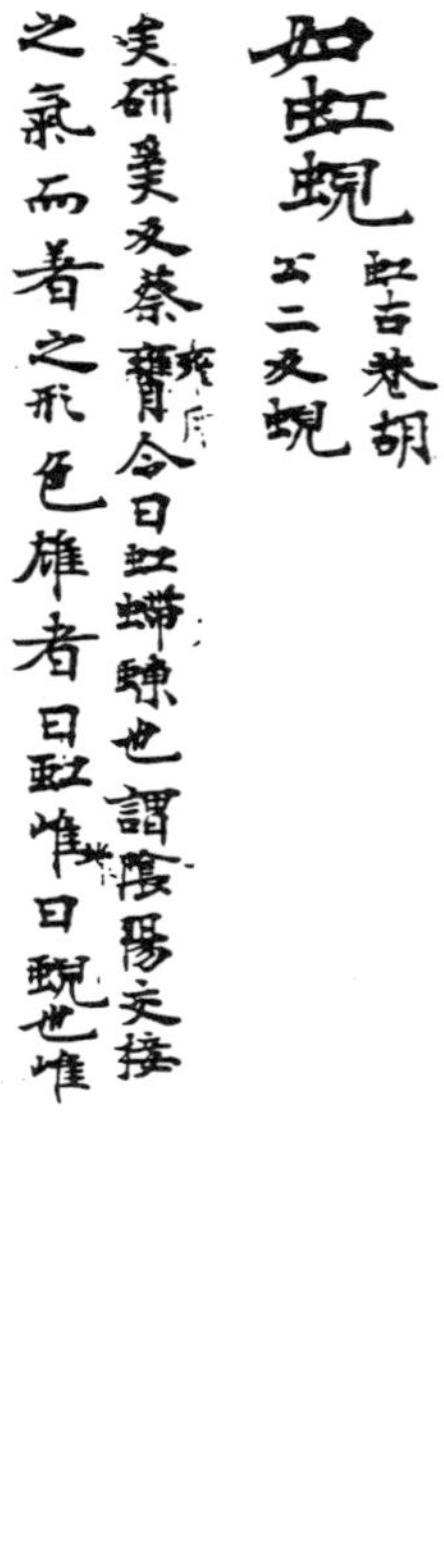

私註〔一〕**『新譯華嚴經音義私記』**（小川廣巳蔵）〔二〕下巻〈如虹蜺〉〔三〕仏典辞書〔四〕奈良時代末期（小林芳規筆「序」）〔五〕未詳〔六〕小林芳規解題・石塚晴通索引ー古辭書音義集成〈第一巻〉『新譯華嚴經音義私記』（昭53、古典研究會）〔七〕P138〔八〕小川家蔵本が現存唯一の伝本。巻子本。元禄六年法印英秀・修補。「慧苑撰述の新譯華嚴經音義二巻と大治本新華嚴經音義（祖本）とを土台として、これに加筆をして成ったもの。（岡田希雄「新譯華嚴經音義私記倭訓攷」国語国文第11巻3号）

〔**考**〕内容は古代中国類書（8〜10等）と同系。

中古

42

(a)

(b)

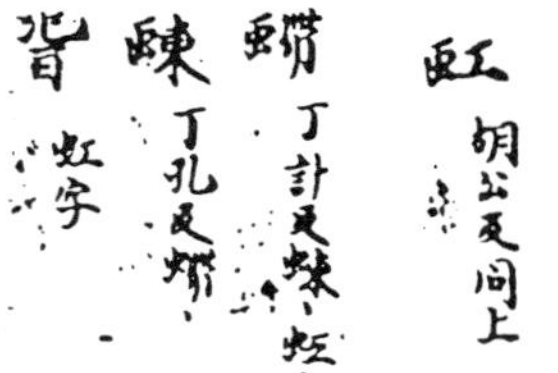

私註〔一〕**『篆隷萬象名義』**（高山寺本）〔二〕(a)＝第六帖九〇ウ (b)＝第六帖九三ウ　〔三〕漢字辞書〔四〕平安時代初期・天長四年(827)〔五〕空海＋α〔六〕高山寺典籍文書綜合調査団編『高山寺古辞書資料』第一、第一部「篆隷萬象名義」〔七〕(a)＝P317 (b)＝P319〔八〕書写は、奥書によれば永久二年（1114）。「本高山寺伝蔵本は、古写本として天下唯一のもので、他に伝へられる江戸期以降の写本も、本高山寺本の写しである。これらの点から明治三十二年にすでに国宝に指定され、現在も国宝となっている。」（白藤禮幸「解説」）中国唐代の『玉篇』（大部分佚）を下敷きにし、篆体を加え、単字として注を加えた。（「解説」）

〔**考**〕第四帖までは「空海撰」であるが、第五帖以下は「続撰」で、撰者は別人（＋α）のようであるが、それが誰かは未詳。〈虹蜺・螮蝀〉は第六帖所収であるから空海原撰でないことになる。邦人撰述の辞書としては最古のものであるゆえ、〈ニジ〉記事としても興味深い。(a)で、「蜺」を「寒蜩」としている。「虹・蜺・螮・蝀」のみ。

43

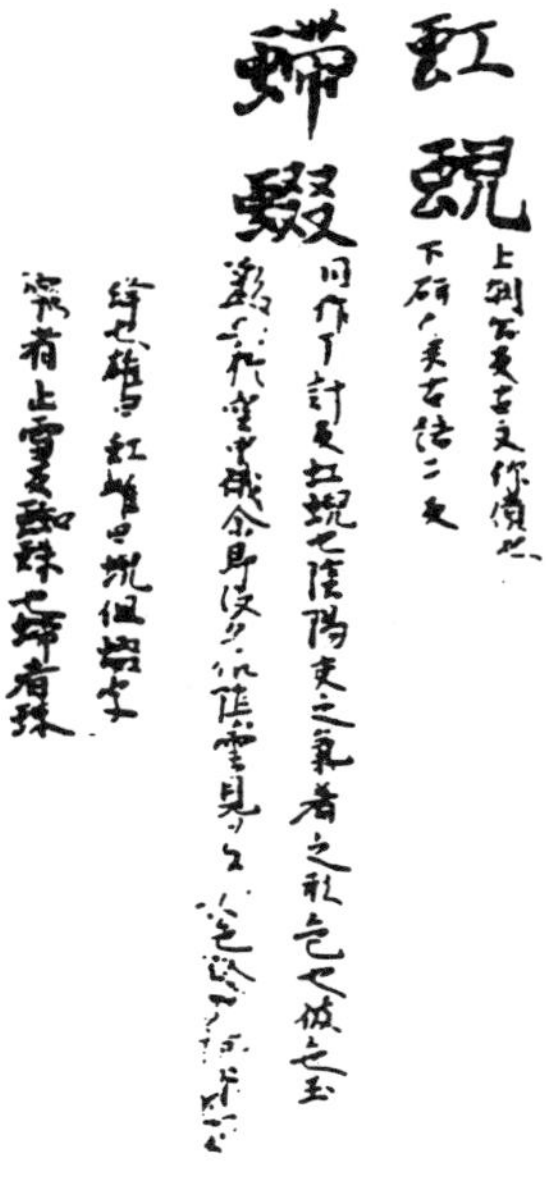

私註〔一〕『**新撰字鏡**』（天治本）〔二〕巻第八「虫部第八十三」〔三〕漢和辞書〔四〕平安時代初期・昌泰年間（898～901）〔五〕僧・昌住（伝未詳）〔六〕京都大学文學部国語學國文學研究室編『天治本　新撰字鏡　増訂版』（昭48、臨川書店）〔七〕P501・502〔八〕享和本・群書類従本にはナシ。

〔**考**〕古代中国南方の文化を担う「虹蜺」の方が先に、北方の文化を担う「螮蝃」の方が後に記載されている。どちらも動物的存在を表すが、とにかく両方が載っていることに注目。cf.1。

44

(a)

(b)

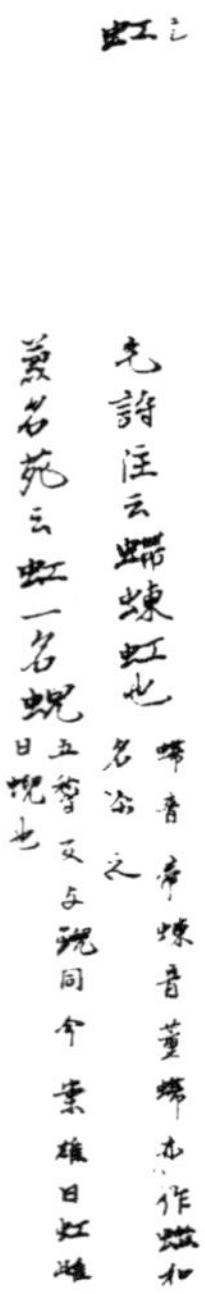

(c)

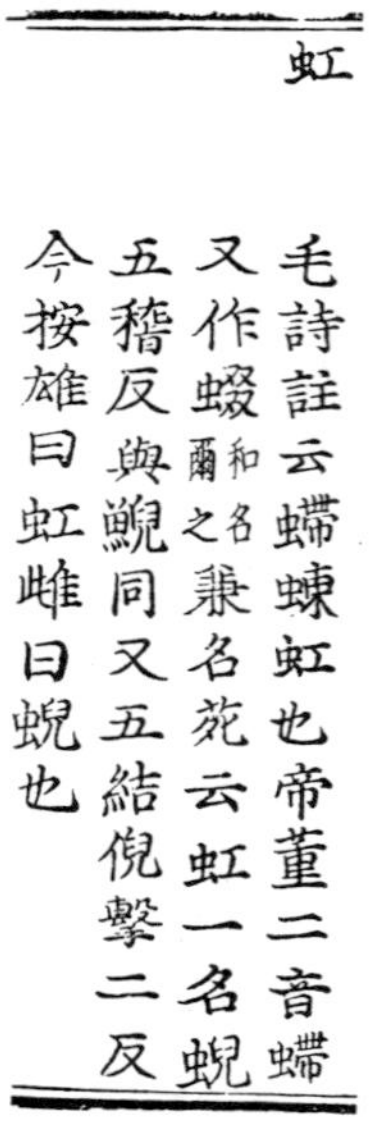

(d)

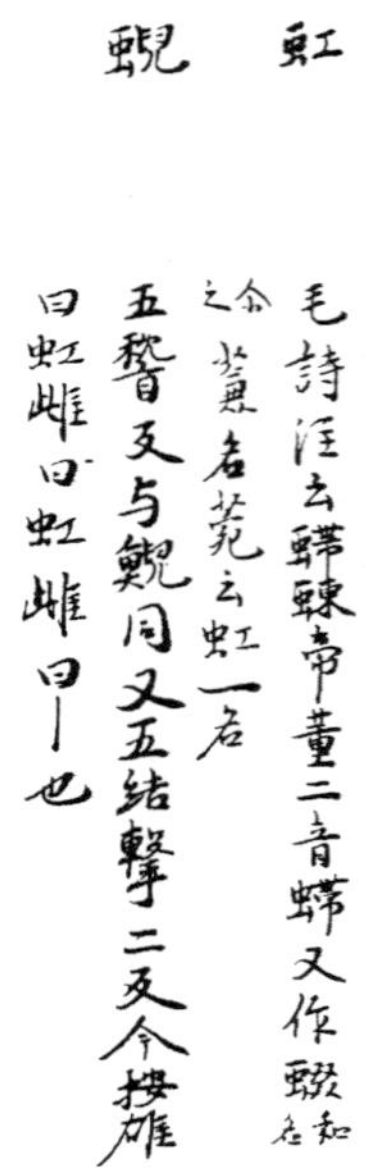

私註〔一〕『**倭名類聚鈔**』〔二〕巻第一〈虹〉〔三〕類書〔四〕平安時代中期・承平四年（934）ごろ〔五〕源順〔六〕馬渕和夫著『和名類聚抄 古写本声点本 本文および索引』（昭48、風間書房）〔七〕P13・14・253〔八〕(a)(b)＝十巻本系　(c)(d)＝二十巻本系　(a)＝真福寺本　(b)＝前田家本　(c)＝元和古活字本　(d)＝伊勢本廿巻本

〔**考**〕正統とされた漢語に対して「倭名」すなわち「日本語の名詞」を蒐集したものであり、そこに〈虹〉と〈蜺〉がある。ただし、「和名　爾之」の万葉仮名で記されているのは〈虹〉。すなわち〈虹〉の方がより一般的であったようである。十巻本系では〈虹〉〈蜺〉は、天地部「風雨類」に、二十巻本では、天部「雲雨類」に分類されている。大差はないが、分類の仕方から見ると、どちらも気象現象的認識を持ちつつも、尚一方、「今按雄曰虹雌曰蜺也」と、原初的〈ニジ〉観、特に中国古代に顕著であった〈ニジ〉観が払拭されていない。

また、「暈」との関係を見ると、「暈」は、月―弦月―望月―暈―蝕―……と配列されて、第一「景宿類」に分類されている。月を巡る一連の現象の中にあるわけであるが、「暈」に関しては月のみでないことは、「郭知玄切韻云暈氣繞日月也音運此間云日月加左辨色立成云月院也」（・は筆者）とあることによって知られる。先述のごとく〈虹〉は、離れて、「雲雨類」または「風雨類」の中にあり、とすると、撰者・源順の意識の中では、(古代中国におけるほどには)、〈虹〉と「暈」は親密な関係にはなかったようである。

なお、『国語学大辞典』(吉田金彦筆)には、「部類は白氏六帖にならい」とあるが、〈虹〉の部分の内容面では「雄曰虹雌曰蜺」が類似していることくらいで、あまり深い繋がりは見出せない。(資料16₂参照)

とまれ、本書は、日本最古の漢和辞書的性格を有する類書、いわば百科辞典であるが、日本文藝との関連を考える上では、『伊勢物語』の原形、『土佐日記』あたり以後の作者、貴族・僧侶等の知的情報のソース・教養の一端として、43(=『新撰字鏡』)と重層させて、また順の『万葉』研究の足場確認として、必見の資料であろう。

45

私註 〔一〕『**色葉字類抄**』(黒川本) 〔二〕仁・天象付 〔三〕国語辞書 〔四〕平安末期・治承年間(1171~1181) 〔五〕橘忠兼 〔六〕『色葉字類抄 研究並びに総合索引 黒川本・影印篇』(昭52、風間書房) 〔七〕P70 71 〔八〕黒川真三男氏蔵江戸中期写本

〔**考**〕平安末期以降の、特に和文脈中の普通漢字によって表記する習慣のある語、その中に、〈虹〉〈霓〉〈螮蝀〉が入っているとも考えられるが、〈霓〉はともかく〈螮蝀〉はいかがであろうか。

46

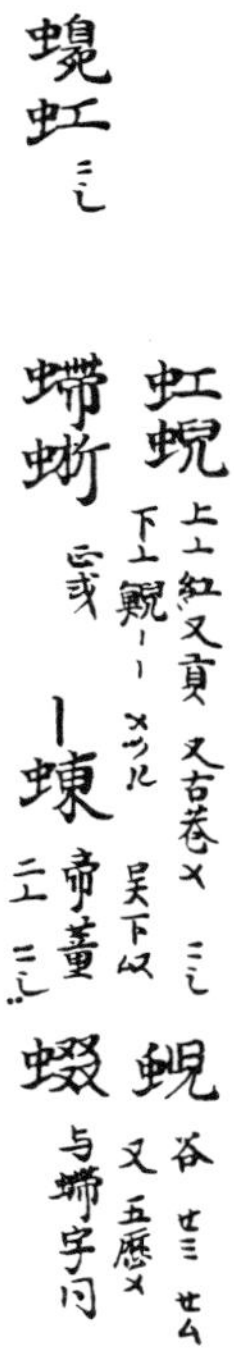

私註 〔一〕『**類聚名義抄**』(観智院本) 〔二〕僧下一八 〔三〕漢和辞書 〔四〕平安時代末期・十二世紀初 〔五〕編者は僧侶であるが未詳。交点・書写=慈念、書写=顕慶。〔六〕正宗敦夫編纂・校訂『類聚名義抄』第一巻(昭50、風間書房) 〔七〕P1219 〔八〕建長三年を降ることいくばくもなくして転写(中田祝夫説)

〔**考**〕和訓のアクセント、声点を有するということは、「和訓のアクセントは、平安時代の京都語のアクセントを知る上に絶大なる価値をもつもので」あるが、「古代語がすべて訳語となったのではなく、漢文訓読用語として、男性系統に淘汰され、そのうち後に伝えられたものが、漢字の和訓となることを知らなくてはならない」(中田祝夫「類聚名義抄使用者のために」)とあるが、これを考慮に入れた上で眺めると、〈ニジ〉に関する説が採択されていること自体に深重な意味が感じられてくる。また、これは、王朝女流文学等にあらわれる新興の和語の世界からは遠いことになる。

47

アクセントは左のような記号を用いて示す。◉○◐◑はそれぞれ一拍を表わす。

◍ 高く平らな拍
○ 低く平らな拍
◓ 高から低にくだる拍
◒ 低から高にのぼる拍

かぜ【風】 〈ア史〉平安・鎌倉・江戸◍◍
こと【事】 〈ア史〉平安・鎌倉○○ 室町来◍○
あめ【雨】 〈ア史〉平安・鎌倉・江戸○◓
いぬ【往】 〈ア史〉平安◍◓
にじ【虹】 〈ア史〉平安◒○

私註〔一〕**平安時代の〈虹〉のアクセント**〔三〕アクセント〔四〕平安時代〔六〕『日本国語大辞典』（昭47、小学館）〔七〕P8〔八〕ア史文献の記載をもとにして推定された京都アクセントである。ア史＝アクセント史 平安＝平安時代 〈虹〉以外の風・雨、等をも参考に付した。

中世

48

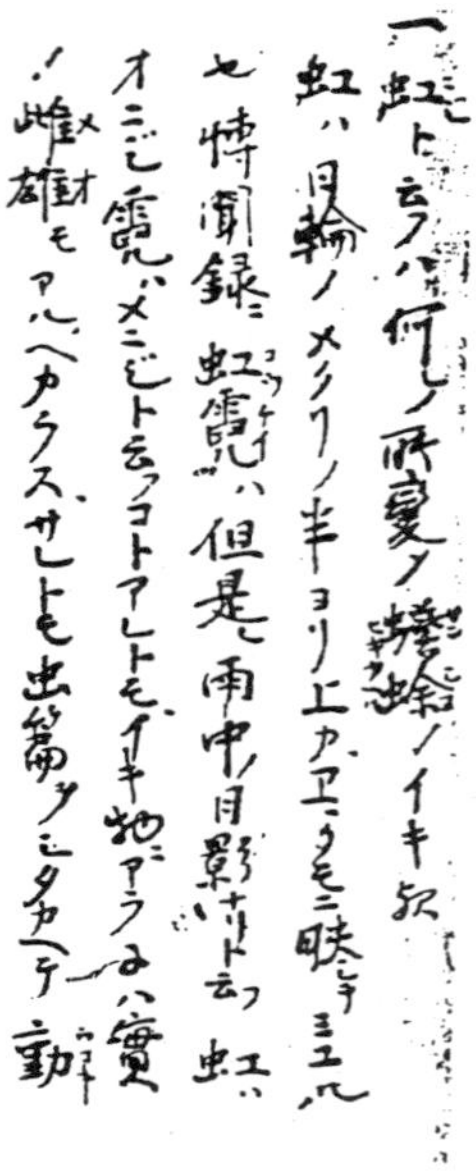
一 虹ト云フハ何レノ所ノ蠕蛉ノイキ歟
虹ハ日輪ノメクリノ半ヨリ上カアニタモニ映テミエル
也 博聞録ニ 虹霓ハ但是雨中ノ日影ナリト云フ 虹ハ
オニジ霓ハメニジト云フコトアレトモイキ物ニアラネハ實
ノ雌雄モアルヘカラス サレトモ虫篇ヲニタカヘテ動

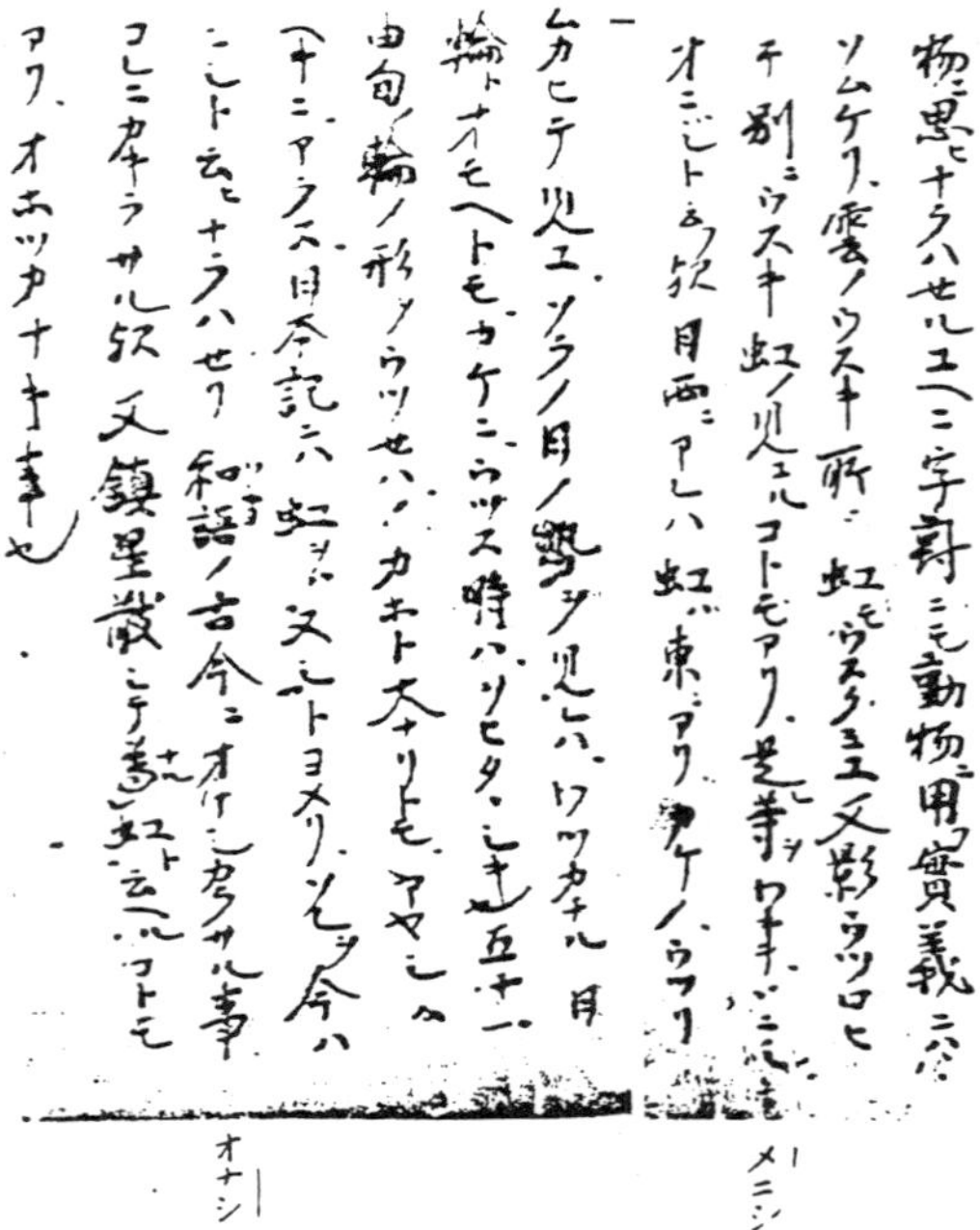
物ニ思ヒナラハセルユヘニ字ヲモ動物ニ用フ 實義ニハ
ソムケリ 雲ノウスキ所ニ 虹モウスク見ユ 又影ウツロヒ
テ別ニウスキ虹ノ見ユルコトモアリ 是等ヲワキマヘニ
オニジトイフ歟 月西ニアレハ 虹ハ東ニアリ 朝ケノウツリ
一
ムカヒテ見ユ ソラノ日ノ影ヲ見レハ ワツカナル日
輪ト オモヘトモ カケニウツス時ハ ソヒタヘニ 五十一
由旬ノ輪ノ形ヲウツセハ カホト大ナリトモ アヤシム
ナニアラスハ 日本記ニハ 虹ヲ又ニトヨメリ ソレヲ今ハ
ニジト云ヒナラハセリ 和語ノ古今ニオケルカワラサル事
コレニカキラサル歟 文鎮星戴ニテ虹ト云ヘルコトモ
アリ オホツカナキ事也
メニシ
オナシ

私註〔一〕『**塵袋**』〔二〕第一・天象「虹」〔三〕類書〔四〕鎌倉時代・文永弘安のころ（1264～1287）か〔五〕不明〔六〕覆刻日本古典全集『塵袋』上（昭52、現代思潮社）〔七〕P11 12〔八〕編次は『色葉字類抄』（＝資料45）の意義分類を受ける。12行目の上に「イカホト」の加筆がある。

〔考〕一行目は『霏雪録』（比較研究資料12₂）の系譜にあるが二行目以下は、漢籍『博聞録』を引きつつ、この時期としては意外に〈科学的〉な見解に立っている。鎌倉時代の武士・貴族を主たるターゲットにした教養書であるが、内に強い啓蒙的意欲を滾らせていることが透視される。そしてこの精神は、さらに享受層を広げて、『塵添壒嚢鈔』（＝52）として後代に永く影響を及ぼして行く。

49

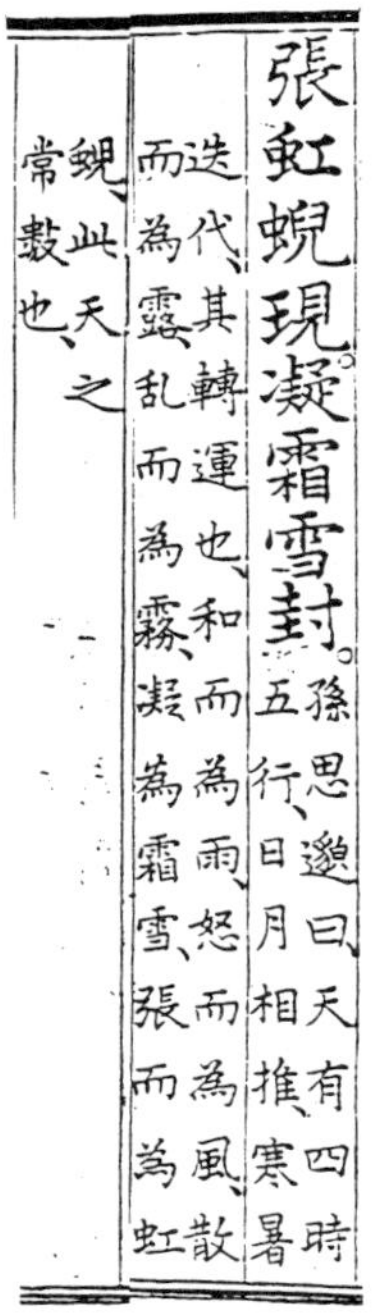

張虹蜺現凝霜雪封。孫思邈曰、天有四時五行、日月相推、寒暑迭代、其轉運也、和而為雨、怒而為風、散而為露、乱而為霧、凝為霜雪、張而為虹蜺、此天之常數也、

私註〔一〕**『醫家千字文註』**〔二〕四丁〔三〕医家千字文と註〔四〕鎌倉時代（永仁元年1293）撰抄、（永仁二年）書写畢〔五〕惟宗時俊〔六〕製本所＝尾州名古屋本町通七町目・片野東四郎

原語は『舊唐書』巻一百九十一・列傳第一百四十一・方伎・「孫思邈」として見える。

下って近世期（寛永九年）の『善隣国宝別記』七医解－にも「張為虹霓天常數也」の文言がみえる。（『続群書類従』三十－上）

〔考〕孫思邈は中国唐代の人（581〜682）で、「陰陽推歩医学の術をきわめ（近藤春雄『中国学芸大事典』）」たという。陰陽道を絡めた漢方医学の中に〈虹蜺〉が関与している。撰抄・書写しているのが、散位正五位下・惟宗時俊というのも興味深い。また「張」の表現にも注目。

50

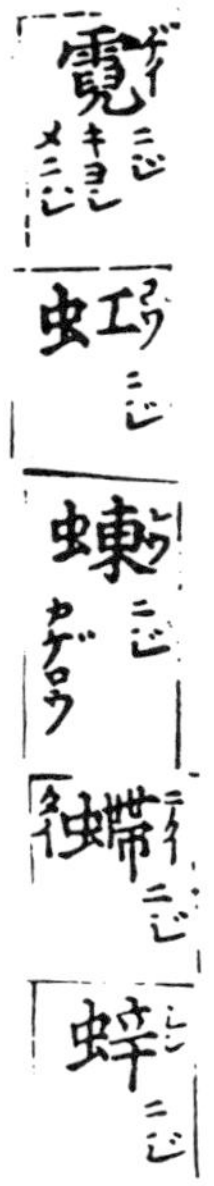

私註〔一〕**『倭玉篇』**〔二〕下　霓＝326、虹＝411、蝀＝412、螮＝415、蜶＝417　〔三〕漢和辞書〔四〕室町時代初期？　長享三年1489（（古写本の識語））〔五〕不明〔六〕中田祝夫・北恭昭編『倭玉篇研究並びに索引』（昭41、風間書房）〔七〕P89 113 114 115

〔考〕『蜶』が入っていることに注意。

51

私註〔一〕**『下學集』**（元和三年版）〔二〕巻之上「天地門第一」〔三〕通俗漢字辞書〔四〕室町時代中期・文安元年（1444）〔五〕「東麓破衲」とあるのみで未詳〔六〕山田忠雄監修・解説　古辞書叢刊〈第二〉元和三年版『下學集』（昭43、新生社）〔七〕P17

〔考〕通俗漢字辞書のゆえか、〈蝃蝀〉等、もと『詩経』出で『類聚名義抄』（＝資料46）に見えるような漢字は採取されていない。「序」に「下学集は室町時代中期成立の　名彙の　一、名彙としては　室町期・江戸期を　通じて　もっとも　ひろくおこなはれた。」とあるが、とすると、〈蝃蝀〉等はやはり、ポピュラーな語でなかったことの反映と見ることができる。

52

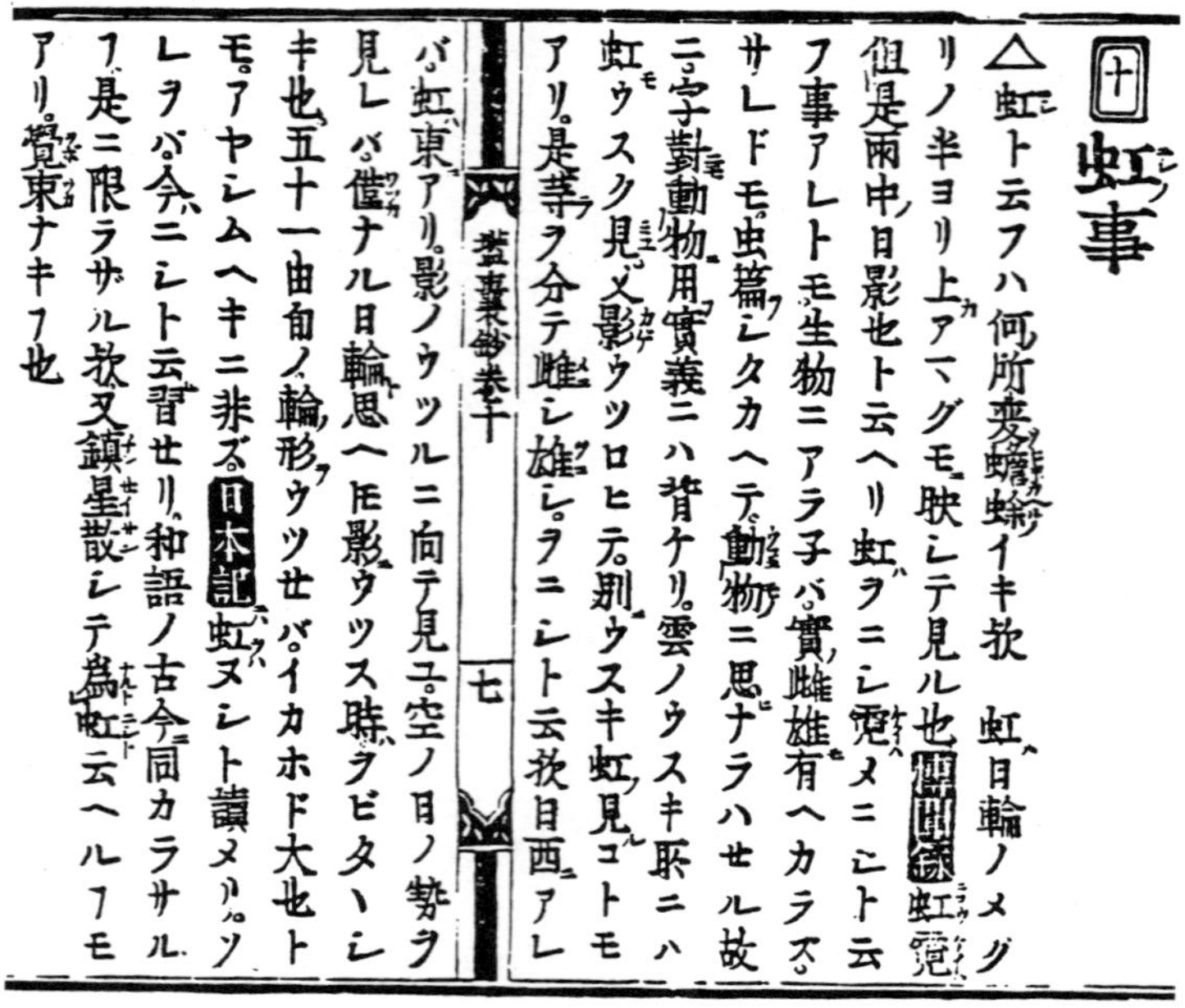
十 虹事

△虹ト云フハ何所変蠕蝀イキ歟　虹ハ日輪ノメグリノ半ヨリ上アマグモニ映シテ見ル也。捜聞録 虹蜺但是雨中ノ日影也ト云ヘリ虹ヲニシ霓メニシト云フ事アレトモ生物ニアラ子バ實ニ雌雄有ヘカラズ。サレドモ虫篇ニタカヘテ動物ニ思ナラハセル故ニ二字對動物ノ用實義ニハ背ケリ。雲ノウスキ所ニハ虹モウスク見ユ又影ウツロヒテ則ウスキ虹ノ見ルコトモアリ。是等ヲ分テ雌トシ雄トシヲニシト云歟日西ニアレバ虹東ニアリ。影ノウツルニ向テ見ユ。空ノ日ノ勢ヲ見レバ僅ナル日輪ト思ヘドモ影ウツス時ハヲビタヽシキ也。五十一由旬ノ輪形ヲウツセバイカホド大也トモアヤシムヘキニ非ズ。日本記ニ虹ヌシト讀メリ。ソレヲバ今ニシト云習セリ。和語ノ古今同カラサルノ是ニ限ラザル歟。又鎮星散シテ為虹ト云ヘルコトモアリ。覓東ナキコト也

塵添壒嚢鈔巻十　七

私註〔一〕『**塵添壒嚢鈔**』〔二〕巻十田虹事（ニジ）〔三〕類書〔四〕室町時代中期・文安三年（1445）〔五〕観勝寺・金剛佛子行譽〔六〕濱田敦・佐竹昭広・笹川祥生編『塵添壒嚢鈔・壒嚢鈔』（昭43、臨川書店）〔七〕P208

〔**考**〕内容的には48の系譜に属する。室町時代中期の一般教養書であるが、江戸時代以降も強い影響力を持つ。

53

	黒本本	伊京本	天正本	饅頭屋本	易林本
ニジ	虹（ニジ）霓（ニジ）	虹（ニジ）霓（ニジ）	虹（ニジ）霓（ニジ）	虹（ニジ）霓（ニジ）	虹（ニジ）霓（ニジ）蝃蝀（ニジ）

私註〔一〕『**節用集**』（五本対照）〔二〕天部・ニジに関する語〔三〕国語辞書〔四〕室町時代中期・文明（1469～1487）よりやや以前〔五〕略〔六〕亀井孝案並閲・高羽五郎校並刻『五本対照　改編節用集』（昭49、勉誠社）〔七〕P 1417

〔**考**〕易林本に〈蝃蝀（ニジ）〉があるが、大勢は〈虹〉〈霓〉のみ。

近世

54

Niji. *Arco do ceo.* ¶ Nijiga tatçu. *Fazerse este arco.* ¶ Nijiga qiyuru. *Desfazerse o arco do ceo.*
Nijigata. *Feição de arco do ceo.* *Vt,* Mado uo nijigatani aquru. *Abrir janella à feição de arco do ceo.*

私註〔一〕VOCABVLARIO DA LINGOA DE IAPAM〔二〕Niji Nijigata〔三〕日葡辞書〔四〕江戸時代初頭・慶長八年1603〔五〕キリシタン宣教師〔六〕亀井孝解題『日葡辞書』(1973, 勉誠社)〔八〕1603, 4 刊長崎版日ポ辞書の Oxford 大学 Bodleian Library 所蔵本を原寸大に複製したもの。土井忠生・森田武・長岡実編『邦訳日葡辞書』(1980, 岩波書店) によると、この部の解は次のごとくである。

Niji. ニジ(虹) 虹. ¶Nijiga tatçu.(虹が立つ) 虹が出来る. ¶Nijiga qiyuru.(虹が消ゆる) 虹が消えてなくなる.

Nijigata. ニジガタ(虹形) 虹の形. 例, Madouo nijigatani aquru.(窓を虹形に開くる) 虹の格好に窓を切りあける.

〔**考**〕ヨーロッパ人のキリスト教宣教師による血と汗の結晶として、さまざまな階級の日本人による日本語の姿、日本文化の様子が、ほぼ正確に客観的にわかる資料であり、〈ニジ〉もそのうちの一つである。「ニジがたつ」とあり、「ニジがふく」(cf.[63]・[68])、「ニジがはる」(cf.[71]) 等はない。〈ニジ〉に関しては京都文化系資料である。先引『邦訳日葡辞書』では、「たつ」に「立つ」の字があてられているが、民俗学的には「顕つ」であろう。この世ならぬもの・神威あるものが顕現するのである。〈ニジガタ〉の用例は、京都・祇王寺等に見られる「虹の窓」のごときをいうか。〈ニジ〉の異名たる、「天弓」、「をふさ」また、それとおぼしき「天の浮き橋」は見られない。また、太古的な動物的受容認識についての記載はない。(雄・雌等)

55

虹 又蜺 同
又螮蝀同字 注曰雙出色鮮盛者爲雄曰虹 闇者爲雌曰蜺 釋名見於西方曰升朝曰美人 霓

私註〔一〕『**合類節用集**』(国立国会図書館亀田文庫蔵延宝八年本)〔二〕字林拾葉一[二]〈虹(ニジ)〉〔三〕国語辞書〔四〕江戸時代初期・延宝八年1680〔五〕三胤子遜(未詳)〔六〕中田祝夫編—古辞書大系—『合類節用集研究並びに索引』(昭54、勉誠社)〔七〕P6

〔**考**〕中国の類書・経典の音義よりの抄出と思われる。「美人」は抄出されているが、「白虹貫日」や「吐金」等はカット。

56

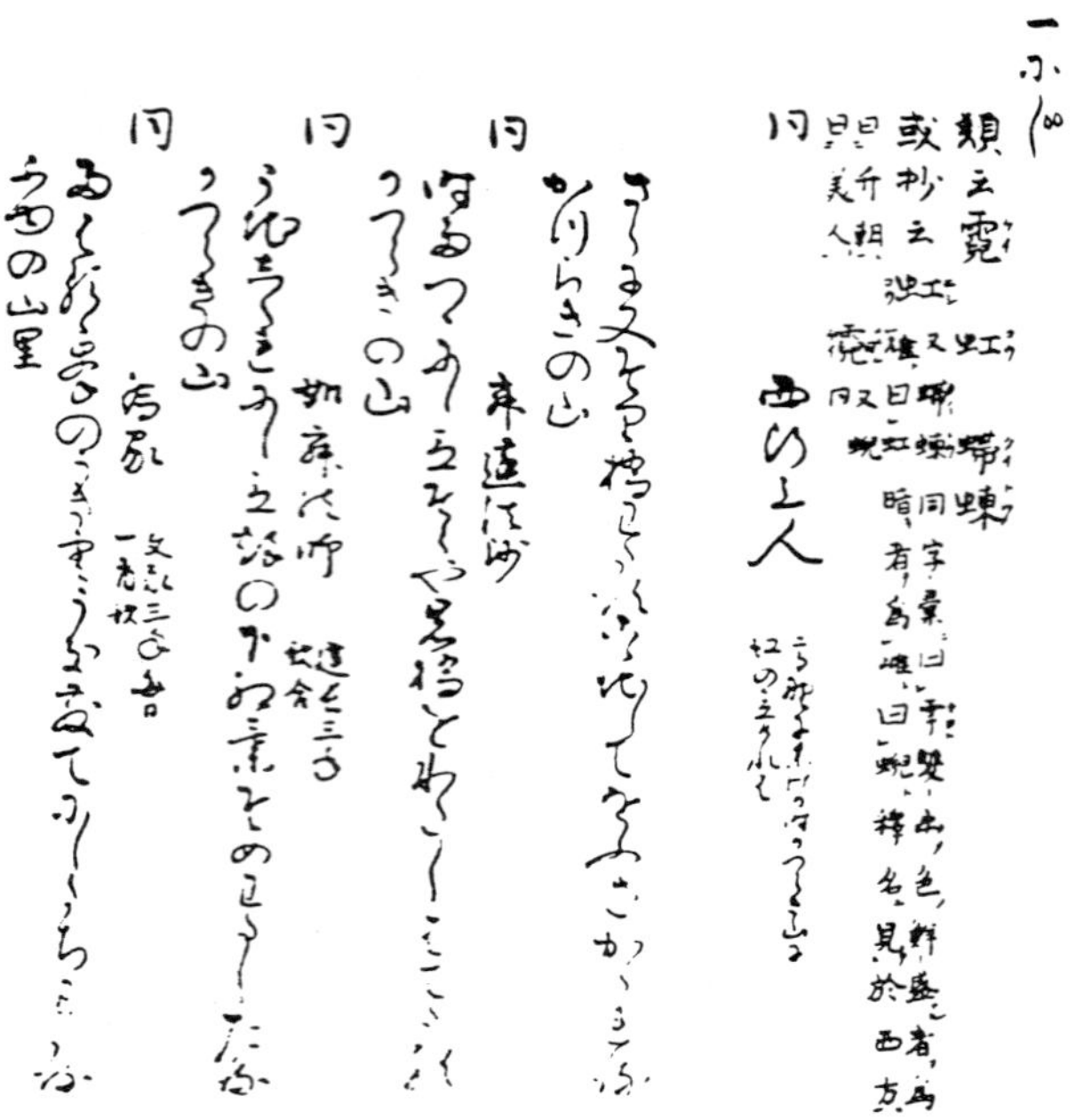
一ノ八
類云霓 虹 蝃蝀
或抄云
同 西の上人

私註〔一〕『**鸚鵡抄**』(静嘉堂文庫本)〔二〕巻十一「にじ」〔三〕国語辞書〔四〕江戸時代初期・寛文十三年～貞享二年1673～1685〔五〕荒木田盛徴・荒木田盛員〔六〕荒木田盛徴・荒木田盛員編纂『鸚鵡抄』(昭55、雄松堂書店)〔七〕P515〔八〕その名は「先人の解に基づき、私意をさしはさまぬ」意に基づく(米山寅太郎筆『索引』の序文)

〔**考**〕和歌は有名な『夫木和歌抄』のもの。書名の示すごとく新味なし。

57

虹(ニジ) にハ丹(ニ)也、あかき也、しハ白也、にじハ紅白まじはれり

※六帖 ニスヂ也、スチノ反シ、シノ轉チ也

(帖)上・物名・天部18「虹(ニジ) 丹(ニ)條(ス)ヂ也、スヂ反シ、ノヂハ轉ナリ

私註〔一〕『**日本釋名**』―丹澤文庫蔵森立之書き入れ本―〔二〕上一、天象・29〔三〕元禄十三年(1700)〔四〕語源辞典〔五〕貝原益軒(篤信1630～1714)〔六〕関場武著『中世近世辭書論攷』(平8)〔七〕P182〔八〕「元禄庚辰之歳京師書林」の刊記をもつ本の後印本。「六帖」は『和訓六帖』で、服部大方編『名言通』(1835)の改題後印本(1846)。「※」印の下の書き入れは森立之(1807～1885)による。

〔**考**〕『元禄太平記』巻六に「うたがはしきことすくなからず」とある如く、単なる思いつき、こじつけ(牽強付会)の感が深い。「に」が「丹」で「し」が「白」なら、「西」の「にし」も同様なのか。60―61₁・61₂―67の先蹤。

58₁

○阿蘭陀人天氣見様
　晴之分
一　日出ニ**虹**タツ　……(a)
　（中略）
一　東ニ**虹**タツ　……(b)
　（中略）
　風雨之分
　（中略）
一　西方**虹**立ハ雪ナリ　……(c)
　（中略）
一　天氣能ニ**虹**立ハ大風ナリ　……(d)
　以上

私註〔一〕『**鹽尻**』〔二〕巻之三〔三〕元禄十年（1697）頃から享保十八年（1733）まで執筆（岩波『日本古典文学大辞典』）〔四〕随筆〔五〕天野信景〔六〕『日本随筆大成』第三期九巻・十巻―の内九巻（上巻）〔七〕P 53・54

〔**考**〕元禄から享保にかけて比肩する者のない博識を謳われた著者（岩波『日本古典文学大辞典』）の「見聞録」の一である。オランダ人はこの頃、鎖国下、ヨーロッパに対して開かれた唯一の窓でもある長崎・出島に出入していた。(c)は〈朝虹〉のことであり、「雪」を「天候悪し」と拡大解釈すれば一般的なものである。（cf. 70）(d)はオランダ人らしいユニークさがある。

58₂

○**蝿**韓非子曰蝿一身兩口爭レ食相齕相殺古今字詁曰古之虺ノ字也ト
　信景按するに二首兩口貪害するもの天地の間ひとり此蟲のみならず同胞兄弟利を貪て互ひに害心あるは人にして蝿の類といふへきのみ
蝱古文竜ノ字　**蒈**古文皆字　**藤**同レ藤　**蝱**同虹見ニ漢天文志ー
盡シン音津氣液也俗用ニ津ノ字ー非也　**衙**アリキ行且ツ賣也又自ラ矜也言行相會而自ラ媒シ以利レス已チ

私註〔一〕『**鹽尻**』〔二〕「巻之十六」抄〔三〕随筆〔四〕元禄十年（1697）～享保十八年（1733）〔五〕天野信景（サダカゲ）〔六〕村瀬兼太郎編『随筆鹽尻』上巻（明40、帝国書院）〔七〕P 262

〔**考**〕「蝱同虹」とある。

59

にじ　虹〔夫、十九、寂蓮〕「時雨つゝにじたつそらや岩はしなわたしはてたるかつらきの山○次の西行のをふさとよめるも虹の一名にや〔同、同、西行〕高野に參りける時かつらき山に虹のたちけれは「さらに又そりはしわたすこゝちしてをふさかゝれるかつらきの山

私註〔一〕『**増補　雅言集覽**』〔二〕にじ〔三〕古語用例集〔四〕江戸時代末期・文政九年1826（〔「い」～「か」六冊〕）〔五〕石川雅望・中島廣足補〔六〕石川雅望集・中島廣足補『増補　雅言集覽』（昭53、臨川書店）〔七〕P 311

〔考〕『夫木和歌抄』の編者の分類に従いつつも、やや疑義をはさむ。

60

虹ニジ　萬葉集歌には。ノズとよみけり。今も東國の俗にはノジともいふなり。倭名鈔にはニジと讀む。皆其語の轉なり。其義は詳ならず。
萬葉集に綵讀てニといふ。ニといふは即綵にて。シは詞助なりしに似たり。
又倭名鈔に。暈讀て日月のカサといふ。詳ならず。

私註〔一〕『**東雅**』〔二〕巻之一「天文」部〈虹〉〔三〕語学書〔四〕江戸時代中期・享保二年1717〔五〕新井白石〔六〕国書刊行会編『新井白石全集』第四巻（明39《原》、昭52、国書刊行会）〔七〕P26〔八〕「東雅とは日東爾雅の謂なり、……和名類聚鈔によりて専ら物名を解釈したるものにして、……」（黒川真道識「例言」より）

〔**考**〕「ニシ」についての思いつき的見解。

61₁

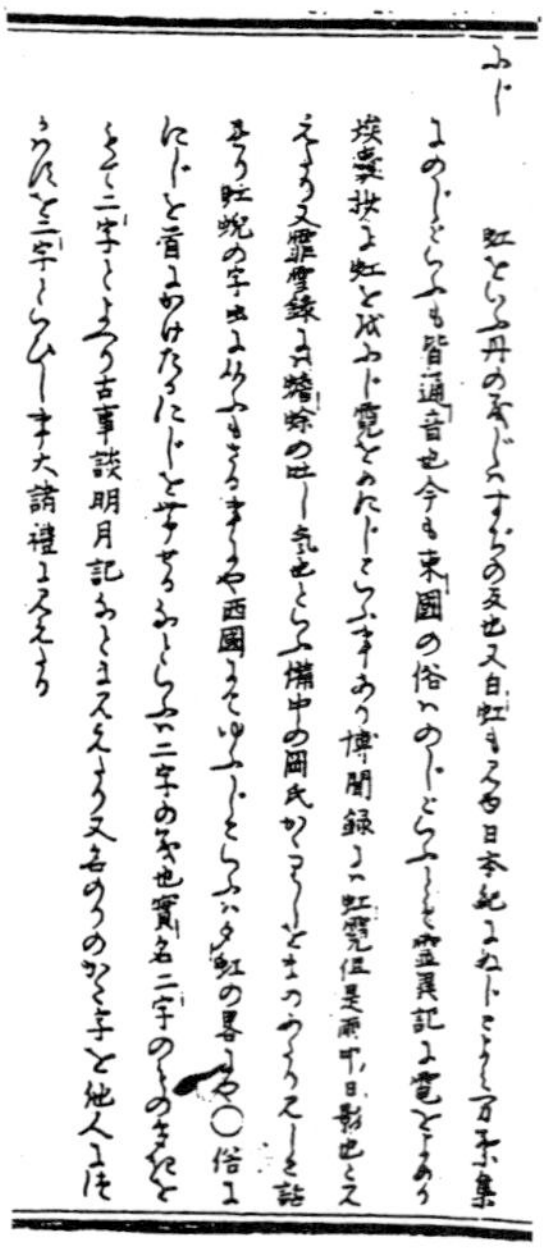

62

私註〔一〕『**倭訓栞**』〔二〕前編二十「尓」の部〔三〕国語辞書〔四〕江戸時代中期〔五〕谷川士清（宝永六－安永五年、1709－1776）〔六〕発行＝文政十三庚寅三月、書肆＝（東都）須原屋茂兵衛・出雲寺文次郎（京師）風月荘左衛門・本屋儀助（洞津）篠田伊十郎〔七〕四オ〔八〕板本、和装

〔**考**〕「丹の義、じはすぢの反也」はこじつけ。○以下不審。因みに、海外には「女神イシュタルの首飾り」（cf.30）や北極圏エスキモーに「虹の帯」が出てくる。（cf.24）

(a)

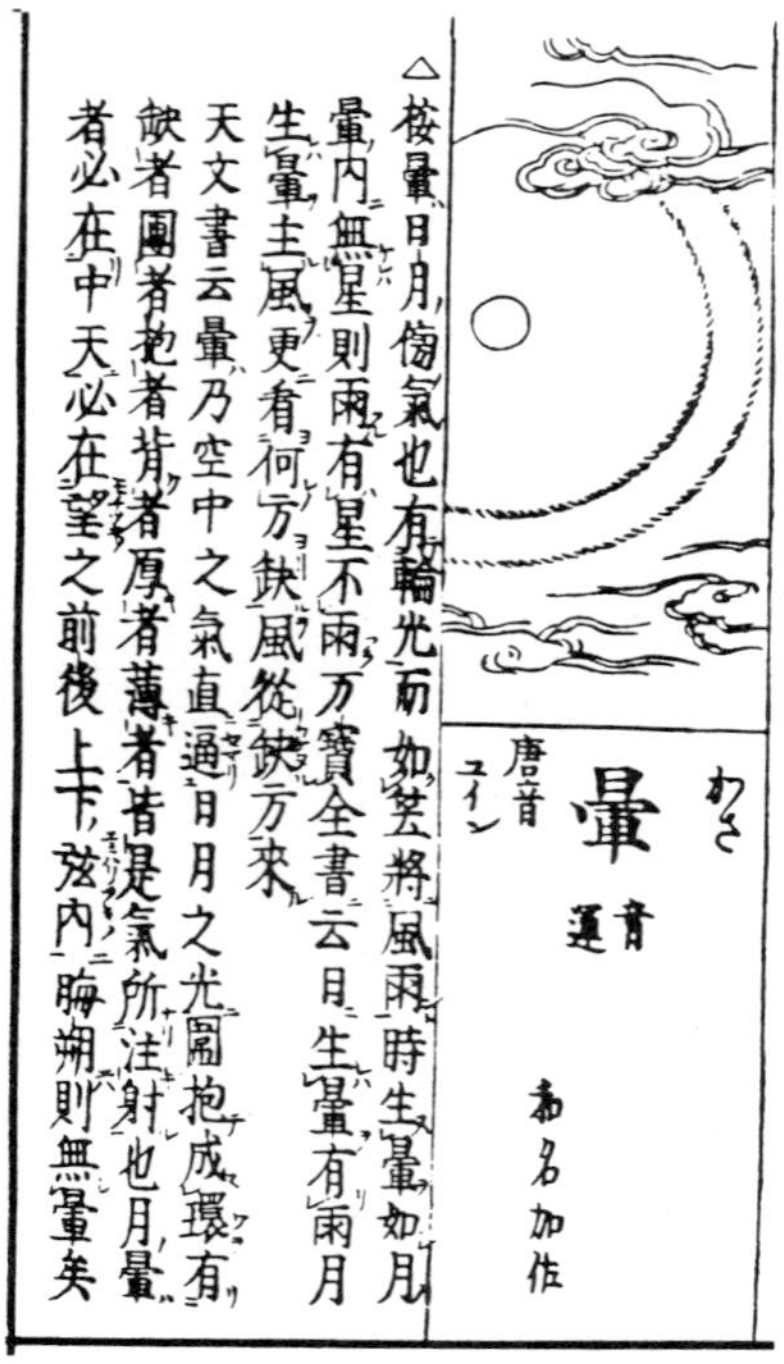

(b)

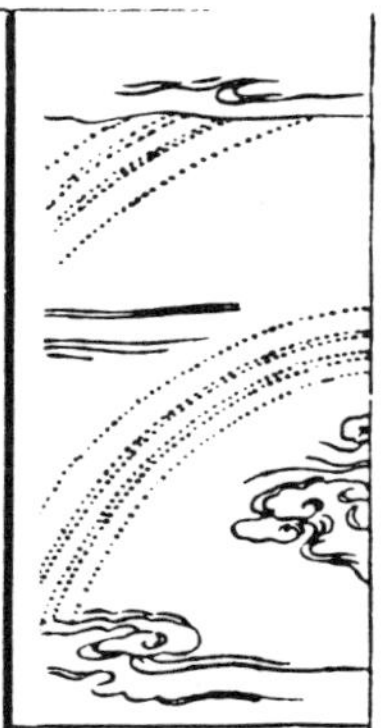

にじ　虹蜺　ホンテイ
蜺　洪
虹霓　蝃蝀　螮蝀　天弓
和名　爾之

月令云季春月虹始見孟冬之月虹藏不見蔡邕曰常依陰雲而晝見於日衝無雲不見太陰亦不見大率見朝西暮東爾雅云赤白色者爲虹青色者爲蜺
釋名云虹攻也純陽攻陰氣也
△按虹下于地或飲井或飲池或垂首於筵吸飲食雄曰虹雌曰蜺之類甚妄説也天文書云虹蜺日氣下垂吸動地下之熱氣則旋湧而起其處或値井或値池見之人以爲虹能吸水也實非吸水虹映日光之色爲紅緑也紅者火緑者水氣而爲水火之交故必向日方也中矢日光盛時無虹矣試之日在東使人西邉噴水人從中間看之其水珠皆成紅緑之象其體穹然外黄中緑而裹紅也對日成虹而他處復有一虹者又虹影所自射也有虹始見虹藏不見之期見于必向于日則非蟲屬明焉

風雅
[illegible]

霏雪録云越中有道士陸國賓者乗舟出見白虹跨水甚近及至其所見蝦蟇如筈笠大白氣從口中出即跳入水虹亦不見予疑此非虹老蝦蟇之氣息也

私註〔一〕『**倭漢三才圖會**』〔二〕巻三—天象類—〈暈〉=(a)〈虹蜺〉=(b)〔三〕図説百科辞書〔四〕江戸時代中期・正徳三年1713〔五〕寺島良安〔六〕和漢三才圖會刊行委員会編・寺島良安『和漢三才圖會』—上—（昭45、東京美術）〔七〕(a)=P30　(b)=P31

〔考〕図示されている所が画期的。また、「△按」以下、和漢の学に精通していた著名な漢方医の編著らしく、見解が単なる引き写しに終らず、非常に「科学的」。ニュートンの時代に近い。

63

にじ〔物類稱呼〕虹、東國の小兒のじと云尾張の土人鍋づるといふ西國にていうじと云〔萬葉三〕ぬじ又のすとも詠り（西國にていうじと云ハ夕虹の略語か）
虹が立　京都にて虹がたつと云江戸にては虹がふくと云〔夫木抄〕虹うちしくれ虹たつ秋の下紅葉染わたしたるかつらきの山如寂法師〔犬子集〕月くらき柿よりも□□とうと落（というふ句に）虹たつ空のきつくなる神〔鷹筑波〕難波あたりで虫やふくらん（というふ句に）紀の海につゞたち見ゆる秋の虹

私註〔一〕『**増補　俚言集覧**』〔二〕中巻「にじ」。「虹が立」〔三〕国語辞書〔四〕江戸時代末期？〔五〕太田全斎（宝暦九—文政十二年1759〜1829）〔六〕『増補　俚言集覧』（1965名著刊行会）〔七〕P857〔八〕明治三十三年井上頼圀らが通行の五十音順に改編し増訂を施した。『雅言集覧』に対して、俗語・俗諺をア……、イ……ヰのごとく五十音の横段の順に集め語釈を施した書。『物類称呼』とともに江戸時代の口語研究の二大著と目される。（『国語学辞典』所収、山田忠雄筆文による）『物類称呼』は、越谷吾山著の方言辞書・安永四年1775刊。

〔**考**〕「江戸にては虹がふくと云」に注目。『物類称呼』の〈西国にていうじと云は夕虹の略語か〉は、「夕虹」ではなくて単なる〈にじ〉の訛音であろう。（cf. [71]）

[64]

虹
毛詩注云、螮蝀之帝董二音、螮忩作蝃、和名爾
○山田本作螮音帝蝀音
董、與撮壤集引合、玉篇螮蝃同上、按天武紀
虹字訓奴之、萬葉集上野國相聞往來歌、亦
謂爲努自、一 虹也、○毛詩傳二十卷、漢毛亨
璧之轉耳、撰、所引鄘風蝃蝀篇傳文、
說文依此、釋名、虹陽氣之動也、虹攻也、純陽
攻陰氣也、又曰蝃蝀、其見每於日在西而見
於東、啜飲東
方之水氣也、兼名苑云、虹一名蜺、蜺五稽反、與
同、又五
結五擊二反、今案雄曰虹、雌曰蜺也、○按孟
子趙岐注、霓虹也、兼名苑蓋本此、釋名、霓齧
也、其體斷絕、見於非時、此灾氣也、傷害於物、
如有所食齧也、按說文、霓屈虹、青赤或白色
陰气也、又云、蜺寒蜩也、二字不同、後人虹霓
之霓、遂上虹字、變雨從虫、故干祿字書、倪霓
上俗下正、遂與寒蜩字混無別、下總本擊作
槃、按五槃與廣韻合、五擊與龍龕手鑑合、伊
勢廣本誤脫作五結擊二反、那波本作五結
倪擊二反、蜺擊與古今韻會合、疑那波氏所
見本亦誤脫、依韻會增蜺字也、曲直瀨本作
五結反、無五擊二三字、亦恐後人所删、雄曰
虹、雌曰蜺、出蔡邕月令章句、見藝文類聚、又
西京賦薛綜注、淮南子高誘注、郭璞爾雅注、
如淳漢書注、皆同、蓋諸家
析言之、趙岐統言之也、

私註〔一〕『**箋注倭名類聚抄**』〔二〕巻一「天地部・風雨類」〈虹〉
〔三〕辞書注釈書〔四〕江戸時代末期～明治時代初期・文政十年1827稿、明治十六年1883刊〔五〕狩谷棭斎〔六〕京都大学文學部國語學國文學研究室編『諸本集成　倭名類聚抄〔本文編〕』（昭43、臨川書店）〔七〕P17

〔**考**〕『和名類聚抄』（＝[44]）の研究書であるが、ほとんど中国古代〈虹文化〉の引き写し。

[65]

古法帖流之筆大小新製數品目錄畧記

宣志	諸家細字	一枝價銀五分
同	東坡一流	一枝價銀五分
同	子昂楷法	一枝價銀五分
生華	諸家消息	一枝價銀九分
同	東坡一流	一枝價銀九分
綴文	諸家習筆	一枝價銀六分
吐虹	諸家清書	一枝價銀壹文目
天朗	諸家法書	一枝價銀一文目五分
龍鬚友	諸家二行物	一枝價銀二文目八分
貯雲	諸家一行物	一枝價銀四文目三分
同木軸	同上	一枝價銀六文目
同大	諸家大字	一枝價銀十二文目
同大	同二字書	一枝價金百疋
同大	同一字書	一枝價金壹歩二朱

唐刻和刻古法帖類數品藏庶幾四方之君子枉駕賜採覽
書肆尚書堂京三條通柳馬場東入町　堺屋仁兵衛製

私註〔一〕『**吐虹**』〔四〕古法帖〔六〕朝倉治彦監修『近世出版広告集成』第二巻（昭58、ゆまに書房）

〔**考**〕「吐虹」は、もともとは「蟾蜍（センショ）」、「蝦蟆」と関係あろう。「比較研究資料」（＝[12₂]）参照。

本稿では、日本辞・類・音義書史上、主要と思われるものを資料として採りあげ、そこに記された〈虹〉についての記述を摘出し、これについてコメント風の小考を付加してきたが、その全体像の考察は、「近・現代」の部を加えた次稿に「通考」として記す。

虹と日本文藝（十）続

——日本辞類書等をめぐって (2)近・現代編——

小序

本稿は、「虹と日本文藝」（十）——日本辞類書等をめぐって・古典編——に続くもので、その近・現代編である。最後に前稿資料を含めた鳥瞰をなしつつ「通考」を記す。なお、70₁ 70₂は、辞書としてはやや専門的というか、片よった内容のものなので、一括して資料70の枠に入れた。

近・現代

61₂

にぢ　虹をいふ丹の義ぢハすぢの反也又白虹も見ゆ日本紀にぬぢとよみ萬葉集にのぢといふも皆通音也今も東國の俗ハのぢといふとぞ靈異記に虹をよめり埃嚢抄に虹ををにぢ霓をめにぢといふ事あり博聞録にハ虹霓但是雨中ノ日影也と見えたり又霏雪録にハ螮蝀の吐し氣也といふ備中の岡氏かゝりしさまのあたり見しと話れり虹蜺の字虫に从ふもさる事にや西國にてゆふにぢといふハ夕虹の略にや〇俗ににぢ首にかけたるにぢ帯せるなどいふハ二字の義也實名二字のみの多きをもて二字とよへり古事談明月記なとに見えたり又名のりのかた字を他人につかハすを二字といひし事大諸禮に見えたり

私註〔一〕『**増補語林　倭訓栞**』〔二〕中巻「にぢ」〔三〕国語辞書〔四〕江戸時代中期～明治時代中期〔五〕谷川士清編、井上頼圀・小杉榲邨増補〔六〕『増補語林　倭訓栞』〔七〕P685〔八〕全九十三巻、八十二冊。前編（一～四五）は安永六年1777・文化二年1805・文政十三年1830の三次にわたり刊行。中編（四六～七五）は文久二年1862刊。後編（七六～九三）は明治十年1877年刊。た

だし、本書は、後編をすべて省き、伴信友の加筆と増訂者の増補とを上欄に加えてある。わが国最初の近代的な国語辞書。（『国語学辞典』所収・山田忠雄筆文による）

〔考〕本書には、〈にじ〉の部分に関し増補・加筆の部分がない。ということは、〈にじ〉に関しては、谷川士清の情報に、その後、井上・小杉・伴、共、付け加えるべき新しい情報は何もなかった――と言える。61参照。本書は内容的には近世であるが出版年によって近代初頭に入れた。文藝家の教養への影響資料の一端として意義がある。

66

虹霓〇虹霓者乃空中雨氣映照日光而成形分七彩即日光之本色也朝西而暮東常與日相對照有現一道者有現兩道者三道四道亦間有之或以爲龍形而分雌雄或以爲神物能吸飲食此皆滑稽之言君子勿道

私註〔一〕『博物新編』〔二〕一集「光論」〔三〕博物学書〔四〕明治七年〔五〕英国医士合信〔六〕『博物新編』（官許・福田氏蔵梓）〔七〕P46

〔考〕資料60の系譜にあるが、内容的には更に「科学的」見解が進歩している。因みに「両道」は〈副虹〉いわゆる〈二重虹〉、「三道」「四道」等は〈反射虹〉のことであろう。

67

にじ（名）虹霓蜺〔丹白ノ意カトイフ〕古ク、又、ヌジ。太陽ノ光ノ、大氣中ノ水氣（雨）ニ映リテ、七色（紫、紺、青、緑、黄、柑、赤）ノ彩ヲアラハスモノ、朝ニハ西天ニ見ハレ、暮ニハ東天ニ見ハル。

私註〔一〕稿本日本辭書『言海』〔二〕にじ〔三〕国語辞書〔四〕明治二十四年完〔五〕大槻文彦〔六〕山田俊雄編『稿本日本辭書言海』第三巻（昭54、大修館書店）〔七〕P11〔八〕原本＝宮城県図書館所蔵本

〔考〕「霓」「蜺」に古意の残滓（ニジを動物的に見て「雌」と観ずる）を残し、〔丹白（ニシロ）ノ意カトイウ〕は57の系譜、不審。「古ク、又、ヌジ」は誤記であるが、上代特殊仮名遣研究成果発表以前であるので仕方ない。ただし方言としては存在（cf.71）。以下単純であるが科学的記述。

なお本稿本は、明治二十四年四月二十二日、日本辭書『言海』第四冊（つ以下）として出版された。それが次のものであるがまったく同文である。

にじ（名）虹霓蜺〔丹白（ニシロ）ノ意カトイフ〕古ク、又、ヌジ。太陽ノ光ノ、大氣中ノ水氣（雨）ニ映リテ、七色（紫、紺、青、綠、黃、柑、赤）ノ彩ヲアラハスモノ、朝ニハ西天ニ見ハレ、暮ニハ東天ニ見ハル。

68

にじ 虹【名】〔理〕日光が、空中に浮游せる無數の水滴に直射する時、水滴内に於て、反射と屈折とをなし、分散せらるるによりて生ずる弧狀の色帶。質は圓形なれども、その一半は、地平線下に隱るるによりて、弧狀に見ゆ。太陽と反對の天空に現れ、外環の赤色より、橙・黃・綠・靑・藍の順序に排列し、內環の菫色に終る。時としては、普通の虹の外側に、別に、色一層薄くして、その順序全く反對なる虹の生ずることあり。これ日光が、水滴中にて二回反射して生ずる現象にて、前者を第一の虹、後者を第二の虹といふ。蝃蝀(テイトウ)。

虹立つ【句】虹あらはる。にじふく。夫木「雨はるる峰の浮雲うき散りて虹立ちわたる冬の山里」

虹の梁(ウツバリ)【句】こうりやう(虹梁)の直譯。太平記「風の甍(イラカ)、天に翔り、虹の梁、雲に聳ゆ」

虹の帶【句】虹を帶に擬へていふ語。壽の門松「霞の袂、虹の帶、雲の上著もゆりかけて」

虹の如し【句】意氣・氣焰の盛んなる形容。「氣を吐くこと、虹の如し」

虹ふく【句】「虹立つ」に同じ。出觀集「雨はれて入日の空に虹ふけば肌身寒しも谷の夕風」

私註〔一〕日本大辭典『言泉』〔二〕にじ〔三〕国語辞書〔四〕昭和二年〔五〕落合直文著・芳賀矢一改修〔六〕『改修言泉』第四巻（昭2、大倉書店）〔七〕P.3375

〔考〕語の解は科学的。よって故事・俗信・ことわざ系（cf.70）は見られない。これと関連してか、「霓」（ニジの雌とみる）はカット。そして中国古代北方系の「螮蝀」を付加。〔句〕中「虹ふく」を参入。「張る」はない。なお、「虹の帶」の解は如何。喩が逆。

69

にじ 虹（名）【理】日光が雨滴のために分散せられて生ずる弧狀の色帶。太陽と反對の天空に表はれ、弧の中心は眼と太陽とを連ぬる直線上にあり。赤は外環を爲し、紫色は內環をなし、橙・黃・綠・靑・藍の諸色は其の間に排列す。視半徑は約四十一度なり。時としては之よりも色薄く、色の順序全く反對なる色帶の表はるることあり。和名ニ虹。毛詩注云、螮蝀（[illegible]）虹也。倭名苑云、虹一名蜺（[illegible]）「[illegible]」のじ 東國小兒の言なべづる 尿張（[illegible]） 霓[illegible]

私註〔一〕『大日本國語辭典』〔二〕第四巻―にじ〔三〕国語辞書〔四〕大正八年十二月十八日初版発行、昭和四年四月十八日修正版発行〔五〕松井簡治・上田萬年共著〔六〕修正版『大日本國語辭典』（昭4・4・18、冨山房）〔七〕P20

〔考〕解は科学的。古典よりの引用例は古書よりの引き写しにて新

味なし。本書は修正版によったが、初版に遡れば大正八年となり
68の前に位置することになる。

70₁

(1) 二月虹(にじ)を西(にし)に見(み)れば五穀(ごこく)の価(あたい)高(たか)し　陰暦二月、西空の虹を凶作の前ぶれとする俗説。

(2) 三月、虹(にじ)を見(み)れば米(こめ)の価(あたい)魚(うお)の価より高(たか)し　三月に虹を見た年は、魚は大漁で、米は不作であるという意。

(3) 四月に虹(にじ)を見(み)れば五穀(ごこく)の価(あたい)高(たか)し　四月の虹は凶作の前兆という。

(4) 五月虹(にじ)を見(み)れば麦(むぎ)の価(あたい)が高(たか)い　五月に虹が発生すれば、その年の麦は不作で値が上がる。天候に関する俗信。

(5) 六月虹(にじ)を見(み)れば麻(あさ)の価(あたい)高(たか)し　陰暦六月の虹は麻の不作の前兆である。

(6) 十二月(じゅうにがつ)虹(にじ)を見(み)れば米(こめ)の価(あたい)高(たか)し　十二月に虹が立つと翌年は凶作になるという俗説。

(7) 朝の虹(にじ)には川越(かわごえ)えするな、宵(よい)に立(た)つ虹百日照(ひゃくにちでり)　朝、虹が出ると、昼間は天気が悪くなって川越えするには危険である。逆に、夕方虹が立つと翌日は良い天気にめぐまれる。〔越中地方の俗諺＝「風俗画報」二七九号〕

(8) 夕方虹(にじ)が立(た)ったときは晴(は)れ　〔山口県柳井付近の天候に関する俗信＝「郷土研究会報」一七号〕

(9) 晩の虹(にじ)は江戸(えど)へ行(い)け朝(あさ)の虹は隣(となり)へ行くな　夕方虹が出るのは晴れの前兆で江戸まで遠出もできるが、朝の虹は雨の前兆だから近くでも外出しないほうがよい。

(10) 晩の虹(にじ)は鎌(かま)を研(と)げ、朝(あさ)の虹は隣(となり)へ行(い)くな　夕方の虹は晴天の前兆だから、翌日働く準備をせよ。朝の虹は雨天の前兆だから外出はしないほうがよい。前項と同類。→朝虹(あさにじ)は雨、夕虹は晴れ。

(11) 東山に虹(にじ)かかれば晴(は)れ、西山(にしやま)なれば雨(あめ)　長野県伊那地方でいう。

(12) 虹が川(かわ)をはさんで立(た)つと雨(あめ)　〔播州赤穂地方の俗信及び俚諺〕

(13) 虹の川越(かわごし)しは雪(ゆき)　虹が川をはさんで立つのは雪の前兆。〔俗枝岐民俗誌〕

(14) 虹の高(たか)いは雨(あめ)の降(ふ)るしるし　虹が高い空にかかるのは雨の前兆。〔安芸三津漁民手記〕

(15) 虹の低(ひく)いは風(かぜ)の吹(ふ)くしるし　虹が低い空にかかるのは大風の吹く前兆。〔安芸三津漁民手記〕

(16) 虹の終(お)わる所(ところ)に金山(きんざん)がある　虹の末端の直下には金の鉱脈がある。〔秋田県鹿角郡俗信集＝「方言と土俗」一・七〕

(17) 月の色(いろ)が青(あお)いのは虹(にじ)のたつ前兆(ぜんちょう)　天候に関する俗説。

(18) 月の暈(かさ)が重(かさ)なるときは必(かなら)ず大風(たいふう)が起(お)こる　天候に関する俗説。

(19) 月の暈(かさ)に星(ほし)が入(はい)れば人(ひと)が死(し)ぬ　〔岩手県九戸郡俗信集・下＝「方言と土俗」一・八〕

(20) 月の暈(かさ)は月中(つきじゅう)日(ひ)の暈は日中(にちじゅう)　〔豊前宇佐地方の俚諺・二＝「風俗画報」四一九号〕

私註〔一〕**『故事・俗信・ことわざ大辞典』**〔二〕「にじ」（虹）〔三〕故事・俗信・ことわざ辞書〔四〕？〔五〕おおむね未詳〔六〕尚学図書辞書編集部言語研究所編『故事・俗信・ことわざ大辞典』（昭57・小学館）〔七〕散在

〔八〕『定本柳田国男集』第二十一巻―新装版―（昭46、筑摩書房）に、

(24) **朝虹**蓑ほごせ、**夕虹**に蓑を巻け　（福島）
(25) **上川虹**に川越すな　（福島）
(26) 月に**雨笠**日笠なし　（熊本県阿蘇）
(27) **日がさ雨がさ、月がさ日がさ**　（広島県安藝）

がある。本質的にさほど差はないが補強資料に加える。

〔**考**〕、『故事・俗信・ことわざ大辞典』には、「七月に月食あれば米の値が上がる」の脚注に「七月に虹を見れば米の値が高い」ともいう。――とある。(5)~(6)の中に入れうるものかも知れない。(1)~(6)まで、いわゆる農諺で、〈虹〉が米を中心とした五穀・麻等農耕産物の不作・凶作の前兆とされている。cf.資料20。

日本（長崎・出島）におけるオランダ人の「天気見様」については58参照。

70₂

にじ【虹】①にじ。《じーうじ》佐賀県890 熊本県919 934 《じゅーじ》福岡県三潴郡872 佐賀県887 神崎郡891 長崎県053 898 904 熊本県天草郡936 《じゅーず》熊本県919 934 《じゅーつさん》熊本県玉名郡919 《じゅじ》熊本県玉名郡058 《じゅず》熊本県天草郡919 芦北郡934 《じゅっさま〔―様〕》長崎県南高来郡905 《ちょーじ》石川県河北郡・能美郡404 《にゃーじ》新潟県西頸城郡385 《にゅーじ》東京都大島326 徳島県811 美馬郡816 愛媛県840 長崎県北松浦郡899 壱岐島914 熊本県919 大分県939 鹿児島県宝島980 《ぬーじ》沖縄県974 《ぬーじん》沖縄県石垣島996 《ぬじ》千葉県夷隅郡288 文献例書紀-天武二年八月（北野本訓）「丙寅に法令（のりのふみ）を造る。殿の内に大虹（ぬし）有り」《のーぎ》沖縄県鳩間島996 《のーじん》沖縄県新城島996 《のぎ》秋田県130 《のじ》東国※020 ※035 盛岡※054 信濃※035 青森県073 岩手県092 秋田県130 山形県139 福島県176 茨城県193 栃木県204 群馬県244 千葉県301 神奈川県三浦郡313 新潟県385 山梨県461 長野県491 静岡県田方郡529 文献例万葉-一四・三四一四「伊香保ろのやさかの堰（ゐで）に立つ努自（のじ）の顕（あらわ）ろまでもさ寝をさ寝てば」《びゅーじ》兵庫県佐用郡054 岡山県042 《びゅーぶ》島根県出雲726 《びょーじ》島根県725 岡山県042 邑久郡761 広島県774 776 779 《みゅーじ》高知県861 大分県大分郡・北海部郡941 《みょーじ》新潟県347 富山県婦負郡396 砺波397 石川県062 404 411 三重県南牟婁郡603 京都府620 兵庫県649 和歌山県日高郡698 島根県725 726 山口県792 阿武郡796 香川県伊吹島・豊島054 愛媛県宇摩郡049 高知県高知市050 長岡郡869 福岡県872 大分県939 941 《みょーじん》富山県390 京都

府竹野郡622《みょーじんさん》兵庫県但馬652《みょじ》石川県河北郡062　三重県南牟婁郡603　滋賀県伊香郡608《むーじ》沖縄県黒島996《めうじ》愛媛県宇摩郡049　福岡県872《めーうじ》福井県431《もーき》沖縄県小浜島996《もーぎ》沖縄県石垣島996《ゆーじ》西国※020　佐賀県藤津郡895　長崎県898　熊本県球磨郡919《ゆーじん》沖縄県石垣島996《ゆじ》熊本県球磨郡919《りゅーじ》福岡県浮羽郡872　佐賀県887

にじ(虹)1790p

にじ が立(た)つ　にじが空に架かる。にじが出る。京都※025　岩手県上閉伊郡097　長野県南佐久郡054　文献例 夫木一一九「雨はるる峰のうき雲うき散て虹たちわたる冬の山さと」《にじが吹(ふ)く》仙台「虹がふいた」※058　江戸※025　神奈川県中郡314《にじふく》奈良県南大和683　文献例 出観集一夏「雨晴れて入日の雲に虹ふけば、はだみ寒しも谷の夕風」《にじが張(は)る》仙台※058　山形県村山144　茨城県062

にじ の小便(しょーべん)　日が照っている時に降る雨。徳島県811

私註〔一〕『**日本方言大辞典**』〔二〕にじ（虹）〔三〕日本方言辞書〔四〕？〔五〕？〔六〕尚学図書編『日本方言大辞典』（平1、小学館）〔七〕P 1789

〔**考**〕にじが「立つ」・「吹く」の他に、「張る」の方言のあることに注意。「天弓」の系譜が匂う。cf.『医家千字文』（=49）「にじの小便」は、「にじ」が動物的に受容されている証である。

通考

微視的な考察は、各資料の〔**考**〕のコメント的記述に譲って、ここでは比較的巨視的なスタンスから、要約・考察しておきたい。

一、〈虹〉は大和系日本語では、『万葉集』の〈虹〉の万葉仮名が〈努自〉であり、「努」は上代仮名遣いとしては、甲類の「の no」である。上代の辞典・音義類は、中国よりの引き写しで、漢字の発音を反切によって示してあるのみである。辞書でみる大和系日本語の発音は『倭名類聚鈔』（=44、平安中期）によって知られる。それには「和名爾之」とある。よって上代は「ノジ」、以後は〈ニジ〉と音声的に変化。以下、総括して〈ニジ〉とする。

二、〈ニジ〉の表記漢字、すなわち外来語としての〈ニジ〉の漢字は、すでに上代より中国の『爾雅注疏』（=18）・『釋名』『釋文』をソースとして引き写された中国仏典の音義（例19）が輸入され、それらよりさらに引き写し的に移入されていた。そして、その種類は、ほぼ、古代中国の南方系の文化を担う〈虹蜺（霓）〉と同北方系の〈蝃蝀〉に集約され、さらに中古以降は前者が重用され、後者は軽視される傾向にあった。上代の40に見られた、遊牧民族にその淵源をもつと思われる（cf.「比較研究資料・通考」）〈天弓〉も、江戸期の『倭漢三才圖會』（=62）の脚注にそっと記されるのみで、ほとんど影をひそめてしまった。量的にみても、比較研究資料21と照応してみれば知られるごとく、中国と比べれば圧倒的に少ないということが知られる。しかし、〈虹蜺（霓）〉、さらに淘汰されて〈虹〉と一本化されつつも、総ての時代を通じて辞書・類書・類に何らかな形で登載されていたことも事実である。すなわち、知識階級に属する層を含む日本文藝の作者らは、辞書・類書・類を通して〈ニジ〉について何らかの知識的享受は可能であったことになる。

三、総じて、古典世界、近代以前は、言語的・内容的両面において、古代中国文化の影響が色濃い。しかし、これは質的な面のことで、量的ボリューム的な面からみると、非常に貧弱であると言わざるを得ない。その享受がプラス志向にしろマイナス志向にしろ、中国におけるそれほど華々しくはないのである。例えば、中国古代において有名な〈虹〉に対する一享受の「白虹貫日」思想の記述も見出し難い。しかしこれは、実際にはわが国の『源氏物語』や軍記系文藝にしばしば、かなりの重みを持って登場するものである。とすると、このような中国文化は輸入された、海彼すなわちあちらの緯書・史書・類書、よりの直接の披見によったものであろう。これはマイナス志向の一例であるが、プラス志向の〈虹〉の「吐金」思想においてもそうである。(これはグローバルに広がっていた「虹脚埋宝」伝説と同質のものであるが)『竹取物語』の深層にかかわり、『日本霊異記』(第五)中の〈ニジ〉の比喩のイメージの中に生きている。

四、内容を文化的質面より見れば、古代中国の〈虹〉観は、後代より見れば、おおむね〈非科学的〉——原初的認識(=動物的)が濃厚——であったが、本稿の資料よりすると、かく、中国文化の影響下にあったわが国において、一方すでに〈科学的〉認識・享受の萌芽が、光科学の祖・ニュートン(ニュートンは、日本でいえば近世中期)を遥かに遡上る時期、すなわち鎌倉時代に見られるという面もある、ということは興味深い。これを系譜的にみると、

48—52—62—65—66—…

である。明治以後、すなわち文明開化により怒濤のごとき西欧文明の流入をみた、〈ニジ〉の記述が、それに沿って科学的であることは至極当然であろう。

五、〈ニジ〉の異名は、英語などでは、〈レインボー〉に対して〈アイリス〉があることは周知である。そこでわが国の異名についてみると、藤原長清のの編んだ『夫木和歌抄』の著名な分類よりの知識から「をふさ」を掲げ(cf.56)、また掲げつつもやや疑問視している感のあるもの(cf.59)も見られるが、アストンにもその先蹤が見られ、稿者が仮想・目論んでいるメタファーまたは見立てによる異名「天の浮き橋」、進めて「夢の浮き橋」、また〈蜺〉すなわち古代中国の〈雌ニジ〉の文藝化された「天人・天女」系の記載は見られない。

六、古典和語では、〈ニジ〉は、「たつ」または「ふく」と言っていた。「たつ」は資料に散見される「立つ」ではなく、「この世ならぬもの・神威あるもの、の顕現」を意味する「顕(た)つ」であろう。よって〈ニジ〉のことを時に〈たちもの〉ともいう。「ふく」は「吹く」。中世、西欧人の目でみた血と涙の結晶たる『日葡辞書』(=54)では、「たつ」とあるが、『増補俚言集覧』(=63)によると、「たつ」は京都にて、「ふく」は江戸にて——とあり更に細密である。『医家千字文註』(=49)に「張虹蜺」とあり、東北の一部では「張る」という所もあるが(=70_2)、これには弓型発想の匂いがある。現代よく使われる「橋」型発想に絡む「かかる(架かる)」や、単純表現の「出る」は古辞書には見られない。その他、近世の古法帖に「吐虹」、すなわち「吐く」という言葉が見える(=65)が、これは蝦蟆と関係のあるもので中国直輸入の表現であろう。(cf.12_2→48)

七、俚諺・農諺等は、中国よりの移入も一部あろうが、中国のそれと似ている所もあるが、似ていない所もある。資料の性質上、経験的な面の作用が多く、また風土の違いに基因するものでもあり、

当然の成り行きであろう。

八、〈ニジ〉の色の「種類」・「数」についての記載は、近代以前の、いわゆる古辞書・類書には見出し難い。明治に入って、『言海』の稿本あたりが、その嚆矢であろうか。

（ただし、古辞書・類書ではないが、近世の随筆『**寓意草**』《1750ごろか》に「**虹のなゝすぢ**」と出ている。このことについては後稿資料100の所で、やや詳述する予定である。）

（本稿の引用資料閲覧に関し、犬飼守薫氏、塩村耕氏、広岡義隆氏より便宜をたまわった。多謝。）

虹と日本文藝（十二）

——上代散文をめぐって (1)——

小序

本稿では、上代日本文藝中、和歌等韻文を除く散文、『古事記』『日本書紀』をとりあげ、そこに現われた〈虹〉について、資料ごと個別的に小考を試みたい。アストン以来、とかく問題のある「天の浮橋」についても比較文化的見地を混えつつ試説を展開したい。また参考的に「龍」「七色」等の問題にも触れる。

71₁

於レ是天神諸命以、詔二伊邪那岐命、伊邪那美命、二柱神一、修二理固一成是多陀用弊流之國一、賜二天沼矛一而、言依賜也。故、二柱神立二（訓レ立云二多多志一。）天浮橋一而、指二下其沼矛一以畫者、鹽許々袁々呂々邇（此七字以レ音。）畫鳴（訓レ鳴云二那志一。）而、引上時、自二其矛末一垂落鹽之累積、成レ嶋。是淤能碁呂嶋。（自レ淤以下四字以レ音。）於二其嶋一天降坐而、見二立天之御柱一、見二立八尋殿一。於レ是問二其妹伊邪那美命一曰、汝身者如何成。答白吾身者、成成不二成合一處一處在。爾伊邪那岐命詔、我身者、成成而成餘處一處在。故以二此吾身成餘處一、刺二塞汝身不二成合一處上而、以二爲生二成國土一。生奈何。（訓レ生云二宇牟一。下效レ此。）伊邪那美命、答二曰然善一。爾伊邪那岐命詔、然者吾與レ汝行二廻一逢是天之御柱一而、爲二美斗能麻具波比一。（此七字以レ音。）如レ此之期、乃詔、汝者自レ右廻逢、我者自レ左廻逢。約竟廻時、伊邪那美命、先言二阿那邇夜志愛上袁登古袁一、（此十字以レ音。下效レ此。）後伊邪那岐命、言二阿那邇夜志愛上袁登賣袁一、各言竟之後、告二其妹一曰、女人先言不レ良。雖レ然久美度邇（此四字以レ音。）興而生子、水蛭子。此子者入二葦船一而流去。次生二淡嶋一。是亦不レ入二子之例一。

私註〔一〕『**古事記**』（全三巻）〔二〕上巻「伊邪那岐命と伊邪那美命」〈1国土修理固成〉〈2二神の結婚〉〔三〕神話〔四〕和銅五年（712）献進〔五〕稗田阿礼・太安万侶〔六〕倉野憲司・武田祐吉校注『古事記　祝詞』――日本古典文学大系1――（昭33・6、岩波書店）〔七〕P52・54〔八〕底本＝享和三年版『訂正古訓古事記』

――線は稿者による。校異1～5は略。

〔**考**〕「天の浮橋」については古来諸説がある。その主なものを一わたり見ておいてから私見を述べたい。

①本居宣長著『古事記傳』（寛政十年《1798》）

〈天浮橋は、天と地との間を、神たちの昇降り通ひ賜ふ路にかゝれる橋なり、空に懸れる故に、浮橋とはいふならむ……神代には天に昇降る橋、此所彼所にぞありけむ、是を以て思へば、彼御孫命の降りたまふ時立ししは、此処天浮橋と一にはあらで、別浮橋にぞ有けむ……〉

②水野満年著『古事記新考』（大13、東文堂書店）

〈太陽の地球を循環する天の赤道。〉

③中島悦次著『古事記評釋』（昭5、山海道出版部）

〈天の浮ぶ橋。これは天上界と地上界との通路となる橋。北欧神話のビフロースト（Bifröst）にあたるもので、虹のことか。虹が神霊の天地間を往来する橋とされる信仰は尤も自然である。〉

④渡部義通著『古事記講話』（昭11、白揚社）

〈天と地との間を神々の昇降する通路となる橋。〉

⑤次田潤著『古事記新講』（昭31《改修》、明治書院）

〈宣長は天と地の間を昇降する為に、空に架ける橋であると云ひ、篤胤は事ある時に、虚空に浮かべて乗る舟の如きものであると云ひ、守部は具体的に見る事を非難して、幽冥界から此の世界に出入する事の譬喩であると云つてゐる。上代の幼稚な思想を以て解する時は、宣長や篤胤のやうに解すべきであらう。なほアストンが、天の浮橋は虹であると云つたのも面白い解釈である。〉

⑥倉野憲司編『古事記大成』（昭32、平凡社）

〈天と地とをつなぐ通路。天にかかっているので、浮橋といい、天上のもの故に「天の」と冠した。〉

⑦倉野憲司・武田祐吉校注『古事記　祝詞』――日本古典文学大系1――（昭33、岩波書店）

〈神が天上界から地上に降る場合に、天空に浮いてかかると信ぜられた橋。具体的には何を指したものか不明。新井白石は「海に連なる戦艦」、田安宗武は「舟」、アストン（Aston）は「虹」と解したが、いずれもにわかに従いがたい。〉

⑧尾崎暢殃著『古事記全講』（昭41、加藤中道館）

〈アストンや神田秀夫氏は虹の橋の義とし、金子武雄氏は虹または虹を媒介として考えられた想像上の橋であろうとしたが、書紀の天孫降臨の条に「（資料72[3]）」とあるのによれば海上の浮島に通ずる或る場所を示すもののようである。結局、それは海上はるかな所にあるのだろう。このように、海から浮脂のような浮島に来たとする方がきわめて古い時代の考えかたに近いであろう。しかし、もしまた、その天の浮橋が船であれば、天の磐船、天の鳥船の類であろう。「天の」は、天上のの意で神聖なものである事を示す称詞。〉

⑨荻原浅男・鴻巣隼雄校注・訳『古事記・上代歌謡』――日本古典文学全集1――（昭48、小学館）

〈虹・船などの解釈があるが、天孫降臨の条にも見えるので、尊

貴な神の天降りの祭儀に関係のある橋であろう。この橋には『日本書紀』も「立たして」という尊敬の定型表現をしている。〉

⑩倉野憲司著『古事記全註釈』(昭49、三省堂)

〈敷田年治も（記伝と）同説であるが、鈴木真年は『天地の間に通う道の義なり。之より別に物あるに非ず。文飾なり。』といつて、宣長が実体のあるものの如くに説くのを不可として居り……然るに新井白石は、天は海、浮橋は連レ舟至レ岸をいひ、即ち連レ海之戦艦であるとし、……又アストン（Aston）は「虹」としてゐるが、松村武雄博士は、舟説・虹説等を排して、「岩石から思ひついた〈高くそそり立つ梯〉の誇張化としての、天界と地界をつなぐと観ぜられた一種の梯であつたのであらう。」(『日本神話の研究』)と述べている。……このやうに種々の説があるけれども、舟説は不可である。なぜならば、天の浮橋は常に「立たして」といふ語を伴なつてゐること及び書紀によると、「日向の襲の高千穂の槵日の二上峯の天浮橋」(天孫降臨の条の本文・第四の一書)とあつて山上にあることになつてゐるからであり、虹説も亦不可である。アストンやディクソン（Dixon）が指摘してゐるやうに、虹を目して天界と地界との通路とする観念や信仰はインドネシヤ族その他にみられるけれども(“Mythology of All Races” Oceanic)、わが国の古代においては、虹に対する関心は皆無と言つてよく、わづかに古事記の天之日矛の物語の中に「日、虹の如く耀きて」とあるのみである。従つて天浮橋を虹と解するわけには行かない。また岩石説も山にそそり立つ岩石から思ひついたものであらうが、浮橋の「浮」と甚だしく矛盾してゐて頂けない説である。従つて最も穏当と思はれるのは、「空に浮いてかかれる橋」と素直に解する宣長説であるが、「天と地との間を、神たちの昇降り通ひ賜ふ路にかかれる橋」と見るのには問題がある。といふのは、「天浮橋」といふ語は古事記上巻と書紀神代下に散見してゐるが、いづれも神が天上から地上に降る場合のみ現はれてゐて、決して「昇降」往来するためのものとしては現はれてゐないからである。やや言葉尻を捉へる嫌ひがあるかも知れないが、これはおほやうに見逭すことのできない「天浮橋」の本質にかかはる問題だからである。今その例を挙げると次の通りである。……又万葉集巻十三に、「天橋も、長くもがも、高山も、高くもがも、月よみの、持てる変若水、い取り来て、君に奉りて、変若得てしかも」(三二四五)の歌がある。この「天浮橋」の「橋」も風土記の「石橋」・「椅立」も、すべて「梯子」もしくは「階段」の意であつて、天に上るために人為的に作られたものである。然るに「天浮橋」は神降臨の際自然に現はれるものであるから、両者は性質を異にするものと見なければならない。従つて万葉の註釈書にも右の「天橋」は「天浮橋」と同じと註してゐるものがあるのは誤りである。「浮」の語を見落としてはならない。要するに「天浮橋」といふのは、神々が天降る時に自から空に浮いて架かる橋と古代人に信ぜられてゐたものと解すべきであらう。さうして実体は不明といふ外はない。

⑪西郷信綱著『古事記注釈』第一巻（昭50、平凡社）

〈これを虹のこととするのは、解釈態度としてよくない。文字どおりこれは天と地との間にかかった橋である。……ここで注意されるのは、天の浮橋なる言葉は記紀ともに、「天の浮橋に立たして」という形でしか出てこず、これが一つの決まり文句になっていたらしい点である。むろん、そこを通って天降るのだけれど、そこに「立たして」といつも表現されるのは、この句が特定の祭式、すなわち高天の原からの降臨の祭式に由来することを暗に示すものではなかろうかと思う。それについては後段であらためて考察する。なお「浮橋」は、「上つ瀬に、打橋わたし、淀瀬には、浮橋わたし、云々」（万、一七・三九〇七）等と用いられており、筏などの上に板をわたして橋としたものをいう日常語なのだが――この語は和名抄や名義抄など古い辞書にも録されている――、「天の浮橋」となると急に幻想味がゆらゆらと立ちのぼるのは、それが重力を失って虚空にかかると見えるからであろうか。〉

⑫西宮一民校注『古事記』――新潮日本古典集成――（昭54、新潮社）

〈神が昇降するのに使う天界と下界をつなぐ橋。〉

⑬金井清一校注訳『古事記』――日本の文学・古典編Ⅰ――（昭62、ほるぷ出版）

〈高天原からさしかけられた橋・神が降臨する時にその上に立つ。地上にその橋を支える場所がないので「浮橋」という。〉

⑭神野志隆光・山口佳紀著『古事記注解』2（平5・6、笠間書院）

〈要するに、古事記の「天浮橋」は、高天原から地の側（世界としては葦原中国）に対して、特別な神が天降ることにさいして、いわば世界関係において、意味をもつ特別の場なのだということである。〉

⑮孫久富筆「『古事記』の「天の浮橋」と中国の「虹の神話」――『二松学舎大学人文論叢』51（平5・11）

〈台湾の民間神話や「天の日矛」（＝71[4]）を援引しつつ、これらの虹に関する生殖の伝説から、われわれは伊邪那岐命と伊邪那美の男女二神が国土生みの際に出てくる「天の浮橋」は即ち「虹」であると推測できるのではないか。或いは中国の「虹」の伝説が日本神話の中で変容されて「天の浮橋」となったのかも知れない。〉

（「――」「……」は稿者による）

〔考〕「天浮橋」は、先述「虹と日本文藝――比較研究資料・通考――」によれば、古代グローバルに広がっていた、〈虹〉の二次的認識中、主としてその形状的認識より発展した「橋」見立て型（＝二―(ロ)―ⓐ[3]）、に属する一形態であると見たい。そしてそれを従える形で、神々あるいは精霊等は天界とか異界とかとの間を交通するのである。中継場所として利用する場合にはそこに佇立する場合もある。しかし、それを広い意味で交通する者には制限があるのが普通である。すなわち〈虹〉がその利用者を選択するのである。〈虹〉がその関係者を選ぶということの例に拡大すれば、『旧・新約聖書』（＝29[1]・29[2]）や『ギリシャ神話』（＝31）や『チベット密教』（＝19[2]）その他多くに言及しなければならないが、（それらの被選択者は大むね相当高位な存在であるが）通行・移動・付着機能にポイントをおいた「橋」的要素に絞ってみても、沖縄の開闢神話でも天帝（アメノテダ）の命を受けた「弥久美神（セグミノカミ）」（＝39[9]）とか、中国で〈虹〉と本源を同じくする「龍」を描いた「龍車」が「天子」の乗り物であり、（『楚辞』（＝2）中の〈虹旗〉は「天子の旗」であり、）タヒチの「王」の舟の名が、アヌアヌアと呼ばれ〈虹〉を意味する。すなわち天帝と色濃く連なるものとか、天帝の直系たる子孫、つまり「天子」とか「王」とか言われる存在、すなわち高位な存在である。『古事記』の場合も、広くはこれらの類型の中のバリエーションの一つ、すなわちそのベースの上に成立事情を加味したものであろう。この場合「皇統を強力に意識した条件」をクリアーした者のみがこの「天浮橋」に親しくかかわりうるのである。

　振り返って一次認識をみると、これも太古グローバルに広がっていた「天蛇」「水蛇」「地蛇」等、動物型認識であり、二次的認識はそれが、異界への渡し舟たる「龍舟」とか、「蛇橋」という中間的・過渡的プロセスを経て「固定」観念化したものである。

　そして、この〈虹〉の「橋」見立て型、が古代グローバルに広がっていた事実と、それに関する考察は、比較研究資料[33]＝「ビフロスト」の所でやや詳しくしておいた。よって、古代における人間の脳の進化程度のほぼ均等性からみても、日本だけその例外である、と主張するにはあまりにも根拠がうすい。

　常識的に、日本に関係が深いと考えられるものだけを見ても、例えば、蒙古斑として日本人種にも親しいモンゴル族の神話的英雄叙事詩『ゲシル＝ボクドゥ』に、天と地とを結んで人を登らせる〈虹〉の懸け橋があり（＝[33]注5）、アルタイ系のチュルク語圏に、そのシャーマンのドラムに描かれた「空への橋」が〈虹〉であり（＝[22]$_{3}$）、日本民族と人種的に親しい北アメリカのインディアンには神々が〈虹〉によって旅したり、彼等の宗教の礼拝場の「内部梯子 interior ladder」が〈虹〉の象徴・演出であったりする（＝[25]）。また、中国には「紅橋　彩橋　玉橋」があり（＝[21]）、朝鮮半島では、天女や孝女が〈虹〉の橋を天降ったり昇天したりしている（＝[26]$_{3}$）。台湾でも肉体をはなれたオットフすなわち彼等の神に相当するものが、シロン（海）の彼方にあるアトハン（浄土）に渡るべき橋、それが「虹の橋」（＝[27]）である。日本民族ならびに文化の南洋的方面のルーツの一つとも目されるインドネシアには「太初に天神の子が人類のため地を経営する命を受け、虹の橋によって地上に下り、その仕事が終ってから天界より下りし三人の男、地または地上界より来た女と婚し、人類の祖となる」とある（＝[33]注6）。

　そして、日本の南島・宮古島の開闢神話中の「天（アメ）の夜虹橋（ユノズノバス）」（＝[39]$_{9}$）に至っては、まったく同根的発想のように思われる。あるいは小島瓔礼筆のごとく原形（＝[39]$_{9}$私註）のように思われる。

　古い伝統をもつ格式ある神社（注1）（例・住吉神社）の前によく見られる「太鼓橋（反橋（そりはし））」も、異界・神霊界への通路、境界を示す〈虹〉の形式的表象であろう。（神域は、渡橋後さして距離をおかずおおむね石段を昇る形で一段高い所に設置されており、いわゆる池といわれるものは、「海」または「天海」（＝天空）の雛形であろう。）

　「天浮橋」が、〈虹〉の文藝的表象だとすると、当然その内部に始原よりの気の遠くなるような歴史的内容を抱いていることであろう。〈虹〉の場合は、始原において「蛇」類と観ぜられていたわけであるから、その属性は、神威を感じさせるほどの生成力「濃厚なセックス力——雌雄淫看の気の強さ」また「再生力（再生産力）＝脱皮の繰り返し」である。それに途中、陰陽道的文化観が混入・強化されたものである。とすると、この〈虹〉の表象ともいうべき「天浮橋」は、天神の命によるイザナギ・イザナミ両神の国土創生（修理固成）の舞台として文藝的に最適であり、深層心理的に、これに引き続き物語られる、名高い「ミトノマグワイ美斗能麻具波比」の導入的、伏線的（注2）効果をも生むべく、その表現の中に美しく組み込まれ位置せしめられていることになる。裏返せば、この秀れた文藝的効果は、〈虹〉の属性を内蔵するがゆえともいえる。

これは、『旧約聖書』（＝29_1）とも質的に通底するもので、つまり人類の生存と継続、あるいは再生についての神の保証――の啓示と。すなわち「天浮橋」は、国土の修理固成・生成とか人類の継続――『古事記』の場合は皇統の直系的継承――とか、至福を[注3]もたらすもの、秀れて建設的意味合いを持つと思われるもののみが利用――立ち且つ昇降[注4]――しうる橋であり、それは〈虹〉のメタファーと考えたい。

また形態表現よりみれば、管見によれば、この「天浮橋」という浮遊感を示す「浮」の語の入った「橋」の表現は、古代世界では類をみないもので、またこれが秀れて文藝的表現であると思う。これは古代において通常に見られた「浮き橋」を〈虹〉に喩したものであろう。この喩は、形態的に両脚の固定を見ず、はかなく美しく、不安定感を抱かせる〈虹〉の性状の感性的凝視より生まれたものであろう。この固定感のなさは、かの有名な現代イタリアの作家、ウル・デ・リコの童話絵本『虹伝説』のテーマ「虹の足が地上に触れない理由を、あなたは知っているだろうか。」と同感のものであろう。

よって「天浮橋」は、異界・高天原に近接しつつ地上より浮きつつ架かる〈虹〉本来の属性を内蔵する文藝的効果を有する橋であり、そこに仰ぎみる遥かなる天空（＝海）に浮きつつ架かり壮麗に輝く〈虹〉のイメージを読者が抱いたとしても、その享受には大きな間違いはなかろう。

ゆえに稿者としては、「天浮橋」は〈虹〉そのものというよりは、〈虹〉の二次的認識による見立て、あるいはメタファー[注5]と考えてよかろうと思っている。方向としては、「天浮橋」研究史上、アストン以来の〈虹〉関係説に組みするものである。

「天浮橋」は『記』『紀』両書に見えるものであるが、強いてどちらが先かと問われれば、文藝性のより濃厚と思われる『記』の方に軍配をあげたい。すなわち『古事記』の発想者の秀れた手腕になる造話であろう。よって『紀』の編者は『記』の表現を踏襲したものではあるまいか。

そしてこれは、根元は同じ（〈虹〉の「蛇」類認識）でも、言語文化的進展の極度にみられなかった日本北方・アイヌ文化とは大きな位相がある。（cf.38_1・38_2）

（注1）仏教の世界では、時代は下るが、夢想国師による永保寺庭園のように反橋は此岸－彼岸、への架け橋となり、彼岸側の橋に観音堂がある。（NHK「名園散歩」昭58・9・3）「無際橋」ともいい「無限の慈悲」（＝人界と仏界の架橋）を表す。

（注2）その暗なる演出的素材と効果としては、『旧約聖書』中の、後にエデンの園を逐われることとなったアダムとイブに、前もって禁断の木の実――セックスの快楽（動物的欲望）の享受――を教唆した「蛇」の出現とも不思議に一面共通している。

（注3）この〈虹〉の橋の「通行権の制限」についての類型は台湾原住民（＝27）や、ヴェーダ思想の最終段階を表わしている『カタ・ウパニサッド』や北欧神話（＝33－注9・16）その他にみられるものである。

（注4）倉野『全註釈』（＝⑩）には、「昇降」するのではなく、「降」るためだけのものだ、とあるが、確かに表現された面だけから見れば、「降」るためだけのように見えるが、逆に「昇」るための別の表現がない以上「降」るためだけとは言い切れまい。「降」った所から「昇」ったとしてさして不穏当ではない。いや表現としては、

それを書くことなく匂わせる方が高級であり、やたらと書く方が拙劣である。ただし、『記』の「昇」の場合、「至福の付与」の関係した橋であることの印象づけの重大さから見れば、「昇」すなわち「還」の方は、書くに値するほど重いものではない、ことは確かである。

（注5）近世前期に編まれた俳諧連想語集たる『俳諧類船集』（＝俳補）に、**「浮橋—虹—みとのまぐはい」**がある。近世庶民の心の古代より底流する文化の発現として、興味深い。

71_{2}

天照大御神之命以、豐葦原之千秋長五百秋之水穗國者、我御子正勝吾勝勝速日天忍穗耳命之所㆑知國、言因賜而、天降也。於㆑是天忍穗耳命、於㆓天浮橋㆒多多志（此三字以㆑音。）而詔之、豐葦原之千秋長五百秋之水穗國者、伊多久佐夜藝弖（此七字以㆑音。）有那理、（此二字以㆑音。下效㆑此。）告而、更還上、請㆓于天照大神㆒。爾高御產巢日神、天照大御神之命以、於㆓天安河之河原㆒、神㆓集八百萬神㆒集而、思金神令㆑思而詔、此葦原中國者、我御子之所㆑知國、言依所㆑賜之國也。

私註〔一〕**『古事記』**（全三巻）〔二〕上巻「葦原中国の平定」〈1天菩比神〉〔三〕神話〔四〕71_{1}と同〔五〕71_{1}と同〔六〕71_{1}と同〔七〕P110・P112〔八〕底本＝71_{1}と同。——線は稿者による。

〔**考**〕「天浮橋」については71_{1}とほぼ同。この場面においては〈虹〉の始原的要素の力が文藝的効果を発揮するという意味においては、その援用効果はさほど強くない。かなり先における皇統の力の拡大、作者が考える「致福力」の授与への伏線的効果ほどのものである。ただ、「天浮橋」に立つ者の「資格」に関しては、明らかに『古事記』の世界観にとり入れられた、〈虹〉の特性がみえる。

71_{3}

故爾詔㆓天津日子番能邇邇藝命㆒而、離㆓天之石位㆒、押㆓分天之八重多那（此二字以㆑音。）雲㆒而、伊都能知和岐知和岐弖、（自㆑伊以下十字以㆑音。）於㆓天浮橋㆒、宇岐士摩理、蘇理多多斯弖、（自㆑宇以下十一字亦以㆑音。）天㆓降㆒坐于竺紫日向之高千穗之久士布流多氣㆒。（自㆑久以下六字以㆑音。）故爾天忍日命、天津久米命、二人、取㆓負天之石靫㆒、取㆓佩頭椎之大刀㆒、取㆓持天之波士弓㆒、手㆓挾天之眞鹿兒矢㆒、立㆓御前㆒而仕奉。故、其天忍日命、（此者大伴連等之祖。）天津久米命、（此者久米直等之祖也。）

私註〔一〕**『古事記』**（全三巻）〔二〕上巻「邇邇芸命」〈3天孫降臨〉〔三〕神話〔四〕71_{1}と同〔五〕71_{1}と同〔六〕71_{1}と同〔七〕P128〔八〕底本＝71_{1}と同。——線は稿者による。

〔**考**〕「天浮橋」については71_{1}と同考。

〈虹〉は豊かな量の「雲」特に「白雲」を背に出現する場合、特に鮮明である。その〈虹〉出現の凝視より発想しつつ、それをメタファーを駆使しての神話的表現の中に組み込みながら、いきいきと描写したものであろう。〈虹〉の橋の上にたつ不安定さを「宇岐士摩理、蘇理多多斯」との見事な表現をもってしている。

またこの「天孫降臨」の章は、その主役達の生気、気負い、心意気、等の描写も話者の魂の心躍りが「ことば」とその修辞に憑り移って見事であるが、それにもまして、余情として、天降り来られる〈まれびと〉＝「幸福の使者」を迎える読者すなわち古代人の喜びの心躍りさえも感じさせるではないか。

71$_{4}$

又昔、有㆓新羅國主之子㆒。名謂㆓天之日矛㆒。是人參渡來也。所㆔以參渡來㆒者、新羅國有㆓一沼㆒。名謂㆓阿具奴摩㆒。自㆑阿下四字以㆑音。此沼之邊、一賤女晝寢。於㆑是日耀㆑如㆑虹、指㆓其陰上㆒、亦有㆓一賤夫㆒、思㆑異㆓其狀㆒、恒伺㆓其女人之行㆒。故、是女人、自㆓其晝寢時㆒、妊身、生㆓赤玉㆒。爾其所㆑伺賤夫、乞㆑取㆓其玉㆒、恒裹著㆑腰。此人營㆓田於山谷之間㆒。故、耕人等之飲食、負㆓一牛㆒而、入㆓山谷之中㆒、遇㆔逢其國主之子、天之日矛㆒。爾問㆓其人㆒曰、何汝飲食負㆑牛入㆓山谷㆒。汝必殺㆓食是牛㆒。卽捕㆓其人㆒、將㆑入㆓獄囚㆒、其人答曰、吾非㆑殺㆑牛。唯送㆓田人之食㆒耳。然猶不㆑赦。爾解㆓其腰之玉㆒、幣㆓其國主之子㆒。故、赦㆓其賤夫㆒、將㆓來其玉㆒、置㆓於床邊㆒、卽化㆓美麗孃子㆒。仍婚爲㆓嫡妻㆒。爾其孃子、常設㆓種種之珍味㆒、恒食㆓其夫㆒。故、其國主之子、心奢詈㆑妻、其女人言、凡吾者、非㆘應㆑爲㆓汝妻㆒之女㆖。將㆑行㆓吾祖之國㆒。卽竊乘㆓小船㆒、逃遁渡來、留㆑于㆓難波㆒。此者坐㆓難波之比賣碁曾社㆒、謂㆓阿加流比賣神㆒者也。

私註〔一〕『**古事記**』（全三巻）〔二〕中巻「7天之日矛」〔三〕神話〔四〕71$_{1}$と同〔五〕71$_{1}$と同〔六〕71$_{1}$と同〔七〕P254・256〔八〕底本＝享和三年版『訂正古訓古事記』――線は稿者による。校異1は略。

〔**考**〕本文には「日耀㆑如㆑虹」とはあるが、その実体は、奇しくも〈虹〉の属性を如実に示している。

① 水との関係――「沼之邊」であること。

② 陰陽の交接＝セックス――「指㆓其陰上㆒」とあること。

③ 〈虹〉の吐金説話を淵源にもつ――「妊身、生㆓赤玉㆒」とあること。（次代の「常設㆓種種之珍味㆒……」）

「赤玉」は、後読文からすると単なる赤子の美称ともとれないこともないが、しかし、古代的に考えると、霊性・神性を宿す「たま」の赤色のものであろう。「赤」は「雌性」を示すか。

後半その「赤玉」が「美麗孃子」と化し、天の日矛の妻となって(注1)種々の珍味を夫に与える。すなわち幸福(注2)を授ける。これは先代の③に共通する。しかし夫は、それにもかかわらず辛くあたる。――苦難に遭う（貴種流離譚のファクター）――そこで妻は「將㆑行㆓吾祖國㆒」ということになる。そして、ひそかに小船に乗って新羅の国を去り、関門海峡を経て瀬戸内海を渡りはるばる（日本の）難波に留まった。脚注では、遂にはそこで女神（アカルヒメ）として社に祭られた――という。祭られる、ということは昇天・還天と同質な平和な心的世界への到達をいうのであろう。

このモチーフは、〈ニジ＝蜺・霓〉を奥にもつ天女説話、例えば、「逸文丹後國風土記」（＝78$_{1}$）にある話と、いみじくも同工異曲・共通の面をもつ。

とすれば、先出の「日耀㆑如㆑虹……」の「日」は、単なる太陽托胎卵性説話また単なる日光感精説話中のそれではなく、エロチシズムを湛えた〈虹＝雄ニジ〉の精の憑依したものと考えておくのがよかろう。（作者が、〈虹〉には天のものたる日光《＝陰陽の陽》が関与していることを薄々感じていたのであろう。）この資料で、出生の秘密から書かれていることは、(注3)とりもなおさず〈ニジ〉二代を語ることで、古代朝鮮文化に深く影響を与えている古代中国式に言えば、〈虹〉は〈雄ニジ〉すなわちこの場面父親で、「赤玉」より化身した「美しい乙女」は〈蜺・霓〉すなわち〈雌ニジ〉であろう。それゆえ問わず語りの「凡そ吾（あれ）は、汝（いまし）の妻と為（な）るべき女に非ず。」（＝A）の言が意味をもつ。これはただ単に王子の妻としてふさわしくない——というのではなくて、本質的に異次元のものである——ということをほのめかしているのだ。

　異邦人である新羅の国の王子の場合であるにもかかわらず、その名を日本名で「天の日矛」と名付けた、大和の王権いわば高天原系の世界に属する『古事記』の原作者の心理からすれば、妻（＝天女にあたる）を追ってきた日矛が塞げられた難波より奥に広がる世界は、文藝的表現を借りれば「準天界」であろう。この準天界への交通手段、（天界への場合にあたる）霓裳系や白鳥系羽衣説話の(注4)「羽衣」の役目を果たしているのが、この場合、（古代中国の龍舟(注5)と同様の）「小船」である。ただ、前者と比べて（羽衣の脱着によって異次元を出入りするという）詩的想像力の飛躍たる魅力には乏しい。それは文藝的豊麗を得る前の原初的時点の形態のゆえか。

　とまれ、天界の動物である〈ニジ〉の雌性・〈蜺・霓〉と〈天女〉との密接な結びつきを隠し味のごとく秘めている神話である。

（注1）内容的には異類婚である。
（注2）いわゆる「致富譚」とも通じ、そのモチーフは「鶴女房」「龍宮童子」「かぐや姫」「羽衣説話」等にもある。
（注3）資料26_1・26_2・26_3参照。
（注4）「仙界昇仙のための渡し舟＝龍舟」（曽布川寛著『崑崙への昇仙』、中央公論社）ならびに資料23参照。
（注5）『三国史記』や『三国遺事』によると、新羅の王家は雨水の調節者として龍王崇拝をもつ龍蛇の裔であるという——（松前健著『古代伝承と宮廷祭祀』昭49、塙書房——参考。）とすれば、「小船」は文藝上「龍舟」的意味合い——天界＝仙界への交通手段——を有していようというのである。序でながら「天の日矛」という日本名も、「ヤマタノオロチ」における龍蛇と宝剣との関係のごときもの、龍王の末裔と刀剣文化の伝達者とをセットにしてイメージし、それを匂わせた名とも考えられる。

72_1

伊奘諾尊・伊奘冉尊、立於天浮橋之上、共計曰、底下豈無國歟、廼以天之瓊（瓊、玉也。此云努。）矛、指下而探之。是獲滄溟。其矛鋒滴瀝之潮、凝成一嶋。名之曰磤馭慮嶋。二神、於是、降居彼嶋、因欲共爲夫婦、產生洲國。便以磤馭慮嶋、爲國中之柱、（柱、此云美簸旨邏。）而陽神左旋、陰神右旋。分巡國柱、同會一面。時陰神先唱曰、憙哉、遇可美少男焉。（少男、此云烏等孤。）陽神不悅曰、吾是男子。理當先唱。如何婦人反先言乎。事既不祥。宜以改旋。於是、二神却更相遇。是行也、陽神先唱曰、憙哉、遇可美少女焉。（少女、此云烏等咩。）因問陰神曰、汝身有何成耶。對曰、吾身有一雌元之處。陽神曰、吾身亦有雄元之處。思欲以吾身元處、合汝身之元處。於是、陰陽始遘合爲夫婦。及至產時、先以淡路洲爲胞。意所不快。故名之曰淡路洲。廼生大日本（日本、此云耶麻騰。下皆效此。）豐秋津洲。次生伊豫二名洲。次生筑紫洲。次雙生億岐洲與佐度洲。世人或有雙生者、象此也。次生越洲。次生大洲。次生吉備子洲。由是、始起大八洲國之號焉。卽對馬嶋、壹岐嶋、及處處小嶋、皆是潮沫凝成者矣。亦曰水沫凝而成也。

私註〔一〕**『日本書紀』**（全三十巻）〔二〕巻第一・「神代上」のうち〔三〕史書（六国史の一。日本最古の官撰正史）〔四〕養老四年（720）撰進〔五〕舎人親王・太安万侶〔六〕坂本太郎・家永三郎・大野晋校注『日本書紀　上』――日本古典文學大系67――（昭42・3、岩波書店）〔七〕P81〔八〕――線は稿者による。

〔考〕『日本書紀』は『古事記』と異なる世界観を有している。従って「天浮橋」も別次元のものとして把握すべきだ、ということは神野志論文(注1)の主張する通りであろう。『古事記』の〈天浮橋〉が高天原と葦原中国との世界関係において意味をも」ち、「『日本書紀』では天－地の世界関係にかかわらない」とのこと、『日本書紀』〈神代〉が、陰陽論のコスモロジーとともに世界像的全体を可能性にしていくなかで、天地の間のイザナギ、イザナミたることを形づくりつつ、その場と働きとをいかに表現するかという点で、『日本書紀』において〈天浮橋〉があらわれてくる必然性がある」とのことである。

ただ、新訂増補『國史大系』本『日本書紀』（前篇P6）では「一書曰（ニク）」として「天上浮橋（アマノウキハシ）」とあり、「天」が単なる美称の接頭語ではなく「地上」に対するものであるという認識もみえる。

さて、前出神野志論文の主旨を認めた上でもなお、『紀』の「天浮橋」は『記』と同様に〈虹〉のメタファー、または〈橋〉見立て型であろうことは変らない。陰陽コスモロジーの中で、〈虹〉にその思想がより濃く投影しているだけである。（〈虹〉はまさに雨後快晴、陰陽の接点に出現するものである。）やや中国古代文化色が濃いというだけである。これは〈虹〉の兄弟のような「龍」――中国色の濃い存在――が、『記』本文には全く出現せず、『紀』の本文に多出することとも共通しよう。

よって、『紀』の陰陽道的宇宙観に沿って、《天から地への関係をとり払》えば、あとは『記』のもつ〈虹〉の要素と共通するものが残る。とすれば、残った共通項である部分の71₁の見解を準用すればよかろう。

本資料と、続く72₂・72₃共、『紀』の〈虹〉のイメージは、そのスケールにおいて『記』より格段と矮小化されている。

（注1）「天浮橋をめぐって」（『國語と國文学』《平4・8》）

72₂

既而天照大神、以（二）思兼神妹萬幡豐秋津媛命（一）、配（二）正哉吾勝勝速日天忍穗耳尊（一）爲（レ）妃、令（レ）降（二）之於葦原中國（一）。是時、勝速日天忍穗耳尊、立（二）于天浮橋（一）、而臨睨之曰、彼地未平矣。不須也頗傾凶目杵之國歟、乃更還登、具陳（二）不（レ）降之狀（一）。

私註〔一〕**『日本書紀』**（全三十巻）〔二〕巻第二・「神代下」第九段（一書第一）〔三〕72₁と同〔四〕72₁と同〔五〕72₁と同〔七〕P147〔八〕――線は稿者による。

〔考〕「天浮橋」については『日本書紀』72₁により『古事記』72₂を準用。

72₃

于時、高皇産靈尊、以二眞床追衾一、覆二於皇孫天津彦彦火瓊瓊杵尊一使レ降之。皇孫乃離二天磐座一、（天磐座、此云二阿麻能以簸矩羅一。）且排二分天八重雲一、稜威之道別道別而、天二降於日向襲之高千穂峯一矣。既而皇孫遊行之狀也者、則自二槵日二上天浮橋一、立二於浮渚在平處一、（立於浮渚在平處、此云二羽企爾磨梨陀毘邏而陀陀志一。）而膂宍之空國、自二頓丘一覓レ國行去、（頓丘、此云二毘陀烏一。覓國、此云二矩貳磨儀一。行去、此云二騰褒屢一。）到二於吾田長屋笠狹之碕一矣。

私註〔一〕『**日本書紀**』（全三十巻）〔二〕巻第二・「神代下」のうち〔三〕72₁と同〔四〕72₁と同〔五〕72₁と同〔六〕72₁と同〔七〕P141〔八〕――線は稿者による。

〔考〕「天浮橋」については『日本書紀』72₁により『古事記』71₃を準用。

72₄

三年夏四月、阿閉臣國見、（更名磯特牛。）譖二栲幡皇女與二湯人廬城部連武彦一曰、武彦奸二皇女一而使二任身一。（湯人、此云二臾衞一。）武彦之父枳莒喩、聞二此流言一、恐二禍及レ身。誘二率武彦於廬城河一、僞使鸕鶿沒水捕魚、因其不意而打殺之。天皇聞遣二使者一、案二問皇女一。々々對言、妾不レ識也。俄而皇女齎二持神鏡一、詣二於五十鈴河上一、伺二人不レ行、埋レ鏡經死。天皇疑二皇女不在一、恆使二闇夜東西求覓一。乃於二河上一虹見如レ蛇、四五丈者。掘二虹起處一、而獲二神鏡一。移行未遠、得二皇女屍一。割而觀之、腹中有レ物如レ水。々中有レ石。枳莒喩、由レ斯、得レ雪二子罪一。還悔レ殺レ子、報殺二國見一。逃二匿石上神宮一。

私註〔一〕『**日本書紀**』（全三十巻）〔二〕巻第十四・「雄略天皇、三年夏四月」〔三〕72₁と同〔四〕72₁と同〔五〕72₁と同〔六〕72₁と同〔七〕P467〔八〕菅亨編『**本朝蒙求**』上巻（貞亨三跋刊）に「栲幡虹光」（百十六）として重載されている。――は稿者による。

〔考〕この資料には、〈虹〉の一次認識から二次認識にかけての属性の典型のいくつかが見えて興味深い。

(1)〈虹〉の出現の場所が、「水」と関係の深い「五十川の上（ほとり）」で、これは〈虹〉のたつ典型的な空間である。（始原＝〈虹〉が水を飲みに天降る《1私註、39₁、他》）。

(2)〈虹〉の「形」状が四五丈ばかりの「蛇（をろち）」のごとし――で、『漢書』（＝5₅）では「十余丈」とあるから、それよりやや小ぶりではあるが、「蛇」と同類感覚でとらえられている（＝1私註、39₁、他）。「性」状面では、〈虹〉⇒「蛇」とすると、「蛇」は蛇精の淫といわれるごとき「雌雄淫看の気の強さ」（＝1私註、7私註ならびに《影印4》《影印5》）であるから、これが結果的には否定されながら、男・女のセックス（＝陰陽の交接《9、10、他》）的問題のストーリーと効果的に絡みつつ登場。五十鈴川のほとり、清涼な夏の夜にたつ〈虹〉は、自体その妖艶な雰囲気を醸しつつ、物語の環境面に余情として貢献している。

(3)「虹ノ起キル処ヲ掘リテ神鏡ヲ得」と、これは、「蛇」⇒〈虹〉とすると、八岐大蛇と天叢雲剣との関係と同類で、神鏡もまた至宝中の至宝であるから、その一段階前の〈虹〉の「吐金」説話（＝12₁）や、〈虹〉脚埋宝説話（＝37と私註）の範疇に入る。

(4) 続いて「移行未遠（たちどころ）ニシテ皇女ノ屍ヲ得タリ」と、これは死者の魂が昇天する道（＝25₅、27、他――広くは架橋型――）として〈虹〉があり、その出現は、文脈としては伏線的効果がある。

(5) 皇女の腹中から出てきて、罪を雪(きよ)めた「石」はただの石ではなく、「霊石」すなわち水中の龍が抱くタマ(注1)——霊的パワーをもつもの——の類であろう。おそらく、皇女の本質が、〈蜺＝ニジの雌〉≒「龍女」の性と重なることの暗示であろう。「タマ」を山幸に授けた「海幸・山幸」の龍女のごとく、伊勢の沖が、南方・海洋系のニュアンスを持つ一例であろう。

よって、資料72_{4}の〈虹〉は、文藝的に見ても、古代的意識に染まりつつその援用がかなり効果的なものであることが知られる。

(注1)折口信夫「神の容れ物としての石」(『折口信夫全集』第3巻所収) 安間清「水に拾う石」(『虹の話』昭53、おりじん書房所収) また、『古事記』(＝71_{4}) 中の「赤玉」と同類の性質のものであろう。

72_{5}

○八月壬戌朔、令二親王以下及諸臣一、各俾レ申二法式應レ用之事一。○甲子、饗二高麗客於筑紫一。是夕昏時、[1]大星自レ東度レ西。○丙寅、A造法令殿内有二大虹一。○壬申、有レ物、形如二[2]灌頂幡一、而火色。浮レ空流レ北。毎レ國皆見。或曰、入二越海一。是日、白氣起二於東山一。其大四圍。○癸酉、大地動。○戊寅、亦地震動[3]。是日平旦、B有レ虹、當二于天中央一、以向レ日。○甲戌、筑紫大宰言、有二三足雀一。○癸未、詔二禮儀言語之狀一。且詔曰、凡諸應二考選一者、能檢二其族姓及景迹一、方後考之。若雖二景迹行能灼然一、其族姓不レ定者、不レ在二考選之色一。○己丑、勅、爲二日高皇女 更名、新家皇女。之病一、大辟罪以下男女并一百九十八人、皆赦之。○庚寅、百卌餘人、出二家於大官大寺一。

私註 〔一〕『**日本書紀**』(全三十巻) 〔二〕巻第二十九・「天武天皇下 十一年八月」〔三〕72_{1}と同 〔四〕72_{1}と同 〔五〕72_{1}と同 〔六〕72_{1}と同・下 (昭40) 〔七〕P454 〔八〕——線は稿者による。

〔考〕 吉田義孝に、この資料の〈虹〉の部分についての記述(注1)がある。それによると、Aについて「書紀には『造法令殿の内に大いなる虹（にじ）ありき』と記してある。これは史官のぼかした表現で、『訌（こう）』(乱の意) と同義の『虹』を用いて、当時、律令修定にからみ、『造法令殿で大いなる内訌』のあったことを暗喩したものと解してよい。天武・持統の強烈な専制体質が、後代にまで継承されかねない律令の法制化への抵抗が、ここで一挙に噴出したのだ。」という。続いてBをめぐって「この内訌は極めて深刻だったようで、その数日後、これまた暗喩的に『平旦（へいたん＝午前四時）虹あり、天の中央に当りて日に向ひき』とある。これは『白虹日を貫く』(天位をくつがえす) とまではいかなかったにせよ、反対勢力が天皇に敵対行為にでたことを意味している。」という。とすると、Aは観念的な〈虹〉であり、Bは「暗喩的」ではあるが、自然的な〈虹〉である、ということになろうか。さればBは、古代中国的ニュアンスに染まった記号としての性格を有する気象上の〈虹〉であろう。「平旦」(注2)は、中国では、「夜あけ。あかつき」

しかし、Aの〈虹〉については、必ずしも観念的なものに限らなくてもよかろう。夜・屋内——の条件を加味しての解に立つものであろうが、造法令殿中の〈大虹〉は、もし「灯り」が大きく、かつ空中湿度の極度に高い夜であれば、その灯りをめぐって〈虹〉のたつ可能性はあるからである。卑近な例をとれば、涙を浮かべた目で、ハダカ電球を見れば、夜でも、〈虹〉はその電球の周りに見える。光りと微粒なる水滴の関係の原理である。(例外的ではあるが、緑内障の人の目にも灯りの周りの〈虹〉は顕現する。) すなわち、A・B、前後の文脈に頻出する天変地異的異常現象と同列に並ぶものの一つとも考えられ、従ってAも自然的な〈虹〉と見ることも出来よう。くり返すならば、その〈虹〉は、『史記』・『漢書』的思想の〈虹〉観に染まったもの、すなわち天の感応して示す表徴、「内訌」の黙示として読者に語りかけているのであろう。

（注1）「記紀万葉に歴史を読む③」（『朝日新聞』朝刊、昭61・12・13）

（注2）諸橋『大漢和』（巻四）に「平旦＝夜のあけはなれたとき。よあけ。あかつき。平は正しく其の時に当ること」とある。大系本では「平旦（とらのとき）」とし「午後四時頃にあたる」とある。「旦」を「朝」の意にとった方が意外性はある。

「参　考」

……今年乃六月十六日　申時仁南東之角尓当天甚奇久異尓麗岐雲**七色**相交天立登天在。此乎朕自毛見行之又侍諸人等毛共見天怗備喜備都在間仁…（中略）…六月十七日尓度会都乃等由気乃宮乃上仁当天**五色**瑞雲　起覆天在

私註〔一〕『**続日本紀**』〔二〕神護景雲元年八月癸十六（巻二十八）「第四十二詔」〔三〕詔命〔四〕奈良時代後期（767）〔六〕北川和秀編『続日本紀宣命　校本・総索引』〔七〕P80

〔**考**〕〈ニジ〉ではなく「雲」と書かれてあるが、「立登」とか、「申時（午後遅く、四時頃）」と「東南角」との対応が、〈ニジ〉のたつ方位と一致する。すなわち東天の虹は、午後遅くに沈む夕日の反対側にたっているものである。仮りにこれを〈ニジ〉あるいは〈ニジの映った雲〉のこととすれば、「七色」の嚆矢となる。しかし後継の文章によれば「瑞雲」「景雲」として喜んでおり、当時の民俗のことなどと考え合わせると〈ニジ〉説は難しいかも知れない。すなわち、「虹の七色」の先駆資料としては今ひとつおぼつかない。因みに「七」の数字にのみ注目すれば、『日本書紀』大化三年（647）の条に「是歳、制二七色一十三階之冠一。」が見える（岩波『日本古典文学大系』68――による。）〈虹〉を「七」色と観ずる日本文化の先蹤ではある。

（続稿）

「参考」資料については、広岡義隆氏よりその所在の指摘を受けた。多謝。

虹と日本文藝（十二）続

――上代散文をめぐって(2)――

小　序

本稿は、前稿「虹と日本文藝」（十二）――上代散文をめぐって(1)――に続くもので、各国『風土記』をとりあげ、そこに現れた〈虹〉と、そのバリエーションと目される「天蛇」「天橋」「天人（女）」について比較文化的見地を混えつつ、資料ごと個別的に小考を試みたい。

この章では、「虹―天女」型等の表現をしているが、この時の〈虹〉は、「ニジ」にはオス・メスがあるが、そのメスである蜺・霓を含んでいる。対異散同的表記によっている。以後、「天女」との関連の表記はこれによる。

76 1

從レ此往南十里　板來村　近臨二海濱一　安二置驛家一　此謂二板來之驛一　其西　榎木成レ林　飛鳥淨見原天皇之世　遣二麻績王一之居處　其海　燒レ塩藻海松白貝辛螺蛤　多生

古老曰　斯貴瑞垣宮大八洲所馭天皇之世　爲レ平二東垂之荒賊一遣二建借間命一（即此那賀國造初祖）引二率軍士一　行略二凶猾一　頓二宿安婆之島一　遙二望海東之浦一　時烟所レ見　交疑レ有レ人　建借間命　仰レ天誓曰　若有二天人之烟一者　來覆二我上一　若有二荒賊之烟一者　去靡二海中一　時烟射レ海而流之　爰自知レ有二凶賊一　即命二從衆一　褥食而渡　於レ是有下國栖名曰二夜尺斯夜筑斯一二人上　自爲二首帥一　堀レ穴造レ堡常所二居住一　覘二伺官軍一　伏衞拒抗　建借間命　縱レ兵駈追賊盡逋還　閉レ堡固禁　俄而　建借間命　大起二權議一　校二閲敢

死之士一 伏二隱山阿一 造二備滅レ賊之器一 嚴餝二海渚一 連レ舟編レ栰 飛二雲蓋一 張二虹旌一 天之鳥琴 天之鳥笛 隨レ波逐レ潮 杵嶋唱曲 七日七夜 遊樂歌舞 于レ時 賊黨 聞二盛音樂一 擧レ房男女 悉盡出來 傾レ濱歡咲 建借間命 令二騎士閇一レ堡 自レ後襲擊 盡囚二種屬一 一時焚滅 此時 痛殺所レ言 今 謂二伊多久之鄕一 臨斬所レ言 今 謂二布都奈之村一 安殺所レ言 今 謂二安伐之里一 吉殺所レ言 今 謂二吉前之邑一

私註〔一〕『**常陸國風土記**』〔二〕「行方郡板來村」〔三〕風土記〔四〕養老二年（718）以前〔五〕藤原宇合（文飾者）・高橋蟲麿（記事採録者）〔六〕秋本吉郎校注『風土記』——日本古典文學大系2——（昭33・4、岩波書店）〔七〕P58・P60〔八〕〔六〕の頭注に「和名抄の郷名に坂来（坂は板の誤）と見える。行方郡の南端潮来町潮来（いたこ）が遺称地」とある。——線は稿者による。7〜11、1〜14の校異は略。

〔**考**〕「從レ此」の「此」はすぐ前に出てくる「香澄里」。かく地名の推移による未知の空間への効果的展開の方法は、中国古代の『山海経』（＝3）の記述方法に類似している。「天之鳥琴」・「天之鳥笛」の名に象徴される、高天原の天孫系の民族が、土着の異民族——この場合は、東北の、アイヌ、広くエミシ・土蜘蛛等——を策略を弄し、武力を駆使しつつ、ややユーモラスに、また凄惨に征服していく過程における場面に、〈虹〉のイメージを抱く〈虹旌〉が活躍している。この〈虹旌〉は、中国上古を見ると、その「南方」、湖北・湖南の文化を担っているといわれる『楚辞』（＝2）や、南北朝時代に成立した『文選』（＝6—⑭）にも現れているもので、〈虹〉すなわち神威の憑依を示す「天子の御旗」である。龍旗や虹旗と同類である。原則として、美しい五色であったと思われる。（2私註参照）

また、〈天人〉の方は、ここでは仮想的比喩の中に援用されてはいるが、〈虹〉を淵源とする二次的認識による見立て発想によるものである。よって「致富」能力を有する吉祥と観ずる態度がみえる。

76₂

茨城里 自レ此以北 高丘 名曰二晡時臥之山一 古老曰 有二兄妹二人一 兄名努賀毗古 妹名努賀毗咩 時妹在レ室 有レ人不レ知二姓名一 常就求婚 夜來晝去 遂成二夫婦一 一夕懷妊 至二可レ產月一 終生二小蛇一 明若レ無レ言 闇與レ母語 於レ是 母伯驚奇 心挾二神子一 卽盛二淨杯一 設レ壇安置 一夜之間 已滿二杯中一 更易レ瓮而置之 亦滿二瓮內一 如レ此三四 不レ敢レ用レ器 母告レ子云 量二汝器宇一 自知二神子一 我屬之勢 不レ可二養長一 宜レ從二父所一レ在 不レ合レ在レ此者 時子哀泣 拭レ面答云 謹承二母命一 無二敢所一レ辭 然 一身獨去 無二人共去一 望請① 矜副二一小子一 母云 我家所レ有 母與二伯父一 是亦 汝明所レ知 當レ無二人相可一レ從

爰　子含レ恨而　事不レ吐之　臨二決別時一　不レ勝二怒怨一　震二殺伯父一②而昇レ天　時母驚動　取レ盆投觸　子不レ得レ昇　因留二此峯一　所レ盛瓮甕　今存二片岡之村一　其子孫　立レ社致レ祭　相續不レ絶（以下略之）

私註（一）**『常陸國風土記』**（二）「那賀郡茨城里」（三）$\boxed{76_1}$と同（四）$\boxed{76_1}$と同（五）$\boxed{76_1}$と同（六）$\boxed{76_1}$と同（七）P78・P80（八）和名抄の郡名に「那賀」とあり、水戸市西方、赤塚村河和田付近に擬せられている。（（六）の頭注抄）――線は稿者による。8〜15、1〜6の校異は略。

〔考〕日本古代における「蛇」と〈虹〉との関係を暗示する説話である。吉野裕子著『蛇――日本の蛇信仰――』〈ものと人間の文化史32〉（昭和56、法政大学出版局）は、この資料のみならず広く日本古代における「蛇信仰」との関連を考えるとき、すこぶる有益。努賀毗咩の子は、頭注にあるごとく、その振る舞いから見て雷神の子のようである。また、人間界では見られぬ成長の速さからして、「桃太郎」や「かぐや姫」の説話のごとき貴種流離譚の一面をも持つ。

①②部については、中国古代に、〈虹〉の化身である「丈夫」が水を飲んで娠み、のち丈夫はその生まれた児を伴って去ったが、そのとき風雨晦冥、人は二虹がその家より天に登るのを見たという説話が『太平御覧』巻十四にあり、また類似した話が「陳濟説話」（＝$\boxed{12_1}$中）にも見られる。$\boxed{76_2}$では、「時母驚動　取レ盆投觸　子不レ得レ昇」となって、盆のもつ魔力によって蛇神の霊性は消され、結果的には昇天出来なかったが、パターンとしては類似している。

「雷」と〈虹〉と〈蛇〉とは、ファジーではありつつも、密接に結びついているが、前二者は、自然現象として、雷鳴のあと雨を呼び、雨後〈虹〉がたちやすいことの観察からくるものであろう。さらに、古代観念の世界では、〈虹〉は、形状も含めて「天の蛇」類であるという認識が中国のみならず、グローバルに（比較研究資料ならびに私註、参照）広がっていた。すなわち三者は混交され易いのである。

「努賀」毗古・「努賀」毗咩の名も、何となく〈ニジ〉との関連を読者に想起させる音声をもつ。

東條操の蒐集によれば（『郷土研究』第四巻）、現に、秋田県には、〈ニジ〉を〈ヌギ〉・〈ノギ〉と発音する所が残っているという。「ヌギ―ヒメ」→「ヌガヒメ」、「ノギ―ヒメ」→「ノガヒメ」（「ヌガヒコ」の場合も同）、と発音されても不思議はなかろう。とすれば、昇天し得ずして、峯に留まり、「其子孫」（注一）によって社を立てて祭られた、かの神蛇は、「雷神」と〈虹の女神〉の憑依した人間（＝神の嫁）の子だったのであろう。人間の側――「其子孫」＝里人の側――からすれば、祭り続けることによって、その神威を味方とし続けた。結果的に「相續不レ絶」＝命の継続、と伝統的日本人の幸福の典型を授けられ続けることになったのである。そこに、祭らるべきである――という神社由来譚としての深切な意味がある。

とまれ、幸福と関係してくるという内容は、〈虹〉の吐金説話または〈虹〉脚埋宝説話等と、どこか一脈通じていることに気づくが、それより底流を同じくしている――と見た方がよさそうである。

（注1）山本節著『神話の森』（大修館書店）に「司祭者としての妹の聖資格は兄の娘に受け継がれることにより、祭祀権の系譜が保たれていったものと思われる。晡時臥山にとどまった御子を祭り続けた〈子孫〉とは、おそらくヌカビコの子孫のことであろう。」とある。この子孫は、茨城の里人とも言えよう。

77

益氣里上中　**所二以號レ宅者　大帶日子命　造二御宅於此村一　故曰二宅村一**

此里有レ山　名曰二斗形山一　以レ石作二斗與二乎氣一　故曰二斗形山一

有二石橋一　傳云　上古之時　此橋至レ天　八十人衆　上下往來

故曰二八十橋一

私註〔一〕**『播磨國風土記』**〔二〕「（印南の郡（いなみのこほり））益気（やけ）の里」〔三〕風土記〔四〕和銅六年（713）頃か。〔五〕巨勢朝臣邑治（国守）、楽波河内（文人）等か。〔六〕秋本吉郎校注『風土記』――日本古典文學大系2――（昭和33・4、岩波書店）〔七〕P266〔八〕「益気里」は、「加古川の北岸。加古川市東神吉の升田が遺称地。ここから東方にわたる地域。」（〔六〕の頭注抄）――線は稿者による。

〔考〕「八十橋」は「至レ天」ゆえ、〈虹〉を想定したもの、〈虹〉を言意の奥に秘めたもの、というよりは、上古の伝説として、イメージの世界で、そっくり〈虹〉的存在として信じていたものであろう。そしてそれは、神話の混融した民間伝承の世界における〈虹〉の概念を暗示する準記号とも言えよう。〈虹〉の橋型発想の類型に属する。

『風土記』にみえる天の世界との通路の伝承は、「神の世界への憧憬が生んだものである。神の世界としての天、という神話的想像であるが、天皇のもとのこの現実の世界のなりたちを全体的に根源的に説明しようとする『古事記』『日本書紀』とは別な次元のものである」という神野志[注1]論文に留意しておきたい。

（注1）『國語と國文学』（平4・8）所収「天浮橋をめぐって」。

78-1

丹後國風土記曰　丹後國丹波郡　々家西北隅方　有二比治里一　A此里比治山頂有レ井　其名云二眞奈井一　今既成レ沼　此井天女八人　降來浴レ水　于レ時　有二老夫婦一　其名曰二和奈佐老夫和奈佐老婦一　此老等至二此井一　而竊取二藏天女一人衣裳一　B即有二衣裳一者　皆天飛上　但无二衣裳一女娘一人留　即身隱レ水而　獨懐愧居　爰老夫謂二天女一曰　吾無レ兒　請天女娘　汝爲レ兒　（天女答曰　妾獨留二人間一　何敢不レ從　請許二衣裳一　老夫曰　天女娘　何存二欺心一　C天女云　凡天人之志　以レ信爲レ本　何多二疑心一　不レ許二衣裳一　老夫答曰　多レ疑无レ信　率土之常　故以二此心一　爲レ不レ許耳　遂許）即相副而往レ宅　即相住十餘歳　爰天女　善爲レ釀レ酒　飲二一坏一　吉万病除之　D其一坏之直財　積レ車送之　于レ時　其家豐　土形富　故云二土形里一　此自二中間一　至二于今時一　便云二比治里一　後老夫婦等　謂二天女一曰　汝非二吾兒一　蹔借住耳　宜二早出去一　於レ是　天女

仰レ天哭慟　俯レ地哀吟　即謂二老夫等一曰　妾非下以二私意一來上　是老夫等所レ願
何發二猒惡之心一　忽存二出去之痛一　老夫增發レ瞋願レ去　天女流レ涙　微退二門
外一　謂二鄉人一曰　久沈二人間一　不レ得レ還レ天　復無二親故一　不レ知レ由レ所レ居　吾
何々哉々　拭レ涙嗟歎　仰レ天哥曰　阿麻能波良　布理佐兼美禮婆　加須美多智
伊幣治麻土比天　由久幣志良受母　遂退去而　至二荒鹽村一　即謂二村人等一云
思二老老夫婦之意一　我心无レ異二荒鹽一者　仍云二比治里荒鹽村一　亦至二丹波里哭
木村一　據二槻木一而哭　故云二哭木村一　復至二竹野郡船木里奈具村一　即謂二村人
等一云　此處我心成二奈具志久一（古事平善者云二奈具志一）　乃留二居此村一　斯所レ謂竹野郡奈具社
坐　豐宇賀能賣命也

（古事記裏書・元々集 巻第七）

私註〔一〕**逸文「丹後國風土記」**〔二〕「丹波郡比治里」他〔三〕風土記〔四〕『古事記裏書』は未詳。『元元集』は通説北畑親房で延元二年（1337）頃か。すなわちそれ以前。遡及時不明。〔五〕不明〔六〕秋本吉郎校注『風土記』――日本古典文學大系2――（昭33・4、岩波書店）〔七〕P468・469〔八〕「古事記裏書」・「元々集」を校合したもの。1〜22の校異略。――線は稿者による。

〔**考**〕本資料の説話は、広くはいわゆる「羽衣説話」に属するものであろう。（厳密には、キーワードとなる飛行具は白鳥処女型の「羽衣」ではなく、飛天型の〈衣裳〉である所が相違するが。この〈衣裳〉は〈霓裳〉であろう。〈霓〉は勿論〈雌ニジ〉である。後にやや詳述。）

神田秀夫は「羽衣説話」（注1）の中で、幾多の資料を駆使しつつ、羽衣説話は日本の場合その建国以前「三世紀に朝鮮から牛をつれてやってきたと考へられる「天の日矛」の一団が、次の四世紀に畿内の帝室の統治域の伸長に押されて、近江から但馬へ退去する時、余吾の湖や、丹後の峰山周辺に、話の種をこぼして往ったものと推定される。」とし、また「天の日矛」（注2）ではその蓋然性について「貴重な文化を伝えたのに排他的に迫害され」「羽衣を奪われて昇天し得なくなつた天女といふものを、感動をもつて語り出す人間としては、風習を異にする異郷に生活して、故郷への道を絶たれてゐる人間が、最も適切だと言はうとしてゐるのである。」と述べている。

さて、先に『古事記』の「天の日矛」の話の中に、（私説〈虹―天女〉型ではあるが）いわゆる羽衣説話的原初形態が潜入していることを、資料71₄でみてきた。その面で連繫してみても納得がいく。ただし、憧憬しつつ還天すべき「天」の方向は、『古事記』のアカルヒメの場合は、高天原系の子孫の領有する空間、すなわち（日本の）大和地方をその指向方向としていたのに対し、本資料の場合は、逆に、（日本の）丹後地方から、（朝鮮の）天の日矛の故郷方面の空間、すなわち蔚山（慶尚南道）地方をその指向方向としている――点が異なる。ただし、本質的には同じであろう。

現在の自身から離れた所を憧れる心は、ローマン主義の心である。すなわちこの説話の奥には、逆境が生んだ素朴なローマンの心を悲しみのうちに湛えているのである。

さて、本資料のルーツはというと、それは古代中国であろう。『太平広記』（＝12₁）の「首陽山」説話に、〈虹〉が下る→天女と化す→〈虹〉と化すというのがある。天女は年十六、七容貌姝美とある。〈虹〉であるから渓泉の水を飲みに天降るわけであるが、「水を飲みに天降る」[注3]というのが原点であろう。であるから時によっては、「渓泉」が「川」になったり「海」になったり「湖」や「池」となるのである。水の存する所のバリエーションである。この資料の「沼」がそれにあたる。〈虹〉という天の動物が、〈天女〉として文藝化されれば、「飲水」はそれ相応に「浴水」となろう。

本資料を吟味してみるに、——線A中の「沼」は、昔は「真奈井」という「井」であったという。これは、中国の『漢書』（＝$\boxed{5_3}$）中に見られる「虹下属宮井飲井水」や、朝鮮『三国史記』$\boxed{26_1}$—(3) 中の「白虹飲于宮井」と共通する。とすれば、後に文藝化され、「天女」としたときに「井」では具合がわるく、相応な場面設定として「沼」に推敲したものと考えられる。「浴水」については先述の通りであり、「天女」についても先述のごとく『太平広記』にある。（ただし、「八人」という所はたぶん「多数の」という意であろうが、これは次参考資料・逸文「近江風土記」の話と比考するに、〈虹〉より「白鳥」の生態の観察による表現の方がふさわしいように思える。「浴水」も「白鳥」にも共通していようが、まず〈虹〉の生態があって、その上に「白鳥」的なものが塗り染められたと見たいのである。）

Bの——線部中、〈衣裳〉はいわゆる〈霓裳〉を暗示しているものと思う。〈霓裳〉の語は、先にも触れたが、中国戦国時代（300 B.C.ごろ）、その南方の文化を担っているといわれる『楚辞』（＝$\boxed{2}$）に既に見られ、下っては白楽天の詩（＝$\boxed{16_1}$）に頻出し、日本では「霓裳羽衣」の舞として平安時代一時禁止されたこともあったが、菅公の詩（＝$\boxed{86_2}$）にそれらしき語が見え、『和漢朗詠集』（＝$\boxed{87}$）にも見え、「謡曲羽衣」（＝$\boxed{93}$）に定着している。特に、（中国式にいえば）淡い五色の〈虹〉または、淡色の〈副虹〉、これらを〈蜺または霓〉というが、雨上がりの明るい天空に宿り断(き)れ断(ぎ)れとなって消えてゆく様は天女の衣裳〈霓裳〉とそれをまとう天女、すなわち飛天の風情にふさわしい。すなわち、それより〈天女〉を想起するのは、文藝的感性のあるものにとってはそう至難な創造的飛躍ではなく、また逆に享受者にとっても無理なく共感を呼ぶ隠喩的具象化とも言えよう。Cの——線部は「人間界以外」の存在の本質を示す、「変化(へんげ)」ではあるが高級な天上界の者の「変化」を示す。Dの——線部はいわゆる致富譚ではあるが、これこそ〈虹〉の特性の一面、すなわち吐金[注4]、敷衍されて財宝賦与、至福[注5]——という属性である。（これは〈虹〉が雨を呼び、それによって農耕生活者には、農作物の命に蘇生・豊饒をもたらし、牧畜生活者には、牧草にまた命を与え、牧草を食む牧畜にその恵みを授ける——それによって人は安定的に富み且つ幸福になるのである。——という生活に根ざした古代人の祈りにも似た深い民間信仰に支えられているものである。）

D～Eの間の貴種流離譚に見られやすい苦悩は、先引の神田説により説明、鑑賞しうる。Eの——線部の記述は、神社の縁起ではあろうが、奥に〈虹—白鳥〉天女への庶民の「あはれ」の表現でもあろう。「祭る」[注6]ことによって、地上人は地上人的方法によって優しい天女の魂を還（昇）天させてあげたのである。

以上の吟味によれば、A～Eはおおむね〈虹〉的生態をその本質として内蔵しているようである。

また、古代朝鮮半島は、「東夷伝」によればその三国時代初期、すなわち三世紀頃には既に魏・晋など中国との文化交流があり、中国流の〈虹〉文化も享受していたのである。（＝26₁参照）されば天の日矛の一団もその文化圏に属するものと考えてさし支えなかろう。

とすれば、神田秀夫のいう「これも一種の白鳥処女説話の変形とみられること、すでに公認、周知の所である」(注7)の言には、にわかに加担し難い。成立のプロセスに関して相違する見解を持つものである。〈虹（＝雌雄のある場合はその総称。蜺・霓を含む・対異散同的ニジ）―天女〉型(注8)、すなわち古代中国的〈虹〉がその発想のルーツ、影響の淵源であろうと考えるのである。これを母胎として、その上に一部分「白鳥処女型」(Swan maden type)が混入・混融したものであろう。

（注1）『日本神話』――日本文学研究資料叢書――（昭45、有精堂）P279。
（注2）（注1）同書のP224。
（注3）殷代（＝1300 B.C.ごろ）の甲骨文字に見える。資料1私注参照。
（注4）資料8 9 10 11 12₁参照。
（注5）資料36参照。
（注6）『古事記』のアカルヒメ（＝71₄）、『常陸国風土記』の（雷神と）ヌガヒメの子（＝76₂）などとも共通。
（注7）（注1）と同書のP224。
（注8）資料1～21でみてきた圧倒的とも言えるほどの古代中国における〈虹〉文化に接するとそう思わざるを得ない。くり返すならば、「白鳥処女説話」が中国というプリズムを経て屈折したのではないのである。

78₂

丹後國風土記曰　與謝郡　郡家東北隅方　有速石里　此里之海　有長大前　長一千二百卅九丈　廣或所九丈以下　或所十丈以上卅丈以下　先名天椅立　後名久志濱　然云者　國生大神伊射奈藝命　天爲通行　而椅作立　故云天椅立　神御寢坐間仆伏　仍恠久志備坐　故云久志備濱　此中間云久志　自此東海　云與謝海　西海云阿蘇海　是二面海　雜魚貝等住　但蛤乏少
（釋日本紀　卷五）

私注（一）**逸文「丹後國風土記」**（二）「與謝郡…速石里…」（三）風土記（四）慶長十九年写（内閣『釈日本紀』）（五）卜部懐賢（兼方）（六）78₁と同（七）P470（八）「與謝部」は「京都府与謝郡及び宮津市の地。」（（六）の頭注）（八）「風土記　逸文」中。
――線は稿者による。

〔考〕(注1)「天の橋（椅）立」については、折口信夫に論述がある。それによると、橋立は形容詞倒置格で「これを正語序になほすとたて橋であつて、これを橋だてと言つてゐるのは、我々からすれば、古い語序の語である。」とし、更に「意味はたてのはしごの事だ。垂直に直立してゐるはしごの事で、沖縄には、近年まで、その古風なはしごが残つていた。一本の太い木の柱をとり、鉈でゑぐつて足がゝりをつけたもので、何處へでもたてかけて用ゐる。おそらくさう言ふものが、進歩した時代のはしだてであらう。」とある。

「天の橋（椅）立」は、〈虹〉を頭に描きつつ見たてた、天界への架橋手段の文藝的表現であり、「八十橋」（＝77）と同類のものであろう。『記』『紀』の「天浮橋」と次元を異にすることについては、72-1（注1）と同趣。

また、「神御寢坐間仆伏」などという創意の裏には、神田秀夫(注2)のいうような、迫害されつつ帰郷したくても帰郷しえない文化的帰化人の悲哀の中の戯れがあったのかも知れぬ。もう少しゆるく考えれば、それが先にあった説話の上に重なっているのかも知れぬ。

（注1）『折口信夫全集』第十九巻（昭48、中央公論社）のＰ399・400。

（注2）『国語国文』（昭35・2）

79

古老傳曰　近江國伊香郡　與胡鄕　伊香小江　在二鄕南一也　天之八女　倶爲二白
鳥一　自レ天而降　浴二於江之南津一　于レ時　伊香刀美　在二於西山一　遙見二白鳥一
其形奇異　因疑二若是神人乎一　往見之　實是神人也　於レ是　伊香刀美　卽生二
感愛一　不レ得二還去一　竊遣二白犬一　盜二取天羽衣一　得二隱弟衣一　天女乃知　其
兄七人　飛二昇天上一　其弟一人　不レ得二飛去一　天路永塞　卽爲二地民一　天女
浴浦　今謂二神浦一是也　伊香刀美　與二天女弟女一　共爲二室家一　居二於此處一
遂生二男女一　男二女二　兄名意美志留　弟名那志登美　女伊是理比咩　次名奈
是理比賣　此伊香連等之先祖是也　後　母卽捜二取天羽衣一　着而昇レ天　伊香
刀美　獨守二空床一　唫詠不レ斷
（帝皇編年記）

私註〔一〕**逸文**「**近江國風土記**」〔二〕「伊香小江」〔三〕風土記〔四〕『帝皇編年記』は鎌倉時代末編、よってそれ以前。遡及時未詳〔五〕不明〔六〕78-1と同〔七〕Ｐ458・459

〔**考**〕この資料は、山本節がその著『神話の森』（大修館書店）で述べているように「世界的に広い分布圏をもつ『白鳥処女型』(注1)（Swan maden type）に異類婚姻譚たる日本の『天人女房譚』(注2)中の離別型」が混融したものである。そして、「白鳥処女型」については「この話型の淵源は遙か昔に遡るらしく、アラビアの『アラビアン＝ナイト』・インドの『カターサリットサーガラ』・北欧の『エッダ』の中などに記録され、口承資料としても、ヨーロッパ・アジア・アフリカ・オセアニア・北米インディアン等々に広く分布している。チャイコフスキーのバレエ曲『白鳥の湖』もこの伝承をもとに作られたものである。」としている。「白鳥」は他界の魂の憑依した存在であるという信仰と、「渡り鳥」としての不思議な生態の観察とがミックス(注3)された所に発想された象徴的表現ではなかろうか。日本でも伝播説と同時に、並行発生説も有り得よう。

前資料78-1とは初めから天降るべき「飛行手段」が「為二白鳥一」と異なり、その「飛行手段」については「天羽衣」である所が相違している。「伊香小江」は「水」に関するという意味で78-1の「沼」と共通する。「天之八女」は78-1と語句は同じだが、白鳥の生態とそのイメージにふさわしい。「即為二地民一」は伊香刀美と結婚したことを指すようであるから、その意味では「陰陽の交接」があり、〈虹〉の本性とも共通する。ただし白鳥説話でも有りうる。思うに、78-1との決定的な相違は、「吐金―財宝―至福」観念の希薄である。

ゆえに、この話は、おおむね「白鳥処女」型が濃厚であるが、異界とくに天界との交流（飛来―帰界）というモチーフは、「天の羽衣」（霓裳）と一体化した〈ニジ―天女〉型のものであろう。後出資料『竹取物語』（＝82）や「謡曲羽衣」（＝93）考察の際の先行資料としては意味が重い。

（注1）山本節著『神話の森』によると、一般に、

①乙女らが天から白鳥の姿で飛来し、衣を脱いで水辺で水浴する。

②男が旅の途中、彼女らを見つけ、岸辺の羽の衣を一つ盗み出し、その持ち主に結婚を迫り、妻とする。

③乙女は男の留守中、羽の衣を発見し、身につけて天に帰る。

（注2）①天女が空から飛来し、羽衣を脱いで沐浴する。

②人間の男が羽衣を奪って隠し、天女に結婚を迫り、妻にする。

③二人の間に子が生まれる。

天女は子供（または子守歌など）から羽衣のありか（稲束・大黒柱・天井など）を知らされ、これを発見して昇天する。

さらにこれらの中に「離別型」・「天上訪問型」・「七夕結合型」があるという。

※〈虹＝天女〉型は（注1）（注2）中の②については、かなりのスパンがある。すなわち男女の問題＝陰陽の交接の問題は、一般的には同様であるが、問題となるだけであってもよし、必ずしもなければならないというわけではない。《虹（霓）裳》・《致富》に特色がしるのである。

（注3）「白鳥」は、『広辞苑』によると「雁鴨（がんおう…）目がんおう科の大形の水鳥。前身純白色で姿態優美。シベリヤ東部で繁殖し、冬季南方に渡来するが、日本では北海道・青森県以外極めて稀。ハクチョウとオオハクチョウの二種があるが類似している。和名ハクチョウ。別称、くぐい、こう、しらとり、白鳳。鵠。スワン。」とある。本資料が「白鳥型」とすれば、北方系の移入または日本列島の地球的に見て極寒期のものと言えよう。（※「極寒期」については、西岡秀雄著『寒暖の歴史――気候七〇〇年周期説――』（1958、好学社）参考）追、

平成三年三月九日のNHKニュースでは「今年はシベリヤよりの白鳥の飛来が多く、北海道、青森の池、宮城県にも多かった」という。

また、『折口信夫全集』第十五巻所収、「石に出で入るもの」の中に「此に就て考へられるのは、魂を運んで歩くものであります。それは世界的に多く白鳥です。白鳥即日本でも鵠で、魂の鳥の本体に考へられて居ます。」とある。

虹と日本文藝（十二）

――中古散文をめぐって(1)――

小　序

本稿では、中古日本文藝中、和歌等韻文を除く散文、『日本靈異記』・『聖徳太子伝暦』・『竹取物語』・『枕冊子』・『宇津保物語』をとりあげ、そこに現われた〈虹〉について、比較文化的見地を混えつつ資料ごと個別的に小考を試みたい。なお、『竹取物語』『宇津保物語』では、〈虹〉のバリエーションと目される「天人」・「天女」・「龍」の問題に触れ、『枕冊子』では、難解な問題を孕む「をふさ」について〈虹〉との関連性を模索・考察する。

80

廿九年辛巳春二月　皇太子命薨㆓于斑鳩宮㆒　屋栖古
連公　為㆑其欲㆓之出家㆒　天皇不㆑聽　八年甲申夏四月
有㆓一大僧㆒　執㆑斧毆㆑父　連公見之　直奏之白　僧尼撿挍
應㆓中置上尼扎惡使㆑斷㆓是非㆒　天皇勅之曰　諾也　連公
奉㆑勅而撿之　僧八百卅七人尼五百七十九人也　以㆓觀勒
僧㆒為㆓大僧正㆒　以㆔大信屋栖古連公與㆓安草部德積㆒為㆓
僧都㆒　卅三年乙酉冬十二月八日連公居㆓住難破㆒而忽卒
之　屍有㆓異香㆒而豁馥矣　天皇勅之七日使㆑留　永於彼
忠　巡之三日乃蘇甦矣　語妻□曰　有㆓五色雲㆒　如電如
度㆑北　自而往㆓其雲道㆒　芳如㆑雜㆓名香㆒　觀之道頭有㆓黃
金山㆒　卽到炫㆑面　受苑聖德皇太子侍立　共登㆓山頂㆒
其金山頂居㆓一比丘㆒　太子敬禮而曰　是東宮童矣

薨〔音興反（死／花也（也）〕　（斑鳩〔二字イ／カルカ〕）　毆〔太／と〕
〔加（打／不（也）〕　諾〔字へ（加へ／奈利（奈利）〕　安草〔音安（鞍安／反　也）〕　（卒〔死／也〕）　豁馥〔上音分／下音服〕

□□□(粉馥 ニ合カヘレリ)乎礼利 詠(シノハシム)之乃波之牟 蘇(サダメ)左太女米 甦(イキタリ)伊支太利
霓(ニシ)尓之(電尓シ) 炫加ゝ也久 爰己ゝ尓 童和ら波奈利

私註〔一〕『**日本靈異記**』〔二〕「信敬三寶得現報縁　第五」〔三〕仏教説話集〔四〕弘仁十三年(822)ごろ〔五〕景戒〔六〕遠藤嘉基・春日和男校注『日本靈異記』――日本古典文学大系70――(昭42・3、岩波書店)〔七〕P81〜86〔八〕底本＝真福寺本　校異17＝「電」＝二字国類「電」、東大寺要録「霓＊」他校異は略　――線部は稿者による。底本は白文。

〔**考**〕この資料では「ニジの如き美しい五色の雲」の言いである。すなわち〈ニジ〉そのものではないが、その文藝的比喩のイメージの中に、〈ニジ〉のもつプラス志向の特質が溶け入っている。それが「五色」であるのは、大いに「中国的」(cf. [2]私註)である。また、引用本文の先に「黄金山者五臺山也」とある。五臺山は中国山西省にある五峰から成る山で、多くの寺院を有する山ということになっているが、「度ㇾ北」りてその先に「黄金」の名を冠する「黄金山」が出現するのは、古代中国の〈虹〉(＝対異散同)の吐金伝説(＝[8][9][10][12]等)と、その発想において遠くかかわりがあろう。広くはグローバルに広がっていた、かの「虹脚埋宝」伝説と水面下で繋っているのである。

　さらに〈虹〉と「聖徳太子」が連想的に浮かびあがるための共通項は「神威ある存在」であろう。また、本章では、(秘められた)〈ニジ〉が、異界＝仏教世界への架橋の役も果たしている。

[81]

三年(甲辰)冬十一月。大臣幷入鹿。起二家於甘檮岳(檮岳)上。大臣家外作城垣。積貯兵食。又氏々人等入侍其門。名爲祖子孺者。大臣傲奢。無君之意日日彌深焉(ナシ)。時人危之。故天皇讓位於皇太子。自爲皇祖母尊。(ここに、是復著迭文也の本文あり)

一說甲辰(甲辰)年三月八日。東方種々雲氣飛來。覆斑(斑)鳩宮上。進天。良久而銷(消)。又有種々奇鳥。自上下。自四方飛來悲鳴。或沖天或居地。良久仰指東方去。又溝瀆池川魚鼈咸自死爛。天下姓(生)民塡道合門哭愴之聲。日夕不輟。又諸池水色皆變爲血太臭(臭)矣。又六月。海鳥飛來居上宮門。又十一月。飽波村有虹。終日不移。時人太異焉(ナシ)。又王宮有不識草。忽開青花。須臾而萎。又有二蟇。如人立行。又有二赤牛。如人立行。又有无(無)量蛙。匍匐(滿滿伏)王門。有少(小)子。造弓射之爲樂也。又童子相聚謠曰。岩上(上丹)兒猿米燒米谷碧喫而今核山羊之伯父。又謠曰。山背之菟手之枝枝(支々)水金丹相眉(眉)杜根。兎(兎)手之枝枝(支々)。此二謠。始起。王子孫未滅之前。王子孫滅後。猶不之止(止。又說庚午年四月卅日夜半、災斑鳩寺。而書紀不記、此年是推古天皇十五年矣。)又(亦)說曰。寺被災(災)之後。衆人不得定寺處。故百濟入法師率衆人。令造楓野蜂岡寺。又造河內國高井田寺。又百濟開法師圓明法師。下氷君新物等三人。合造三井寺矣(云云)。又曰。太子平生之日。常嘆曰。吾得合意妻與馬。但馬子未得。召天下六畜最秀者。而駈使。然命駕之日。調使麿不離馬後。躡雲而行。生年八十四己巳(己巳)年死。其子足人。年十四。出家住大安寺。(この間に、注の注文並に本文あり)舍人宮池殿師。太子生年十五之時。始爲舍人。依好田獵。太

(註文)　己巳年天智天皇卽位八年也。
(本文)　一說調使麻呂者。太子生年十三甲辰年始爲舍人。時年十八癸亥年二月十五日出家爲僧。
(註文)　癸亥年天智天皇卽位二年也

子不寵。壬申(壬申)年悔過出家。住法隆寺。禪行第一也(ナシ)。太子譏之。太子薨。

私註〔一〕『**聖德太子傳暦**』〔二〕上巻「皇極天皇(朱―卅六代)(三十五代?)三年」の部より〔三〕伝記・史書〔四〕延喜十七年九月(917)〔五〕平中納言・藤原兼輔〔六〕『聖徳太子全集』第三巻(昭19・7、龍吟社)〔七〕P118〜119〔八〕――線は稿者による。

〔**考**〕三月八日、六月の記述に見る天変地異の象は「虹下属宮

中飲井水」を筆頭に記される様々な異象の記述――続く凶事を予兆する――もつ、『漢書』（＝5₃）を先蹤とする。十一月の「飽波村有虹。終日不レ移。時人太異焉。」も、さわがしき世相の中に、しんとして不吉なことの起るであろう予兆を暗示する効果がある。又、「有レ虹。終日不レ移」は先引の『漢書』（＝5₃）中の「虹下……」と同様対動物的認識表現である。

聖徳太子は〈虹〉と比較的関係が深い。〈虹〉と何らかの関わりをもつものに、上っては『日本靈異記』（＝80）、下っては『聖徳太子絵伝記』（＝99近松―①②）がある。

82

一　かぐや姫の生ひ立ち

いまは昔、竹取の翁といふもの有(り)けり。野山にまじりて竹を取りつゝ、よろづの事に使ひけり。名をば、さかきの造となむいひける。その竹の中に、もと光る竹なむ一筋ありける。あやしがりて寄りて見るに、筒の中光りたり。それを見れば、三寸ばかりなる人、いとうつくしうてゐたり。翁いふやう、「我あさごと夕ごとに見る竹の中におはするにて、知りぬ。子となり給(ふ)べき人なめり」とて、手にうち入れて家(へ)持ちて來ぬ。妻の女にあづけて養はす。うつくしき事かぎりなし。いとおさなければ籠に入れて養ふ。

竹取の翁、竹を取るに、この子を見つけて後に竹とるに、節を隔てゝよごとに金ある竹を見つくる事かさなりぬ。かくて翁やう〳〵豊になり行(く)。

この兒、養ふ程に、すく〳〵と大きになりまさる。三月ばかりになる程に、よき程なる人に成(り)ぬれば、髪上げなどさうして、髪上げさせ、裳着す。帳のうち(より)も出ださず、いつき養ふ。この兒のかたちけ(うら)なる事世になく、屋のうちは暗き所なく光り滿ちたり。翁心地あしく、苦しき時も、この子を見れば、苦しき事もやみぬ、腹立たしきことも慰みけり。翁、竹を取る事久しくなりぬ。いきおひ猛の者に成(り)にけり。

（中略）

二　貴公子たちの求婚

世界の男、貴なるも賤しきも、いかでこのかぐや姫を得てしがな、見てしがなと、をとに聞きめでゝまどふ。その邊りの墻にも、家のとにも、をる人だにたはやすく見るまじき物を、夜るは安きいも寝ず、闇の夜に出(で)て、穴をくじり、かひばみまどひあへり。さる時よりなむ、よばひとは言ひける。

人の物ともせぬ所にまどひありけども、なにの驗あるべくも見えず。家の人どもに物をだに言はんとて、言ひかゝれどもことゝもせず。あたりを離れぬ君達、夜をあかし日をくらす、多かり。をろかなる人は、「ようなきあ(り)きは、よしなかりけり」とて、來ず成(り)にけり。

其中になを言ひけるは、色好みといはるゝかぎり五人、思ひやむ時なく夜晝來ける、その名ども、石つくりの御子・くらもちの皇子・右大臣あべのみむらじ・大納言大伴のみゆき・中納言いそのかみのまろたり、此人々なりけり。

（中略）

これを見つけて、翁かぐや姫に言ふやう「我子の佛、變化の人と申(し)ながら、こゝら大きさまで養ひたてまつる志をろかならず。翁の申さん事は聞き給ひてむや」と言へば、かぐや姫「なにごとをか、のたまはん事は、うけたまはらざらむ。變化の物にて侍(り)けん身とも知らず、親とこそ思(ひ)たてまつ

(中略)

八　御門の求婚

さて、かぐや姫、かたちの世に似ずめでたきことを、御門きこしめして、内侍なかとみのふさこにのたまふ、「多くの人の身をいたづらになしてあはざなるかぐや姫は、いかばかりの女ぞと、まかりて見てまいれ」との給ふ。ふさこ、うけたまはりてま(か)れり。竹取の家にかしこまりて請じ入れて、會へり。女に内侍のたまふ、「仰ごとに、かぐや姫のかたち優におはす也、よく見てまいるべき由のたまはせつるになむ、まいりつる」と言へば、「さらば、(かく)申(し)侍らん」と言ひて入(り)ぬ。

(中略)

もてわづらひ侍(り)。さりとも、まかりて仰事たまはん」と奏す。これをきこしめして、仰せ給(ふ)、「などか、翁の手におほし立てたらむものを、心にまかせざらむ。この女もし奉りたるものならば、翁に冠を、などか賜はせざらん」。

翁喜びて、家に歸りてかぐや姫にかたらふやう、「かくなむ御門の仰せ給へる。なをやは仕うまつり給はぬ」と言へば、かぐや姫答へていはく、「もはら、さやうの宮仕へ仕うまつらじと思ふを、しゐて仕うまつらせ給はゞ消え失せなんず。御官冠つかうまつりて、死ぬばかり也」。翁いらふるやう、「なし給(ひ)。官冠も、わが子を見たてまつらでは、何にかはせむ。さはありとも、などか宮仕へをしたまはざらむ。死に給(ふ)べきやうやあるべき」と言ふ。

(中略)

御門仰(せ)給(ふ)、「みやつこまろが家は、山もと近(か)なり。御かりみゆき給はんやうにて、見てんや」とのたまはす。宮つこまろ(が)申(す)やう、「いとよき事也。なにか心もなくて侍らんに、ふとみゆきして御覽ぜむに、御覽ぜられなむ」と奏すれば、御門にはかに日を定めて、御狩に出(で)給ふて、かぐや姫の家に入(り)給ふて見給(ふ)に、光みちて淸らにてゐたる人あり。これならんと思して近く寄らせ給(ふ)に、逃げて入る袖をとらへ給へば、面をふたぎて候へど、はじめて御覽じつれば、類なくめでたくおぼえさせ給(ひ)て、「許さじとす」とて、いておはしまさんとするに、かぐや姫答へて奏す、「をのが身は、此國にむまれて侍らばこそ使ひ給はめ、いといておはしましがたくや侍らん」と奏す。御門、「などかさあらん。猶いておはしまさん」とて、御輿を寄せ給(ふ)に、このかぐや姫、きと影になりぬ。はかなく、くちおしと思して、げにたゞ人にはあらざりけりと(おぼして)、「さらば御ともにはいて行かじ。もとの御かたちとなり給ひね。それを見てだに歸(り)なむ」と仰せらるれば、かぐや姫もとのかたちに成(り)ぬ。御門、なほめでたく思(しめ)さるゝ事せき止めがたし。かく見せつる宮つこまろを喜び給(ふ)。さて仕うまつる百官の人々、あるじいかめしう仕うまつる。

御門、かぐや姫を止めて歸り給はんことを、あかずくちおしく覺しけれど、玉しゐを止めたる心地してなむ歸らせ給(ひ)ける。

（中略）

九　かぐや姫の昇天

（中略）

今はとて天の羽衣きるおりぞ君をあはれと思ひいでける

とて、壺の藥そへて、頭中將呼びよせてたてまつらす。中將に天人とりて傳ふ。中將とりつれば、ふと天の羽衣うち着せたてまつりつれば、翁をいとおしく、かなしと思しつる事も失せぬ。此衣着つる人は、物思ひなく成(り)にければ、車に乘りて、百人ばかり天人具して昇りぬ。

十　ふじの山(むすび)

その後、翁・女、血の涙を流して惑へどかひなし。あの書(き)をきし文を讀み聞かせけれど、「なにせむにか命もおしからむ。たが爲にか。何事も用もなし」とて、藥も食はず、やがて起きもあがらで、病み臥せり。中將、人々引き具して歸りまいりて、かぐや姫を、え戰ひ止めず成(り)ぬる事、こまぐ\と奏す。藥の壺に御文そへ、まいらす。ひろげて御覽じて、いといたくあはれがらせ給(ひ)て、物もきこしめさず。御遊びなどもなかりけり。大臣上達を召して、「いづれの山か天に近き」と問はせ給ふに、ある人奏す、「駿河の國にあるなる山なん、この都も近く、天も近く侍る」と奏す。これを聞かせ給ひて、

逢ことも涙にうかぶ我身には死なぬくすりも何にかはせむ

かの奉る不死の藥に、又、壺具して、御使に賜はす。勅使には、つきのいはかさといふ人を召して、駿河の國にあなる山の頂にもてつくべきよし仰(せ)給(ふ)。嶺にてすべきやう教へさせ給(ふ)。御文、不死の藥(の)壺ならべて、火をつけて燃やすべきよし仰せ給(ふ)。そのよしうけたまはりて、つはものどもあまた具して山へ登りけるよりなん、その山をふじの山とは名づけゝる。その煙いまだ雲のなかへたち上るとぞ言ひ傳へたる。

私註　〔一〕『竹取物語』〔二〕㈠かぐや姫の生ひたち㈡貴公子たちの求婚㈢御門の求婚㈣かぐや姫の昇天——の章よりの抄〔三〕物語〔四〕平安時代初期～中期の頃か〔五〕未詳〔六〕阪倉篤義・大津有一・築島裕・阿部俊子・今井源衛校注『竹取物語　伊勢物語　大和物語』——日本古典文學大系9——（昭32、岩波書店）〔七〕P29～66中より抄〔八〕底本＝武藤本（流布本系に屬し伝本のうち書写年代の明らかな最古の完本《〔六〕本書凡例による》）

〔**考**〕まず『竹取物語』の舞台、すなわち文藝上の空間は、御門とみ狩のみゆき（＝八部分）との関係で、巨視的には「京の都とその周辺」であろう。そのうち主たる場所は、古来竹林の美しさと狩場で名高い「大原野」とその周辺の山野を想定するのがよかろう。京とその周辺には、洛南や嵯峨野もあるが、何と言っても、この条件を充たすものに、とする『源氏物語』の「みゆき」の巻のみ狩りのみゆきの舞台として勇名を馳せた「大原野」あたりがよい。

その大原野の竹林を「野山にまじりて竹を取りつつ」（＝Ⓐ）生活していた竹取の翁のひそみにならって、なるべく古代的面影を残していると思われる所を選び、実際に歩いてみる機

会を持った。その竹林の下の細々と通う道から上方を見あげると、わずかに洛西の空がのぞいていた。もし、この洛西の空に〈虹〉がかかれば、その尾は天を突く孟宗竹の秀に触れる。すなわち天界の美しい光りの精霊たる〈虹〉は、その竹の中の一本に天降るであろう——と空想してみても決して奇異には感じられなかった。

古代人にとって、竹は「よ」すなわち「うつろの中に（魂が）籠っている状態(注1)」の「節(ヨ)」（これは卵や石や果物と同様）があるわけで、その意味でも他界よりの〈まれびと〉の精霊が宿るものとしては格好の素材であったであろう。またそれが、享受者にとっても不自然なく享受できるものであったのであろう。洛西にその〈虹〉がたつとすれば、——京びとにとって——光科学的にみてその時刻は「朝方」である。暁の雨霽れて太陽がやっと東の空に昇りはじめ、いまだほの暗い西山の竹藪の「竹の中にもと光る竹」（＝Ⓑ）を見出すとすれば、その時は「日の出の後間もない時」であろう。〈虹〉はいわゆる〈朝虹〉である。（※この点「謡曲羽衣」（＝93）とも通う。「この児のかたちけうらなる事世になく」（＝Ⓔ）という清純な美しさへの感性は、千余年を隔てて、現代俳人・山田麗眺子の

朝虹の浄ければこそ妻に告ぐ　（昭26）

と深層心理の次元で共有される。

またその〈季(とき)〉は、天体環境として、勿論雨後で、「東の空に太陽が昇り——西の空にはいまだ残月の淡く浮かんでいるころ」すなわち月齢で言えば「十六夜」のころである。その残月が作者をして、「霓裳羽衣曲月宮伝来伝説」（『楊太真外伝』）を連想せしめても不思議ではない。（ちなみに同系の謡曲「羽衣」には「雨はじめて晴れり。……朝霞、月も残りの天の原」とある。）とすれば、西山の竹の中に天降った〈虹の精〉は、あたかもその残月の世界——月の都——からのものである——という発想による文藝上の構図・構想が見えてくる。

この名高い『竹取物語』の場合も、長い間に幾人かによる幾度もの推敲・潤色過程を経て、今や完本として表面上は跡かたもないが、幾多の比較研究資料を閲してきた目には、その奥の奥に〈虹〉がモチーフとして関与しているのが透視されるのである。

そこで次に、主に古代中国文化的なものであるが、〈虹〉の属性あるいは特性を裏に秘めている所を、資料に即して具体的に摘出吟味してみたい。

(イ) 天降る。	B
(ロ) 他界者すなわち精霊である。	BDEIMO—後部 P—前部 T
(ハ) 致富・致富能力	CFP—後部 S—W
(ニ) 恋愛ムード（陰陽の交接をめぐる）	GHJLN
(ホ) 五色？	H
(ヘ) 『太平広記』12所収の「首陽山〈虹〉」説話中にみる帝の求婚	JNO
(ト) （架橋認識）	VXY

(ロ)のRは浦島伝説と同類の異次元ゆえの「時間尺度」の相違である。龍宮城の「龍」も〈虹〉と同根のいわゆる「水霊」である。(ハ)は〈虹〉の吐金・財宝・出世賦与の属性で、グローバル

に広がっている虹脚埋宝説話とも関連するもので、その属性の発動の結果である。㈭の「色好みといはるるかぎり五人」の求婚譚は、「首陽山〈虹〉」説話からみると、話を複雑変化させ面白くするための後の挿入話のようである。「五人」の「五」は、㈡の属性を持ちつつ、陰陽五行説を内に抱く中国流の、〈五色の虹〉よりの「五」からの思い付きての発想かも知れない。〈虹〉を食して生きる七匹の鬼の生態をユーモラスに描いて世界的に有名な絵本『虹伝説』（ウル・デ・リコ作）の鬼の身体の色が、それぞれ〈虹〉の「7」色である思い付きとも通じよう。

　しかるに、後部「九・かぐや姫の昇天」の段に至っては一変する。すなわち「天の羽衣」とその特性を奥に秘めつつも、フルに活かした物語が展開する。『風土記』（＝79私註（考））で述べたように、いわゆる羽衣説話の「白鳥型」の参入である。「白鳥」は精霊の憑依・伝達者であることはまぎれもない。T中の「百人ばかり天人具して昇りぬ」の「百人ばかり」という複数は、その量の程度こそあれ、『風土記』にみる「天の八女」の「八」と同じ多数の義で、これはもはや〈虹〉ではなく群なす〈白鳥〉の生態を髣髴させる。しかしこの「白鳥処女説話」の痕跡は、「天の羽衣」の「羽」の一語に残すのみに、潤色され、そのモチーフは奥深く潜められている。すなわち、表には出ていないが、90％くらいは〈虹―天女〉型であり、末尾の10％くらいが「白鳥処女」型として組み込まれ、序破急の急の部分に見事なローマン的効果を発揮させている。

　そして、この天女の化身＝かぐや姫は、原資たる両者を源としつつも、見事に〈優美〉な〈もののあはれ〉の美学で装われ別物の存在のごとくに――精神的にも美しく造型されている。

　K部の「かぐや姫のかたち優におはす也」と「かたち」即ち「容貌」優美――これは原資[注2]の中国的〈虹〉の精とほぼ同位――の面を匂わせているが、先述の精神的に〈優美〉で〈もののあはれ〉を解する心は、人間と他界存在の化身との一時的な共存の間にも漂う。例えば、後の挿入部と思われる貴公子中五番目の中納言いそのかみまろたりの死に対し、ユーモアを目ざした「をこ物語」にもかかわらず、作者の筆は「かぐや姫すこしあはれと思しけり」と「あはれ」の情につき動かされている。また、本資料中にはないが、御門の求婚に際して「あまたの人の、心ざしおろかならざりしを、空しくしなしてしこそあれ。昨日今日御門の給はんことに（つかん）、人聞やさし」とも、思いやりの心を示させている。まして、自分を慈しみ育ててくれた翁夫妻や、やんごとなき御門の愛については「変化（へんげ）」であることのしがらみを思わず越えて報恩にも似た〈あはれ〉の情（＝R）で対応している。帝の側とて優しくなっている。（＝QU）もはや、原資たる〈虹―天女〉型説話や〈白鳥処女〉型説話による骨組みは、そこに見出すことの出来ないほどの豊饒な王朝美学――しっとりと優美なあはれの情――で見事に肉付け且つ装われているのである。すなわち、この本資料たるこの物語は、『風土記』（＝78 79）などに見る〈虹―天女〉型・〈羽衣―天女〉型説話と比べて格段に質の高い創造的文藝精神の貢揚とその結実が見られるのである。

　天の日矛の一団がもたらしたと思われる『風土記』（＝78）の羽衣説話[注3]――稿者はそこに〈虹―天女〉型をみるが――のごとき帰化人疎外による悲惨さは、この物語には見られない。

否、言うなればその逆である。逆というのは言い過ぎかも知れぬ。なぜなら先述のごとく、人間と他界存在の化身とは、お互いにある時期、肉体的には合体し得なくても、精神的には確かに交流があったからである。もののあはれを通して……。

しかし、（「境界」という意味では〈虹〉とも通うが）「天の羽衣」を着た瞬間、その精神さえも異次元のものとなってしまうという詩的飛躍(注4)の創造は見事である。

恋えども届かず——そこに文藝美たる無限の〈もののあはれ〉が、また新しく滲出し、深々と揺曳してくる——のに気付く。

逸文「近江国風土記」を、たぶん先蹤としているものであろうが、その「伊香刀美」の歎きとは比ぶべくもなく深い。

この物の「著脱」による変身により、精神面も「変質」するという発想は、後世の仮面による芸術（能など……）や、高名な川端康成描く所の『伊豆の踊り子』の中の、主人公である。「旧制一高生の私」（超エリート）が、その制帽をカバンの奥に押し込んでしまい、それに代えて共同湯の横で買った鳥打帽を冠ることにより、質的に「脱自己」——すなわち心根は優しいが下級の生活者とされていた旅芸人・踊子一団の世界の者の心に変質すること——を目ざすモチーフの中に生かされている。もう少しエスカレートして考えれば谷崎の『春琴抄』なども入ろう。

S—Wの「不死の薬」についてであるが、かの浦島伝説の浦島太郎が、龍宮の乙姫(注5)さま（龍女）から別れぎわにプレゼントされた「玉手箱」との類想である。天界の天女である「かぐや姫」と海中の龍女である「乙姫」とは、ただ方向が違うだけで

本来同質の異界の者であり、〈虹〉の化身であると思われる。その異界、異次元の世界は、此界（人間界）のような無常の世界ではなく、永遠の生命を宿す世界である。その世界の霊気（タマ）の憑依した物体は、当然人間界にはない神威的パワーを持つのである。

Y部の「煙」は、永遠にぬぐい去ることの出来ない性（さが）をもつ地上存在すなわち人間界の住人の煩悩——愛欲・憧憬等——の発露の象徴であろう。と同時に、天界（他界）への伝達手段、もう一つ広めれば交流手段をも象徴していよう。（天界のかぐや姫とていつ何時「天の羽衣」を脱ぐ——天界の人の心でなくなる——かも知れないという、はかない願望を秘めて……。）これは宗教行事としての荼毘の煙すなわち立ち昇る火葬(注6)の煙の観察からの思い入れ、と同時に伝統的にグローバルに広がっている天界交通の手段たる〈虹〉への架橋認識との混融したものであろう。

『記紀』の〈天浮橋〉や『万葉』の〈天橋〉、また『風土記』の〈天橋立〉とも底通するものである。

この天界との交信、広くは精神的交通という内容は、愛する（地上では亡き）人の住む天界、すなわち夏の夜空に、その人が大好きだった夕顔の花のごとき「花火」を轟音と共に打ちあげるシーンを結末部に据える現代文藝の傑作『天の夕顔』（中河与一作）の手法の中に生かされ且つ受け継がれている。

さらに海彼に目をやれば、日本と同系の言語と類似した文化伝承をもつといわれるフィンランドの、著名な叙事詩（古代民族詩集）「カレワラ」(注7)に〈虹〉が登場し、わが『竹取物語』のモチーフと共通する面が見出されるのである。

（注1）折口信夫「石に出で入るもの」（『折口信夫全集』第十五巻—所収）中。
（注2）資料[12]所収「首陽山〈虹〉」説話等。他に、〈虹〉の属性を示す面の根拠については、中国系の「比較研究資料」(1)～(21)とグローバルに関連するものとして、同(22)～(35)参照。
（注3）神田秀夫「天の日矛」（『国語国文』昭35・2）参考。
（注4）神田秀夫「羽衣説話」（『文学・語学』昭38・12）にも、このことに触れた文がある。
（注5）昭和十六年発行・文部省検定教科書『よみかた三』中の「ウラシマタロー」とその系列の筋の物語による。（すなわち、本来型の「乙姫（オトヒメ）」は龍宮の「龍女」の化身。有名な講談社の絵本もオトヒメは頭上に「龍」の冠をつけている。）『万葉集』（巻九）中の高橋虫麻呂の作では、「海若（わたつみ）の神の女（をとめ）」となっており、これは「龍女」と考えられ、「海若の神の宮」は「龍宮」と考えられる。ただし、「逸文丹後国風土記」の「浦嶼子」では、このオトヒメにあたるのが釣りあげた亀自身の化身「亀比売（かめひめ）」。室町時代のお伽草子の「浦島太郎」でも、釣りあげたが助けてやった亀の化身の美しい女房、ということになっている。一方この女房自身「この龍宮城の亀にて候」といっている。
（注6）沢田瑞穂「連理樹」（『中国文学研究——第六期——』（昭55、早大中国文学会）中、中国南部の話として、このことに触れた記事がある。cf. [12]［考］。
（注7）資料[32]ならびに同（注4）参照。

[83]

三巻本——彌、（底本）・刈・勸・中・伊・古・内
能因本（主底本）— 三（底本）・富・十 十二・十三・慶
前田本

いちさとのいち　・　る中・
いちはたつの市・・・・・・つはいちはやまとにあまたあ・りなか
いち　・　なる
はせ・す・る・・くはんを
に長谷・寺にまうつる人のかならすそこにとゝまりけれは觀音・・
はつせ・いるに・る
ん・の　と　**を　さ**
・の御えん・あるにや・・・・心・・ことなり**おふ**・・の市・しか
つけ・の　あらん　こゝろ　うさか　いち
いち・いち
まの市・あすかの市・・・・・・・・
いち　いちあふりのいち

[三巻本] をふさ——勸をふさ（朱）イ無
[能因本] おふ——慶おふさ
[堺　本] おふち　時おふ〔ち（さか）〕無おほち

私註〔一〕『**枕冊子**』〔二〕第十四段〔三〕随筆〔四〕平安時代中期（1000頃?）〔五〕清少納言〔六〕田中重太郎編著『校本枕冊子』（昭28・11、古典文庫）〔七〕P40～41〔八〕勸＝勸修寺家旧蔵本（三冊のうち、中・下巻）慶＝慶安刊本　時＝三時知恩寺蔵本　無＝無窮会文庫蔵本（井上頼圀博士旧蔵本）

〔**考**〕『枕冊子』の本文研究は、現在もなお進行中であるのでいろいろ問題があるが、前田本の「おうさか」・堺本の「おふち」は、一まずおいて、「お（を）ふさ」について見るならば、（書写上の濁点の問題を考慮に入れつつ）吉田東伍著『増補　大日本地名辞書』第六巻（昭45・6、冨山房）に、「相模（神奈川）足柄郡」の項に、

小総郷（ヲブサ）　和名抄、足柄上郡駅家郷。延喜式、小総駅馬十二疋、足柄上郡伝馬五疋。○後の酒匂の駅家にして、往時は丸子川の左岸は、すべて足上郡の域内なりしを知る。
新編風土記云、小総駅は今郡中に遺名を伝へず、按ずるに大和物語、在原業平の次子滋春が東国下向の事をいへる条に、人の国の憐に心細き所々にては、歌よみて書きつけなどなしけるに、小総の駅と云ふ所は、海辺になん有ける、夫によみて書つけたりける「わたつみと人や見るらん逢事の涙をふさに泣つめつれば」云々、さては今の酒匂村の辺遺蹤と云んか。

また、「美濃（岐阜）稲葉郡」の項に、

雄総（ヲブサ）　福光の東に接す、藤川記に美濃の名所をよみて「たなばたの逢ふ瀬は遠き鵲の尾総の橋を先づやわたらん」とあり、これは枕草子に、をぶさの市を載せ、夫木集に
　仮初に見し計なるはし鷹のをぶさの橋を恋や渡らむとあるを本典とする如し。大和国八木（ヤギ）の辺に小房（ヲブサ）あり、彼地の事なるを、此にも言ひかけてよめるならん。然るに岐阜の人は猶附会して、其橋址を此に求めんとするは、古意を得ず。〔八木町大字小房〕

この相模・大和説の他に、塩田良平に「伊勢」説（『枕草子評釈』）、田中重太郎・池田亀鑑に「三河の小總」説（『日本古典全書』・『全講枕草子』）などがあり、様々である。しかしこれは『枕冊子』の場合に限って言えば、萩谷朴『枕草子解環』のいう「本段に京中の市としての辰の市に対して、大和の国の中の村里の市として挙げた中、海柘榴市に続くものとしての『をふさの市』を考えるならば、これも亦、大和国中に存在するものと見るのが、極めて消極的ながらその論拠となる。『里の市』と、村里の市を指定しながら、『海柘榴市』一つでは、体を為さないからである。雲梯（うなて）郷小房は、八木の南、橿原の北正に平城京から吉野に通ずる街道に沿って、市を開く場所としては不足はないものと推定する。」また、「平城左京の辰の市に始まり、大和国内の村里の市を二つ挙げて、やや遠く播磨の飾磨に移り、再び平城外京の飛鳥市に戻るという、地域的回帰性を見ると、これらの地名類聚も、単なる無作為抽出の列挙ではなく、やはり、一つのまとまった構想の下に類想せられた章段であることが知られる。」とある。妥当な見解と思う。しかし、この市に冠されている「お（を）ふさ」[注一]が、『日本国語大辞典』・『広辞苑』等にいう〈（比喩としての）虹〉かも知れないという視座は用意されていない。中世以前〈虹〉のたつ所に市を立てたことは、境界の問題と絡めて、今や、民俗学的常識（証例、『古事類苑』[注2]参照）である。とすると、これも一つの

〈虹〉の市、すなわちハワイのレインボーセールのようなもの、メラネシア・ミクロネシア諸島における〈虹〉とその呪詞を伴う原始的贈答交換儀式→開市、のようなもの（㉟〔考〕参照）があってもよかろう。とすれば、それは、海辺でも川辺でも、時雨の通り易い山辺であってもかまわない。ただ、『枕冊子』に限って言えば、先の説すなわち「奈良県八木の南橿原の北の小房」あたりを想定するのが穏当であろうというのである。くだって西行の名歌、

高野にまゐりけるに、かづらきの山に、**にうじ**のたちたりけるをみて
さらに又そりはしわたすここちして**をふさ**かかれるかづらきのみね　（『残集』）

の「葛城山」のある御所（ごぜ）と奈良県八木の橿原は、〈虹〉的スケールで鳥瞰すれば、ほとんど隣り合わせである。よってこんな所からも先説に近づいてくる。「お（を）ふさ」は、「小総」・「雄総」・「小房」などの漢字が当てられているが、有史以前を含めた遠い昔、〈虹＝ニジ〉のよくたつ、またそれを目撃しやすい〈虹〉の名どころであったことも考えられる。それゆえ開市も盛んであった所。（中国の国際的市場にも〈虹口〉の名がある。）もしそうだとすると、その淵源と由来については、作者・清少納言の意識の中では既に希薄というより、霧消していたのであろう。なぜなら、中国（漢学）的教養に染まる平安時代貴族の常として、〈虹〉は忌避すべき妖祥（[1][4][5]参照）であり、特に女性である作者にとって筆に乗せるのもおぞましい淫猥な存在であったに違いないからである。また無意識下に日本各地に見られる「虹指差禁忌」俗信も影響していたことも考えられる。すなわち〈虹〉を示す語は作者にとって怖ずべき禁制の詞であったであろう。もし、を（お）ふさ＝〈虹〉の異名を知っていたなら、この場面に取りあげる筈もなかったであろう。正面きって〈虹〉についてみても逆に、民俗的様相の潜入した深層心理・中国的教養を除いて、もし純粋に清少納言的感性によっていたとしたら、『枕冊子』に、例えば、「心ときめきするもの」「心ゆくもの」「なまめかしきもの」、などの美的範疇（ちゅう）に〈虹〉が入っていてもよさそうに思える。しかしそれがない。

因みに「お（を）ふさ」は、上代の『古事記』[注3]・『日本書紀』[注4]には見られない。韻文世界の、『万葉集』から勅撰八代集にわたる和歌の世界では、『千載』に一首のみである。「なふさ」[注5]は皆無。

『万葉』ナシ
『古今』ナシ
『後撰』ナシ
『拾遺』ナシ
『後拾遺』ナシ
『金葉』ナシ
『詞花』ナシ
『千載』①
『新古今』ナシ

①＝421ふる雪に行方も見えずはし鷹の尾房の鈴の音ばかりして
（隆源法師）

①の歌は、〈虹〉とは無関係のようである。とすると〈虹〉の語と同じくおおむね忌避されていることが知られる。ただし、

私家集の世界では、平安末期から中世にかけて、先の西行歌や美濃の雄総の中に引用されている衣笠内大臣・藤原家良の、

仮初に見し計なるはし鷹のをぶさの橋を恋や渡らむ

や、同項中の、一条兼良の藤川記（1473ごろ）中の歌

たなばたの逢ふ瀬は遠き鵲の尾総の橋を先づやわたらん

などが見られる。〈虹〉は天上のものであり、また古来、恋・エロティズムと属性ともいうほど密接な関係を有する。①私註〔考〕、⑦私註〔考〕、⑧⑨参照）とすれば、これらは、名所の地名――〈虹〉形（＝彩(いろどり)美しいアーチ形）をした橋があり、それに代表される地名――であると同時に、文藝上は、〈虹〉の比喩(メタファー)のようである。それが「鳥」の「尾ふさ」と関係を持つようである。

上考（『枕冊子』に関する）は、本文が正しくなかったら問題にならないし、〈虹〉(注6)以外の意味の地名でありうる――ということも保留しておきたい。

（注1）『和名鈔』・『名義抄』にはこのような記述は見当らない。

（注2）「天部歳事部一」P316・317。二、三例を抄掲。

〔日本紀略　十四　後一條〕長元三年七月六日丁巳、今日関白（○藤原頼通）幷春宮大夫家（○藤原頼宗）虹立、依世俗之説、有売買事。

〔中右記〕寛治六年六月七日已未、雨下或得晴申時禁中（細川院）殿上小庭幷南池東頭、有虹見事、……召陰陽頭成平於便所有御占也、抑世間之習、虹見之處立市云々……廿二日甲戌、今日又賀陽院殿、有虹見気、同廿五日重被立市。

〔百練抄　五　堀河〕寛治六年六月廿五日、高陽院立市、依虹蜺立也。

（注3）高木市之助・富山民蔵編『古事記総索引』（平凡社）による。

（注4）國學院大学日本文化研究所編『校本日本書紀』（角川書店）による。

（注5）柳田国男に、「『をふさ』は『なふさ』の誤写か」（『西は何方』中「青大将の起源」）があり、念のため調査。

（注6）自然地名とすれば、ヲは接頭語、フサは「塞ぐ」と関係――山などに囲まれた地をいうか。（楠原佑介ほか『古代地名語源辞典』《東京堂出版》）

84

a―(1)

あすらいやますく〳〵にいかりていはく、「なむぢがるいだいの命をとゞめんとても、この木一すんをうべからず。そのゆへは、世のちゝはゝ佛になり給し日、あめわかみこくだりまして、三年ほれるたにゝ、天女音聲楽をしてうへし木なり。さてすなはち天女のたまはく、『この木は阿修羅の万劫のつみなか。すぎ(ば)むよに、やまより西にさしたるえだかれんものぞ。その時にたうして三分にわかちて、かみのしなは三宝よりはじめたてまつりて忉利天までにをよぼさむ。中のしなはさきのおやにむくひ、しものしなをばゆくすゑの子どもにむくひむ』との給し木なり。阿修羅を山もりとなされて、春は花ぞの、秋はもみぢの林に、天女くだりましく〳〵てあそび給所也。たはやすくきたれる。つみだにあり、いはんや、そこばくの年月なで(くイ)おほしこづくる、万どうのつみはろぼさむ、あしきみまのがれん、とてまかりこづくれるを、をのが一分とくぶんなし。なにゝよりてか、なんぢ一分あたらむ」といひて、たゞ

いまはさむ(はまむカ)とする時に、おほぞらかいくらがりて、くるまのわのごと
なるあめふり、いかづちなりひらめきて、りうにのれるわらは、こが
ねのふだを阿修羅にとらせてのぼりぬ。ふだをみれば、かけること、
「三分の木のしものしなは、日本の衆生としかげに施す」とかけり。
あすらおほきにおどろきて、としかげを、なゝたびふしおがむ。「あなた
うと、天女のゆくすゑの子にこそおはしけれ」とたうとびていはく、
「この木の上下(中イ)しものしなをは(ママ)大福德の木なり。一寸をもちてむなし
きつちをたゝくに、一万恒沙のたはら(たからカ)をいづ(わきイ)べき木なり。しものしな
は、こゐをもちてなん、ながきたからとなるべき」といひて、あらす(すらイ)木
をとりいでゝ、わりこづくるひゞきに、あめわかみこくだりまし〳〵
て、琴三十つくりてのぼり給ぬ。かくてすなはち音聲楽して、天女く
だりまして、うるしぬり、たなばた(ママ)をよりすげさせてのぼりぬ。

a—(2)

春の日、のどかなるに山をみれば、かすみ。み(わたりイ)
どりに、林をみればこのめけぶりて、はなぞの、はなざかりにおもし
ろく、てる日のむま時ばかりに、ことのねをかきたて、こゐふりたて
ゝあそぶ時に、おほぞらに音聲楽して、むらさきの雲にのぼれる天人
七人、つれてくだり給ふ。としかげふしおがみてなをあそぶ。天人花
のうへにおりゐての給、「あはれ、なんぞの人か、春ははなをみ、秋は
もみぢを見るとて、われらがかよふ所なれば、てふとりだにかよはぬ
に、たよりなきすまゐはする。もしこれより東に阿修羅(がイ)のあづかりし
木えたまひし人か」とのたまふ。としかげ「その木たまはれる衆生な
り。かく佛のかよひ給所ともしらで、しめやかなる所となんおもひて
年ごろこもりはんべる」とこたふ。天人のいはく「さらば我らがおも
ふ所ある人なればすみ給なりけり。天のをきてありて、あめのしたに
(琴)。ひきてぞうたつべき人になむありける。われはむかしいさゝかなる
をかしありて、こゝより西、佛のみ国よりは東。なる所(なか)にくだりて、
七とせありて、そこにわが子七人とまりにき。その人は、極楽浄土の
楽にことをひきあはせてあそぶ人なり。

a—(3)

としかげ、
天人のゝ給にしたがひて、花ぞのより西をさしてゆけば、おほゐなる
河(あり)。そのかはより孔雀いできて、その河をわたしつ。ことをば、れい
のつじ風をくる。それよりにしへゆけば、たにあり。その谷より龍い
できてこしつ。ことはつじかぜをくりつ。それよりにしをなをゆけ
ば、さかしき山七あり。その山より仙人ありてこしつ。

a—(4)

「汝はなんぞの人ぞ」とゝひ給時に、七人の人みな礼拜して申さく、
「我はむかし、とそ天の内院の衆生なり。いさゝかなるをかしあり
て、忉利天の天女を母としてこの世界にむまれて、七人のともおなじ
所にすまず、又あひ見ることかたし。しかあるを、ちぶさのかよふと
ころより、とてわたれる人のかなしさに、なゝのともがらつどひてう
け給はるなり」と申に、文殊かへりて、ほとけに申給

a―(5)

天女の名づけ給し、とりあはせて十二、しう(ら)木もとりくはへてまきあげつ。

a―(6)

かくて、この子十二になりぬ。かたちのうるはしく、うつくしげなる事とさらにこのよのものにもにず。あやにしきをきて、たまのうてなにかしづかるゝ、国王の女御、后、天女、天人よりも、かゝる草木の根をくひものにして、いはきのかはをきものにし、けだものをともにして、木のうつほをすみかとして、おひいでたれど、めもあやなるひかりそひてなむありける。

a―(7)

……このうつほの人、ことをひきやみてあやしがり給へば、いときよげなる人たてり。子のいふやう、「いとめづらしきあやしきわざかな。ものゝねをきゝて、天人のくだり給へるにやあらん」といへば

a―(8)

……きよげにたぐひなくみゆるを、天女をゐておろしたるとおどろかれたまふ。

a―(9)

こ君には、天人もえまさらざりけるを、みなゝらひとり給へりけるこそはかしこけれ。

b―(1)

いづれも〳〵かたちきよう(きよらカ)に、こゝろよく、をしなべておひいでたまへるを、せかいの人「なをこの御ぞうは、たゞ人におはしまさず、へんげの物なり。天女のくだりてうみ給へるなり」ときこえ給。

b―(2)

百まんの神、七まん三千の佛に、御あかし御てぐらたてまつり給はゞ、仏神をの〳〵よりきし給はん。天女と申すともくだりましなむ。いはんや、さばのひとは、こくわうときこゆとも、……

c―(1)

……あやしくたぐひなきすき物にて、「天女くだりたまふらんよにやわがめこのいでこん、あめのしたには、わがめこにすべき人なし」となんおもへりける。

c―(2)

……あるよりもいみじくめでたく、あたりひかりかゞやくやうなる中に、天女くだりたるやうなる人あり。なかより「これは、このよのなかになだゝる九の君なるべし」と思ひよりてみるに、せんかたなし。

d

〔絵解〕**こゝは神泉**。かんだちめ、みこたちつきなみ給へり。たむゐんたまはる。藤ゐい、舟にのりてはなれたり。なかたゞ、きむたまはりてひく。雪ふれり。天人おりきてまふ。

e

たけだちよきほどに、すがたのきよらなること、さらにならびなし。かほかたちさらにもいはず。なかたゞ、これをみるまゝに、ふぢつぼを思ひいでゝ、このきたのかたをさらにをやと思ひわすれは（ママ）、い　くなりし天女とぞ思ひいたり。

f―(1)

このことのぞうあるところ、こゑするところには、天人のかけりてきゝ給なれば、そへたらんとてきこゆるなり。」

f―(2)

君「なにか、いまは天女いまそかりとも、なにとかみたまへん。

g

又ことにとりかふる巻は、れん〇花（華カ）ぞのにて、天人かけり給ひし時、よみあつめたる（コト脱カ）ども、そのよししるせるなり。うへめで給ことかぎりなし。

h

さがの院は、らう〳〵じく、はなやかにめでさせ給て、「きんのねをきくと、こゝのありさまを見るとこそ、天女の花ぞのもかくやあらんとおぼゆれ」との給。

（傍線類は稿者による）

私註〔一〕『**宇津保物語**』〔二〕a＝「としかげ」　b＝「藤はらの君」　c＝さがのゐん　d＝「ふきあげの下」　e＝「内侍のかみ」（※本により「初秋」）　f＝「くらびらきの上」　g＝「くらびらきの中」　h＝「楼のうへの下」〔三〕物語〔四〕未詳〔五〕未詳。源順（911～983）説（『原中最秘抄』）。〔六〕宇津保物語研究会・代表笹渕友一編『宇津保物語　本文編』（昭48、笹間書院）〔八〕底本＝前田家本。

【**考**】『宇津保物語』で〈ニジ〉に関するものは、「龍」「天人」「天女」、それに天人・天女の派生的存在として、「天稚御子」天人の「七人の子」、天女の「行末（ゆくすゑ）の子」すなわち、地上では俊蔭を始祖とする琴の名手の族流、また間接的ではあるが、「天女」に喩えられるほどに清らかに美しい地上の女性（にょしょう）、例えば九の君・貴宮、等である。

まず「龍」についてみていくと、それは「a―(1)」「a―(3)」部に登場する。「龍」は〈ニジ〉の第一次認識〔一〕―Ⓐ系すなわち「蛇」系の性状的発展をなしたものであるが、中国的にいえば、もともと俗界より仙界への〝渡し舟〟の機能を有するもの、つまり「龍舟」である。インド説話的にいえばこの「仙界」が「仏界」に相当するものであるが、「a―(3)」部の後部に「仙人」がでてくるので、仏教的ムードに包まれつつも多分に神仙的、中国文化的色彩が混在している。もしかすると、物語中の舞台の設定としての場所が、仏の国・西方インドに向かいつつ、いま一歩足を踏み入れていない、例えば「ビルマの竪琴」で有名なインドシナ半島あたり、との暗示的表現かも知れない。ともかく、〈ニジ〉の二次的認識たる「龍」に付与された「致福」能力にいささかながら貢献するプラス面の性能が素直な形で表現されつつ効果を奏している。

次に、「天人」・「天女」についてであるが、会話中のものを含めて本物語では、「発動の主体」である場合と、美しいものの「比喩的形容」として使われている場合がある。前者が主であるが、後者にも「a―(6)」「a―(9)」「c―(2)」「e」「h」がある。これらも「二―Ⓐ」系の性状的発展による〈ニジ〉の二次的認識による存在である。

天女についてみると、一部ギリシャ神話の、天上―地上間を駿足で往き来する伝達使・〈虹〉の女神・イリス（＝31）と重なる。

「天人」についてみると、(イ)「天女」（＝女性）に対する「天人」、強いていうならば「天男」（＝男性）をいう場合と、逆に、(ロ)「天人」＝「天女」の場合、また(ハ)「天男＋天女」すなわち両者を含めていう場合がある。（〈虹〉を〈ニジ〉の雌雄を含めていう、すなわち〈蜺〉をも含めていうケース――対異散同――と同様である。）「a―(6)」のケースには明らかに(イ)が意味され、「a―(7)」も、右大将の美称的形容中の「天人」であるから、いわば「天男」であろう。(d)などは(ロ)の認識がふさわしいように思える。「f―(1)」「g」部の「天人」などは、共通性能を言っているのであるから(ハ)のケースのように思われる。この混同性・融通性は「a―(2)」の「天人」が、底本の異なる岩波日本古典文学大系本では「天女のいはく」とあり、「a―(3)」の「天人」も九道本では「天女」とあることからも傍証されよう。しかしこの区別は、この物語における本質的効果に関してはさほど大きな問題ではない。要するに両者共、秘琴を媒体として《妙なる音楽》にかかわる「天界の人」として足れる。たとえ「いさゝかなるをかし」の罪を背負っていようとも……。そしてその風貌は、超地上的な「変化物（へんげもの）」と明らかに見えるほどの「光り耀くやうな」「美しげなる」「清らなる」の形容で表現されている。そして、天人（天女か？）の降り立ちて舞う場所が、(d)部では「神泉」とされ、〈ニジ〉の水辺との繋りを垣間見させる。これはヨーロッパの俗信――34後半部・37―C――とも一面底通する。

「天人」「天女」に「羽衣」が著されていないのは、「白鳥処女説話」の混融以前の形態であるからであろう。

また、天人の「天降り方」であるが、「a―(2)」では、紫雲に乗って天降る、とありこの紫雲は、仏教的に潤色されたものであろう。もともと〈ニジ〉は雲から出たり、雲前、特に白雲の前においてその存在は鮮明である。よって〈ニジ〉の同胞ともいうべき「龍」も雲を呼び昇天するのである。白雲やただの雲でなく「紫」雲であるところに仏教臭が匂う。

その点「龍」の出現・天降りの様相は「a―(1)」にみられるごとく「おほぞらかいくらがりて、くるまのわのごとなるあめふり、いかづちなりひらめきて」と、極く自然的である。

『竹取物語』の天女・「かぐや姫」は、地上の竹取の翁に、永遠の命をも含めた「物的至福」を与えて昇天したが、この『宇津保物語』は、選民的で、天女の職能的子孫――「才（ざえ）」の継承[注1]したる俊蔭とその末裔に、秘琴を通して《妙なる音楽》を奏させることによりそれに見合う「至福――物・心両面――」を得さしめ、地上の人々に「精神的至福」感を賦与せしめているのである。

「美」と「水」と「致富」は〈ニジ〉の内蔵する特性的ファクターである。

天人・天女にまつわる本物語は、〈ニジ〉[注2]の文化の本質を奥深く蔵しつつ文藝的にイメージを膨らませたものであり、これを基軸として、宗教的・文化的さまざまな色彩を豊潤に施しつつ、悲喜こもごも地上的・人間的煩悩により醸し出される葛藤を織りまぜて王朝的ロマンを壮大に構築したものといえようか。

「天稚御子」、天人の「七人の子」については以上に準拠する。

以上を仮説として提示するが、本文中に幾度も登場する「七」の数字が〈虹〉の「七」色と関係をもつかどうかは定かではない。

（注1）佐藤厚子筆「うつほ物語の『学問』——藤原秀英の人物像を中心に——」（『椙山女学園大学短期大学部二十周年記念論集』平1）

（注2）前田家本『宇津保物語』には、〈ニジ〉を暗示すると思われる固定的な〈橋〉型発想たる「天の浮橋」、これに縁語法を絡めた「夢のうきはし」はみられない。

虹と日本文藝（十二）続

——中古散文（付日本漢詩）をめぐって(2)——

小序

本稿は、前稿「虹と日本文藝」（十二）——中古散文をめぐって(1)——に続くもので、大作『源氏物語』をとりあげ、そこに現れた〈虹〉、具体的には「白虹貫日」について、また「れいにたかへる月日ほしのひかり」「天人・天女」「夢のうきはし」の問題にも比較文化的見地を混えつつ、資料ごと個別的に小考を試みたい。付載として日本漢詩『菅家文草』『和漢朗詠集』『本朝無題詩』『本朝麗藻』をとりあげ〈虹〉と関連する問題にアプローチする。

85₁

廿日の
月やう〳〵さしいてゝおかしきほとなるにあそひなともせまほしきほとかなとのたまはす中宮のこよひまかて給なるとふらひにものし侍らむ院ののたまはせをく事はへりしかは又うしろみつかうまつる人も侍らさめるに春宮の御ゆかりいとおしう思給へられ侍てとそうし給春宮をはいまのみこになしてなとのたまはせをきしかはとりわきて心さしものすれとことにさしわきたるさまにもなに事をかはとてこそとしのほとよりも御てなとのわさとかしこうこそものし給へけれなにことにもはか〳〵しからぬ身つからのおもておこしになむとのたまはすれはおほかたし給わさなといとさとくおとなひたるさまにものし給へとまたいとかたなりになとその御ありさまもそうし給てまかて給に大宮の御せうとの藤大納言のこの頭弁といふかよにあひはなやかなるわか人にておもふ事なきなるへしいもうとのれいけいてんの御かたにゆくに大將の御さきをしのひやかにをへはしはしたちとまりて白虹日をつらぬけり太子をちたりといとゆるらかにうちすしたるを大將いとまはゆしときゝ給へととかむへき事かはきさきの御けしきはいとおそろしうわつらはしけにのみきこゆるをかうしたしき人ゝもけしきたちいふへかめる事とももあるにわつらはしうおほされけれとつれなうのみもてなし給へり

（——線は稿者による）

私註〔一〕『**源氏物語**』〔二〕「さか木」〔三〕物語〔四〕長保五年（1008）この頃少なくとも一部は流布。〔五〕紫式部（通説）〔六〕池田亀鑑編『源氏物語大成』巻一（昭和28・6、中央公論社）〔七〕P361～P362〔八〕校異・「白虹――白虹（虹）＝青表紙本系大島本」（――は見せ消ち）、他はナシ。

〔**考**〕「賢木」の巻は、源氏二十三歳の九月から二十五歳の夏までの期間にあたる。ここでの「大将」は源氏である。『源氏物語』のテーマ・構成を、王氏と他氏とのダイナミックなうねるような相剋展開の相としてとらえるとき、ここの所は、両者のコンタクトによる火花の散る様な場面である。そして、源氏のライバルの側の若者・頭弁が、しばし立ち止まりて、ゆるやかにうち誦した「白虹日をつらぬけり太子をちたり」の詞句は『後漢書』に見える春秋時代の故事「白虹貫牛山」（cf.[11]）をそのルーツとし、『史記』・『漢書』を源とする「白虹貫日　太子畏之」の和訳である。この前に「昔 者（(漢)ナシ）　荊軻慕燕丹之義」があり、これを響かせている。しかし、両者間、次元もケースも、内容さえも異なる（[4_1]の私註参照）。ゆえにぴったりといく筈もないが、あえて、表面的に、牽強付会してみるならば、太子＝春宮、荊軻＝源氏（＝白虹の面）、始皇帝＝今上（＝日）に擬し、今上を廃し、（作者は、王権のタブーを犯す極秘の恋を読者に暗示しつつ――※頭弁はこの秘密を知る筈はないから――）藤壷の生んだ春宮を立てんとの野心を推察しつつ、「（朧月夜との密通の噂もからめて）そんなにはうまくいかないよ」との意を含ませた辛辣で冷笑的なあてつけの振まいを描いている。

これは、初巻「桐壷」の巻の、「かしこき高麗人の相人の観相、「國の親となりて、帝王の、上なき位にのぼるべき相おはします人の、そなた（帝王）にて見れば、亂れ憂ふることやあらん。朝廷（おほやけ）のかためとなりて、天（の）下助くる方に見れば、又、その相たがふべし」（岩波・大系本）とも伏線的に微妙に関連している。

すなわち、作者の中国的教養、当時としては外来のハイカラな、いわゆるますらをぶりの教養が、柔らかな和文脈に変容されて、『源氏』の世界に見事に溶合しつつ重々しいメタファーとして作動しているのである。

ここで、中国古代の文献と比照してみるに、「……太子畏之」まで出ているものは、『史記』（＝[4_1]）・『漢書』（＝[5]《[4_1]の私註に含む》）であり、『資治通鑑』『戦国策』（＝[4_2]）には（「太子畏之」が）見えない。選文・類書では、『文選』（＝[6]）、『初学記』（＝[10]）、『太平御覧』（＝[11]）にあり、『北堂書鈔』（＝[8]）、『藝文類従』（＝[9]）には見えない。

さて、次に、作者（紫式部）の側から少しく考察してみたい。当該個所を、場面に即した文脈に沿って鑑賞すると、内容的に見て、

白虹貫日太子畏之　≠　白虹日を貫けり太子をちたり
原典・『史記』『漢書』　≠　『源氏物語』

となる。（[4_1]私註参照）

これを踏まえると、作者が、

A　原典をきちんと読解していた場合

①表現上故意に歪曲して取り入れた（その場限りの引用）

②故意に誤読して、それを若い頭弁に言わせ、その無

知さかげんを皮肉った

B　原典を読むには読んでいるが「誤読」している

C　『文選』・類書等二次資料すなわちダイジェスト版により、それに直結している

のケースが考えられる。A―①に近いものに小守郁子説（『源氏物語における史記と白氏文集』）があり、A―②に近いものに玉上琢弥説（『源氏物語評釈』）が、Bに近いものに、鈴木朖説があり、『玉の小櫛補遺』に「作者本書の意をすこし心得たがへたりと見ゆ」（※『源氏物語湖月抄』注にも取）とある。A―②とすると、「とがむべき事かは」の「とがむ」の語意中に一部その原因が混入する場合もありうることになる。ややC説――特に『文選』との関連――が優位のような気がするが、本個所について、もともとの中国でさえ様々な注が存する（$\boxed{4_1}$$\boxed{6}$参照）ので、紫式部とはいえ、B説ではないという保証はなかろう。

さて、〈虹〉は、現実には、史上どの時代にもたっている。そのことは、『古事類苑』等の記述が示す通りであり、言語的に見ても、すでに上代より古辞書・類書にその語は見える。(注1) にもかかわらず、〈虹〉の文藝に及ぼしている面よりすると、この場合、あくまでも先進外国文化（中国）の理知的応用であり、広大な『源氏物語』の世界に、それも秀れた自然描写の多いこの世界に、これ以外一度も明らさまには〈虹〉として素材に使われていないこと、それ自体奇怪な享受の仕方のように思える。

これは、『古今』より『新古今』まで、勅撰八代集の和歌の世界に〈虹〉の歌が一首もないことや、白楽天の「長恨歌」に心酔していたらしい作者が、青海波の舞は出しても、「霓裳羽衣」の舞は出さず、また、現実に平安時代、この舞が一時禁止されていること（＝$\boxed{16}$私注参照）等――とも呼応している特殊な心理の作用によるものと思える。

因みに、戸田栄次著『源氏物語と枕草子の月・雪・雷』（昭和57）によると、「『源氏物語』の天文語は、全篇に、日月星雪など十八あり、千二百四十六回も使用されている。」という。逆説的ではあるが、〈虹〉以外の自然現象はそれほど素材化されているのである。

ここに至って、『源氏物語』作者の〈虹〉観――特に作者が女性(注2)であるゆえに、筆に乗せるのもおぞましい不吉・妖祥・邪淫観――に支配されていたであろう事に、当然といえば当然のことながら思い当るのである。

（注1）拙稿「虹と日本文藝（十）――日本辞・類・音義書史上主要文献私註――」御参照。

（注2）資料$\boxed{1}$（＝『詩経』）並に$\boxed{5_2}$（＝『漢書』参照）

$\boxed{85_2}$

おほかたよのなかさはかしくておほやけさまにもの〻さとししけくのとかならてあまつ空にもれいにたかへる月日ほしのひかりみえくものた〻ずまひありとのみ世の人おとろく事おほくてみち〳〵のかむかへふみともたてまつれるにもあやしく世になへてならぬ事ともましりたり内のおと〻のみなむ御心のうちにわつらはしくおほししらる〻事ありける

私註〔一〕『**源氏物語**』〔二〕「うす雲」〔三〕物語〔四〕前同〔五〕前同〔六〕前同〔七〕P614

〔考〕この資料は、文面上には〈虹〉の語と、〈虹〉の姿は見えない。しかし、異象・妖祥としての〈虹〉のかげが暗に仄見えているように思える。すなわち、この中の「例に違える月日」が、月食・日食の他、〈虹〉の「貫月」・「貫日」現象をも包み込んでいる可能性はあろう。しかし、これとて自然美的享受の存在ではなく、多分に卜占的存在である。つまり、天文的異変の根本は、地に在ってそれが天に上って発現する、という陰陽道に儒教思想のミックスしたものをベースとしており、具体的には、源氏と藤壷との秘められた恐るべき不倫・密通事件と関係させている。（資料[5]₁《＝『漢書』〔考〕》参照）また中国古代の緯書にみられるさまざまな所謂「〈虹〉の感生帝説[注1]」は、『源氏物語』の今上帝の出生の秘密とも微妙に絡みつつ、その深層において生きづいているようである。

（注1）例えば「貫月生頊」、「意感生帝舜」（cf.『太平御覧』＝[11]）

[85]₃

〈天女・天人〉

きち上天女をおもひかけむとすればほうけつきくすしからむこそ又わひしかりぬへけれとてみなわらひぬ　……(a)

なにかしのみこの花めてたるゆふへそかしいにしへ天人かけりてひわの手をしへけるは何事もあさく成たる世はものうしや　……(b)

一とせたらぬつくもかみおほかる所にてめもあやにいみしき天人のあまくたれるをみたらむやうに思ふもあやうき心ちすれと　……(c)

こくらくといふなる所にはほさつなともみなかゝることをして天人なともまひあそふこそたうとかれ　……(d)

私註〔一〕『**源氏物語**』〔二〕(a)＝「はゝき木」(b)＝「やとり木」(c)・(d)＝「てならひ」〔三〕物語〔四〕前同〔五〕前同〔六〕『前同』巻一（＝(a)）、巻三（＝(b)(c)(d)）〔七〕(a)＝P58 (b)＝P1766 (c)＝P2003 (d)＝P2017

〔考〕『竹取物語』（＝[82]）の所でも触れてきたが、「天人」・「天女」は、〈虹〉の二次的認識による〈イリス型〉（＝[二]—(ロ)—ⓐ—1）によるものである。たとえそれが、仏教的場面で語られたものであっても、仏教、広い意味で文化形成以前の淵源的存在なのである。これは「龍」系とは別系統で生長してきたものである。識別ポイントの一、二は「美」と「致福」である。(a)は例の「雨夜の品定め」中の頭中将の言にみえるものであるが、岩波日本古典文学大系の注にもあるように「顔が端麗で、大衆に大功徳を与える天女。毘沙門天の妹という。」まさに〈虹〉の化身である。(b)・(d)は「音楽的」な面で功徳を施す存在、(c)は「この世のものとも思えぬ美しさ」の比喩である。

ただし、表面的に〈虹〉が出てこないので、作者はたぶんそれと気づいてはいまい。〈虹〉の秘めやかな貢献である。

夢のうきはし　85₄

私註〔一〕『**源氏物語**』〔二〕「夢のうきはし」〔三〕物語〔四〕前同〔五〕前同〔六〕池田亀鑑編『源氏物語大成』巻三〔七〕P 2051

〔**考**〕「夢のうきはし」は、壮大にして優艶なる大河文藝『源氏物語』五十四帖の掉尾を飾る帖の名である。それはこの一帖の内容を象徴する帖名であると同時に、宇治十帖の、否、『源氏』の世界全体をも包括した構成の中の大団円の象徴でもありえよう。

この結帖については先学によってさまざまな考察（注1）がなされてきたが、稿者が意図する考えを述べるに際して、新間一美筆「源氏物語の結末について——長恨歌と李夫人と——」（注2）は、すこぶる有効のように思われる。よって御学恩に浴しつつ次に抄引させていただく。それによると、

夢浮橋巻の末尾は、表氏の言われるように、長恨歌の物語をふまえることによって桐壷・幻巻と呼応し、源氏物語全体の結末を表示したものと思われる。

（また）

世俗的に一度死んだ浮舟は小野という天界に生まれかわり、出家することによって一旦恩愛の情を断ち切る。しかし小野の地は極楽浄土ではなく、人界（都）に輪廻することもあり得るのである。事実、薫の使いの小君が都から尋ねて来て、浮舟に恩愛の情を起こさせようとする。使いを受け入れれば再び人界に輪廻し、煩悩の世界で身を焼かねばならない。ここは阿弥陀仏の力にすがり、浄土に往生するために使いを拒絶しなければならないであろう。

薫についてはどうか。「長恨歌伝」・「長恨歌序」・「楊太真外伝」等は、その物語の最後に、方士の還奏を受けてなお嘆き悲しむ玄宗の姿を描写する。源氏物語も「思すことさまざまにて」という惑える薫の姿を描いて終っている。仏の力にすがろうとする浮舟と、仏の世界に接近しようとしていながら惑い続ける薫と、源氏物語の作者は深い対比をその結末に意図しているように見える。　（——線は稿者）

とある。また、山岸徳平校注『源氏物語』五——岩波日本古典文学大系18——には、

書名　本文中、言葉にも和歌にも、「夢の浮橋」の語は出ていないが、「夢」の語は、五回見られる。

一　夢の心地して　二　夢のやうなる事ども、
三　夢のやうなり　四　世の夢語をだに
五　いかなりける夢にか

とある。

さて先引の『記』『紀』に登場した「天浮橋」が稿者のいう〈虹〉の二次的認識による「橋」見立て型（＝[二]−(ロ)−ⓐ3）発想によるもので、いわばメタファー的文藝手法による〈虹〉の異名に近いものであり、これが「人間界」と「天界」との〈架橋〉であることは、海外の数多の古代世界の〈虹〉を見てきた目にはほぼ無理なく首肯されうるものであった。とすれば、言葉的にはよく似た本ケースの「夢のうきはし」の場合は

どうか。

「夢のうきはし」は「薄雲」の帖に「夢のわたりの浮橋」の類語を有するも、厳格には日本文藝史上『源氏物語』が嚆矢(注3)であると思われ、従って『源氏』の作者の造語であろう。とすれば稿者としては、稿者の立場からもう少し考察を深めてみたい。

まず稿者は、『源氏』未完説を許容しない。直観的であるが漱石の『明暗』のごとくには感じられないからである。まずもってこの足場を前提とすれば、この「夢のうきはし」に壮大・優艶な『源氏』の世界を構築せしめた作者の、「文藝的感性」と「人生哲学（洞察）」によって織りなされた究極の想いが込められているはずである。

ここで作品世界に戻ると、新間論文にいう「小野」を「天界」の喩的空間とすれば、稿者としては同論文にいう仏教的「浄土」も別次元と考えず、つまり「異界」の意味において「天界」と同質のものと考えてみたい。

とすれば、この「橋」は、(A)「人界＝地上」より(B)「浄土＝天界」への架橋と考えることができる。仏教的にいえば「解脱への通路」である。これを『源氏』世界の具象でいえば、(A)の象徴たる「宇治」と(B)の象徴たる「小野」ということになろう。この舞台の間を結ぶ具象的象徴として、さらに文藝的描写技法でいえば、はるか宇治十帖の初帖「橋姫」の「橋」のイメージの残像を享けつつ、幻写法的に、名高い川霧のたち込める朦朧の中の「宇治橋」を夢幻的に読者の脳裡に浮かびあがらせる。（この手法も見事である。）繰り返し強調しておくが、この橋こそA・B間の架橋なのである。そしてそれを渡って帰ろうとしない浮舟にとっても、実は後ろ髪引かれる「つらい」

橋であり、それを渡るべく意思を持ちながらも渡りえない薫にとっても「つらい」橋である。よってここの所を、「浮き」に「憂き」を重ねた懸詞、すなわち成熟した和歌的修辞を援用したのである。そのイメージには「景」と「情」の美しい融合がある。

次に「夢の」であるが、これはこの帖中に多出する「夢」の語の残像的連鎖の効果をねらいつつ「はかなさ」を暗示する表現であろう。それは「消える」こともある「はかなさ」である。

ここに至って『記』『紀』の「天浮橋」が想起されてくる。通説に従って、この宇治十帖をも含めた『源氏』の世界の創造者を紫式部とすれば、――日本紀の局とニックネームされたことをも考えれば、『古事記』でなく『日本書紀』よりの「天浮橋」についての教養の導入の可能性があろう。そして、式部が読み強い感銘をえたであろう「天浮橋」は、天と地を繋ぐ橋であり、神・精霊・魂の昇降する通路であった。また、中国古代の陰陽道の観念の混融をみるとき、それは陰陽の接点として、男・女の魂または肉体の結合状態の象徴でもあった。それは〈虹〉を淵源とし、始原とするものであった。それはグローバルに見られた文化的パターンの一端として解された。

「夢のうきはし」は、この「天浮橋」を、『源氏物語』の世界にマッチさせるべく、みごとに脚色してみせた含蓄の深い、作者の造語であろう。

ここの所をもう少し事態に沿って私註的に記述するならば、典拠とされたと思われる「天浮橋」は、機能的にいえば、「白鳥処女説話」の混融した天女伝説的話型の中の素材たる「羽衣」に相当する。すなわち、地上、人間界・俗界よりの「解脱」の手段であり、よってそれを「渡る」または「著衣」すれば、地上界の人でなくなり、従って懊悩はきれいに消え去るはずのものである。しかしこの「夢のうきはし」は、これを思い切って渡り切ってもなお、完全には消え去ることのない人間的愛執の付着を許しているものである。（これは作者の「あはれ」を感ずる優しさの照射力の介入によるものであろう。）ここが古物語のパターンに属する『竹取物語』の「かぐや姫」の「羽衣」と質的に違う所である。「浮舟」が、天女的発想(注4)により造型された女人像であったとしても、「かぐや姫」との質的相違がここにある。

これはいいかえれば『源氏物語』的文藝哲学の発露であり、作者の文藝的創意のたまものである。

巻末として限定された帖名としての「夢のうきはし」としてみれば、——川霧の朦朧の中に浮き上る夢幻的美しさをもつ宇治橋の「景」を暗示しつつ、「情」面では、浮舟・薫、両者の「つらい」心の架け橋——異界に架かる橋——であると同時に、それを思いやる作者の優しい心が見つめる時に発動する「憂き」橋でもあろう。

さらに『源氏』五十四帖の結帖としての重みの中にある「夢のうきはし」としては、——その壮大・優艶な美的世界を構築した作者の、秀れた「文藝的感性」と「深く広い人間洞察」のみごとに混融したもので、仏教の輪廻（リング）の論理では捉えきれない俗界よりの「解脱」の可能性＝ファジー性、余情性、の《美的表象》であろう。

そこには人間の原罪を優しく見つめる「あはれ」の心眼と、その原罪ゆえ〈虹〉のように消えるかも知れない、「夢」のように覚めるかも知れない「はかなさ」——男・女の魂の離合の可能性——をも知る厳しさが暗示されている。かく、「天界」と「人界」とを繋ぐ「夢のうきはし」をはさむ「俊巡」は、作者・紫式部の「心の宇宙」の究極の象徴であると同時に、人間の心的宇宙の究極の象徴でもあろう。天人の心と人間の肉体を同時に持つ存在としての……。

〈虹〉の文化は、かく変身しつつ『源氏物語』の中枢にも深く食い込んで、その美的世界の構築に貢献しているのである。

作者の〈虹〉の文化的享受のスタンスは、$\boxed{85_1}$—$\boxed{85_2}$と$\boxed{85_3}$—$\boxed{85_4}$との間にかなりの隔たりがみられる。すなわち、$\boxed{85_1}$—$\boxed{85_2}$は、中国古代的教養による不吉・妖祥観に彩られたマイナス志向のものである。$\boxed{85_4}$も「うき＝（憂き）」を強調すれば、ややそちらに傾いて見られないこともないが、やはりそこに大きな断層があるようである。おどろおどろしいまでの感はない。

これは、『源氏物語』を一筆、つまり同作者（紫式部）と仮定すれば、作者に親密であった『日本書紀』の「天浮橋」が、実は〈虹〉の二次的認識による〈橋型〉発想（＝$\boxed{二}$—(ロ)—ⓐ3）であること、また、「天人」・「天女」が〈イリス型〉発想によるものであることに、表層的には気づいていなかったことによろう。

しかし、その深層は、さらに中世の天才歌人・藤原定家に遺伝してかの名歌(注5)を生ませることになる。

（注1）山岸徳平校注『源氏物語』五——日本古典文学大系18——（昭38、岩波書店）の補注六〇九に「夢浮橋」についての注釈の蒐集がある。

（注2）『國語國文』第四十八巻第三号（昭54・3）所収。

（注3）『伊勢物語』『大和物語』『竹取物語』『宇津保物語』『落窪物語』『古今和歌集』『後撰和歌集』『拾遺和歌集』『後拾遺和歌集』を調査。「夢の浮き橋（ゆめ・う・はし）」不見。

（注4）参考――佐藤厚子筆「もう一つの『竹取物語』――浮舟の物語――」（物語研究会編『物語――その転生と再生』有精堂、所収）ただし、本論文は、主に文化的視座より論述のため、稿者とは所々に位相的差異がある。

（注5）　守覚法親王、五十首歌よませ侍りけるに
春の夜のゆめのうき橋とだえして峰にわかるる横雲のそら
（新古今和歌集・春上・三八）

参考

『源氏物語大成』巻四――索引篇――（昭46、中央公論社）によると「おふさ」「をふさ」、「龍」をあらわす「たつ」はナシ。「龍」は「手習」に一つあり、仏教の「龍女成仏」を喩として援用したもの。従って「龍女」はマイナス認識である。『古事記』序文中の「潜龍」とは逆。

86₁

賦㆓得赤虹篇㆒、一首。　七言十韻、自㆑此以下四首、臨㆑應㆓進士擧㆒、家君毎㆑日試之。雖㆑有㆓數十首㆒、採㆓其頗可㆑觀留之。

陰陽燮理自多功
氣象裁成望赤虹
擧眼悠々宜雨後
廻頭眇々在天東
炎凉有序知盈縮
表裏无私弁始終
十月取時仙雪絳
三春見處天桃紅
雪衢暴錦星辰織
鳥路成橋造化工
千丈綵幢穿水底
一條朱旆掛空中
初疑碧落留飛電
漸談炎洲颺暴風
遠影嬋娟猶火劍
輕形曲橈便彤弓
如今尚是樞星散
宿昔何令貫日怱
問著先爲黃玉寶
刻文當使孔丘通

私註〔一〕『**菅家文草**』〔二〕巻第一・通算4番目〔三〕日本漢詩〔四〕貞観三年（861）ごろ〔五〕菅原道真〔六〕川口久雄校

注『菅家文草　菅家後集』――日本古典文學大系72――（昭41、岩波書店）〔七〕P107・108〔八〕底本＝明暦二年藤井懶斎奥書三冊青表紙本（校注者架蔵）　道真17歳の時の作。

〔**考**〕道真若干十七歳、文章生登用の試たる「進士の挙」の折、父・是善が家において課した模擬テスト様の試作中の一篇である。〔六〕本補注に「語彙・措辞はきらびやかであるが、内容はそれほどのものではない」とあり、それはそうであろう。そのことより、初の登龍門突破の試作に〈赤虹〉すなわち〈ニジ〉を一つの素材に選び、それが比較的出来のよいものである所に作者の感性の特色をみる。後に天神とうたわれたことと思い合わせてみると興味深い。

『佩文韻府』・『駢字類編』（＝21）には、〈丹虹〉〈絳虹〉はみられるが〈赤虹〉はみられない。しかし、類書例えば『初学記』（＝10）には、

「赤虹自上而下化爲黄長三尺上有刻文孔子跪受而讀之」

とあり、〈赤虹〉の故事がみられる。若い道真の詩作のための中心的情報資源は、おおむね中国の類書類であり、それに古詩・唐詩の教養が加わり、その上に作者自身の詩的創意の肉付けがあろう。

〈赤虹〉の形状描写も「橋」「幢」「旆」「暴風」「弓」の語彙を援用しているが、類似発想は『楚辞』（＝2）以来見られるものである。

そして〈虹〉への道真の対峙の仕方は、美的、特に「壮美」「爽美」と観じつつ、――妖祥・不吉観とは無縁で――、プラス志向で成されている。若き道真の心の宇宙の〈虹〉の許容法である。

〈虹〉の秘めた「致福力」を示す結部終り三行の援用と見解にそれが象徴されている。

86₂

早春、侍宴仁壽殿、同賦春暖、應製。并序。

春之爲氣也、霏々焉、漠々焉。鴦瓦雪銷、見天下之皆就暖、鳳池氷冶、知天下之不受寒。時也翠幌高開、珠簾競撥。留万機於一日、翫三春於二旬。非彼恩容侍臣、勅喚文士、未曾清談遊宴、夢想追歡者乎。既而金箭頻移、玉盃無算。紅衫舞破、所綴者後庭之華。朱吻歌高、所遏者行雲之影。猗虖、其爲外也、風月鶯花。其爲內也、猗羅脂粉。一事一物、皆是溫和。相送相迎、靡非煦嘔。小臣解形俗人、取樂今日、將詳盛事於璅窓、還誠不言於溫樹。嗟歎不足。略而敍之云尒。謹序。

春風聖化惣陽和
初出重闈露布過
語鳥千般皆德煦
游魚万里半恩波
虹霓細舞因晴見
沆瀣流盃向晩多
日落先歸何恨苦
儒生不便乎廻戈

私註〔一〕『**菅家文草**』〔二〕巻第二・通算79番目〔三〕86_1と同〔四〕元慶二年（878）ごろ〔五〕86_1と同〔六〕86_1と同〔七〕P169・170〔八〕底本＝86_1と同。1〜24の校注略。――線は稿者による。道真34歳の時の作。

〔**考**〕「虹霓細舞」とあるが、「霓裳羽衣」の曲・舞の風情をいうのであろう。これが、空にかかった〈ニジ〉を見ての詩的表現なのか、〔六〕本の頭注にあるように、宮女の舞いの矚目よりの写生なのか定かではない。仮りに後者とすると、この舞曲は、遠藤実夫著『長恨歌研究』（昭9、建設社）によると、「仁明天皇の承和年間に伝来した霓裳曲は泰平の世相と唐化熱の盛期に会して少なからず流行したものと思われる。然るに当時疫病流行して人民百姓の死亡する者が続出したので公卿僉議の結果、これ全く霓裳曲の故であると評定あってこの曲を奏することを停められ、次代文徳帝の御代までは殆ど舞はれなかったけれども、清和帝の貞観二年六月十日之を内教坊に賜って奏でしめられたが、この度は別に凶い事も起こらなかったので、爾来正月の節会にはこの曲を奏することになった（龍鳴抄）」というきさつがあった。本詩成立の頃は、清和帝に続く陽成帝の御代であるから当然解禁になっていたはずである。ただしその実体は「細舞」の表現にみるくらいで皆目わからない。想像図としては、資料16_1私註の《影印8》参照。

また「虹霓細舞」が、空にかかる美しい〈ニジ〉の喩であれ、宮女の舞いの写実であれ、あるいはこれを幻想しての仮構であれ、〈ニジ〉の文化が、日本の宮廷サロンに集う作者を含む殿上人らに、優艶なる美的至福を提供していたことは確かなようである。

「霓裳羽衣」の舞・曲に関しては、資料16_1ならびに私註参照。

87

一聲鳳管　秋驚秦嶺之雲

數拍霓裳　曉送緱山之月　　連昌宮賦

（――線は稿者）

私註〔一〕**和漢朗詠集**〔二〕巻下・「管絃」・462番〔三〕朗詠集〔四〕平安時代中期（1018ごろ）〔五〕藤原公任（966〜1041）〔六〕川口久雄校注『和漢朗詠集』――日本古典文學大系73――（昭40、岩波書店）〔七〕P167〔八〕底本＝御物伝藤原行成筆粘葉装二冊本倭漢朗詠集　「霓裳」は注に「唐書、礼楽志に楊敬忠が献じた霓裳羽衣の曲。」とある。

〔**考**〕〔六〕本の頭注に「私注『連昌宮賦　公乗億』。連昌宮は洛陽の諸宮の一つ。玄宗が東都洛陽において管絃の遊びをした時のさまをよむ。連昌宮夜宴のさま。」とある。「霓裳」は「霓裳羽衣の舞いの伴奏のリズム」であるが、擬人化されている。「霓裳」関係は白楽天の詩に出するもので、資料16_1の私註に譲る。本詩は日本文藝に馴染み深いものではあるが、日本文藝そのものではない。しかし、公任が白楽天の「霓裳」を採らず本詩の「霓裳」を採った所に審美眼の特性という意味があろう。

88₁

A　　　　大江匡房

大夏新排以落々。降登飲(飫イ)宴悉開レ眉。淩雲壯麗人輸レ節。不日新功君(天イ)與レ時。雲雨半過生二戸牖一。虹霓纔及遶二棼楣一。周年路寝漢前殿。舊製相同誰不レ思。

B　　　　藤原知房

新成二大夏一接二星躔一。製象二紫微一契二萬年一。四面璧璫高映レ月。千尋畫桷半承レ天。虹霓勢亘二華梁一聳。燕雀賀來二繡檻一連。壯麗何唯良匠力。宏基便出我君賢。

C　　　　藤原敦基

禪庭深處隔二塵寰一。盡日廻レ眸眺望閑。斷峽虹横春雨後。遠村煙細夕陽間。風來拂レ砌唯花樹。晴至入レ樓幾碧山。林下新逢二槐露暖一。剩哥二德澤一醉中還。

D　　　　源經信

插レ峯跨レ澗一蕭寺。秋景攀登瞻望遥。山雨初飛歛二蝀螮一。溪嵐乍起裂二芭蕉一。石龕松老蓋空楲。苔壁書殘字半消。暫入二禪窓一塵慮斷。還欣閑伴偶相招。

私註〔一〕『**本朝無題詩**』〔二〕A・B＝巻第一「宴賀　賀二大極殿新成一。」C・D＝巻第八「山寺上」〔三〕日本漢詩〔四〕平安末期〔五〕藤原忠通（説）〔六〕『群書類従』第九輯――文筆部――（検校保己一集）（続群書類従完成会）〔七〕A・B＝P2・3　C・D＝P89・95〔八〕Dは久保田淳筆「虹の歌」（『文学』二一―3、岩波書店）に堀川貴司氏の教示として先引。

〔**考**〕Aの第6連は、『文選』（＝6―(2)）にも見える、名高い「西都賦」（班固）を下敷きにしたもので、勿論実景の写生ではなかろうが、半ば〈ニジ〉の一時的認識（動物的、蛇的）が混融した表現ではある。また、ここにいう〈虹霓〉は、本来の意の雄・雌の二匹の意ではなく、単に〈ニジ〉をいうのであろう。そしてこの〈ニジ〉は、大極殿の再建の完成を慶祝する――というモチーフに沿いつつ大いにプラス感覚で把握されている。

B第5連は、現実の〈ニジ〉の写生ではなく、いわば〈ニジ〉の如く美しく且つ威勢よく見える、建築用語にいう〈虹梁〉の壮麗を謳いあげつつ、御殿全体の結構の讃美に供するためのメタファーであろう。〈虹霓〉の感覚はほぼAに同じ。

Cの〈虹〉は、擬人法的修辞に駆使されて、脱俗の詩界の中に春駘蕩の気を醸成すべく効果あらしめている。

D第3連中の「歛」の表現がユニークでありシャープである。〈螮蝀〉（cf.9―〔考〕）は、『詩経』（＝1）の表記では「〈蝃蝀〉」であるが、三〇〇年ほど時代を下る中国南方系文化を担う〈虹霓〉に対する北方系の語で、〈ニジ〉を意味する。従って〈虹霓〉を避けたこの〈螮蝀〉の語の援用は、その古風で寒々とした語感が、本詩の、さびさびとしたセピアムードの秋景を演出するのに見事に貢献している。よってＡＢＣとは趣を異にするが、といって決してマイナス感覚（不吉・妖祥・淫乱等）によっているわけではない。

88₂

池水繞レ橋流。以レ情為レ韻。　　源相公頼定

前池形趣本傳レ名。流水繞レ橋入レ夏清。旅雁一行秋漢潔。長虹千里暮雨晴。魚驚左右紅欄影。人踏東西白浪聲。此處風烟非二俗境一。宜哉久契二勝遊情一。

私註〔一〕『**本朝麗藻**』〔二〕巻上〔三〕日本漢詩〔四〕平安中期（1010ごろ）〔五〕編者＝高階積善、作者＝源頼定（977～1020）〔六〕『群書類従』第八輯――文筆部――（続群書類従完成会）〔七〕Ｐ586〔八〕『北陸古典研究』第6号（1991.9）中、金沢大学教養部内北陸古典研究会の柳澤良一の筆になる『本朝麗藻』試注（六）に「◆長江千里＝千里にも及ぶほどの長くかかった虹。ただし前句同様これも実景ではなく、美しいアーチ状の弧線を描く橋の比喩。『白氏文集』巻五十四・二四九五〈河亭晴望、九月八日〉「晴虹橋影出、秋雁櫓声来」。『詩法掌韻大成』「長江　長橋也」。」とある。

〔**考**〕注引の『白氏文集』については、本研究中の16＝『白居易集』参照。本詩も中国の影響、すなわち中唐の詩人・白楽天の影響は明白であるが、拙稿にいう〈虹〉の二次的認識たる「橋」型発想を、現実の橋の叙景の中に喩として融合させたものである。

虹と日本文藝（十三）

――中世散文をめぐって――

小序

本稿は、中世日本文藝中、和歌・連歌等韻文を除く散文、『栂尾明恵上人伝』『平治物語』『平家物語』『太平記』、狂言の「鬼瓦」をとりあげ、そこに現れた〈虹〉について、比較文化的見地を混えつつ資料ごと個別的に小考を試みたい。また謡曲『羽衣』では、〈虹〉のバリエーションと目される「天人」「天女」「羽衣」の問題に、これまた比較文化的視野を混えつつアプローチしてみたい。

89

「西行上人常ニ來テ物語メ云、我哥ヲ讀事ハ遙世ノ常ニ異也、花郭公月雪都テ万物ノ興口〔二〕向テモ凡所有相皆是虚妄ナル事眼ニサヒキリ耳ニ満リ、又讀出所ノ哥句ハ皆是眞言非ヤ、花ヲ讀共ケニ花ト思事無、月詠スレ共實ニ月共不存、如是ソ任ヒ縁ニ隨テ興ニ讀置所也、紅虹(コウコウ)タナ引ハ虚空イロトレルニ似タリ、白日嚇ケハ虚空明(アカ)ニ似タリ、然共虚空ハ本明ナル物ニモ非、又イロトレル物ニモ非、我又此虚空如ナル心ノ上ニ於種々ノ風情ヲイロトルト雖更ニ蹤跡無、此哥卽是如來ノ眞ノ形躰也、去ハ一首詠出テハ一躰ノ尊像ヲ造ル思ヲ成ス、一句ヲ思ツヽケテハ秘密ノ眞言ヲ唱ニ同、我此哥ニ依テ法ヲ得事有、若爰ニ不例メ妄ニ人此詞學ハ大ニ可入邪路ニ云々、サテ讀ケル、山深クサコソ心ハ通(カヨフ)トモスマテ哀ハ知ムモノカハ

私注〔一〕『**栂尾明恵上人傳**』〔二〕上・25オ〔三〕鎌倉時代〔四〕鎌倉時代〔五〕喜海〔六〕『明恵上人資料』第一――高山寺資料叢書第一冊――（昭46、東京大学出版会）〔七〕P302・303〔八〕興福寺蔵本　――線は稿者による。

〔**考**〕〈虹〉の出現・存続の状態を「タナ引」というのは、日本

主要文藝史上、また日本辞・類・音義書（＝40〜68）史上にも見られない、きわめて珍しいユニークな表現である。

〈紅虹〉は古代中国（cf.21）でも見あたりにくいようである。ただし、「紅蜺」や類似した〈丹虹〉〈絳虹〉〈赤虹〉(注1)はある。

資料21で見られたごとく中国では驚くべき数多くの、〈虹〉の熟語「―虹」「虹―」等があったが、その可能性の中から強いて〈紅虹〉を選びとった所に、作者の感性と表現の特性があろう。「紫雲」などの表現のごとく仏教臭のかかった〈紫虹〉〈紫蜺〉等でもよかったはずである。すなわち比喩表現「紅虹タナ引ハ虚空イロトレルニ似タリ」中における色彩的対比関係を含む感性的選択である。その「鮮明さ」において、西洋などのように「黄」（cf.33私註）を第一に観ずる仕方とも相違している。よって個人的感性によると同時に、大きくいえば「非西洋的」ともいえよう。

（注1）類書＝『初学記』（＝10）、『唐宋白孔六帖』（＝16_2）

「参　考」2

卯剋。西方見㆓五色虹㆒。上一重黄、次五尺余隔赤色、次青、次紅梅也。其中間又赤色、甚広厚兮。其色映㆓天地㆒。小時銷、則雨降。

私註〔一〕『吾妻鏡』〔二〕建保六年六月十一日（1218）〔三〕歴史書〔四〕鎌倉時代初期〔五〕著者未詳〔六〕『新訂増補国史大系』第32巻（昭39、吉川弘文館）〔七〕P736〔八〕原文の漢字は旧字体。

〔考〕雲の比喩としては、先きに『続日本紀』（＝参考Ⓒ）に「五色瑞雲」とあったが、そのものずばりの「五色」の〈虹〉の記載としては最早期のものか。「五色」は、何でも五で割る中国文化の無自覚な言語的受容であろうが、しかしその内容は中国のものとも違い、また科学的には不可解である。案ずるに観察者が色盲又は老人性白内障でないとすれば、「五色」の「五」は「多」への転意で、「赤色」が二回出てくるのと、「甚広厚」状況からすると、いわゆる〈二重虹〉を同時にひっくるめて観察した記述かも知れない。とすれば、この〈虹〉は中国風にいえば「赤」系の強い、いわゆる〈赤虹〉で、「青」は、虹と虹（一つは「霓」）との間に垣間見られた「青空」の色とも考えられる。

いずれにせよ、変な、というよりは不可解な色彩配置の早朝の〈虹〉である。

90

去程に彼信西入道と申は、南家の博士、長門守高階經俊が猶子也。大業も遂ず、儒官にもいらず、非重代なりとて弁官にもなされず、日向守通憲とて何となく御前にて召仕れけるが、出家の志ありし事は、①御前へ〔まいらんとて〕びんをかきけるに、びんの水に面像をみれば、寸の頸劒のさきに懸て空なると云めんざうあり。大に驚思ひけるが、宿願あるに依て熊野へ参詣す。きりめの王子の御前にて②相人に行逢たり。相して云、「御邊は諸道の才人也。但寸の頸劒のさきに懸て露命を草上にさらすといふ相あればいかに。」と云。行末はしらず、こしかたをば一事も違はずいひければ、「通憲もさ思ふぞ。」とて身の毛もよだつ。「さてそれをばいかにしてかのがるへき。」

と云ば、「いさ、出家してもやのがれんずらん。それも七旬にあまらば何とかあらむずらん。」とぞいひける。下向して御前へ参、「出家の志候が、日向入道とよばれんは無下にうたてう覚え候。少納言を御免を蒙り候はばや。」と申ければ、「少納言は一の人も成なんどして、左右なく取下されぬ官なり。いかゞあらむずらん。」と仰られけれ共、漸に申ければ、御ゆるされをかうぶりて、やがて出家してんけり。こ息ども或は中少将に至り、或は七弁に相並ばせ、ゆゝしかりしかば、墨染の袖に身をやつし、今は露の命さへのがれがたし。昨日のたのしみ今日の悲み、諸行無常は只目の前に顯れたり。吉凶③糾而縄の如しと云本文あり。少も違ずぞみえし。

九日の午尅に、信西白虹日を貫と云天変の事に御所へ参りたれば、折節御遊なれば、かたはらなる持佛堂に御經よみて居たりけるに④香の火飛でよみたてまつる經の字二行燒給ふ。なを火飛で衣の袖燒にけり。信西大に驚て、天文は淵源を究たりければ、自これを勘見に、強者弱、弱者強しと云本文あり。此意をおもふに、君奢時は臣弱、臣奢時は君弱成と云詞也。今度は臣奢て君弱くならせ給ふべし、との由を、子共にも知せばやとおもへども、十二人ながら御前に列して御遊なれば、さましまいらせむも無骨なるべしとて、宿所に歸り、紀の二位をよび出し、「かゝる事あり。子共にも知せ給へ。信西は思むねありて奈良の方へ行なり。」との給は、紀の二位、同道にと歎かれけれ共、やう〳〵にこしらへとゞめて、侍四人相具し、祕藏せられける鴾毛の馬に乘、舍人成澤を召具し、南都の方へ落られけるが、伊賀と山城の境田原が奥へぞ入給ふ。

私註〔一〕『平治物語』〔二〕「上」・〈信西出家の由来并びに南都落ちの事付けたり最後の事〉の前半部〔三〕軍記物語〔四〕未詳。十三世紀ごろ。〔五〕古来、葉室時長、中原師梁、源喩僧正の三説があったが、近来いずれも顧みられなくなっている。近代は、「儒者の作」＝藤岡作太郎説、「叡山に関係あった人の作」＝野村八良説、がある。〔六〕の解説抄〔六〕永積安明・島田勇雄校注『保元物語　平治物語』――日本古典文學大系31――（昭36・7、岩波書店）〔七〕P199〔八〕二九～三九の頭注略。蓬左文庫本『平治物語』（近藤政美編、昭60、中部日本教育文化会）は「白虹日を貫く」とルビの他異同ナシ。谷崎潤一郎にこの段を基にした小説「信西」がある。（『谷崎潤一郎全集』第一巻《昭56、中央公論社》に所収）

〔**考**〕平治絵詞・陽明文庫蔵㈠本には、この「白虹日を貫……」がない（頭注二八に云）が、これを含む①②③④は有機的に結びついて、この段の主人公・信西の死――クーデターにおける君の身がわり――への伏線となっている。陰陽道に儒教思想の混入した天文占いを過信し、かつその占いの海に溺死した信西の生きざまの中に「白虹貫日」は屹立する。人のトする凶祥に天の感ずる凶祥が加わって、この事件に関する深みと重みは増す。よってこの句はキーワード的にこの位置にあるのがよかろう。

また、このケースの場合、『源氏物語』（＝85₁）のように、『史記』・『漢書』を始原とする「……太子畏之」までの引用はない。従って文脈的な複雑さに絡る問題はない。ストレートで曲解もない素直な移入である。『戦国策』（＝4₂）、類書に入って『藝文類聚』（＝9）、『太平御覧』（＝11）に出。また唐の沈彬の詩（＝13私註）。これらの系譜に属する。

『春秋緯文耀鉤』（『後漢書』では「白虹」の「白」を欠く。）に見られる「白虹貫牛山」（＝11私註）は活用されていない。

91

又秦舞陽といふ兵あり。これも秦の國の物なり。十三の歳かたきをう(ッ)て、燕の國ににげこもれり。ならびなき兵なり。かれが嗔てむかふ時は、大の男も絶入す。又笑てむかふ時は、みどり子もい(抱)だかりけり。これを秦の都の案内者にかた(語)らうて、ぐ(具)してゆく程に、ある片山のほとりに宿したりける夜、其邊ちかき里に管絃をするをき(聞)いて、調子をも(ッ)て本意の事をうら(占)なふに、かたきの方は水なり、我方は火なり。さる程に天もあ(明)けぬ。A白虹日をつらぬいてとほらず。「我等が本意とげん事ありがたし」とぞ申ける。

（中略）

荊軻又劔ももたねばつゞ(續)いてもなげず。王たち(立)かへ(返)(ッ)てわがつる(劍)ぎをめしよせて、荊軻を八ざき(裂)にこそし給ひけれ。秦舞陽もうた(討)れにけり。官軍をつか(遣)はして、燕丹をほろぼさる。B蒼天ゆるし給はねば、白虹日をつら(通)ぬいてとほらず。秦の始皇はのがれて、燕丹つゐにほろびにき。「されば今の頼朝もさこそはあらんずらめ」と、色代する人々もありけるとかや。

私註〔一〕『平家物語』〔二〕巻第五・「咸陽宮」の中部、後尾部〔三〕軍記物語〔四〕13世紀〔五〕未詳。信濃前司行長説他多数。〔六〕高木市之助・小澤正夫・渥美かをる・金田一春彦校注『平家物語上』〔七〕P350・P353〔八〕底本＝龍谷大学図書館蔵本　二〜一四の頭注略。3〜6の校異略。

〔**考**〕傍線部A・Bについて主要諸本を対校してみておきたい。但し、『平家物語』は本文自体諸本相互に烈しい異同が見られるので、当然きちっといくはずもないが、おおよそ同様の場面におけるものであるという前提である。「白虹貫日」をめぐる『史記』本文の享受の仕方の方に主眼があるからである。

A	四部合戦場本(注1)	白虹貫(コウ)レ日有二不レ通云天變一
	南都本(注2)	ナシ
	延慶本(注3)	蒼天免シ給ハネハナシカハ本意ソ達スヘキ太子是ヲ見テ立渡テ日輪ノ中ヲ貫(ツラヌキ)ハテサリケリ太子是ヲ見テ
	長門本(注4)	ナシ
	八坂本(注5)	蒼天ゆるし給はねは白虹日を貫てとをらす
	百二十句本(注6)	倉天ユルシ玉ハネハ、白虹日ヲ貫テ透ラズ
	鎌倉本(注7)	白虹日ヲ貫テ透ス
	屋代本(注8)	ナシ
	源平盛衰記(注9)	ナシ
B	四部合戦場本	ナシ
	南部本	ナシ
	延慶本	ナシ
	長門本	其時白虹日を貫てとをらすといふ天變有けり
	八坂本	ナシ
	百二十句本	ナシ
	鎌倉本	白虹日を貫テ透ス
	屋代本	刻橋ヲ半(ナカラ)登テ・キット空ヲ見レハ・蒼天ユルシ給ハネハ・白虹(ヒヤクコウ)・日ヲ貫(ツラ)

テ・トヲラス・秦(ノ)舞陽・是ヲ見テ・今(コノ)度(ヒ)ノ本意・難(ク)レ遂(トケ)ヤ思ケム・ワナ〱(ト)振(フルイ)タリケレハ

源平盛衰記　天道兇(ユル)し給はずして、白虹(ハクコウ)、日を貫いて通(トホ)らざりける天變あり、

以上を見るに、「白虹貫日」をめぐる部分が、有ったり無かったり、「蒼天ゆるし給はねば」に当る句が、上に有ったり無かったり、それもAに付いていたりBに付いていたり、屋代本のように（「白虹貫日」が）底本（＝[91]）とはかなり異る場面[注10]に援用されていたり、鎌倉本のようにA・B共「透ス」と誤記とみられるもの、等種々様々である。しかし、鎌倉本の「透ス」[注11]を、前後の文脈から「透ラス」の誤記だと仮定すれば、すべて底本のごとく「白虹日を貫いてとほらず」の意に類する文である。これらの現象は、大局的には、つまる所、黒田彰のわが仮説としていう「中世史記」[注12]の領域に取り込まれる問題に属するものであろう。しかし、やや論点は、ずれて細くなるが、〈虹〉に関する比較研究資料を吟味してきたことから照らしてみると、『源平盛衰記』の作者は、多く『十八史略』（＝[4]私註参照）の影響を受け、『平家物語』の作者は、おおむね『史記』本文を通読してはいるようだが、その読み方として、多くその「注」に頼っているように思える。それも原典『史記』に忠実な鑑賞の上に成立している解[注13]（＝[4]私註参照）と思われる王劭系の解ではなく、烈士傳系の解を援用しているようである。その援用の基礎としての鑑賞が誤解によるもののようでもあり、『平家物語』作成上の創意によるもののようでもある。これは、同じ軍記でも『平治物語』（＝[90]）の場合とも位相を異にし、また『白虹貫日』をネグレクトした『太平記』とも異っている。かく軍記物語中でも享受の仕方に微妙な相違があり、また王朝の『源氏物語』の場合（＝[85]）とも大きく違っている[注14]ことは、作品世界の特色とも絡って興味のある現象である。

なお、『源氏』・軍記両者共、「白虹貫牛山」（＝[11]私註）については、素材的援用の見られないことからして、知らなかった、というより情報に欠けていたようである。

（注1）慶応義塾大学付属研究所斯道文庫編校『四部合戦状本平家物語』上（昭42、汲古書院）
（注2）彰考館蔵『南都本平家物語』《二・三・四・五・欠》（昭46、汲古書院）
（注3）大東急記念文庫蔵『延慶本平家物語』第一巻（昭39、古典研究会）
（注4）石田拓也編伊藤家蔵『長門本平家物語』（昭52、汲古書院）
（注5）山下宏明編『八坂本平家物語』（昭56、大学堂書店）
（注6）慶応義塾大学付属研究所斯道文庫編『百二十句本平家物語』（昭45、汲古書院）
（注7）水府明徳会彰考館蔵『鎌倉本平家物語』（昭47、汲古書院）
（注8）佐藤謙三・春田宣編『屋代本平家物語』（昭45、桜楓社）
（注9）『源平盛衰記』（藝林舎、五十嵐書店）
（注10）場面が違うので、「見ル」主体が「秦舞陽」と特異。
（注11）もし誤記でないとしても、『史記』本文には存在しない語。
（注12）『中世説話の文学史的環境』中「II軍記と注釈」（昭62、和泉書院）に詳述。

（注13）『烈《列も同》士傳』は前漢の劉向撰。現在は迭書。（開明書店輯印『二十五史補編』第四冊P316参考）

（注14）『源氏』の場合は、観念的援用であるが、軍記の場合は、文学の世界の中では、『史記』的記号観、すなわち天の感応現象観の付着した、自然的気象現象――である所。

92 1

かの大内と申すは、秦の始皇帝の都、咸陽宮の一殿を模して造られたれば、南北へ三十六町、東西二十町の外に、竜尾の置石を居ゑて、四方に十二門を建てられたり。いはゆる東には陽明・待賢・郁芳門、南は美福・朱雀・皇嘉門、西は談天・藻壁・殷福門、北は安嘉・伊鑑・達智門、この外、上東・上西に至るまで交戟の衛伍を守つて、長時に非常を誡めたり。三十六の後宮には三千の淑女粧を餝り、七十二の前殿には文武の百寮詔を待つ。紫宸殿の東西に、清涼殿・温明殿、北に当つて常寧殿。貞観殿と申すは、后町の北の御匣殿、校書殿と号するは、清涼殿の南の弓場殿なり。昭陽舎は梨壺、淑景舎は桐壺、飛香舎は藤壺、凝花舎は梅壺、襲芳舎と申すは、神鳴壺のことなり。萩戸・陣座・滝口戸・鳥曹司・縫殿・兵衛陣、左は宣陽門、右は陰明門。日花・月花の

両門は陣の座の左右に対へり。朔平門は北の陣、左右衛門の陣の両方には、建春門・宜秋門。春花門は白馬の陣、大庭といふはこの前なり。大極殿・小安殿・蒼竜楼・白虎楼・豊楽院・清暑堂、五節の宴酔・大嘗会はこの所にて行はる。朝所、高御倉、中和院は中院、内教坊は雅楽所なり。御修法は真言院、神今食は神嘉殿、真弓・競馬をば武徳殿にぞ御覧ぜらる。朝堂院と申すは、八省の諸寮これなり。左近の桜散るころは、八重の宮城の雪の中に梅花を隠し、御溝水の末や匂ふらむ。右近の橘さきぬれば、昔を忍ぶ香を認めて、御階に繁る竹の台、幾代の霜を重ぬらん。かの在原業平が弓・棚を身に添へて、神鳴さはぐ終夜、間荒なる蔵に居たりしは、官庁の八神殿、光源氏の大将の「如く物もなし」と詠じしは、朧月夜に如遊れし、弘徽殿の細殿、江相公の古、越の国へ下るとて、旅の別れを悲しんで「後会期遥かなり、纓を鴻臚の暁の露に湿す」と、長篇の序に書きたりしは、羅精門の南なる鴻臚館の余波なり。鬼の間・直廬・鈴の縄、悪海の障子をば清涼殿に立てられたり。賢聖の障子をば紫宸殿にぞ立てられたる。東の一の間には馬周・房玄齢・杜汝晦・魏徴を懸けられたり。その二の間には諸葛亮・蘧伯玉・張子房・第伍倫、

三の間には管仲・鄧禹・子産・蕭何、四の間には、伊尹・傅説・太公望・仲山甫をかけられたる。西の一の間には李勣・虞世南・杜預・張花、次の間には、羊祜・陳寔・揚雄・班固、三の間には桓栄・鄭玄・蘇武・倪寛、その四の間には董仲舒・文翁・賈誼・孫通、これらなり。画は金岡が筆を尽くし、讃の詞は道風が勢ひを振るひけるとぞ奉はる。鳳の甍天に翔り、虹梁雲に聳え、さしもいみじく造り双べたりし内裏の天災消すに便りなければ、回禄度々に及んで、今は徒らに礎のみ遺りける。あさましかりし事どもなり。

私註（一）『**太平記**』（二）巻第十二「大内造造営幷びに聖廟の御事」のうち（三）軍記物語（四）天正廿年（一五九二）ごろ（五）小島法師（説）（六）長谷川端校注・訳『太平記②』——新編　日本古典文学全集55——（一九九六・三、小学館）（七）P29～31（八）校注・訳、略。——線は稿者による。底本＝水府明徳会彰考館蔵天正本。本文中の「さしもいみじく造り双べたりし内裏」のさまを髣髴させるため上掲の長き引用をなした。

【**考**】典拠本の「虹梁」の頭注には、「虹の形の梁」とあるがこれはコンパクトな名詩選でもある『文選』の西京賦・西都賦に見える形容である。さらに敷衍して記すならば、班孟堅の賦にある未央宮を中心として建ち並んでいる長安城の宮殿を叙しつつ「抗應龍之虹梁」（＝6－(1)）と表現されたものの系譜にたつ。

わが国では、現実に建築用語として、「材木者為虹梁之間〈……虹梁ハ家ノ水府也。梁ノ上ニ曲折木を横也。即虹ノ形也……〉為杣取、令誂候畢」(注1)とある。「水府」は、龍宮など水神がいるといわれる伝説上の海底の都、のことであるが、「龍」も「ニジ」のオスの発展した文化的形象。「龍」は異界の水霊・動物神で、「タマ」（＝神威的パワー、至福、生命の永遠化、等）を抱いて「水府」に住み、水界－天界、を自由自在に往復。とすると、〈虹梁〉は「致福」（〈虹〉本来の能力の一）の、あるいはその願望のシンボルとして観じられていたことになる。

持統天皇が新しく営んだ藤原宮の地に建てられ、当代仏教の中心の観を呈していた薬師寺の「東塔」の建築部分に、

繋虹梁

の語が見え、中世では、平氏の焼打ちによって焼失した東大寺を再興した重源（?～1195）の手になる天竺様の「東大寺南大門」の建築部分に、

大虹梁

の語が見え、弘安八年（1285）に造営された、唐様建築の代表としての、円覚寺「舎利殿」の建築部分に、

大虹梁・海老虹梁

の語が見える。この面では、〈虹〉の不吉観による忌避思想は見えない。かえって、〈虹〉が金を吐いたりする（＝8 9 10 11 12中）財宝産出型の、ひいては致福型の、プラスの〈虹〉観によっているのであろう。

いずれにしても、高野大師をして、日本国という小国の主として、その徳に相応しからずと嘆き思わしめたほどの、豪奢にして壮麗な建築物の、その一翼を担うもの、あるいはその象徴的形容の一つであるようである。

後醍醐天皇の建武新政のために、建武元年（1334）、「日本国の地頭・御家人の所領の得分二十分の一」（建武年間記）を懸召し、秦の始皇帝の咸陽宮にならって、（重税によるとはいえ）富と文化の粋により綺羅を尽くして増築された大内裏空間を叙しつつ、その末部の締めの表現の中に、「鳳の甍天に翔り虹梁雲に聳え」と「虹梁」が出てくる。そこには巧みに活喩・対句法・縁語法が駆使されており、「虹梁」という建築用語に宿る〈虹〉の生態は、空間的壮麗美を打ち出す文藝的イメージ構築にたくましく貢献している。そして末尾の無常観的詠嘆の落ちによって、さらに遡及して、建武中興、帝王を戴くおごれるものの絢爛が高揚的筆致の逆説として、具象的に強調されてくる効果を生んでいる。

（注1）『庭訓往来註』――室町末期写――（石川松太郎監修『往来物大系』第七巻《平4、大空社》所収）

92_2

東南ニハ嵫谷ニ崤ノ嶮ヲ峙テ、西北ニハ洪河涇渭ノ深ヲ遶ラシテ、其中ニ回三百七十里高サ三里ノ山ヲ九重ニ築上テ、ロ六尺ノ銅柱ヲ立、天ニ鐵ノ網ヲ張テ、前殿四十六殿・後宮三十六宮・千門萬戸トヲリ開キ、麒麟列鳳凰相對ヘリ。虹ノ梁金ノ鐺、日月光ヲ放テ樓閣互ニ映徹シ、玉ノ砂・銀ノ床、花柳影ヲ浮テ、階闥品々ニ分レタリ。

私註〔一〕『**太平記**』〔二〕巻第二十六・「○妙吉侍者事付秦始皇帝ノ事」中〔三〕軍記物語〔四〕建徳二（1371）ごろ〔五〕小島法師（説）〔六〕後藤丹治・峯田喜三郎校注『太平記』三――日本古典文學大系34――（昭37、岩波書店）〔七〕P46〔八〕――線は稿者による。一二～一九頭注略。底本＝慶長八年古活字本。

〔**考**〕92_1中、大内裡が模されたと記している、秦の始皇帝の咸陽宮＝阿房宮、の様を描出している中に「虹ノ梁」は出てくる。ただ92_1と違うのは、「金ノ鐺」と一対になっていることである。組み合わされた素材は異るけれども、建築物の壮麗さを表出すべきキーワードの一つになっていることは同様である。

92_3

南方には、この地震に諸国七道の大伽藍どもの傾き破れたる体を聞くに、天王寺の金堂ほど崩れたる堂舎はなく、紀州の山々ほど裂けたる地もなければ、これ余所の表事にてはあらじと御慎みあつて、さまざまの御祈りどもを始めらる。すなはち般若寺の円海上人勅を承つて、天王寺の金堂を作らるるに、希代の奇特ども多く聞えにけり。まづ大廈・高堂の構へなれば、安芸・周防・紀伊国の杣山より大木を取らんずる事、一、二年の間には道行きがたしと覚えけるに、二人して抱き余す程なる檜木の柱、六、七丈なる冠木三百本、何くより来たるとも知らず、難波の浦に流れ寄りて、塩の干潟にぞ留まりける。暫くは主ある材木にてぞあるらんと、尋ねくる人を待たれけれど、求めくる人もなかりければ、さては天竜八部の人力を助け給ふにてぞあるらんとて、虹の梁、鳳の甍、品々にこれをぞ用ひける。

大竜二つ、仏舎利を求めて四天王と戦う。

私註〔一〕『**太平記**』〔二〕巻第三十六「大地震并びに諸国怪異并びに四天王寺金堂倒るる事」のうち〔三〕軍記物語〔四〕天正廿年（一五九二）〔五〕小島法師（説）〔六〕長谷川端校注・訳『太平記④』（一九九八・七、小学館）〔七〕P222～223〔八〕校注・訳、略。——線は稿者による。底本＝水府明徳会彰考館蔵天正本。

〔**考**〕「虹の梁、鳳の甍」と92とほぼ同じ、すなわち壮麗を示す類型的表現を駆使してはいるが、92の帝王の大内裏造営のケースと違って、地震によって崩れた天王寺金堂造営のケースの叙述であることもあってか、表現に92の場合ほどは精彩が見られず、したがって格調・威勢が乏しく控え目である。

とまれ、これら壮麗さを讃える美意識は、狂言中、「どれから見てもなりのよい御堂」（＝94）構築のファクターとして眺められ、近世に入って仮名草子の『犬枕』（＝95）に「大きで良き物」とされ、絢爛たる歌舞伎の舞台の大道具（「名歌徳三舛玉垣」＝101）の一つに受け継がれてゆく。

以上三箇所が、〈虹〉と関係しているものと思うが、中世のエンサイクロペディアとも言われる『太平記』の世界に、不思議なことに、『源氏物語』（＝85）、『平治物語』（＝90）、『平家物語』（＝91）に見られた、著名な「白虹貫日」の語句の移入が見られないことである。思うに、『太平記』の場合、それと同等の現象が満ち満ちすぎて、その移入の効果は、かえって色褪せてしまうことに作者が気づいていたことによる——のであろうか。

93

羽衣

シテ　天人
ワキ　漁夫・白竜
ワキ連　同行の漁夫

1（まず松の作り物に羽衣を掛けて正面先に据える）（［一声］の囃子でワキ・ワキ連が登場。正面先に立って謡う）

［一声］［一セイ］ワキ・ワキ連 風早の、三保の浦曲を漕ぐ舟の、浦人騒ぐ波路かな。

［名ノリ］ワキ これは三保の松原に、白竜と申す漁夫にて候

［サシ］ワキ・ワキ連 萬里の好山に雲忽ちに起こり、一楼の明月に雨はじめて晴れり、げにのどかなる時しもや、春の気色松原の、波立ち続く朝霞、月も残りの天の原、及びなき身の眺めにも、心空なる気色かな。

［下ゲ哥］ワキ・ワキ連 忘れめや、山路を分けて清見潟、遥かに三保の松原に、立ち連れいざや通はん、立ち連れいざや通はん。

［上ゲ哥］ワキ・ワキ連 風向かふ、雲の浮き波立つと見て、雲の浮き波立つと見て、釣りせで人や帰るらん、待て暫し春ならば、吹くものどけき朝風の。松は常磐の聲ぞかし、波は音なき朝凪ぎに、釣り人多き小舟かな、釣り人多き小舟かな。（ワキ連は脇座奥に着座）

2（ワキは常座に立って詞、その終りに作り物から羽衣を取りあげて両手に捧げ、脇座へ行く）

［口］ワキ われ三保の松原に上がり、浦の気色を眺むるところに、虚空に花降り音楽聞こえ、霊香四方に薫ず、これ只事と思はぬところに、これなる松に美しき衣掛かれり、寄りて見れば色香妙にして常の衣にあらず、いかさま取りて帰り古き人にも見せ、家の宝となさばやと存じ候

3（シテが幕から呼び掛けて登場。脇座に立ったワキと問答しながら常座に入り、地の下ゲ哥・上ゲ哥で悲しみを示す）

［問答］シテ のうその衣はこなたのにて候ふなにしに召され候ふぞ　ワキ これは拾ひたる衣にて候ふ程に取りて帰り候ふよ　シテ それは天人の羽衣とて、た易く人間に与ふべき衣にあらず、もとのごとくに置き給へ　ワキ そもこの衣のおん主とは、さては天人にてましますかや、さもあらば末世の奇特に留め置き、國の宝となすべきなり、衣を返すことあるまじ　シテ 悲しやな羽衣なくては飛行の道も絶え、天

上に帰らんこともかなふまじ、さりとては返し賜び給へ　ワキこのおん言葉を聞くよりも、いよいよ白竜力を得、もとよりこの身は心なき、天の羽衣取り隠し、かなふまじとて立ち退けば　シテ今はさながら天人も、羽なき鳥のごとくにて、　ワキ上がらんとすれば衣なし、　シテ地にまた住めば下界なり、　ワキとやあらんかくやあらんと悲しめど、　シテ白竜衣を返さねば、　ワキ力及ばず　シテせんかたも

[上ゲ哥]　地涙の露の玉鬘、插頭の花もしをしをと、天人の五衰も、目の前に見えてあさましや

[下ノ詠]　シテ天の原、ふりさけ見れば霞立つ、雲路惑ひて、行くへ知らずも

[下ゲ哥]　地住み慣れし、空にいつしか行く雲の、羨ましき気色かな。

[上ゲ哥]　地迦陵頻伽の慣れ慣れし、迦陵頻伽の慣れ慣れし、聲今さらに僅かなる、雁がねの帰り行く、天路を聞けば懐かしや。　千鳥鷗の沖つ波、行くか帰るか春風の、空に吹くまで懐かしや、空に吹くまで懐かしや。

4（ワキは脇座、シテは常座に立って問答。ワキから羽衣を貰って後見座にクツロギ物着をする）

[問答]　ワキおん姿を見奉れば、あまりにおん痛はしく候ふほどに、衣を返し申さうずるにて候　シテあら嬉しやさらばこなたへ賜はり候へ　ワキ暫らく、承り及びたる天人の舞楽、只今ここにて奏し給はば、衣を返し申すべし　シテ嬉しやさては天上に帰らんことを得たり、この喜びにとてもさらば、人間の御遊の形見の舞、只今ここにて奏しつつ、世の憂き人に傳ふべしさりながら、衣なくてはかなふまじ、さりとてはまづ返し給へ　ワキいやこの衣を返しなば、舞曲をなさでそのままに、天にや上がり給ふべき　シテいや疑ひは人間にあり、天に偽りなきものを　ワキあら恥づかしやさらばとて、羽衣を返し与ふれば　**[物着アシライ]**（シテは後見座で物着。ワキは脇座に着座。物着すみ、シテは常座へ出る）

[掛ケ合]　シテ少女は衣を着しつつ、霓裳羽衣の曲をなし、　ワキ天の羽衣風に和し、　シテ雨に潤ほふ花の袖、　ワキ一曲を奏で　シテ舞ふとかや

[次第]　地東遊の駿河舞、東遊の駿河舞、この時や始めなるらん。

5 （シテが大小前に立ってクリ・サシ。クセになってシテはほぼ定型的な動きで舞う）

［クリ］ 地それひさかたの天といつぱ、二神出世のいにしへ、十方世界を定めしに、空は限りもなければとて、ひさかたの空とは名付けたり。

［サシ］ シテしかるに月宮殿の有様、玉斧の修理とこしなへにして、 地白衣黒衣の天人の、数を三五に分かつて、一月夜々の天少女、奉仕を定め役をなす、

シテわれも数ある天少女、 地月の桂の身を分けて、假に東の駿河舞、世に傳へたる曲とかや。

［クセ］ 地春霞、棚引きにけりひさかたの、月の桂の花や咲く、げに花鬘、色めくは春のしるしかや、面白や天ならで、ここも妙なり天つ風、雲の通ひ路吹き閉ぢよ、少女の姿、暫し留まりて、この松原の、春の色を三保が崎、月清見潟富士の雪、いづれや春の曙、類ひ波も松風も、のどかなる浦の有様。その上天地は、なにを隔てん玉垣の、内外の神の御末にて、月も曇らぬ日の本や。 シテ君が代は、天の羽衣稀に来て、 地撫づとも尽きぬ巌ぞと、聞くも妙なり東歌、聲添へて数々の、簫笛琴箜篌、孤雲のほかに満ち満ちて、落日の紅は、蘇命路の山をうつして、緑は波に浮島が、払ふ嵐に花降りて、げに雪を回らす、白雲の袖ぞ妙なる。

6 （シテは「序ノ舞」を舞う。静かだが明かるい舞で、普通は四節に舞われる）

［詠］ シテ南無帰命月天子、本地大勢至。 地東遊の舞の曲。〔序ノ舞〕

7 （以下シテは、ノリ地で動きを続け、「破ノ舞」（ごく短い舞）を舞い、叙景の動きを見せて、常座で留める）

［ノリ地］ シテあるひは、天つみ空の、緑の衣、 地または春立つ、霞の衣、 シテ色香も妙なり、少女の裳裾、 地左右左、左右颯々の、花を插頭の、天の羽袖、靡くも返すも、舞の袖。〔破ノ舞〕

［ノリ地］ 地東遊の、数々に、東遊の、数々に、その名も月の、宮人は、三五夜中の、空にまた、満願真如の、影となり、ご願圓満、國土成就、七宝充満の、宝を降らし、國土にこれを、施し給ふ、さるほどに、時移って、天の羽衣、浦風に棚引き棚引く、三保の松原、浮島が雲の、愛鷹山や、富士の高峰、幽かになりて、天つみ空の、霞に紛れて、失せにけり。

私註〔一〕**謡曲「羽衣」**〔二〕「羽衣」全〔三〕謡曲台本〔四〕未詳〔五〕未詳〔六〕横道萬里雄・表章校注『謡曲集』下――日本古典文學大系41――（昭38、岩波書店）〔七〕P326～329〔八〕底本＝宝生流現行謡本。七～三四・一～四三の頭注略。――線は稿者による。「羽衣」〈霓裳〉の出てくる作品は、謡曲では他にも多数ある（『謡曲大観』別巻「索引」）が、本資料を代表として採りあげる。

〔**考**〕本資料は、いわゆる「天人説話」を原資として、それがさらに文藝化された戯曲である。

「天人説話」には大きく分けて次の三つがある。

（Ⅰ）〈虹－天女〉型
（Ⅱ）（天人女房）型
（Ⅲ）「白鳥処女」型

これらの中に、また少しずつバリエーションがある。

これをこれまで出てきた資料でみれば、

『古事記』の「天の日矛」（Ⅰ）――離別－被祭祀型（＝[71]$_4$）
逸文『丹後国風土記』（Ⅰ）――被追放・放浪－被祭祀型（＝[78]$_1$）
逸文『近江国風土記』（Ⅲ）＋（Ⅱ）――離別型（＝[79]）
『竹取物語』（＝[82]）（Ⅰ）＋（Ⅲ）――離別型＋交信願望

である。この例にならえば、本資料、

『謡曲羽衣』（＝[93]）**（Ⅰ）＋（Ⅲ）――離別型**

となろう。『竹取物語』にはこれに「もののあはれ」にくるんだ「優美」が加わり、本資料は、それらに「清麗」が更らに加わっている。

そのことについて資料に即して分析的に吟味してみると次のごとくである。

Aの「三保の松原」は、中の部に見える「東遊の駿河舞」や結末部の借景的背景たる、秀麗雄大な「富士（の雪）」・「（愛鷹や）富士の高峰」等と呼応するものであろう。特に「富士」は、『竹取物語』の結末部からの連想が大きかったのではなかろうか。それゆえ、天の日矛の一団が近江・丹後方面にこぼして行ったとおぼしき「羽衣説話」を古典の名作『竹取物語』が、作者をして富士を遥かに仰ぐ「三保の松原」へと誘ったとも言える。

しかし、その断片的素材は、民間伝承的に東国へも伝播したのか、あるいは並行発生したのか、はわからないが、かなり古くから存在していたことは事実のようである。

佐成謙太郎著『謡曲大観』第四巻「解説」には、

駿河国に天人の天降ったことは、後拾遺集に、

式部大輔資業伊予守に侍りける時、彼国の三島明神にあづま遊びして奉りけるをよめる

うど浜に天の羽衣昔きてふりけむ袖やけふのはふりこ　能因法師

とあり、うど浜は有度浜と書き、三保の松原に隣接した所で、童蒙抄にも、

昔駿河国の有度浜に、神女あまたくだりて、舞ひ遊びをうつして、今の世に駿河舞とて、東遊にするなり。

とあるから、この地にも古くから天女天降りの説話が伝へられてゐたに違ひない。殊に神社考によれば、

三保松原者……殆非凡境、誠天女海客之所二遊息一也、按二風土記一、古老傳云、昔有二神女一、自レ天降來、曝二羽衣於松枝一、漁人拾得而見レ之、其輕軟不レ可レ言也、所レ謂六銖衣乎、織女機中物乎、神女乞レ之、漁人不レ與、神女欲レ登レ天、而無二羽衣一、於レ是與二漁人一爲二夫婦一、蓋不レ得レ已也、其後一旦、女取二羽衣一乘レ雲而去、其漁人亦登仙云。

これならば本曲に甚だ近いもので、このような駿河風土記の逸文が、徳川時代まで伝ってゐたとすれば、謡曲作当時に勿論現存してゐて、作者はそれを本としてこの一篇を脚色したものであろうか。」とある。

この伝・駿河国風土記逸文は、天降った神女は一人のようであるから、これは、（I）＝〈虹－天女〉型であり、そのバリエーションとして「離別型」に「天人登仙型」が付加されているものである。（この存在を許容すれば、本資料は一部生かされ一部捨てられている。）

Bに「白龍」とあるが「龍」は「雷(ロン(ライ・ルホ))」から発生したもののようであるが、21－〔考〕）、〈虹〉と同系の水霊である。また、もともとはその形状からみて、「雷」＋「電(イナビカリ)」＋〈虹〉＋〈蛇〉＋「龍巻(タツマキ)」の観察による空想的産物であろうが、雄的男性的性格が濃く、おおむね後には「龍宮城」のごとく「海」と結びつけられたので、この作品の「漁夫」の名には、——能特有のそれが憑依された神霊的存在として——ふさわしい。

「白龍」の「白」は〈白虹〉よりの類推であろう。またそれは神霊的色彩をより濃く帯びたもの（白蛇に通う）である。しかし、ここでは、それと同時に、色彩豊かな〈ニジの精〉でもある天女との色彩的コントラストを効果ならしめるための一種

のレトリックとも考えられる。先引の「駿河国風土記」の存在を仮りに許容するとすれば、「其漁人亦登仙」と結末部にあり「白龍」の名はそれよりの遡及的発想ともとれる。龍は仙界へ昇龍し登龍するという。古代中国ではおおむね「龍舟」で（＝33注1）仙界（天界・他界）への渡し舟的存在にやや位相を異にする場合もあるが……。Cは、〈虹〉の出現のおおむね前提であり、Dは〈朝虹〉のたつころの天体環境である。Eはメージが濃い。白鳥系のものではない。E・Gは「羽衣」で、「衣」であり「色香妙」である。これも〈虹〉→〈霓裳〉のイその「羽」は「白鳥」型のものである。（ただし、その機能は〈虹〉→〈霓裳〉とも共通する）Hには『竹取物語』などで醸成された〈もののあはれ〉を解する優しさがある。原資（＝〈虹〉・「白鳥」両型）のもつ厳しさとは異る、日本的温和なもので、明らかに原資とは質的変化がみられる。Iは〈虹〉の属性たる「吐金→致富・致福」能力に関係している。Jは天界（他界）のものの特性、（I）（II）型に共通する。強いて言えば、「純白」の白鳥のイメージから（III）型の感じが強かろう。Kの〈霓〉は〈雌ニジ〉であり、「羽衣」の「羽」(注1)は鳥の一部である。とすれば（I）と（II）の混融したものであろう。Lは（III）型の、Mは（I）型の要素が濃い。Nの裏には、イザナギ・イザナミのミコトの立たし給うた「天の浮橋」、すなわち〈虹〉のメタファーが隠れている。Oには「霓裳羽衣曲月宮伝来伝説」を匂わせている。（III）よりやや（I）の要素が濃い。Pの「天人の多数」は（III）の要素が濃い。また「白衣・黒衣」は、チャイコフスキー作曲のバレエ「白鳥の湖」中の「白鳥・黒鳥」を想起させる。Qのとりどりの彩色・

「裳裾」などは〈霓裳〉に関連し、（Ⅰ）＝〈虹－天女〉型の要素を見せている。ＲはⅠと同様の「吐金↓致富・致福」能力の発現であり、まさに（Ⅰ）型の特性である。

以上を整理すると

（Ⅰ）〈虹－天女〉型　ＢＣＤＩＪＭＮＯＱＲ

（Ⅱ）〈天人女房〉型　ナシ

（Ⅲ）「白鳥処女」型　ＥＧＪＬＰ

となる。よって、本資料「謡曲羽衣」は、

（Ⅰ）＋（Ⅱ）――離別型　を骨格としつつ、伝統美たる〈もののあはれ〉でくるんだ清麗・優美で肉付けされている、ということになろうか。

因みに、自然環境として、三保の松原に〈虹〉のたちやすいことの類推は、北原白秋の童謡集『二重虹』(注2)の巻末に「二重虹と云へば、この小田原の山や海にはよく二重虹が立ちます。こんなにまた朝や夕がたに虹の立つところはあまり無いでせうと思ひます。それは明るくて綺麗です。」とあり、これは小田原のことで、伊豆半島をはさんではいるが、極く近隣であり、その類推が可能である。

従って、本作品は、〈虹〉の動静の矚目から発想された、美しい幻想による説話・伝説を下敷きとして、みごとに芸術化されたものであろう。

（注1）16私註（白楽天の詩）参照。

（注2）北原白秋著『二重虹』――繪入童謡第七集――（大15・3、アルス）

94

大名サアサア　來い來い。（歩き出す）太郎冠者参りまする　参りまする。（あとにつづく）大名この御堂は、飛驒の工匠が建てた御堂じゃというが、どれから見ても、なりのよい御堂ではないか。太郎冠者まことにどれから見ましても、なりのよい御堂でござる。大名（脇座から常座へ行き、また脇座に帰って立ちどまり）ハハア、虹梁・蛙股・破風。（ながめて）ヤイ太郎冠者。太郎冠者（常座で）何事でござる。大名あの破風の上にある物はなんじゃ。太郎冠者こなたはあれを御存じござらぬか。大名イイヤ　何とも知らぬ。太郎冠者あれは鬼瓦でござる。大名何　鬼瓦。太郎冠者さようでござる。大名ウーン、鬼瓦という物はいかめな物じゃなあ。太郎冠者さようでござる。大名あの鬼瓦をようよう見るに、誰やらが顔によう似たではないか。太郎冠者イヤ申し、あの鬼瓦に似た顔があるものでござるか。

私註（一）**狂言**「**鬼瓦**」（二）大名狂言・「鬼瓦」中部（三）狂言（四）室町時代～江戸時代（五）元作者＝未詳。伝承者＝家元弥右衛門（金春座付）（六）小山弘校注『狂言集上』――日本古典文學大系42――（昭35、岩波書店）（七）Ｐ183（八）底本＝大蔵流山本東次郎の先々代、山本東の書写した本――線は稿者による。「虹梁」は注二四に「建築用語。反りを持たせて作られた梁」とある。注二一・二三・二五～二八略。

〔考〕「虹梁」が「なりのよい」御堂、に貢献している。すなわち「建築美」の一翼を担っているのであって、〈虹〉のプラス面の発露である。

虹と日本文藝（十四）

——近世散文をめぐって——

小序

本稿は、近世日本文藝中、和歌・俳諧等韻文を除く散文、『犬枕』『安倍清明物語』『養生訓』『好色一代男』『一宿道人　懐硯』『本朝若風俗　男色大鑑』『西鶴おりどめ』『西鶴　俗徒然』『聖徳太子絵伝記』『山崎与次兵衛寿の門松』『寓意草』『名歌徳三舛玉垣』『一話一言』『兎園小説』『野乃舎随筆』『甲子夜話』をとりあげ、そこに現れた〈虹〉について、比較文化的見地を混えつつ資料ごと個別的に小考を試みたい。中でも『寓意草』は、日本における〈虹〉の「七色」問題を考える上での史的資料として重い。

95

○大きで良き物

一　家の**虹梁**

一　殿のわかうの心

一　旅の草臥の茶屋の一文餅

一　諸木の花、同木の實

一　大力者の刀

私註〔一〕**『犬枕』**〔二〕「大きで良き物」〔三〕仮名草子〔四〕慶長初年ごろか、江戸時代初期（野間光辰説参考）〔五〕陽明御所（当主・三藐院近衛信尹）を中心に側近また出入の衆〔六〕前田金五郎・森田武校注『假名草子集』——日本古典文學大系90——（昭40、岩波書店）〔七〕P44〔八〕底本＝天理図書館蔵古活字板これに三写本（①②陽明文庫蔵本、③天理図書館蔵本）を参考。「虹梁」の注に「やや上方に反りを持たせて造った、支持力の強い飾りとなる梁」とある。

〔**考**〕「大きで良き物」の第一に、建築物の付属物の〈虹梁〉をとりあげているのが興味深い。中世、『太平記』（＝92）等の記述の中にも大内裡の「壮麗」を表現する一つのファクターとして貢献していた。その美的伝統の継承ともいえようが、江戸時代初期の「威勢のよさ」を尊ぶ風潮も背景にあろう。第二の「殿のわかうの心」以下、すべてそれに通じよう。この〈虹梁〉中の〈虹〉には、不吉・妖祥観など、その影さえ見当らない。

96

虹立て、西にあるは。明日、雨ふる。東にミゆるハ、雨なくして、風ふく。**虹**きれ〳〵に、ひかりちるは、風大にふく。日暮に、東南にミゆるハ、かならず、大風となるべし……………(A)
白き雲あり。**白をつらぬけバ**、他国より、乱をおこす。つらぬきとをれば、謀　成就す。**つらぬきとをらざれば**、謀反人ほろぶ。秦の時、燕丹本意をとげざりしハ、つらぬきとをらざる故也……(B)

私註〔一〕『**安倍清明物語**』〔二〕㈣天文之巻秘伝 (A)＝㈣虹之候 (B)＝日輪之候抄〔三〕仮名草子〔四〕寛文二年（1662）〔五〕浅井松雲了意？〔六〕朝倉治彦編『假名草子集成』第一巻（昭56、東京堂出版）〔七〕P415〔八〕寛文二年板。

〔**考**〕(A)は〈虹〉についての永い〳〵生活体験から割り出された生活の知恵ともいうべき、俚諺・農諺に類する記述であるが、「天文の秘伝」という大げさなタイトルが面白い。しかし、今から見ると確かに大げさではあるが、当時の生活、主に農・漁業を基盤とする生活にあっては、現在の天気予報のごとく非常に大切な情報であったに違いない。また、町人生活にあっても、その住宅構造上、「大風」など、前もっての準備等の必須の場合は、深切な予言として価値を有していたことであろう。

　中国との比較文化的に見れば、〈東虹〉〈西虹〉の予報はおおむね同様であるが、中国にある〈北虹〉などはない。その他やはり中国の知識をそのまま持ってきたのではなくて、体験に根ざした日本の地理・気象に沿ったものとなっている。（＝20参照）その点(B)とは本質的に異なる。

　(B)は、〈白虹貫日〉の〈白虹〉が作者の解釈――〈白虹〉ではやや不自然と見たか――によって、「白き雲」と改変させられている。内容は勿論『史記』の列士伝系の注（＝41）を淵源としたものであるが、たぶん『平家物語』（＝91）や『源平盛衰記』（＝91私註）の語り又は文を直接の典拠としつつ、ペダンチックな風貌を示したかったのであろう。

97

房室の　戒　多し。殊に天変の時をおそれ、いましむべし。日蝕、月蝕、雷電、大風、大雨、大暑、大寒、**虹蜺（ニジ）**、地震、此時房事をいましむべし。

私註〔一〕『**養生訓**』〔二〕巻第四「慎色慾」〔三〕正徳三年（1713）頃〔四〕生活心得書〔五〕貝原益軒（1630～1714）〔六〕石川謙校訂『養生訓・和俗童子訓』――岩波文庫――（1961、岩波書店）〔七〕P99〔八〕作者84歳ころの作。句読点は校訂者による。

〔考〕〈虹蜺〉を、数ある天変の一と見ている。古代中国の儒教思想的〈虹蜺〉観の影響であろう。人間の幸福の基本を、宇宙と父母の恩恵によると考える作者の世界観からすると、天地の気の乱れである、天変のときにはSEXは慎まなくてはならない。強い気の乱れである外邪が、これまた強い内邪（内欲）の一つである色欲（交接）に流入するからというのであろう。これを畏れ慎まないと、結果として、男女共、病を生じて短命となり、生まれる子もまた形も心も正常でなく、あるいはかたわになる――と続けて言っている。胎教以前の戒めであるが、その中に、殊更、〈虹蜺〉がとりあげられているのが興味深い。作者が、医者でありながら儒者であることを考えると、〈虹蜺〉を邪淫の気（＝1）として畏れる心も裏にあっての、啓蒙的戒めかも知れない。

98_{1}

「まことに時雨もはれて**夕虹**きえ懸るばかりの御言葉数〻にして、今まで我おもふ人もなく徒にすぎつるも、あいきやうなき身の程うらみ侍る。不思議のゐんにひかるゝ。此後うらなく思はれたき」とくどけば、男何ともなく「途中の御難義をこそたすけたてまつれ、全衆道のわかちおもひよらず」と取あげて沙汰すべきやうなく、すこしは興覚て後、少人氣毒こゝにきはまり、年はふりても戀しらずの男松、おのれと朽てすたりゆく木陰に腰を懸ながら「つれなき思はれ人かな。」

私註〔一〕**『好色一代男』**〔二〕巻一「十歳――袖の時雨は懸るがさいはい」中、中部〔三〕浮世草子〔四〕天和二（1682）〔五〕井原西鶴〔六〕麻生磯次・板坂元・堤精二校注『西鶴集上』――日本古典文學大系47――（昭32、岩波書店）〔七〕P48

〔考〕散文脈による話し言葉（くどき）の中の修辞すなわち懸け言葉「きえ」を導く語として出てくる。「きえ」は「虹の消えかかると、心も消え入るほどに有難いの意をかけている。」（〔六〕頭注）のであり、叙景と心象風景とのダブルイメージ的効果をねらったものである。また、導入語たる自然現象の〈夕虹〉の中に、遠く太古の意識たる蛇性の淫的民俗が、屈折しつつ溶け入っており、それが倒錯的色恋の世界を匂わせる。

98_{2}

椎寺の地藏の前をにしへ、まだ其年も廿にはなるまじき女、地は薄玉子に承平の染紋、下には花柴の千種がへし、**虹嶋の糸屋帶**、すこしは分らしき風情に、二つ計の娘の子を抱きて行。目つき鼻筋、それが自子にはうたがひなし。機嫌のよきを、にくさげにつめりて泣す事、度重なりなば、命の程もあぶなし。

私註〔一〕『繪入　好色二代男　**諸艶大鑑**』〔二〕巻五―五「彼岸參の女不思儀」中〔三〕浮世草子〔四〕貞享元（1684）〔五〕井原西鶴〔六〕麻生磯次・冨士昭雄訳注『対訳西鶴全集』二（昭54・8、明治書院）〔七〕P212・213〔八〕注五三に「虹に似た模様の縞。〈糸屋帶〉は未詳。」とある。訳では「紅縞の糸屋帶をしめ、」となっている。

〔考〕「少しは分らしき（色めいた）風情」に注目。

98₃

何の**虹**ぞ、さらに今**反橋**わたせる夕氣色、紀三井寺のありさま、近江なる湖こゝにたとへて、都の富士は礒と詠り。折ふしの秋の風、吹上に立り、白菊數咲て、浪にうつらふ星の林のごとし。是なん織姫のやどり木とも傳へし。布引の松千代ふりて、毎年七月十日の夜龍燈の光鮮なる。

私註〔一〕『一宿道人　**懐硯**』〔二〕巻三「龍灯は夢のひかり」冒頭部〔三〕浮世草子〔四〕貞享四（1686）〔五〕井原西鶴〔六〕麻生磯次・冨士昭雄訳注『対訳西鶴全集』五（昭50・8、明治書院）〔七〕P220

〔考〕冒頭に「何の虹ぞ――なんと美しい虹だろう！」との感嘆句から出て、次に古歌――「さらにまたそり橋渡すこゝちしてをふさかゝれる葛城の峯《詞書》高野へまゐりけるに葛城の山ににうじの立ちけるを見て」――西行――（『残集』・『夫木和歌集』所収）を踏まえた文で書き起している。「反橋わたせる夕景色」中の「反橋」は、〈虹〉のメタファーである。この〈虹〉―「反橋」の関係は、名高い『俳諧類船集』(C)〔「虹と日本文藝――古典俳諧をめぐって――」参照〕の影響も考えられる。

98₄

暮やすき冬の日の**虹**うつろひて、太左衛門橋を渡れば、川風心もなく吹て、しばしは爰に立すくみしが、君も太夫本入せ給へば、せんかたなくて其邊りの茶屋にたよりて、

私註〔一〕『本朝若風俗　**男色大鑑**』〔二〕巻五―二「命乞は三津寺の八幡」中部〔三〕浮世草子〔四〕貞享四（1687）〔五〕井原西鶴〔六〕麻生磯次・冨士昭雄訳注『対訳西鶴全集』六（昭54・5、明治書院）〔七〕P196

〔考〕寒々とした冬虹の叙景。「夕暮―虹―橋」の縁語修辞の要に〈虹〉が生かされている。cf. 98₈。

98₅

芝居子の一座に用捨すべきは、年せんさくなり。秋もすゑの氣色、露に時雨の淋しき程もふらず、昼から西日移りて、東山の雲に**虹の大筋なる嶋じゆす**を着つれて行は誰が子ぞ。村山座の御太夫、琢ずして光ある玉村吉弥といへり。今が花の都に思ひ懸ざるはなし。

私註〔一〕『本朝若風俗　**男色大鑑**』〔二〕巻七―四「恨見の數をうったり年竹」冒頭部〔三〕浮世草子〔四〕貞享四（1687）〔五〕井原西鶴〔六〕麻生磯次・冨士昭雄訳注『対訳西鶴全集』六（昭54・5、明治書院）〔七〕P289

〔考〕「東山の雲に虹の大筋なる嶋じゆすを着つれて……」の訳が「東山の雲には虹が大きくかかった。折柄、大筋の縞繻子を着て行く者があったが……」となっているが、「東山の雲には虹が大きくかかったが、折しも、その美しい虹が反映したかのごとき大筋の縞繻子を……」と修辞の中に宿る心を読んで訳出してみたらどうかと思う。98_3で見てきたごとく西鶴は、〈虹〉を極めて美しい現象と受け取っているからである。

98_6

爰をも又かへて、六角堂の前に住けるに、此家、むかしから逆ばしらのわざといひて夜〳〵**虹梁の崩るゝごとく**寝耳にひゞきて、魂ゐをうしなひければ、爰にも居かねて、千本通りに越て、物閑成所

私注〔一〕『繪入　**西鶴おりどめ**』〔二〕巻四「世の人ごゝろ」㈠〈家主殿の鼻柱〉中部〔三〕浮世草子〔四〕元禄七（1694）〔五〕井原西鶴〔六〕麻生磯次・冨士昭雄訳注『西鶴織留』十四（昭51・1、明治書院）〔七〕P120

〔考〕〈虹梁〉は、建築用語として、薬師寺の東塔・東大寺南大門・円覚寺舎利殿、等に見えるもので、遠く古代中国の班孟堅の賦に、未央宮を中心として立ち並んでいる長安城の宮殿を叙しつつ、「抗應龍之虹梁」（cf.[6]―(1)）として出、これを受けて、わが国中世の軍記物語『太平記』（＝[92]）に、「鳳の甍翔レ天虹の梁聳レ雲」として出ているもので、「高壮・壮麗なる建築物の象徴的形容」の一のようである。とすれば、それが崩るる――というわけであるから、その「物凄さ」、同時に「物凄い音」の直喩であることになる。

98_7

算用して合点のゆかぬ女、半季五拾目に給銀極めて、つれ來る風俗を見るに、成程京羽二重の白むく肌に着て、本ぐんないのごばん嶋に、大森の幅の紅うらを付て、帯はむかしからちやの繻子の一幅物、氣を付て見るに、飛ざやの内衣をすそ長に、べつかうの惣すかしのさし櫛、**虹染の抱へ帯**、其外小道具はさし置、ちつと中づもりに銀貳百七十ばかりが物の出立。「五十目の内から、あれは何としていたす事ぞ」と、物がたい手代の親仁がうたがひける。

私注〔一〕『繪入　**西鶴おりどめ**』〔二〕巻五―二「一日暮しの中宿」後部〔三〕浮世草子〔四〕元禄七（1694）〔五〕井原西鶴〔六〕麻生磯次・冨士昭雄訳注『西鶴織留』十四（昭51・1、明治書院）〔七〕P165

〔考〕「虹染」について、典拠本の訳には「虹のような七色変わりの横筋染めか。」とあり、岩波日本古典文学大系本（野間光辰校注）には、「七色変りの横筋染のことか」とあり、角川文庫・前田金五郎訳注『西鶴織留』（昭48・3、角川書店）には、「虹のような七色変りの横筋染か」とある。いずれにしろ、文脈から推し測るに、この帯染は、粋で流行のかなり高級品に属する部類のものを意味しているようである。訳中の「七色」は類推。

98₈

上戸中間の長者町のおの〳〵、河原の役者まじりに、立噪ぎ行に、朝日山も夕暮ちかくなり、**虹**はうつりて掛橋の詰なる通圓茶屋に、しばらく川音を聞しに、

私註〔一〕『西鶴 **俗徒然**』〔二〕巻三―二「悪性あらはす螢の光」の前部〔三〕浮世草子〔四〕元禄八(1695)〔五〕井原西鶴〔六〕麻生磯次・冨士昭雄訳注『対訳西鶴全集』十六(昭52・11、明治書院)〔七〕P61

〔考〕「夕暮―虹―橋」の縁語修辞の要に〈虹〉が生かされている。cf.④。

99₁

聖徳太子忍辱慈悲の御聲にて、「不便やよく〳〵迷うたり、神道を見損ひ佛道には猶疎し、十界の三世は、差別の法三を開して一佛乘、神は唯一圓頓一實相の外、別に佛法なく、本地垂迹一如なれば、神佛とて二つはなし。守屋親子が佛を蔑し、地獄極樂なしと云ふ、舌三寸の悪業、梵天に響き天の災難、只今能つく見凝りせよ。」と、宣ふ中より電光、虚空爆き鳴り渡り、雲は炎と燃え立つ煙、朱をさす如き日輪に本地釋迦如來、毘盧遮那徧一切處の御形、増上我慢の悪人を驚かしたる破法の猛火、佛體焦るゝ現相渦まく火炎の虹となり、日益が頭に燃え掛れば、「ナウ熱や堪へ難や、やれ焼け死ぬるわ焦げつくわ。」と、逃げ惑ふ前後も煙、七顚八倒悶絶し、五體を投げて跳く音、大磐石を火に燒いて淵に沉むる如くなり。

私註〔一〕『**聖徳太子繪傳記**』〔二〕「第一」中部〔三〕人形浄瑠璃詞章〔四〕享保二(1717)初演〔五〕近松門左衛門〔六〕『近代日本文學大系』第七巻〈近松門左衛門集 下〉(昭3・4、国民図書KK)〔七〕P165〔八〕――線は稿者による。

〔考〕本資料は、80―81に続く〈虹〉と聖徳太子(=仏教世界)との不思議な繋りの系譜に位置するものである。〈火炎の虹〉の表現は、仏教臭の感じられるものであるが、『一切経音義』(=19、40)や『新訳華厳経音義私記』(=41)等には見られなく、また中国古代の詩文でも見出し難いもの(=21)であるが、日本文藝史上では、北辺・アイヌの叙事詩・『ユーカラ』(=38₂ならびに「虹と日本児童文藝(上)、中「昔話(1)二」)に見出される。『ユーカラ』は近代まで、口承文藝であったので、どの時点で入ったのか定かではないので確証はないが、感じとしては、『ユーカラ』の方が、その表現において、動物的認識の強い縄文的色彩(宗教・文化色が薄い)があるようなので、こちらの方が先蹤のような気がする。とはいえ「虹のような火炎」ではなく、「火炎の虹」という表現は、増上我慢の悪人を驚かすほどの破法の猛火の「物凄」さのメタファーであり、先出の「電光」等と絡めてみると、いわゆる「龍」(男性)的要素の強い〈虹〉、やはり動物的本質を内在した描写ではある。

99₂

太子歡喜随喜の涙うろほす。肩におひ給ふ大乗一軸抜け出でて、くる〳〵と紐とけて、巻頭巻軸大空にさら〳〵、天の浮橋烏鵲の橋、末世に是れを經橋と、夕日に向ふ虹のはし、卽心卽佛經一體、駒の蹄紫磨黄金、神通如意の駒に手綱をくりかけ〳〵、ゆるがぬ天の經橋を、しづ〳〵と乗り下げ乗り上げ乗りおろし、晨朝の會に入り給ふ。

私註〔一〕『**聖德太子繪傳記**』〔二〕第四「梵宮伽藍の巻」後半部〔三〕浄瑠璃詞章〔四〕享保二（1717）初演〔五〕近松門左衛門〔六〕『近代日本文學大系』第七巻〈近松門左衛門集下〉（昭3・4、国民図書KK〔七〕P217〔八〕——線は稿者。

〔**考**〕「——橋」の脚韻の重畳は、リズミカルで浄瑠璃らしい律動性を生んでおり、その文脈中に〈虹〉が登場している。

99₃

情口舌の萌え出づる、雪間に素足伽羅香ろ、霞の袂虹の帯、冷泉雲の上著をゆりかけて、新艘突出し出立ばえ、唄紺に鬱金に薄染淺葱、織物縫物染物盡し、小紋三重染二重染、淺葱鹿子に鶸鹿子、紫鹿子にふる年の、憂きをも芥子の紅鹿子、極彩色の越後町、

私註〔一〕『**山崎與次兵衛壽の門松**』〔二〕「上巻」前部〔三〕人形浄瑠璃詞章〔四〕享保三年（1718）正月初演〔五〕近松門左衛門〔六〕『近代日本文學大系』第七巻〈近松門左衛門集下〉（昭3・4、国民図書KK）〔七〕P225〔八〕水谷弓彦校注『近松傑作集一』（明43、早稲田大学出版部）の頭注に「・霞の袂虹の帯雲の上着　太夫の扮粧の麗はしきを形容したるなり　伽羅の香のことをいひたれば、其の煙の靉靆たるを形容し、霞といひ虹といひ雲といへるなり。」とある。——線は稿者による。

100

江戸川は、めじろの山のふもとよりいでて、十四五町ばかりなほなほひんがしに流れぬ。北南のきしにみちありて、人々の家たちつゞきたり。夏のゆふべ夕立のはれたるのち、めじろの山にのぼりてみれば、川べたより虹のなゝすぢたちたる、そのいへ〳〵のほどもいちじるし。にじのいでたる所みんと、こまにむち打て、山をくだりいきけり。はせすぐればみへず。はせかへりて、ひがしおもてにたちてはみへぬ。されば虹は夕はにしよりみへ、あしたはひんがしよりみゆるにこそ有ける。あしたのにじはにしにたち、夕のにじひがしにたつといふにはあらず。にじはいづこにたてども、日にむきてはみへぬなり。はゝきぼしは此うらなり。さればよひはにしよりひがしにさし、暁は東よりにしにさす。

私註〔一〕『**寓意草**』〔二〕（下）巻抄〔三〕1750（延享）頃か？〔四〕随筆〔五〕**岡村良通**（明和四年＝1767没）〔六〕森銑三・北川博邦編『続日本随筆大成』8（昭55、吉川弘文館）

〔七〕P70・71〔八〕底本＝国書刊行会本（三十輻所収）――線は稿者による。
〔考〕「にじのいでたる所みんと、こまにむち打て……たちてはみえぬ」のいきいきした描写、まさに「虹を追う人」の風貌をしのばせて面白い。「にじのいでたる所みん」の心を衝き動かすのは、遠く古代よりグローバルに広がっていた「虹脚埋宝」信仰の無意識下の遺伝による憧れであろう。

また、「なゝすぢ」の「すぢ」を「色」とすれば「七色」となる。とすれば、前述（72₅参考）の『続日本紀』（769）の「雲七色相交立登」が、〈虹〉の認知として今ひとつおぼつかない現在、これが、日本において**明確に〈虹〉を「七色」と観じ、且つ記述した嚆矢**ということになる。

101

本舞臺三間の間、結構(けっこう)に仕立(したて)たる廻廊餝付(かざりつけ)、緑青塗(ろくせうぬり)の銅(あかゞね)燈籠大分(だいぶん)懸け並(なら)べ、**虹梁**(かうりやう)の際(きは)々花鳥の彫物(ほりもの)ある欄間(らんま)を下(お)ろす。是に金地に乾臨閣(けんりんかく)と書たる横額(よこがく)打(うつ)てあり。此道具にて納(をさま)る。

私註〔一〕**『名歌徳三舛玉垣』**〔二〕「乾臨閣」〔三〕歌舞伎脚本〔四〕享和元年（1801）十一月一日より河原崎座で上演〔五〕初代桜田治助〔六〕浦山政雄・松崎仁校注『歌舞伎脚本集』下——日本古典文學大系54——（昭36、岩波書店）〔七〕P63〔八〕底本＝国立国会図書館蔵本「虹梁」の注に「左右の大臣柱の上部に渡した梁。今の大欄間」とある。

〔考〕〈虹〉梁が歌舞伎舞台の装置の中で活躍している。ここでも「虹梁」に不吉・妖祥感は見られない。

102

〇文政壬午正月日暈図説

文政壬午正月日之暈図

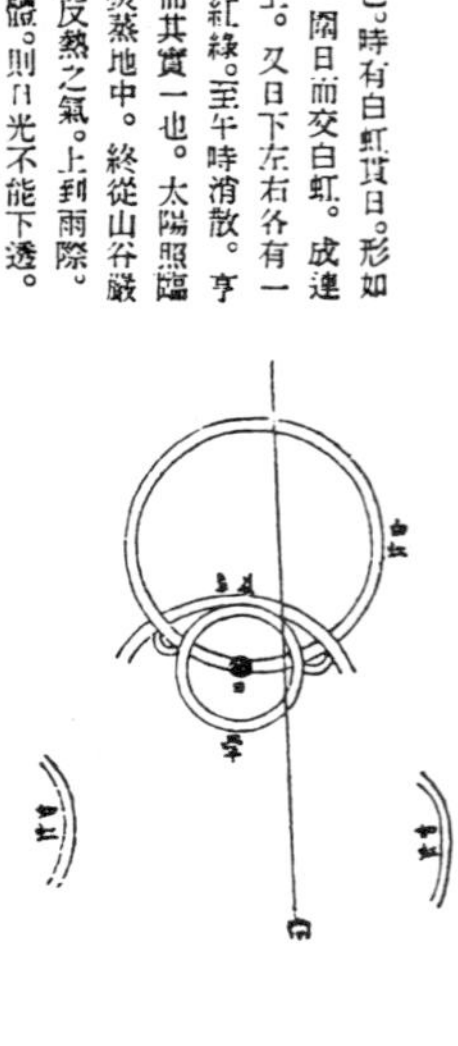

日暈図説

文化壬午正月廿一日丁卯巳。時有白虹貫日。形如環。径数丈。其一邊別有暈。夾日而交白虹。成連環。其色淡紅。又一虹横其上。又日下左右各有一小虹。一向内。一背外。其色紅緑。至午時消散。亨按。日暈曰虹曰蜺。其名異而其実一也。太陽照臨地面。水気為陽火所歴。而發蒸地中。終従山谷巌窟地理疎所而上升。随地面反熱之気。上到雨際。揺曳發鬱為雲。雲厚遮蔽日體。則日光不能下透。人自正面下見之。而不看日體。故無暈紅矣。雲薄則日光下垂。而暈虹見也。其色白者。是雲薄而燥也。其紅緑者。雲厚而濕也。厚且濕則抵住日光而透不去。故陽光接陰閣之気而生色耳。今白者紅者緑者一時双見。是日光所映射之気。有厚薄疎密。而陰陽鈍駁故也。如夫日東而虹西。日西而虹東。則日光遥映射陰雲。日力微而不能乾陰雲。々々亦遠重。日光透不去。陽光射者水気。々々含育陽気。而人在中間。而視其裏面。故好色著明。而成紅緑之象也。或曰。東虹西蜺常而有焉。今也不然。日将午。暈又大小不一。未聞有此異也。曰。日下適有薄雲。而日光過之則暈見。暈自轉映游気。而白虹便見。是雲與気。各有高低也。所映高且遠。則其形小。低且近。則其形大。愈高遠則愈小。愈低近則愈大。而其他抱者背者長者短者。皆是暈虹互相注射。而雲気各有厚薄燥濕故也。曰。古政失於此。則變見於彼。然則所見之國。其譴何在。曰。夏霜冬雷。謂之大變。猶可也。暈適鑴背抱耳。（皆月旁気也）虹蜺可常而見矣。而其理亦灑然。且無害於事。無損於歳也。指為大變。則不亦矯誣乎。況消而必復天體之常乎。且古畏天變。莫甚於日食。而既有躔度分数可預測於数十年之前。逃之而不得。禳之而不能。而奔走馳騖。伐鼓陳兵。拯救之者。不亦兒戯乎。謝在杭曰。聖人之事天也。無時不敬。而遇其災變。則尤加皇懼焉。曰知敬天而已。初不為禍福計也。蓋自俗儒占候之説興。必以其變。属之某事。求之不得。則多方傅會。不覺其自相矛盾。而啓人主不信之端。故金陵有天變不足畏之説。雖千古之罪言。而亦自有一段之見解也。宋儒曰。天地之變。非一端也、盡以為人事致之。則牽合傅會。泥而不通。盡以為気数適然。則古人修法正事。反災為祥者。亦不少矣。要之為天下主。父天母地。父母震怒。聲色異常。人子當祇栗恐懼思所以平格。不當指為情性所發而遂已也。依此觀之。何必問其應乎。以余下愚。何敢論天道之微眇乎。唯述所聴。而應問者之請而已。文化壬午孟春下浣。霜園入江亨謹記。

霜園亨緝

私註〔一〕『**一話一言**』〔二〕「巻四十五」中〈文政壬午正月日暈圖説〉〔三〕随筆〔四〕文政五年（1822）〔五〕**霜圃入江亨**〔六〕太田南畝編『一話一言』下巻――日本随筆大成別巻下――（昭3、吉川弘文館）〔七〕P848・849

〔考〕超稀有な気象現象たる「白虹貫日」現象の所見を中心に〈虹〉にまつわる現象について、比較的科学的なスタンスによる記述がみられる。（cf.資料41ならびに《注2》《注3》）。

103

虹霓の立ちて西に有るは、明日必雨降り、東に見ゆるは、必風吹く。切れ〴〵に光り散るは、風起る。日暮に東南に見ゆるは、天風なり。

私註〔一〕『**兎園小説**』〔二〕第四集抄〔三〕随筆〔四〕文政八年（1825）〔五〕曲亭馬琴ら編〔六〕『兎園小説』――日本随筆大成第二期巻一――（昭3、日本随筆大成刊行会）〔七〕P85〔八〕〈凡例〉に「文政八年の頃、瀧澤馬琴、山崎北峰等の発起にて、同好の諸子と謀り、兎園会を組織し、各自世上の珍事異聞を筆録して、之を席上に披講し、併せて会員に廻覧せしめたるを合冊したるものなり。」とある。

〔考〕おおむね『安倍清明物語』（=96）の引き写しである。

104

○虹

百練抄に、天元三年五月十八日、春興宣陽兩殿前立レ虹、又左大臣家以下人宅十六軒同有二此事一云々。五雜俎に、虹は虫のよしあれどいかゞ。按るに、虹は雨に日の影のうつれる也。されば朝は西にたち、夕は東にたつ、但し日中にはたゝず。日上にありて近ければなり。おのれ先年中仙道より、京へのぼりける時、鹽尻峠を過て、谷河のそひをゆくに、雨少しふりて、申の刻ばかり少しをやみぬ。空は猶曇れり。其谷河より虹立て、片へは山をまたげり。彼虹の足もとをゆくに、色深くうつくしき事、はるかに みるとは異也。其後此事、葛飾の石井隆豊にかたりければ、隆豊只今其虹を造りて見せ申べしとて、うつは物に水を入口に含て、霧のごとく吐出しけるに、折ふし申の刻ばかりにて、空は晴たり。其吐出せる霧に、日の影うつりて、紅青のいろあり。誠にちいさき虹をなせり。

私註〔一〕『**野乃舎随筆**』〔二〕○虹〔三〕1920ごろか。〔四〕随筆〔五〕**大石千引**（天保五年=1834没）〔六〕東都・耕文堂梓行『野乃舎随筆』――『日本随筆大成』巻六所収――（昭2、吉川弘文館）〔七〕P467〔八〕――線は稿者による。

〔考〕「虹は虫のよしあれどいかゞ。」と、古代中国の〈虹〉観に疑問を投げつつ、「虹は雨に日の影のうつれる也」また「日中にはたゝず。日上にありて近ければなり」という。これらは現代の科学的知識よりみれば正確なものではないが、かなり科学的ではある。また石井隆豊の実験話を載せる所なども科学的スタンスがみられて興味深い。「虹の足もとをゆくに、色深くうつくしき事、はるかにみるとは異也」との実見記録的感慨も味わい深い。勿論、不吉・妖祥感はない。

105_1

又一

年の夏夜納涼とて樓上に偃臥してありしに側に侍る女童の虹出たりと云へば何條夜に虹の出ることあるべしやと笑ふに頻りに指ざしてあれ〳〵と云まゝ枕を欹て見れば西天に白虹分明に見ゆ餘りに奇らしければ起て諦視せしにその夕方白雨一過せし後なるにより西天は陰雲なり半天より東の方は晴わたりて折しも出月の昇れるによりその影西の陰雲に移りて白虹を成せるなりこれも東西の天各陰晴を殊にして丁どその時に月出ざればこの虹を見ることは得がたきなりこれ等のこと度々には逢がたき奇景にぞあらん

私註〔一〕『**甲子夜話**』〔二〕「巻三十」抄〔三〕随筆〔四〕文政四年（1821）〜天保十二年（1841）〔五〕松浦静山〔六〕吉川半七編『甲子夜話』第一（明43、図書刊行会）〔七〕、P 445〔八〕——線は稿者による。

〔**考**〕日本では非常に珍しい、夏の〈夜虹〉の実見の記録である。いわゆる、ハワイで有名なムーンボウ（cf.「世界〈ニジ〉語彙表」注1）である。これは、それが夜で、かつ「白雨一過」の後のわずか幾分の間と光りまばゆい「月の出」とが、ちょうど合致しなければならないわけで、またそれをちょうどその時見ていなければならないわけで、従って人の目に触れる機会の稀有なものである。それが〈白虹〉であるのは、いくら明るいといっても日光より月光の方が弱いわけで、そのために白く見えるのである。いずれにせよ、「度々は逢がたき奇景」の表現の中に、それとの邂逅と見聞への心躍りが感受される。児童文学では、鶴岡千代子作『白い虹』——民話「つるにょうぼう」より——（＝「虹と日本児童文藝」(下)—B—(4)）に夜の白い虹が美しく哀しくうたわれている。

105_2

○詩集傳蝃蝀の章蝃蝀在レ東の註に、蝃蝀虹也、日與レ雨交倏然成レ質、似下有二血氣一之類上、乃陰陽之氣不レ當レ交而交者、蓋天地之淫氣也、在レ東者暮虹也、虹隨二日所レ映、故朝西而暮東也と見ゆ、然るにこの六月廿日の夜亥刻納涼して端居せしに虧月東方に皎らかなるに西天に白虹空を亙る予左右をして其狀を審にせしむ報じて曰く白虹の中青虹相交ると然らば夜の虹は月に映じて形を爲すこと晝の日に映すると同じ左右數人皆未だ曾て夜虹を見ることなし一人は嘗て見ることありと云詩註は晝虹を云たるなり

私註〔一〕『**甲子夜話**』〔二〕「巻八十」抄〔三〕随筆〔四〕105_1に同〔五〕105_1に同〔六〕105_1に同〔七〕P 258〜259〔八〕——線は

稿者による。

〔考〕〈夜虹〉は前資料の物語るごとく、近世日本人にとってまさに「奇景」であった。また前資料の〔考〕でも触れた通り〈夜虹〉が〈白虹〉となり易いものであるが、「白虹の中青虹交る」という現象は、さらに稀有なことであり、いわば「奇景」中の「奇景」と観じていたのであろう。冒頭に中国緯書の記述を引いたりしている所をみると、やや戸惑い・不安感さえ混入しているようである。

とまれその座の興奮は、「同じ左右数人未だ曽て夜虹を見ることなし一人は嘗て見ることありと云」の裏に如実に物語られている。

多彩の〈夜虹〉は、児童文学では木暮正夫作『虹のかかる村』（＝「虹と日本児童文藝」(下)―B―(2)）に出てくる。これも不思議な美しい哀しい物語のフィナーレを飾っている。

虹と日本文藝（十五）

——古典和歌をめぐって・付「連歌・狂歌」——

小序

本稿は、古典期（明治以前）の和歌の世界に〈虹〉を渉猟し、それが、どのような感性によって享受され、表現されているか—について、比較文化的視座を混えつつ分析・考察してみたものである。

ここに「和歌」とは、短歌形式のものを主軸とし、さらに長歌・旋頭歌・仏足石歌、ならびに和歌の揺藍たる古歌謡類、とその詞書をも含んでいる。内容的には、『萬葉集』の戯咲歌や『古今和歌集』中の諸謔歌や、『和漢朗詠集』の様に、和歌とペアーになっている日本漢詩をも、その合わせ・対照の妙を考慮すべく参考資料として含めた。

古典和歌

広く、この期中に現れた〈虹〉の歌、正確には、〈虹〉（〈虹〉と同意と解される〈努自〉・〈にし＝にじ〉・〈にうし＝にうじ〉・〈を《お》ふさ〉[注1]、等の表記のものを含む）の語を含む歌・（例外的に詞書）を求めんとして、探索・渉猟のために分け入った、いわゆる「調査対象文献資料」は次の如くである。

Ａ

(1)『國歌大観—歌集編—』（昭26、角川書店）　松下大三郎・渡辺文雄編

(2)『續國歌大観—歌集編—』（昭33、角川書店）　松下大三郎編

B

『新編　国歌大観』（昭58〜平4、角川書店）　谷山茂・他編

(1)「第一巻―勅撰集編―」
(2)「第二巻―私撰集編―」
(3)「第三巻―私家集編Ⅰ―」
(4)「第四巻―私家集Ⅱ・定数歌集編―」
(5)「第五巻―歌合・物語・日記・説話収録歌編―」
(6)「第六巻―私撰集編Ⅱ―」
(7)「第七巻―私家集編Ⅲ―」
(8)「第八巻―私家集編Ⅳ―」
(9)「第九巻―私家集編Ⅴ―」
(10)「第十巻―名所歌集編、歌合編Ⅱ、定数歌編Ⅱ他」

C

『校注　国歌大系』（昭3〜6国民図書KK、復刻昭51、講談社）

(1)「古歌謡類」
(2)「万葉集全」
(3)「八代集上」
(4)「八代集下」
(5)「十三代集一」
(6)「十三代集二」
(7)「十三代集三」
(8)「十三代集四」
(9)「撰集・歌合全」
(10)「御集・六家集上」
(11)「六家集下」
(12)「三十六人集六女集」
(13)「中古諸家集全」
(14)「近古諸家集全」
(15)「近代諸家集一」
(16)「近代諸家集二」
(17)「近代諸家集三」
(18)「近代諸家集四」
(19)「近代諸家集五」
(20)「明治初期諸家集全」（※「志濃夫廼舎歌集」等、内容は幕末）
(21)「夫木和歌集上」
(22)「夫木和歌集下」
(23)「風葉和歌集其他」
（※(24)〜(25)＝「索引」　(28)＝「頭註索引」）

D

『私家集大成』（昭48〜51、明治書院）　和歌史研究会編

(1)「中古Ⅰ」
(2)「中古Ⅱ」
(3)「中世Ⅰ」
(4)「中世Ⅱ」
(5)「中世Ⅲ」
(6)「中世Ⅳ」
(7)「中世Ⅴ」(上)
(8)「中世Ⅴ」(下)

E

『明題和歌全集』（昭51・2、福武書店）　三村晃編者

底本＝国立公文書

館内閣文庫蔵『刊年不明版』

F 『女人和歌大系』（昭37～43、風間書房）　長沢美津編
(1)「歌謡期・万葉集期・勅撰集期」
(2)「勅撰集期（私家集・歌合）」
(3)「私家集期（江戸）」
（※(4)＝研究編・通巻年表　(5)・(6)＝近代期前編・近代期後編のため除外）

G 『回國雑記』（文明18年＝1486）　准后道興筆（岸上質軒校訂『續紀行文集』《明33・8、博文館》所収）

H 『近世和歌集』―日本古典文学大系93―（昭41・8、岩波書店）　高木市之助・久松潜一編

I 『近世和歌撰集集成』（昭60・4～63・1、明治書院）　上野洋三編
(1)「第1巻　地下篇」
(2)「第2巻　堂上篇　上」
(3)「第3巻　堂上篇　下」

J 『新類題和歌集』（享保18）　烏丸光栄・三条西公ら編

K 『本居宣長全集』第十五巻―歌集篇―（昭44・6　筑摩書房）

L 長沢伴雄原輯『類題和歌鴨川集』（明27、大阪屋交盛館）
(1)「上巻」
(2)「中巻」
(3)「下巻」

M 加納諸平原輯『類題和歌鰒玉集』（明27、大阪屋交盛館）
(1)「上巻」　※奥付に「嘉永五年十二月十五日　兄瓶」とある
(2)「中巻」
(3)「下巻」

N 塙保己一編『群書類従』（活学・昭和年間、続群書類従刊行会）

O 大観・大系・大成等未収個人歌集

A・Bは、いわば、旧・新にあたるものであるが、資料的に見て底本の問題、歌集の出入りの面を考慮して重用した。同歌の場合は、おおむねB＝新を採用した。これは学術的価値を勘案したもので C～I 間相互の関係においても同様である。

よって、これら A～O の文献によれば、―江戸時代の資料に関しやや量的に稀薄なうらみがあるが、―しかし、現時点におけるものとしては、ほぼ正確に、わが国古典期における《虹》渉猟のた

めの、和歌（含狂歌）の史料的鳥瞰は可能であろう。
　管見に入った《虹》歌については、次記のごとく脚注を付した。
　　①作者　②出典　③出典中の位置　④本文の直接典拠・備考
である。短詩型文藝の特色に鑑み、作者主体とした。

　作品中、《虹》にあたる部分の文字を、ゴシック体とした。また主に、本文の典拠（底本等）を示す「備考」中の、記号（『B—⑵』等）は、前掲の「調査対象文献資料」に付したものである。（例、『B—⑵』＝『新編　国歌大観』—『第二巻—私撰集編—』の意である。）なお、個別の歌集・撰集についての、既刊の『総索引』類も参照したにはしたが、とにかく、前掲の「調査対象文献」に直接あたることを、まずもって、調査の本筋とした。③は連作的「場」の問題の認識の考慮による。漢字は通行体を原則とした。

◇————◇

三四一四 伊香保呂能（イカホロノ）　夜左可能為提尓（ヤサカノヰデニ）　多都（タツ）
努自能（ノジノ）　安良波路万代母（アラハロマデモ）　佐祢乎佐（サネヲサ）
祢弖婆（ネテバ）　(1)

いかほろの　やさかのゐでに　たつ
のじの　あらはろまでも　さねをさ
ねてば　(1)

①不明②『萬葉集』（奈良時代）③巻第十四・「東歌」・〈上野国相聞往来歌廿二首〉中、14首目④『B—⑵』本文による「本文は、西本願寺本（昭和八年竹柏園刊複製本）を底本として校訂を加え、歌の本文の右に西本願寺本による訓を、左に現代の万葉学の立場で最も妥当と思われる新訓を施した。」（「解題」）尚、「努自」の所の「努」の校異については、水島義治著『萬葉集本文研究ならびに總索引』（昭59、笠間書院）の第一部「本文研究篇」中、3414番歌［校異］中、『西本願寺本』を底本とし、「㈣努　神　細　無　附　寛「弩」。温「奴」。代（初）書き入れ「弩」は「努」の誤り。「ヌ」。」とある。（同本〈凡例〉参照）

ふたこやまにてつゝしのはる
〳〵さきて侍るに

八八 からくにのにしきなりとてもくらへ
みむ　ふたむらやまのにしきにはに
し　☆ (2_1)

①増基（生没年未詳。朱雀《930～945》～一条《986～1010》朝の人）、一名、いほぬし（＝廬主・庵主）②『増基法師集』④『D—⑴』（底本＝

『宮内庁書陵部蔵本』）

ふたこ山にて、つつじのはるばると咲きて侍るに
八八 からくにの**にじ**なりとてもくらべみ　ふたむらやまの錦にははにじ　☆ (2$_2$)

①増基法師②『増基法師集』（いほぬし）④『B—(3)』（底本＝『群書類従本』）　但し『群書類従』（昭34、続群書類従完成会）では「からくにのにしなりとてもくらへみむ二村山の錦にはにし」

三一五 山腰帰雁斜牽帯（さんやうのきがんはななめにおびをひく）　☆ (3)
水面**新虹**未展巾（すいめんのしんこうはいまだきんをのべず）

①都在中②『和漢朗詠集』（公任966～1041撰）③巻上「秋」・「雁（付帰雁）」

三一六 はるがすみたつをみすててゆくかり　ははなきさとにもすみやならへる

④三一六の作者は伊勢、『B—(2)』

雨後谷心涼
雨はれて入日の雲に**虹**（西興）ふけははたえ　さむしも谷のゆふかせ　(4)

①覚性法親王（1129～1169）②『出観集』③「夏」④『D—(2)』

円触院御時、紫野子日
三四 かぞふればまつより年の老いにける　我を尋ねて人はひかなむ

①民部卿文範②『別本和漢兼作集』③巻第六④『B—(6)』

高天澄遠色　☆ (5)
三五 双鶴出皋披霧舞（さうかくさはをいでてきりひらきてまふ）　孤帆連水与雲清（こはんみづにつらなりてくもとともにきよし）

二十一番　左（持下）　藤家光
三六 月籠秋雁千行陣（つきはこむしうがんせんかうのぢん）　風破**晴虹**一道橋（かぜはやぶるせいこういちだうけう）
右
九三 遠樹半**晴虹**影淡　平蕪雨過蹄荒☆ (6)

①藤家光（光俊1203～1276）②「内裏詩歌合建保元年（1213）二月」③「二十一番」〈左〉④『B—(5)』

九四 藤ばかま香をなつかしみきて見れば　ゆかりの色もむさしの原

高野へまゐりけるに、かづらきの山に、**にうじ**（にじカ）のたちたりけるをみて
三二一 さらに又そりはしわたすここちして　**をふさ**かかれるかづらきのみね　(7$_1$)

①西行法師《上人》（1118～1190）②『残集』または『聞書残集』③32首目（最後尾）④『B—(3)』本文。底本＝『宮内庁書陵部乙本』

高野に参りける時かづらき山に**虹**の立ちければ
七九〇七 さらに又そり橋わたす心ちして**をぶさ**かかれるかづらきの山　(7$_2$)

①西行上人（前出）＝(7$_2$)寂蓮法師（?～1202）＝(8)　如寂法師（1184頃在?《『日本仏家人名辞典』》）＝(9)　民部卿為家卿（1198～1275）＝(10)②『夫木和歌抄』（1309年頃）③巻第十九・「雑部」一、〈虹〉4首中、第1・2・3・4首目。④『B—(2)』本文。

十首百首
七九〇八 時雨つつ**にじ**たつそらや岩橋をわたしはてたるかづらきの山　(8)

津長三年歌合
七九〇九 うちしぐれ**にじ**たつ秋の下紅葉そめ

わたしたるかづらきのはし　(9)

文永三年毎日一首中

七九一〇雨はるる峰のうき雲うき散りて**にじ**
たちわたる冬の山ざと　(10)

二月**虹**初見　三清蟣正浮　うき草に両字あり、おほきなるを蘋と云ふ、これを鬼神にたむく、又風、蘋の末よりおこる、少なるを萍といへり、**虹**は三月の節の後十一に初て見えて、十六日に萍初て生ふ十月中の日より**にじ**かくるといへり、**虹**の初てみゆるとき、萍生出づといへり、二月の字おぼつかなし、二月といふは避下三字也、又三月は候初て前月に生ふる、稍同也といへり、又云、三清はさけの名なり、又云、浮蟣うきくさのごとし、**虹**初てみゆるとき萍おふといへり　☆(11)

五一春の色のたなびく空を知りがほにや
がてなみよる池のうき草

底本＝『静嘉堂文庫本』、以他本校訂。尚、『国書刊行本』本文では、七九〇七中の「をぶさ」は「をふさ」、七九〇八・七九〇九・七九一〇中の「にじ」は「にし」。

①源光行（1163〜1244）②『百詠和歌』③第三・「萍」④『B—(10)』　詞書は、中国の類書等よりの知識をベースとするか。「萍」のことは、類書必引の董思恭の「詠虹詩」に類想がみえる。

橋

形似雁初飛　橋は雁歯あり、又**虹の形**あり、はしのかた、かりのつらのごとしともいへり　☆(12)

一三五行くかりの雲のかけはし見渡せばお
くるるつらぞとだえなりける

百首御歌、古来歌

九四二一かりそめにみしばかりなるはしたか
の**をぶさのはし**の恋ひやわたらん　(13_1)

尾総橋　美濃　藻塩

一九七〇名寄仮初に見しばかりなる箸鷹の**を**
ふさの橋を恋や渡覧　(13_2)

①前同②『前同』③第七

①衣笠内大臣（藤原家良—1192〜1264）②『夫木和歌抄』（1309年頃）③巻第二十一・「雑部」三④『B—(2)』　底本＝『静嘉堂文庫本』、以他本校訂。　cf.(26)

①衣笠（前同）②『松葉名所和歌集』（六字堂宗恵撰。1660）③第三④神作光一・村田秋男編『松葉名所和歌集』—笠間索引業刊57—　用字に注意。cf.『歌枕名寄』中「美濃国」六五六六では第四句「をぶさのはしに」（B—(10)）

五三三 あすか風夕立さそふ川上をとわたる
虹や瀬瀬のいは橋 ☆(14)

①家隆②『六華和歌集』(1364) ③巻第二・「夏歌」中④『B―(6)』

題しらず

二三二 むら雲のたえまのかげに**にじ**たちて
時雨過ぎぬるをちの山ぎは (15₁)

①左少将定家朝臣（1162～1241）②『玄玉和歌集』(1191頃か) ③第三・「天地歌下」④『B―(2)』先行の、二三〇に「百首中、秋の心を」の題詞があり、二三一・二三二は「いなづま」の歌。

八四七 八四七 むらくものたえまの空に**にじ**たちて
しぐれ過ぎぬるをちの山のは (15₂)

虹のことにや。前代の勅撰いまだ
みえざれども、げにこれはめづら
しくあるべきことゝこそおぼゆれ

①前中納言定家（1162～1241）②『玉葉和歌集』(1312頃か) ③巻十六・「冬歌」④『B―(1)』左評(注2)は宮内庁書陵部蔵写本『歌苑署事書』(1315頃) による。

五一一 かきくもりしぐるるくものたえだえ
に**にじ**たちわたるをちの山もと☆(16)

①藤原為家（1198～1275）②『為家千首』③「冬百首」中、11首目④『B―(10)』

夕立

一四〇九 ゆふだちのなごりのそらもややはれ
て**にじ**きえかかるをちのむらくも (17)

①伏見院（1265～1317）②『伏見院御集』(1315頃か) ③「夏歌」④『B―(7)』

秋虹

二一四六 あきの雨のひとむらわたるゆふぐれ
のくもまにたゆる**にじのかけはし**(18)

①前同②『前同』③「秋虹」一首④『前同』

院に三十首歌めされし時、夏木を

四一〇 四〇〇 **虹**のたつふもとの杉は雲にきえて峰
よりはるるゆふだちのあめ (19)

①前太宰大弐俊兼（1269～?）②『風雅和歌集』(1349頃か) ③巻第五・「夏歌」④『B―(1)』

一六九六 一六八六 **虹**のたつ峰より雨ははれそめてふも
との松をのぼるしらくも (20)

①藤原親行（未詳。1185～1288の間の頃か）②『風雅和歌集』③巻第十六・「雑歌中」④『B―(1)』

一二五 **虹**のたつふもとの雲に雨すぎて露も
さながらとるさなへかな (21)

①進子内親王（伏見院皇女・生没年未詳）②『延文百首』④『B―(4)』

九番　左　　公蔭卿

一七 よられつる草もすずしき色に見えて
うれしがほなるむら雨のには

右勝　　女　房

一八 はれかかる雲のこなたに**にじ**見えて
なほふりのこるゆふだちの雨　(22)

うれしがほなる村雨の庭、めづら
しくけうありておぼえはべるを、
前権大納言藤原朝臣、猶可以右為
勝之由頻申所在侍りしにや

①女房（光厳院）②「光厳院三十六番歌合―貞和五年（1349）八月―」③九番④『B―(5)』　cf. 光厳院は『風雅和歌集』の親撰者。

三三四二 天の川紅葉の橋かたつ**虹**の遠きわた
りの夕たちのそら　(23)

①正徹（1381〜1459）②『草根集』（1473頃）③「四」・〈夏部〉④『D―(5)』　cf.『B―(8)』のP125

五〇一〇 川辺より山のはかけてたつ**虹**の音せ
ぬ橋をわたる雨哉

①前同②『前同』③「六」・雑部④『前同』　cf.『B―(8)』のP235

夕立

五七五一 空みれば色なる橋の夕立や　**虹**たち
わたるあまの河なみ　(25)

①前同②『前同』③「七」・〈（六月）(注)十一日、藤原利永さたせし月次に〉④『前同』　cf.『B―(8)』のP124。

（注）＝6首前の五七四五の詞書に「六月六日…」とあることにより。

夕立

八五七八 入日さす夕立なから立**虹**の　色も緑
にはるゝ山かな　(26)

①前同②『前同』③「十一」・〈（六月）(注)十八日、明栄寺月次に〉④『前同』　cf.『B―(8)』のP124。

（注）＝11首前の八五六七の詞書に「六月四日…」とあることにより。

狩場雹（ママ）

六六 **虹**の原や鳥立見ざりしはし鷹のみぞ
れも雪もふりくらしつつ　☆(27)

①乗阿②『隠岐高田明神百首』（1387）④作者は時宗の僧か。『B―(10)』

霜

白砂の雲間の**虹**は中絶て霜をきわた
す久米の岩橋　(28)

①後成恩寺関白兼良公（1402〜1481）②『南都百首併序』③「冬十五首」中3首目④「群書類従」第百七十六。『N―第十一輯―和歌部』cf.『B―(10)』

七夕の逢せは遠きかさゝきの**おふさ**
のはしをまつや渡らむ　(29)

①前同②『ふち河の記』③みのの国の歌枕の名所

④『[N]—第十八輯—紀行部』 cf.『[B]—⑽』 本文では「をぶさのはし」

一九六 夕立は雲より遠にふり過て　日影にむかふ**虹**そいろこき (30)

①姉小路（藤原）基綱（1442～1504）②『卑懐集』③「夏」『[D]—⑹』 cf.『[B]—⑻』

のゝ市といへる所を過ざけるに
村雨に逢ひ侍りて

風おくる一村雨に**虹**きえてのゝ市人はたちもをやまず (31)

①准后道興②『回国雑記』（文明18年＝1486）④『[G]』　「のゝ市」＝「（石川県）金沢が成立する以前の中世時代における加賀地方の中心地」（『日本地名辞典』）

山明虹半出

三一三七 むら雨のたえまの日影さすかたに**にし**みえそめてむかふ山のは ☆(32)

①三条西実隆（1455～1537）②『雪玉集』③巻第八・「雑二十首」④『[D]—⑺』 cf.『[B]—⑻』

永正二二廿二水無瀬殿法楽

雨はるゝ此山もとにみへ（ママ）そめて**虹**をはしなる滝河のすえ ☆(33)

①三条実香（1469～1559）③「雑上」④『[J]』

眺　望

七九 **虹**のたつかけにそすける峯の寺空にいらかをけにつくりけめ ☆(34)

①十市遠忠（？～1544）②『遠忠集』③遠忠Ｖ「詠草」④『[D]—⑺』

時雨晴雲

一九四一 風ませに時雨ゝ雲もかたつきて夕日にむかふ**にし**の一すち ☆(35)

①冷泉為和（1486～1549）②『為和集』③今川為和卿集五（外題）・今川為和「時雨晴雲」（同当座）一八 ④『[D]—⑺』　尚、一連頭初の一九三九に「十月十三日義元月次会」とある。

七月三日初月の歌

一七〇 ゆふまぐれほのみるからにかなしきは**にし**こそあきのはつ月のかげ☆(36)

①下河辺長流（1627～1686）②『晩花集』③秋歌 ④「にし」は「西」か、〈虹〉か。『[B]—⑼』

虹

一通り雨の晴れ行く跡よりも夕日のわたす**虹のかけ橋** ☆(37)

①水戸光圀（1628～1700）②『常山詠草』③巻之上ノ一「雑歌」④『[C]—⒂』 cf.「巻之上ノ二」にも重出。

八六一七 夕立のはれ行あとの高ねより　雲まにつゝく**虹のかけ橋** ☆(38)

①嗣孝②『部類現葉和歌集』③巻第十四「雑部上」

〈橋〉2首中、2首目、但し1首目は雅喬の作。④『[I]―(2)』　底本＝享保二十年刊。

寛文十二・六・廿五

一〇二四 ゆふだちにとよはた雲はかくろひて　入日にむかふ山もとの**にし**　(39)

①契沖（1640〜1701）②『漫吟集』③巻第五「夏歌下」〈ゆふだち〉31首中15首目④『[B]―(9)』　底本＝天理図書館蔵竜公美本。天明七年（1787）に四季部を開板したもの。『契沖全集』（昭48、岩波書店）では、「とよはた」→「豊旗」、「山もとのにし」→「山本の**虹**」

山明**虹**半出

一〇六六二 たつ**虹**は雲より上にやゝみえて　雨の名残の窓ちかき山　(40)

一〇六六三 ひとかたは夕の雲に**虹**たちて　月も待へき山そ晴行　(41)

①武者小路実蔭（1661〜1738）②『新続題林和歌集』③巻第十四「雑哥上」④『[I]―(3)』　底本＝明和元年刊「雑哥上」目録は、天象、月、星、風、雲、雨、煙、山、原、水、名所、里、寺、旅等に細分され、この二首は前部、天象糸中に見られ、とり立てて〈虹〉には分類されていない。
　なお、『[B]―(9)』本文では（一〇六六二→『芳雲集』雑四一八〇）「名残」→「余波」
　「山」→「やま」
一〇六六三→『芳雲集』雑四一八一）「雲」→「くも」「晴行」→「はれゆく」

三五八七 なる神も遠き音羽の山端に　**虹**見えそめてはるゝ夕立　☆(42)

①上冷泉（藤原）為久（1681〜1741）②『新続題林和歌集』③巻第五「夏歌下」〈山夕立〉8首中、5首目④『[I]―(3)』　底本＝明和元年刊

晴後遠水

七二四 雨すさふ河水しろく未晴て　なごり立そふ**虹**の一すち　☆(43)

①岡本宗好（?〜1681）②『和歌継塵集』（宝永七年1710刊）③「雑下」④『[I]―(1)』

蝦蝀

一九三一 誠なき人のたぐひや中空に絶えてあとみぬ**にじのかけ橋** ⑷4

①小沢蘆庵（1723〜1801）②『六帖詠草』③「雑下」〈俳諧歌〉中④『B—⑼』

虹橋丹楓

三〇一 染めわたすもみぢのうへのそりはしをよそめにかけば**にじ**かとや見む ⑷5

①前同②『六帖詠草拾遺』③「雑歌」④『B—⑼』

妙法院宮御庭　積翠園十景之一

碧虹橋　此題宮御染筆の御短冊也

園の名の木々のみとりを雲ゐにてたつや御池の**虹の高はし** ☆⑷6

①本居宣長（1730〜1801）②『石上稿』③「詠歌十八」中、「八十稿詠」・〈享和元年（＝1801）辛酉〉中。④『K』のP517

虹橋丹楓

染めわたす岸のもみぢの散る頃はみ池のみ橋**虹**をなしける ⑷7

①加藤（橘）千蔭（1735〜1808）②『うけらが花』③巻六「雑歌」部中、〈虹橋丹楓〉1首中④『C—⒃』 cf.『B—⑼』本文では結句「……けり」

遠夕立

鳴神の音羽の峯は**虹**見えて関のこなたに過ぐるゆふ立 ☆⑷8

①塙保己一（1746〜1821）②『松山集』③「夏」中④『C—⑸』底本＝松山楽山なる人の書写本（案政二年）

雑の雨といふことを

一〇一七 雨のあしなびきて見ゆる雲間よりかけわたしたる**虹のはし**かな ⑷9

①木下幸文（1779〜1821）②『亮々遺稿』③「雑」部中、〈雑の雨といふことを〉1首中④『B—⑼』 cf.『C—⒅』

正月のむゆかばかり、よべの雪の名残みんとてすみだ川に舟をうかべて

一六二五 みをのぼる　すみだ河原の　河舟も
ゆくかたとほき　上つ瀬の　堤をみれば　しら雪に　猶うづもれて下
草の　みどりもわかず　たちならぶ
木木の梢は　春の日を　はやくまち
えて　うらうらとけぶりそめたり
下つ瀬をかえりみすれば　氷ゐし
あしべの洲鳥　波の上に　友よびか
はし　をちかたや　霞のまより　**夕**
虹の　たつかとばかり　久かたの
雲ゐにたかく　かかる長橋 ☆⑸0

かへしうた

①村田（平）春海（1746〜1811）②『琴後集』③巻九「長歌」④『B—⑼』

一六二六 消えせずば明日もとひ来んすみだ河かはとほしろくふれる沫雪

むらさめの名残さやかに立**虹**のきゆるかたより夕風そ吹　☆⑸1　①村田春門（1765～1836）③「雑部」中、〈虹〉分類順序＝天地雲虹夜雨　④『M―⑶』

夕日さす遠山もとにたつ**虹**のかたへは消てふるしくれかな　☆⑸2　①雪臣②『太郎編』③「冬部」中〈時雨〉④『L―⑵』

虹とたになけきは立ものほらなん雲の上にもかくるこゝろは　☆⑸3　①内遠②『三郎集』③「恋部」中〈恋貴人〉④『L―⑶』

水きらひ立そふ**虹**を見るはかり滝つ岩ねの藤咲にけり　☆⑸4　①広足（1792～1864）②『鰒玉集』③「春部」中〈滝藤〉④『M―⑴』

軒ちかく**虹の高はし**かけそめて夕たちはるゝ川つらの里　☆⑸5　①美卿②『鰒玉集』③「夏部」中〈夏夕〉④『M―⑴』

児島（こじま）には**虹**かも立てる否（いな）をかも建日方別（たけひかたわけ）注連（しめ）引かすかも　☆⑸6　①平賀元義（1800～1865）②『平賀元義集上』③「〔五月〕二十八日自彦崎至逢崎途中二首」中、2首目。④『C―⒆』

暮天子規

一五九 五月雨は晴れなむとする**夕虹**のひむがし山になくほととぎす　☆⑸7　①井上文雄（1800～1871）②『調鶴集』③「夏のうた」④『B―⑼』なお『C―⒇』本文では、「子規」→「杜鵑」、「五月雨（さみだれ）」→「梅雨」、「晴」→「霜」、「な」→「鳴」

夕立過

六一二 遠山の松の末より**虹**見えてすずしくはるる夕だちの空　⑸8　①対馬守忠啓②『大江戸倭歌集』（1863）③巻第二・「夏歌」④底本＝改刻増補本（国会図書館蔵本）『B―⑹』

虹

八四八 はれのこるただ一むらのくもにのみわづかにのこる夏の**夕にじ**　☆⑸9　①大隈言道（1798～1868）②『草径集』③下の巻④『B―⑼』⑸9・⑹0の歌岩波『日本古典文学大系』本（抄本）では削除されている。

虹

八五七 あさくらの夕山こえてよそのせにう

つろふ**虹**のかげをみるかな　☆(60)

納涼　①植松茂岳（1794〜1876）②『松蔭集』④〇

雨雲のはれゆくそらに**虹**みえてすゞ
しくなりぬのこる夕日も　☆(61)

虹　①大島為足（1851〜1915）②『桜園集』③上巻・「雑歌」④『〇』

あまの原いかなる神のいでましぞ**虹**
のそり橋高くかゝれり　☆(62)

時雨　①村上忠浄（1848〜1923）②『忠浄詠草』④『〇』『村上忠順集』（昭44、村上正雄私家版）所収。

夕日さす外山をかけてたつ**虹**のかた
へはきえて時雨降るなり　☆(63)

（☆は久保田論文「虹の歌」《cf.注2》未収）

◇————◇

小考

「劫初よりつくりいとなむ殿堂」と、晶子が尊崇の心をこめて謳いあげた日本文化の壮大な殿堂、古典和歌の世界を〈虹＝にじ〉の語、あるいはそれとおぼしき語を持つ作品を求めつつ、はるばるほぼくまなく探訪の旅を続けてきた。

そして、その摘出結果が以上のごとくであった。おぼろげには感じていたが、やはり〈虹〉に関する作品は、量的に見て極めて「少ない—ということが、改めて確認されたのである。

広い意味の「歌合わせ」、漢詩との歌合わせ、すなわち(3)(5)(6)の場合、和歌の方には〈虹〉が出てこないので、—出てこないこと自体に意味があるが—一応これを差し引き、さらに(13)(29)の「をふさ」を差し引き、詞書を含め一首とすると、58首となる。またこの中の(2)(4)も必ずしも疑義なしとはしない。しかし、これらが是非のどちらへ入ったとしても「僅少」であることにさして問題はない。

これがどの程度のものであるかを、大凡の数値で表してみたい。例えば、古典和歌の集大成の最新版たる、新編の『国歌大観』の総数との比で見ることを試みると、三段組の一頁を仮に45首宛として計算すると、全十巻で三八八五七五首ということになる。これを〈虹〉を持つ作品との比でみると、約0・000一%となる。これによって「僅少」であることは知れるが、これが相対的にどんなものであるかを見るために、古典和歌の時代に続く「近代」、その近代の短歌の集大成たる『新萬葉集』と比べてみたい。『新萬葉集』の場合、総歌数が三0四二三首で、〈虹〉語を含む歌が「58」首であるから、約0・00一%ということになる。すなわち10倍に殖えている。逆に近世期以前・古典期はほぼその1／10ということになる。

参考までに、特定個人の場合に限っていえば、アララギ派の斎藤茂吉は一人で「42」首の、明星派の女流歌人・与謝野晶子は同じく「60」首の〈虹〉歌を持つ。すなわち古典の私家集の場合と比考してもその対比はあざやかである。因みに、晶子などは、『みだれ髪』

一歌集（総歌数399首）中に11首もの〈虹〉歌を詠んでいる。

古典和歌に関するこのデータが、正確無比なものであるとは毛頭思わないが、現時点における資料の限界ともいうべき[A]〜[O]のそれをベースとすれば、多少の増減はあったとしても、この数にちかいものであろうことに自信なしとはしない。

さて次に、以上の摘出資料をめぐって、少しく分析・考察の斧を入れてみることにする。ただし、古典和歌の世界の〈虹〉に関するみごとな大観は、連歌などを絡めて、すでに久保田淳氏の御労作「虹の歌」（『文学』一九九一・夏号、岩波書店）によってなされている。よって、いきおいその追験・補足的スタンスに限る分析あるいは考察とならざるを得ない。

まず小考をからめた分析——

一　和歌史上における〈虹〉歌の嚆矢は、『萬葉集』の東歌中に見られるが、勅撰和歌史上では八代集には見えなく『歌苑署事書』子の夙くに記しているごとく、『玉葉和歌集』の定家の歌がそれである。また私家集史上では、群書類従本によれば、『増基法師集』である。増基は朱雀・一条朝の人。ただし・典拠本によって本文の相違が認められるのでこれもしかとは定めがたい。この作を勘案したとしても、和歌の王朝時代は〈虹〉歌による精彩の欠けるのも、この王朝時代にかなりの責があろう。ただ〈虹〉現象を対象とする他の比喩表現の存在のことも、頭の隅に宿させておくことは必要であろう。（例えば。「天橋」、「天の浮橋」、「天の橋立」、「夢の浮橋」、「天つ人」、「天つ乙女」、等）今ここでは〈虹〉語による表現の場合にこだわっているのである。

二　先の概観でも述べた通り、〈虹〉語を抱く歌は気の遠くなるような厖大な量を擁する古典和歌の世界を考えると、その数は驚嘆すべく僅少である。〈虹〉という気象現象は、人類史上いつの代でもあったはずであり、何人もその嘱目は可能で、現代感覚よりすればオーロラと並んで最高に美しいものにもかかわらず…。

三　次に、〈虹〉「出現」の表現・表記をみると、

a_1＝たつ＝18首　a_2＝立（つ）＝2首

b＝ふく＝1首

c_1＝かく＝1首　c_2＝かかる＝2首　c_3＝懸けわたす＝1首

c_4＝染めわたす

である。a系＝TATU系が圧倒的に多い。a_1＝たつ、は和語で、〈虹〉を「たちもの」ともいい、漢字をあてはめれば「顕つ」、すなわち「この世ならぬもの、神威あるもの、の顕現」の意である。ただし写生的表現による表記として、例外的にa_2＝立（つ）、（＝(25)・(52)）もみえる。しかし和歌では柔らかいイメージを尊重するため、いきおい平仮名を多用するので、「たつ」の中には、「立」の気持ちのものも含まれている可能性もあろう。bは「たつ」と並列語、c系は〈虹〉の「橋」型発想によったものであろう。因みに、存在・状態の表現は、

「見ゆ」（＝8首）「むかふ」（＝3首）「つづく」「とわたる」「立そふ」「なこり立そふ」「のこる」

であり、消滅に関する表現は、

「きゆ」（＝4首）「たゆ」（＝3首）

である。「たゆ」には(28)のごとく「中絶ゆ」のような用法もみえる。

(4)の「にしふく」は古典和歌の世界には頻出するもので、「西から風が吹く」とか「西風が吹く」の意とするものが通例である。

『増補　俚言集覧』（＝62）には「京都にて虹がたつと云江戸にては虹がふくと云」とあり、『日本方言辞典』（＝70）にも、仙台・江戸・神奈川県中部・奈良県南大和、の例に《にじが吹（ふ）く》《にじふく》がみえる。とすれば、(I)の『出観集』歌についての久保田淳氏の考察「問題の箇所に『西歟』という傍注があり、書写者は虹ではなくて『西』（西風）の意かと疑っているもののごとくであるが、西風とすると結句の『谷のゆふかぜ』と重複して、歌としておかしなことになる。『新編国家大観』では、『西ふけば』という本文を制定しているが、これはやはり虹の作例と見てよいであろう。(注2)」は許容されうるものである。敷衍すれば、もし「にし」が「西風」の意なら、結句に、「谷の細道」とか「谷ゆく我は」に類する表現がなされてしかるべきだろう。現象としては(41)も援用したい。

四　**女流歌人**の作は〈虹〉歌に関しては**僅少**である。これは前引の、近代の晶子との関係において、すこぶる意味深い。

五　自然とこよなく親しみ、かつ尊んだ上代人の表現になる壮大な『萬葉集』の森にに明らかな〈虹〉の歌はただの「1」首のみ、というものまことに奇怪な現象である。それも、首都・大和から遠く離れた地の、ひなびた東歌・名もない作者等によるであろう、辛い労働の際に共にうたわれたと思われる民謡的な風貌を持つ1首、ただそれだけなのである。謎を秘めた「否定・不在の暗意」の難解さが身に沁みる現象である。因みに、伊香保は〈虹〉の名所、今でさえも〈虹〉のたちやすい気象にあり、稿者も現に、伊香保温泉界隈での〈虹〉の写真の幾枚かを秘蔵している。

私見を付記するならば、この『萬葉』の東歌中の〈虹〉は、太古認識を秘蔵するものである。「たつ努自」の「たつ」は、本来プラス・マイナス両感覚の中で、「神威あるものが顕現する」の意であり名詞形となれば「神威あるもの」すなわち「たつ＝龍」であり、〈虹〉と同根である。いずれにしても「動物」的認識であり、その属性の一に「神威を有するほどの再産性・生殖性」をもつ。（これはおおむねプラス感覚である）よって、「あらはろ」を引き出す、せつない願望をこめた恋歌の序詞の効能と見事に結びつくのである。一方、その存在自体には、おどろおどろしく本能的に嫌悪すべき、いわゆるマイナス感覚も同居している。（この感覚の淵源については後述）とすれば、『玉葉』・『風雅』以降の〈虹〉とは大きな「質」の相違がある。言霊の幸を願う古典和歌の世界の中で、この忌避すべき動物的存在を引き合いに出して詠むことは、和歌の神を蔑するほどの大変な勇気のいったことであろう。（これは「恋心」の強さの、民謡と解すれば、その上に協調労働の厳しさ・辛さの逆説でもある。）また、この一首を敢えて撰入させた『萬葉』の撰者にとっても又……。

六　(45)・(46)・(47)は、共通する題「妙法院宮御庭　積翠園十景の一碧虹橋」による詠歌であろう。ここには、詞書を含めて〈虹〉の「橋」（《反り橋》）型発想がみられる。この類型は広く(13_1)・(13_2)・(29)＝「を（お）ぶさの橋」、(18)・(37)・(39)・(44)＝「にじのかけはし（橋）」、下って(49)＝「虹のはし」、(46)と同じく(55)＝「虹の高はし」、(62)＝「虹のそり橋」、に見られる。それを匂わせる表現として、(7_1)・(7_2)＝「そり橋をわたすここ（心）ちして」、(8)＝「岩橋をわたしはてたる」、(14)＝「瀬瀬のいは橋」、(23)＝「紅葉の橋」、(24)＝「音せぬ橋」、(25)＝「色なる橋」、(28)＝「久米の岩橋」、(45)＝「もみぢのうへのそり橋」、(50)＝「久かたの　雲ゐにたかく　かかる長橋」、がある。これを更に分析してみれば、〈虹〉を普通名詞的な「橋」、または固有名詞的に現実の「橋」に見立てている場合と、その逆の見立て方をしている場合とある。(30)・(32)・(35)・(39)歌も「橋」的イメージを幻視すべきものであろう。「橋」型発想はグローバルなものである。

通してみれば、(7$_1$)・(7$_2$)—(8)—(28)、は〈虹〉を例の葛城の久米の岩橋伝説と絡めて歌ったものであり、(14)にもそれが匂わせてあろう。

七 (34)のメタファー「いらか」は珍しい。系譜的にいえば、空海の『大日経疏要文記』中に見える「西方ニハ名レ虹チヲ為ニ帝釈宮ト一」に近いものであろう。(cf. [28$_1$])

八 色鮮やかな「花」を〈虹〉に見立てたものに（これがもし〈虹〉だとすれば）(2$_2$)＝「つつじ」、(54)＝「藤」、がある。この方法で「紅葉」を見立てたものに(45)・(47)があり、その逆のものに(20)がある。

九 〈虹〉のもつ属性ともいうべき「消えやすき面」、すなわちネガティブな面をとり入れたものに(17)・(44)がある。但し前者は、伝統的な落花の美学にも似て、消滅の哀美への愛惜の心に支えられたものであり、後者は、知的・寓意的享受によっており〈俳諧歌〉として味わうべきものであろう。中間的なものに(63)がある。

十 同じく(44)の題詞についてみれば、久保田論文に「小沢蘆庵が『蝃蝀』と題して虹を歌っているのは、もとより『詩経』鄘風にもとづいているのである。」とあるが、もとづくにはもとづいていようが、すなわち淵源としては確かにそうであるが、蘆庵以前の近世期には、マニュアル的な国語辞典として『鸚武抄』（＝[56]）や、図説百科辞書ともいうべき『和漢三才図会』（＝[61]）が流布しており、それに「蝃蝀」も出ており、直接的なソースはこれらであろう。

十一 (7$_1$)の西行の歌の中に「をふさ」の語がみられるが、これは詞書中に「にうじ」すなわち〈虹〉の語があり、それとの対応語であるので、〈虹〉を指すもの、ということは動かないであろう。柳田国男は「をふさ」は「なふさ」すなわち「へび＝青大将」の「な」を「を」との誤写か(注3)—とみている。「天の蛇sky serpent」とか「天のみみず」（＝[39$_1$]沖縄）の類は、その体の光彩・光沢よりして〈虹＝ニジ〉と同意であることは周知の事実である。しかし、この場合の「をふさ」が即「なふさ」であるとは、にわかには断定しがたい。(13$_1$)・(13$_2$)の「はしたかのをぶさのはし」の「はし鷹の」の枕詞は「を（尾）」に続き、(29)の七夕伝説を絡めた「かさゝぎのお（イを）ふさのはし」もやはり「を（尾）」に続いている。「な」ではないのである。とすれば西行歌中の「をふ（房）さ」は、歌僧の心象の投影したもの、つまり此界と異界に架かる〈虹〉を「美しい鳥」例えば「山鳥・雉等の尾ふさ(房)（→緒房）」に見たてた、隠喩表現である可能性が高い。なおCD－ROM版『新編国家大観』による検索によれば、「をふさかかれる」のごとき西行的表現は他に類例をみない。

いずれにせよ、これをヨーロッパ語の〈レインボウ〉と〈アイリス〉の関係のごとく〈虹〉の「異名」ととるか、単なる「見立て」表現、または「隠喩(メタファー)」表現ととるかは別れるところである。仮りに、「をふさ」が見立てに発する〈虹〉の異名とすれば、この「をふさ」は、「掛け詞」表現となる。鳥の尾房と虹の橋との。

なお、(13$_2$)・(29)のごとく「をふさ」＝〈虹〉を橋型に発想し、「を（お）ぶさのはし」として、それを特定の場所と結びつけ、あたかもその物であるが如く「具象」性を付加して、それを「名所」としたがるのは、日本人の文化的心情傾向ともいうべき癖である。『古今集』の賀の歌「わが君は千代に八千代にさざれ石の……」を淵源とする「君が代」の歌の「さざれ石」を、京都・洛西の丘の「さざれ石」に固定・特定するのと同パターンである。考えうるに、それのみのレベルで終わる場合もあろうが、目ざす所は、まずは「物」により、そこから幻想の翼を羽ばたかせよう、というのであろう。

十二　季軸のスタンスより。古典和歌において〈虹〉がどのように観じられていたかは、脚注③の、属せしめられたグループを示す「部立」、「詞書」、「題詞」、等によって、その大凡を知ることができる。全60首をこれらによて仕分けしてみると、次のようになる。

(※和歌に合わせた漢詩(3)(5)(6)は除く)

春　(10)
夏　(4)(14)(17)(19)(23)(25)(26)(30)(39)(42)(48)(55)(56)(57)(58)
秋　(18)(36)
冬　(15$_{2}$)(16)(27)(28)(52)
雑　(7$_{1}$)(7$_{2}$)(8)(9)(10)(13$_{1}$)(13$_{2}$)(20)(24)(32)(33)(37)(38)(40)(41)(43)(44)(45)(47)(49)(51)(62)
天地　(15$_{1}$)
恋　(1)(53)
？　(34)(44)(60)

部立等なく季感あるもの（括弧内はキーワード）

春　(2$_{1}$)・(2$_{2}$)（つつじ）
夏　(21)（さなへ）(22)（ゆふだち）(59)（夏の）(61)（納涼）
秋　(29)（七夕）
秋〜冬　(35)（時雨）
冬　(50)（正月）

これより部立でみると、「雑部」が突出して多いことが知られる。続いて季節の「夏」部である。(15$_{1}$)・(15$_{2}$)は、同歌であるのに属する歌集によって異なっている。片や「天地」片や「冬」と。これは百余年という時間の隔たりと、『玉葉和歌集』という勅撰集とのポリシーの相違によろう。といっても『玉葉集』の〈虹〉が季感のキーワードでもなかろう。ただ『歌宛署事書』子のいうごとく、素材的にみて勅撰和歌集史上は初登場というわけで、注目しだされきているのも事実である。久保田論文にもあるように、『玉葉集』撰集下命者・伏見院が自ら範（＝(17)・(18)）を垂れつつ『玉葉集』に、さらに『風雅集』の、一時代を確立した所謂京極派風の清新な叙景歌が、〈虹〉歌の季感を育成していったことは事実であろう。一方、定家風の幻想味豊かな〈虹〉歌は、正徹をピークとして後その類型が散在する。なお前者に戻って、久保田論文では「政治的に分裂、対立していた時代の所産であるだけに、虹を単なる自然の一現象、一景物と見ていたに過ぎないのか、それともそこに何等かの寓意を感じていたのか、いささか気になるのである。」とあるが、クーデターを暗示する「白虹貫日」の〈白虹〉がしかと詠まれているわけではなく（※『昭和萬葉集』などにはみられる）、といって「苦難の後の希望の象徴」のような『旧約聖書』的思想の導入とその享受もおぼつかないので、「寓意」説の可能性は薄かろう。思うに、幻想的志向による脱俗ではなくて、清新な感性をたよりに―〈虹〉にしても古代的妖祥・兵象・不吉・淫隈観を離れて―自然に観入し融合することによって、光と色彩のあやなす新しい美を発見しつつ詠歌し、これによって和歌本来のもつ功徳の一つ「排悶の具」的機能にすがったのではあるまいか。

さらに〈虹〉の季感の問題に戻れば、⑽・⑾の属する『新続題林和歌集』の目録にみられるように（cf.脚注）、江戸時代中期においてなお、一括して「天象」の中に入れられる程度で、月、星、風、雲、雨…のように独立した項目としてとりあげられていない。やっと幕末になって、⑸を含む『類題和歌鰒玉集』に、雲、夜、雨、等と並んで一項目として登場するのである。

以上を総合すると、古典和歌における〈虹〉は、その萌芽・前蹤は見られるが、近代以降の俳諧にみるような〈虹〉＝「夏」という固定的季語感覚は確立されていないのである。

十三　⑶歌をめぐる〈虹〉と「市」との連想関連の考察は、久保田論文に詳述されており、稿者も『枕草子』（＝$\boxed{83}$）のをふさの市」の所でも少々触れたので、ここでは省略する。とまれこれは、「虹脚埋宝」信仰（比較研究資料$\boxed{37}$の私註にて詳述）を淵源としつつ、日本を含む古代に、グローバルに広がっていたものでバリエーションの一つによるもので、さして特異な事例ではない。

十四　〈虹〉が神の出現の場所に設定されているのは、『記紀』の「天の浮橋」（＝$\boxed{71_{1}}$・$\boxed{71_{2}}$・$\boxed{71_{3}}$・$\boxed{72_{1}}$・$\boxed{72_{2}}$・$\boxed{72_{3}}$）と同類想である。$(7_{1})$$(7_{2})$の西行の葛城山の歌も同様な実質を秘めているともいえよう。(56)も、『古事記』の「生二吉備児島一亦名詞二建日方別一」を踏まえている。神界のことであるから「注連」への連想も面白い。

とすれば、一・二・四・五、と絡めて、いずれ古典和歌史における「天橋」・「天の浮き橋」ひいては「夢の浮橋」、「天つ乙女」等も視野に入れて調査・検討してみることも必要となろう。

一〜十四の分析による現象を大きくとらえれば、何らかの形で、〈虹〉の「古代的認識」とそれよりの「離脱」、またはそのプロセスにおけるグラデーションと結びついている。ここに古代（原始より）的認識とは、拙稿・比較研究資料通考で定義した一次的認識をメインとし二次的認識をも含む。二次においては、その特性は、「見立て」とか、「比喩」表現の深奥に潜入、潜在しているものである。一次的認識の内容は、比較研究資料通考、並びに$\boxed{1}$の私註中に詳述したそれである。かいつまんで言えば、〈虹〉を動物的に実感するものである。その動物の主たるものは、〈天〉、〈地〉、〈水〉の蛇類である。その属性は、神威をさえ感じさせるほどの「濃厚なセックス力—雄雌淫着の気の強さ」＝（生産性）と「再生力（脱皮）」、に加えて、水を好んで飲み（多く雷電を伴いつつ）「雨を呼ぶ」能力を持つ。そしてそれは、超能力保持者的存在として享受され、畏敬と同時に、強い畏怖の対象[注4]となっている。これは爬虫類の属性と多く重なっている。この爬虫類への思いは、ヒトの祖先たるホ乳類は悠久の古代（中世代—約20億年前）に恐龍類と共存し、かつてそれらに迫害された、その頃の恐怖が、脳の古皮質部（大脳辺縁系）にインプットされており、それが嫌悪感を伴う深層心理として形成されているものではあるまいか。このマイナス感覚は、同類である〈虹〉を見て、裡に「妖祥、兵象、不吉、淫猥」観等を形成する。四の女流歌人との関係も、淫猥感の交った強い嫌悪感に染められた古代感覚の発現の影響によるものであろう。（よって現代人といえども、何かの拍子にこれが表層意識の奥底より浮揚・発現してくる場合も当然ありうるのである。これについては、いずれ現代文化・文芸に例をとって立証する。）

この古代意識が薄れていく―マインドコントロールが溶解していく大脳新皮質の力が相対的に強まっていく―過程が、「脱古代」化＝近代化、のプロセスであるといえよう。

「動物」認識に発した形状的な面からは、二次的認識の一つとして、「此界―彼界（異界）」を往来する「舟」的機能、またそれが固定化されて境界意識を抱く「橋」型に発展する。

逆にそのプラス感覚の面、すなわち前述した「生産力」（＝生殖力）・「再生力」（＝脱皮）と共に、「雨を呼ぶ（ただし適量の）」有難い属性を淵源とする、その発展型は、〈虹〉の吐金説話、〈虹〉脚埋宝伝説、〈虹〉脚立市民俗、等を進めて、『聖書』・キリスト教に象徴される類の、ローマン的至福観を形成する。

古典和歌史に即していえば、『萬葉』東歌の一首は、古代意識（プラス・マイナス両面）に色濃く染まった心の表現であり、やっと『玉葉』・『風雅』あたりから過渡期に入る。「部立」でいえば、「雑→季節」の分類意識の変遷がこれと呼応していよう。

さらに上記一〜十四を総括していえば、（相互に微妙に関連はもちつつも）、〈虹〉の一次認識的「古代性」の問題については、一・二・三・四・五は、深く関係し、十はそれとの知的・ペダンティックな方法で関係する。十二の部立「雑」↓「季」への移行もそのプロセスと密接に絡っている。六・七・八・十一、は稿者のいう二次認識による。十三は〈虹〉の文化的享受の「プラス」面であり、それが古典和歌の世界に影を落とした痕跡のようなものであるが、この境界意識は「橋」型発想と本質的には同質のものであり、従って奥の奥には一次認識を秘めながら、奥に二次認識に連なる。

十四については、古典和歌の世界において〈虹〉のマイナス面的享受はかなり濃厚であったことは、ほぼ動かないと思うが、それを回避するために、他の表現をとった可能性も有りえないか―という疑問を前記分析はつきつけてくる。

注

（1）「鷹狩」歌に頻出する「あしたかのをぶさの鈴」等の類型中の「をぶさ」、すなわち〈虹〉と無関係と思われるものは省く。

（2）久保田淳筆「虹の歌」（一九九一夏号、岩波書店）中。

（3）『定本柳田国男全集』（44、筑摩書房）中、「西は何方」〈青大将の起源〉（＝昭7・4、「方言」二巻四号、原題「なぶさ考」）に「以前「音声の研究」の第三輯に、虹の地方語を書いた時に、私はたった一つ残っている日本の虹の異名に、ヲブサのあることを挙げて、それはナブサの平仮名の誤りで無かったかと述べて置いた。」とある。

（4）吉野裕子著『蛇―日本の蛇信仰』（昭54、法政大学出版局）にヒントを戴いている。

（『新編国歌大観』の再検に際して、CD―ROM版《角川書店》を援用した。その際、武山隆昭教授の御教示を忝うした。記して感謝の意を表します。）

連歌

次に、連歌の世界に〈虹〉を探る。「a―(1)」類は、久保田淳筆

「虹の歌」（『文学』第2巻・第3号1991夏、岩波書店）に引用資料の再録である。御学恩に多謝。「a－(2)」は、稿者が『續群書類從』－第拾七輯－を閲しつつ管見に入ったものである。〈虹〉の前後を摘出。　※ゴシックは稿者による。（漢字の字体は通行体としたものである。）

a－(1)

『連珠合璧集』（一条兼良の寄合書）

虹トアラバ
　市　雲の梯　朝日　夕日　日をつらぬく　村雨　雲間　（上・二光物）

應永廿　二　十一　賦唐何連歌
ふもとははるゝ山の片雨　資ゝ
虹のたつそなたの夕日影うすし
くるればともにかへる市人　重朝臣　（巻三紙背）

應永卅二　十二　十一　賦何路連歌
風な(かか)れする山のうす雲　行
日影さす其方の空に**虹**みえて
あしたは市にいづる里人　善　（巻四紙背）

文安二年（一四四五）冬文安雪千句
賦初何連歌　第七

あづまより花さく春はたちにけり　宗砌
虹ぞあさ日にむかふきさらぎ　原
市人のはらふ衣に雪落て　晟
しかまのかち路寒川風　行

宝徳元年（一四四九）八月顕証院会千句
賦何船
一かたになる雨ぐもの空　綱
う(立)ちむかふ末野の原の**虹**消て　砌
市人かへるさとの中みち　竜
春くれぬ花のやどなき三わが崎　順

宝徳四年（一四五二）三月十花千句
二字反音　第十
行秋のすゐなる月は弓に似て　順
霧ふるあした**虹**もたちけり　砌
風しぶき袖すさまし市女笠　英
かよふ難波のこやあべのさと　晟

享徳二年（一四五三）三月十五日　賦何路連歌
阿辺野の原ぞ市をなしたる　順
見わたせば浪に**虹**たつあさかがた　砌
朝かげ寒く向ふ雪の日　行

享徳元年（一四五二）—同三年の間、初瀬千句

第二　何衣
天川今宵船出や急ぐらん　専順
水の浮木は橋かあらぬか　弘阿
亀山の滝の本より**虹**立て　宗砌
入日の影の残る松の尾　廉盛

文明二年（一四七〇）正月　河越千句
白河　第五
山ふかみ末もつゞかぬ道みえて　印考
なかばゝ雲にしづむかけ橋　中雅
にじ立やこの河上の入日影　道真
みわがすさきをかへる市人　心敬

永禄四年（一五六一）五月　飯盛千句
何衣　第九
むらさめは野を一かたに降晴て　清
雲のはつかにのこる日の影　盛
山かけてみる〳〵**虹**の消けらし　哉
沢水とをく風わたる空　世

元亀二年（一五七一）二月　大原野千句
第二　賦何人連歌
それもかと時雨しあとの山の色　三大
ひかりはおちて**虹**のひとすぢ　藤孝
いかりある眼のうちのおぼつかな　紹巴

たがいひさけてかこちくる人　宗及

文禄三年（一五九四）五月毛利千句
下何　第四
高根ばかりや雪も降つゝ　叱
時雨づる嵐の雲の一かたに　同
たえ〳〵**虹**の消残る空　巴
いかなれば渡る人なき橋ならん　同
堤のくづれ隔ぬるさと　叱

『行助句集』
心にはまことの橋をかけもせで
虹たちけりな水のみなかみ

a―(2)

源氏国名百韻於一条殿御会
飛鳥はつねにゆかけにおとろきて　方
たちまふ雲ぞ**虹**のほかなる　砌
柏木の露やいり日にむかふらん　忠
いてはと月になかめやるやま　存
うつせみの世は君からそ秋の暮　輔
「ゆかげ」は「弓影」、つまり「弓の形に映っているもの」か。

狂歌

α 『狂歌大観』（昭58・1、明治書院）　狂歌大観刊行会編
「第①巻　本篇」
（※第②巻=「参考篇」　第③巻=「索引篇」）

β 『刋近世上方狂歌集成』（昭44・10、清文堂）　真鍋広済編

虹

五一七たなひくをにじとはいかていふやらん　たゝ一筆のへの字とそ見る (1)

①石田未得②『吾吟我集』（刊年未詳、序に「慶安二年」《=1649》と見え、それ以後ほど経ずしての刊行と思われる。前川権兵衛慰梓板）③「雑」（cf.先に〈天〉〈雲〉〈風〉、後に〈松〉〈竹〉〈苔〉〈鳥〉と続く。）④『α』

住吉浦に虹をみて
八〇九空は猶住吉浦の証拠かも　そり橋なりに**にし**そ立ぬる (2)

①愛宗②『銀葉夷歌集』（延宝己未暦二月吉祥日、=1679、伊勢屋山右衛門開板）③巻第九・雑下④『α』

夕立

三三七夕立や**虹**のなべつる雲のふた　にえたつ程のあつさなりけり (3)

①浮月堂一橋②法橋契因（紀海音）編『狂歌活玉集』（序に「于時元文五申歳」《=1740》とある。書林　誉田屋伊右衛門）④『α』

顧首塁林
五三九又とさて無類林成木の間より　**にし**のまん丸さす夕日影 (4)

①豊蔵坊信海②『八幡山豊蔵坊信海狂歌集』（文化十一年=1814）③「以憩亭　十景」④『α』

八六**ᘓ**字則如弓
月水銀河理
波間に消る秋の夕**虹**
尾花吹風にすつきと雨晴て（18ウ）
旅の舎りを出るあしけ驄 (5)

①長崎一見②『長崎一見狂歌集』（元禄頃=1688~1703）③「雑狂詩狂歌俳諧」中〈俳諧〉④『α』

尼崎より大阪渡部筋に隠居して暮をうち暮す人の名を八虹といへは
二七一渡部の裏屋の角に目を持(モ)てと　碁は上手しやと四角に八**虹** (6)

①由縁斎貞柳②永田貞竹編『由縁斎置みやけ』（享保十九年=1734）④『α』

花

六二ここまてハよもやと思ふ山奥の花の外にも笑ふ人声 (7) ①虹丸②『狂歌玉雲集』（寛政二年＝1790）③「春之部」④『β』

虹

三三五雨雲のにこりをさせハ西の日もひかりの空にあれ**虹**と見ゆ (8) ①杉丸②『前同』③「雑之部」④『β』

私註

狂歌らしく構想や用語にことさら滑稽や諧謔を盛り込んでいる。例えば、(1)の「にじ」は、〈虹〉と「二字」との懸け詞的用法、洒落の面白さである。(3)の〈虹〉も雲の「ふた」と並べて、なべの「つる」に見立てた所がユニークである。猛暑の夏の夕べの情趣を狂歌的手法によって面白く表現。(2)は住吉大社の有名な「そり橋」を念頭においた奇抜な着想である。

虹と日本文藝（十六）

——近代撰集・『新萬葉集』をめぐって——

小序

本稿は、和歌撰集史上の近代に花開き、その近代（明治初期～昭和12年）の短歌三〇四二三首を内蔵する『新萬葉集』[注1]（昭12・12～14・6、改造社）より、(A)〈虹〉[注2]またはその異名と目される「をふさ」と、(B)その概念に直接・間接に接触すると思われる語（メタファー、見立て表現等によると思われる語）を有する歌について調査し、その結果を踏まえて、それらが、どのような感性によって享受され表現されているか――について、比較文化的視座をも混えつつ分析・考察することを意図している。

（注1）　審査員＝太田水穂・北原白秋・窪田空穂・佐佐木信綱・斎藤茂吉・釈迢空・土岐善麿・前田夕暮・与謝野晶子・尾上柴舟

（注2）　同概念を持つものの異表記、例えば「にじ」「ニジ」・「レインボー」等も含めて調査。

『新萬葉集』（昭12・12～14・6、改造社）

〈凡例〉

一、短歌本文中(A)〈虹〉と(B)その概念に直接・間接に接触する語の部分をゴシック体とした。

一、(1)(2)…は、『新萬葉集』中〈虹〉語を有する歌の通し番号。

一、調査中の（　）内は、当歌を内含する連作の歌数を示す。

一、脚注解説　①作者②『新萬葉集』中の「巻」名、但し、『新萬葉集』は、「別巻」（一）＋「本巻」（一～九）＋補巻（一）＝全十一巻、より成る。③「巻」中の「頁」ならびに「首目」を表す。（例 P一八五――2＝一八五頁中、第2首目の歌）〈　〉内は、「別巻」・「本巻・補巻」中の通し番号

(A)

ノルウェーのフィヨルドを過ぐる船の中にて

(1) きり岸のさきりをわけて七色の**虹**かかりけりフィヨルドの旅

①高松宮宣仁親王妃喜久子殿下②別巻③P一八五－2〈00510〉

(2) 大岩の崩れ重なるあはひより山水噴きて**虹**あらはれぬ

①阿部豊三郎②巻一③P一三－3〈00076〉

(3) **虹**色に光る鰊の腹さきて取る數の子は脂にも似つ

①石倉雙魚②巻一③P二一五－8〈01611〉

スコットランド風物（5首中）

(4) 大き**虹**の裾明りに冴えて山の湖の波がしら白しこの道は嵐

①石搏茂②巻一③P二二四－1〈01669〉「スコットランド風物」5首中第1首目。

(5) 雲の上に**虹**あらはれてその中に機體のかげをあざやかにみす

①市山盛雄②巻一③P二七七－8〈02084〉

(6) 朝時雨そそぐ刈田に日は照りて**虹**きはやかに立ち匂ひたり

①今井光風②巻一③P三六四－1〈02728〉

(7) 降りつぎし雨止みにけり窓ぎはの鏡に朝の**虹**うつり居るも

①宇木沙枝子②巻一③P三七七－6〈02831〉

北アルプス大天井岳にて

(8) 白き雨は槍のはたてに過ぎゆけり常念嶽に**虹**立てる見ゆ

①臼井吉見②巻一③P四一八－6〈03132〉

上毛の山谷（6首中）

(9) ゆふ時雨はららぎ過ぎて山溪のきびしき襞に**虹**にじみたり

①生方たつゑ②巻一③P四一八－6〈03132〉、「上毛の山谷」6首中、第5首目。

(10) 末消えて夕**虹**うすくかかりたり紫陽（あぢさゐ）の花の蒼き薄明（かはたれ）

①大川きよ子②巻二③P一四－3〈03754〉

(11) 草の葉につゆのこしゆく夕雨や河をまたぎて**虹**たちにけり

①大木良②巻二③P五二－4〈03775〉

(12) 諍ひて默（もだ）に居りしが夕空に**虹**かかれるを妻は言ひいづ

①加藤龍雄②巻二③P一五七－6〈04581〉

(13) ひむがしに**虹**あらはれて川尻の蘆（よし）原すずめ鳴きとよもすも

①加藤將之②巻二③P一六八－5〈04657〉

日照雨（そばえ）して海はあかるし島影を出でし白帆の**虹**に向へる　（松島）　(14)
①加茂昭風②巻二③P一八三－6〈04779〉

虹の脚かかれる丘の畠道を傘をすぼめて人の通れる　(15)
①笠間東太郎②巻二③P二一七－3〈05013〉

水上ゆ雨吹きおくる風通し峡を渡りて**虹**立てり見ゆ　(16)
①笠間東太郎②巻二③P二一七－4〈05014〉

まなかひの若葉の森にすそひきて**虹**はいしくも立ちにけるかな　(17)
①河野樹八郎②巻二③P二八四－3〈05523〉

夕づく日しばしは照らふ空に浮きてさびしかりけり海のうへの**虹**　(18)
①川野弘之②巻二③P三三〇－1〈05865〉

糠雨に日の照り出でて眼に見ゆる青草の上の**虹**は短かし　(19)
①川端春歩②巻二③P三三一－5〈05875〉

信濃の旅　二首（中）

峡（はざま）より立つ**虹**空にほのぼのし向ふの山は雨降りながら　(20)
①川端千枝②巻二③P三三四－5〈05906〉「信濃の旅　二首」中、第2首目。

見はるかす甘蔗の畑に雨すぎて朝あかるく**虹**かかりたり　(21)
①岸とめ子②巻三③P六八－3〈06805〉

奥利根は汽車近く**虹**も見たりしが野にくだり來て空しづかなり（水上溫泉）　(22)
①桑山良②巻三③P一六一－5〈07559〉

春雷はしばらくにして晴れゆきし港の上に**虹**立ちにけり　(23)
①小林喬樹②巻三③P二五一－6〈08275〉

山峡のもみぢ散る岩にあたる瀬のしぶきがつくるたまゆらの**虹**（鹽原）　(24)
①佐佐木治綱②巻四③P一七－9〈09002〉

南米行（7首中）

オアフ島夕づきにつつ島かげのよどめる海に**虹**立ちにけり　(25)
①椎本文也②巻四③P二一七－1〈10553〉「南米行」7首中第1首目。

何やらむきほへるものに面ほてり露店の花が**虹**のごとく見ゆ　(26)
①島田のはぎ②巻四③P二四九－3〈10797〉旅順市に現住。

天霧ふ瀧のしぶきの**虹**の輪のほのけかかりけり眞日は照りつつ　（親子瀧）　(27)
①鈴木良作②巻四③P三九三－7〈11914〉

半空の**虹**がふまへしビル街の方直形の幾何學美感　(28)
①田原美稲子②巻五③P五三－9〈12611〉

霧動く高山の峯ゆ裾かけて夕べさやかに**虹**かかりたり (29)

①田村荘次②巻五③P五九－2〈12656〉

虹あげて海はあかるし片雲のあらしに晴る浪あをあをと (29)

①高橋克爾②巻五③P一一九－1〈13107〉

さむざむと時雨の雲の退(そ)きゆきて**虹**たつ峽にわれは入りゆく（美濃國谷汲山華嚴寺） (30)

①竹尾和一②巻五③P一六五－2〈13452〉

日光上にて　二首（中）

瀧の上に影むらがらす岩燕くだると見れば**虹**をつらぬく (31)

①谷鼎②巻五③P一九八－4〈13730〉

早春の一日マウント・ロウを經てウイルソン山に登る（2首中）

霙あとの山行きしかばひむがしの谿より尾根に**虹**かかりたり (33)

①泊良彦②巻五③P三五一－1〈14934〉、「早春の一日マウント・ロウを經てウイルソン山に登る」2首中、第2首目。

大西洋を南下し、ブラジルに移住地建設の準備をなす

海の上にまろく大きなる朝**虹**の間に見ゆるブラジルの岡 (34)

①永田稠②巻六③P一四一－5〈16229〉

家うちまであかるくなりて夕空に**虹**は大きくかかりたるかな (35)

①西本鄕榮②巻六③P二〇七－6〈16740〉

宮　島

白帆ふたつ港出でしが光りつつかそけき**虹**の尾にまぎれたり (36)

①橋本敏夫②巻六③P二九二－5〈17378〉

潮騒(しほさゐ)に朝間さびしき**虹**の尾は島峯を逸(そ)れて沖にかかりつ (37)

①橋本敏夫②巻六③P二九二－6〈17379〉

夕ぐれの時の間はれて風寒し冬立つ**虹**の目にはけざやか (38)

①藤澤幸子②巻七③P一一五－8〈19080〉

虹などのふと現はれて消えにけん如くも今は思はるる人 (39)

①堀口大學②巻七③P二一三－2〈19835〉

肥前有明海

潮ぐもりしぐれ來にける海の上に冬**虹**立つはしまらくのあひだ (40)

①松本松五郎②巻七③P三〇六－2〈20578〉

病みて　五音（中）

窓あけて雨ききをれば電線を斜によぎる**虹**たちにけり (41)

①松井芒人②巻七③P三二六－3〈20721〉「病みて」5首中第1首目。

奥秩父　四首（中）

出水川(でみづかは)あからにごりてながれたり地(つち)より**虹**はわきたちにけり (42)

①前田夕暮②巻七③P三五一－6〈20911〉「奥秩父　四首」中第3首目。

木の芽だちにほふ霽れ間を立つ**虹**に夕餉の子らが聲あげにけり (43)

①三木孝②巻八③P一三－6〈21167〉

二見ケ浦にて　一首

來る波も來る波もみな散りしぶき**虹**をこそ描け同じあたりに (44)

①水上赤鳥②巻八③P六四－1〈21561〉

夕凪の入海に浮ぶ鴎の群天には**虹**のまさやかにして (45)

①武藤善友②巻八③P一一九－7〈22000〉

夕ぐれのひむがし空にたつ**虹**の下にたたなはる渡島山脈 (46)

①武藤善友②巻八③P一一九－8〈22001〉

雨あとの山肌明(あか)く陽の照りて竪**虹**太くあらはれにけり (47)

①元吉利義②巻八③P一七六－7〈22453〉

恩納岳（2首中）

恩納岳夕陽片照る屋根の上ゆすぐ立つ**虹**を人は知らずも (48)

①森嶋忠雄②巻八③P二〇一－1〈22652〉「恩納岳」2首中第1首目。

朝**虹**は尾根にあえかにかかりけり燕の群の目路をよぎりぬ (49)

①森永忠子②巻八③P二〇九－6〈22719〉

鞍馬よりくだるケーブルましぐらに夕日の**虹**の中を落ちゆく (50)

①安田尚義②巻八③P二六五－2〈23180〉

高原に親子の馬のあそべるを輪に入れて大き**虹**たちにけり (51)

①山川柳子②巻八③P二九一－7〈23384〉

靄晴れて**虹**立つ山の湖(うみ)の邊に羽つくろへる何の鳥ぞも (52)

①湯本禿山②巻九③P三四－6〈24148〉

ひむがしに海ひらけたる國ゆきて青山にたつ**虹**あはれなり (53)

①結城哀草果②巻九③P四八－4〈24277〉

故郷にて

目の前の川に今立つ**虹**の輪を趁ひて視線は野を越えにけり (54)

①尾上柴舟②巻九③P二七一－2〈26037〉「故郷にて」2首中、第1首目。

時雨せし田の面しらじら靄立てど**虹**は未まで明らかに見ゆ (55)

①尾上柴舟②巻九③P二七一－3〈26038〉「故郷にて」2首中、第2首目。

旅にて（4首中）

花やぎて寂しき空となりにけり夕かけて立つ**虹**の匂に (56)

①尾上柴舟②巻九③P二七三－6〈26055〉「旅にて」4首中、第4首目。

ナイアガラ瀑を看る

瀧のしぶき飄々として風に御し霧たなびかせ**虹**を彩る (57)

①加藤静夫②補巻③P一六五－3〈27712〉

天地にいたりわたれる高圓（たかまど）の**虹**の環内（わぬち）の岩の秀（ほ）に立つ (58)

①蕨眞②補巻③P二五九－3〈28391〉

◇

小考

『新萬葉集』中、〈虹〉の語を有する歌は、各巻のすべてに散らばり総計58首であり、〈虹〉表記以外のもの並びに「をふさ」は見当らない。その中、3首は、形容語（(3)）と、直喩法（(26)(39)）の中で使われている。その他は、〈虹〉のあらわれるシチュエーションにおいては様々だが、総て景の大小こそあれ、歌中に〈虹〉の実景と思われるものが写生されている。これは写生を旗印としていた、『アララギ』派が歌壇に君臨している時代に成立した『新萬葉集』の特質[注1]が如実に反映しているものと言えよう。〈虹〉に関して撰集史的系譜を遡及すれば、『玉葉和歌集』・『風雅和歌集』に接続するものであろう。しかし、同じ写生歌でも、古典和歌の世界と比べると、作者の視座において著しい相違がある。(22)は、SL上から眺めた時の回想内容の写生であり、(25)は、太平洋上の航海船上からの写生であると思われる。(5)などは、飛行詠、すなわち天空、雲上の機内から下を眺めたときの、雲上の円形の〈虹〉の写生である。すなわち、近代的交通機関上からの、動きつつパノラマなして広がる世界であり、角度的に見ても斬新である。

(47)(48)には、〈虹〉の出現形態としては、やや特殊な〈直ぐ立つ虹〉、いわゆる気象用語にいう〈株（蕪）[注2]虹〉が取材され、それへの驚きの心が表出されている。

さらにこれらを正確に読み味わんがためには、選者による選歌[注3]過程を経ることによって再構成された撰集・『新萬葉集』であっても近代短歌の常として、その中における「連作中の場」の問題を等閑視してはならない。脚注③の存在の意義もそこにある。

次に、数量の問題について見れば、古典和歌史上においては、稿者の調査によると、〈虹〉の異名と目される「をふさ」を含めて、63首程度見えるのみで、古典和歌の総体――仮に『新編国歌大観』を資料に――を分母[注4]として計算してみても、『新萬葉集』の方が圧倒的に多い。そしてまた、中古、平安時代を中心とした勅撰集、八代集中においては皆無であり、続く十三代集においても『玉葉』『風雅』を除いて皆無である、という事実とも併せ考えるべきものであろう。私家集に広げてみても、管見に入ったものは中古、中世、近世を通して、わずか四十数首[注5]を数える程度である。これらを勘案すると、その両者（古典期と近代）間のギャップのあわいの〈不可思議〉に、重大な問題が潜んでいるようである。

次に、当然のことながら近代における日本民族の世界的雄飛は、国内の枠を超えて、短歌の世界にも確実に反映し、従って〈虹〉の歌も、文学地理的に見てグローバルである。ノルウェーに、スコットランドに、ハワイに、アメリカ本土に、ブラジルに、中国に、と、(1)(4)(25)(26)(33)(34)(57)の海外詠がこれを物語っている。これも撰集史的に見て新風である。

続いて、民俗学的感受性としての内容の見地から見て、中国古代の甲骨文、『詩経』、『楚辞』、『山海経』や『古代的類書』[注6]、『太平広記』[注7]等の説話集、古代朝鮮半島の『三国史記』に見られる、〈虹〉を龍に似る雄の（雌は蜺・霓）獣、天の大蛇とか、エロティシズムを含む、美人観や淫乱・陰陽の乱れを示す、不吉・妖祥観、その発展としての禁忌思想や、「白虹貫日」に象徴される、政治・社会的危機とその妖祥とする受取り方、虹脚埋宝信仰等、とは無縁である。しかし、強いて探せば、(42)の夕暮れの名歌、その迫力ある叙景歌に、「淮南子曰虹蜺者天之忌也」の匂いが、(12)にみる夫婦間の機微や、(39)の恋歌[注8]の比喩の援用のなか、西欧的感性としての「淡い夢」の具象の奥に、かすかに、東洋的古代や『萬葉』東歌[注9]に見られてたエロティシズムの残滓が作者の意識・無意識を超えてほのかに揺曳しているようでもある。さらに敢えて思い入れれば、(36)(37)中の「虹の尾」の「尾」にメタファーを含む擬人（動物）法的修辞でなく〈虹〉をそのまま動物として見た古代の名残りを、また(30)の歌に、かつて平安末期、西行が『残集』中に残した

高野へまゐりけるに、葛城の山ににうじの立ちたりけるを見て

さらにまたそり橋渡す[注10]こゝちしてをふさかゝれり葛城の峯　32

の歌にあるような、妖美が感じられなくもない――程度である。

また、詠歌主体を閲してみると、――先の民俗学的感受性との関連・重複する面もあるが――(1)(7)(9)(10)(20)(21)(26)(28)(38)(49)(51)の歌は、明らかに「**女性**」の歌人の作であるということである。これは古代東洋における民族的思想のよくあらわれた『詩経』中の、「蝃蝀在東　莫之敢指……女子有行　遠兄弟父母　乃如之人也　懐昏姻也　大無信也　不知命也」や、『藝文類聚』にみられる「釋名日虹陽氣之動虹攻也純陽攻陰氣也　又日夫人陰陽不合婚姻錯亂淫風流行……」のごとき女性の〈虹〉とのかかわり合いの禁忌思想は、大方、すでに消え失せていることを如実に指し示している。これは古典和歌の世界のそれとの明らかな相違でもある。

次にこれともやや接触する、〈虹〉「出現」の表現・表記をみると、

a_1＝たつ＝4首　a_2＝わきたつ＝1首

a_3＝立つ＝14首　a_4＝立ち匂ふ＝1首

b＝かかる＝9首　c＝あらはる＝4首　d＝あぐ＝1首

e＝にじむ＝1首　f＝つくる＝1首　g＝彩る＝1首

である。a系＝TATU系が圧倒的に多い。a_1＝たつ、a_2＝わきたつ、は、和語で、〈虹〉を「たちもの」ともいい、本来は、漢字をあてるとすれば「顕つ」、すなわち「この世ならぬもの、神威あるものの顕現」の意である。しかし以上の調査によると、「顕つ」の意は無意識下に蔵しながらも、a_3・a_4等「立つ」が突出して多い。これは表層意識的には、科学的知識の享受と共にこの点が薄れ、かつこの時代を席巻していたアララギ的「写生」技法影響下によるそれと見ることができよう。b＝かかる、は稿者のいう二次認識の「橋」型発想を踏まえたものであろう。c～gは、古典和歌の世界には見られない新しい表現、近代的表現といえよう。また、常民の世界で「た

つ」と共に二分しており、古典和歌にも見られた「ふく」は見られない。これも注記に値する。因みに存在・状態の表現は、

「見ゆ」　「ふまふ」　「わたる」　「うつる」

であり、消滅に関する表現は、

「消ゆ」

の一語で、これは伝統的な表現。古典にみられた「絶ゆ」は不見。

以上、ニュートン(注11)以後の西欧的自然科学研究の成果――すなわち〈虹〉は明らかに自然・気象現象である――が、「しぶきがつくるたまゆらの虹」(＝(24))や「散りしぶき虹をこそ描け」(＝(44))とかに明白なように、決定的に様々な迷信の呪縛を解き、それがわが国の文明開化以後急速に民間に導入され、かつそれに著しい教育の普及が呼応した結果であろう。たとえ、地方の俗信(注12)として残存、または形骸的に残っていても、日本全国的に見て、大勢として…。すなわち、このような苗床が、『新萬葉集』の歌人の歌ごころに二次的に作用を及ぼした結果と見たい。(よって、「虹」と表記しても、その象形的原義とその派生的ニュアンスは、ほとんど失せていよう。)また、これこそ先の調査によって見出された、古典期との大きな数量的ギャップの存在の〈不可思議〉を解く、一つの鍵ではなかろうか。裏返せば――「にじ」に関して同義語としての他語がもし見出されないとするならば――古典期の和歌を生む土壌は、〈虹〉に関して、それほど東洋的古代色――特にネガティブな面――が濃厚であったのではなかろうか――という命題の設定も可能であろう――ということである。

また、西洋文化の怒涛のごとき流入を見た近代を背景として成立している『新萬葉集』ではあるが、〈虹〉を神の啓示・契約として、いわば宗教的心眼によって「不幸のあとにくる希望の象徴」と見る旧約聖書的(注13)(キリスト教的)世界観の濃厚に反映したものは見られない。多く、アララギ的写生技法により、素直な目がとらえた、日本的自然神的美観の結晶といえよう。

(注1) 拙著『新萬葉集の成立に関する研究』(昭46、中部日本教育文化会)の第十四章「成立に内容的な面から参与した歌人の分析と其の考察」中、E、各歌壇別による分析と「其の考察」に詳述。

(注2) 和達清夫監修『気象の事典』(昭40、東京堂出版)によると「頭が雲におおわれて見えず、足の部分のみが一本あるいは2本、時には3本地面にほとんど垂直に立って、あたかも天を支える五色柱のような感じを与えるものである。…普通の虹は雲の前面に見える。株虹は雲の向う側にできる訳であるから極くまれにしか起らない。」(北岡氏筆)

(注3) (1)中の拙著に詳述。

(注4) 『新萬葉集』は、三〇四二四首((1)中拙著)を内蔵する。『新編国歌大観』(昭58、角川書店)によると、一頁45首として概算、三八八五七五首である。この際正確な数値あまり意味を持たない。すなわち、両者間の比量的度合がわかればよいのである。『新萬葉集』と「古典和歌」の〈虹〉歌の比率は、大凡、一〇対一である。つまり古典は1／10。

(注5) 拙稿「虹と日本文藝――古典和歌をめぐって――」参照。

(注6) 『北堂書鈔』、『藝文類聚』、『初学記』、『大平御覧』等。

(注7) 『大平広記』中には〈瑞祥〉も見られるが、〈動物〉であることは共通。

(注8) 『新萬葉集』中、(39)の歌に先行して、

すでにして言葉こころ傳へねば抱きたるのみ口すひしのみ

さらばまたこころよき死をまた死なんエプタメロンの中のごとくに

よろこびは忍び音にこそもらせかし壁のききなば壁の妬まん
燃ゆる火の二つの玉のあひ抱く幻のみは失はであれ
くろ髪をかげばけものの匂ひする君と知ればか忘れがたかり
何時しかに裸形を恥ぢぬ子となりぬ君をかなしむ長椅子の前

など、官能的な歌が並んでいる。

（注9）『国歌大観』三四三三（三四一四）番の歌。

（注10）「虹は近代においてはもっぱら美しいもの、届かぬ理想の象徴などと見られがちである。これはあるいは西欧的な感じ方が定着したためであろうか。が、古く日本においては虹には幻怪なイメージがつきまとっている。児雷也の芝居で、蝦蟇の妖術を使う児雷也が登場する藤橋のだんまりで、深山の谷間に虹が懸る。西行の見た〈にうじ〉もそれに近いかもしれない。すなわち、それは美しいには違いないが、同時に妖しいものであったであろう。そのように美しくも妖しい〈そり橋〉を渡す〈葛城の峯〉は、一言主神の邪悪な神意によって役の行者の道心が試される場、聖地にしてしかも魔界であったのである。そこに入る西行も魔仏一如と観じていたであろうか。」（久保田淳著『西行山家集入門』（昭54、有斐閣）二二四頁。

（注11）Sir Isaac Newton（一六四二〜一七二七）、イギリスの物理学者・天文学者・数学者。数々の輝かしい業績のうち、光学上の実験的な研究も早くから始め、間もなく分光現象に関する主要な成果も発表。（『西洋人名辞典』昭31、岩波書店――参考）

（注12）「虹についての日本の俗信」（安間清著『虹の話――比較民俗学的研究――』（昭33、オリジン書房）参照。

29

（注13）「創世記」第九章・前半。大洪水後、ノアの方舟以後にたつ「虹」。（cf.

(B)

明治二十二年千代田の新宮にうつりましけるまたのとし朝拝に

うき橋のうへにたたしし二神のみかけをろかむここちこそすれ (59) ①高崎正風②別巻③P三三三－6〈01160〉

富士登山作　明治三十五年八月

いつよりか**天の浮橋**中絶えて人と神との遠ざかりけむ (60) ①佐佐木信綱②巻四③P一〇－1〈08949〉

御陵にまうてて

渡れともわたれともなほうつつとはおもひもかけす**夢のうき橋** (61) ①三條實美②別巻③P三二〇－4〈01085〉

冬　夜

いくそたび**夢のうき橋**とだえてもまだ明けやらぬ冬の夜半かな (62) ①河野道重②補巻③P四五－5〈26919〉

春十里**天の龍駒**むちうちて躍りて越えむ花の白雲（馬上觀花） (63) ①野口寧齋②補巻③P二一五－6〈28082〉

天人の一またたきの間なるべし忘れはててんとしごろのこと (64) ①與謝野晶子②巻九③P五六－7〈24359〉

天人の五衰のさまもしのばれぬ雨にうたる
る八重ざくら花 (65)

①樺山常子②補巻③P
一七二－8〈27767〉

瀬戸小船皺ならしてさわぐなりくぢら入り
けむ**天のはしだて** (66)

①池袋清風②補巻③P
一九－2〈26752〉

橋立（天橋）の磯廻（いそみ）の小家秋暑く松にまじりてかぼ
ちゃ花咲く (67)

①中澤庭柯②巻六③P
三二－3〈15357〉

小考

(59)の「うき橋」は「天のうき橋」の「天の」を音調上端折ったもので、かの『古事記』・『日本書紀』の「天浮橋」のことであることは間違いない。『別巻』は「宮廷篇」であるから、宮廷すなわち皇室の淵源を示す聖典たる神話ならびに史書の記述を教養的に踏まえたものである。稿者の見解としては、これを〈虹〉の二次的認識中の「橋」型発想、すなわち、〈虹〉の「メタファー」または「見立て」または「その属性を奥に秘めもつ文藝的発想になる橋」である。（cf.「虹と日本文藝――比較研究資料・通考」中、[二]二次的認識）

(60)も、記・紀の「天浮橋」を念頭において詠んだものである。「人」と「神」すなわち「人界」と「神界」＝「地上」と「天上」を繋ぐものとして「天の浮橋」を幻視している。これは〈虹〉の二次的認識と同質である。

(61)は、「うつつ」と「夢」とを対比させつつ、「夢うつつ」の語意を分割して、「夢のうき橋」にかけたものである。詞書の「御陵にまうでて」を加味すれば、「御陵に祀られることとなった君のことが夢のようで現実のこととは思われない――」という、挽歌・哀傷の心を詠んだものであるが、この「境界」を示す、すなわち「現実世界」と「異界」との架け橋的享受は、〈虹〉の二次的認識を一歩進めたものである。すなわち、「こひ＝恋」と同方向の「たま（魂）ごひ」のムードを匂い絡ませたものである。「うき」には『源氏』（＝[85$_4$]）のごとく「憂き」も懸けてあろう。

(62)も、「現実世界」と「異界」との架け橋感でとらえていることでは(61)と同じであるが、「夢のうき橋」を「とぎれとぎれの夢」すなわち「眠り」のメタファーとしつつ「夜半の寝覚め」――老境のわびしさを核とした抒情に仕立てたものである。

(63)は「馬上観花」の幻想であるが動的でスケールの大きい歌。「龍駒」は「天馬」のようなものであるが、機能的には古代中国の仙界と人界とを往来する「龍舟」（cf.[33]注1）と重なる。「龍」は〈虹〉と同根で親戚筋にあたる。

(64)・(65)の「天人」は「天女」と解するがよく、(65)の場合、衰え方でさえ美しい。この「天女」は〈虹〉の雌的要素が浄土系仏教等を経由して文化的に昇華したものである。すなわち〈虹〉の属性はその奥の方に追いやられているのである。

(66)の「天のはしだて」は、本来「天」と「地」を繋ぐ「梯子」（cf.[78$_2$]）の意であったが、この場合、日本三景の一ともいわれる雄大にして美しい景の中に情趣としてそれが残存してはいるが、おおむね地名性の色が濃いように思われる。

(67)の「橋立」も(61)の「うき橋」と同類表現法によるもので「天の

橋立」の意である。(66)とはほぼ同意であるが、題詞の「天橋」の語に、より深い古代性（＝二次的認識）が匂わせてある。

以上、分析的考察を試みてきたが、濃淡こそあれ、それぞれに、〈虹(ニジ)〉の属性を微妙なニュアンスで秘め持っているようである。

虹と日本文藝（十七）

——現代撰集・『昭和萬葉集』をめぐって——

小序

本稿は、和歌撰集史上の近・現代に花開き、その近・現代（昭和元年～昭和50年）の短歌四四二四八首を内蔵する『昭和萬葉集』(注1)（昭54・2～昭55・12　講談社）より〈虹〉(注2)の語を有する歌について逐次摘出作業を行い、その結果を踏まえて、いささかの考察を加えてみたものである。

（注1）　顧問＝土屋文明・土岐善麿・松村英一
選者＝太田青丘・鹿児島寿蔵・木俣修・窪田章一郎・五島茂・近藤芳美・佐藤佐太郎・前川佐美雄・宮柊二
企画協力＝上田三四二・岡井隆・島田修二
選歌協力＝安達龍雄・他35名、ほか。

（注2）　同概念を持つものの異表記、例えば〈にじ〉・〈ニジ〉・〈レインボー〉・〈天の浮き橋〉等も含めて調査。

『昭和萬葉集』（昭54・2～55・12、講談社）

〈凡　例〉

一、短歌本文中〈虹〉語の部分をゴシック体とした。
一、(1)(2)…は、『昭和萬葉集』中〈虹〉語を有する歌の通し番号。
一、脚注解説①作者②『昭和萬葉集』中の「巻」名。但し、巻一＝昭和元年～五年　巻二＝昭和六年～八年　巻三＝昭和九年～十一年　巻四＝昭和十二年～十四年　巻五＝昭和十五年～十六年　巻六＝昭和十六年～二十年　巻七＝昭和二十年～二十二年　巻八＝昭和二十三年～二十四年　巻九＝昭和二十五年～二十六年　巻十＝昭和二十七年～二十九年　巻十一＝昭和三十年～三十一年　巻十二＝昭和三十二年～三十四年　巻十三＝昭和三十五年～三十八年　巻十四＝昭和三十九年～四十二年　巻十五＝昭和四十三年～四十四年　巻十六＝昭和四十五年～四十六年　巻十七＝昭和四十七年　巻十八＝昭和四十八年　巻十九＝昭和四十九年　巻二十＝昭和五

十年　別巻＝昭和歌人小評伝・戦争詩歌文献解題・作者総索引他　③『昭和萬葉集』各巻中における当該歌の存在頁。同じく章（Ⅰ・Ⅱ…）・部立分類的「題」・朱色印刷による頭注的〈小題〉　④典拠文献（発行年）。但し発行年は（昭和）、『　』＝著書、「　」＝新聞・雑誌。昭和十二年以前の作品で、『新萬葉集』に先出のものはその旨を付した。

◇――――◇

吹き降りの　大空にして　薄日さし　我が眼の下に　**虹**たちにけり　（1）
①下村海南②巻一③Ｐ四三－2　Ⅰ・「昭和時代の開幕」・〈飛行体験〉④『天地』（4）

鍬つきてみな仰ぎをり**虹**たてり夕**虹**たてり代田の上に　（2）
①堀内皆作②巻一③Ｐ一五二－3　Ⅳ・「農村の日々」・〈稲作にはげむ〉④「アララギ」（3・10）

昨日よりねむりふけりし心さぶし岬山の上に朝の**虹**たつ　（3）
①五味保義②巻一③Ｐ二七三－1　Ⅵ・「自然の姿」・〈日・月・風・雨〉④『清峡』（16）

嵐めく空の下びにあらはれて静かなるかもゆふべの**虹**は　（4）
①細野春翠②巻一③Ｐ二七三－2　Ⅵ・「自然の姿」・〈日・月・風・雨〉④「創作」（2・9）

ホースに当てた拇指をはね除けて青空に爆発する水の歓喜だ。**虹**だ！　（5）
①萍水馬②巻一③Ｐ三〇六－5　Ⅵ・「くさぐさの歌」・〈自由律短歌〉④『季節風』（6）

月光に**虹**のたちたるあはれさを蕃界にして我は見にけり　（6）
①尾藤豪宗②巻二③Ｐ一六五－4　Ⅲ・「冬の時代」・〈台湾にて〉④「アララギ」（8・9）

タイプライター吾が打ちつづく傍を**虹**の立てりと人言ひて過ぐ　（7）
①庄野光子②巻二③Ｐ一九四－8　Ⅳ・「仕事の歌」・〈仕事の歌〉④「アララギ」（8・2）

泥まみれの天使のやうなお前、そつと抱けば空に立つ**虹**　（8）
①前田透②巻二③Ｐ二一〇－3　Ⅴ・「愛と死」・〈愛の歌〉④「こみち」（8・5）

寒ざむと草枯れ伏しし道ゆけば音江の山に**虹**立ちにけり　（9）
①樋口賢治②巻二③Ｐ二六一－3　Ⅵ・「天地自

然」・〈天地自然〉④「アララギ」（6・1）

松原のむかうに低き午後の**虹**駅一つ過ぎてすぐに消えたり (10)

①堤青燕②巻二③P二六一－4 Ⅵ・「天地自然」・〈天地自然〉④『堤青燕歌集』（25）

麓が村に**虹**たちにけりこの**虹**を見越して幾つの山が起き伏す (11)

①杉浦翠子②巻二③P二六九－5 Ⅵ・「天地自然」・〈山〉④『浅間の表情』（12）

大き**虹**の裾明りに冴えて山の湖（うみ）の波がしら白しこの道は嵐 (12)

①五島茂②巻二③P二七八－9 Ⅵ・「天地自然」・〈外国旅行〉④『ヨーロッパ歌集』（15）『新萬葉集』に先出。

川魚のむねをひらいてゐるときに夕**虹**あがる夕**虹**のうた (13)

①前川佐美雄②巻二③P二九七－6 Ⅵ・「天地自然」・〈くさぐさの歌〉④『白鳳』（16）

木に登り野ずゐの**虹**を見てあれば花嫁の列の来るけはひなり (14)

①前川佐美雄②巻二③P二九七－7 Ⅵ・「天地自然」・〈くさぐさの歌〉④『白鳳』（16）

いのち断たるるおのれは言はずことづては**虹**（にじ）よりも彩（あや）にやさしかりにき (15)

①斎藤史②巻三③P六四－11 Ⅱ・「二・二六事件」・〈処刑〉④『魚歌』

（15）－濁流

うら山は照りてしぐるれ下田より手にとるごとき近き**虹**（にじ）立つ (16)

①中村憲吉②巻三③P二〇七－7 Ⅵ・「遺詠と挽歌」・〈中村憲吉の死〉④「アララギ」（9・1、2）＝各二首。

ひとよさを君が亡骸（なきがら）をまもりたるあかつきにして低き**虹**立つ (17)

①友広保一②巻三③P二〇九－5 Ⅵ・「遺詠と挽歌」④「アララギ」（9・8）

ひむがしに海ひらけたる国ゆきて青山（あをやま）にたつ**虹**あはれなり (18)

①結城哀草果②巻三③P二六一－1 Ⅶ・「四季の移ろい」・〈天地自然〉④『すだま』（10）『新萬葉集』に先出。

若葉山濡れながらにし吐く息の一息ながし七色の**虹** ⒆

①四賀光子②巻四③P二六二－3　V・「四季のうつろひ」・〈夏〉④『麻ぎぬ』（23）

音もなく空にあらはれて七色の大き**虹**の輪しばらく消えず ⒇

①四賀光子②巻四③P二六二－4　V・「四季のうつろひ」・〈夏〉④『麻ぎぬ』（23）

支那海の雲を背にして柱なす直立ちし**虹**は片くづれせり ㉑

①石榑千亦②巻四③P二七五－2　V・「四季のうつろひ」・〈海〉④「短歌研究」（12・10）

煙突のひしめき立てる工場地帯吐きつぐ煙も**虹**をかくさず ㉒

①長沢美津②巻四③P三〇〇－L4　④やまだ・むねみつ筆〈昭和短歌史概論〉中の引用。

汽車走る日照雨（ひでりあめ）ふる野づかさに立ちたる**虹**を兄よ見て征け ㉓

①西村直次②巻五③P八二－7　Ⅱ・「戦場へ」・〈兄弟を送る〉④「アララギ」（15・1）

かがやきて**虹**たつもとをあゆみ来る馬のすべては鬣（かみ）こほりはつ ㉔

①小川博三②巻五③P一五三－2　Ⅲ・「はてなき戦線」・〈軍馬〉④『月下の山』（32）

大雲塊の崩るる側を通るとき手を触る如く**虹**現れぬ ㉕

①佐藤完一②巻五③P一五七－1　Ⅲ・「はてなき戦線」・〈艦上にて〉④『アララギ』（16・3）

日照雨しぐるる曠野のまづしさはさもあらばあれ大き夕**虹** ㉖

①樫八重武光②巻五③P一七六－4　Ⅲ・「はるかなる祖国」・〈大陸の風光〉④「多磨」（16・12）

礪波野（となみの）はいま時の間（ま）の雨はれて立山（たてやま）こゆる二段（ふたきだ）の**虹** ㉗

①桜井巌区②巻五③P二八六－6　V・「四季のよろこび」・〈山〉④「アララギ」（15・12）

四月の雪ある山の斜面、烈風のなかに**虹**あかくわきたつ ㉘

①前田夕暮②巻五③P二八七－7　V・「四季のよろこび」・〈山〉④『烈風』（18）

島山は雨にかくれて**虹**の内にわが母艦のみあかるく浮ぶ　(29)

①深沢恒雄②巻六③Ｐ一四四－4　Ⅳ・「海に漂う」・〈測量船にて〉④『はるかなる山河に』（23）

風上に転舵するとき紺青の潮さやぎて**虹**を描きぬ　(30)

①田村賢雄②巻六③Ｐ一四七－4　Ⅳ・「海に漂う」・〈海戦〉④『赤道』（43）

朝空の**虹**がうつくし弧の中を二羽の白鷺羽うちて飛ぶ　(31)

①大塚泰治②巻六③Ｐ一五八－5　Ⅳ・「生死を超えて」・〈戦野の四季〉④『恵我野』（46）

敵弾のうがてる穴に**虹**たてて水道栓は霧ふきあぐる　(32)

①菊地猶喜②巻六③Ｐ一八四－2　Ⅴ・「燈火管制の下に」・〈瓦礫の中で〉④「水甕」（20・3～10合併号）

うつくしく朝**虹**たてば雨や来と蓑と笠もち稲刈りに出づ　(33)

①結城哀草果②巻六③Ｐ二二〇－4　Ⅵ・「農村の日日」・〈農村の四季〉④『まほら』（23）

あきらけき月夜ひととき時雨れつつ夜の**虹**たてる空の静まり　(34)

①岩本尚久②巻六③Ｐ二八二－1　Ⅷ・「四季の喜び」・〈秋〉④「アララギ」（19・2）

虹の如く薄荷の如く香りけり天塩川辺の大き紫蘇の実　(35)

①徳川夢声②巻六③Ｐ二九三－8　Ⅷ・「くさぐさの歌」・〈旅の歌〉④『夢声戦争日記4』（35）

東京の焼野を跨ぐ大**虹**の立ちたる脚のまさやかに見ゆ　(36)

①窪田章一郎②巻七③Ｐ一〇〇－5　Ⅲ・「廃墟の中から」・〈焦土〉④『ちまたの響』（25）

空襲に焦土となりし町の空冬**虹**生れて夕べ華やぐ　(37)

①牧暁村②巻七③Ｐ一〇四－1　Ⅲ・「廃墟の中から」・〈焦土〉④「水甕」（21・7）

住みつきし火山灰地の秋風にかなしき**虹**を子とながめをり　(38)

①浅野晃②巻七③Ｐ二九〇－2　Ⅶ・「折々の歌」・〈日日随感〉④『曠原』（29）

かなたなる氷雲（ひぐも）の空の奥ぐらき悲願に似たる寒**虹**（かんにじ）の照り　(39)

①前川佐美雄②巻八③P二五五－6　Ⅵ・「四季のうつろひ」・〈冬〉④「短歌研究」（25・1）

冬の**虹**思ひのほか濃き雪野のうへ眼（め）を上げてより我はとまどふ　(40)

①斎藤史②巻八③P二五六－7　Ⅵ・「四季のうつろひ」・〈冬〉④『うたのゆくへ』（28）

中空の陽をばかこみてアリゾナの砂漠に立てる**虹**四つ見ゆ　(41)

①貴家しま子②巻九③P一二五－4　Ⅱ・「外地の日日」・〈アメリカで〉④「国民文学」（26・4）

海の**虹**消え去りしかば短日（たんじつ）の町の暮色へ時移るのみ　(42)

①峯村文人②巻九③P一五四－1　Ⅲ・「生活の周辺」・〈夕まぐれ〉④「短歌声調」（26・4）

夕立の晴れてたちまち日のさせば木曽山（やま）の上（へ）に**虹**たちにけり　(43)

①今井白水②巻九③P二六三－6　Ⅴ・「くさぐさの歌」・〈旅〉④『今井白水歌集』（46）

吾がために君が買ふ朝の海老五疋（えびごひき）**虹**のごとくに手の上にあり　(44)

①土屋文明②巻九③P二六四－9　Ⅴ・「くさぐさの歌」・〈旅〉④『自流泉』（28）

鉄梯子下りはじめたるわれに見ゆクレーンの右に立つ白き**虹**　(45)

①小佐治安②巻九③P二七九－4　Ⅴ・「くさぐさの歌」・〈モダニズム短歌〉④「短歌研究」（26・8）

夕淡く懸れる**虹**の輪のなかに水そことなる村はひそけし　(46)

①笹野儀一②巻十③P一四四－5　Ⅲ・「戦後の日本」・〈ダムに沈む村〉④「日本短歌」（27・7）「鶏苑」（27・28・29合併号）

午睡（ひるね）の面（おも）を長き白髯（はくぜん）は覆ひたり不思議なる**虹**はそこよりあがる　(47)

①太田満喜子②巻十③P二二四－1　Ⅴ・「愛と死」・〈父を〉④『遠き海』（31）

強羅（がうら）のやま君とのぼりて秋の夜の**虹**のさ

①山口茂吉②巻十③P二

やけき見しを忘れず (48) 三二－4 Ⅴ・「愛と死」・〈茂吉の死〉④「アララギ」（28・10）

片空は時雨の通りゐるならしあはあはと朝の**虹**かかる見ゆ (49) ①三浦百郎②巻十③P二七七－5 Ⅵ・「四季の移ろい」・〈自然〉④『青雲』（28）

通り雨過ぐるしばしを立つ**虹**かもみぢの山に弧線明るく (50) ①峯村国一②巻十③P二七七－6 Ⅵ・「四季の移ろい」・〈自然〉④『耕全集』（32）

あざやかに**虹**たちにけり驟雨すぎてなほ霧のごとく雨ふる中に (51) ①植村武②巻十③P二七七－7 Ⅵ・「四季の移ろい」・〈自然〉④『淩霄』（33）

海を流るる河の岸とも小さき島日本をおおう**虹**を見にけり (52) ①小崎碇之介②巻十一③P一三〇－1 Ⅲ・「仕事の歌」・〈海上で〉④『海流』（41）

虹の脚わずかに浮び日暮るれば牛励まして田掻き続くる (53) ①野沢一二②巻十一③P一四三－6 Ⅲ・「農村の日日」・〈米作り〉④『朝日新聞』（31・7・8）

田車を押す吾が田より伸びゆきて村一ぱいに**虹**が立ちたり (54) ①高木繁②巻十一③P一四四－3 Ⅲ・「農村の日日」・〈米作り〉④「国民文学」（30・9）

時雨きて**虹**かかりたりその脚の光の中に牛等草はむ (55) ①吉田省三②巻十一③P二四〇－6 Ⅴ・「四季の移ろい」・〈秋〉④合同歌集『青森県歌集第17集』（49）

山を背に大きく立ちたる朝**虹**がしずかに移りゆくを見ており (56) ①宮城謙一②巻十一③P二五二－1 Ⅴ・「くさぐさの歌」・〈山〉④「短歌」（31・11）

シャワーを浴む男のからだ窓よりの陽に断れぎれの**虹**まとふ見つ (57) ①田谷鋭②巻十一③P二八一－1 Ⅴ・「折々の歌」・〈日々の詩情〉④『乳鏡』（32）

虹いろの孔雀の羽根が鉄板の壁にふれつつひらき始めぬ　(58)

①田谷鋭②巻十一③P二八一―8　Ⅴ・「折々の歌」・〈日々の詩情〉④『乳鏡』（32）

議事堂を目指せる示威の過ぐる今日しぐれの暗き夕**虹**の下　(59)

①近藤芳美②巻十二③P八六一―一　Ⅱ・「癒えぬ傷跡」・〈安保闘争前夜〉④『喚声』（35）

噴水の水に時のまの**虹**立てば如何ならむ明日わがために待つ　(60)

①尾崎左永子②巻十二③P一五〇―3　Ⅳ・「愛と死」・〈女心〉④「短歌」（32・10）

城山と桜島かけあなさやけ正月**虹**の立ちわたりたり　(61)

①牧暁村②巻十二③P二一三―3　Ⅴ・「四季のうつろい」・〈歳晩・新年〉④「黒潮」（34・3）

うす紅葉（もみぢ）にほふ前山ほのぼのと**虹**立ち渡る幾峰かけて　(62)

①窪田空穂②巻十二③P二二〇―3　Ⅴ・「天地自然」・〈天地自然〉④『老槻の下』（35）

比叡より立ちたる**虹**の大らかに湖（うみ）を跨ぎて鈴鹿嶺に落つ　(63)

①飯田棹水②巻十二③P二二〇―4　Ⅴ・「天地自然」・〈天地自然〉④『華』（42）

かすかなる**虹**消えゆきし空の下木原おもむろに光りはじめぬ　(64)

①三枝茂②巻十二③P二二〇―5　Ⅴ・「天地自然」・〈天地自然〉④『冬砂』（45）

潮くらくいたぶる沖にひくく顕ち**虹**のたまゆら色かがやきぬ　(65)

①西川敏②巻十三③P二三五―3　Ⅴ・「四季の移ろい」・〈雪〉④『玄冬』（41）

虹の松原よぎりて出でし磯の上に限りなしけふの北空の晴　(66)

①井出敏郎②巻十三③P二三七―2　Ⅴ・「自然の姿」・〈自然の姿〉④「アララギ」（35・1）

赤い旗たてたる舟とうしほよりたつ**虹**とかなし　脈絡なきに　(67)

①生方たつゑ②巻十三③P二四四―6　Ⅴ・「自然の姿」・〈海〉④『海にたつ虹』（37）

夕立の雨はれしかば天草の海のおもてより直ぐに**虹**たつ (68)
①佐藤佐太郎②巻十三③P二六三－1　Ⅵ・「くさぐさの歌」・〈旅〉④『冬木』（41）

かつて暴たりし者をも迎え**虹**のごと燈を飾る林の中の賓館 (69)
①前田透②巻十三③P二六九－2　Ⅵ・「くさぐさの歌」・〈海外の旅〉④『煙樹』（43）

決然と憎みをこばむ心より湧きてやまざる音楽の**虹** (70)
①片山敏彦②巻十三③P二八七－2　Ⅵ・「折々の歌」・〈折々の歌〉④歌日記『ときじく』より

夜勤より帰りてねむる我が上にオリンピックファンファーレ**虹**のごと鳴る (71)
①土屋元②巻十四③P二一－7　Ⅰ・「東京オリンピック」・〈東京オリンピック〉④「朝日新聞」（39・11・1）

ひむがしの空の暗きに浮びたる夕(ゆふべ)の**虹**を指差しにけり (72)
①高橋六二②巻十四③P九四－1　Ⅱ・「生活の歌」・〈夕暮〉④「童牛」（42・6）

うら深く**虹**顕(た)たしめて茫々とひとりゐるなり夜のほどろを (73)
①佐佐木由幾②巻十四③P九七－2　Ⅱ・「生活の歌」・〈夜〉

吹き荒れし一夜は明けておどろなる秋野に来れば草に**虹**たつ (74)
①三浦桂祐②巻十四③P二〇八－3　Ⅴ・「四季の歌」・〈秋〉④『莫愁』（48）

もみぢせる山より山に朝立ちて消えゆく**虹**をひとり目守(まも)りぬ (75)
①武田永子②巻十四③P二一〇－2　Ⅴ・「四季の歌」・〈秋〉④「アララギ」（42・1）

まなうらに青き炎の**虹**たちぬ明月院の紫陽花(あぢさゐ)のむれ (76)
①和田智恵②巻十四③P二四一－4　Ⅴ・「天地自然」・〈草木〉④「短歌研究」（41・8）、『香水』（41）

雨外套着てさむざむと行く渚さやけし九月の海の上(へ)の**虹** (77)
①樋口賢治②巻十四③P二五三－9　Ⅴ・「天地自然」・〈旅情〉④「アララギ」（41・2・9）

組織みな消えゆけ額(ぬか)にきらめきてひとつ
真近に立てる**虹**の根 (78)

①村上一郎②巻十四③P三〇〇—7　Ⅵ・「くさぐさの歌」・〈わが思い〉④『撃攘』(46)

追ひつめられし鯨が空に噴きあぐる潮(うしほ)
がしばし**虹**に霧(き)らへり (79)

①杉浦秋男②巻十五③P一四一—5　Ⅱ・「生活の歌」・〈海で〉④「短歌研究」(44・9)

めぐり来し午後の日ざしに旋盤のにじむ
油の**虹**色に照る (80)

①小山正一②巻十五③P一六九—8　「はたらく人々」・〈工場で〉④「短歌」(43・3)

岩の裂目を落ちくる滝の一ところ日の**虹**
色にとどまるを見ぬ (81)

①風間夢津絵②巻十五③P二五〇—4　Ⅵ・「自然の姿」・〈日月風雨〉④「ポトナム」(43・9)

廃液にしばしばいろを変ふる川けふいち
めんに流す**虹**の色 (82)

①吉田一彦②巻十六③P二〇—5　Ⅰ・「万博の日本」・〈公害〉④「短歌手帖」(46・1号)

コスモスの揺れる彼方に**虹**は消えまた平
凡なたそがれの町 (83)

①上川原紀人②巻十六③P八九—5　Ⅱ・「生活の周辺」・〈夕暮〉④『原色の過程』(52)

むらさきに指染め茄子とる朝の間(ま)の峡に
かかれる**虹**あはあはし (84)

①佐々木茂②巻十六③P一三四—3　Ⅲ・「農家の苦悩」・〈農作業〉④『分蘖期』(49)

ミスト機にて撒きゆく霧に陽は透けて桃
の樹間に**虹**かかりたり (85)

①岡本甲子②巻十六③P一三六—5　Ⅲ・「農家の苦悩」・〈果樹園〉④「龍」(45・11)

ベッドよりわれをよぶ君**虹**を溶くごとく
油彩にあそべる夜を (86)

①星河安友子②巻十六③P一七一—8　Ⅳ・「愛と死」・〈愛の歌〉④「未来」(45・3)

虹斬ってみたくはないか老父(おいちち)よ種子蒔き
ながら一生(ひとよ)終るや (87)

①伊藤一彦②巻十六③P一七九—8　Ⅳ・「愛と死」・〈父母〉④「Revo律」(45・1号)『瞑鳥』

記』（49）

春一番今朝も荒れゐる迫戸(せと)の潮けぶりと
なりて**虹**を伴ふ　(88)

①藤原元②巻十六③Ｐ二一〇－1　Ⅴ・「四季の歌」・〈春〉

いま**虹**のかかれば見よとかかる電話驟(しゅう)
雨(う)の過ぎてゆらぐ落日　(89)

①近藤とし子②巻十六③Ｐ二三五－1　Ⅴ・「自然の姿」・〈日月風雨〉④「小鳥たちの来る日」（49）

宇宙の一花なるべしモンブラン南の峰に
虹の輪生(あ)るる　(90)

①久保田フミエ②巻十六③Ｐ二五九－10　Ⅴ・「自然の姿」・〈外国の旅〉④『まひる野』（47・2）『宇宙花』（46）

カフカとは対話せざりき若ければそれだ
けで**虹**それだけで毒　(91)

①岡井隆②巻十六③Ｐ二九六－10　Ⅵ・「くさぐさの歌」・〈わが心象〉④『鷲卵亭』（50）

亡びたるふるさとも還らざる友の名も思
い立ち返れ夕**虹**のごと　(92)

①近藤芳美②巻十六③Ｐ二九八－4　Ⅵ・「くさぐさの歌」・〈くさぐさの歌〉④『遠く夏めぐりて』（48）

スモッグの空鮮やかに裁ち切りて**虹**は群
れたつビルを抱けり　(93)

①佐藤北水②巻十七③Ｐ三〇－3　Ⅰ・「揺れ動く日本」・〈公害・大気汚染〉④「窓日」（47・11）

ふたたびは**虹**にあかるき日のさして稼ぎ
とぼしき農に老いゆく　(94)

①宮岡昇②巻十七③Ｐ九六－5　Ⅲ・「きびしい農業」・〈農に生きる〉④『冬の雁』（49）

夕**虹**のうすら呆(ぼ)けつつ過す日を海棠(かいだう)百花
咲き乱るなり　(95)

①佐佐木幸綱②巻十七③Ｐ二〇〇－7　Ⅴ・「四季の歌」・〈春の花々〉④『直立せよ一行の詩』（47）

噴水のしぶき交はるたまゆらを幸(さきはひ)のご
と秋の**虹**たつ　(96)

①西畑博之②巻十七③Ｐ二〇八－7　Ⅴ・「四季の歌」・〈秋〉④『双魚宮』（52）

小雨ふる明るき空に**虹**かかり北山はその虹の輪のなか　(97)

①小西清子②巻十七③P二二五－2　Ⅴ・「自然の姿」・〈霧・雨・雲・月〉④「短歌研究」（47・7）

雄(お)ごころやわれに流れて**虹**たつをむかし群盗のほろびたる石　(98)

①馬場あき子②巻十七③P二八〇－10　Ⅵ・「現代の歌」・〈女歌〉④『飛花抄』（47）『桜花伝承』（52）

魚の血のはじくあぶらの**虹**いろに吾が刃あまねくぬれたるを持つ　(99)

①河野愛子②巻十七③P二八八－6　Ⅵ・「現代の歌」・〈わが心象〉④『魚文光』（47）

かなしみのきわまるときしさまざまの物象顕(た)ちて寒(かん)の**虹**ある　(100)

①坪野哲久②巻十七③P二九五－13　「昭和短歌史概論」・〈人間への問いかけ〉（S）中に引用

時長く**虹**は立ちたり戦没者追悼式のすむうみべに　(101)

①川辺古一②巻十八③P五〇－5　Ⅰ・「戦争の傷跡」・〈戦跡を訪ねて〉④『駅家』（52）

虹ヶ浜に夜ごと爆死体を焼きし炎眼底(まなそこ)にありて二十八年経つ　(102)

①森園子②巻十八③P五三－3　Ⅰ・「戦争の傷跡」・〈わが戦後〉④「四国新聞」（49・3・15）

起きいでてわれの五坪の菜園に水を注げば**虹**たつものを　(103)

①太田青丘②巻十八③P九〇－4　Ⅱ・「生きゆく日々」・〈朝の歌〉④『太田青丘全歌集』（54）

北風とともに入り来て声も寒く**虹**いろの紙を購(か)いたしという　(104)

①杉村けい子②巻十八③P二五〇－6　Ⅴ・「四季の歌」・〈冬〉④「雲とねこ」（51）

驟雨すぎいくばく昏き空の藍草野を占めて大き**虹**立つ　(105)

①田谷鋭②巻十八③P二五五－2　Ⅴ・「自然の姿」・〈日月風雨〉④『母恋』（53）

清く冷たき水に棲むゆゑ**虹**鱒は水より揚げて命落ちやすし　(106)

①黒沢裕②巻十八③P二六七－3　Ⅴ・「自然の姿」・〈魚〉④『泰山木の

花』（50）

海峡の狭霧（さぎり）に淡き昼の**虹**われはかなしむ
還らぬ島を (107)

①佐々木忠郎②巻十九③P一〇四－3　Ⅱ・「戦争の傷痕」・〈北方領土〉④「アララギ」（49・5）

嫁がずに細々と病む妹と電車の窓に見る
冬の**虹** (108)

①森崎正明②巻十九③P二一三－1　Ⅳ・「愛と死」・〈兄弟・姉妹〉④「心の花」（49・11）

夕立のおそう背後をふりむけばいずこの
危機か**虹**たちにけり (109)

①新城貞夫②巻十九③P二九一－7　Ⅵ・「くさぐさの歌」・〈若き情念〉④「花明り」（54）

セレン河に**虹**たてば帰国の前兆と喜び合
へりかの俘虜の日よ (110)

①引田正男②巻二十③P四八－1　Ⅰ・「戦後三十年」・〈俘虜として〉④『遠天』（50・10）（51・1）

朝刊をたたみて卓の端に置く**虹**たつこと
もなくて昏（く）れたり (111)

①潟岡路人②巻二十③P七〇－4　Ⅱ・「生活の周辺」・〈夕べの歌〉④「短歌人」（51・4）

機械植ゑの早苗（さなへ）が水をふくみゆきホース
の先に**虹**がたちくる (112)

①本望愛子②巻二十③P一〇五－6　Ⅲ・「農に生きる」・〈米作り〉④「毎日新聞」（50・8・24）

ほのぼのと**虹**立ち初（そ）めし朝の間を時雨過
ぎつつ刈田を濡らす (113)

①佐藤広治②巻二十③P一二三－4　Ⅲ・「農に生きる」・〈農村風景〉④「朝日新聞」（50・11・9）

ひと山をつつみて夏の**虹**立てり死なせて
ならぬ人逝きし日に (114)

①代居三郎②巻二十③P一八九－5　Ⅳ・「愛と死」・〈挽歌〉④「ひのくに」（50・9）

晴れやかな空の夢精を思ひけり谷のうへ
なるきれぎれの**虹** (115)

①柏木茂②巻二十③P二六三－8　Ⅵ・「現代の歌」・〈青春〉④『功子』（54）

少年らは汽車を観（み）るのみ春の**虹**のはかな

①加藤将之②巻二十③P

くも立つローマ駅にて

(116) 二九三―7 Ⅵ・「くさぐさの歌」・〈海外の旅〉
④「短歌」(50・2)

◇――――――――――――◇

小考

『昭和萬葉集』は、その名の示す通り、昭和元年より昭和五十年に至る五十年間の作品を収録しており、よって昭和の御代の短歌を大凡、大観できる資料である。とは言え、ここに少しく解題的注の付記を必要とする。すなわち、近代以前の勅撰集や、近代の大撰集(明治・大正の代と昭和十二年までを含む)『新萬葉集』[注1]との編集上の相違の大きな点は、これらが〈作品本位〉であるのに対し、『昭和萬葉集』の方は〈年代本位〉、すなわち編年体方式にあるということである。かく編年体方式に主眼がおかれたがゆえに、短歌プロパーの価値基準によるアンソロジーというより、歴史的現実による素材に重きが置かれることになり、いわば理性的な「昭和史」に対して、山田宗睦氏[注2]の表現を借りれば「昭和の感情史」的性格を濃厚にしているのである。それもまた鶴見和子氏[注3]の顰に倣えば、「常民の心の奥底にある心情をもうたいあげたもの」なのである。ともあれ、当面のテーマたる〈虹〉に関する研究に際しては、文学における芸術的価値を第一義に置いて編まれたものでなくても、視野を拡大して文化史的資料として受け入れておくことにすれば、本稿の意図に離反すること大ではなかろう。

さて、まずは数量的分析より入りたい。稿者の調査によると、一『昭和萬葉集』四四二四八首中、〈虹〉の語を有する歌は一一六首であり、その内分けは次のごとくである。

(巻)	〈虹数〉	(収録歌数)	(年代)
一	五	二二八二	昭元~5
二	九	二三八二	昭6~8
三	四	二一一七	昭9~11
四	四	二二七七	昭12~14
五	六	二一四七	昭15~16
六	七	二二四三	昭16~20
七	三	二一五八	昭20~22
八	二	一九八八	昭23~24
九	五	二二三八	昭25~26
十	六	二三七二	昭27~29
十一	七	二〇七一	昭30~31
十二	六	二一七二	昭32~34
十三	六	二二九八	昭35~38
十四	八	二三三五	昭39~42
十五	三	二二一二	昭43~44
十六	一一	二一〇五	昭45~46
十七	八	二一八二	昭47
十八	六	二三二〇	昭48
十九	三	二三九八	昭49
二十	七	二二六一	昭50

すなわち、2~11の数値的範囲はあるが、各巻すべてにわたって

〈虹〉は出現しているのである。トータル的に見て、『新萬葉集』と比較するならば、『新萬葉集』は、五六／三〇四二三≒〇・〇〇一八%、『昭和萬葉集』は、一一六／四四二四八≒〇・〇〇二六%、であり、これを見る限り『昭和萬葉集』の方が、数量的にやや優位を保っている。しかし、先に述べた両者の編集上の特色を顧慮すれば、さほどの相違はなかろう—とも言えようか。ただし、「古典和歌(注4)」の世界と比べれば格段に多い。

また、外来語表記の「レインボー」とか、記紀を淵源として『新萬葉集』にも見えた、〈虹〉の隠喩とも考えられる〈天の浮き橋〉は見られない。巻十二に「伎芸天女」の歌（P262）がみられるが、この「天女」の部分は、〈虹〉の雌的要素が浄土系仏教等を経由して、文化的に昇華したものである。従ってその属性は奥に追いやられている。

歌人の性別をみると、「女性」は、〈虹〉歌において、古典和歌の世界では2名であったが、近代の『新萬葉集』11名に続いて、『昭和萬葉集』では23名と増加。（ただし、男性の数には遠く及ばない。）〈虹〉の古代的受容、すなわち『詩経』（cf.①・（注9））等にみられた女性における〈虹〉の「禁忌」的呪縛からの更なる解放を示す。

続いて、表現・内容の面を考えつつ、微視的な分析に入る。

㈠『新萬葉集』と資料時代的に重複するのは、『昭和萬葉集』では、巻一～巻四であり、その中、(12)・(18)の二首が重複している。

これは、『昭和萬葉集』は「部立てが二重構造になっていて、各巻の初めのほうに、その年代に起きた歴史的な出来事別に歌を配列して、その次に、男女の愛情（相聞）や死（挽歌）、生活や仕事の歌（雑歌）、それから自然詠と、歌集として当然とるべき部立てをおいている。(注2)」のであるが、特に〈虹〉は、そのテーマのもつ属性からして、愛・死・挽歌とも親近してはいるが、いきおい後者、自然詠に多出し、この面では、『昭和萬葉集』の編集的特質とややずれて、本来的な〈作品本位〉の面からもかなり採られていることを象徴的に証左しているものとも言える。

㈡『昭和萬葉集』の〈虹〉は、おおむね『新萬葉集』の〈虹〉の延長線上にある。すなわち、手堅いアララギ的写生技法によって構築された写生歌群である。素材の属性たる仄かなローマン性をまつわらせつつも、それらは、素直な目がとらえた（ただし、色数に関しては(19)・(20)歌のごとく「七」色と、ニュートン以後の科学文明の知識による先入観に染まった面も見られるが、（※現実には「七」などとはっきりと目に色別するのは困難）、日本的自然神的美観に支えられている。しかし、

(46)　夕淡く懸れる虹の輪のなかに水そことなる村はひそけし

(83)　コスモスの揺れる彼方に虹は消えまた平凡なたそがれの町

などは、抒情味の方が勝っているので、抒情的写生歌と言っておいた方がよいかも知れない。また、詠歌の地理的分布がグローバルで従って、〈虹〉歌の背景が国際性に富み、おのずからエキゾチシズムの魅力を湛えている面の存すること（ex 40・90・116）は、先行『新萬葉集』の延長・敷衍上にある。

㈢ しかし、近代→現代へ、この時代的変遷に従って、その場面あるいは背景は、かなり変わってきている。例えば、

(25)・(30)・(31)・(32)など、海戦・戦場にたつ〈虹〉

(36)・(37)などの「東京の焼野を跨ぐ大〈虹〉」・「空襲に焦土とな

り し町の冬〈虹〉」
(46)にみる「ダムに沈む村」にたつ〈虹〉
(93)にみる「スモッグの空」にたつ〈虹〉　類歌＝(22)
(94)にみる経済構造の劇変などによってもたらされる減反措置等
による「きびしい農村」にたつ〈虹〉…等。

であり、このあたりが、〈虹〉を配しつつ叙景されながらも、その特色たる「昭和の感情史」の面目を果敢に発揮している面であろう。

四　また、写生の対象たる〈虹〉が、自然の実景としてのそれには違いないが、しかし、おのずからたつ大自然の現象としての〈虹〉ではなく、人または物・機械の作為の結果によって生まれる〈虹〉が、『昭和萬葉集』には現れている。例えば、(30)・(32)・(85)・(102)・(111)等がそれである。

五　また、〈虹〉の特殊な出現形態[注5]たる、Ⓐ株（蕪）虹(21)(68)の他に、Ⓑ副虹（または第2次虹）(27)、Ⓒ日の暈または副虹の反射虹(41)、Ⓓ月虹(34)も現れている。(1)は飛翔詠による〈眼下の虹〉、(41)はアリゾナの砂漠の空に現れた「幻日」を含むものであろうか。ⒷⒸⒹは、撰集中、初のよう[注6]である。Ⓐ・Ⓑは末部付載の〈虹〉の解説―参照）

六　次に、〈虹〉「出現」の表現・表記をみると、

a1＝顕つ＝2首　a2＝たつ（わきー）＝23首　a3＝立つ＝19首
b1＝懸る＝1首　b2＝かかる
c＝あらはる＝2首
d1＝生（あ）る＝2首　d2＝ある＝1首
e＝あがる＝1首

である。a系＝TATu系が圧倒的に多い。a2＝たつ、は表音文字なので測りかねるが、本来、和語では〈虹〉は〈たちもの〉ともいい、a1＝顕つ、すなわち「この世ならぬもの、神威あるもの、の顕現」を意味し、a3＝立つ、はその認識を奥に蔵しつつも写生的に表記したものであろう。b系＝KAKAruは、稿者のいう二次認識による「架橋」型認識からきたものであり、c・d・eは現代的表現である。古典東国和語に見られる「吹く」・「張る」は見られない。

因みに、存在・状態の表現は、

「見ゆ」・「こゆ」・「落つ」・「移る」・「描く」

であり、消滅の表現は、

「消ゆ」

の一語のみであり、古典和歌以来の伝統的なものである。

七　次に、かなりの特記事項たるべきものであるが、『新萬葉集』には稀薄であった、古代的な民俗意識に支えられたものが出現している。すなわち、〈虹〉の古代的呪縛・禁忌から完全には解禁されていない面が露呈されている。例えば、

(109)　夕立のおそう背後をふりむけばいずこの危機か**虹**たちにけり
(59)　議事堂を目指せる示威の過ぐる今日しぐれの暗き夕**虹**の下
(98)　雄（お）ごころやわれに流れて**虹**たつをむかし群盗のほろびたる石
(114)　ひと山をつつみて夏の**虹**立てり死なせてならぬ人逝きし日に
(101)　時長く**虹**は立ちたり戦没者追悼式のすすむうみべに
(17)　ひとよさを君が亡骸（なきがら）をまもりたるあかつきにして低き**虹**たつ
(102)　**虹**ヶ浜に夜ごと爆死体を焼きし炎眼底（まなそこ）にありて二十八年経つ

等には、古代的不吉・凶祥・妖祥の暗示がみえる。(109)・(59)・(98)には「白虹貫日」[注7]的なもの、(114)・(101)・(17)には「天上界」と「地上界」、「あの世」と「この世」を繋ぐ霊魂の通路、すなわち〈架橋〉[注8]型の

古代的意識がひそんでいよう。⑽の「虹ヶ浜」という地名の言霊（ことだま）にもそれに類する思い入れがあろう。

(86) ベッドよりわれをよぶ君虹を溶くごとく油彩にあそべる夜を

(115) 晴れやかな空の夢精を思ひけり谷のうへなるきれぎれの虹

には、エロチシズムあるいは淫事（注9）に通ずる夢想がみられる。その意味で、これは、遠く『萬葉集』東歌の、

三四三三 三四一二 伊香保呂能（イカホロノ） 夜左可能為提尓（ヤサカノイデニ） 多都努自能（タツノジノ） 安良波路万（アラハロマ）
代母（デモ） 佐祢乎佐祢弖婆（サネヲサネテバ） （『新編　国歌大観』）

に直結する質のものであろう。これら、凶祥、妖祥・淫事（広く恋愛も含めて）と絡めて見る受け取り方は、『萬葉集』東歌の一首や西行（注10）のような歌僧、衣笠内大臣（注11）等を数少ない例外として、上代ー中古ー中世ー近世、の和歌史が忌避しつづけてきたもののようである。

逆に〈虹〉をこの上ない吉祥・瑞祥と観ずる向きもある。これもまた古代的意識に根ざしたものである。

110 セレン河に虹たてば帰国の前兆と喜び合へりかの俘虜の日よ

96 噴水のしぶき交はるたまゆらを幸（さきはひ）のごと秋の虹たつ

60 噴水の水に時のまの虹立てば如何ならむ明日わがために待つ

等がそれである。(8)・(14)・(23)・(44)・(92)等もその類型であろう。また、は、「不幸のあとにくる希望の象徴」として〈虹〉を観る旧約聖書（注12）（キリスト教）的世界観に染まったものである。作者が家庭内不和に苦悩し、キリスト教系大学（東京女子大）の出身者であるーという事実を知れば符号しよう。(36)・(37)・(39)・(104)・(108)、等もこの系譜に連なろう。前者は、単に〈虹〉の「吐金」また「虹脚埋宝」民俗信仰に淵源する「瑞祥・至福」観であり、後者は、その延長線上に宗教文化的色合いが付加されたものである。

八　『昭和萬葉集』中、〈虹〉語を有する歌一一六首のうち、その〈虹〉が、いわゆる自然詠のそれ以外のものが、一九首程ある。

A　比喩的用法　(35)(44)(69)(71)(86)(92)
B　形容語　(58)(66)(82)(99)(102)(104)(106)
C　心象　(15)(47)(70)(73)(76)(91)(98)　(78)

このうち広義に解すれば、BはAに吸収されうるものかも知れない。C中の、(78)は作者から類推したもので、(111)は定家の三夕の歌などに見られるミセケチ（注13）的心象詠である。

いずれにせよ、『昭和萬葉集』の新生面を如実に示すものはCの歌群である。これらは、(91)歌に見るべく戦後の三十年代に澎湃として沸き起った前衛短歌運動とその潮流の影響を何らかの形で受けて成立しているものであろう。ただ、(13)・(14)の前川佐美雄歌、(15)の斎藤史歌の表現は、昭和十年代「新風十人」の一人として華々しくデビューした歌人らしく、他の歌群を二十年ほど先取りしていると見ることができる。(47)の大田満喜子の歌は、前衛短歌時代前後のものと解せよう。

かくて、『昭和萬葉集』に現れた〈虹〉は、ほのかなローマン性をまつわらせつつも、おおむね手堅い写生技法によった、素直な目がとらえた日本的自然神的美観の結晶であるが、中には特異なものもみられる。そのうち現れ方が、和歌撰集史上の特色と思われるものを大別してみると、

〈1〉　叙景的素材の歴史性・社会性を含んだ新しさに触発された清新な抒情世界に、

〈2〉　複雑玄妙な光科学現象たる、Ⓑ副虹（または第2次虹）Ⓒ日の暈（ハロー現象）または副虹の反射虹、Ⓓ月虹、とし

て、

〈3〉 心理の深層に眠る古代的民俗意識—不吉・凶祥・妖祥等また逆に吉祥・瑞祥—の間歇的覚醒と発現と共に、

〈4〉 旧約聖書（キリスト教）的世界観の対象として、

〈5〉 前衛短歌的・知的、心象詠の出現と絡って——現れる。

等に要約されよう。そして、これらは一般の歴史学から漏れ落ちている、常民による(注14)「昭和の感情史(注15)」的意義面の一角を確かな形で担っているのである。

（注1） 拙著『新萬葉集の成立に関する研究』（昭46・中部日本教育文化会）の第三章「審査委員会と其の内容」、第十二章「審査過程上の諸問題に就きて」中に詳述。

（注2） 「対談　昭和短歌の源流—『昭和萬葉集』について—」（『短歌』（昭56・3、角川書店））中、山田宗睦氏の言を参考。

（注3） 「『昭和萬葉集』発刊に寄す」（『昭和萬葉集』パンフレット）

（注4） 久保田淳筆『虹の歌』（『文学』1991・夏、岩波書店）の引用歌＋小生の調査、によると「五十八」首、cf.拙稿「虹と日本文藝—古典和歌・付狂歌をめぐって—」。但し、分母が厖大。

（注5） 末尾の解説・図絵参照。

（注6） 先行の撰集『新萬葉』に登載されなかったが、その成立以前の個人歌集の中には、すでに現れている。例えば、

あらはれし二つの虹のにほへるにひとつはおぼろひとつ清けく　斎藤茂吉『つゆじも』（大9）

北山の濃藍の前の二重虹時雨は遠く過ぎにけらしな　尾上柴舟『朝ぐもり』（大7）

（注7） Ⓐ、(1)型は『新萬葉集』に既出。

「〔史記鄒陽伝〕白い虹が太陽をつらぬくことで、中国で昔、国に兵乱のある天象とする。」（『広辞苑』）「白色の虹が日の面を突きとほす。精誠が天に感應してあらはれる象といふ。又、白虹は兵の象、日は君で、君に危害を加へる象といふ。〔戰國、魏策〕夫専諸之刺ニ王僚一也、彗星襲レ月、聶政之刺ニ韓傀一也、白虹貫レ日。〔史記、鄒陽傳〕昔者荊軻慕ニ燕丹義一、白虹貫レ日、太子畏之。〔注〕集解曰、應劭曰、燕太子丹、質ニ於秦一、始皇遇レ之之無禮、丹亡去、故厚養ニ荊軻一、令ニ西刺ニ秦王一、精誠感レ天、白虹為レ之貫レ曰也、如淳曰、白虹兵象、日為レ君（云々）」（諸橋轍次著『大漢和辞典』巻八、昭33、大修館書店）この思想は日本に入って、『日本書紀』—天武天皇十一年—「是の夕(ゆふ)の昏(いぬの)時に、大星、東より西に度(わた)る。丙寅(ひのえとらのひ)に、造法令殿(のりのふみつくるみあらか)の内に大きなる虹(ぬじ)有り。……是の日の平旦(とらのとき)に、虹ありて、天の中央に當(あた)りて、日に向へり。(補注1)』（岩波『日本古典文学大系本』による）にも、その暗示があり、民間にも伝承されていたと見えて、『源氏物語』の「賢木の巻」、『平家物語』の「咸陽宮」、『平治物語』の「信西出家の由来並びに南部落ちの事」等の中にも現れている。

（注8） 拙稿「虹と日本文藝」(八)—比較研究資料通考—にいう、〈虹〉の(三)二次的認識—(ロ)—ⓐ²型にあたり、古代グローバルに見られたものである。なお、同「比較研究資料私註(7)」33の「考」に詳述。

（注9） 古代中国の類書『藝文類聚』には「釋名曰虹陽氣之動虹攻也純陽攻陰氣也　又曰夫人陰陽不合婚姻錯亂淫風流行男女互相奔随之時此則氣盛故以其盛時合之也」とあり、『詩經』の「鄘風」中〈蝃蝀〉と題して「蝃蝀在東　莫之敢指　女子有行　遠父母兄弟　朝隮于西　崇朝其雨　女子有行　遠兄弟父母　乃加之人也　懐婚姻也　大無信也　不知命也」とあり、また「國風」中〈候人〉と題して「維鵜在梁　不濡其味　彼其之子　不遂其媾　薈兮蔚兮　南山朝隮　婉兮孌兮　委女斯飢」があり、むくむくとたち升る〈淫気〉に〈隮(ニジ)〉を見、そこに性的欲求不満からくる邪淫願望の反映を見ている。その淵

源に〈ニジ〉=〈蝃蝀・虹蜺〉を、その象形文字の示すごとく「蛇類の動物」と観ずる民俗からきている。（甲骨文字にも見。cf.拙稿「比較研究資料私註㈠」の「考」中。「邪淫」は「蛇淫」に通じ、その属性としての濃厚なセックスの観察からきたものであろう。これも古代中国のみならずグローバルに散在していたものである。（cf.拙稿「比較研究資料私註」参照）当然わが国にも〈虹〉を「竜蛇」・「天蛇」あるいは「大ヘビ」と見る民俗がある。（安間清著『虹の話―比較民俗学的研究』昭53・オリジン書房）

（注10）さらに又そり橋わたす心ちしてをぶさかかれるかづらきの山　『夫木和歌抄』

（注11）かりそめにみしばかりなるはしたかのをぶさのはしの恋ひやわたらん　『夫木和歌抄』

（注12）『旧約聖書』（キリスト教・ユダヤ教（の一部））中「創生紀」第九章・前半。「神ノアと其子等を祝して之に曰たまひけるは生よ増殖よ地に満よ…我わが虹を雲の中に起さん是我と世との間の契約の徴なるべし…水再び諸の肉なる者を滅ぼす洪水とならじ…永遠の契約を記念えん…」（日本聖書教会編『旧新約聖書』―1976―による。）＝cf.[291]

（注13）『新古今和歌集』363番
み渡せば花ももみぢもなかりけり浦の苫屋の秋の夕ぐれ
cf.「暮れ行けば浅間も見えず／歌哀し佐久の草笛」（島崎藤村『落梅集』）　山崎敏夫『新古今私説』参考。

（注14）注2

（注15）注3参照。

（補注1）吉田義孝筆「記紀万葉に歴史を読む③―大津皇子の謀反」（『朝日新聞』昭61・12・13）にも「これは史官のぼかした表現で、『訌（こう）』（乱の意）と同義の『虹』を用いて、当時、律令制定にからみ『造法令殿で大いなる内訌』のあったことを暗喩したものと解してよい」とある。cf.[725]

〔株（蕪）虹〕「頭が雲におおわれて見えず、足の部分のみが1本あるいは2本、時には3本地面にほとんど垂直に立って、あたかも天を支える五色柱のような感じを与えるものである。…普通の虹は雲の前面に見える。株虹は雲の向う側にできる訳であるから極くまれにしか起らない。」（『気象の事典』昭40、東京堂出版、北岡氏筆）

cf.川端康成「美の存在と発見」中、「沖のひとところに真直ぐに立つ虹、月の暈のやうに月を巻く円い虹、その美しさの話を、わたくしはハワイで俳句をつくる日本人から聞きました。」（ハワイ大学ヒロ分校での公開講義、『毎日新聞』昭44・5・3、夕刊）

〔主虹―副虹（第1図）〕　〔反射虹（第2図）〕〔暈・幻日・環・弧（第3図）〕

第1図　虹の原理

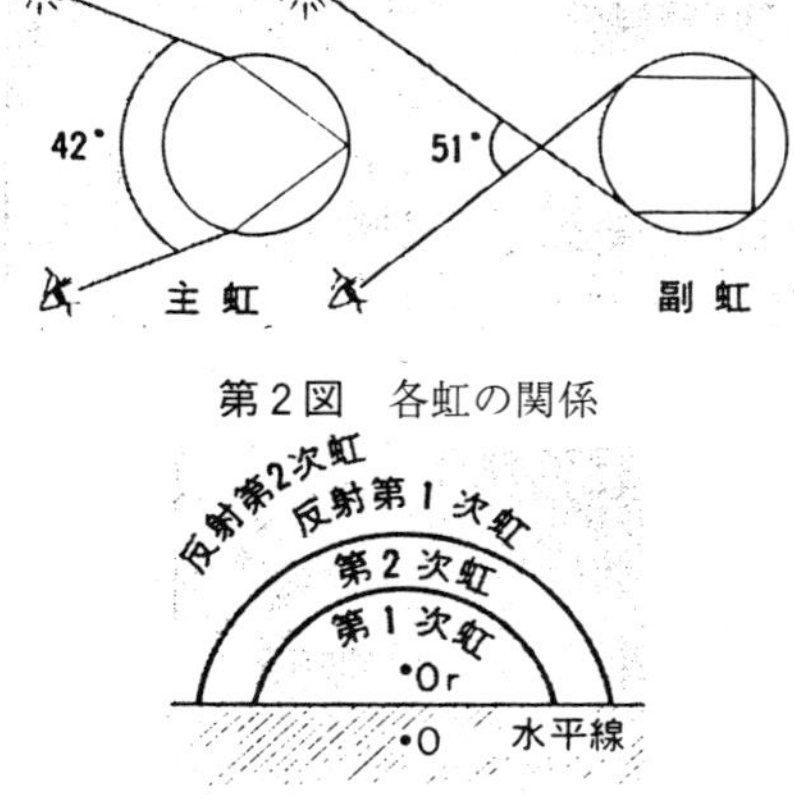

第2図　各虹の関係

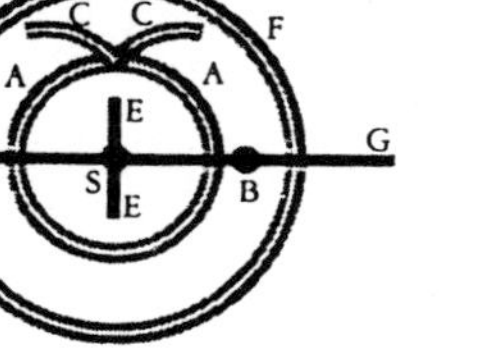

第3図

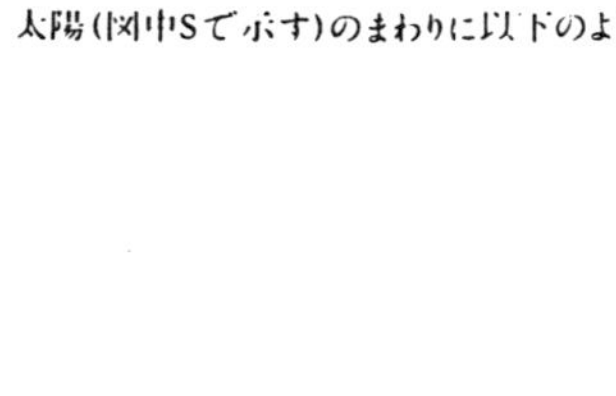

太陽（図中Sで示す）のまわりに以下のような暈ができる。

『気象の事典』（昭40、東京堂出版）より

虹と日本文藝（十八）

――古典俳諧をめぐって――

小序

近世俳諧は、古典俳諧の世界でもある。本稿では、この古典俳諧の世界において〈虹〉が、どのような感性で享受され、どのように表現されているか―について、資料を調査の上、比較文化的視野も混えつつ分析・考察してみたいと思う。

〈凡　例〉

一　調査資料は俳文学は次のA・B・Cであり、刊行としては新しいが、Aの方を主としB・Cで補足する形をとった。A・B併用することにより、近世俳諧における〈虹〉の大観が凡そ可能となる。

二　管見に入った〈虹〉句については、次記のごとく脚注を付した。
　①＝作者等　②＝出典　③＝出典中の位置　④＝調査資料　⑤④中の登載頁　⑥備考

三　作品、『前同』は「直前の作品・記載に同じ」の意。④中の記号は、前部の資料一覧のものと対応する。①中、小字の肩書は同行に付した場合もある。「―」以前が肩書である。

四　〈虹〉の句の下段に「( )」中の番号は、後の通考のための通し番号である。

五　漢字については一部通行体としたものもある。

俳諧

A　『古典俳文学大系』（昭和45～47、集英社）〈校訂者〉

(1)　第一巻　「貞門俳諧集㈠」　中村俊定・森川　昭
　　　　　　　　　　　　　　　乾　裕幸

(2)　第二巻　「貞門俳諧集㈡」　小高敏郎・森川　昭
　　　　　　　　　　　　　　　乾　裕幸

(3)　第三巻　「談林俳諧集㈠」　飯田正一・榎坂浩尚
(4)　第四巻　「談林俳諧集㈡」　飯田正一・榎坂浩尚
(5)　第五巻　「芭　蕉　集（全）」　井本農一・堀　信夫
(6)　第六巻　「蕉門俳諧集㈠」　阿部三喜男・大磯義雄
阿部正美
(7)　第七巻　「蕉門俳諧集㈡」　宮本三郎・今　栄蔵
(8)　第八巻　「蕉門名家句集㈠」　安井小酒・木村三四吾
石川真弘
(9)　第九巻　「蕉門名家句集㈡」　安井小酒・木村三四吾
石川真弘
(10)　第十巻　「蕉門俳論俳文集」　大磯義男・大内初夫
(11)　第十一巻　「享保俳諧集」　鈴木勝忠・白石悌三
(12)　第十二巻　「蕪　村　集（全）」　岡田利兵衛・大谷篤蔵
島居　清
(13)　第十三巻　「中興俳諧集」　島居　清・山下一海
(14)　第十四巻　「中興俳論俳文集」　清水孝之・松尾靖秋
(15)　第十五巻　「一　茶　集」　丸山一彦・小林計一郎
(16)　第十六巻　「化政天保俳諧集」　宮田正信・鈴木勝忠

B　『普及版俳書大系』（昭3～5、春秋社）　神田豊穂著

(1)　第一巻　「芭蕉一代集」　上
(2)　第二巻　「芭蕉一代集」　下
(3)　第三巻　「蕉門俳諧前集」　上
(4)　第四巻　「蕉門俳諧前集」　下
(5)　第五巻　「蕉門俳諧後集」　上
(6)　第六巻　「蕉門俳諧後集」　下
(7)　第七巻　「蕉門俳諧續集」　上
(8)　第八巻　「蕉門俳諧續集」　下
(9)　第九巻　「蕉門俳話文集」　上
(10)　第十巻　「蕉門俳話文集」　下
(11)　第十一巻　「元禄名家句選」　上
(12)　第十二巻　「元禄名家句選」　下
(13)　第十三巻　「貞門俳諧集」　上
(14)　第十四巻　「貞門俳諧集」　下
(15)　第十五巻　「談林俳諧集」　上
(16)　第十六巻　「談林俳諧集」　下
(17)　第十七巻　「蕪村一代集」　上
(18)　第十八巻　「蕪村一代集」　下
(19)　第十九巻　「中興俳諧名家集」　上
(20)　第二十巻　「中興俳諧名家集」　下
(21)　第二十一巻　「中興俳話文集」　上
(22)　第二十二巻　「中興俳話文集」　下
(23)　第二十三巻　「天明名家句選」　上
(24)　第二十四巻　「天明名家句選」　下
(25)　第二十五巻　「一茶一代集」　上
(26)　第二十六巻　「一茶一代集」　下
(27)　第二十七巻　「近世俳諧名家集」　上
(28)　第二十八巻　「近世俳諧名家集」　下
(29)　第二十九巻　「近世俳話句集」　上
(30)　第三十巻　「近世俳話句集」　下

C—(1)　斗墨編『巳のとし夏句集』（平成十年度俳文学会全国大会、岡本勝発表「伊勢松坂の俳諧」資料中。）

◇―――――◇

蜘の家の**虹**梁にひけ糸柳

(1)　①南栄②松江重頼編『犬子集』（寛永十年1633刊）③「柳」38句中、27句目④『A—(1)』⑤P71

夕だちの朱ざやか赤き**虹**の色

(2)　①貞徳②『前同』③「白雨」26句中、4句目④『前同』⑤P87

夕だちのさやかそりたる**虹**の空

(3)　①南栄②『前同』③「前同」26句中、16句目④『前同』⑤P87

夕だちに**虹**の銘打雲井哉

(4)　①利活②『前同』③「前同」26句中、19句目④『前同』⑤P87

清滝や愛宕の高根ゆびさして　仝

そつたる**虹**や坊のかた〱　舟

(5)　①維舟②『時勢粧』③「今様姿」第四下〈寛文十一年極月上旬〉「何車歌仙」中、36句目④『A—(2)』⑤P222⑥仝＝長尚

白雨ふるだんだら筋か**虹**の色

(6)　①大阪小島—直勝②湖春編『続山井』〈寛文七年1667〉③「続山井夏之発句上」〈夕立〉18句中、16句目④『前同』⑤P556

夕立の晴ても**虹**や銘の物

(7)　①丹羽かいばら—祖益②『前同』③「前同」〈夕立〉18句中、17句目④『前同』⑤P55

かさゝぎのかり橋なれや空の**虹**

(8)　①丹羽夜久—正之②『前同』③「続山井秋之発句上」中〈七夕〉一連中④『前同』⑤P575

難波あたりで虫やふくらん
紀の海につつたちみゆる[火+朱]の**虹**

(9)　①藤本久兵衛重屋②山本西武編・貞徳跋『鷹筑波集』（寛永十九年1642刊）③巻第四、中④『B—(13)』

⑤P245⑥「虫」と〈虹〉との関連

(10) 雨**龍**を切白雨やたつたやま

①備前安倉玄益—章輔②貞室編『玉海集』（明暦二年1656刊）④『前同』⑤P329⑥cf.〈雨虹〉＝(40)。

(11) 橋がゝり今をはじめの旅ごろも
虹立そらの日和一段

①鶴永②『大阪独吟集』（延宝三年1675刊）③上巻④『A—(3)』⑤P242⑥鶴永＝西鶴

(12) 夕**虹**や羽織の紐にかゝるらん　友雪
もはや降まいさらば出ませう　由平
のぼるのぼる**龍**がのぼるぞ花の山　益翁

①青木友雪②『大阪壇林桜千句』（延宝六年1678刊）③第七「一重桜藍何」百韻中、97句目④『前同』⑤P422⑥「龍」と区別。

(13) 春のけしき**天の浮橋**はし懸
虹たつ空や替りきやうげん

①薬袋子—貞晶②杉村西治編『二葉集』（延宝七年1679刊）③「俳諧新附合千句」一連中④『前同』⑤P506⑥「天の浮橋」との関連。

(14) 見た事がうそに成たる夕日影
虹が消てはもとの天笠

①川野—定俊②『前同』③「同」④『前同』⑤P516

(15) 旧年機石去年見し冨士に明けり　瓢叟（由平生）
ふきわたしたる**虹**すごき梅　椿子

①椿子②『大阪—辰歳旦惣寄』（貞享五年1688作）③「貞享五—戊辰—のとし和吟」一連中④『A—(4)』⑤P577

(16) **虹の根**を池に見初るあした哉

①麦刀②『前同』③「十万堂引附」一連中④『前同』⑤P585⑥「虹の根」の「根」に注意。

(17) 胸先に雲横ッてやよ嵐　風
虹の板紐むすぶ中空　菴

①仙菴②『七百五十韻』（延宝九年1681刊）③「第三」④『B—(15)』⑤P262

(18) 十番
左　勝　菌
虹消てあとを尋ぬる菌かな　勇招
右
うれしさに落馬忘るゝ菌哉　雨閨
左は、

①雨閨②『續の原』天・地（貞享五年＝元禄元年1688序）③「天」（秋）「十番」④『前同』⑤P288—289。⑥判者＝湖春。「解題」に「時代は既に

おもしろく湿をふくめる菌哉
右は
菌狩嵯峨のむかしそをみなへし
よりて左を勝とす。

四番
左　勝　枯野
松苗も枯野に目たつ嵐かな　枳風
右
大橋を枯野にわたす入り日かな
「左の句木枯の吹尽して、苗松のそよ〳〵とうこきたる風のやとりめにたつへき物也。寸松虹梁のすかたをふくみて一句たけたかし。右も又、かれ野の風景見捨かたく侍れとも苗松のかたや目に立侍らん。」(19)

立なから羽を集(コカシ)たる雉子の声　不卜
岫(サキ)は霞に消あへぬ虹　挙白 (20)

勢田にて
夕だちや虹のから橋月は山 (21)

蕉門に移ってゐるが、撰者不卜及び判者は桃青の友人なので、…談林の延長と見做してこゝに収めた」とある。

①（桃青＝判者）②『前同』③「天」（冬）四番④『前同』⑤P290

①擧白②『前同』③「地」一連中④『前同』⑤P295

①山口―素堂②幽山編『誹枕(はいまくら)』（延宝八年1680刊）③「中」中④『B―(16)』⑤P434

雲に雲鉛香会かさねたり
轆轤をひけば虹(オフサ)か、れる
葛城の山より月はころばかせ (22)

菊作り鍬(くは)に薄(すすき)を折添(をりそへ)て　孤松
霧立(たち)かくす虹(にじ)のもとすゑ　ソラ (23)

雪を持樫(もつかし)やさはらに露みえて　挙白
虹のはじめは日も匂なき　キ角 (24)
しずみては温泉(イデユ)を醒す月すごし　ばせを

忘(わする)なよ虹(にじ)に蝉啼(せみなく)山の雪　羽黒本坊 会覚 (25)
杉のしげみをかへりみか月　ばせを

①西鶴②『大矢數』（延宝九年1681刊）③「第八」中④『前同』⑤P495⑥「虹」の訓み「オフサ」と「葛城の山」への連想（著名な西行の虹(オフサ)の歌）に注意。

①曽良②底本『曽良書留』③元禄二年1689六月二日作・歌仙「御尋に」中、4句目④『A―(5)』⑤P314。『雪満呂気』『A―(7)』P629にも出。

①其角②底本『ひとつ橋』③貞享三年三月二十日作・歌仙「花咲て」16句目④『前同』⑤P271⑥後に、蕪村選『芭蕉翁付合集』にこの三句再録。

①羽黒本坊―会覚②底本『継尾集』③元禄二年～元禄五年作・歌仙「忘な

よ」中、1句目④『前同』⑤Ｐ319⑥底本『曽良書留』中、元禄二年六月下旬作・「羽黒ゟ被贈」4句中、1句目もあり『雪満呂気』＝『A―(7)』Ｐ636にも出。

さし汐の門の柱に打よせて　竹
窓を明れば壁に入虹　蕉

(26) ①芭蕉②底本『深川』③元禄五年九月下旬作・歌仙「苅かぶや」中、8句目④『前同』⑤Ｐ364⑥発句の前に「九月廿日あまり、翁に供せられて、浅草の末、嵐竹亭を訪ひて、卒に十句を吟ず。興のたえん事をおしみて、洛の旧友をもよほしそのあとをつぐ」とある。

裾山や虹吐あとの夕つゝじ

(27) ①芭蕉②『もとの水』③元禄四年（以前）作・「画讃」④『B―(1)』⑤Ｐ23

よの船はみな陰にして吉野丸

①芭蕉②『はつ雪独吟』

隅田と真土に虹のかけはし

(28) ③貞享三年・「独吟百韻」中、96句目④『B―(2)』⑤Ｐ495⑥沼波瓊音氏編『芭蕉全集』中「伊藤松宇氏所見芭蕉真跡」と注して所載するもの。

蓑着たる樵子いつの花の虹

(29) ①露宿②其角編『虚栗』（天和二年1682刊）③「改正」一連中④『A―(6)』⑤Ｐ29

夕かくすらん虹の仮橋つくば山

(30) ①揚水②『前同』③「上冬」一連中④『前同』⑤Ｐ45

春晴

海づらの虹をけしたる燕かな

(31) ①其角②其角編『続虚栗』（貞享四年1687刊）③「春の部」〈改正〉一連中④『前同』⑤Ｐ71

虹の根をかくす野中の樗哉

(32) ①鈍可②荷兮編『阿羅野』（元禄二年1689刊）③巻の三「仲夏」一連中④『前同』⑤Ｐ106

(33)
穐(あき)の水 籠(フゴ)に鯰(なまづ)を引揚(ひきあげ)て　仝
纔(わづか)に**虹**(にじ)の残る夕月　風

①杉風②子珊編『別座鋪(べつざしき)』（元禄七年1694刊）③「採茶菴月興(さだあんげつきょう)」36句中、14句目④『前同』⑤P379⑥「仝＝滄波」

(34)
大空や**虹**(にじ)のとまりは雲の峰

①東山②泥足編『其便(そのたより)』（元禄七年1694刊）③「下」〈旅立(だつ)人に〉一連中④『前同』⑤P435

(35)
手を負(おう)て**虹**(にじ)を吹出(ふきだす)鯨(くじら)哉

①柳水②『前同』③「下」中④『前同』⑤P435

(36)
稲妻に座を渡してや消(きゆ)る**虹**(にじ)

①正秀②支考編『笈日記』（元禄八年1695刊）③「秋」3句中、2句目④『前同』⑤P461

(37)
象潟や**虹**の行衛(ゆくへ)を秋の雲

①浮木②伊東不玉編『継尾集(つぎをしふ)』（元禄五年1692刊）③「巻之二」一連中④『[A]—(7)』⑤P29⑥序に「継尾とは私漢に心ざしを継(つげ)るの謂(いひ)ならし。」とあり、この一連の冒頭に蘇東坡の七言絶句がある。

(38)
秀衡三代ノ廟、堂ノ下ニ体ヲ納ム。経堂木尊文殊。一切経二通紙金泥。宝物、水晶ノ生玉・竜の牙歯・秀衡太刀・義経切腹九寸五分(くすんごぶ)。

白山権現・薬師堂・八幡宮・姥杉十五抱(かかへ)此外古跡多シ。中尊寺ヨリ案内なくては不叶(かなはず)。

○金堂や泥にも朽(くち)ず蓮の花
○田植らがむかし語や衣川
○軍せん力も見えず飛(とぶ)ほたる
○**虹吹て**ぬけた涼し龍の牙

①桃隣②桃隣撰『陸奥鵆』（元禄十年1697刊）③「松嶋弁」一連中④『前同』⑤P246⑥〈虹〉と「龍」との関係に注意。地の文（俳文）との関係も考慮。また「虹吹きて」に注意。

(39)
稲妻にけされて出ぬか宵の**虹**

①稚志②惟然編『二(じ)えふ集(しふ)』（元禄十五年1702刊）③「穐」一連中④『前同』⑤P355

(40)
雨虹の消(きえ)うき(消)えじやほと、ぎす

①素民②去来・卯七共編『渡鳥集(わたりどりしふ)』（元禄十五年1702刊）③「昼巻」〈夏部〉一連中、9句目④『前同』⑤P402⑥⑽と比照。

蚊屋越しに**虹**見る朝の涼(すずみ)哉

(41) ①千雀妻②『前同』③前同一連中、87句目④『前同』⑤P405⑥後に、蕪村輯『たまも集』に選ばれて「夏之部」に再録。

田の畔(あぜ)や**虹**(にじ)を負(せお)(ひ)ゐて啼蛙(なくかはづ)

(42) ①去来②『去来句集』④『A—(8)』⑤P246⑥「蛙」との関連に注意。

青蓼(あをたで)や雱(はう)とつき立**虹**(たつにじ)の下

(43) ①朱拙②『七異跡集』③「青蓼」④『前同』⑤P512

虹立(にじたつ)や寐た内すぎし五月雨(さつきあめ)

(44) ①助然②『続山彦下』④『前同』⑤P579

村時雨(むらしぐれ)中に立(たち)たる**虹**(にじ)ひとつ

(45) ①千川②『春の鹿』④『前同』⑤P607

虹立(にじたつ)や釣(つり)してあそぶ鼻の先

(46) ①史邦②『菊の道』④『A—(9)』⑤P205

涼しさや白雨晴てあとの**虹**

(47) ①湖龝②『鵲尾冠』（享保二年1717刊）③「納涼」一連中④『B—(7)』⑤P127

立初る**虹**から山のにしきかな

(48) ①無外②『北國曲』（享保七年1722刊）③「貞亭」④『前同』⑤P336

夕虹にまた鳴あがる雲雀かな

(49) ①南甫②『桃舐集(ももねぶりしふ)』（元禄九年1696刊）③「春」一連中④『B—(8)』⑤P373。路通撰。

後藤氏梅従へ、嶋月坊の文台をゆづりて

夕虹や一字を命月と華

(50) ①野坡②『野坡吟艸集』（宝暦九年1759刊）③「巻之上前編」〈春の部〉④『前同』⑤P441

東山の花に

ゆき〱て**蝀**(ニジ)の根ひくし山櫻

(51) ①言水②『初心もと柏』（享保二年1717刊）④『B—(11)』⑤P7。⑥池西言水の自選句帳。

朝虹やあがる雲雀のちから草

(52) ①素堂②「山に素堂句集」③「春」一連中④『前同』⑤P169。⑥「解

題」に「『五子稿』より採って収める」とある。

(53)
海岸寺にて
虹の根をたしかに見たる青田哉

①吟水②『浪化上人発句集』（浪化＝元禄十六年1703没）③付録「夏の部」中④『B—⑿』⑤P440

(54)
北窓後園ニ
くれなゐの心のこりて爪に**虹**　徑
うはの空なる戀（コヒ）は木夾子（ハサミ）　白

①暁白②其角編『類柑子』（享保四年1719刊）③「北窓後園ニ」中④『前同』⑤P548

(55)
嵯峨本（さがほん）の筆もかしこき御教（おんをしへ）　竜
天へ橋あり尼寺の**蝃**（にじ）　雪

①玉雪②東鶩編『金龍山』（正徳二年1712刊）④『A—⑾』⑤P17⑥「天橋」との関係に注意。

(56)
結びめの月にほどけし**暮の虹**　買笑
洗（う）ふた馬をよごすよこ雨　秋高

①秋高②淡々編『其角十七回（きかくじふしちくわい）』（享保八年1723刊）③「四〃四（よよし）」一連中④『前同』⑤P177

(57)
巻中の一興
むかし此池に大（だい）―蛇住（じやすみ）けり　乙澄
修覆（シュフク）のまなこ**虹**（ニジ）を詠（ナガ）むる　龍谷

①龍谷②魚川編『春秋関（しゆんじうのせき）』（享保十一年1726刊）④『前同』⑤P186

(58)
初虹（はつにじ）は髪結（かみひ）襷（たすき）にかけられて　雨調（うてう）
残る鮍（こち）さへ店に淋しき　長水（ちやうすい）

①雨調②『梨園（なしのその）』（享保十六年1731成）③「春部」一連中④『前同』⑤P283

(59)
誹諧信折歌（しをりうた）百首
（前略）
非生類　**虹**。嵐。遊ぶ。長閑（のどか）。もふたつあり栖（スミカ）。住居。や行衛（ゆく（方））行（ゆく）すゑ

①沾涼②沾涼著『鳥山彦（とりやまひこ）』（享保二十一年1736刊）③「誹諧信折歌百首」中④『前同』⑤P323⑥紹巴の去嫌（さりぎらひ）二百余首の歌を種とし、『御傘』『山の井』等より拾いて三十一文字に並べたもの。

(60)
湖水眺望　房行（沾涼事）
むら雨のそなたいはれて**夕虹**のひとつにつゞく瀬田の長橋

①房行②『前同』③「秋の部」中④『前同』⑤P339

(61)
夕虹を分（わけ）て戻るや鰹釣

①素外②紀逸編『夏つくば』（元文二年1737自序）③「下」中④『前同』⑤P364

(62) 佐保姫は海の山のと悋気して　沙鳥(さてう)
空にも恋はある**虹の橋**　烏角(うかく)

①烏角②盧元坊編『滑江話(ゐかうばなし)』(享保二十一年1736自序)③「三」—越中・冨山連中—中④『前同』⑤P386⑥「恋」「橋」

(63) **夕虹**やそれから照(てつ)って百日紅(さるすべり)　許夕

①許夕②『前同』③「五」—与板—中④『前同』⑤P414

(64) **天の浮橋・夢の浮橋**・白川の関…

①貞山②『俳諧其傘(はいかいそのからかさ)』(元文三年1738刊)③(64)=「非水辺部」(65)=『附リ雑の詞』(『前同』)⑤(64)=P448 (65)=P457⑥(64)と(65)の区別、また(65)は、四季の詞から除かれ「雑の詞」に分類さる。(貞門流の作法書)

(65) **虹**(初虹は春。)・旱(ヒデリ)・雷・電・榧・…

(66) **虹**(にじ)を吐(はい)てひらかんとする牡丹かな

①蕪村②『遺稿稿本』(天明四年1784〜享和元年1801の頃成るか?)③「牡丹」一連中2234④『[A]—⑫』⑤P149⑥『蕪村遺稿では「夏の部」に分類。

(67) 暮かゝる舟路の大堰(おほゐ)桂川　仙
紫おしむ**虹**(にじ)のきえぐ　夫
葬礼を花の台(うてな)と誉(ほめ)そやし　み

①周夫②蓼太編『七柏集(ななかしはしふ)』(天明元年1781刊)③「芭蕉菴興行」一連中④『[A]—⑬』⑤P250⑥「葬礼」への連想。

(68) 此うへはあらじの苗のみどりかな　蓼太
虹引わたす梅雨の夕晴　司丸

①司丸②『前同』③「雪旦舎(せったんしゃ)興行」一連中2句目④『前同』⑤P252

とちらへか**虹**はなくれて花樗　[C]—(1)

①滄波②斗墨編『巳のとし夏句集』(天明五年1785刊)④[C]—(1)

(69) つかうどにいわれて旅の渡し乗(のり)　董
真向ふ山に**虹**(にじ)しばしたつ　宇
西窓の阿弥陀に頭(かしら)かたぶけて　美

①麦宇②几董編『続一夜松前集(ぞくいちやまつぜんしふ)』(天明六年1786刊)③「於浅草随時舎興行」一連中④『[A]—⑬』⑤P295

(70) 向ふでも**虹**(にじ)を見て居る昏(くれ)の月　眉充(びじゅう)
木屋町(きやまち)筋の柳ちる比(ころ)　董

①眉充②『前同』③「於承松庵興行」一連中④『前同』⑤P296

鶴一羽淡路の雲にかくれけり
虹蜺あらはる丶ひんがしの方

啼そむる日和せはしい蝉の声　峯
虹も涼しき紅の乗掛　棠

題　橋
虹たる丶もとや樗の木間より

虹の根に雉啼雨の晴間かな

初かりや鵜殿わたりの**虹**の末

(71) ①几董②几董編『続一夜松後集』（天明六年1786刊）③「敏馬浦五仙窓興行」一連中④『前同』⑤P321

(72) ①東棠②既白編『千代尼句集』（宝暦十四年1764刊）③「対ニ加陽千代女一」一連中④『前同』⑤P355

(73) ①召波②維駒編『春泥句集』（安永六年1777刊）③「夏の部」中〈若葉〉と〈祭〉の間に配されている。④『前同』⑤P410

(74) ①几董②几董著『井華集』（寛政元年1789刊）③「客中野遊吟」3句中3句目④『前同』⑤P502⑥明和七年～天明七年作

(75) ①嘯山②三宅嘯山著『葎亭句集』（享和元年1801刊）③「秋の部」中〈雁〉一連中④『前同』⑤P621

露しぐれ我目にのみや**虹**のさす

春やむかしの畑の畑右衛門
腹病の杖にはなれて狂ふらむ
ふり向かたの**虹**をふき切

曲笠万句
初虹や長点かくる筆はしり

伊吹山　此山の神姿など思ひ出
朝虹も伊吹に凄し五月晴

(76) ①前同②『前同』③「秋の部」中〈露時雨〉一連中④『前同』⑤P623

(77) ①和専②『延享廿歌仙』（延享三年1746刊）③「第十五―和専」④『B―(19)』⑤P111 ⑥家元格の宗匠がその独吟歌仙を持ち寄ったもの。

(78) ①哲阿弥②『哲阿弥句藻』（寛政十年1798刊）③「春の部」④『B―(23)』⑤P46⑥天明三年の月成の序文あり。談林風通人の洒落気分の句。書画に通ず。

(79) ①麦水（天明三年1783没）②『樗庵麦水発句集』③「夏の部」〈乾坤〉中④『B―(24)』⑤P527

(80) **虹の根**もさがし当(あて)けり紅(べに)の華(はな)

①従古②雲水僧既白著編『蕉門(せうもん)むかし話』（明和二年1765—蓼太・蝶夢序）③「地」＝撰集編④『A—(14)』⑤P109

(81) **夕虹**やおなじ谷から雉子の声

①左菊②二夜庵闌更著編『有の侭(ありのまま)』（明和六年1769—梨一序）③撰集編④『前同』⑤P158

(82) **夕虹**や小松が下の雉の声

①竹宇②嚏居士一音著編『左比志遠里(さびしをり)』（安永五年1776刊）③撰集編④『前同』⑤P325

(83) 垣津旗(かきつばた)よりあの**虹**(にじ)は起りけん

①小林一茶②発句・(83)＝『寛政句帖』（寛政六年1794）(84)(85)(86)＝「西国紀行書込」（寛政年中）(87)(88)(89)＝『文政句帖』（文政七年1824）④『A—(15)』

(84) **夕虹**(ゆふにじ)ニ日のけばけばし花木槿

(85) 夕紅葉(ゆふもみぢ)谷**残虹**(ざんこう)の消かゝる

(86) 山ハ**虹**(にじ)いまだに湖水(うみ)は野分哉

⑤P24・30・31・205

(87) **初虹**(はつにじ)や左り麦西雪の山

(88) 昼寐るニよしといふ日や**虹**はじめ

(89) **初虹**(はつにじ)もわかば(若葉)盛りやしなの(信濃)山

(90) 久かたや**虹**(にじ)に旭(あさひ)の横たふて　、
稲掛竿(いねかけざを)をすだれけり月　歩

①小林一茶②連句・(90)＝一茶(91)＝一茶(92)＝素外③(90)＝「解分て」（歌仙）寛政年中(91)＝「我の〻歟」（歌仙）享和元年三月(92)＝「痩蚤の」（歌仙）文政十年閏六月④『A—(15)』⑤(90)＝P253 (91)＝P256 (92)＝P401

(91) 貝がら(殻)の庇(ひさし)も由良(ゆら)の湊也　春耕
梓(あづさ)の皃(かほ)にうつる**夕虹**　茶

(92) **夕虹**(ゆふにじ)の思ひ通りに引張(ひっぱつ)て　、
湖の小隅に気に入(いっ)たまつ(松)　茶

(93) **虹の輪**や比良の高根を筋違に　、
撰集に入りし乞食の菴　茶

①素鏡②連句③「たねおろし」（文政九年）④『B—(26)』⑤P184

(94) **虹立**(にじたつ)やしぐれの迹(あと)の三笠(みかさ)山　夢半

①笛堂—夢半②一茶編『たびしうゐ』（寛政七年1795刊）④『A—(15)』⑤P602

(95) 鵙(もず)なくや筑波をまたぐ**日和虹**(ひよりにじ)

①里丸②一茶編『三韓人』

（文化十一年1814刊）

(96) あさ虹や寒たけ立し箱根やま

(97) かけ初し虹鳴崩せ雉子の聲

(98) 朝虹に春を諷ふて人の来る

①(96)＝洞々　(97)＝子龍　(98)＝不磷②洞々撰『的中集』（文化十三年1816刊）④『B―(27)』⑤(96)＝P288　(97)＝295　(98)＝303

(99) け（ニシヤッタ）さ虹（ナヨツ）をかけ（アツケ）しともいふ柳（イタキシユク）かな

①乙二②松窓乙二編『斧の柄』（文化六年1809刊）④『B―(28)』⑤P410⑥ルビのカタカナはアイヌ語の語釈。④の解説中には、〈虹〉は「トヨツ」、「いふ」は「イタキ」とある。因みに、標準的アイヌ語では〈虹〉はrayóci（ラヨチ）である。

(100) 筆（フテ）すらも學（マナハ）ん花間洩（ハナマモラ）すてふ
眺（ナカメ）そみしに虹（ニシ）見（ミ）そめかな

①素更②素更著『俳諧（はいかい）廻文帖（くわいぶんでう）』（文化六年1809刊）③「其三」④『前同』⑤P567⑥連句の約束を守った廻文の歌仙。

◇―――俳補―――◇

A

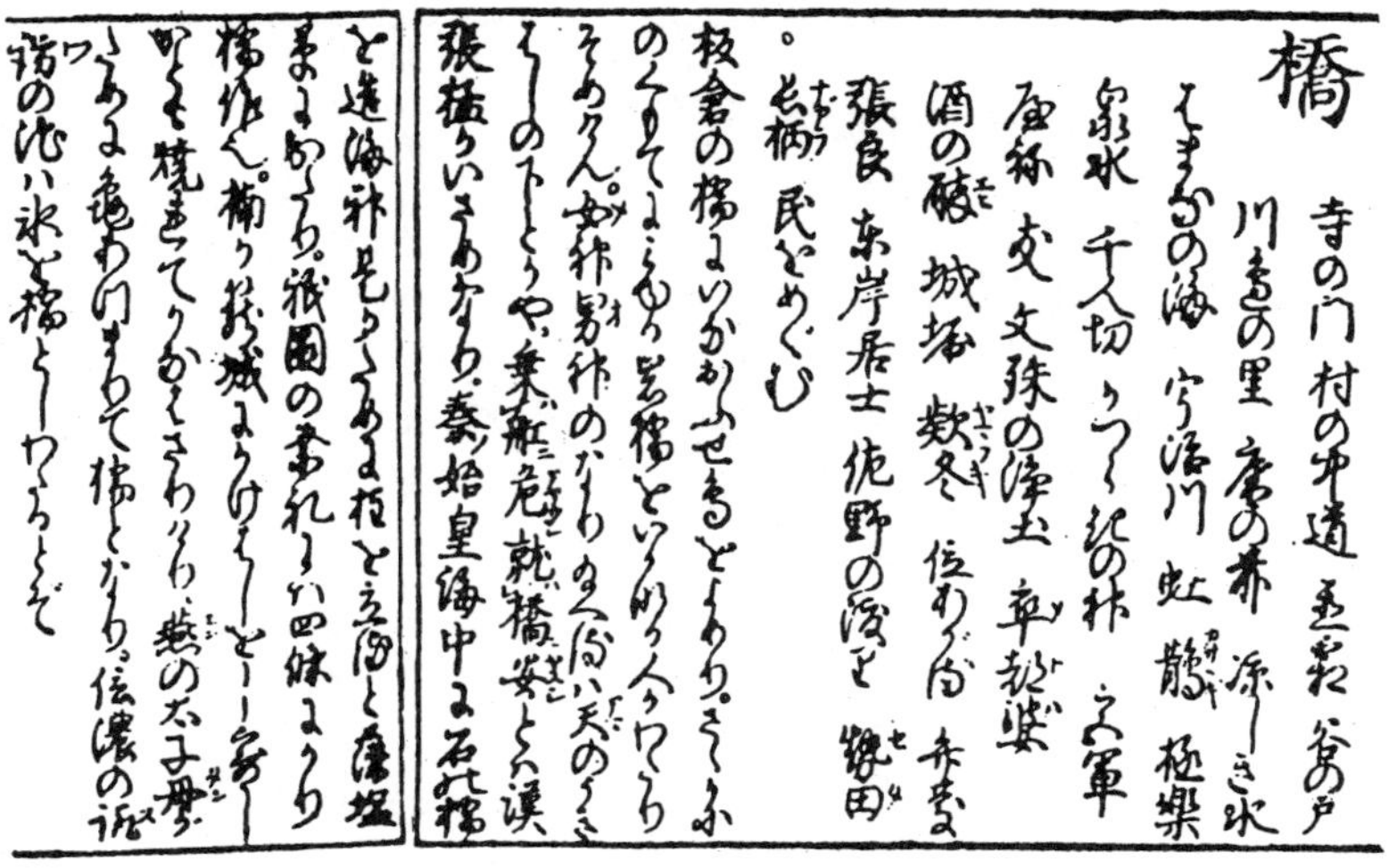

B

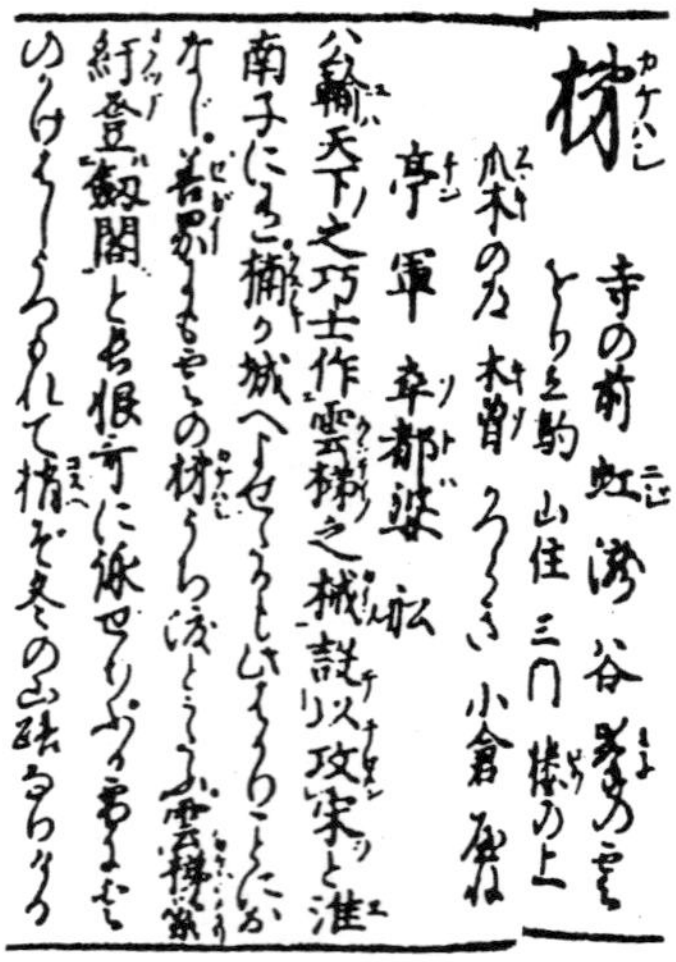

棧 カケハシ
寺の前 虹
八輪天下ノ之巧士作雲梯之械

C

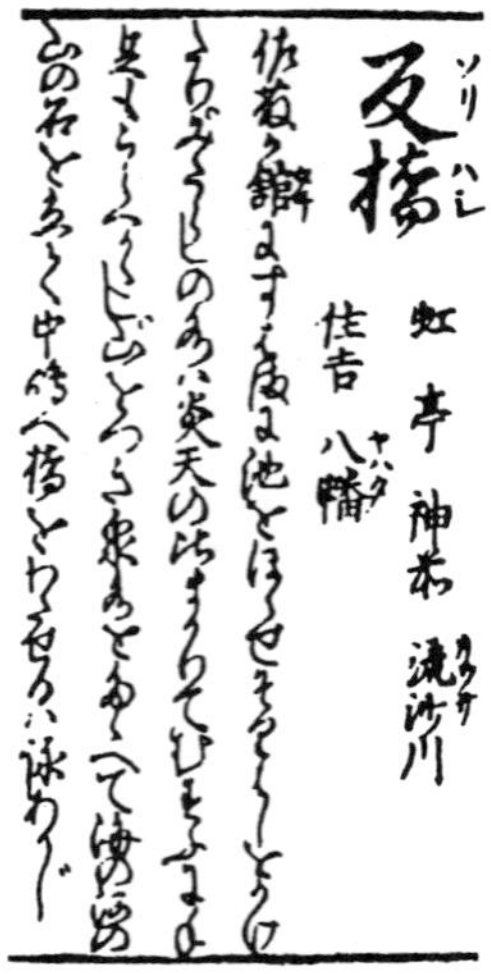

反橋 ソリハシ
虹 亭 神木 流川
住吉 八幡

D

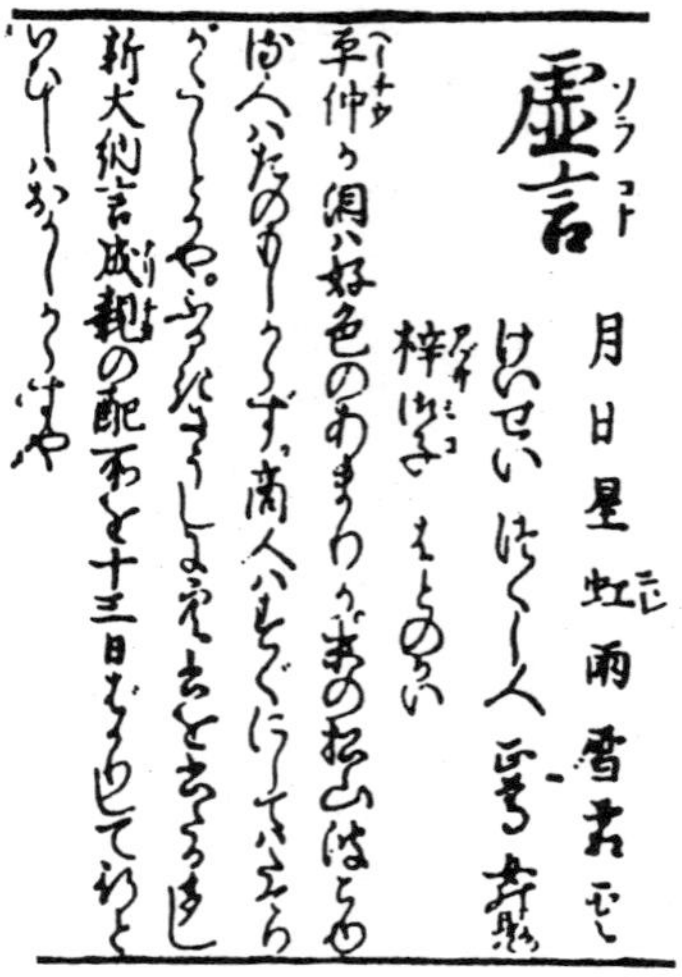

虚言 ソラコト
月 日 星 虹 雨 雪
新大納言成親の

E

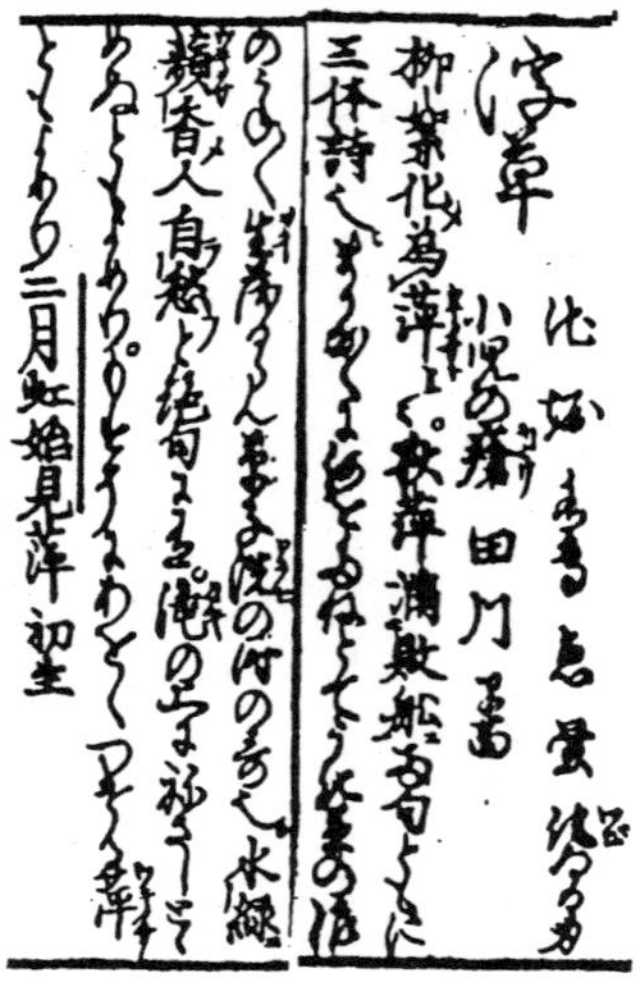

浮草
柳絮化為萍
三体詩
二月虹始見 萍初生

F

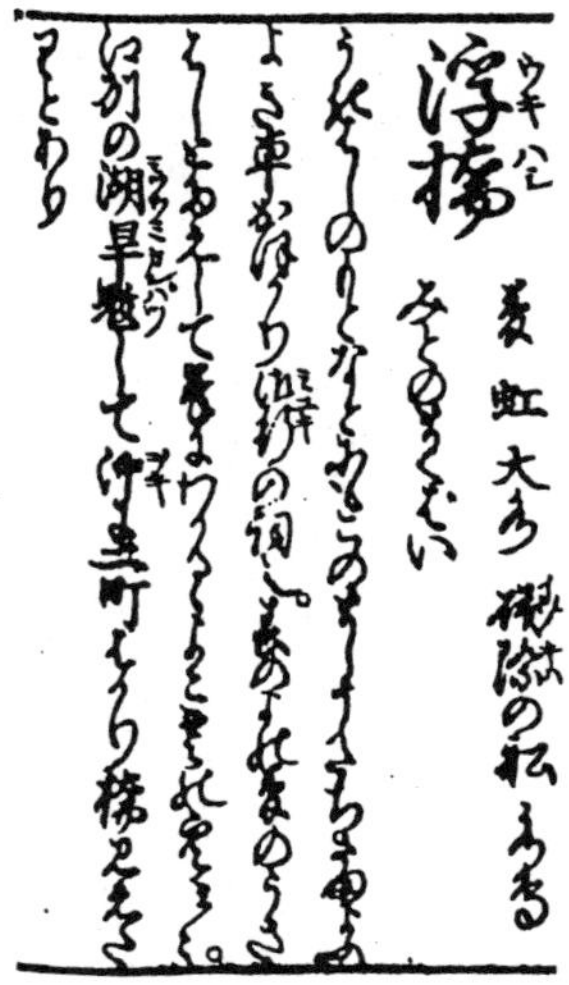

G

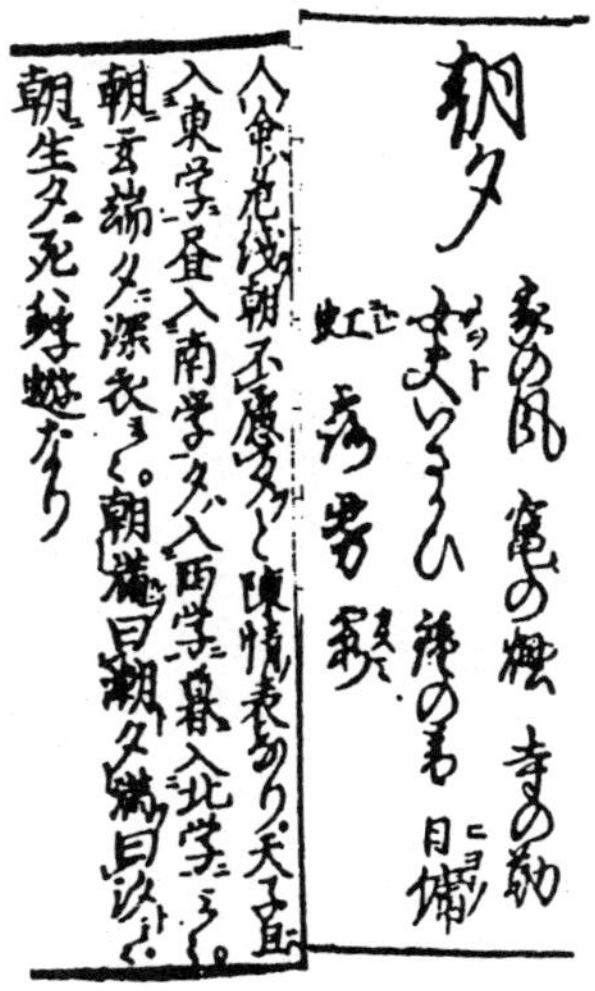

H

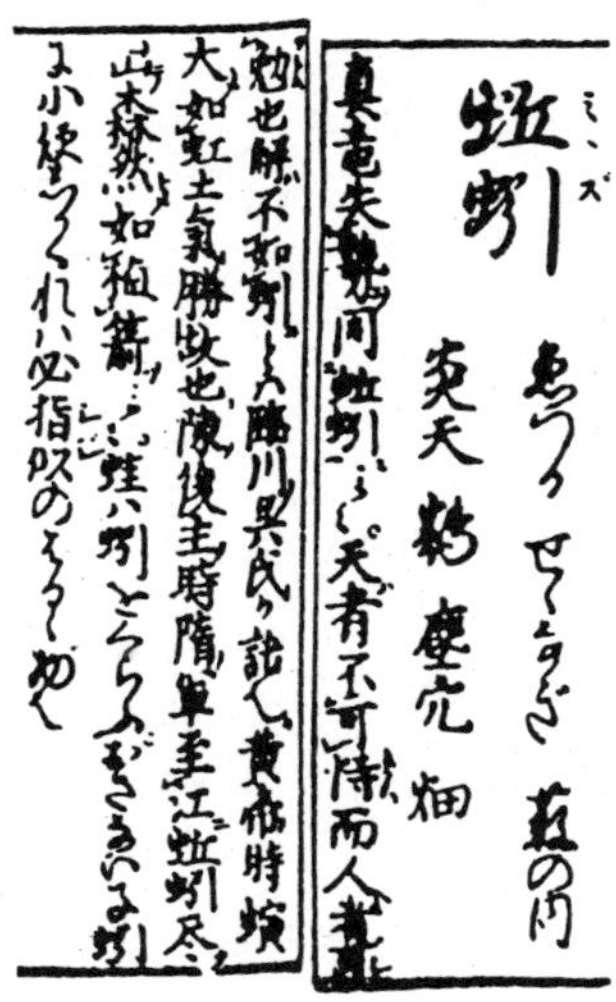

I

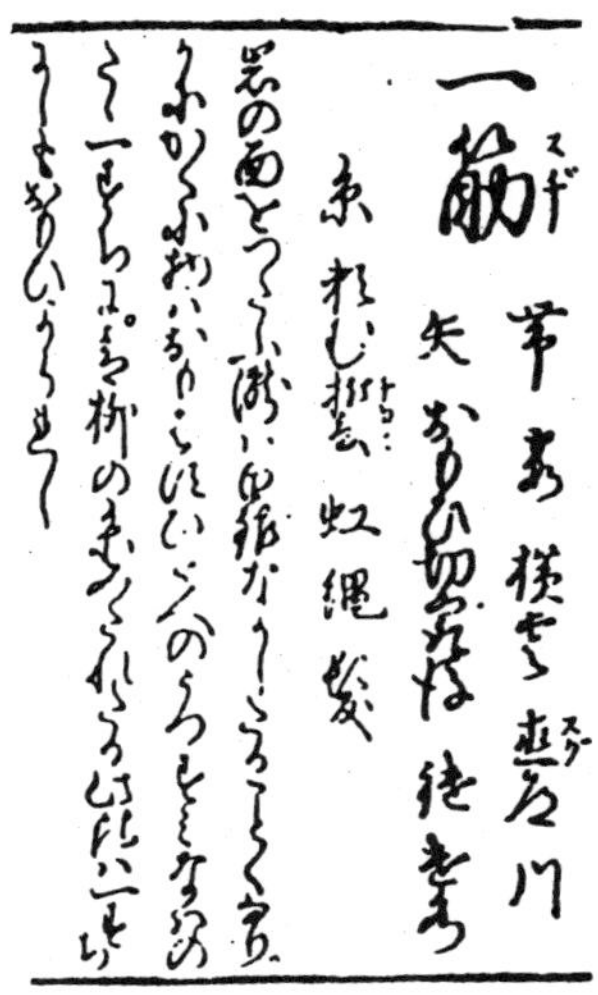

J

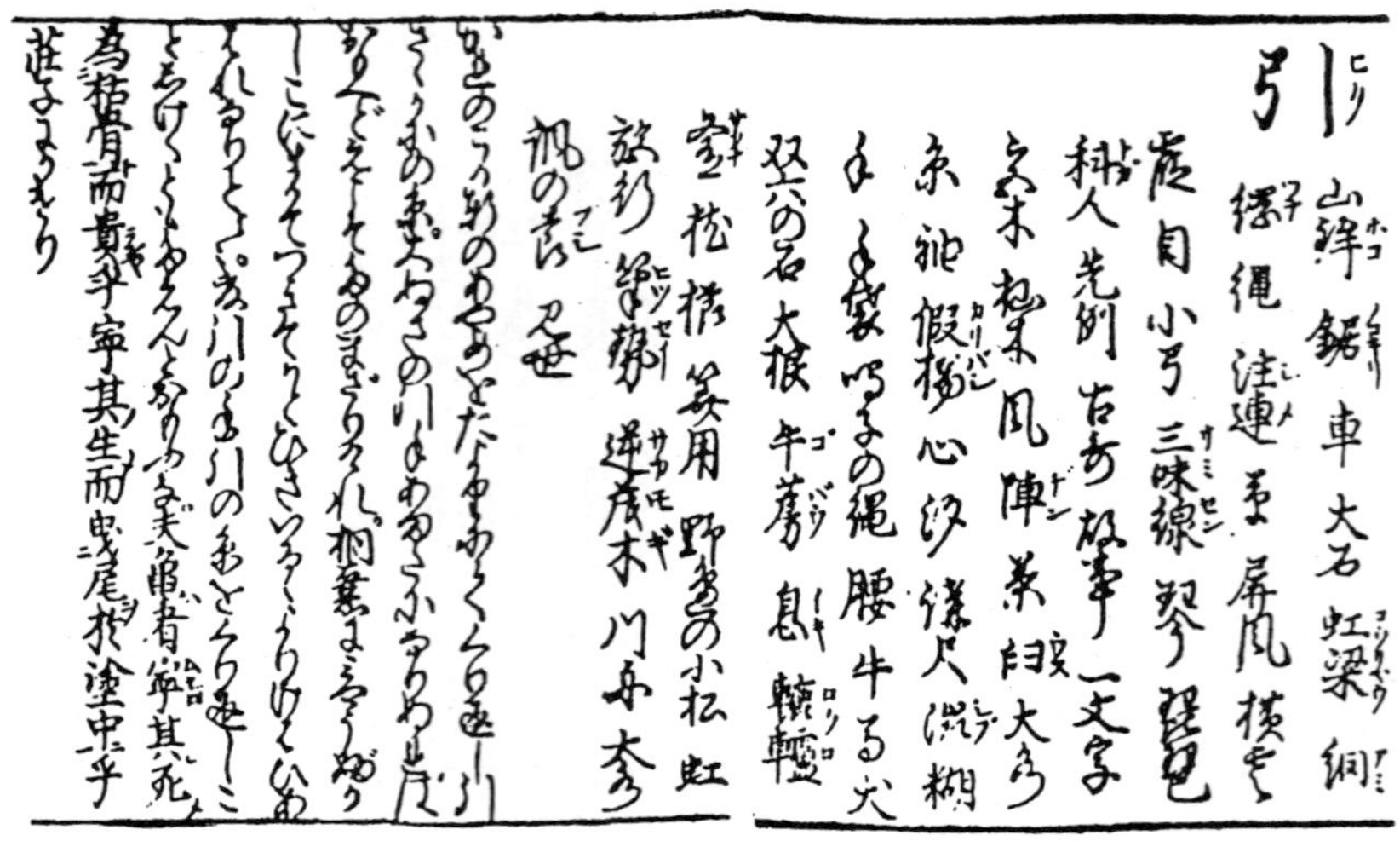

私註〔一〕『俳諧類船集』〔二〕A＝ハ一37オ　B＝カ二57ウ　C＝ソ三34オ　D＝ソ三36ウ　E＝ウ四17ウ　F＝ウ四18ウ　G＝ア六上4ウ　H＝ミ六下82オ　I＝ヒ七15オ　J＝ヒ七18ウ〔三〕俳諧付合集〔四〕延宝五年（1677）〔五〕高瀬梅盛〔六〕野間光辰監修『俳諧類船集』―近世文藝叢刊1―（昭50、般庵野間光辰先生華甲記念会）〔7〕P41・147・196・198・251・252・396・477・527・530〔八〕底本＝京都大学文学部所蔵本

〔考〕近世前期に編まれた俳諧における「連想語」集である。特に日本文藝一般に関してはFが興味深い。古代より庶民の心を底流する文化として。

分析・考察

一、古典（近世）俳諧における〈虹〉について、まず数量的な面からみると、管見に入ったものは上掲100（含(63)）であり、さほど多いとはいえないようである。それでも同期の和歌と比べれば4倍近い数字にはなろう。（和歌＝27首）　この期は、〈虹〉にかかわる太古的（稿者のいう「一次的認識」[注1]）マインドコントロールから、かなり解放されつつある時期でもある。近世も中期といえば、西洋ではニュートンの〈虹〉に関する光科学的成果が花々しく発表されている時期であるが、鎖国というわが国の特殊事情によって、その影響は少ないとみてよいであろう。すなわち、独自に比較的科学的スタンスをもつ古辞書・類書類との知的交渉もあろうが、ニュートンとは別に、〈虹〉の一次的認識から抜けつつあったのであろう。資料(59)（＝「誹諧信折歌百首」1736）中に〈虹〉を「非生類」としているのも一証であろう。ただしこれを逆説的にみれば、世の民俗にはまだ「生類」的認識が残存しており、その警鐘の言ともとれる。

二、もともとは、虹、虹蜺(71)、蝀(ニジ)(51)、螮(55)、等も偏が示すごとく、明らかに一次的（動物的）認識によったものであるが、ここではかなりその内容は薄められている場合が多い。「蝀(ニジ)」「螮(ニジ)」はペダンチックな感覚による用語法によるもので、「蝀」など、「蝀の根」とすると、「蝀」は動物で「根」は植物で辻褄が合わない。要するに深い考えに基づいているのではないのである。

とまれ、〈虹〉の一次的認識（太古的、動物的＝爬虫類的、蛇的）の片鱗と見られるものに、

(57)　(34)—(37)　(20)—(75)—(81)—(82)—(97)　(49)—(52)　(71)　(75)　(95)　(25)

(40)（雨虹）≒(10)（雨龍）　(79)

がある。

(57)は「池の大蛇」と呼応しており、(34)は「とまり」、(37)は「行衛(ゆくへ)」との表現の奥に動物的認識が感じられる。(20)〜(97)は「雉」に、(49)〜(52)は「雲雀」に、(71)は「鶴」に、(75)は「初かり」・「鵜」、(95)は「鵙(もず)」に、との連想・連繫によるものである。即ちこの「鳥」類の天敵たる「蛇」系（天蛇）認識が眼目となっており、その妖気を含めて鳴声を刺激する文藝的根拠としているのであろう。単に〈虹〉の出現、即ち雨上りを歓ぶ姿—の写生というのではなかろう。(25)の「蝉」との関連もその類想・連想とも考えられなかろうか。(40)も「ほととぎす」と対置しており、(10)の「雨龍」と同類認識即ち、動物的認識が隠れている。(12)の「夕虹」と二行後の「龍」との関係も同類意識か。(79)の「朝虹の伊吹に凄し」の「凄し」の心は「神威あるものの動態」を見ているようでもある。(22)の〈虹＝オフサ〉は、柳田説によると蛇類とされるが、ここでは次の「葛城」、著名な西行の「葛城のオフサ〈虹〉」歌を連想させる知的な言葉遊びの要素が強く、一次的認識は薄かろう。逆に、

(38)　虹吹てぬけたか涼し龍の牙　　桃隣

(66)　虹(にじ)を吐(はい)てひらかんとする牡丹かな　　蕪村

等、斬新な句の奥に〈虹〉の古代的妖気が蠢めいている。

三、グローバルに見ても、〈虹〉の二次的認識による典型的なものは「橋」型（ロ—Ⓐ3）発想である。俳[補]に掲げた、俳諧における連想語集たる『俳諧類船集』のA＝「橋」、B＝「梯(カケハシ)」、C＝「反橋(ソリハシ)」、等にもこのことが現れている。作品では、

(8)・(21)・(28)・(30)・(55)・(60)・(62)

にみられる。(8)—(62)共、「天上の恋」と絡ませている。かく、恋・エロスが滲出するのは、形状的には二次的認識でありながら、性状的には、一次的すなわち「蛇」系の属性を秘めているからである。「橋」型ではないが、(54)にも同質のものがみられる。

「橋」型に準ずるものとして

(32)—(73)—「[C]」—(1)

がある。共に「樗」と関係している。樗の字の旁の「雩」は、中国では〈ニジ〉を意味している。また「樗」は、「中古・獄の門に植えて咎(とが)人の首をさらしかけた木」（『日本国語大辞典』、小学館）という。とすれば、土葬系民俗を背景として、樹木（樗）—虹、との連結により霊魂昇天の通路を暗喩しているのであろう。けだし(73)の題も「橋」である。

近世という武家時代が反映した特質すべき喩的表現は、(2)の句にみられる武具「朱(しゅ)ざや」である。(3)(4)(7)にも「刀剣」が隠れていよ

う。英語のRain－bow（雨—弓）的発想である。

四、〈虹〉の「出現」・「存在」・「消滅」を示す語は、それを終止形で示すと、

たつ(9)他　立つ(11)他

ふ（吹）く(38)・ふきわたす(15)　吐（は）く(27)(66)

出づ(39)　吹き出す(35)　入る(26)　あらはる(71)

起る(83)　かけ初む(97)　かく(99)　見そむ(100)

そ（反）る(3)(5)　かゝる(12)(22)　むすぶ(17)

ゆ（行）く《へ》(37)　ほど（解）く(56)　つゞく(60)

引きわたす(68)　引っ張る(92)　またぐ(95)　さす(76)

消ゆ(14)他

と、かなり多彩である。和歌より豊富である。「たつ」・「立つ」は「出現」の場合も、「存在」の場合もある。現在完了のような感触のものもある。とまれ、仮名の「たつ」の方は定かではないが、「立つ」と明らかに漢語表記されたものは、本来の「神威あるものが顕現する」の意の「顕つ」から変容している。古意とも完く無関係でもなかろうが、樹木的植物的認識が動いているようである。多出する「虹の根」とも関係があろう。

「ふ（吹）く」については、『増補俚言集覧』（＝[62]）に「京都にては虹がたつと云江戸にては虹がふくと云」とある。これとは主客が異なるが、〈虹〉を吹き出すのは、古代中国文化では（ただし白気で白虹であるが）、『霏雪録』（＝[12$_2$]）や漢王墓帛画中の三ヶ月上に見られるごとく、「ガマ」または「ヒキガエル」である。唐の元稹詩に「蟲蛇吐雲氣。妖氛變虹蜺。」（＝[17]—(8)^1）ともあり、歌舞伎の名作「児雷也」のガマの妖術と深山谷間に懸る〈虹〉との関係も同様であろう。とすれば、(9)の「難波あたりで虫やふくらん」に続く「炑の虹（にじ）」や、(42)の〈虹〉と「蛙」の配合の妙も理解できよう。(35)の「鯨」も実景による類想であろう。

因みに、「鯉のぼり」と併設される「五色の吹き流し」も〈虹〉の象形であろう。

五、(64)・(65)は、貞門流の作法書のものであるが、「天の浮橋・夢の浮橋」と〈虹〉とは区別して部立されており、(65)は四季の詞から除かれ「雑の詞」に分類されている。すなわち別々の認識のようであるが、『俳諧類舩集』（俳[補]）では、F「浮橋」の連想語に「夢」・〈虹〉があり、時代的巨視的に見れば両者はあながち無縁とは思えない。

六、〈虹〉と「花」との関係は、(29)に形容語として「花の虹」、配材として(63)に「百日紅［さるすべり］」、(66)に「牡丹」、(80)に「紅（べに）の華（はな）」、(84)に「花木槿」、(83)に「垣津旗（かきつばた）」、(27)に「つつじ」がある。彩鮮やかな花々である。(27)の「つつじ」との取り合わせは、和歌の世界の増基法師(注2)の歌と照応されて興味深い。この歌は(48)の「から山のにしき」の表現とも照応する。

七、次に、〈ニジ〉に関して、熟語的形容語をも含む語彙的な面を見ると、

虹（虹（にじ））、虹（オフサ）、虹（ナヨツ）、蝀（ニジ）、螮（ニジ）、虹蜺（にじ）、初虹、虹はじめ、朝（あさ）虹、夕虹、暮の虹、日和虹、雨虹、（雨龍）、虹の輪、虹のもと（本）すゑ（末）、赤き虹（にじ）、そり（つ）たる虹、消ゆる虹、残虹（ざんこう）、虹の橋、虹のかけはし、花の虹、虹の板紐、虹梁、虹の根

等がある。古典私歌に比すればやや豊富ともみられるが、中国の(注3)〈ニジ〉の語彙に比すればものの数ではない。しかし、本ジャンル特有

と思われるものも散見される。——線を施したものが、凡そそれにあたろう。

「虹梁」は、勿論、中国にもみられるが、一般的な建築用語で、薬師寺の東塔ほか、軍記物語（cf. 92₁）、『犬枕』（cf. 95）、『名歌徳三舛玉垣』（cf. 101）、等にもみられるものである。

「虹の根」という表現が多出している。(16)・(32)・(53)・(74)・(80) これは古典和歌の世界には見られないものである。これには「植物的感覚」を含んだ発想意識がこもっていよう。その背景には、天に通じて伸びる「樹木」—憑坐であると同時に霊魂の通路—を幻想する「土葬」系民俗があり、それを淵源とするバリエーションの一つではなかろうか。「末」(75)、「もとすゑ（本末）」(23)、「若葉盛り」(89) の比喩、も類想であろう。

総括すれば、古典（近世）俳諧の世界における〈虹〉は、作品に現われた数自体が、この期以前の文藝に比してやや多くなっている—忌避の度合の減少—と思われることを含めて、質的にも、稿者のいう一次的認識（太古的、爬虫類的・蛇的＝動物的認識）によるマインドコントロールからかなり解かれつつあるようである。しかしその属性は、作者の意識・無意識を問わず作品の内深く潜ませている場合もみられる。このあたりが、作品の鑑賞・批評の要諦となろう。

春　晴

海づらの虹をけしたる燕かな　　其角 (31)

などは、二次的認識をつき抜けて、（漢字の「虹」に古代《一次的認識》の形骸を残すのみで）内容的には三次的認識（脱古代的）よりの発想に近い境地より生まれた秀逸であるといえよう。

（注1）拙稿「虹と日本文藝」（八）—比較研究資料通考—参照。

（注2）拙稿「虹と日本文藝」—古典和歌をめぐって—資料(2₁)・(2₂)。

（注3）拙稿「虹と日本文藝」（四）—比較研究資料私註(4)—所収、21。

虹と日本文藝（十九）

——近代俳句撰集『俳句三代集』をめぐって——

小　序

本稿は、俳諧史上の近代に花開き、その近代（明治初期～昭和15年）の俳句、二六七六五句を内蔵する『俳句三代集』全十巻を資料としつつ、〈虹〉の語の詠み込まれた句について調査し、その結果を踏まえて、それがどのような感性によって享受され表現されているか―について、比較文化的視座をも混えつつ少しく分析・考察を試みんとするものである。体系「虹と日本文藝」の一角の照射である。なお、資料として採用した『俳句三代集』は、広い展望にたった『新萬葉集』[注1]と同旨の国民的句集として意義がある。

因みに、この撰集の審査員と顧問を記す。

審査員＝青木月斗　阿波野青畝　飯田蛇笏　臼田亞浪　大谷句佛　富安風生　原石鼎　松原東洋城　水原秋櫻子　渡邊水巴　（五十音順）

顧　問＝高浜虚子

『別巻―自由律句集』―審査員＝荻原井泉水　中塚一碧樓

資料・調査

『俳句三代集』（昭和14・5～15・4、改造社）

〈凡　例〉

一、俳句本文中、Ⓐ〈虹〉とⒷその概念に直接・間接に関係する部分の語をゴシック体とした。

二、俳句直下の⑴⑵……は、『俳句三代集』中〈虹〉語を有する句の通し番号である。

三、脚注中の、①＝（作者の居住県名等）と作者名　②＝分類見出し等、③＝巻名　④＝③中の搭載頁

なお②の巻名とその部立は次のごとくである。

巻一＝「春の部」上
巻二＝「春の部」下
巻三＝「夏の部」上
巻四＝「夏の部」下
巻五＝「秋の部」上
巻六＝「秋の部」下
巻七＝「冬の部」上
巻八＝「冬の部」下
巻九＝「新年の部」
別巻＝「自由律俳句集」

初虹や岳陽樓に登る人

(1) ①（東京）尾崎紅葉②「春の虹」③巻一④p190

初虹や雨にぬれたる畑のもの

(2) ①（愛知）浅岡秋甫②「春の虹」③巻一④p190

春の虹鷗ちらして消えにけり

(3) ①（東京）樺山茅里②「春の虹」③巻一④p190

匂はしくぬれし眞砂や**春の虹**

(4) ①（東京）田中背山②「春の虹」③巻一④p190

春の虹からたちの垣つづきけり

(5) ①（滋賀）大河内美沙緒②「春の虹」③巻一④p190

北滿洲警備二句

虹消ゆや蘇聯けはしき相貌を

(6) ①（和歌山）小田黒潮②「虹」③巻三④p171

江岸に蘇聯の**虹**を仰ぎ立つ

(7) ①前同②前同③前同④前同

二つ虹畝火の天(そら)に神ながら

(8) ①（福岡）田代月哉②「虹」③巻三④前同

縁柱抱きて**虹**を仰ぎけり

(9) ①前同②前同③前同④前同

虹まどかなるうるはしき世に謳ふ

(10) ①（東京）室積徂春②「虹」③巻三④p171

釣舟や**虹**立つを見て釣れそめし

(11) ①（大連）竹田双松②「虹」③巻三④p172

夕虹に金堂の丹は古びたり

(12) ①（東京）嶽墨石②「虹」③巻三④p172

町に入りて**夕虹遠く**見返りし

(13) ①（東京）笠羽至水②「虹」③巻三④p172

駒草のぬるるや我も**虹**の中

(14) ①（神奈川）齋藤兼輔②「虹」③巻三④p172

穂高岳まばゆくてはや**虹**あらず

(15) ①（東京）武石佐海②「虹」③巻三④p172

虹立つやふたたび出てきすご釣

(16) ①（大阪）田村木國②「虹」③巻三④p172

夕虹の立ちたる竹の雫かな
(17) ①（山口）桂白雨②「虹」③巻三④p172

虹の輪の中を幌馬車驅り来る
(18) ①（奉天）江川三昧②「虹」③巻三④p172

うすうすと翠微にかかり**虹の脚**
(19) ①（山梨）今村霞外②「虹」③巻三④p172

虹たつや山門に見る海の上
(20) ①（東京）吉川春藪②「虹」③巻三④p172

蝦夷富士の**夕虹**かけて霽れにけり
(21) ①（北海道）飯野晃三②「虹」③巻三④p173

大虹に漕ぎ現はれし船のあり
(22) ①（熊本）緒山默人②「虹」③巻三④p173

虹立つや現はれつつく牧の馬
(23) ①（新潟）齋藤葵十②「虹」③巻三④p173

虹の空首さしのべて山羊鳴けり
(24) ①（愛知）内藤小洋②「虹」③巻三④p173

虹の輪の下に夕餉の豆をつむ
(25) ①（埼玉）鈴木勇之助②「虹」③巻三④p173

大虹の下に遊べる牧の馬
(26) ①（福岡）小柳楚月②「虹」③巻三④p173

夕虹やぬれてもどりし牧の犬
(27) ①（朝鮮）土山紫牛②「虹」③巻三④p173

朝虹の麥の中よりたちにけり
(28) ①（群馬）小池千夜②「虹」③巻三④p173

舟よりも大きなる帆や**虹**の下
(29) ①（東京）兒玉當百②「虹」③巻三④p173

桑摘みがびつしよりぬれて**虹**見をり
(30) ①（徳島）高松瀑人②「虹」③巻三④p173

上海事変
空襲下時計塔より**虹**立ちぬ
(31) ①（台湾）星野露頭佛②「虹」③巻三④p174

東湖より西湖へ**虹**のかかりけり
(32) ①（青森）高橋葦水②「虹」③巻三④p174

高野山
虹澄める檜原に厨子のひらかれぬ
(33) ①（大阪）南口桐花② 「虹」③巻三④p174

奥吉野
大空が狭くて**虹**のかかりけり
(34) ①（鳥取）小谷木水② 「虹」③巻三④p174

夕虹や港都の甍鬱然と
(35) ①（東京）山口小寒樓② 「虹」③巻三④p174

羽田
海の虹エーアポートの屋根に立てり
(36) ①（東京）下村浩一② 「虹」③巻三④p174

峡の虹炭焼の子が出て叫ぶ
(37) ①（和歌山）小森月緒② 「虹」③巻三④p174

芦むらにうすれかかりぬ**虹の端**
(38) ①（東京）石原舟月② 「虹」③巻④p175

スペインマドリードへの途上
虹立つ野羊のむれは遠く遠く
(39) ①（京都）松尾いはほ② 「虹」③巻三④p175

虹たつや庭つゞきなる日本海
(40) ①（新潟）佐久間潺々② 「虹」③巻三④p175

朝の虹立ちかはりたる青嶺かな
(41) ①（愛媛）五十崎古郷② 「虹」③巻三④p175

をさなごの**ひとさしゆびにかかる虹**
(42) ①（大阪）日野草城② 「虹」③巻三④p175

虹たたふ子の冷えてゐる裸かな
(43) ①（東京）松村蒼石② 「裸」③巻四④p72

晝の虹消えてよりまた芥子赤し
(44) ①（東京）武内空葉② 「けしの花」③巻四④p412

濱木綿やわだつみかけて**虹の雨**
(45) ①（三重）井田汀風② 「濱木綿」③巻四④p469

征途の船出
八月の大洋**虹**は大またぎ
(46) ①（東京）山下曹子② 「八月」③巻五④p18

いとうすき虹出て消えぬ秋の風
(47) ①（東京）岡本癖三酔② 「秋風」③巻五④p217

紅よりも紫濃しや**秋の虹**
(48) ①（茨城）久保田孤影② 「秋の虹」③巻五④p275

發熱
紅弱き**秋の虹**見てねてゐたり　(49) ①（福井）前川龍二②「秋の虹」③巻五④p275

三四驛越して尚あり**秋の虹**　(50) ①（宮城）泉木犀②「秋の虹」③巻五④p275

蜩や**虹の根**殘る小松原　(51) ①（静岡県）禪合掌坊②「蜩」③巻六④p180

虹鱒の虹さゆと云ふ萩も咲き　(52) ①（北海道）伊藤皓三②「萩」③巻六④p341

濃き虹にぬれてゐるなりすすきの穂　(53) ①（石川）西辻白珠②「芒」③巻六④p354

虹立ちて雨の降りをり曼珠沙華　(54) ①（東京）大曲夢曲②「曼珠沙華」③巻六④p417

幅ひろの虹かかげたり稲の國　(55) ①（福岡）土田素朴②「稲」③巻六④p433

藁塚に冬**虹**たてり目のあたり　(56) ①（島根）山本村家②「冬の虹」③巻七④p265

冬虹の輪に駈け入りぬ昆布馬車　(57) ①（長崎）安延三樹太②「冬の虹」③巻七④p265

鴨とんで今のしぐれの**虹**かゝる　(58) ①（大阪）田村木國②「鴨」③巻八④p251

さゞ波に**寒の虹**消えかいつぶり　(59) ①（岐阜）吉安師竹②「鳰」③巻八④p265

小考

短歌であれ、俳句であれ、選（撰）集を見るときは、その時代とそれ以前の時代の潮流[注2]への理解も勿論大切であるが、選者のコンセプト、それも選歌（句）時点のコンセプト、本稿の場合でいえば、いわば立脚する作句観、または俳論を知ることは同程度に大切である。今、『俳句三代集』を概観すれば、ホトトギス派の標榜する「客観写生」・「花鳥諷詠」指向が濃厚であることは、一読明瞭に感受されうるのである。これは本集が昭和十年代前期に成立し、それ以前の句を収載していることを考えれば当然のことと言えよう。ただし選者の中にも、秋桜子[注3]のようなタイプの、すなわち写生は写生でも、純粋客観写生とやや位相のある、唯美的、情緒的写生をモットーとする人もいる、という事実をも等閑視することは出来ない。すなわち、そのような選者に評価され入集したであろう作品[注4]も見受けられるからである。

さて次に、仮に『俳句三代集』を近代俳句の象徴と位置づけてみれば、その《表現》面において、近代俳句の〈虹〉は、古典俳句のそれと比較して、どのような情況にあるのであろうか。それを既発表の拙稿「古典俳諧における〈虹〉句とその表現[注5]」の資料と比較してみる。その範囲内でいえば、

一、まず〈虹〉の描写表現について見ると、

〈初虹〉＝(1)(2)　〈春の虹〉＝(3)(4)(5)　〈秋の虹〉＝(48)(49)(50)
〈冬虹〉＝(56)(57)　〈寒の虹〉＝(59)

〈朝虹〉＝(28)　〈朝の虹〉＝(41)　〈晝の虹〉＝(49)
〈夕虹〉＝(12)(13)(17)(21)(27)(35)

〈二つ虹〉＝(8)　〈大虹〉＝(22)(26)　〈海の虹〉＝(36)
〈峡の虹〉＝(37)　〈濃き虹〉＝(53)　〈いとうすき虹〉＝(47)
〈幅ひろの虹〉＝(35)　〈ひとさしゆびにかかる虹〉＝(42)
〈虹鱒の虹〉＝(52)

〈虹の輪〉＝(18)(25)(57)　〈虹の脚〉＝(19)　〈虹の空〉＝(24)
〈虹の端〉＝(38)　〈虹の雨〉＝(45)　〈虹の根〉＝(51)

である。この中、近代として目新しい表現は、

〈春の虹〉〈冬虹〉〈冬の虹〉〈晝の虹〉〈二つ虹〉〈大虹〉〈峡の虹〉〈濃き虹〉〈いとうすき虹〉〈幅ひろの虹〉〈ひとさしゆびにかかる虹〉〈虹鱒の虹〉〈虹の脚〉〈虹の端〉〈虹の雨〉

である。かなり表現領域が広がっている。

〈二つ虹〉は、〈二重虹〉、すなわち光科学的にいう〈主虹〉＋〈副虹〉をいうのであろう。また〈虹の脚〉は動物的描写であり、〈虹の根〉は逆に植物的見立て表現である。〈寒の虹〉は〈冬虹〉をさらにつき詰めた表現、〈晝の虹〉は、少なくとも真〈晝の虹〉では有りえない。光科学的にいって、作者の頭上に太陽が来たときには〈虹〉は見えないからである。有るとすれば、それは「写生」ではなく、「幻想」あるいは白昼夢であろう。〈ひとさしゆびにかかる虹〉も、（ホトトギス同人から除名されたこともある）シュールの匂いを纏った俳人らしい「をさなご」の未来への予祝の意をこめた象徴表現である。（「をさなご」の指さす先にたとえ〈虹〉が触れて見えたとしても……）

また、〈虹鱒の虹〉、

　虹鱒の虹さゆといふ萩も咲き　(52)

は、広い意味でいう比喩表現の中の〈虹〉であるが、中七の、清冽な渓水中を泳ぐ虹鱒の〈虹〉の七色の「さゆ」を触媒として、三句「萩も咲き」と、こちらも清艶な美しさをもつ秋野の象徴のような「萩」の花との対照的なバランスをとりつつ、且つ交響しつつ、秋の季感をあますことなく表現している。

二、〈虹〉の「出現」・「存在」・「消滅」を示す表現は、それを終止形で示すと、

「出現」の場合、表記は、

　たつ（(17)(20)(23)(28)(31)(40)(56)）

立つ（⑾⒃㊱㊴㊶㊿④）

が圧倒的に多い。仮名の「たつ」の方は定かではないが、「立つ」と明らかに漢字を混ぜた表記は、本来の「神威あるものが顕現する」の意の「顕つ」から変容している。古意とも完く無関係でもなかろうが樹木的植物的認識が働いているようである。㊶の〈虹の根〉とも関係があろう。古典俳諧におけるケースと同様である。

出る（㊼）

は新出。古典に見えた「吐く」「吹く」は影をひそめている。「出現」と「存在」の両意を含んでいるものに、

かかる（⒆㉜㉞㊳㊷㊽）

他動詞による

かける（㉑㊺）　かかぐ（㊼）

活喩による

またぐ（㊻）

がある。「かかる」「かける」「またぐ」は、すでに古典世界に見られたが、「かかぐ」は管見に入らなかった。ただし、これを「かく」の再活用形とすれば既出。

「存在」プロパーを示す表現は、

あり（⒂㊿）　澄める（㉝）

であり、両方とも新出である。

「消滅」を示す表現は、

消ゆ（⑹㊹㊼㊾）

の一語であり、古典に既出。

前掲中、「存在」プロパーを示す表現で、「あり」「澄める」は、「あり」の方は新出でも平凡であるが、「澄める」は、

虹澄める檜原に厨子のひらかれぬ　㉝

と、幽邃な密教の聖地・高野山で詠まれたもので、作者の造語かもしれないが、よく決ったみごとな造語表現である。

三、㊽㊾は〈秋虹〉の色彩的特性をよくとらえている。とすると㊸の〈濃き虹〉も、その色彩内容は「紫濃き」であろうか。古代中国のいわゆる〈紫虹〉[注6]と通う。

四、近代新出ではないが〈虹の輪〉の表現について少し思いをめぐらせるならば、「輪」といっても「半円径」を表すものと思われるが、古典に、

虹の輪や比良の高根を筋違いに　素鏡

として見られたが、本集搭載の

虹の輪の中を幌馬車驅り來る　⒅

冬虹の輪に駈け入りぬ昆布馬車　㊼

虹の輪の下に夕餉の豆をつむ　㉕

のごとき句、すなわち夢の中の景のごとく美しく「動」的な表現との配材の妙には及ばない。

五、〈虹〉の「季語」表現の問題に関しては、山本健吉氏は「虹を季語としたのは、大正以降かと思う。ただし初虹は春。」[注7]と述べておられる。氏自身の著『基本季語五〇〇選』でも「夏」に位置づけられておられる。『俳句三代集』についてみれば、部立・部類としては、フォーシーズンがあり、それぞれに〈虹〉が出てくるわけであるが、〈初虹〉は、『春の部　上』に分類されている。また、〈初虹〉＝（⑴他）、〈春の虹〉（＝⑶他）〈秋の虹〉＝（㊽他）、〈冬虹〉（＝㊻他）、〈寒の虹〉＝（㊾）、はあるが〈夏虹〉という直截的な表現は見られない。㊶のように、「蜩」との取り合わせで、「夏」と

知れるものもあるが、それにもまして、近代では、〈虹〉は、当然「夏」のもの、「夏」の季語と観じられていて、〈初―〉〈秋―〉〈冬―〉〈寒―〉は、逆に「夏」でないときの〈虹〉、すなわち特化表現とでもみておけばよいのであろう。

六、後年、〈虹〉の名句を多産している井泉水[注8]らの自由律派の作品を収める『別巻』に〈虹〉の句が見当たらない。この時点ではまだ口語自由律表現とマッチしにくかったのであろうか。

七、〈虹〉の詠まれた意匠、空間関係についてみると、さすがに近代らしくグローバルで、「海外詠」に、

(1)(6)(7)(11)(18)(31)(39)

等が見え、中国に、ソ連を望む北満州に、台湾に、スペインに、と日本民族の雄飛を背景として、素材はグローバルに拡がり、表現された〈虹〉も当然、エキゾチックな色に染まる。古典俳句にない近代俳句の一つの魅力で、句史的に見て新鮮である

八、最後に、「古代」的感性との関係でみると、

A　(19)の〈虹の脚〉は活喩・見立てというより、〈虹〉に対する古代的感性、すなわち稿者のいう第一次認識[注9]たる「動物」的認識の無意識下の痕跡であろう。(46)の「大またぎ」や(3)の「鷗ちらして」等の表現の奥にもそれが垣間見られる。逆に、(51)〈虹の根〉の見立ては「植物」的で、これは樹木を霊魂昇天の通路と観ずる土葬民族系の発想による。

B　(8)には『古事記』の神話にみる〈天の浮き橋〉的発想が匂っている。

C　〈虹〉と『鳥』との特殊な関係（同類の蛇＝ヘビとトリとの関係、強者と弱者との関係、は古典にも多く見られたが、近

代の本集中でも(3)(58)(59)に見られる。〈虹〉＝「天蛇[注10]」という古代的感性である。

D　中国古典に多出する「白虹貫日」的、すなわち妖祥・「兵象」・「クーデター」等、不吉なマイナス的ムードを揺曳させる表現が(6)(7)(31)に見られる。

E　本資料中、出現・存在形態の表現が斬新なのは、

幅ひろの虹かかげたり稲の國　(55)

で、中七の「かかげたり」である。主語は「稲の國」（あるいはそこを統べる神）であるが、擬人法（活喩）の援用が、豊かな色彩感の美しさの表出と共に、予祝の心を添えつつ至福感をも滲ませている。これらは遥か遠き古代にグローバルに流布していた〈虹〉のプラス面[注11]を秘める「虹脚埋宝[注12]」信仰に淵源をもつ。奥の奥に古代を秘める。

他にも、出現・存在形態の表現は別としても、

(1)(2)(4)(5)(9)(10)(11)(13)(14)(16)(17)(18)(19)(20)(21)(22)(23)(24)(25)(26)(27)
(28)(29)(30)(32)(36)(37)(39)(40)(41)(42)(43)(45)(46)(49)(50)(51)(53)(54)(56)(57)

等の至福感を蔵するほのかなローマン性形成にも、作者の意識・無意識を問わずそれが影響を及ぼしているのである。

かく表現された近代俳句の〈虹〉の中にも、一面、ひそやかにかつ深々と古代の影が射しており、それが読者に奥行きのある美的世界の享受の喜びを増幅させてくれるのである。

（注1）拙著『新萬葉集の成立に関する研究』（昭46、中部日本教育文化会）

（注2）松井利彦筆「近代俳句史概観」（『俳句辞典　近代』昭52、

桜楓社）所収1参考。

（注3）秋桜子には後年、（昭和二十三年作『霜林』所載）

　野の虹と春田の虹と空に会ふ

の壮麗かつ艶麗な秀作がある。また本集顧問の高浜虚子にも、後年、（昭和二十二年一月、小説集『虹』《昭22、苦楽社》）

　浅間かけて虹のたちたる君知るや
　虹たちて忽ち君の在る如し
　虹消えて忽ち君の無き如し
　虹の橋渡り交わして相見舞ひ
　虹の橋渡り遊ぶも意のまゝに

等がある。早逝した三国の愛子との温かい心の交流を描いた名吟であり、単なる写生を超えている。『俳句三代集』成立の時点とはずれがあるが、一面底通する自らの俳論の実践でもあろう。

（注4）本集資料でいえば、⑷⑸⑿他。

（注5）『文化と情報』第二号（昭11・6、椙山女学園大学短期大学部）所収。

（注6）拙稿「虹と日本文藝（五）」中、資料㉑中。（『椙山女学園大学研究論集』第二十二号、平3所収）

（注7）山本健吉著『基本季語五〇〇選』（昭61、講談社）p244。『日本大歳時記』《「虹」の項—山本健吉氏担当、同文》（昭58、講談社）。因みに古典の世界では、〈虹〉の一次認識すなわち、動物的（天蛇）認識が色濃く支配していたので、「季感」とは全く別の次元で享受されており、季語問題の俎上に乗りにくかったのであろう。

（注8）昭和三十年の作に

　い わ お　にじを吐く
　にじ、この時　草木國土　合掌す
　幼きは愛し大きな虹の中にいる

他がある。（『現代俳句全集』第七巻（みすず書房）p53〜55。

（注9）拙稿「虹と日本文藝（八）—比較研究資料・通考—」（『椙山女学園大学研究論集』第三十号—人文科学編—平11刊、所収）

（注10）（注9）に同。

（注11）（注9）に同。第一次認識における〈虹〉は、動物的存在（天蛇・水蛇等）であり、プラス、マイナス両面の属性をもつ。雲を呼び雨水をもたらす（後の「龍」）神威的パワーを発揮する存在であり、よってその出現を「たつ」という。「たつ」は即ち「顕つ」で、「神威あるものの顕現」をいう。動物であるから当然雌雄があり、それも「蛇」類であるから「蛇淫」と言われる如く「蛇」性特有のセックス力（生産力）—雌雄淫着の気の強さ（陰・陽の結合力）—があり、その属性も付加される。これが後に恋愛やエロチシズムや艶美とも結びついていく。本稿でもニジを〈虹〉としたのもニジという動物で、雌雄があってもその総称的表記として〈　〉を使用したのである。（古代感覚では、天界は時に天海であり、方向こそ違え、同時に「異界」である。よってその雌の〈虹〉の化身の、天界の「天女」も、海中の「乙姫」も質的にさして変らない）

　プラス面—この神威力が「適正」に発動されたとき、すなわち適正な雨水は万物を潤し、生命体の生命維持に貢献する有難い存在である。これが〈虹〉の「吐金」伝説や「虹脚埋宝」信仰を生む。さらにそれを追い求める「〈虹〉の彼方に」というローマン性に発展する。ともあれこの強大な「致福能力」を内蔵するものとして〈虹〉は崇められその出現は「瑞祥・至福感」として享受される。そしてこれを核に抱く文化・文藝等においては、

　　夢見るようなローマン的美意識

に結晶していく。

　マイナス面—その神威力が「過度」または「過小」に発

動（悪さをすると信じられる面も含む）されたとき、過度の場合は、その雨水は「洪水」を引き起こし、過小の場合は「旱天」となって地球上の人畜・草木を苦しめ、生命体の生命を脅かす。（これは〈虹〉が天界の雨水を飲み干してしまったり、河の水を飲みに天降ったりする——人間からみると「悪さ」にあたる） これが「妖祥感・不吉感」に発展していく。こんな時、人は〈虹〉の神を祭って、その威力の異常さの適正化を図る。古代中国の「雩祭」などもその一つである。（《注9》の抄録）

（注12） 拙稿「虹と日本文藝（七）」所収「比較研究資料㊲」私註・〔考〕。（『椙山女学園大学研究論集』第二十九号——人文科学編——平11刊、所収）

虹と日本文藝（二十）

——近代詩をめぐって——

小序

本稿では、日本近代詩の中の〈虹〉を俯瞰しつつ、その「文化」と「表現」面を念頭において考察してみたい。与えられた紙幅の中では、総ての詩人の総ての作品にあたることは到底不可能なことなので、とりあえずこの期を代表する詩人の作品について、その中でも「文化」「表現」面で意義・特色あるものを資料として採択するという方針によって調査しつつ考察し、「虹と日本文藝」の一角を照射せんとするものである。資料として採択した作品の作者は、藤村、鉄幹、啄木、清白、泣菫、元麿、白秋、朔太郎、道造、重吉、辰雄、大学である。

私註（注1）の記述方法は、大概、拙稿「虹と日本文藝—比較研究資料私註—」のそれに従った。

106

銀鎖

こゝろをつなぐ銀(しろがね)の
鎖も今はたえにけり
こひもまこともあすよりは
つめたき砂にそゝがまし　…(1)

顔もうるほひ手もふるひ
逢ふてわかれをおしむより
人目の關はへだつとも
あかぬむかしぞしたはしき…(2)

形(かたち)となりて添はずとも
せめては影(かげ)を添はましを
たがひにおもふこゝろすら
裂きて捨つべきこの世かな…(3)

おもかげの草かゝるとも
古(ふ)りてやぶるゝ壁のごと
君に住まねば吾胸は
ついにくだけて荒(あ)れぬべし…(4)

一歩に涙五歩に血や
すがたかたちも**空の虹**
おなじ照る日にながらへて
永き別れ路見るよしもなし…(5)

私註〔一〕『**落梅集**』〔二〕「銀鎖」〔三〕詩集〔四〕明治三十四年〔五〕**島崎藤村**〔七〕P99～100〔八〕「…(1)」等は稿者による。

〔考〕藤村の詩は、『落梅集』を含む合本『藤村詩集』の序に、「遂に、新しき詩歌の時は来りぬ。／そはうつくしき曙のごとくなりき。……」という名高い文に違わぬ内容をもつ。

山室静は、「日本語でもすぐれた詩が書けること、その後のすべての詩人がそこから掬んだ源泉としての地位にあるというも大過はない。………藤村詩の本質が濃厚な恋愛讃美を中心とする熱い生への願いと、にもかかわらずそれが容易に実現されぬところに生じる深い嘆きと流離漂泊の思いにあることは、一読して直ちに読みとられるところだろう。これは言わば藤村詩を支える二本の柱だが、このもともとは両立するとも思えない二つの方向が微妙なバランスをとっているところに、その深い魅力がひそんでいよう。(注2)」と解説している。この二つの方向の象徴に〈空の虹〉が援用されている。陰陽の接点―恋―に根ざす古代的な〈虹〉の属性と、自然観照から得られた「美しいがはかない」属性とが混融したものとして「哀感」の中に意味づけられつつ表現せられているのである。

107

春思

山の湯の氣薫じて
欄に椿おつる頻り
帳をあげよ
いづこぞ鶯のこゑ…(1)

（(2)～(9)連略）

われ受けざらむや
その慰藉の千言
疑はずこの地の上
今二人笑みて抱く　…(10)

見よ瑠璃色の靄動きて
ほの白き花の香は何
これ君が謂ふ神秘か
虹うつくしく懸る　…(11)

ふと見ればあな
眞白き翅君生ひたり
と思ふにわれも何時か
風に御して飛ぶ身　…(12)

私註〔一〕『**紫**』〔二〕「春思」〔三〕詩歌集〔四〕明治三十四年四月、新詩社刊〔五〕**与謝野鉄幹**〔六〕『明治文学全集51』（與謝野鐵幹　與謝野晶子集　附明星派文學集）昭43・5、筑摩書房〔七〕P131～132

〔考〕『紫』は、晶子の『みだれ髪』と連動している比翼詩歌集。明星派の祖・鉄幹の作。白眉。鉄幹と晶子の密会、いわゆる「粟田山再遊」（明治三十四年一月）の事実をベースに表現された作品。(10)連中に「今二人笑みて抱く」に続く(11)連「虹うつくしく懸る」とあり、神秘性を秘めて〈虹〉が登場する。これも西欧的、旧約聖書的至福観に彩られたもので、その奥に、無意識ながら、古代的エロチシズムが揺曳している。

108

燭火の影に打ちゆらぐ
宝樹の柱、さてはまた
ゆうべ〳〵を白檀の
薫りに燻り、**虹をはく**

私註〔一〕**『あこがれ』**〔二〕「落瓦の賦」第二連中〔三〕詩集〔四〕明治三十八年五月〔五〕**石川啄木**〔六〕『石川啄木全集』第二巻（昭和54、筑摩書房）〔七〕Ｐ21

〔**考**〕「虹をはく」の表現は、蕪村の「虹を吐いてひらかんとする牡丹かな」の系譜。

109

淡路にて

古翁しま國の
野にまじり覆盆子摘み
門に來て生鈴の
百層を驕りよぶ　…(1)

白晶の皿をうけ
鮮けき乳を灑ぐ
六月の飲食に
けたゝまし**虹走る**　…(2)

清涼の里いでゝ
松に行き松に去る

鳴門の子海の幸
魚の腹を胸肉に

大海のすなどりは
ちぎれたり繪巻物…(3)

おしあてゝ見よ十人
同音にのぼり來る　…(4)
卜する所　幸なりと

私註〔一〕**『孔雀船』**〔二〕「淡路にて」〔三〕詩集〔四〕明治三十九年五月、左久良書房刊〔五〕**伊良子清白**〔七〕Ｐ9 10 11 12

〔**考**〕古語の使用に新風を吹き込むべく意図された表現スタイルながら、初夏の明るい健康的な季感の中に〈虹〉が現出。オノマトペを駆使した〈虹けたたましく走る〉の表現がユニーク。これは、〈虹〉の（古代的な）第一次認識たる「動物的」存在を秘めつつ詩的表現を強力たらしめるための「活喩」であろう。末尾の古代的な「卜する所　幸なりと」とも呼応している。されば〈虹〉も吉祥として観受。

110

五月野

五月野の晝しみら
瑠璃囀の鳥なきて
草長の南國
極熱の日に火ゆる　…(1)

（三連略）
葉の裏に**虹**懸り
姫の路金撲つ
大地の人離野
變化居る白日時　…(5)

（四連略）
めざめたる姫の面
丹穗なす火にもえて

微笑みて下り行く
湖の底姫の國

たわわ髪身を起す　　足うらふむ水の梯
光宮玉の人　…(10)　物の音遠ざかる　…(11)

（後一連略）

私註〔一〕**『孔雀船』**〔二〕「五月野」〔三〕詩集〔四〕明治三十九年五月、佐久良書房刊〔五〕**伊良子清白**〔七〕P119 122 125 126〔八〕「…(1)」等は稿者による。

〔考〕光溢る伊勢・志摩の風光を熱愛した詩人による怪異趣味が濃厚な作である。幻想の水姫は、口笛を吹いては海底に潜り労働する女性たち―海女―の美化であろう。「葉の裏の〈虹〉」は、葉裏の露の連なりによって反射する〈虹〉を印象的に表現。それは変化の水姫を荘厳するのに役立てている。前詩と同じくこれも吉祥の認識である。

111

朝明、一群鱗しろく、／浅瀬に走せ散る鮎と見えて、／まとへる綾羅色をわかみ、／透いても見ゆるや玉の腕。／葉がくれ桃の實探りよるか、／人目を煩らへ、腕見ゆと、／母戸に呼ばへる聲を聞きて、／垣間見とれしを誰と知るか。／夕空、**虹の環**横にきりて、／遠雲がくれにわたる鷲の、／猛なる翼もむしろ捨てん、／眞玉をのべたるかの腕に、／物もひ煩らふ額をよせて、／樂しき夢路をたどりえなば。

私註〔一〕**『暮笛集』再版**〔二〕「玉腕」〔三〕詩集〔四〕明治三十三年五月、金尾文淵堂書店〔五〕**薄田淳介（泣菫）**〔七〕P68～69〔八〕「／」記号は「改行」を表す。稿者による。

〔考〕熱愛したキーツの詩に見る真珠のように美しいソネット（十四行詩）を、わが詩壇に移してみた作品。『暮笛集』は初版と再版では異同がある。再版は推敲したものである。ただし、三版はまた初版に戻っている。いずれにせよ〈虹〉の描写には動きはない。この詩は題名に「玉腕」、すなわち若く美しい女性の腕の魅力を賛美した作である。〈虹〉はその遠景として、それを見守っている形になっている。とまれ〈虹〉のもつ艶冶な属性、エロティシズムの面を上品に援用している。

112

一、旅人

木かげをいでよ、
雨はれて、
雲洩るひかり、
はなやぎぬ。　…(1)

（二連略）

そよ折からの
ものと見よ、
ゆくて國原、
虹かゝる。　…(4)

京への道は、
山あらば、
虹見て攀ぢよ、
つゞらをり。　…(5)

谿の棧路の
けはしくも
脚のつかれは、
忘られむ。　…(6)

京への路に
水あらば、
虹見て乘れよ、
舟わたり。　…(7)

瀬々のすべりに、
うつむかば、
舟酔ごゝち、
なやむらめ。　…(8)

里のわかもの、
名は知らず、
虹の橋づめ、

ながら堤を、
走るまに、
影うしなひし

今し歌占、
をはらぬに、
虹は早くも、

見てましと、　…(9)ものがたり。…(10)
くづほれむ。…(11)
あゝ世、なにか
もろからぬ、
美しのものの
あるべしや。　…(12)
（三連略）
祥こそよけれ、
煌の環の
虹をいさみに、
かなたへと。…(16)

二、獵人

くぬぎ木原に、鹿の子の
逃のすがたを失ひて、
峰越の路にわけくれば、
あな遠山の山の端に、
虹こそかゝれ、花やかに。…(17)

（5行略）
この日天路の南より
北なるはてへ懸けわたす、
黄金反橋、**虹の輪**の
かゝるにほひに比べては　…(18)

神坐すところ、高御座、
（5行略）
雲は御髪のなびきにと、
おほせられたる象の、
物こそあれや**虹の橋**、
（5行略）　…(19)

あゝ眞鳥の羽身にそへて、
雲路はるかに往くべくは、
天の反橋はなやぎの
かなたの邦にまゐのぼり、…(20)
（8行略）

さもあらばあれ、雲居路に、
黄金のかむり、**虹の輪**を、
（5行略）
(22)、(23)連略）

また里ずみの獵人に、
妻をこそ賜へ、うら若き　…(21)

三、情人

男

花野繁路の
そゞろゆき、
うれしさや、空に
虹かゝる。…(24)

身に初戀の
もゆればか、
胸こそをどれ、
今もはた。…(25)

女

（一連略）
秋雨はるゝ
染姫の
宮には、**虹**の
さかばえや。…(27)

男

君がむすべる
花の環は、
頸ひとへに、
足はじを、…(28)

おほみ手練や
天つ女は
千尋にあまる
煌の輪を。…(29)

女

（一連略）
虹の環かげに、
手をつれて、
鹿の子の如く、
舞はしめよ。…(48)

四、海人

嶋山かげのいさり舟、
幸こそ足へ、今はとて、
振さけあふぐ目移しに、
映ゆるや、**天の棧づくり**
こがね色なる**虹**の橋。…(49)

(50)(51)連略、(52)連10行略）
潮瀬はるかに避けくれば、
折こそあれや、**白虹**の、
天路にかゝる花やぎに、
童ごゝろよ、ほこりかに、…(52)
（13行略）

老いくちぬべき蜑が世に
（6行略）

おほみ心や、日こそあれ、
ふたたび**虹**の花やぎに、
すぐよか心をどりては、
身は海神の孫ながら、…(53)

(54連略)

五、農人

虹の環しろみに、
禍日さすと、
いにしへ人らの
心よわや。……(55)

今日しも野なかに、
小雨はれて、
うかぶや、**玉橋**、
天路花に。……(56)

風ゆき、蚊ばしら
浮ぶほとり、
童女は繪によき
様に飛べり、…(66)

この時、さかえの
こがね鬘、
千尋の虹の輪、
あまつ宮に。…(67)

(68)〜(73)連略)

六、隠者

この日なべての和魂、
さめよと、斯くや、**虹の環**、
南は八千尋、綿津海に、
北は八千尋、野ずゑに、
かくるは**玉の反橋**
そびらは遙かに雲に入りぬ
あな屈りの世にしも、
自然ぞあまりに大いなりや。…(74)

(75)(76)連略)

そよ、心憂のまよひや、
わが存への最果、
その日の疑ひ胸に入りて、
身は物怖の心地に、
わなゝきやまぬ日頃を、
今日しも**天路の七つ色**に、
見ればか、あはれ人の世
さこその現れ、すがた花に。…(77)

われら常久の瞬き、
やがては消ゆる身ながら、
あくがれ絶えせぬこゝろ魂の
常新なるともりや、
この世さてこそ**虹の輪**、
かなたに炎の宮居ありて、
その羽含みの深にや。
醸しゝ生命の火にはあらぬ。…(78)

あゝ現し身のをはりに、
わが世寂しき回顧、
時刧の暗谷、——天の常陰、
すぐよか心、さながら
虹なる煌を見るにも
微笑みかへらめ、(これや嘸な
歸るさならめ、)隠れの
おほ宮、常世べ、慈悲の御園。…(79)

私註〔一〕『**二十五絃**』〔二〕「虹の歌」〔三〕詩集〔四〕明治三十八年五月、春陽堂〔五〕**薄田淳介(泣菫)**〔七〕(4)＝P 253 (5)＝P 253 (7)＝P 254 (9)＝P 255 (11)＝P 256 (16)＝P 259 (17)＝P 260 (18)＝P 261 (19)＝P 262 (20)＝P 263 (21)＝P 264 (24)＝P 267 (27)＝P 269 (29)＝P 270 (48)＝P 279 (49)＝P 280 (52)＝P 284 (53)＝P 286 (55)＝P 288 (56)＝P 289 (67)＝P 294 (74)＝P 298 (77)＝P 301 (78)＝P 302 (79)＝P 303 〔八〕傍線——、(1)(2)…は稿者による。

〔**考**〕詩であるが「虹の歌」と題し、〈虹〉に固執した詩篇である。巻末に収められたもので、『ゆく春』(明34)以前の旧作である。表現に古語の使用が目立つ。(5)(7)連に出てくる「京への道」は、明治三十九年京都の四季をうたった名詩「望郷の歌」の先駆である。作者は一時、京に定住しそこで妻を迎えている。

⒃連に見られるごとく〈虹〉は、明らかに「吉祥」として認識され表現されている。また、⒅の「黄金の反橋」、⒇の「天の反橋」、(49)の「天の桟づくり」、(56)の「玉橋」、(74)の「玉の反橋」、(77)「天路の七色」、等〈虹〉の比喩で、いわゆる二次認識たる「橋」型発想によるものである。他にも、⒆等直接的な表現たる「橋」型発想が見られるが、これらは『古事記』の〈天の浮橋〉を〈虹〉とみるアストン型の解釈によるものであろう。(24)(25)(27)等には、古代的エロチシズムを透かして、恋の場合に〈虹〉が登場。(29)(28)にみる「天女」の表現は、古代中国における〈ニジ〉の雌性(♀)である〈蜺〉に淵源をもつ。五「農人」にみるいわゆる「農諺」にいう〈虹〉の凶祥観—〈虹〉がたつと天候が荒れる—に対し、「いにしへ人らの／心よわや。」と抵抗している。あくまでも〈虹〉を、美しくまた瑞祥観でとらえようとしている。これは作者のキリスト教に裏打ちされた西欧文化的教養によるものであろう。建設的でヒューマニスティックな作者の持ち味か、〈虹〉の認識と表現に憑依している。

113

藝のゆるされ

立樂の節はたゆみぬ。聞きね、いま
御陰の庭に羽ばたきのはたと響みて、
セラヒムの聲こそわたれ、『天つ世の
生日足日や、事榮に酔ひさまたれぬ。
合奏の美し音色に聞きとれし
心あがりの、やがてまた、見がほしとこそ
見ざらめや、御門柱の彩畫にも、
天つ顔ばせ、大御身の嚴のひかりを。
やをれ、今天路に**虹**を、野に花を、
眞闇に星を、黎明の空を、あからめ、
わだつみの浪をいろどる選人を
召せよ。』とあれば、二の大門からりと鳴りつ。
しろがねの樞はきしり、諸とびら
つと離るるや、階を繪師はあがりぬ

私註〔一〕『**白羊宮**』〔二〕「藝のゆるされ」〔三〕詩集〔四〕明治三十九年五月、金尾文淵堂〔五〕**薄田淳介（泣菫）**〔七〕P238～240〔八〕「太平洋画会画集に序す」「セラヒム」は〔Seraphim ポルトガル〕（キリシタン用語）熾天使。九天使の最上位で、最高の愛の焔の所持者。

〔**考**〕菫の花の可憐な姿と紫の色を愛好した泣菫としては、二連中の「野に花を」の「花」は「菫」あたりをイメージしていたのではあるまいか。次に「星」が出てきて、鉄幹との交流が濃厚であったこともあり、いわゆる明星派風の「星菫調」とも見ることができよう。注意すべきは、それらと並列して「天路に虹を」と〈虹〉が取りあげられていることである。天使が美術を祝ぐ詩想の中に〈虹〉が登場しているのである。これは至

福観に彩られた西欧的、キリスト教的感性による表現である。

114

虹

虹よ
雨に飽満した大地が擧つて吐く太い精氣よ
しんとした森や山や大きな耕作地の上を横切つて
不思議な光りの漂ふ中に稀に現はれる**瓶形の虹**よ
御前は豊かに實つた穀物の蜿々とした行列や
嫋々とした草たちが地球を巡禮する無限につゞく列の先驅のやうだ
虹は又戰ひが漸つと終りに近づいて
硝煙の間から半ば揺らいで見え出した生殘者の捧げてゐる寂とした
旗のやうだ
しんとして人氣無い死の領土の上に
静かに現はれてすぐ又倒れる様に灰色の霧の中へ捲き込れて消えゆ
く
もの凄い美くしさをもつ**虹**よ
自分は御前が大好きだ。
恐い様な氣がするけれど。

私註〔一〕『虹』〔二〕「虹」〔三〕詩集〔四〕大正八年九月新潮社刊〔五〕**千家元麿**〔七〕P211

〔考〕終り三行に作者の度はずれた「虹好み」が表出されている。初行で〈虹〉に呼びかけて、二行目にその正体を「雨に……太い精気」と規定している。擬人法を有効に活用。善意・建設的・楽天的・天真爛漫な白樺派的世界観に立っているが、これは自己の出生の秘密（私生児）の苦悶からくる少青年期の人生的彷徨を通り抜けた後に形成されたものであり、〈虹〉は「苦難のあとの希望の象徴」である。これはキリスト教的〈虹〉観とも底通する。

115

庭園の雨

松の葉の青きに
しとしとと雨はふる。
凄まじき暴風雨（あらし）の後に
針のごと雨はふる。 …(1)

色黄なる毛虫は
土に沁みつき、
月見草は
萎れて白し。 …(2)

桐、樅、無花果、
人工の盆栽の梅、
犯されし小娘か、みな、
泣き伏して声もなし。 …(3)

しとしとと雨はふる。
浜の砂庭に吹き散り、
陸橋（からはし）の下には
傷つきし犬瞳を凝らす …(4)

あまりに静かなり、ただ、
腹切りし苦しさに
肩衣（かたぎぬ）をはねのけし瀬尾（せのを）、
その青き松の震慄（わななき）。 …(5)

かくて、わが終日（ひねもす）、
針のごと雨はふる。
海見ゆる涼宮（すずみ）の破風に
光り、かつ、をぐらく。 …(6)

雨はふる、しとしとと、
雨はやむ、またしばし、
夕されば**血の如き虹**
遂にまた海と空とに。　…(7)

私註〔一〕『アルス版全集第二巻』〔二〕「庭園の雨」〔三〕詩〔五〕**北原白秋**〔六〕『白秋全集』3（1985・5、岩波書店）〔七〕〔六〕のP215～217

〔考〕一連中「凄まじき暴風雨」、三連中「犯されし小娘」四連中「腹切りし苦しさに」、等、凄惨なイメージの重畳の彼方にたつ〈夕虹〉は〈血のごとき虹〉いわゆる〈赤虹〉であり、それは新しい幽玄の世界を構築するのに効果を発揮している。

116

遠樹

（前二連略）

遠樹のかげをゆく人は、
身も金色に光るらん、
遠樹の雨を眺むれば
幽けき煙、野にぞ泌む。…(3)

（中三連略）

遠樹は遂に遠樹なり、
明るけれどもゆめふかく
高きに動げどなほ重し、
遠樹の背にぞ**虹**かかる。…(7)

私註〔一〕『**白秋詩集**1』（ARS）〔二〕「畑の祭　山景」〈遠樹〉〔三〕詩集〔四〕大正九年〔五〕**北原白秋**〔六〕『白秋全集』3（1985・5、岩波書店）〔七〕〔六〕のP430

〔考〕「畑の祭」は未刊の三崎詩集であり、作者自身、この時期を振り返って「私の生涯に一大転機を劃した苦しい恋愛事件の後、私は新に鮮に蘇った。全く新生の黎明光が私の心霊を底の底まで洗ひ浄めてくれた。私は皮を脱いだ緑蛇のごとく奔り、繭を破った白い蛾の如く羽ばたき廻った。私は健康で自由で、而も飽くまでも赤裸々で、思いきり弾み反って躍った。光りかがやく法悦、あらゆるものが歓びに満ち満ちて私に見えた。（注3）」と記している。かくて、遠樹の背の〈虹〉は、遠樹を仏像に置き換えれば、その後光のようなものであり、まさに歓びに満ち満ちた、光りかがやく法悦の表象と見ることができよう。チベット密教の〈虹〉に通う面をもつ。

117

白虹

雪がほんのすこし、
降りかけたかと思ふと止んだ、そのせいか、
急に寒さがこたへて来た。
硝子扉越しの寒枇杷よ、孟宗の秀よ、
聖ケ嶽はまつ白で、その真上の
薄墨いろの雲間から、ああ仰げよ、
末広形にふりそそぐ午後の**白虹**、
その髣髴たる射線。

わたしは筆をとりあげた、また
しみじみと独(ひとり)である。

私註〔一〕『水墨集』〔二〕「白虹」〔三〕詩集〔四〕大正十二年六月、アルス刊〔五〕**北原白秋**〔六〕『白秋全集』4（1985・11、岩波書店）〔七〕P85 86

〔**考**〕詩集『水墨集』は、歌集『雀の卵』における心境を詩にて表現したもので、閑寂枯淡の詩風が展開。その中の〈午後の白虹〉は、末広形にふりそそぐ髣髴たる射線であり、古代中国の「白虹貫白」の〈白虹〉とは別物のようである。従ってこの〈白虹〉は、クーデター・兵象の表象ではない。仏教にいう「白光(びゃっこう)」に近く、天才孤高の芸術家にふりそそぐ「慈光」のごときものと享受しておけばよかろう。

118

（資料A）

2
嶋(しま)は宵月(よひづき)、
宵(よひ)からおじやれ
かわい独木舟(カヌウ)で
早(は)よおじやれ

3
今(いま)は宵月(よひづき)、
夜(よ)ふけておじやれ、
浜(はま)は夕マナの
花(はな)ざかり。

4
忍(しの)び忍(しの)ばれ
夜(よ)ふけて来(き)たが
今じや宵(よひ)月
昼(ひる)の虹(にじ)。

（資料B）

沖遥(おきはる)かよ、
やらず雨(あめ)さへ
また**風虹(かざにじ)**か。
浜(はま)は引潮(ひきしほ)、
やらず雨(あめ)。

後追(あとお)ふものを、
末(すゑ)はしら波(なみ)
帆(ほ)かけ舟(ぶね)。

（資料C）

2
また時化(しけ)かよ、
あの風雲(かざぐも)は、
なまじ天城(あまぎ)の
えんやら、**朝(あさ)の虹(にじ)**。

4
鰤(ぶり)か、鯖(さはら)か、
あの潮先(しほさき)は、
虹(にじ)の七色(なないろ)、
えんやら、大漁(たいれふ)いろ。

えんやら〳〵、
えんやらほ。
えんやら〳〵
えんやらほ。（略）

（資料D）

今朝(けさ)も、**虹(にじ)**が、
風空(かざぞら)、見(み)えます、
また時化(しけ)ぐもり
山(やま)の尾(を)に。

（資料E）

たまの機嫌(きげん)と
朝立(あさた)つ虹(にじ)は、
時化(しけ)やせぬかと、
気(き)にかかる。

（資料F）

2
筑後(ちくご)、柳河(やながは)、
阿蘭陀(おらんだ)なまり、
街(まち)は朱欒(ザボン)の
花盛(はなざか)り。

6
高麗鴉(コウゲガラス)に、蜘蛛糸(コブナエ)、蝦蟇(ワクド)、
虹(デュウツ)、女郎(ノスカイ)、支那人(アチヤ)、縁台(バンコ)。
「邪馬台言葉(やまとことば)に唐(カラ)なまり、／阿蘭陀附木(おらんだつけぎ)で
ひつつけた。／よか、よか。」

私註〔一〕『**日本の笛**』〔二〕A＝「パパヤの花」〈夏の宵月〉 B

＝「風虹」〈後朝三曲〉 C＝「風虹」〈鰤網〉 D＝「風虹」〈風虹〉 E＝「風虹」〈たまの機嫌と〉 F＝「蟹味噌」〈筑後柳河〉〔三〕歌謡集〔四〕大正十一年四月〔五〕**北原白秋**〔六〕『白秋全集』29—歌謡集1—（一九八七、岩波書店）〔七〕〔六〕の、A＝P214 215 B＝P251 C＝P256 257 D＝P260 E＝P261〔八〕A＝1567連略 B＝〈沖は晴れかよ〉〈沖は雪かよ〉〈沖は遥かよ〉の三曲中、前二連略 C＝12の後半34の後部5連略 D＝続く二連略 F＝1345連略 Fの（注）に高麗鴉。黒と白の羽根のある鴉である。柳河地方だけにゐる鴉であらう。朝鮮から来たと云はれてゐる。コブナヱ。日本の古語か。ワクド。琉球ではワクビと云ふ。これも日本の古語らしい。ヂュウツ。阿蘭陀渡りか。縁台。バンクの訛りか。 同上。邪馬台。筑後山門（ヤマト）は倭女王のゐた処だと云はれてゐる。 阿蘭陀附木。マッチの事を言ふ。資料B中の〈風虹〉は、中国では『佩文韻府』（＝21）に「風虹」〔天文象宗〕月暈也主風 とあるが、同じかどうかは不明。

119

＊

虹の松原、雨ふり前は、ホントネ、
虹も立ちましよ、後朝は。
「唐津、唐船、とんとの昔、／今はおいさの山ばやし、／チャントナ、チャヤントナ。」

＊

潮は満島、向へば唐津、ホントネ、
かけて松浦、**虹の橋**。 「前同」

私註〔一〕『**北原白秋地方民謡集**』〔二〕「唐津小唄」〔三〕民謡集〔四〕昭和六年九月、博文館〔五〕**北原白秋**〔六〕『白秋全集』30—歌謡集2—（一九八七・六、岩波書店）〔七〕〔六〕のP204〔八〕前八連、後三二連略。

〔**考**〕本資料も地方民謡らしくローカルカラー豊かなもので〈虹〉はその地方の気象諺—雨の予兆—と、「後朝」の諺にみられるエロチシズム、またコミュニケーションをあらわす二次的認識を踏まえた「橋」型発想が詠み込まれている。

120

ねぼけた桜の咲くころ／白いぼんやりした顔がうかんで／窓で見てゐる。／ふるいふるい記憶のかげで／どこかの波止場で逢ったやうだが／菫の病鬱の匂ひがする／外光のきらきらする硝子窓から／ああ消えてしまった **虹**のやうに。
私のひとつの憂ひを知る／生涯のうす暗い隅を通って／ふたたびかへって来ない。

私註〔一〕『**青猫**』〔二〕「意志と無明」〈顔〉〔三〕詩集大正十二年一月新潮社〔五〕**萩原朔太郎**〔六〕『萩原朔太郎詩集』—日本

の詩集5―(昭和43・8、角川書店)〔七〕〔六〕のP121〔八〕「／」記号は改行を表し、稿者による。

〔**考**〕作者は、西条八十のいう「日本口語詩の真の完成者」であり、頽廃的な都会詩人であり、『青猫』一巻は日本詩歌中の一級品に数えられている。前近代的日本がほろび、近代日本が生まれようとする、その過渡期の不安感を作者の個性が融合し、この一巻にも深いアンニューイの感が徹っており、ブルーな、疲労感、倦怠感、憂鬱感、が覆いつくしている。その中で〈虹〉は直喩として使われ、「はかなくも、夢幻的・幽玄的に美しい存在」として意味づけられている。

121

＊

(資料A)

虹を見てゐる娘たちよ
もう洗濯はすみました
眞白い雲はおとなしく
船よりもゆっくりと
村の水たまりにさよならをする

(資料B)

コップ

すかして見ると町がある
夕日の空にほふ小さな町
傳書鳩たちが風に飛び
風にゆられて**虹**もある

私註〔一〕A＝『**散歩詩集**』　B＝『**四行詩篇**』〔二〕A＝「村の詩、朝・晝・夕」の三連目(「夕」)　B＝「コップ」〔三〕詩集・詩〔四〕A＝昭和八年十二月と想定。(杉浦明平宛書簡により)　B＝昭和十二年八月(畠山重政書簡により)〔五〕**立原道造**〔六〕『立原道造全集　第二巻』―詩集II―(一九七二・八、角川書店)〔七〕〔六〕のP55〔八〕Aは「田舎歌」として「四季」第二号(昭9・12)「I村ぐらし」の三連として出ている。前後の詩は全く別物。

〔**考**〕若き建築家詩人の作である。A詩は、「昭和十二年三月、卒業設計『浅間山麓に位する芸術家コロニーの建築群』を提出して、東大建築科を卒業」[注4]したが、堀辰雄にあこがれ彼のように高原を愛し、信濃追分を舞台として詠まれた詩である。始め「四季」に「村ぐらし」として発表し、その四連目に位置していたが、本資料では再構成され「村の詩　朝、昼、夕」の「夕」の部に位置しているから〈夕虹〉であり、村娘の仰ぎ見ているのは〈東天の虹〉である。優情に満ち、音楽的で甘美で、建築家らしい調和的な目ざしが感じられる。この詩の〈虹〉は、村娘が日常の仕事である、小川での洗濯のことを忘れて見惚れているほどに〈美しい夕虹〉として詠まれている。脱日常的な、メルヘンチックな世界に誘う存在として……。

B詩は、コップを透かして見た町の夕景である。「コップをすかして見る」行為が一つの装置となって、脱日常的感覚世界に誘う。そこに、物理的には同じ物でありながら、(どろどろした人間世界を濾過した)繊細で優しくメルヘンチックな、淡彩風景画的世界が現出。その意味で『新古今和歌集』の現代化ともとれるが、その中で〈虹〉は、さらに、風に揺れるポピーとか、コスモスの花のように優しい抒情物として位置づけ表現されている。

122

この**虹**をみる　わたしと　ちいさい妻
やすやすと　この**虹**を讃めうる
わたしら二人　きょうのさいわいのおおいさ

私註〔一〕**『秋の瞳』**〔二〕「虹」〔三〕詩集〔四〕大正十四年八月、新潮社〔五〕**八木重吉**〔六〕『八木重吉詩集』―日本の詩集14―(昭47・7、角川書店〔七〕〔六〕のP52

〔考〕作者は内村鑑三に私淑し、洗礼も受けず聖書中心主義を貫く無教会主義の敬虔なクリスチャンであった。表現においては何の衒いも気どりもなく天衣無縫である。優しい心情に支えられつつ完璧なまでの愛の家庭を夢みる詩を詠む。この詩もその一つで、その中で〈虹〉は、「苦難のあとの希望の象徴」というキリスト教的〈虹〉観に染められている。

123

会場を出てベンチでひと休みしていると
女学生の一団が解散して、私の隣へ二三人腰かけた
わたしは話しかけてみた
――どこの学校？
――ブンカガク〇ン
――文化学院？
――いいえ文化学苑
――何年生？
――二年生
――そのおみやげの絵、見せて
紙の袋をあけてみると
原色版のミレー作〈春〉が一枚だけ出てきた
二重虹のうつくしい明るい絵だが
わたしはその画面よりも
この清楚な、みやこの乙女の横顔の方に
もっと生々しい**春の虹**の立つのを感じた

私註〔一〕**『重い虹』**〔二〕「フランス美術展余聞」〈第4連〉〔三〕詩集〔四〕昭和三十九年十二月、詩宴社〔五〕殿岡辰雄〔六〕『重い虹』（私家限定版）〔七〕P230～231

〔考〕第一連に「ロダン作〈イリス、神々の使者〉を前にして会社員とおぼしき若い男が、連れの男にささやいた／「首なしか――／片手で脚を持ちあげて、股をひろげてるじゃないか／美術館だからいいが、銀座ならたいへんだぜ／（後略）」、第二連に「マイヨール作〈三人のニンフの群像の中の中央の像〉の／全裸とまともに向きあって／立ったまま監視している大学生／（中略）いや、わかものの逃げてしまった性慾が気の毒になった」、第三連に、「わたしはホテルの細長い浴槽のなかに身を沈めて／ボナール作〈湯ぶねの裸婦〉のポーズを真似てみた／（中

略）／思わずわたしの鼓膜が笑った」とあり、これらの余韻を受けた一連である。とすると、名高いミレーの〈虹〉の絵「春」に、明るいいのちの輝きを、その奥に宿るフロイド的「エロチックな力」を感じているのだが、この芸術的表現に塗された気品のある絵画より、それを見ている、一見、清楚な都会的乙女の横顔に、本人さえ気づいていないであろう「生々とした春の虹」すなわち強烈な性欲の輝き、エロチシズムの蠢動を詩人的触角で感じとっているのである。同じミレーの「春」を素材として取り込んだ、川端の「虹いくたび」の場合（「幸福の象徴、あるいは予兆」）とはやや位相を異にしている。

124

詩又　（＝A）

心から心への　天上へ地上をつなぐ
通ひ路（ぢ）か？——詩（うた）？　…(1)　**かけ橋**よ　かの**虹**よ！　…(2)

夕空の虹　（＝B）

歌も　西山（せいざん）に　**七いろの色彩**（あいろ）をこめて
詩も　陽の　高々と
俳句だとても　沈む頃　中空（なかぞら）に立ち
夕空の　東天に　脚は地に
虹でありたい…(1)　咲きも出でたい…(2)　しかと届いて　…(3)

郷愁の虹　（＝C）

二十歳ハワイの旅に病み　ヌアヌに懸かる**夜の虹**
遠い日本が恋しくて　山荘のベランダ濡らす通り雨
船の汽笛が泣きました　サボテンが白く大きく咲いてゐた
熱の枕のどのすみも　蛍光灯をつけたほど
冷たい襞は残さない　…(1)　あたりの闇が香（か）を立てた　…(2)
いま老いて　いままた病んで
辺土の雪に埋もれて
幻に船の汽笛は聞えるが
郷愁は船出をしない
すでに冬　ひるも**虹**さへ在り得ない　…(3)

夕の虹　（＝D）　　室内　（＝E）

時はひとつよ！　甘いささやき　若い肌
東天に　バストに匂ふVライン
虹の匂ふと　ミロのヴィナスはあなたです
西天に　ベッドを越えて**虹**がたつ
日の落ちゆくと！

虹　（＝F）

思ふこと　つかのまは

雲の行衛
ほのぼのと
消えては
むなし
君が乳房
桃色のもやとや？

はかなかりしが
魂の空
桃色から青へ
もやとあらはれ
雲と消え
ああ　乳房は**虹**だ

私註〔一〕『**夕の虹**』〔二〕A＝「詩[ヌ]」　B＝「夕空の虹」C＝「郷愁の虹」　D＝「夕の虹」　E＝「室内」〔三〕詩集〔四〕1958・5・5　普及版（五〇〇部限定）昭森社〔五〕**堀口大学**〔七〕A＝P34　B＝P146　C＝P158　D＝P212　E＝P216　F＝『虹の花粉』（一九七部限定特別愛蔵本、大門出版美術出版部）のP72～73

〔**考**〕堀口大学の詩は、肉声で語りかけるごとく活字を感じさせない表現をもつ。また、作者以前の日本詩界の「くそまじめな倫理主義[注5]と陰湿な感傷主義を二つながら打破して新しい詩的領域を開いた」ものである。(A)には〈虹〉の「橋」型発想がみられ、これは(1)の「詩」の存在意味の寓意であろう。美しいコミュニケーション。(B)には詩人・大学の人生的スタンスがうたわれている。(C)の〈夜の虹〉は、川端の随筆にも出てくるが、ハワイでは有名なもので「吉祥」である。しかし(3)で、老残の人生において〈夜の虹〉でなく〈昼の虹〉さえたたない…という。ただ「郷愁」の中にあるという…。(D)の「虹の匂ふ」の「匂ふ」は、古語でいう、視覚的な「輝やかで花やかに美しい」の意であろう。「日の落ちゆく」に老年・晩年を、〈東天の虹〉に(B)にいう己が芸術の輝きを寓意し、それへの強い願望がこめられている。あたかも散りがたの花々が、えもいわれぬ芳香を放つように……。E・Fは、清新な感覚の中に、エロチシズムとウィンチシズムが情感と知性の産物として横溢した作。当然、その中の〈虹〉もその色に染まっている。エロチシズムの方は遠い古代からの遺伝。

通　考

近代詩史の中で、〈虹〉への思い入れが深く、顕著に自詩に〈虹〉を詠み込んでいる詩人のナンバースリーを強いてあげるとすれば、薄田泣菫、北原白秋、堀口大学である。堀口大学などは、書名にまでも多くの〈虹〉を登場させ、『夕の虹』、『月かげの虹』・『沖に立つ虹』、『東天の虹』、『消えがての虹』、『虹消えず』、などがある。泣菫・白秋・大学の三者共、何らかの形で『明星』と関係があり、そのローマン性と西欧性を多分に受けているものであろう。

内容を俯瞰すれば、時代が近代でありながら、かなり色濃く古代的認識の残存が見られるのである。

その第一は「至福観」的認識で、これは、直接的には、明治維新後、怒涛のごとく流入してきた西洋文明の一つとして、『旧約聖書』、キリスト教があり、その影響によるものであろうが、それをルーツ的に遡上すれば、遠き古代にグローバルに流布していた「虹脚埋宝伝説」やアジア大陸の「虹の吐金伝説」に淵源する。すなわち近代詩における〈虹〉は、そのバリエーションとして様々に新しい衣をまとって登場しているのである。

その第二に、多くの詩にエロチシズムの揺曳がみられる。このエロチシズムも古代的感性に由来し、〈虹〉が陰陽の接点にあらわれる（曇り・雨気＝陰　晴れ・陽光＝陽）という矚目と、〈虹〉自体が、天蛇・水蛇であり、いわゆる動物の「蛇」類に属し、その蛇類の習性としての「濃厚なセックス」、蛇淫性に淵源している。これは必ずしも負の観念ではなく、畏怖を伴った「再生」への願望がこもっていたものであるが…。

第三に、古代からの生活の知恵としての「気象諺」ともいうべきものを採用している詩も見うけられる。（資料118）

第四に、虹の「橋」型発想の中に『古事記』の〈天の浮橋〉を〈虹〉と観じるアストン風の享受を踏まえて詠まれたものもある。（資料111）

その他は、近代という時代が反映した、普遍的な感性「〈虹〉は美しいもの、はかないもの」という享受が支配している。

次に、表現面でユニークなものは、資料109の「けたゝまし虹（にじ）走（はし）る」と資料110の「葉（は）の裏（うら）に虹懸（にじかか）り」である。前者には古代的〈虹〉の認識観、すなわち「動物性」がみえる。また、〈虹〉の発音が、九州柳川の民謡では、オランダなまりで「ジュウツ」であった（118F）というが、オランダ語はゲルマン語脈で「vegen-boog」であり、今ひとつ納得がいかない。〈虹〉の外来語系発音の一つではあろう。

資料108の「虹をはく」の表現は、江戸時代・天明の俳人与謝蕪村の「虹を吐いてひらかんとする牡丹かな」の系譜にあるが、これを更に遡れば、盛唐の詩人・李白に「鼻息吹虹霓」の類似表現があり、気力盛なるさまの喩表現のようである。

（注1）〔一〕『**書名**』等　〔二〕＝「摘出部分」　〔三〕＝「ジャンル」　〔四〕＝「内容の時代」または〔一〕の発刊年月　〔五〕＝「**作者・編者**」等　〔六〕＝「直接の典拠」〔七〕〔一〕の収録頁　（P）、〔六〕のある場合は〔六〕のそれ　〔八〕＝「備考」　〔考〕＝「小考（内容に関する場合もあるが、主として資料的意義について）」である。

（注2）『島崎藤村詩集』―世界の詩14―（昭39、彌生書房）中「編者の言葉」中。

（注3）白秋識『白秋詩集Ⅰ』（大9、ARS）の「序」中。

（注4）『立原道造詩集』（昭43、角川書店）中の吉田精一筆「評伝」中。

（注5）『堀口大学詩集』―世界の詩48―（昭42、彌生書房）中　那珂太郎筆「解説」中。

《補注》「至福観」的認識を、詩中「幸福」という言葉を使用し素直に表現した現代詩に、吉野弘作「虹の足」がある。（『新選現代詩文庫121　新選吉野弘詩集』所収）

虹と日本文藝（二十一）

――近・現代小説をめぐって――

小序

本稿では、近・現代小説史上の巨匠・男女十八人、森鷗外・夏目漱石・芥川龍之介・中河与一・川端康成・菊池寛・北村小松・中村正常・獅子文六・丸山義一・野村愛正・太宰治・円地文子・高見順・大佛次郎・原田康子・井伏鱒二・大江健三郎、を象徴的にとりあげ、それぞれの作品の中で、〈虹〉がどのように享受され、いかに表現されているかを、比較文化的視野も混えつつ、資料に即して私註を加えながら分析し、最後にそれらを総括・通考し、結びとしたい。

私註[注1]の記述方式は、大概、拙稿「虹と日本文藝—比較研究資料私註—」のそれに従った。

125

入日は城門近き木立より**虹**の如く洩りたるに、河霧たち添ひて、おぼろげになる頃塔を下れば、姫たちメエルハイムが話をきゝはてゝわれ等を待受け、うち連れて新にともし火をかゞやかしたる食堂に入りぬ。こよひはイヽダ姫きのふに變りて、樂しげにもてなせば、メエルハイムが面にも喜のいろ見えにき。

私註〔一〕『**文づかひ**』〔三〕中篇小説〔四〕明治二十四年一月「新著百種」〔五〕**森鷗外**〔六〕『鷗外全集』第二巻（昭46・12、岩波書店）〔七〕P40

〔**考**〕〈虹〉は「入日」の直喩表現の中で使用されているが、引用文末尾の「喜びのいろ見えにき」というプラスイメージの情況の気分的・雰囲気的伏線としての叙景の中で活用されている。すなわち、ここの〈虹〉は幸福観で享受されている。

126

「……狂ひて走る方はカメロットなるべしと。うつゝのうちに口走れる言葉にてそれと察せしと見ゆれど、われは確(しか)と、さは思はず」と語り終つて盃(さかずき)に盛る苦き酒を一息に飲み干して**虹の如き気を吹**く。

私註〔一〕『**薤露行**』〔二〕五「舟」〔三〕短篇小説〔四〕明治三十八年十一月、「中央公論」〔五〕**夏目漱石**〔六〕『漱石全集』第二巻（一九九四、岩波書店）〔七〕P176

〔**考**〕意気軒昂な心姿の比喩に〈虹〉が使われている。同類的表現に、盛唐の、気宇壮大な詩性をもつ詩人・李白に(注2)「鼻息吹虹霓」があり、曹植に「慷慨則氣成虹蜺」がある。また、有名な蕪村の句に「虹(にじ)を吐(は)てひらかんとする牡丹かな」(注3)がある。これらの系譜にたつ表現である。

127

A

二人の間には、ある因果の細い糸で、此詩にあらはれた境遇の一部分が、事実となつて、括りつけられて居る。因果も此位糸が細いと苦にはならぬ。其上、只の糸ではない。**空(そら)を横切る虹の糸**、野辺に棚引く霞の糸、露にかゞやく蜘蛛の糸。切らうとすれば、すぐ切れて、見て居るうちは勝(すぐ)れてうつくしい。万一此糸が見る間に太くなつて井戸縄の様にかたくなつたら？そんな危険はない。余は画工である。先は只の女とは違ふ。

B

様々の憐れはあるが、春の夜の温泉(でゆ)の曇り許りは、浴(ゆあみ)するものゝ肌を、柔らかにつゝんで、古き世の男かと、われを疑はしむる。眼に写るものゝ見えぬ程、濃くまつはりはせぬが、薄絹を一重(ひとえ)破れば、何の苦もなく、下界の人と、己れを見出す様に、浅きものではない。一重破り、二重(ふたえ)破り、幾重(いくえ)を破り尽すとも此烟りから出す事はならぬ顔(がお)に、四方よりわれ一人を、**温(あたゝ)かき虹**の中に埋め去る。酒に酔ふと云ふ言葉はあるが、烟りに酔ふと云ふ語句を耳にした事がない。あるとすれば、霧には無論使へぬ、霞には少し強過ぎる。只此靄(もや)に、春宵(しゅんしょう)の二字を冠したるとき、始めて妥当なるを覚える。

C

今余が面前に娉婷(ひやうてい)と現はれたる姿には、一塵も此俗埃(ぞくあい)の眼に遮ぎるものを帯びて居らぬ。常の人の纏(まと)へる衣装を脱ぎ捨てたる様と云へば既に人界(にんがい)に堕在する。始めより着るべき服も、振るべき袖も、あるものと知らざる神代(かみよ)の姿を雲のなかに呼び起したるが如く自然である。

室を埋むる湯烟(ゆけむり)は、埋めつくしたる後(あと)から、絶えず湧き上がる。春の夜の灯を半透明に崩し拡げて、部屋一面の**虹霓(にじ)の世界**が濃(こまや)かに揺れるなかに、朦朧と、黒きかとも思はるゝ程の髪を暈(ぼか)して、真白な姿が雲の底から次第に浮き上がつて来る。其輪廓を見よ。

D

しかも此姿は普通の裸体の如く露骨に、余が眼の前に突きつけられては居らぬ。凡てのものを幽玄に化する一種の霊氛(れいふん)のなかに髣(ほう)

髴(ふつ)として、十分の美を奥床しくもほのめかして居るに過ぎぬ。…中略…余は此輪廓の眼に落ちた時、桂(かつら)の都を逃れた月界の嫦娥(じょうが)が、**彩虹(にじ)の追手**に取り囲まれて、しばらく躊躇する姿と眺めた。

輪廓は次第に白く浮きあがる。今一歩を踏み出せば、折角の嫦娥が、あはれ、俗界に堕落するよと思ふ刹那(せつな)に、緑の髪は、波を切る霊亀(れいき)の尾の如くに風を起して莽(ぼう)と靡(なび)いた。渦捲く烟りを劈(つんざ)いて、白い姿は階段を飛び上がる。ホ、、、と鋭どく笑ふ女の声が、廊下に響いて、静かなる風呂場を次第に向へ遠退く。

私註〔一〕「**草枕**」〔二〕A＝四　B・C・D＝七〔三〕中篇小説〔四〕「新小説」明治三十九年九月〔五〕**夏目漱石**〔六〕『漱石全集』第三巻（一九九四、岩波書店）〔七〕A＝P50　B＝P85　C＝P91　D＝P92

〔**考**〕画工の心眼に映る非人情の世界、その中の〈虹〉〈虹霓〉〈彩虹〉。A中の〈虹〉は「あえかで、はかないがゆえに美しい」ものの表象の一であろうか。Bの〈温かき虹〉は、場所が温泉の中であり、従ってその湯気と光との交歓によつて生ずる自然的〈虹〉であると同時に、夢のような快よい環境・心境の混じたメタファーである。C中の〈虹霓〉もほぼ同じであるが、〈霓〉は〈ニジ〉の「雌」であり、そのメス的雰囲気は、さらに「艶」な要素を加える。次の裸体の美しい女性の登場場面の伏線的効果がある。D中の〈彩虹(にじ)の追手〉も「美しい嫦娥」を巡る円光として幽玄的霊気を醸し出すのに貢献している。「桂の都」は月の都の異称。月の中に桂の木があるという伝説による。「嫦娥」は月世界に住むとされる美しい仙女の名。混浴の温泉での美しい女性の描写方法における見立ての中の〈彩虹(にじ)〉である。美しい女優がスポットライトを浴びて登場したようなイメージである。

128

友達(ともだち)は多く彼(かれ)の寛闊(くわんくわつ)を羨(うらや)んだ。宗助も得意であつた。彼(かれ)の未来は**虹(にじ)の様に美(うつ)くしく**彼(かれ)の眸(ひとみ)を照(て)らした。

私註〔一〕『**門**』〔二〕十四の二〔三〕中篇小説〔四〕明治四十四年、春陽堂刊〔五〕**夏目漱石**〔六〕『漱石全集』第六巻（一九九四、岩波書店）〔七〕P514〜515

〔**考**〕若き日の主人公・宗助の未来が、希望に満ちみちていると自分で感じている―ことの比喩表現の中で〈虹〉が使われている。

129

若し偶然でないとすれば、――僕は頭だけ歩いてゐるやうに感じ、ちよつと往来に立ち止まつた。道ばたには針金の柵の中にかすかに**虹の色**を帯びた硝子の鉢が一つ捨ててあつた。この鉢は又底のまわりに翼らしい模様を浮き上らせてゐた。そこへ松の梢から雀が何羽も舞ひ下つて来た。が、この鉢のあたりへ来ると、どの雀も皆言ひ合わせたやうに一度に空中へ逃げのぼつて行つた。………

私註〔一〕**『歯車』**〔二〕「六　飛行機」〔三〕中篇小説〔四〕昭和二年十月「文芸春秋」遺稿として発表。〔五〕**芥川龍之介**〔六〕『芥川龍之介全集』第十五巻〔七〕P80
〔考〕「発狂の予感に脅え、死を必然の帰結として待ちもうけている。その狂気と死へかたむく寸前の世界を、異常にとぎすまされた神経の顫動でとらえた凄絶な心象風景が、さまざまのイメージをむすんで展開する」(注4)中の一シーンである。舞い下りた雀のすべてが、「虹の色を帯びた硝子の鉢」を見て、空中へ逃げのぼるのは、イメージの中ではあるが、〈虹〉を〈蛇〉類と見て恐れての行為、と考えられる。この類想は、古典俳句にも見うけられる。(拙稿「虹と日本文藝―古典俳諧をめぐって―の資料(49)・(81)・(82)等)

130

然し一時間の動揺の後に、船は次第に平靜に帰つて行つた。そして三十分すると海は嘘のやうな穏かさに帰つた。

人々の心理も極端に個人的になつてゐた状態から、次第に濃い親和の感情に帰つて行つた。そして、それは始め乗り合した時よりも、もつと密接な親しさで結ばれてゐた。

『わたくし、もう沈むかと思ひましたわ』

娘は白い襟巻をなほしながらいつた。

『でも、貴方がゐて下さつたので随分氣丈夫でしたわ』

青年は娘を誘つて、爽快な風の後の甲板へ出て行つた。

そこには**春さきの虹**が、半島から半島へ、**鮮やかな色彩の橋**を大きくかけてゐた。

船は元氣をとりもどしながら、勢ひのいゝエンヂンの音をたてゝ、その**大きい虹の中**へ這入つて行かうとしてゐた。

と、既に甲板には、久しぶりで故國を見る例の二組の夫婦が出てゐた。そして熱心さうに日本の青い陸地を眺めてゐた。

私註〔一〕**『ホテルQ』**〔二〕最後部〔三〕短篇小説〔四〕昭和六年三月、赤爐閣書房刊〔五〕**中河與一**〔七〕P258～259
〔考〕作者は川端康成らと同グループの新感覚派の作家。〈虹〉は、典型的な西洋型というか、旧約聖書型の享受、すなわち苦難の後の希望の象徴―として描かれている。南アメリカでは「海を越えて見える虹は幸福の兆」(資料20中)とされている。〈春さきの虹〉は「橋」型発想で描かれ、これは5～6行前の「始め乗り合した時よりも、もつと親密な親しさで結ばれてゐた。」が伏線ともとれるし、それの表象ともとれる。また題名にも採られている「大きい虹の中へ這入つて行」く船は、〈幸福〉に向っている船である。絵画を愛好した作者は、ミレーの絵のあの〈春虹〉、すなわち暖かく至福感に満ち満ちた〈虹〉が影を落としているのかも知れない。

131

A

「あら。」と、夫人ははじめて彼女の手に氣がついて、(ああ、美しい私の手。一日に幾十度も洗ふ婦人科醫の手。爪を金色に色どつたロオマの貴婦人の手。**虹**。**虹**の下での青野の小川。）

B

東京にも**虹**が出るかしら。この鏡の中にも？ **虹**の下の小川の岸に立つてゐる、子供の彼女。流れのなかの銀針のやうな小さい魚。秋風。あの魚は寂しいにきまつてゐる、と見ていた子供の彼女。

私註〔一〕「**水晶幻想**」〔三〕短篇小説〔四〕昭和六年、「改造」〔五〕**川端康成**〔六〕『川端康成全集』第二巻（昭45、新潮社）〔七〕A＝P191　B＝194

〔**考**〕新心理主義的作風の作品。〈虹〉は清純の象徴。

132

「丙(ひのえ)は陽火なり。午(うま)は南方の火なり。」と「本朝俚諺」に出てゐる。時雄はこの言葉が好きだつた。火に火が重なるから激し過ぎるといふのだ。弓子は火の娘なのだ。「丙午の二八の乙女」——この古い傳説じみた飾りも彼が夢見る弓子を**美しくする虹**だつた。その上に弓子の星は四緑だつた。四緑は浮氣星だ。四緑丙午だと思ふことは一層彼の幼い感情を煽り立てるのだつた。

私註〔一〕「**南方の火**」〔二〕十二〔三〕中篇小説〔四〕「中外商業新報」昭和二年八月十三日〜十二月二十四日〔五〕**川端康成**〔六〕『川端康成全集』第二巻（昭45、新潮社）〔七〕P387

〔**考**〕時雄にとって〈弓子を美しくする虹〉とは、古い伝説じみた飾り、丙午の娘、すなわち激しすぎるほどの、奔放な性格、野放図な豊穣、への憧憬。

133

背に負ぶつて、おろおろ林をさまよつた、あの時の恐ろしい温さと、柔かさとを、彼は過ぎ去つた狂氣のやうに覺えてゐた。それは**燃える虹**のやうに、獄舎の彼の思ひを飾つた。美しい肉體につかへる奴隷の喜びが、時折彼を訪れる度に、つるの幻は天使に近づいて行つた。

私註〔一〕「**それを見た人達**」〔二〕「五」〔三〕短篇小説〔四〕「改造」昭和七年五月号〔五〕**川端康成**〔六〕『川端康成全集』第三巻（昭48、新潮社）〔七〕P23

〔**考**〕愛するがゆえに、浮気な女性・つるを絞め殺した八蔵の獄舎での思いの比喩表現の中に援用。〈燃える虹〉にはエロチックな感覚が混入。

134

夏子は足の下まで、白い煙にもうもうとつつまれてしまつた。「煤煙くさい天女、**虹のかけ橋**か紫の雲のかはりに、コンクリイトの橋に乗つた。」そんなことを思つて笑ひながら、しかし、目も細めず、息もふさがず、近代の機械が吐き出す霧のなかに立つてゐた。

私註〔一〕「**化粧と口笛**」〔二〕二十六〔三〕中篇小説〔四〕「週刊朝日」昭和九年新年特別号〔五〕**川端康成**〔六〕『川端康成全集』第三巻（昭48、新潮社）〔七〕P168

〔**考**〕神秘的な紫雲と並記されているあえかな〈虹のかけ橋〉は、力強い地上的な機械文明（汽車）とは正反対なカテゴリーにある（美の）世界であることを暗示。

135

A

西林はをりをり突拍子もないことを聞く。お前達は自分の財布にいくら入つてゐるか、正確に知つてるかと問はれた時、知つてゐると即座に言つたのは綾子一人だつた。ところが今度は、銀子一人がちがつた答へをした。

「**虹**が好きだわ」

「**虹**がね？　**虹**はいつ出るんだい。」

「知りませんわ。空なんていつだつてあるわ。」

「銀子なんて、毎日生きてやがる。大嫌ひだよ。」と、西林は銀子の肩を抱き寄せて、五六歩大股に行くと、銀子は彼の指を握つて、くるりと身を翻し、二人で踊る姿を一つして見せながら、

「**虹**ならいつまでだつて見てるわ。」

「だつて、**虹**は消えちやうんだよ。」

「さうね。」けろりと言つて脱ぎ取つたベレエ帽を、どの船へという目安もなく振つた。

B

それを見ると、踊子達は足をゆるめてしやべり出した。「木村さんて、變つてるわ。寒さを感じないらしいのよ。」と、蝶子は小さい口で笑つたついでにあくびしながら、

「銀ちやんが來ないもんだから、いい氣持さうに、樂屋の隅つこでぐつすり眠つてたわ。火の氣がないのよ。風邪（かぜ）をひくだらうと思つて、起してやつたら、青い顔してんの。もうレヴユウは止めたいんだつて。飛行學校へ入りたいんだつて。**虹**のなかを飛ぶんだつて言つてたわ」

「**虹**？　あの子、**虹**なんて見たことないわよ。あるもんですか。銀ちやんの口眞似をしてるんだわ。」と、藤子はきつぱりした口調だつた。しかし蝶子はたわいなく、

「飛行機で**虹**のなかへ飛びこんだら、木村さんは目がくらんで落つこつちやうわね。」

私註〔一〕「**虹**」〔三〕中篇小説〔四〕「中央公論」昭和九年三月、各誌分載。昭和十一年四月完。〔五〕**川端康成**〔六〕『川端康成全集』第三巻（昭和48、新潮社）〔七〕A＝P387～388　B＝P392～393

〔**考**〕Aで銀子は「**虹**が好きだわ」と言っているが、これはと

りもなおさず、問わず語りに語り出された、作者・川端の「虹好き」(脱日常的な美しさの愛好)の表出である。すなわち、〈虹〉こそ俗界から超然とした美しさを有するもので、「自分の財布にいくら入っている」というような俗臭の世界とは截然と区別される世界のものである。美の世界、ローマン的世界に生きることを信条とする作者のスタンスの投影。Bも同様発想で、木村が地上的な踊りのレヴユウなどを止めて、夢のような「飛行機で虹の中を飛びたい」という脱地上的願望もそれである。

136

驚愕と興奮の後で、肉體的な快感が動き出してゐる。**眞空の世界の虹**のやうだ。従つて道徳はない。火傷の疼痛が、道徳の代辯をしてゐてくれる。

私註〔一〕「イタリアの歌」〔三〕短篇小説〔四〕「改造」昭和十一年一月号〔五〕**川端康成**〔六〕『川端康成全集』第四巻(昭44、新潮社)〔七〕P62

〔**考**〕〈虹〉は、水滴のない真空の世界ではたちえない。しかし、そのたちえないはずの所にたつ虹。これは在りえないと思われる情況の中に起る状態の比喩。すなわち、激しい疼痛の中の快感。

137

A

琵琶湖(びはこ)の向う岸に**虹**の立つのを、麻子は見た。

彦根(ひこね)を過ぎて、米原(まいばら)とのあいだだつた。年の暮の汽車はすいてゐた。**虹**はいつ立つたのか、麻子が窓からながめてゐた湖水の上に、いきなりほつと浮き出たやうだつた。

麻子の前の男も**虹**に氣がつくと、

「[a]ちい子、ちい子、**虹**、**虹**、ほらほら、**虹**が出た。」

と言ひながら、赤子を窓へ抱き上げた。

(中略)

「赤ちゃんに、**虹**がおわかりになりますの? お見せになつて……」

と、麻子は言つた。さつきから、疑問に思つてゐた。

(中略)

「ちい子に**虹**なんか見せても、あかんわ。よそのお姉さまにしかられた。」「あら。しかるなんて、そんな……。[b]お父さまと汽車に乗つて抱かれて、こんな小さい時に、**虹**を見せていただいたら、しあわせだと思ひましたの。」

(中略)

赤子は麻子を見て、にこにこしてゐた。

「しかし、この子が幾度東海道を通つても、琵琶湖の上に**虹**の立つのは、二度と見られるかどうか、それはわかりませんね。」

と、男はつづけた。

「あなたが、しあわせなんて言ふから、ちよつとさう考へたんです。

年の暮ですから、[c]**大きい虹**を見て、大人の僕らは、來年はいい年になるのか、幸福が來るのか、さう思ひますね。」

「はあ」

麻子もさう思つてゐたのだつた。

虹を見つけて、麻子は湖水の向うの虹の方へ心を誘われた。その[d]**虹の立つ國**へ、生きてゆきたいやうだつた。また現實的にその**虹**の立つあたりの向う岸へ、旅行してみたくなつた。麻子もここをよく汽車で通るが、琵琶湖の向う岸のことはつひぞ考へなかつた。東海道線の旅客は多いが、あの向う岸へ行つた人は少いだらう。

虹は湖水の右寄りに立つてゐて、[e]汽車がその**虹**に向つてゆくやうにも、麻子には思へた。

「岸のあたりは、[f]菜種やれんげ草の畑が多いところで、春の花どきに**虹**がでたら、それこそ幸福の感じでせうね。」と、男は言つた。

「ほんとにきれいでせうね。」と麻子は答へた。

「しかし**冬の虹**は[g]少し不氣味てすね。[h]寒帯に熱帯の花が咲いて、廢王の戀みたいですな。**虹の根も**とで、ぶつりと切れてゐるからかもしれないが……。」

男の言ふ通り、**虹**は根もとから切れてゐた。根もとだけあらはれて、その上は雲に消えてゐた。雪もよひのやうな雲が空によどんで、湖をかげらせてゐた。その雲は向う岸にかぶさりながら、低く切れて、向う岸に明るい光の縁(ふち)を殘してゐた。向う岸よりの水に少し、その光の縁から、薄日(うすび)がさしてゐた。

虹はその光の縁の高さだけに立つてゐるのだつた。

ほとんど眞直ぐに立つてゐた。根もとだけなので、なほ太く見えるのかもしれないが、これで弓形を描いたら、じつに**大きい虹**だらう。弓の片端はずゐぶん遠くになるだらう。むろん、片方の根もとしか立つてゐない。

根もとといつても、**虹**には根はなく、浮かんでゐる。それもよく見てゐると、**虹**は岸のこちらの水から出てゐるやうにも思はれ、岸の向うの陸から立つてゐるやうにも思はれる。[i]**虹の頭**が雲の前で消えてゐるのか、雲のなかへ消えてゐるのかも、さだかでない。

しかし、切れはしの**虹**の浮きやうは、**虹**をなほあざやかにした。[j]**虹**は花やかなかなしみが雲を呼んで、昇天するかのやうであつた。見つづけてゐるうちに、麻子はさういふ感じが強まつて來た。

雲もそんな雲だつた。上はどんよりだが、向う岸にさがつた裾には、今にも巻きかへりさうな、濃いたらしこみがあつて、そしてじつと動かなかつた。

米原へ着くまでに、**虹**は見えなくなつた。

B

卍亭の丘からおりて、大きい石橋を渡ると松琴亭である。

長さ三間あまりの一枚石で、加藤左馬之助(きまのすけ)の獻上(けんじやう)と傳へられ、白川石なので、白川橋といふ。

夏二がその石橋の上に立ちとどまつたので、麻子も立ちどまつた。

（中略）

「さうさう、さつきも橋の話をしましたね。僕の死んだ兄と麻子さんのお姉さまとのあひだの、橋の話でしたね。」

「ええ」

「あれは形のない、まあ心の橋でせうが、これは三百年も前から、しつかりと動かない、石の橋で、美の橋なんですね。人と人との心のあひだにも、かういふ橋がかけられるんだと……。」

「石の橋？　石の橋なんか、心にかけられたら、いやじやありませんの？　**虹**のやうな橋でいいわ。」

「まあ、[k]心の橋は**虹の橋**かもしれませんね。」

「でも、この石の橋だつて、心の橋かもしれませんのよ。」

「それはさうでせう。美をつくるためにかけた石橋で、藝術の表現だから。」

C

麻子が病院を出たのは、もう秋であつた。

麻子は病室の壁に、毎日、**虹の繪**をながめてゐた。
[e]ミレエの「春」の色刷りであつた。

（中略）


冬が過ぎ春の來た野に、綠の草が萌え、三四本の林檎の木は白い花をつけてゐる。向うの丘の森も若い綠である。土は濡れたやうに赤く黒い雨雲に**大きい虹**がかかつてゐる。

虹は畫面の左上から立つて、畫面のそとに出てゐる。[m]萬物生成の春を**虹**が祝福してゐるのだらうか。

百子が見舞ひに來た時、このミレエの「春」は、病室の壁にかかつてゐた。

D

「**虹の繪**といふと、廣重の肉筆にもあつたやうよ。どこで見たのかしら。畫集で見たのかもしれないわ。海の上に**細い虹**がかかつてゐて、たしか、洲崎の繪だつたと思うわ。」

「**虹の繪**はいろいろあるんでせうね。」

「さう、廣重のは洲崎の晴嵐といふので、江戸八景だつたから、琵琶湖と縁がないこともないわ。こんど廣重の畫集を持つて來ませうか。」　「ええ」
[n]洲崎の**虹の繪**は、淡い、はかないやうな繪だつたわ。」
百子は息抜きに、廣重の繪の話をしたのかもしれなかつた。

E

「麻子も**虹の繪**を見たくなつたりするの、病氣のせゐでせうけれど、お母さまのお好きだつた[o]**虹の繪**を、赤ちやんの時に見てゐたせゐかもしれないわね。」と百子は言つた。[p]麻子は心にひびいたが、

「ちがうわ。琵琶湖の**冬の虹**を思ひ出したからよ。」
[q]**冬の虹**なんて、麻子には似合はないわ。私のことだわ。麻子はミレエの繪のやうに、**春の虹**を見てゐればいいのよ。」
「麻子だつて、お姉さまの思つてらつしやるやうでもないわ。」

F

赤松の山の裾には、川端の臨川寺の土塀がうつつてゐた。

「もうすつかり冬景色ですね。」

と、青木も川にうつる山を見て言つた。

「東京はこのあひだ、雹（ひよう）とあられとが降つたさうですわ。妹が手紙に書いて來ましたの。それが降りやむと、**虹**が出たんですつて……。どこだかわかりませんけれど、妹は廣いアスファルトの道を歩いてゐて、道の行く手の正面に、**大きい虹**がかかつて、**虹の中心**に向つて歩いて行つたんださうですわ。」

R麻子は夏二と二人で、虹に向つて行つたのではないかと、手紙を讀んだ時に、百子は感じたが、今もさう思へた。

私註（一）「**虹いくたび**」（二）A＝「冬の虹」一　B＝「銀の乳」一　C・D・E＝「虹の繪」一　F＝「虹の道」一（三）長篇小説（四）「婦人生活」昭和二十五年3月〜二十六年4月（五）**川端康成**（六）『川端康成全集』第七巻（昭49、新潮社）（七）A＝P119 121 122 123　B＝P252 254　C＝284 286　D＝290　E＝P291　F＝P337 338

〔**考**〕川端文芸中、一番〈虹〉語の頻出する作品である。人間関係を注するならば、超一流建築家水原常男には妻すみ子との間に「麻子」がおり、結婚前水原には一女「百子」を儲けた恋人がいた。彼女が自殺したために、百子を引き取った。その後水原は京女菊枝と理無い仲になったが、彼女には既に一女有子がいた。有子は内縁の夫「大谷」との間に「ちい子」を儲ける。麻子が異母妹探しに京都に赴いた帰途、大谷と赤子・ちい子に途中で出逢う。琵琶湖畔に冬の虹がたった。この作品の構造は近藤裕子(注5)によると「虹の象徴的イメージを切断された円環」として把握し、「人間関係の円環は、麻子の善意にその成立がかかっている」と説く。虹と季節の項目では、冬に始まり冬に戻るこの作品のドラマの時間軸、すなわち四季と虹との関係を整理し、連結（人と人との架橋）と不確実（連結された〈関係〉のはかなさ）の二面性を把握し、〈虹〉と季節と人間のドラマとは展開の軸を一にしている」と立証する。さらに〈虹〉と断絶を解説し、虹いくたびの本義を麻子と夏二に見ている。

「c―f―l―q」では、〈虹〉をプラス感覚、すなわち「幸福」の象徴、あるいは予祝、とみている。逆に、はかない存在とみているのは「j n」である。「……」と線部に表現されている〈虹〉は、気象学的にはいわゆる〈株虹〉で、切れている上の部分は雲の裏に隠れて見えないのである。これを季節「冬」と絡めつつ「少し不気味」「廃王の恋」という、ややマイナス面でとらえている。kでは、人間の心の架橋に、はかなくも美しい〈虹〉を表象させている。一方、石の橋のような「確実性」も望みつつ…。「a―b―o―p」は互いに連結・呼応させつつ、〈虹〉は、というより非常に美しいものは、無意識であっても「心」に映っている、インプットされているものなのだ、ということをひそかに主張している。「d―R」は、これも呼応。連動しているが、「虹の彼方へ」とか、「虹を追う人」、すなわち積極的に幸福を希求する人生観のイメージであり、その行為の象徴として、麻子と夏二が描かれている。このローマン的至福観の淵源は、遙か遠くの古代、グローバルに流布していた「虹脚埋宝」信仰にある。

なお、Dの広重の〈虹〉の絵は、ミレエの「春」の〈虹〉の絵からの連想であろうが、江戸八景にあり「淡いはかない〈虹〉」という。広重には、名所江戸百景「高輪うしまち」にも〈虹〉の絵がある。ただしこちらはそう淡くはない。〈洲崎の虹〉の絵はその「淡いはかなさ」をいう為に出したのであろう。

「i―j」の表現は、比喩ではあるが、〈虹〉を「天蛇」すなわち「龍の前身」、「動物」的にみる、稿者のいういわゆる「虹の一次認識」の発想にある。現代作家の中にも、古代がちらちらしているのである。

138

私達夫婦のそのやうなところまで掘り起して、娘は土中に埋れたなにかをさがす氣かもしれないが、掘り荒された地肌のなまなましい傷はどうしてくれるつもりであらう。娘は**土中に虹を見ようとする**に過ぎない。

私註〔一〕「**再婚者**」〔二〕一〔三〕短篇小説〔四〕「新潮」昭和二十三年五月号～八月号〔五〕**川端康成**〔六〕『川端康成全集』第七巻（昭49、新潮社）〔七〕P352

〔**考**〕「土中に虹を見」るとは、妻の先夫の子である若い娘のおかしている「矛盾」についての比喩である。

139

A

江口老人は乳首のまわりが血にぬれたことのあつた愛人と、北陸路をまはつて京都へかけおちした幾日かが思ひ出されて來た。今ごろこんなにありありと思ひ出せるのは、うひうひしい娘のからだのあたたかみがほのかに傳はつているからかもしれなかつた。北陸から京都へ行く鐵道には小さいトンネルが多かつた。汽車がトンネルにはいるたびに娘はおそれが目ざめるのか、江口に膝を寄せて手を握つた。小さいトンネルを出ると、小さい山か小さい入海に**虹**がかかつてゐた。

「まあ可愛い。」とか、「まあきれい。」とか**小さい虹**にいちいち聲をあげてゐた娘も、トンネルを出るたびと言つていいほど、右か左を目でさがすと**虹**が見つかるので、そして[a]あるかないかほど**虹の色**があはかつたりするので、ふしぎなほど多い**虹**を不吉のしるしと思ふやうになつた。

「あたしたち、追つかけられてゐるんじやないの？　京都へ行つたらつかまりさうだわ。つれもどされてしまうと、こんどはうちから出してもらへないわ。」大學を出て職についたばかりの江口は京都で暮らしてゆけさうにないので、心中でもしないかぎり、いづれは東京に歸らねばならないとわかつてゐたが、**小さい虹**を[b]見ることから、娘のきれいなひそかなところが目に浮んで來て追い拂へなかつた。

B

江口老人は目がさえて寢つけさうになくなつた。**小さい虹**をながめた娘のほかの女を思ひ出したくもなかつた。眠つてゐる娘にふれたり、あらはにくまなく見たりもしたくなかつた。

私註〔一〕「**眠れる美女**」〔三〕中篇小説〔四〕「新潮」昭和三十五年一月～六月、三十六年一月～十一月〔五〕**川端康成**〔六〕『川端康成自選集』（昭43、集英社）〔七〕A＝P377　B＝P378

〔八〕――は稿者による。

〔考〕この作品は作者晩年の好みにより選書された『川端康成自選集』（昭43、集英社）にも採られている。波の音の聞えくる隠れ宿、赤いびろうどのカーテンの寝室、睡眠薬で深く眠らされている若く美しい娘との共寝している六十八歳の老人の心に喚起されてきた若い日の回想シーン。aでは、〈虹〉の形状からくる「はかなさ」より「不吉」へと連想。bには、これも古代よりの〈虹〉の属性の一つである、「エロチシズム」の薫染がある。

140

「**虹**に乗つてらつしやるわ、久野さん。」と稲子は言つた。

久野は虹のなかに立つてゐるのではなく、**虹**の向うに立つてゐた。**虹**は久野と稲子とのあひだ、しかしずつと久野寄りに浮んでゐた。久野の肩から下のからだ、いや口までが**虹**に消えてゐた。氣泡の集まりの**虹**は透明な感じで、その裏のものをかくすやうでないから、稲子には久野のからだがなくなつてしまつた恐怖と不安とがつづきさうなものだが、**虹**のふしぎな美しさに稲子はまぎらはされたのであつた。

もとより久野には自分の前の**桃色の虹**は見えない。自分がこの世ならぬもののやうに、むらさきか五色の雲に乗つた聖なるもののやうに、**桃色の虹**の上にゐるとは感じられない。稲子の話によつて、自分が稲子にさう見えてゐると知るだけである。しかし、久野は稲子の幻視あるいは缺視を、それほどおどろきはしなかつた。稲子を抱いてゐる最中に、久野のからだが稲子に見えなくなるといふことが、すでにたびたびあつたからである。

ただ抱いてゐない時に、久野のからだが稲子に見えなくなつたことははじめてであつた。

私註〔一〕「たんぽぽ」〔二〕後部〔三〕中篇小説〔四〕「新潮」昭和三十九年六月号～四十三年十月（欠載あり）〔五〕**川端康成**〔六〕『川端康成全集』第十五巻（昭48、新潮社）〔七〕P135～136

〔考〕生田川の岸にはたんぽぽが多く、この生田町はたんぽぽの咲いた春のような町で、その町にある「気ちがい病院」（精神・神経科病院）に通院・入院している未婚の美しい女性・稲子をめぐる物語である。久野はその婚約者である。二人はすでに深い関係に入っている。稲子の病状は「視野欠視」と「虹視」である。その他、半身にも異常があるが、典型的な精神病とも見えない。遺伝的要素よりくる脳神経病であろう。とまれ、稲子の目に映る「ふしぎな美しさ」をもつ〈桃色の虹〉の出現は、失明に至り易い「緑内障（アオソコヒ）」の症状である。これは遺伝的要素も多く、房水という眼球内の水の循環が妨げられて、眼圧が異常に高まってしまう病気で、「虹視症」が現れ、続いて視野異常が出て、ついには失明する。早期発見・早期治療が必要である。

141

二十日の夜は、藤田家で、別れの集まりがあつて、いわゆる「**夜の虹**」らしいのを見る折りにも恵まれた。月のまはりを**圓い虹**が巻く、それを「**夜の虹**」といふ季題にしてゐるのだが、その夜は半月で月にかかる淡い白雲のなかに**虹の輪**の一部分が薄い**虹色**にに浮かんでゐた。月下美人も咲きはじめたといふので、（略）

私註〔一〕「**夜の虹**」〔二〕三〔三〕随筆〔四〕「朝日新聞」昭和四十四年六月二十六日夕刊〔五〕**川端康成**〔六〕『川端康成全集』（昭48、新潮社）〔七〕P298〔八〕随筆のため「補」（補助参考資料）とした。この部分は、藤田圭雄『ハワイの虹』（昭53、晩成書房）中にも引用されている。

〔**考**〕ハワイでよく見られる〈夜の虹〉すなわち〈月虹〉に属目したもので、美しいものと観じられていることは、次の「月花美人」との並記でも知られている。堀口大学にも「ヌアヌに懸かる夜の虹」という一行が、ハワイで詠んだ「郷愁の虹」の中に出てくる。

142

A

千重子は大佛次郎の「京都の誘惑」という名文を、くりかえし讀んだことがある。

「北山丸太にする杉の植林が層雲のように青い梢を重ねたのと、赤松の幹を繊細に明るく列ねた山全體が音樂のように木々の歌聲を送つて來る……」という、その文章のひとくさりが、頭に浮んで來た。

祭りばやしや、祭りのざわめきよりも、その圓い山の重なり、つらなりの音樂、木々の歌聲が、千重子の心にかよつて來た。北山に多い**虹**のなかを通して、その音樂、歌声を聲いているような……。

千重子のかなしみは薄らいでいた。

B

北山の方角に、**虹**がいくどか立った、午後であった。

秀男は苗子の帯をかかえて、道に出ると、**虹**が目についた。**虹**はふといけれども、色が淡く、上までの弓形は、描いていなかった。秀男が立ちどまって、ながめているうちに、**虹**の色は薄れて消えてゆくようだった。

ところが、バスで山かいへはいるまでに、秀男は似たような**虹**を、なお、二度見た。三つとも、上まである完全な形の**虹**ではなくて、どこかで薄れていた。よくある**虹**なのだが、

「ふうん、**虹**は吉のしるしなんやろか、凶なんやろかしら」と、今日の秀男は少し氣にかかった。

雲は曇っていなかった。山かいへはいってしまうと、似たような淡い**虹**が、また立ったか、それは、清瀧川の岸にせまる山で、わからなかった。

私註〔一〕『**古都**』〔二〕A＝祇園祭り　B＝松のみどり

〔三〕長篇小説〔四〕「朝日新聞」昭和三十六年十月八日〜三十七年一月二十七日〔五〕**川端康成**〔六〕紅葉装『古都』（昭48・5、牧羊社）〔七〕A＝P125〜126　B＝179〔八〕初版本（昭37・6、新潮社）A＝P130　B183

〔**考**〕京都の北部、いわゆる洛北は、銘木・北山杉が育つのに好環境であるが、その気象環境は、北山しぐれのあとの陽光との交歓によって〈虹〉がたちやすい。その〈虹〉に「卜占」的効果を夢みるのは、中国上古の殷の時代の甲骨文字にすでに見られるように、〈虹〉がそのような思いに誘う現象であるということである。同作者の「虹いくたび」（＝5 7A）にもそれがみられた。井伏鱒二の名作「黒い雨」（＝17—B）にも同類の享受がみられたが、それには更に積極的な「祈り」の要素が加わっている。そこにやや位相がある。

143

まさに暮れんとする曠野を、轟々と汽車が飛ぶ。二時間、一時間。刻々に村山を綾子の居る新京に近づけて行く。

（いかにウルサイ典子でも、新京まではやって來ないだらう。どうにか手續きをして一しよに、ドイツへ！）

村山の行手の空には、たちまち、**七彩の虹の橋**が、鮮やかにかけ渡されてゐる思ひである。

（完）

私註〔一〕『**生活の虹**』〔二〕七彩の虹〔三〕長編小説〔五〕**菊池寛**〔六〕『生活の虹』（昭9・6・11、初版、不二屋書房）〔七〕P429・430

〔**考**〕先に男女間の関係が危うい葛藤的場面の章題に「虹は崩れる」（22章）という象徴的表現があって、最終章であるこの章名が「七彩の虹」（26章）である。とすると、この主人公の心の中にたった〈虹〉は、苦難のあとの希望の象徴、この場合「恋の成就の予兆」として感受・表現されている。

144

行く手の南支那海の上に再び雨の上つた青い空が廣々と輝き渡つてゐる。あゝ、もうロジタの姿も遠く離れてしまつた。

ふりかへつて眺めるとマニラの市街は、もう綠色の地平線に白くキラキラと日光を反射する小さな一畫となつて驟雨晴れの空に、パンパンガからキヤビテへかけて大きな**南海の虹**がかゝつてゐるではないか。

「さやうならロジタ！　さやうなら南海の虹！」

眞垣は感慨深く幾度も幾度も胸の中でくりかへした。

私註〔一〕『**虹晴**』〔二〕南海の虹・四〔三〕長編小説〔四〕「週間朝日」〔五〕**北村小松**〔六〕『虹晴』（昭10・8・15、初版、岡倉書房）〔七〕P322・323

〔**考**〕日本民族が、海外雄飛の夢をもくろんでいた頃を背景とした作品である。作者はその序中「私は、我國南方の生命線に沿ふたこの群島――やがてアメリカの手をはなれて獨立國となるフイリツピンに對して我々はもつと興味を感じていいと思つて歸つて來た。色々な点で我々は西方滿洲國のみでなくフイリツピンに目を向ける必要がある。」と記し、その使命感をさえ吐露している。インターナショナルなコミュニケーションの中で生ずる難しい男女の問題を、黒耀石のような美しい目をもつ情熱的なフィリッピン娘・ロジタと、商社マンの日本青年・真垣との交際と離別の相を通して描いている。この作品の最後に現れるローマン的で美しい〈南海の虹〉は、相結ばれることのない主人公である恋人達の、はかなくも懐しい「恋の象徴」である。

145

A

夏の夕立が、もう少し前、都會の空を通過してまもなく、晴れてきた青空の一角に、いま、**虹の弧が七色の橋**を大きくかけてゐるんでした。マネキンの笛美は、僅かな時間の休息をとらうと、仲間の控室を出て、デパートの屋上に來て、まだぬれてゐるやうな新鮮な空氣の下で、**虹の弧**を仰ぎみて立つてゐるんでした。足もとのコンクリートはまず水たまりで、その水にまで、**虹は七色の首飾**程の大きさに影をうつしてゐるんでした。

（中略）

『人生はこんなに汚いのに、自然はなんとまァ、こんなに美しいんでせう、虹さん』

（中略）

『あたしと、あなたとどちらがきれい、**虹**さん』

多少のうぬぼれは、女にはどうも仕様のないもので、笛美は……

B

『ハ、ハ、ハ――こりやをかしい』

笛美は笑つたんです。そして鳳介君がさし出した廣告文案を手にとつてよんでみたんです。

虹の下には街がある
人は天狗で歩いてる――
鼻を高くしたいかたは
レーンボウ隆鼻秘薬を

私註〔一〕『**虹**の下の街・チエコとチヤコ株式會社』〔二〕A＝「屋上の虹」　B＝「ハーピー・エンド」〔三〕ユーモア小説〔五〕**中村正常**〔六〕『虹の下の街・チエコとチヤコ株式會社』―現代ユーモア小説全集・第六巻―(昭10・10・20、初版、アトリヱ社)

〔七〕A＝P11・12・13　B＝P128

〔**考**〕昭和初期の都会風俗を背景とした作品である。当時としては新しいモードであるユーモアにくるんで、若者たちの明るく楽しい恋を描出。〈虹〉は人間世界を超越した美しい自然現象として感受されながらも、全体として、古代より遺伝している、淡いエロスの雰囲気を漂わす。なお、A中の「七色の首飾りの程の」の比喩は、中東方面の神話に「虹は女神イシュタルの首飾り」（資料30）というのがあり、類似している。

146

A

さうは思ひながらも、前畑は、諦め切れなかつた。彼は今となつて、自分の心に生きてゐる雪子の大きさを知つた。雪子とこそ、生涯を共にしたい、たゞ一人の女だつたのだ。**未來の空の美しい虹**の橋を、彼女とこそ、手を繋いで渡りたかつたのだ。

その雪子は他人に奪はれるし、宿望の工場からは解雇されるし、

B

十二月一日は、新装成つた工場の開業式であつたが、前畑と雪子との結婚式でもあつた。

（中略）

「ホ、ホ、ホ。小父さん後一年お待ちなさいよ。あたし達、この工場を、守衛の要るやうな工場に、きつとしてみせるから……」

雪子は、帳簿へ記入のペンを休めて、婉然と笑つた。今度こそは、**儚く消えないだらう虹**が、彼女の頭の中に映つてゐたからで……。

（了）

私註〔一〕**『虹の工場』**〔二〕A＝「虹消える」　B＝「消えない虹」〔三〕長編小説〔五〕**獅子文六**〔六〕『虹の工場』（昭16・1・21、初版、新潮社）〔七〕A＝P271　B＝P329

〔考〕昭和十年代における町工場を主たる舞台とした、前畑―雪子、という若い男女の愛の彷徨と帰着、実業界に生きる心意気を描いた作品。〈虹〉は精神上の〈虹〉であり、やはり希望の象徴として感受されているが、それがかなわぬ失意の章では「虹消える」としている。しかし、自然の〈虹〉の属性として消えてもまた「たつ」現象を援用している。さらにそれに主観性を強化して最終章「消えない虹」とした。それは、新しく皆で力を合わせて工場経営に立ち向いつつ、近未来における成功の予兆を匂わせる希望の〈虹〉である。

147

「紺屋」の花嫁は、胸のうちで思つた。部落ぢゆうのみんなが、この三人の「棕櫚の家」の子たちの氣持にさへなつたら、さうよ、きつと美しい部落が出來るわ！しみじみと愛情の感じられる、あたたかで、住みごこちのよい笹生部落になるんだけれど！

その時であつた。

「あらあ、**虹**！」

盥のなかの小さい勝が叫んだ。

「ほんまや。**虹**や。」

茂も、重吉も、伸びあがるやうにして、勝が指してゐる東方の空合ひに美しく大きく壯麗に懸つた**七色の虹の橋**を仰いだ。「紺屋」の花嫁も小さい三人の兄弟のうしろから、たいこのばち（饅頭笠）を

脱つて、

「まあ、美しいのねえ。」

と、いつた。それはかの女が生涯のうちさうめつたに味ふことのできない尊い經驗を、今、經驗してゐるのだとでもいふかのやうな、深い感動のなかからほのぼのとにじみ出てくる聲であつた。

私註（一）『**虹**』（二）11（三）長編小説（五）**丸山義一**（六）『虹』（昭21・7・15、初版、草人社）（七）P150・151
（**考**）第二次世界大戦中の農山村を舞台として、「棕櫚の家」と、村一番の地主である「紺屋」の嫁・姑の葛藤と悲劇を絡めつつ最後に部落の人々の連帯的温情というプラス面を描き、なおかつ、荒神祭の晩、ひそかにショパンの「別れの曲」を奏でたのち「美しい虹の思い出をあたたかく胸に秘め」ながら婚家を去らなければならなかった嫁の姿をも描き、古き意識の開放への発揚に望みをこめ託した作品で、美しい〈虹の橋〉は、暗い農村生活から、自由で明るい明日への期待の象徴として表現されている。

148

「富士山！」

「あツ、**虹**だ！」同時に、みんなが叫んだ。

虹！　**虹**といえば**虹**だ。うすい、**白い虹**――しかし夏ではない。そんな秋の朝の日に、**虹**のたつわけがない。たぶん、すでにみねをうずめている雲が日を受けて起こした幻影かも知れなかったが、富士がかぶつた王冠のようにも、また後光のようにも見えた。

私註（一）『**虹の冠**』（二）「入選確定日」三（三）少年・少女小説（五）**野村愛正**（六）『虹の冠』（昭24・7、光文社）
（**考**）この富士がかぶった白い円光、王冠のような〈白い虹〉は、あの世からの（死んでこの世にいないという）メッセージ。またこれは、薄幸の若い天才画家・修二が、最後にあらわした栄光であり、親しいすべての人々への告別。

149

A

六年前の或る日、**私の胸に幽かな淡い虹**がかかつて、それは戀でもなかつたけれども、年月の經つほど、その虹はあざやかに色彩の濃さを増して來て、私はいままで一度も、それを見失つた事はございませんでした。**夕立の晴れた空にかかる虹**は、やがてはかなく消えてしまひますけど、**ひとの胸にかかつた虹**は、消えないやうでございます。どうぞ、あのお方に、きいてみて下さい。あのお方は、ほんとうに、私を、どう思つていらつしやつたのでせう。それこそ、**雨後の空の虹**みたいに、思つていらつしやつたのでせうか。さうして、とつくに消えてしまつたものと？

　それなら、私も、**私の虹**を消してしまはなければなりません。けれども、私の生命をさきに消さなければ、**私の胸の虹**は消えさうもございません。

B

さいしよに差し上げた手紙に、**私の胸にかかつてゐる虹**の事を書きましたが、**その虹**は螢の光みたいな、またお星さまの光みたいな、そんなお上品な美しいものではないのです。そんな淡い遠い思ひだつたら、私はこんなに苦しまず、次第にあなたを忘れて行く事が出來たでせう。**私の胸の虹**は、**炎の橋**です。胸が焼きこげるほどの思ひなのです。麻藥中毒者が、麻藥が切れて藥を求める時の氣持だつて、これほどつらくはないでせう。

C

これが、あの**私の虹**、**M・C**、私の生き甲斐の、あのひとであらうか。六年、蓬髪は昔のままだけれども哀れに赤茶けて薄くなつてをり、顔は黄色くむくんで、眼のふちは赤くただれて、前歯が抜け落ち、絶えず口をもぐもぐさせて、一匹の老猿が背中を丸くし部屋の片隅に坐つてゐる感じであつた。

D

私のその戀は、消えてゐた。／夜が明けた。／部屋が薄明るくなつて、私は、傍で眠つてゐるそのひとの寝顔をつくづく眺めた。ちかく死ぬひとのやうな顔をしてゐた。疲れはててゐるお顔だつた。／犠牲者の顔。貴い犠牲者。

私のひと、**私の虹**。**マイ、チャイルド**。にくいひと。ずるいひと。

この世にまたと無いくらゐに、とても、とても美しい顔のやうに思はれ、戀があらたによみがへつて來たやうで胸がときめき、そのひとの髪を撫でながら、私の方からキスをした。

かなしい、かなしい戀の成就。

私註〔一〕「斜陽」〔二〕A・B＝一（章）　C・D＝六（章）〔三〕長篇小説〔四〕「新潮」昭和二十二年7月〜10月〔五〕**太宰治**〔六〕『太宰治全集』第九巻（昭46、筑摩書房）〔七〕A＝P166 167　B＝178　P178　C＝P211　D＝P225〔八〕Dの「／」は稿者による。

〔考〕本作品は「没落貴族の家庭を背景にして、老母、姉、弟、小説家の四人を登場させ、姉と手紙を通して語られる、にぎやかなロマンである。（『近代日本文学大事典』講談社）　この中に〈虹〉が幾度か登場している。そしてこの〈虹〉は主として《胸中の虹》であって、自然の〈虹〉ではない。これはAのやがてはかなく消えてしまう〈夕立の晴れた空にかかる虹〉、すなわち自然の〈虹〉に対して語られる〈消えない虹〉である。その〈虹〉は、時間の推移によって変容している。

〈幽かな淡い虹（A）〉→胸を焼きこがす〈炎の虹（B）〉→〈愛人＝M・C、そのもの（CD）〉

Dで一たん消えた恋が再燃する姿を叙し、これは言外に自然の〈虹〉の属性をうまく援用している。とまれ、この作品は〈虹〉の内蔵する古代性の一つ、すなわち陰陽の接点から生ずる「気」としてのエロチシズムを、表現中効果的に援用して成果を得ている。

150

恐らく、自分の内に生きてゐる修羅は娘や夫を相手におらび、たけり、不体裁な争ひをつづけながら容易にこの場を動かずにいつまでも生きつづけて行くことであらう。時ならず自分を籠めた**虹の生命**がたまゆらであるやうに**修羅**は寿命の尽きる日まで、現身を離れずに自分の内に生きつづけるのではないか。いや人間の生命とは結局さうした妄執の果てない繰り返しであるかも知れない。

私註〔一〕『**虹と修羅**』〔二〕第四章「虹」〔三〕長編小説〔五〕**円地文子**〔六〕『虹と修羅』（昭43、文藝春秋）〔七〕P296

〔**考**〕結婚生活に絶望している中年女性・滋子に〈虹〉のように訪れた不倫ではあるが真剣な恋……その相手・柿沼の癌死。女の第二の青春の生理と心理を深く追求し女のもつ「妖」を彫り下げた。「修羅」と対比される〈虹の生命〉は、その不倫の恋のメタファーである。〈虹〉のもつ古代的認識・エロスの遺伝がみえる。

151

A

その郁子の眼に、**美しい虹**が行く手の森から右手の空にかけて立っているのが見えた。

「あゝ、綺麗……」

大きな鮮やかな虹だった。郁子は自転車をとめた。車を走らせながら見るにしては、あまりにも**美しい虹**だった。自転車を道のはじにやって、郁子は空を仰いだ。

「**素敵な虹**……」

と、もう一度、感歎したとき、郁子にそれが、天にかかった大きな美しい橋のように見えた。

「**虹の橋**……」

それは、郁子がいま住んでいる村から、遠いかなたのよその世界へとかけられた美しい橋のようでもあった。

夢の橋。**希望の橋**――その橋を渡って行くと、喜びの世界へと行ける……。その**虹の橋**は郁子に、

（さ、早く渡って……）

と、呼びかけているかのようだ。

（どの方角かしら……）

現実には、**虹の橋**の行く手は、どの方角に当っているのかしらと、郁子は思った。そして、はっとした。

（仁科さんのおうちの方だ……）

B

旅館の女中には、こうして子供を育てている寡婦が多い。（中略）

「とても遠いもんですから、子供のところへ月に一回行けるのが、せいぜいなんです」

家はどこかは言わないで、

「**虹**を見ると、あたしは、遠い子供のことが思い出されて、飛んで

行きたくなるんです。あの**虹**を渡って、一足飛びに子供のところへ行けたら、どんなにいいだろうって……」

郁子の口から、思わず、

「あゝ……」

軽い叫びがもれた。

女のおもいは、こうして誰も、同じようなものなのか。

なんという悲しいおもいだろう。

子をおもうのと、恋しいひとを思うのと――対象はそこに違いはあっても、**虹**を見て、その**虹の橋**を渡って自分の心を預けたところへ飛んで行きたいと、ひとしくおもう。

私註〔一〕『**虹の橋**』〔二〕A・B＝「高原の虹」三〔三〕長編小説〔五〕**高見順**〔六〕『虹の橋』（昭33・1・28、初版、大日本雄弁会講談社）〔七〕A＝P196　B＝199・200

〔**考**〕現代娘の歓喜と哀傷を詩情豊かに謳い上げた作品である。内に、古代の〈虹〉認識たる、霊魂が異界に渡る「橋」型発想が如実に表現されているが、それが「喜びの世界」へと行ける「夢の橋」「希望の橋」であるところに、『旧約聖書』的なものの薫染がみられる。子をおもう「母ごころ」と、恋人をおもう「女ごころ」のスタンスからとらえられていて、女の身のかなしさと深く結びつけられているところが文藝的。

152

ふと見ると、山の上の空にきれいな**虹**が出ていました。松ばかり青いその山だけに、日が射して目に暖かく、こんもりと明るく見えたのに、**虹**は大きな橋のように空にかかっていました。その大きな**虹**を見た時、光寿は光太郎がどこかに無事で生きているのだと、はっきりと決めました。間違いなく生きていて、**虹の橋**の片方が降りているあたりにいて、今自分が子供のことを思っているように光太郎の方でも父親のことを思っていてくれるのだと確信をこめて思いました。

私註〔一〕『**虹の橋**』〔二〕虹〔三〕長編小説〔五〕**大佛次郎**〔六〕『虹の橋』（昭36・12・20、初版、光風社）〔七〕P241

〔**考**〕戦乱の中に生きる武士の心を、父子の情を、かなしく美しく描いた作品。この作品中の〈虹〉は、作中の主人公である父の属目であるが、それは瑞祥としてプラス志向で享受され、父―子の強い愛の伴の象徴として表現されている。結末部の父・光寿の末期の眼底に映った〈虹の橋〉も同様であろう。

153

三人が玄関へとび出したとき、雨はあがっていた。雲が切れたらしく葉蔭が車寄せに落ちていた。

来そうだった。


「**虹よ**」

ひと足先におもてへ出た久枝がさけんだ。

虹は立ったばかりなのか、根もとが太く、色もくっきりしていた。しかし、虹の下半分の空にはまだ雨雲がむらがっていた。むらさきがかった濃い雨雲で、虹のあかるさはかえって不気味だった。虹だけが生きているようであり、電流の音に似たものが虹から聞こえて来そうだった。

私註〔一〕『**虹**』〔二〕第一章4〔三〕長編小説〔五〕**原田康子**〔六〕『虹』（昭54・5、作品社）〔七〕P22
〔**考**〕阿寒湖畔に起きた心中事件の伏線として〈虹〉が登場している。女は絶命、男は辛うじて助かる。それが、「虹の下半分の空にはまだ雨雲がむらがっていた。」という不完全さに表象されている。〈虹〉の橋は、霊魂昇天の道―という民俗はグローバルに散在しているもので、その享受は、女性作家特有というわけではない。

154

A

やはり山本から横川までは徒歩連絡である。横川から己斐までは一丁場だから線路づたいに歩いた。己斐駅に石炭貨車が入っているあてはないのだが、とにかく僕は気が急ぐので、枕木に落ちる自分の微かな影を追いながら歩いて行った。ふと振向いて見ると、薄ぐもりの空に鋭く光る午前の太陽を、**白い一本の虹**が横ざまに突き貫いていた。いかにも**珍らしい虹**である。僕は子供のとき、夜ふけに**銀色の虹**が山のこちら側に出ていたのを見て不思議に思ったのを覚えている。**昼間の白い虹**を見たのは今日が初めてだ。

B

僕は工場長や工員たちに、己斐へ行く途中に**白い虹**を見たことを話した。すると工場長が食卓をどんと打って、

「そうか、君も見たか。僕も東京にいたとき、二・二六事件の起る前の日に見た。**白い虹**だよ」と云った。

やっぱり**白い虹**は、太陽のまんなかを横に貫いていたそうだ。二・二六事件の起る前日の午前十一時ごろ、工場長が三宅坂のところを歩いていると、その日は海が荒れていたのか、宮城のお濠に何百羽もの都鳥が集まっていた。二月下旬だから鴨も堤に群れていたが、都鳥は何百羽か何千羽の数かわからないほど群がっていた。不思議なことだと思って見ていると、まだ不思議なことに、空の太陽を**白い虹**が横刺しにしていたそうだ。

「それはね、悪いことの起る前兆だ」と真顔で工場長が云った。「あの翌日、二・二六事件が勃発してね。だからその前の日だ。僕が役所の上役に、さっき**白い虹**を見たと話したところ、上役はぎくりとしたね。「**白虹、日を貫く**」と云って、兵乱の起る天象だ。上役がそう云うのだな。史記の何とか伝というのにあるそうだ。僕は、まさかそんな馬鹿なことがと思ったが、翌日の夜明けに二・二六事件が勃発したね。」

「私の見たのは、太陽を串刺しにしたような、**割合に幅の狭い虹**でした。」

「そうだ。幅は広くはないけれど、流線型の決定的な**白い虹**だ。縁起をかつぐわけではないが、**白い虹**は貧乏神のようなものだな。どうもそうらしい。」

僕は一日じゅう歩いたので疲れを覚えていた。

C

これで「被爆日記」の清書は完了した。あとは読み返して厚紙の表紙をつければいいのである。

その翌日の午後、重松は孵化池の様子を見に行った。毛子の成育は上々で、大きい方の養魚池の浅くなっている片隅に蓴菜(じゅんさい)が植えてあった。たぶん庄吉さんが城山の弁天池から採って来て植えたのだろう。緑色に光る楕円状の葉片が水面に点々と浮かんでいるなかに、細い花梗をもたげて暗紫色の小さな花を咲かせていた。

「今、もし、向うの山に**虹**が出たら奇蹟が起る。**白い虹**でなくて、**五彩の虹**が出たら矢須子の病気が治るんだ。」

どうせ叶わぬことと分っていても、重松は向うの山に目を移してそう占った。

私註〔一〕『**黒い雨**』〔二〕A・B＝二十　C＝最終部〔三〕中篇小説〔四〕一九六六、新潮社刊〔五〕**井伏鱒二**〔六〕『井伏鱒二全集』第二十三巻（一九九八、筑摩書房）〔七〕A＝P495　B＝P499　C＝P506

〔**考**〕「ヒロシマ原爆」に取材した作品である。広島市ではないが、広島県深安郡の出身である作者にとっては言更思い入れの深いものであったと思われる。昭和四十年一月より「新潮」に「姪の結婚」として発表されたが、八回目より「黒い雨」と改題、テーマ意識がより普遍的社会的様相を濃くしてきている。これは、大江健三郎の「あの穏やかで植物や樹木が好きで、小さな魚が好きで、静かな家庭生活を送られた、そういう井伏さんの心のなかに大きい怒りがあって、それはヴィエトナム戦争に呼びさまされたものだった。あの悲惨な広島の経験のあと、もう一度戦争をするのか、という怒りがある。悲しみもあったでしょう。それをこの機会に表現しようと思った。その戦争への抗議として『黒い雨』を書いたといっていられる(注6)」の言と呼応していよう。また大江健三郎は「『黒い雨』は、広島の原爆被災の実状を、その数年後に被災日記を清書するというしくみで語り、あわせて姪の原爆症による発病を描き出す。そこには広島の原爆被災の現実のモデルとともに、井伏鱒二の人間観、世界観のモデルがきざまれている(注7)」という。

摘出文に出てくる〈白い虹〉〈白い一本の虹〉〈珍らしい虹〉〈昼間の白い虹〉〈割合に幅の狭い虹〉、等は、「白虹貫日」現象で、気象学にいう、いわゆる「幻日環」である。A中の夜ふけの〈銀色の虹〉も、「幻月」であろう。この点については拙稿「虹と日本文藝（二）―比較研究資料私註(2)―」の$\boxed{4}_{1}$の『史記』の所の「私註」でかなり詳述した。B中「史記の何とか伝というのにある」というのは、作者が故意にぼかした表現であろうが、これは、前漢（100. B.C.ごろ）に成立した司馬遷の『史記』中の「魯仲連鄒陽傳」のことである。日本文藝史上では、『源氏物語』『平治物語』『平家物語』等にも援用されている。Cの末尾の〈五彩の虹〉は〈五色の虹〉と同表現とみられ、中国風の色数感覚である。ベースに〈白虹〉は「凶」、〈五彩の虹〉は「吉」という占術的享受、虹観がみられる。この卜占的享受というパターンは、はるか古代の中国・殷代（1300 B.C.ごろ）骨版文字に見られる。（資料1私註）しかし作者は、この「占」的次元を超えて、〈五彩の虹〉に篤い「祈り」(注8)の心を込めたのである。

155

「晝食が終つてから土を固める」と鍛冶屋がいつた。「谷川で手をよく洗つて来い」

僕らは谷の窪みの細い川へ喚聲をあげ、泥だらけの腕をふりまわして駈けて行つた。そこには枯れた苔におおわれた滑らかな石とそれらの間を流れる少量の清冽な水とがあつて、それに指をいれると激しい痛みが全身を駈けまわつた。しかし寒さに赤く腫れ麻痺した指をごしごしこすつていると、指の股の間にごく短い間できる**小さい虹**、陽のぴくぴくするきらめきなどが僕らの喉へ陽氣な笑いをいくつもこみあげさせるのだつた。

私註〔一〕『**芽むしり　仔撃ち**』〔二〕第二章・最初の小さな作業〔三〕長篇小説〔四〕昭和三十三年六月〔五〕**大江健三郎**〔七〕P57～58

〔**考**〕「陽氣な笑い」を誘う〈小さい虹〉は、「僕ら」の行為―閉塞状況からの自由を願う少年達の行為―の行く末への瑞祥であろう。

通　考

以上の資料の範囲における諸分析を総合・通考してみると、

一、近現代小説史の中で〈虹〉への思い入れが深く、顕著に自作に〈虹〉を書き込んでいる作家のナンバーワンは川端康成である。川端にとって〈虹〉は「愛語」の一つともいえよう。

二、古典和歌史上の女流は〈虹〉を詠むこと自体忌避してきたが、近現代の女流作家はその呪縛からかなり解放されている。

三、〈ニジ〉の漢字表記は、〈虹〉〈彩虹〉〈虹霓〉である。中国北方系の〈蝃蝀〉は見られない。〈虹霓〉は、かく対比的連語でいう場合、〈虹〉は〈ニジ〉の「オス＝♂」で〈霓〉は「メス＝♀」であり、それをひっくるめて〈ニジ〉を表現している。ゆえにこの語の援用は人間世界の「艶」なる環境表現に有効である。

四、〈虹〉の上に形容的な意味合いがついたものがあり、それには客観的・主観的両様がみられる。列挙すれば次のごとくである。

〈白い虹〉〈白い一本の虹〉〈割合に幅の狭い虹〉〈銀色の虹〉〈桃色の虹〉〈五彩の虹〉〈七色(彩)の虹〉〈春の虹〉〈冬の虹〉〈夜の虹〉〈大きい虹〉〈大きな鮮やかな虹〉〈小さい虹〉〈細い虹〉〈円い虹〉〈南海の虹〉〈幽かな淡い虹〉〈雨後の空の虹〉〈夕立の晴れた空にかかる虹〉〈空を横切る虹〉〈真空の世界の虹〉

等があり、さらに主観性を強めて、

〈美しい虹〉〈美しくする虹〉〈素敵な虹〉〈燃える虹〉〈温かき虹〉〈未来の空の美しい虹〉〈儚かなく消えないだろう虹〉〈私の虹〉（マイチャイルド）〈私の胸の虹〉〈私の胸にかかっている虹〉

等がみられる。中国[注9]における〈虹〉のボキャブラリーと比較すれば貧弱である。しかし、〈銀色の虹〉〈桃色の虹〉〈真空の世界の虹〉、中国風にいえば、〈銀虹〉〈桃虹〉〈真空虹〉であろうが、こういう表現は、中国にも日本の他のジャンルの文藝にも見られない。

逆に〈虹〉が形容的に使われているものも勿論ある。例えば次のごとくである。

〈虹〉のたつ国、〈虹〉の根もと、〈虹〉の色、〈虹〉の絵、〈虹〉の中心、〈虹〉の輪、〈虹〉色、〈虹〉の弧、〈虹〉の糸、〈虹〉の頭、〈虹〉の生命、〈虹〉の追手、〈虹霓（にじ）〉の世界

五、〈虹〉の比喩表現として目についたものでは、「〈虹〉は七色の首飾り程」＝145というのがあり、これは中東方面の神話「虹は女神イシュタルの首飾り」と類似している。また、「土中に虹を見ようとする」（＝138）も面白い。

六、〈ニジ〉の出現の表記は、「立つ」「出る」「かかる」の三種類である。「立つ」は本来は「顕つ」で、神威のあるものの顕現を意味する。これも他のジャンルの文藝に比べて単純である。性状比喩法の中に使われたものに「虹の如き気を吐く」（＝126）があり、これは李白、蕪村の系譜に連なる。

七、〈虹〉の二次的認識である「橋」型認識にもとづく発想が、バライアティを持ちつつ数多くみられる。表現は「かかる」または「かける」である。これが、精神的な、人と人とのコミュニケーション、〈心の橋〉に変容・発展されている。

八、〈虹〉の属性としての「プラス」面（美しい、至福観、致福観、等）と、「マイナス」面（消えやすい、はかない、不吉、等）がみられるが、そのアンビバレンス的ニュアンスとして「占」行為がみられる。これは太古の時代からみられるパターンである。

(ア)〈白虹〉だけは、古代中国の「白虹貫日」思想の影響もあり、強い凶祥として描出。ただ、淫猥・エロチックな面は、陰陽の結合⇅〈虹〉⇅男女の結合、風紀の紊乱、として本来マイナス面として評価されてきたが、本資料では「艶」なる雰囲気への貢献として、ややプラス面への傾斜として表現されている。

ウ、季節区分では、〈春虹〉と〈冬虹〉では、感覚的に〈冬虹〉にマイナス面をみるケースもあったが、大むね、137Fにみられるように、〈冬虹〉も〈虹〉の類型としてプラス面にとらえている。

九、137(i)(j)のように、〈虹〉が比喩の中ではあるが、「動物」的に描写されている。これは〈虹〉の第一次認識と重なるもので「古代」的な発想による表現である。

十、とまれ、〈虹〉は、大むね、異次元の超俗的美しさを有し、至福観に彩られ、致福の予祝として表現されている。これは、遠き「古代」よりグローバルに広がっていた「虹脚埋宝伝説」、中国の「虹の吐金伝説」を生む民俗生活の土壌に根ざしている。ニュートン以後の科学文明の時代にありながら……。

（注1）〔一〕＝『**書名**』等　〔二〕＝「摘出部分」　〔三〕＝「ジャンル」　〔四〕＝「内容の時代」または〔一〕の発刊年月　〔五〕＝「**作者・編者**」等　〔六〕＝「直接の典拠」〔七〕〔一〕の収録頁（P）、〔六〕のあ

る場合は〔六〕のそれ。〔八〕＝「備考」　〔考〕＝「小考（内容に関する場合もあるが、主として資料的意義について）」である。

（注2）　拙稿「虹と日本文藝（三）―比較研究資料私註(3)―」中資料14―(1)・(15)。

（注3）　拙稿「虹と日本文藝―古典俳諧をめぐって―」中の資料(66)。

（注4）　『現代の日本文学大事典』（昭40、明治書院、中、三好行雄筆「芥川龍之介」中。

（注5）　羽島徹哉・原善編『川端康成―全作品研究事典』中、武田勝彦の「近藤裕子『虹いくたび』の構造―円環と断絶―」（『川端康成研究叢書8』昭55、教育出版センター）の要約の引用。

（注6・7）大江健三郎著『新しい文学のために』―岩波新書（新赤版1）―（1995・1岩波書店）P102。

（注8）　大江健三郎著『あいまいな日本の私』―岩波新書（新赤版）375―（1995・4　岩波書店）P128。

（注9）　拙稿「虹と日本文藝（四）―比較研究資料私註(4)―」中の資料21参照。

《参考文献》

浅井冨雄他監修『気象の事典』（平14・7、平凡社）
西條敏美著『虹―その文化と科学』（平11・11、恒星社厚生閣）
大林太良著『銀河の道　虹の架け橋』（平11・7、小学館）
長谷川泉・武田勝彦編著『川端文学―海外の評価―』（昭44・4、早稲田大学出版部）
川端文学研究会編『哀艶の雅歌』（昭55・11、教育出版センター）

第Ⅲ章

虹と日本文藝

――近代歌人の〈虹〉歌とその表現――

A　明星派

与謝野晶子の〈虹〉歌とその表現

小　序

本稿は、近代短歌史上における明星派女流の巨匠・与謝野晶子について、その膨大な量（歌集収録歌＝一五一三五首、歌集非収録歌《拾遺》＝八七七五首、合計二三九一〇首）にのぼる作品群の中から、比喩中に援用されたものをも含めて、〈虹〉語を有する歌について調査し、それを踏まえた数量的な問題については、和歌史上――古典・近代――の著名歌人との比較考察を試み、また晶子にとっては〈虹〉が、どのような感性によって享受され表現されているか――について、比較文化的視野をも混えつつ分析・考察することを目的としている。

與謝野晶子の〈虹〉の歌

〈凡　例〉

一、短歌本文中(A)〈虹〉と(B)これに直接・間接に関係する語の部分をゴシック体とした。

二、(1)(2)…は、與謝野晶子短歌中〈虹〉語を有する歌の通し番号で後の論述の便宜のために付したものである。

三、脚注解説　①＝出典　②＝題詞・詞書等、連作である場合それら連作中の位置　③備考　脚注中の年号の略記、明＝明治　大＝大正　昭＝昭和

◇――――◇

紫の濃き虹説きしさかづきに映（うつ）る春の子眉毛（まゆげ）かぼそき　(1)
①歌集『みだれ髪』（初版、明34・8、東京新詩社・伊藤文友館）②「臙脂紫」、通し歌番号＝10

秋の神の御衣（みけし）より曳く**白き虹**ものおもふ子の額に消えぬ　(2)
①前同②「臙脂紫」、通し番号＝19

紫の虹の滴（したゝ）り花におちて成りしかひなの夢うたがふな　(3)
①前同②「臙脂紫」、通し番号＝65

(4) とき髪を若枝(わかえ)にからむ風の西よ二尺足らぬ**うつくしき虹**

①前同②「蓮の花船」通し番号＝104③四句「二尺」→「二尺に」（みだれ髪の誤植）

(5) 小百合さく小草がなかに君まてば野末にほひて**虹**あらはれぬ

①前同②「蓮の花船」通し番号＝154

(6) 露にさめて瞳(ひとみ)もたぐる野の色よ夢のただちの**紫の虹**

①前同②「はたち妻」通し番号＝211

(7) その子ここに夕片笑(ゆふかたゑ)みの二十(はたち)びと**虹のはしら**を説くに隠れぬ

①前同②「はたち妻」通し番号＝256③三・四版削除

(8) をしへたまへ**虹(にじ)の七(なな)いろ**うつくしき戀とはとはに見てあるものか

①歌集『みだれ髪』（三版、明37・9、金尾文淵堂・杉本書店　四版、明39・10、金尾文淵堂・杉本書店）②「はたち妻」、通し番号＝284③初版削除補入

(9) **もろき虹**の七いろ戀ふるちさき者よめでたからずや魔神(まがみ)の翼(つばさ)

①(7)ニ同ジ②「春思」通し番号＝365

(10) **春の虹**ねりのくけ紐たぐります羞ひ神(はぢろがみ)の曉(あけ)のかをりよ

①前同②「春思」、通し番号＝394

(11) 歌の手に葡萄をぬすむ子の髪のやはらかいかな**虹**のあさあけ

①前同②「春思」、通し番号＝398

(12) うしなひし物か得ざりし或るものかそれに似たりと仰ぎ見る**虹**

①歌集『小扇』（明37・1、金尾文淵堂）②「うつくし」

(13) **白虹(びやっこう)**の秋の日をさす眼は父に春のうれひの母おびし眉

①前同②「朝寝髪」③脚注二（光がうつしゐのうらに）トアル

(14) わが戀は**虹**にもまして美しきいなづまとこそ似むと願ひぬ

①歌集『戀衣』（明38・1、本郷書院）②「曙染」③『戀衣』は山川登美子・増田まさ子との合集で、〈虹〉の歌は登美子4、まさ子1

鳥と云はず**白日虹**のさす空を飛ばば翅ある蟲の雌雄とも　(15)　①前同②前同

けやすきをいとはむいまか**虹**となりて君がひとみにうつりてやまむ　(16)　①『關西文學』（明33・11）②「新星会詠草」③『定本與謝野晶子全集』第一巻（昭54、講談社）「拾遺」による。

野に立ちて**虹**よぶ聲の低いかな天なる今をうなだれの君　(17)　①『明星』（明34・10）②「はかな雲」③前同

虹に倚りて待てなの我はつよかりき羽うらの紅に何を追ふ今　(18)　①前同②「はかな雲」〈詩人〉③前同

夕焼けてちひさき瀧の水の**泡虹のいろ**しぬ藤さく山に　(19)　①『新古文林』（明39・2）②「近詠拾首」③前同

天上の花の横頬のひだり右**虹**のてる空**虹**うつる海　(20)　①前同②前同③前同

兒を見れば日刺すと**白き虹**の射るそらに時雨の雲わくおもひ　(21)　①『明星』（明39・4）②「従妹に代りて」③前同

たでの花簾にさすと寝ておもふ日のくれ方の**夏の虹**かな　(22)　①『春泥集』（明44・1、金尾文淵堂）

寒しとて木小屋に借りしもじり着る君と並びて**山の虹**見ぬ　(23)　①『大阪毎日』（明42・7・18）②「無題」③『定本與謝野晶子全集』第二巻（昭55、講談社）「拾遺」による。

こは何ぞわが灰色の心より御空にかけて**虹**立ちにけり　(24)　①『女性』（大13・4）②「わが春日」③『定本與謝野晶子全集』第四巻（昭55、講談社）「拾遺」による。

虹いでぬ榎の下に否あらずわが甲斐路より相模にわたる　(25)　①歌集『瑠璃光』（大14・1、アルス）②「上野原に遊びて」

左なる榛の林に**玉の輪をかくる虹**かな高きに見れば　(26)　①前同②前同

湯ぶねにて**虹**のにはかに立つと云ふ童の聲を聞ける赤倉　(27)　①歌集『心の遠景』（昭3・6、日本評論社）②（以下再び赤倉温泉に遊びて）

あたらしき世に逢へるごと涙おつ**虹**と對する山上の客　(28)　①前同②前同

昔より戀にたとへし虹なれど消ゆることいと遲き山かな　(29)　①前同②前同

虹よりもめでたき朝の横雲は色かはることまた早くして　(30)　①前同②「青根溫泉にて」

重なれる岬も山もあはくして櫻つづけり**虹**の長さに　(31)　①前同②通し歌番号＝619

みづうみの奥に**虹**立ちその末に遠山なびく朝ぼらけかな　(32)　①前同②(以下日光にて)

大鳥の**虹の片羽**（かたは）のかがやけり宿堂坊と黒檜のなかに　(33)　①前同②前同

虹多き湖上よ山に這ひたるはうすき緑の**から松の虹**　(34)　①前同②前同

山なれど雲井に**虹**の去り行けば伏したる人の如く寂しき　(35)　①前同②前同

二筋の虹のうしろに白き雨舞へり野澤の溪ひろくして　(36)　①前同②(以下北信に遊びて)

いなづまし**昔戀しき虹**を吐く山のなすことおほむね斯かり　(37)　①前同②前同

夕ぐれの虹をくぐりてわが車いでこし山になほ人のたつ　(38)　①前同②前同

山國の虹を見よとて子を抱きぬ限りも知らずあてなる夕　(39)　①第二次『明星』(大13・8)②「峽上の雨」③『定本與謝野晶子全集』第五巻（昭56、講談社）「拾遺」による。

湖や**虹**の窓より出でてこし千鳥の飛べる朝ぼらけかな　(40)　①『文藝春秋』(大14・7)②「旅愁」③前同

日の影の海のおもてに描（か）く**虹**は紅（べに）がちにして幅ひろきかな　(41)　①準歌集『深林の香』③「逗子を訪ふ」―『東京朝日』（昭4・7・17）『定本與謝野晶子全集』第六巻（昭56、講談社）による。

はしけ船**虹**をくぐりて寄りたるは神の港の石のきざはし　(42)
①準歌集『落葉に坐す』③「八丈詠草」—『冬柏』(昭5・8)　前同

八重根びと**虹**を見よとて開(ひら)くなり城の口よりかたき板戸を　(43)
①前同③前同

通り雨切戸の橋を濡らすとき**虹のいろ**する橋立のうみ　(44)
①前同②(以下丹後にて)③「山陰遊草」—『冬柏』(昭5・6)　前同

山頂の霧は射す日に**虹**つくり銀河の瀧は**虹**をつくらず　(45)
①準歌集『北海遊草』②(以下層雲峡にて)③「北遊詠草」—『冬柏』(昭6・6)　前同

かずしらぬ**虹**となりても掛かるなり羊(やう)蹄山(ていざん)の六月の雪　(46)
①前同②(以下洞爺湖にて)③「北遊詠草」—『冬柏』(昭和6・6)　前同

幾重(いくへ)にも浅間の山の裾山がみな**虹がた**のしろき霧おく　(47)
①準歌集『緑階春雨』②(以下輕井澤にて)③「淺間の沙」—『冬柏』(昭7・7)　前同

白き虹過ぎ去る如く梅に降る雨の止みたる伊豆の山かな　(48)
①準歌集『冬柏亭集』②(以下伊豆にて)③「南枝抄」—『冬柏』(昭8・2)　前同

内浦の長井の崎に**虹のごと**淸きなみ寄る秋のうみかな　(49)
①前同②(以下三津遊草)③「三津遊草」—『冬柏』(昭8・9)　前同

虹のごと見えても消ゆる岬(みさき)かな富士白くして海に曇る日　(50)
①準歌集『山のしづく』②(以下熱海と十國峠にて)③「伊豆の春」—『冬柏』(昭7・2)　前同

船はやし霧に朝日のさしぬれば山陽道は**虹のいろ**する　(51)
①準歌集『草と月光』②(以下九州に遊びて作る)③「西海遊草」—『冬柏』(昭7・8)　前同

香(かぐ)の實にまつはる**細き虹**ありて海の音する朝ぼらけかな　(52)
①前同②(以下再び眞珠庵を訪ふ)③「東海のほとり」—『冬柏』(昭7・1)　前同

(53) いただきに**虹**ばかりなる紅葉塗る黒部の溪の梵鐘（ぼんしょう）の山
①準歌集『いぬあじさゐ』②（以下黒部にて）③「北陸秋景」—『冬柏』（昭8・11）　『定本與謝野晶子全集』第七巻（昭56、講談社）による。

(54) 河北潟（かほくがた）加賀の海より寂しやと指させる時**虹**あらはれぬ
①前同②（以下金澤にて）③「北陸秋景」—『冬柏』（昭8・11）　前同

(55) 美くしく反りたる**虹**と見ゆれども半に足らず松多ければ
①前同②「沙上」—『改造』（昭8・8）　前同

(56) 異方（ことかた）の空に**虹**あり夕ぐれの武庫の山脈（やまなみ）あざやかにして
①前同②前同　前同

(57) ありと聞く鳳凰の毛のここちして翠がちなる**高山の虹**
①遺歌集『白櫻集』（平野萬里選　昭17・5、改造社）②「山國を行く」③「山國を行く」—『冬柏』（昭13・9）　前同

(58) 山に立ち**マリヤの寺の高窓の硝子の色をしたる虹**かな
①前同②前同③前同　前同

(59) 華やぎて七色したる藥玉（くすだま）の緒ぞと覺ゆる**山の虹**かな
①前同②前同③前同　前同

(60) 限りなき川絲遊（かはいという）に**虹**を染め山國の日の上りこしかな
①前同②「積陰開かず」③「積陰開かず」—『冬柏』（昭15・1）　前同

◇——————◇

小　考

歌人・与謝野晶子には、明治三十四年の第一歌集『みだれ髪』より昭和五年の『満蒙遊記』まで二十三冊の自選歌集と、改造社版『與謝野晶子全集』(注1)に章として収載されている、『深林の香』から『山上の気』までの、いわゆる準歌集・十冊、さらに昭和十五年、新潮文庫『新選與謝野晶子集』(注2)に始めて収録された『四万の秋』一冊、祝賀会用パンフレット型歌集・『牡丹集』より『梅花集』まで三冊。加うるに昭和十七年、高弟・平野万里により選歌・編纂された遺歌集・『白櫻集』がある。合計、つごう三十八冊である。作品としては、さらにこれらに漏れた夥しい数にのぼるものがあり、これが講談社版『定本与謝野晶子全集』に「拾遺」として収録されている。

さて、これらの資料中にみえる〈虹〉語を含んで表現された作品

数、すなわち歌数を列挙すると次のごとくである。（※歌集等の下の二重括弧中の数字）

A　自選歌集
1　『みだれ髪』（明34）《11》内1、三・四版補入
2　『小　扇』（明37）《2》
3　『毒　草』（明37）《2》
4　『戀　衣』（明38）《0》
5　『舞　姫』（明39）《0》
6　『夢之華』（明39）《0》
7　『常　夏』（明41）《0》
8　『佐保姫』（明42）《0》
9　『春泥集』（明44）《1》
10　『青海波』（明45）《0》
11　『夏より秋へ』（大3）《0》
12　『さくら草』（大4）《0》
13　『朱葉集』（大5）《0》
14　『舞ごろも』（大5）《0》
15　『晶子新集』（大6）《0》
16　『火の鳥』（大8）《0》
17　『太陽と薔薇』（大10）《0》
18　『草の夢』（大11）《0》
19　『流星の道』（大13）《0》
20　『瑠璃光』（大14）《2》
21　『心の遠景』（昭3）《12》
22　『霧嶋の歌』（昭4）《0》

B　準自選歌集
23　『満蒙遊記』（昭5）《0》
24　『深林の香』（昭6）《1》
25　『落葉に坐す』（昭6）《3》
26　『北海遊草』（昭6）《2》
27　『沙中金簪』（昭6）《0》
28　『緑階春雨』（昭6）《1》
29　『冬柏亭集』（昭6）《2》
30　『山のしづく』（昭8）《1》
31　『草と月光』（昭7）《2》
32　『いぬあぢさゐ』（昭7）《4》
33　『山上の気』（昭9）《0》
34　『四万の秋』（昭15）《0》

C　遺歌集
35　『白櫻集』（昭17）《4》

D　パンフレット型集
36　『牡丹集』（昭7）《0》
37　『采菊別集』（昭7）《0》
38　『梅花集』（昭8）《0》

E
x　「拾遺」《10》

以上60首である。横並びに列挙してみて初めて気づくことであるが、晶子においては、(A)その若い時代、いわゆる青春前期と、(B)初老期に〈虹〉が多出している。(A)は華麗な青春期のローマン性と関係があり、(B)は老境に入るころの穏健な旅行詠中の嘱目による歌が多い。青春後期から中年期にかけて〈虹〉が影をひそめている。晶子にとって〈虹〉は、広い意味の生活心情と深くかかわっているようである。表現についてみれば、〈虹〉の多く見られる(A)(B)間にも位

相がある。すなわち、(A)にはローマン性・幻想性の香りが強く、(B)ではそれが希薄になり逆に写実性の方が濃くなっている。
　これを和歌史上の著名歌人と比較して見ると、（※《 》内は〈虹〉歌の歌数）

古典—大観—
☆人麿《0》　額田王《0》　黒人《0》　志貴皇子《0》
赤人《0》　旅人《0》　憶良《0》　大伴坂上郎女《0》　虫麻呂《0》　狭野弟上娘子《0》　家持《0》　遺新羅使人《0》
防人歌歌人《0》　東歌歌人（作者不明）《**1**》　他《0》
☆王朝六歌仙《0》　素性《0》　能因《0》　実方《0》
紫式部《0》　和泉式部《0》　伊勢《0》　伊勢大輔《0》
赤染衛門《0》　相模《0》　周防内侍《0》　俊成《0》
他《0》
☆西行《4》　光行《1》　家隆《1》　定家《1》　為家《1》
正徹《4》　伏見院《2》　俊兼《1》　親行《1》　兼良《2》
基綱《1》　道興《1》　実隆《1》　為和《1》　**進子内親王**《1》　**女房**（光厳院）《1》　《1》　式子内親王《0》
他《0または1》
☆長流《1》　光圀《1》　契沖《1》　実蔭《1》　宗好《1》
盧庵《2》　宣長《1》　千蔭《1》　保己一《1》　幸文《1》
春海《1》　春門《1》　元義《1》　言道《2》　良寛《0》
文雄《1》　望東尼《0》　蓮月《0》
他《0または1》

近代・現代—大観—
正岡子規《1》　伊藤左千夫《1》　中村憲吉《2》　古泉千樫《12》　島木赤彦《1》　斎藤茂吉《**42**》　佐佐木信綱《2》
与謝野鉄幹《4》　吉井勇《7》　北原白秋《16》　石川啄木《0》　宮柊二《1》　尾上柴舟《12》　前田夕暮《**46**》　若山牧水《5》　山崎敏夫《1》　藤田福夫《1》　小川幸夫《4》
窪田空穂《3》　加藤将之《4》　寺山修司《0》　小日山直登《1》　土岐善麿《7》　会津八一《1》　太田水穂《9》
釈迢空《2》　岡部宗雄《4》　斎藤豊人《3》　奥田元宋《1》
坪野哲久《8》　窪田章一郎《6》　木俣修《4》　前川佐美雄《13》　岡井隆[注3]《4未完》　塚本邦雄[注4]《13未完》　田谷鋭[注5]《7未完》　高野公彦[注6]《1未完》　佐佐木幸綱[注7]《2未完》　島田修三[注8]《3未完》　他（未調査）
与謝野晶子《**60**》　山川登美子《15》　増田雅子《1》　今井邦子《7》　中河幹子《2》　フレイタス絹恵《5》　斎藤史《4》　安永蕗子《3》　長沢美津[注9]《7未完》　生方たつゑ[注10]《6未完》　馬場あき子[注11]《6未完》　大塚綾子[注12]《4未完》　松平盟子[注13]《5未完》　栗木京子[注14]《12未完》　山中智恵子[注15]《9未完》　竹村紀年子[注16]《4未完》　坂入美智子[注17]《8未完》　浜鈴恵[注18]《5未完》　相沢東洋子[注19]《1未完》　斎藤はま[注20]《1未完》　紫あかね[注21]《1未完》　重光みどり[注22]《7未完》　春日真木子[注23]《2未完》　斎藤すみ子[注24]《1未完》　辺見じゅん[注25]《2未完》　屋部公子[注26]《2未完》　他
（「未完」については披見資料を《注》に記した。）

以上取りあげてみただけでも、生存年齢や総詠出歌数のこともあろうが、斎藤茂吉・前田夕暮と並んで与謝野晶子が圧倒的に多い。

数量的には突出している。〈虹〉への思い入れの深いことは、表現方法こそ違え写実主義のアララギ派と、浪曼主義の明星派との間の垣根が低いことも興味を引く。

さらに注意しておかなくてはならないのは、〈虹〉の表現主体・与謝野晶子をトップにそれに続く歌人に多くの**女性**がいるということである。これは古典世界に決して見られなかった現象である。前表の示す通り古典和歌の世界では、進子内親王・（光厳院）女房の各一首のみという極く極く僅少(注27)であったのである。これは中国古代の儒教の聖典『詩経』にみえる「蝃蝀在東　莫之敢指……女子有行　遠兄弟父母　乃如之人也　大無信也　不知命也」(注28)や『藝文類聚』にみられる「…又日夫人陰陽不合婚姻錯乱淫風流行…」(注29)のごとき女性の〈虹〉とのかかわり合いの禁忌思想は大方すでに失せていることの証左である。

次に表現の問題についてポイントを定めてやや詳細に見ていくことにする。

一、まず〈虹〉の「出現・存在・消滅」形態を表現する用語・表記について、それを終止形で示すと、「出現」に関しては、

立つ（＝(24)(27)(32)）　いづ（＝(25)）　曳く（＝(2)）　あらはる（＝(5)(24)）　描(か)く（＝(41)）　つくる（＝(45)）　吐く(37)

「存在」を表現する用語・表記は、

あり（＝(52)(56)）　かくる（＝(26)）　てる（＝(20)）　うつる（＝(20)）　さす（＝(15)）　射る（＝(21)）

「消滅」を表現する用語・表記は、

去りゆく（＝(35)）

である。「出現」に関しては、「曳く」「描く」「つくる」「吐く」がユニーク。ただ、「吐く」は、晶子が天明の兄といって慕った、蕪村の

虹(にじ)を吐(は)いてひらかんとする牡丹かな(注30)

の影響を受けているものであろう。「存在」に関しては「てる」「うつる」が、また「消滅」に関する「去りゆく」(注31)が活喩表現を駆使してユニーク。「吹く」とか「張る」は見られない。

二、「色彩」表現について

A　紫系　〈紫の濃き虹〉（＝(1)）　〈紫の虹〉（＝(3)(6)）
B　紅系　〈虹は紅(べに)がち〉（＝(41)）
C　グリーン系　〈翠がちなる高山の虹〉（＝(57)）
D　白系　〈白き虹〉（＝(2)(21)(48)）　〈白虹(びゃっこう)〉（＝(13)）　〈白日虹〉（＝(15)）

他に

E　〈マリヤの寺の高窓の硝子の色をしたる虹〉（＝(58)）
F　〈華やぎて七色したる薬玉の緒ぞと覚ゆる山の虹〉（＝(59)）

がある。

Aの「紫」は、『みだれ髪』中のもので、現実の〈虹〉の色ではなく、色彩象徴としての「紫」で、この「紫」は「恋」の象徴である。BCは写実による色彩である。Dの〈白虹〉は、中国古代では〈白虹貫日〉と熟して、主としてクーデター、兵象等の象徴、すなわち不吉な動乱の前ぶれ妖祥観でとらえられており、(21)でも

…日刺すと白き虹の射る……　(13)でも

白虹(びゃっこう)の秋の日をさす……　(15)でも

……白日虹のさす空を……

の表現がみられる。(48)歌の比喩の中にもそのニュアンスが添っているのであろう。『史記』に精通していた紫式部のものした『源氏物語』の熱烈な愛読者の一人であった晶子としてみれば当然の表現であろう。

表現として面白いのは〈白き虹〉(=(2))で、『史記』「集解」の応劭日「……精誠感天、白虹為之貫日也」を、これを恋愛に援用、逆用して乙女の真心により恋の叶えられたことを暗示している。

Eは、キリスト教会のハイカラなステンドグラスの美しい色彩の比喩であるが、堺の晶子の実家では、その父は絵ごころがありハイカラ好みで、自家の窓や欄間等にも色ガラス(注32)をいろいろ混ぜた障子をしつらえていたことがあり、その遠い日の記憶が重なって生まれた表現であろう。Fは、写実には写実であろうが、晶子らしい華やいだ美しい喩を用いて表現している。

三、「恋」関連の表現について

色彩象徴と重なる面もあるが、

(1)(2)(3)(4)(5)(6)(7)(8)(9)(10)(11)

等『みだれ髪』の歌のすべて、ただ(11)には「恋」以外の新しい時代の到来への明るい予兆をもその表現に託している。

さらに、

(12)(14)(15)(16)(17)(18)(23)(24)(29)(37)

と多いが、やはり人生の前半の作品に多い。太古〈虹〉は「天の蛇」と認識され、それが陰陽思想と合体し、陰陽すなわち雨と晴の接点に現れるものゆえ、それは雌雄の交接を暗示し、エロス的感性でとらえられてきた。儒教における聖典『詩経』における禁忌も、その延長線上に位置している。若い晶子の〈虹〉の歌に「恋」のテーマを絡んでいるのも宜なるかな、でこの遥か遠い時代から綿々と伝わってきた遺伝子の仕わざなのである。

四、「至福」感的表現について

晶子の〈虹〉短歌の中で、瑞祥・至福感を大むね表現しているものに、三とも重なるものもあるが、

(1)(2)(3)(4)(5)(6)(7)(10)(11)(14)(20)(23)(24)(27)(28)(39)(42)(43)(58)(59)

等がある。

やや「疑いの心」を混えて表現しているものに、

(8)(9)(12)

がある。これらには〈虹〉のもつ「占」(注33)的要素も混入している。

しかし、(〈虹〉が表現の対象にさえならなかった、心にゆとりのない煩忙・苦難の時代はさておき)比喩技法をも含めた、晶子の〈虹〉詠歌のほとんどは、濃淡こそあれ艶な趣きと共に、ほのぼのとした「瑞祥・至福」感に彩られている。これもまた、遥か遠い世に、グローバルに流布していた〈虹〉の本質のプラス面(注34)を内に秘める「虹脚埋宝」信仰に淵源しているのである。

現時点において、和歌・短歌史上、茂吉・夕暮を〈虹〉詠表現における双璧とすれば、晶子はまたその分野における女王と言ってほぼよかろう。

(注1)『與謝野晶子全集』全13巻(昭8〜9、改造社)
(注2)『新選與謝野晶子集』—新潮文庫—(昭15・6、新潮社)
(注3)『岡井隆全歌集Ⅰ』(昭62、思潮社)『岡井隆全歌集Ⅱ』(昭62、思潮社)
(注4)『定本　塚本邦雄湊合歌集　本巻』(昭57、文藝春秋)
(注5)『乳鏡』(昭32、白玉書房)『水晶の座』(昭48、白玉書房)
(注6)『高野公彦歌集』—現代短歌文庫—(昭62、砂子屋書房)
(注7)『群黎』(昭45、青土社)『直立せよ一行の詩』(昭47、青土社)
(注8)『清朗悲歌集』(平3、砂子屋書房)『離騒放吟集』(平5、砂子屋書房)『東海憑曲集』(平7、ながらみ書房)『シジフォスの朝』(平13、砂子屋書房)

（注9）『氾青』（昭4、四海書房）『車』（昭31、新星書房）
（注10）『白い風の中で』（昭32、白玉書房）『海にたつ虹』（昭37、白玉書房）『虹ひとたび』（昭44、角川書店）『短歌年鑑昭57』（角川書店）
（注11）『馬場あき子歌集』（限定100部、昭59・9、牧羊社）『葡萄唐草』（昭60、立風書房）
（注12）『人形の部屋』（昭61、短歌研究社）
（注13）『帆を張る父のやうに』（昭54、季節社）『青夜』（昭58、砂子屋書房）『シュガー』（昭64、砂子屋書房）『たまゆら草子』（平4、河出書房新社）
（注14）『水惑星』（昭59、雁書館）『現代秀歌大観'88』（東京出版）『現代秀歌大観'89』（東京出版）『中庭』（平2、雁書館）『綺羅』（平6、河出書房新社）『夏のうしろ』（平15、短歌研究社）
（注15）『紡鐘』（昭38、不動工房）『神木』（昭60、砂子屋書房）『歌壇』（昭62・10）『みずかありなむ』（昭43）『鶺鴒界』（平1、砂子屋書房）
（注16）『琥珀截りたる』（平1、短歌研究社）『螢橋』（平3、六法出版社）
（注17）『虹のうた』（昭59、短歌新聞社）
（注18）『紫かさね』（昭57、短歌新聞社）
（注19）『天空の虹—第一部—』（昭52、不識書院）
（注20）『心華永遠』（昭55、私家版）
（注21）『添うてもみたし』（昭61、牧羊社）　※〈真っ黒な虹〉
（注22）『野の虹』（昭36、木犀書房）
（注23）『あまくれなゐ』（昭57、不識書院）『短歌年鑑昭63』（角川書店）『現代短歌全集(67)』—空の花花—（昭62、短歌新聞社）
（注24）『残照記』（昭56、雁書館）
（注25）『雪の座』（昭51、角川書店）『短歌』（昭62・9、角川書店）
（注26）『をだまき』（平8・3）　※沖縄の〈虹〉
（注27）「古典和歌の虹歌とその表現」（『和歌史論叢』（平12、和泉書院））所収）では「女流歌人の作は〈虹〉歌に関しては皆無である」と記したが「皆無」の所を「僅少」と訂正する。
（注28）拙稿「虹と日本文藝（一）」—比較研究資料私註(1)—（『椙山女学園大学研究論集』第二十号第二部）
（注29）拙稿「虹と日本文藝（三）」—比較研究資料私註(3)—（『椙山女学園大学研究論集』第二十二号第二部）
（注30）拙稿「古典俳諧における虹句とその表現」（『文化と情報』第二号）
（注31）「虹と日本文藝（十）—日本辞類書等をめぐって(1)古典編—中、資料63（『椙山女学園大学研究論集』第三十二号—人文科学篇—）
（注32）与謝野晶子著『私の生ひ立ち』（昭60、刊行社）のｐ33。
（注33）拙稿「虹と日本文藝（八）—比較研究資料通考—」（『椙山女学園大学研究論集』第三十号—人文科学篇—
（注34）（注32）と同稿中。

B　アララギ派

斎藤茂吉の〈虹〉歌とその表現

小　序

本稿は、近代短歌史上アララギ派の巨匠・斎藤茂吉について、その十七歌集一六三〇〇首〈補注〉という厖大な数量にのぼる作品群の中から、比喩中にイメージとして援用されたものを含めて、〈虹〉語を有する歌について調査し、それに対する大家・諸家の評を見、かつ参考にしながら、また同様に多くの〈虹〉詠を有する与謝野晶子とも必要に応じて比照しながら、茂吉において〈虹〉が、どのような感性によって享受され、どのように表現されているか——について、比較文化的視野をも混えつつ分析・考察することを目的としている。

齋藤茂吉の〈虹〉の歌

〈凡　例〉

一、短歌本文中(A)〈虹〉と(B)これに直接・間接に関係する語の部分をゴシック体とした。

二、(1)(2)…は、齋藤茂吉短歌中〈虹〉語を有する歌の通し番号で、後の論述の便宜のために付したものである。

三、脚注解説　①＝出典　②＝題詞・調書等、連作である場合それら連作中の位置。脚注中の年号の略記、明＝明治　大＝大正　昭＝昭和

◇————◇

真弓なす七綾虹のはかなかる女心をしたに嘆くも　(1)

①『齋藤茂吉全集』第六巻（昭29・5、岩波書店）②「補遺」《明治四十一年》中、「アララギ十月十三日第一巻第一號」中、〈七といふ事によりてよめる〉七首中、第7首目。

ふゆ空（ぞら）に**虹**（にじ）の**立つ**こそやさしけれ角兵衛（かくべゑ）童子（どうじ）坂のぼりつつ　(2)

①歌集『あらたま』（大10・1、春陽堂）②大正三年—14「冬日」八首中、5首目

(3)
墓(はか)はらをこえて聯隊兵營(れんたいへいえい)のゆふ寒空(さむぞら)に
立てる虹(にじ)かも

①前同②大正三年―14「冬日」八首中、7首目

(4)
みなみかぜ空(そら)吹(ふ)くなべにあまつ日(ひ)をめ
ぐりて立(た)てる虹(にじ)のいろかも

①前同②大正六年―12「日暈」十首中、5首目

(5)
かみな月(づき)十日(とを)山(やま)べを行(ゆ)きしかば虹(にじ)あら
はれぬ山(やま)の峽(かひ)より

①前同②大正六年―19「箱根漫吟」〈大正六年十月九日、渡邊草堂、瀬戸佐太郎二君と小田原に會飲す。翌十日ひとり箱根五段に行く。日々浴泉してしづかに生を養ふ。廿一日東京より來る。廿六日下山。夜に入り東京青山に歸る。折々に詠み棄てたる歌どもをここに録す。〉五十七首中、17首目

(6)
いつくしき虹(にじ)たちにけりあはれあはれ
戯(たはむ)れのごとくおもほゆるかも

①歌集『つゆじも』(昭21・8、岩波書店)②大正九年唐津濱「九月八日沙濱」四首中、1首目

(7)
あらはれし二つの虹(にじ)のにほへるにひと
つはおぼろひとつ清(さや)けく

①前同②大正十年―洋行漫吟―「十一月二十六日・印度洋」五首中、2首目

(8)
虹ふたつ空(そら)にたちけるそのひとつ直(す)ぐ
眼(め)のまへにあるにあらずや

①前同②大正十年―洋行漫吟―「十一月二十六日・印度洋」五首中、5首目

(9)
いただきに雪雲(ゆきぐも)みだれ直ぐまへの川に
虹(にじ)たつあはれひととき

①歌集『遠遊』(昭22・8、岩波書店)②「伊太利亞の旅」中、〈ウイン途上。六月十九日午後七時ミラノを發して、六月二十日午後九時ウインに著きたり。アルノルドシュタインを國ざかひとす〉五首中、5首目

(10) Chiemsee(ヒームゼー)の一部(いちぶ)ならむとおもひたり西に湖(うみ)ひかりひむがしに虹(にじ)

①歌集『遍歴』（昭23・4、岩波書店）②「山の旅」中、Chiemsee（ヒーム湖）、Fraueninsel（雌島）、Herreninsel（男島）七首中、5首目

(11) スコールの降れるところと竪(たて)の虹現(あ)るるところと近きが悲し

①前同②「帰航漫吟」中、〈十二月十七日、コロンボを出づ〉九首中、5首目

(12) いつしかも海のかなたに遠そきしセイロンに虹のたてるあはれさ

①前同②「帰航漫吟」中、〈十二月十七日、コロンボを出づ〉九首中、6首目

(13) わが船のそきへ遙けきセイロンにかなしき虹は立ちてゐにけり

①前同②「帰航漫吟」中、〈十二月十七日、コロンボを出づ〉九首中、7首目

(14) 支那海(しなかい)のあかがねいろの雲なかに虹こそ立てれ現身(うつせみ)や見む

①前同②「帰航漫吟」中、〈十二月二十四日（水曜）、支那海に入る〉十二首中、8首目

(15) ゆふぐれて海より直(ただ)に立てる虹みじかき虹の常(つね)なかりける

①前同②「帰航漫吟」中、〈十一月二十四日（水曜）、支那海に入る〉十二首中、9首目

(16) 飛行機のゆれを感ずる時のまに白雲(しらくも)のなかに虹たちわたる

①歌集『たかはら』（昭25・6、岩波書店）②昭和四年「虚空小吟」（其二）十四首中、8首目

(17) 白虹(しろにじ)の起るといひて誇りにし古へびともあはれ親(した)しき

①歌集『連山』（昭25・11、岩波書店）②「朝鮮」中、〈十一月二十一日午前京城著。總督府、講演、博物館、昌慶苑〉十首中7首目

那須山の空あひにして虹ひくく立ちてゐにけり低きその虹

(18) ①歌集『石泉』（昭26・6、岩波書店）②昭和六年—「那須」二十六首中、21首目

帯廣を汽車いでてよりややしばし東のかたに虹たちにけり　八月二十五日

(19) ①前同②昭和七年—「釧路途上」五首中、1首目

虹たちし空もありつつ北ぐにのとほき横手のかたに雨降る

(20) ①歌集『白桃』（昭17・2、岩波書店）②昭和八年—「横手」一九首中、2首目。1首目に〈十月二十四日二首〉の脚注あり。

北ぐにのゆふべの空にたつ虹をあはれと思ふこころさへなし

(21) ①前同②昭和八年—「横手」十九首中、8首目。7首目に〈二十九日〉の脚注あり。

ほのぼのと二重にたてる峡の虹明日のあかつき忘れか行かむ

(22) ①歌集『曉紅』（昭15・6、岩波書店）②「強羅漫吟」其二、三十二首中、26首目

にはか雨山にしぶきて峡ひくく虹たちにけり常ならなくに

(23) ①前同②昭和十一年—「青谿」十一首中、8首目

ひくき虹しばらく立ちてゐたりしがたはやすくして今は見えずも

(24) ①前同②昭和十一年—「青谿」十一首中、11首目

月讀はさやけきなべに雲ごもる峡のひくきに虹立ちわたる

(25) ①歌集『寒雲』（昭15・3、古今書院）②昭和十二年—「箱根にて」八首中、4首目

山の雲うごきながらに月てりてあが心いたし夜の虹はや

(26) ①前同②昭和十二年—「箱根にて」八首中、5首目

中空に月はかがやき西の峡ただよふ雲に虹おぼおぼし

(27) ①前同②昭和十二年—「箱根小吟」〈昭和十年夏箱根に滞在して新萬葉の選歌に従事せりけるに七月末既に支那事變進展皇軍のいきほひ猛火のごとし〉十六首中、6首目

谷ひく虹が立ちたり定めなき雨とおもひてわれ居りたるに
(28) ①歌集『のぼり路』（昭18・11、岩波書店）②昭和十五年—「山中滯在吟」三十四首中、29首目

理由もなくこちたしと思はめや山にわたりて大き虹たつ
(29) ①前同②昭和十五年—「山中滯在吟」三十四首中、30首目

さだめなき夕まぐれとてこの山の高天の戸に虹たちにけり　八月一日半天に夕虹立つ
(30) ①『霜』（昭26・12、岩波書店）②昭和十六年—「續山中漫歌」十首中、1首目

黄金いろの空あらはるとおもひしにその眞中にて虹たちわたる
(31) ①前同②昭和十六年—「續山中漫歌」十首中、2首目

峽空のみだれて來るなかにしてこがねの雲にたてる虹はや
(32) ①前同②昭和十六年—「續山中漫歌」十首中、3首目

高空に虹のたつこそあはれなれあまつ日山に沒しけるかな
(33) ①前同②昭和十六年—「續山中漫歌」十首中、5首目

あまつ日は入りゆきしかど背向なる山に立ちたる虹あざやけし
(34) ①歌集『小園』（昭24・4、岩波書店」②昭和十八年—「山上漫吟」二十六首中、23首目

いそぎつつ川原わたればおもほえず月山のかたに時雨虹たつ
(35) ①前同②昭和二十年—「金瓶村小吟」五十首中、44首目

東南のくもりをおくるまたたくま最上川のうへに朝虹たてり
(36) ①歌集『白き山』（昭24・8、岩波書店）②昭和二十一年—「虹」十七首中、1首目

最上川の上空にして殘れるはいまだうつくしき虹の斷片
(37) ①前同②昭和二十一年—「虹」十七首中、3首目

雪雲の山を離れてゆくなべに最上川より直に虹たつ　一月十九日五首
(38) ①前同②昭和二十二年—「山上の雪」五十三首中、27首目

最上川水のうへよりまぢかくにふとぶとと短き冬虹たてり
(39) ①前同②昭和二十二年—「山上の雪」五十三首中、28首目

歩き來てしばしくは見てゐたりけり最上川に短き冬虹たつを　(40)

①前同②昭和二十二年—「山上の雪」五十三首中、29首目

最上川のながれの上に冬虹のたてるを見れば春は來むかふ　(41)

①前同②昭和二十二年—「山上の雪」五十三首中、30首目

みちのくの山形(やまがた)あがたより東京へ歸り來りて虹(にじ)をいまだ見ず　(42)

①歌集『つきかげ』(昭29・2、岩波書店)②昭和二十三年—「猫柳の花」三十五首中、1首目

◇―――◇

小考

歌人・斎藤茂吉には、大正二年の第一歌集『赤光』より昭和二十四年の『白き山』まで（改選『赤光』を一冊とカウントすると）十七冊の自選歌集と、これに準自選・遺歌集『つきかげ』一冊を加えて計十八冊の歌集がある。（さらに歌集未収の『アララギ』歌）

これを資料として、これに見える〈虹〉語を含んで表現された作品の数、すなわち歌数を列挙すると次のごとくである。（※歌集の下の二重括弧の数字）

A　自選歌集
1　『赤　光』（大２）《０》
2　『改選赤光』（大10）《０》
3　『あらたま』（大10）《４》
4　『つゆじも』（昭21）《３》
5　『遠　遊』（昭22）《１》
6　『遍　歴』（昭23）《６》
7　『ともしび』（昭25）《０》
8　『たかはら』（昭25）《１》
9　『連　山』（昭25）《１》
10　『石　泉』（昭26）《２》
11　『白　桃』（昭17）《２》
12　『暁　紅』（昭15）《３》
13　『寒　雲』（昭15）《３》
14　『のぼり路』（昭18）《２》
15　『　霜　』（昭26）《４》
16　『小　園』（昭24）《２》
17　『白き山』（昭24）《６》
B　準自選遺歌集
18　『つきかげ』（昭28）《１》
C　補　遺
19　『アララギ』（明41）《１》

以上42首である。

一、創作情況の特色としては、〈虹〉好きで秀作も多い茂吉にもかかわらず、高名な第一歌集『赤光』（改選『赤光』にも）に、〈虹〉が一首も登場していないことである。摩訶不思議の一つである。（強いて推測するとすれば、空想・幻想を排除する写実・写生主義の作

者・茂吉にとって脚下照顧というよりは、遥か天空の〈虹〉を仰ぎ見るほどの心の余裕に恵まれなかった。すなわち、それほどの切羽つまったテーマと情況にあったことによろうか。）

　これは同じく〈虹〉好きの与謝野晶子の場合、第一歌集『みだれ髪』に多出《11首》しているのと大きな相違である。また晶子の場合は人生の中間部に〈虹〉は影をひそめたが、茂吉の場合、第二歌集以後ほぼ満遍なく登場している。強いていえば、在欧時代の『遍歴』における、いわゆる海外詠と、晩年、疎開先の山形県・大石田に住み、老残の苦難と孤独の中にあって、最上川と蔵王をのぞんでいた頃のものに多い。しかし質的には、特に後者の、〈最上川上空の虹〉の歌は秀逸で絶唱として名高い。(注1)

　二、前掲渉猟資料としての〈虹〉歌について作者自身の表現に関する自注を『作歌四十年』(注2)にみると、（※――線は稿者による）

(1)＝冬の虹と角兵衛童子（紅い色の獅子を額のところに持つ）との配合で、自分の好きな配合のために、幾度も幾度も直してやうやくかうしたのであつた。あらたま後記(注3)にその具合を白状せしめて居る。

(5)＝大正六年の夏、勤労の生活をした自分は、十月になつて箱根五段に滞在して夏の疲を癒さうとした。……冬の狭間の空に雨があがって虹が立つ、これなどもただ嬉しいものであつた。さうして、『幻覚を持つ男に対す』という如き表現と違ひ、万葉調即ち古調で行かうと努力して居ることがわかる。

(6)＝自分は砂原に出でて昆虫間の争闘などを観察してゐた。あるとき天の一方に美しい虹がたつた。いかにも美しいものである。けれども前途が暗い病身にとつては、それが余りにも美麗で、何かしら自然の遊びのやうな気がする。戯れのやうな気がしてならない。

(7)＝印度洋にくるころは、船上生活にもやうやく馴れ、心落著いて海上の風光を観察することが出来るのだけれども、その変化を歌にするといふことは時間と技倆とが要るのである。自分の手帳にはいろいろの歌があるが、所詮粗末とならざることを得ぬのである。『二つの虹のにほへる』でも、……捨てがたいのは、実際を見て詠んで居るからである。

(20)＝平福百穂画伯が病まれたとき、見舞に行つて詠んだ歌の三つである。心に無量の悲歎、心痛があるのだけれども、それはその儘歌にはならなかつた。第一首（＝虹(にじ)たちし……）は、横手途上、汽車が羽後に入つて間もなくごろの歌である。

(25)(26)(27)＝これは山の家にゐての作であるが、(25)(26)も)月夜の虹といふのでめづらしく、明月が雲の中にあつて、そして虹が立つから、『清けきなべに雲ごもる』と云つた。ここの『なべに』はやはり、『つれて』、『ままに』ぐらゐの意味でよいやうである。普通は二つのものを一処にいふとき『なべに』と使ふが、この場合のやうに用ゐても好いだらうと思つて使つた。『峡のひくきに虹たちわたる』は実景で、本物に接せなければ到底出来ない句である。(26)の『あが心いたし』は、切実な句で、夜の虹といふものに不思議な悲哀的な魅力を感じて、かう使つたのだが、賛成してくれる幾人かあれば忝い。なほ、やはり箱根の歌で、『(27)＝中空に……』といふのもある。

(34)＝今年は山荘からは外へは一歩も出でず、籠居に籠居をかさ

　ねたのであつた。ただ、独り林中に行き、それから二度川原をわたつて万岳楼まで行き、……

自注は以上八首についてであるが、〈虹〉好きは明瞭である。また、これらは〈虹〉を媒体として「無量の悲歎」「不思議な悲哀的な魅力」、等を表現するのに、「写実」「写生」「万葉調」を大変重んじていることが鮮明に受けとられる。

三、〈虹〉の「出現・存在・消滅」に関する表現・表記についてみるに、それを終止形で示すと、「出現」に関しては、

a　立つ（＝(2)(3)(4)(14)(15)(18)(24)(25)(28)(34)）

たつ（＝(6)(8)(9)(12)(16)(19)(20)(21)(22)(23)(29)(30)(31)(32)(33)(35)(36)(38)(39)(40)(41)）

b　あらはる（＝(5)(7)）　現（あ）る（＝(11)）

で、実際には、完了の助動詞「ぬ」「り」を従えて「存在」の意を合わせ持っているものもあるが、出現自体の初めの表現としては、a・b二系のみで単純である。a系も「神威あるものが顕現する」という「顕つ」の古代性は以外と薄いように思われる。これは万葉東歌の一首の鑑賞（注4）にみられるものと底通しているように思われる。

「存在」に関しては、

おぼおぼし（＝(27)）　残る（＝(37)）

の二例のみである。「消滅」に関しての表現は見られない。

晶子の場合ほど造語表現をも含めたバライアティのある表現はない。すこぶる単調といわざるをえないが、「写生」を信条とする作者のことを考えれば当然の帰結かも知れない。

四、〈虹〉の形容・状態表現では特色あるものに「低き」〈虹〉（＝(18)(25)(28)）がある。これなど先引自注にもあるように写生のたまものであろう。一方〈かなしき虹〉（＝(13)）などという主観的、情意形容による表現のあるのも茂吉らしい。(37)の結句〈虹の断片〉は後の諸家の評にも見られる通り動かすことの出来ないオリジナルな名表現である。(25)(26)(27)の観入した〈夜の虹〉いわゆる〈月虹（ムーンボー）〉もユニークな秀歌に貢献。(4)は「日暈」、気象用語にいうハロー現象で、氷晶で出来た薄い雲を太陽光が通るとき屈折・反射により太陽のまわりに出来る光の輪（『増補気象の事典』平凡社）をいい、(11)の〈竪（たて）の虹〉は、いわゆる株虹のことであろう。(16)は飛行中の矚目による〈虹〉詠でそのシチュエーションが近代的。(14)(31)(32)は「あかがね色の雲」「黄金いろの空」「こがねの雲」にたつ神々しいほどの〈虹〉で、すべて的確な写生の目がとらえたものへの感動である。(17)の「白虹貫日」を背景に匂わせる歌は、屈折した享受による共感的表現である。

五、感嘆詞「あはれ」と連動した表現が多い。（＝(6)(9)(12)(21)(33)）これは、茂吉の〈虹〉受容が、単なる〈虹〉好きの域を越えて尋常でない証左である。塚本邦雄氏の言を借りれば「作者は常に、あたかも、生れて初めて目撃するかに、新鮮な感動を披瀝する。『霜』の「續山中漫歌」における「この美（いつく）しさ見しことぞなき」は、各首の底に流れる初初しさではあるまいか。」（『茂吉秀歌』《注17》——線は稿者。）まさにワーズワースの名〈虹〉詩の心に通う。

六、次に、前掲歌をめぐって、茂吉に関心のある大家による評を見ていくことにする。

(2)について

（塚本邦雄氏（注5））(a)大正初年のそれは孤兒や浮浪兒を拾つて來て藝を仕込み、稼がせてゐたのが多からう。ボスは勿論香具師（やし）の仲間、猿廻し、操り人形、輕業、手妻等種種専門があり、鵜飼の鵜匠よろしく彼らを酷使してゐたのではあるまいか。角兵衛獅子は太鼓と笛を持つ二人一組が最小單位、藝は逆立ちや蜻蛉返（とんぼがへ）りを含む獅子舞であり、いたいけな兒童の懸命の演技が人の涙を誘つた。特にこの歌の

やうな冬の日は……現実には子供らが浅草で産み落された捨て子であらうと、大阪、名古屋から流れて來た不良少年であろうと、「越後」のイメージは拔きがたい。農村出身者、それも半強制的に「移植」された人種は、かたみに引き合ふ何かがある。あるやうに思ひこむ。茂吉がそれを意識してゐたとは言ふまい。無意識の憐憫と愛著といふより、意識以前の、半ば本能的な親近ではなかつたらうか。その微妙なゆかりを冬の夕暮の虹はみじめに莊嚴する。

（塚本邦雄氏[注6]）(b)茂吉はこの年の四月に結婚してゐた。年譜などには、その歌風、やうやく沈潜の度を加へたとか記されてゐるのだが、少くともこの「冬の日」など、はつとするやうな、アクセントの強い、鮮麗な眺めだ。第一「やさしけれ」などという甘美な感情吐露は、『あらたま』でも稀に見るものだつた。

(3)について

（塚本邦雄氏[注7]）思へば作者に縁の深い東京青山には、精神病院のみならず、墓地と兵營があつた。……あの寂しくなまめかしい寒の夕虹が、墓と軍隊に兩股かけて忽然と現れたといふのも、何たる偶然の皮肉だらう。もつとも見る場所によつては精神病院と軍隊とを繋いだことにもならうし、墓標と茂吉を弧の脚にして七彩を誇示したかも知れぬ。……

(5)について

（土屋文明氏[注8]）単純な調子だが「限りなく湧いて来る感動があつて、私は現実といふものは、かうひふ風にとらへるものかと感動させられたことがある。

（本林勝夫氏[注9]）「かみな月十日」とあり、五段到着の日の属目。たまたま雨あがりの山かいに忽然として虹がかかった光景である。意味は単純だが作者の眼前に示現した自然の相は云いようもなく美しい。「虹あらはれぬ」まで一気につらぬき、「山の峡より」と云い添えた万葉的古調に、冬山の自然に接した喜びと驚きがさながらに打ち出されており、期せずして一種象徴の域に達している。

（浅井喜多治氏[注10]）単純な内容でありながら一首は自然の現象が鮮明にしかも色調を帯びて迫ってくるような感じである。「虹あらはれぬ山の峡より」といった端的で計らいのない実質が重い。上句の「かみな月十日山べを行きしかば」といった流れるような調子がさわやかで、古さを感じさせないものがある。

(6)について

（土屋文明氏[注11]）対象に対して距離を保つ如く、又近づく如く、離れるごとく、又執するごとく複雑を蔵して而も単純に表はれる心持が汲めるとも言うべきであらうか。これは虹の本質をつかむための歌ではない。従って一二句は何に換へようとも換へたければ換へるがよい。この作者は虹をとらへたのである。

（浅井喜多治氏[注12]）「唐津浜」の中の一首。「九月八日。沙浜」という小題がある。「日を継ぎてわれの病（やまひ）をおもへれば浜のまさごも生（しやう）なからめや」……等がある。一首は、砂浜に居ると美しい虹が立ったが、それは現在の自分の心境を通して見れば「戯れのごとく」思われる、というのである。それは前出の「砂のまさごも生なからめや」といった感慨にも似通うものがある。

（佐藤佐太郎氏[注13]）七月の温泉嶽の歌に「あそぶごと雲のうごける夕まぐれ近やま暗（くら）く遠やま明（あか）し」があり、「あそぶこと」に通う「戯れのごと」であるが、こういう比喩は児童でもいうかも知れない。しかし児童にあっては認識のない感覚にすぎないだろう。この歌にはもっと深い生の歎息がこもっている。美しさの極限といってもいいような虹の現象を「戯れのごと」といったのは、言葉によって修飾したのではなく、虹そのものをいいあてたのである。息長くのびのびと言葉をつづけているが、そのなかに切実さがあって、不思議なひびきをもった歌である。

（塚本邦雄氏[注14]）『つゆじも』の虹は、その華やぎに關しても、久方振りの感が深い。「あはれあはれ」なる詠風の、抑制の無さはむしろほほゑましい。

(7)について

（塚本邦雄氏[注15]）初めて見る異國の風物に、好奇の眼を輝かせてゐた作者は、印度洋の蒼溟にかかる虹を目撃して、「あはれあはれ」どころの騒ぎではなかつたらう。それでも「にほへる」といふ、優にやさしい大和言葉を忘れなかつた。

(8)について

（塚本邦雄氏[注16]）「あるにあらずや」とは正目（まさめ）に見つつ、信じられないやうなその美しさ珍しさに、頬を抓るやうな氣持で、みづからに念を押してゐる風情である。その素直さが童心に近い。

(22)について

（塚本邦雄氏[注17]）（こ）の二重虹の文體は、助詞を省くことによつて若若しく素樸な息遣ひを感じさせる。「ほのぼのと二重（ふたへ）にたてる峽の虹（にじ）（も）明日のあかつき（に・には）忘れか行（ゆ）かむ」であれば、念は届くであらうが、この口籠つたやうな調べは消えよう。

(26)について

（塚本邦雄氏[注18]）餘情の豐かさでは『寒雲』の一首を特筆すべきであらう。この稀なる四区切れの文體の要（かなめ）は、結句に突然置かれた「夜（よは）の虹」に他ならぬ。第四句の八音は、心の眼もて透視する暗黒の中の、月の餘映に霞む、昭和十二年夏の虹の、あるとしもない彩と光であった。

(30)(32)(33)について

（塚本邦雄氏[注19]）大正九年は病後（＝(6)歌）（この歌の）昭和十六年は、日本が深く病み、その病状は日一日と末期的症状を呈しつつあつた。だからこそ、何にも侵されず、汚されることのない虹に、作者は、こころゆくばかり思ひを託し、歎きをこめたのであろう。

(36)について

（本林勝夫氏[注20]）東南のくもりをおくる――東南の方（内陸部）の曇りが、上空を蔽うと思う間もなく、最上川のうえに鮮かな朝の虹が立ったことだ、の意。「くもりをおくる」は、雲がしきりに動いてくるの意か。「おくる」という表現が刻々と移る自然の変化を巧みに捉え、「またたくま」以下で忽然と立った虹をあざやかに表現している。

（上田三四二氏[注21]）俊敏な語の運びをもって最上川の朝虹という天然現象に対（む）き合っている。虹を見て、あ、と思った瞬間に成ったような歌である。工夫より気合の歌であろう。「またたくま」が声調の上で二句にも四句にもよくひびき合っている。

(37)について

（本村勝夫氏[注22]）雨あがりのひととき、最上川の上にふとぶとと立った虹が消えるともなく消え、僅かに上辺だけがのこっている。「いまだ美しき虹の断片」は、簡素をきわめた表現であり、同時になんとも言えない係恋の情をたたえている。たまゆらにして消えゆく五彩の虹――それを惜しみながら仰いでいる老翁の表情、それがまざまざと目に浮んでくる。

（結城哀草果氏[注23]）大石田在住時代の感懐を詠った歌集『白き山』は、つよい気魄と円熟を極めた写生の技法によって、歌の世界のきびしい山巓をのぼりつめた絶唱である。特に

彼岸に何をもとむるよひ闇の最上川のうへのひとつ螢は

最上川上空（じやうくう）にして残れるはいまだ美しき虹の断片（だんぺん）

などの最上川をよんだ歌の数々は、万葉以来の歌の歴史の中で不滅の光を放つ作品と言ってよい。

（芳賀秀次郎氏）[注24] この日茂吉に同行した板垣家子夫氏の御教示によれば、取材期日は七月末の颱風の余波で虹の立った日（日記七月三十日のことか）であり、取材場所は大橋の橋上である。虹は最上川の上流・朧気川の少し上手の空に立っていたという。板垣氏は「朝虹といってもそんなに早い朝ではなかったと思います。空が曇っていて変に暗いところや明るいところ（と言っても曇りの淡い）があった空でした」とのべている。一首の意味は明らかであるが、「虹の断片」という鋭くしかも抒情をたたえた表現はおそらく空前のもので、短歌史上に記憶されてよい佳品である。「断片」という漢語に対して、第二句に「上空」という漢語があって、声調の均衡を保っているのだが、それらの散文的な漢語さえも、特別なひかりをおびて美しくひびく。また「いまだうつくしき」の「いまだ」は、時のうつろいと共に、作者深い愛惜の情をたたえて、この一首のかなめとなっている。（…は稿者）

（浅井喜多治氏）[注25] 変に静かで情感のある風景であるが、「虹の断片」といったのが新鮮そのものであり、一首の重量も厚みも、この四、五句によって支えられているといってよい。勿論、上句の端的で正確な表現を無視するわけにはゆかないが、「いまだ美しき虹の断片」という清々としてひびくような表現は、抒情詩としての究極を示しているといってよいだろう。

（藤岡武雄氏）[注26] ここには東京を離れ、家族と別離した北辺の生活の中で……孤独と流離の悲しみが一層こみ上げて、寂寥にそめた独得の色調をつくり出してゆく。しかもその寂寥が、最上川を中心とした風土の自然に歌いこめられるとき、抒情にとんだ融通無碍の歌調は茂吉短歌の高い位置を示すことになった。ここには最上川の自然の姿の中に同化しきった茂吉がある。「虹の断片」といい、……といい、みな最上川のほとりに沈静し、世相の変革、社会の混乱ぶりを見守り続けて、老残の生に耐える茂吉自身の象徴であるといえよう。

（梶木剛氏）[注27] 茂吉は、みずからが大石田を選定する最大の理由としてあげた最上川そのものに、並みなみならぬ関心を寄せる。最上川に関する数多い作品の中からつぎのような秀吟（(37)を含む）が抄出される。……「虹の断片」は、戦後の混乱時になおいまだうつくしく残っていた最上川のほとりの風光と人びとの厚情とをよく象徴するに足るものである……

（佐藤佐太郎氏）[注28] これは、「最上川の上空」に見えるといって、胸のすくような晴れ晴れとした状景。しばらく残っている「虹の断片」は、断片であることによって美しさが際だっている。

（上田三四二氏）[注29]「虹の断片」と言い放ったのが大胆で、新鮮である。またそのまだ色鮮かな虹の在処（ありど）が最上川の上空であるのも広やかでよい。

（塚本邦雄氏）[注30] 時代を反映することもなく、當然のことのやうに戦爭の跡もとどめぬ虹詠の中では、一種獨得のたたずまひを持ち、作者の意識無意識とは別に、沈痛な調べを持ってゐる。上句の危く説明に堕するやうな修辭も、改まつて歌ひ出すかの格調をととのへる上での技巧として、十分効果があり、下句の簡潔で無愛想な斷定も、かへつて快い。第四句の「うつくし」は作者の獨斷で、讀者にはどのやうに「うつくし」いのかわかるはずもないのだが、かう堂堂と潔く言ひきられると、うつくしいと思わぬわけにはいかない。かつまた、「いまだ」にも味はひやうでは相當な重みもある。そこに一つの「時代」を感じやうとすれば感じられやう。……

(38)(39)(40)(41)について

（塚本邦雄[注31]氏）四首並出の「山上の雪」中の作品は、昭和二十二年、歌集中にも「一月十九日」と脚注が施してある。當日の日記にも「日曜、3°、ハレ。（霧雨少シ）虹　二藤部氏誕生日、臥床、石原純没」の記事がみられる。「ふとぶとと短き虹」など、およそ虹らしからぬ虹であり、元來、俳諧では夏の季語である虹が、「冬虹」として、強烈にその個性を主張してゐるところが面白いが、この冬虹あるいは秋の虹こそ、茂吉の獨壇場であつた。

以上、諸家における〈虹〉詠評を見てきたが、結果的に塚本邦雄氏のものが多載されることとなった。これは、少なくとも斎藤茂吉の〈虹〉詠評に関して、その批評史上、一等の思い入れと精力的なその価値の発掘が見られたからである。また自身十三首（『定本塚本邦雄湊合歌集』の秀れた〈虹〉歌を持つ、現代歌人中、〈虹〉詠の旗手であり、表現技法的、いわゆる工房内の作業プロセスのようなものをも開示されている点も表現研究資料として有益であり、よって等閑視できなかったからである。

さて、評に載ってきた作品は、

(2)(3)(5)(6)(7)(22)(26)(30)(32)(33)(36)(37)(38)(39)(40)(41)

の十六首である。全体の1／3強である。秀歌として、評の集中度の多いのは、(5)(6)(37)で、中でも(37)が突出して多い。この事実によってもある程度、「普遍的」な評価価値を確定することができる。

(37)歌は、茂吉〈虹〉詠歌中の白眉であり、また「秀歌」であると同時に「名歌」なのである。

七、通覧するに、茂吉の場合、〈虹〉歌のすべてが手馴れた写実、「写生」—実相に観入し自然自己一元の生を写す—技法の結晶であるが、中でもそれがさらにつきつめられたものは象徴の域に達している。具体的内容に即していえば、茂吉の内に宿る生の孤独・悲哀・寂寥感が、美しい自然に観入したときでも、それと合体（写生）して、そのような分子を包蔵した状相を帯びてくるのである。さらにそれがより多くのものの象徴、的情感に昇華されていくケースもあるのである。

(37)歌はそれに近く、名歌としての誉れの高さの要因もそのあたりにあるのではなかろうか。茂吉の観入した自然〈虹〉とその周辺の風光）は、茂吉の内に蔵する敗戦悲傷の心の色に染まりながらも梶木剛氏の評にみられるように、まだ自然も（杜詩の「国敗れて山河あり、城春にして草木深し…」）「いまだ」美しく、人心を見ても、「いまだ」荒れすさんでいず温く優しい、かく麗しいものが残存している……、というように、（日本の未来への）予祝を含めた、懸恋[注32]にも似たローマン的至福感が同時に象徴的ニュアンスとして滲出揺曳している。

これは、作者・茂吉自身は無自覚ながらも、〈虹〉のもつ、遙か太古よりの「虹脚埋宝」信仰を生むベースとなった属性、すなわち〈虹〉が雲を呼び雨をもたらし、万物の生を潤すという《プラス面》に淵源しているのである。

(37)歌は、かく重層的—悲哀感と至福感が共存するという—えも言われぬ稀有な魅力があり、それを支えるべき高度な熟達した技法の結晶化によって、象徴世界に昇華し、普遍性を有する芸術的価値をもつに至ったのである。

さらに注するならば、明星派の晶子[注33]にも拮抗しうる、茂吉短歌世界における〈虹〉詠の多さとその質—美的感受は、土屋文明がその著『伊藤左千夫』の中で、逆説的口吻ではあるが、いみじくも喝破(注34)しているように、技法としてリアリズムを標榜するアララギ派内にあって、その枠に納まりきれない茂吉の天稟、すなわち浪漫性の共存の加担に基因しているということである。

（注1）　山形県北村山郡大石田町今宿の最上川を俯瞰する虹ヶ丘公園に「最上川の上空にしてのこれるは未だうつくしき虹の断片　茂吉」の歌碑が昭和三十一年に大石田町斎藤茂吉歌碑建設委員会によって建てられた。（山形市石正　松田駒吉刻）本稿「小考」中五「諸家の評」参照。

（注2）　『齋藤茂吉全集』第二十巻（昭28・1、岩波書店）所収。原文の漢字は旧字体。

（注3）　ふゆ空に虹の立つこそやさしけれ角兵衛童子幽(かす)かに來るも（原作）
ふゆ空に虹の立つこそやさしけれ角兵衛童子幽かにあゆむ（改作）
ふゆ空に虹の立つこそやさしけれ角兵衛童子幽かに來つつ（改作）
ふゆ空に虹の立つこそやさしけれ角兵衛童子むかう歩めり（改作）
ふゆ空に虹の立つこそやさしけれ角兵衛童子坂のぼりつつ（改作）
※稿者注—下句、表現としては良くなっている。

（注4）　斎藤茂吉著『万葉秀歌下巻』—岩波新書6—（昭29・岩波書店）には「伊香保の八坂の堰に虹があらはれた（序詞）どうせあらはれるまでは（人に知られぬまでは）、お前と一しよにかうして寝てゐたいものだ、といふのであるが、これも「さ寝をさ寝てば」などと云つても、不潔を感ぜぬのみならず、河の井堰(ゐぜき)の上に立つた虹の写象と共に、一種不思議な快いものを感ぜしめる。虹の歌は万葉集中此一首のみだからなほ珍重すべきものである。……虹の如き鮮明な視覚写象と、男女相寝るといふこととの融合は、単に常識的合理的聯想に依らぬ場合があり、かういふ点になると古代人の方が我々よりも上手(うはて)のやうである。」とある。（※原文は旧漢字）稿者注＝「——」部は、太古的第一次認識すなわち〈虹〉＝「天蛇」のもつ「邪淫」性の遺伝なのである。

（注5）　a＝塚本邦雄著『茂吉秀歌—「あらたま」百首』（昭53・9、文藝春秋）のP一三〇〜一三一。
（注6）　b＝塚本邦雄著『茂吉秀歌—「つゆじも」「遠遊」「遍歴」「ともしび」「たかはら」「連山」「石泉」百首』（昭56・2、文藝春秋）のP五四。
（注7）　（注5）aと同のP一三一。
（注8）　土屋文明筆「斎藤茂吉短歌合評」十二（『アララギ』昭34・6）
（注9）　本林勝夫著『斎藤茂吉』—近代短歌・人と作品8—（昭40・5、桜楓社）のP二二四。
（注10）　浅井喜多治著『斎藤茂吉秀歌鑑賞』（明49・10、短歌新聞社）のP六三。
（注11）　土屋文明筆「斎藤茂吉短歌合評」十五（『アララギ』昭34・6）
（注12）　（注10）と同のP七六。
（注13）　佐藤佐太郎著『茂吉秀歌』上巻—岩波新書—（昭53・4、岩波書店）のP七六。
（注14）　（注6）bと同のP五四。
（注15）　（注6）bと同のP五五。
（注16）　（注6）bと同のP五五。
（注17）　塚本邦雄著『茂吉秀歌—「白桃」「暁紅」「寒雲」「のぼり路」百首』（昭60・11、文藝春秋）のP一一四。
（注18）　（注17）と同。
（注19）　（注6）bと同のP五六。
（注20）　本林勝夫著『斎藤茂吉』—近代文学注釈大系—（昭49・11、有精堂）のP二一八。
（注21）　上田三四二著『現代秀歌Ⅰ—斎藤茂吉—』（昭56・9、筑摩書房）のP七六。
（注22）　（注9）と同のP三〇〇。
（注23）　山形国語の会著『斎藤茂吉歌集　白き山研究』（昭44・1、右文書院）の「序」
（注24）　芳賀秀次郎筆。（注23）と同のP二四六。
（注25）　（注10）と同のP三二四。
（注26）　藤岡武雄著『斎藤茂吉—人と文学—』（昭51・4、桜楓社）のP二一六

～二一七。

（注27）梶木剛著『増補斎藤茂吉』（昭52・8、芹沢出版）のP二三四～二三六。

（注28）佐藤佐太郎著『茂吉秀歌』下巻―岩波新書―（昭53・4、岩波書店）のP一二〇。

（注29）（注21）と同のP七八。

（注30）塚本邦雄著『茂吉秀歌―「霜」「小園」「白き山」「つきかげ」百首』（昭62・9、文藝春秋）のP一五二。

（注31）（注30）と同のP一五三。

（注32）（注22）の本林勝夫氏の言参考。

（注33）与謝野晶子の〈虹〉詠歌は60首。第Ⅲ章A参照。

（注34）『伊藤左千夫』（昭37・7、白玉書房）中「尤も、客観的にみれば、茂吉が左千夫門人よりも新詩社の人となつて居たら、その天稟をより以上に発揮して、その一生の業績はより広大によりかがやかしいものであつたかも知れないと、私は最近になつて考へるやうになつてゐる。」とある。

《補注》収録歌数　①初版『赤光』＝八三四首　（改選『赤光』＝七六〇首《削減》）　②『あらたま』＝七五〇首　③『つゆじも』＝六九七首＋九首（「後記」補入）＝七〇六首　④『遠遊』＝六二三首　⑤『遍歴』＝八二八首　⑥『ともしび』＝九〇七首　⑦『たかはら』＝四五四首　⑧『連山』＝七〇五首　⑨『石泉』＝一〇一三首　⑩『白桃』＝一〇一七首　⑪『暁紅』＝九六九首　⑫『寒雲』＝一〇一五首　⑬『のぼり路』＝七三四首　⑭『霜』＝八六三首　⑮『小園』＝七八二首　⑯『白き山』＝八二四首＋二六首（『斎藤茂吉全集』補遺）＝八五〇首　⑰『つきかげ』九七四首　「補遺」（『斎藤茂吉全集』第六巻《昭29、岩波書店》所収）＝二二七六首　合計＝一六三〇〇首

第Ⅳ章

虹と日本文藝

――児童文藝をめぐって――

虹と日本児童文藝（上）

小序

まず、「児童」の概念については、新村出編『広辞苑』第四版（1991、11、岩波書店）によると、「子ども。学校教育法では、満六～一二歳までを学齢児童、児童福祉法では満一八歳未満の児童をいう」とある。また、「児童文学」については、「児童のために大人が創作した文学作品」とある。とすると、児童文学と称するものもその立場により、享受対象領域にかなりの振幅があることになる。よって本稿では前もってそのことに触れておきたい。資料の関係上本稿では、原則的には、各法の概念の「児童」にさしてとらわれることなく、一義的とも思われる「子どもの文学」の立場で臨みたい。と言っても資料の関係で、自ら、おおよその区分は必要となる。

よって本稿にいう「日本児童文藝」は「日本児童文学」と同義でおおよそ

幼年期（満三歳～五歳）＋学齢児童期（満六歳～一二歳）＋中学初級ほどの「子ども」を主たる対象としたもので、「原則として、主に日本語」が使用されている「日本人の大人」によって創作された作品」と定義しておきたい。この作品には、ジャンルとして散文の他、韻文（主に詩）も含まれる。但し、幼年童話においては童話との区別は難しい。

逆に、作品の形式面からすると、（表紙等を除いて）

A　作品が、絵を中心として文字を補助とする―絵本
B　作品が、文字を中心として絵を補助とする―絵入本
C　作品が、原則的には総て文字による　　　―活字本
（d）（子ども向けの）昔話のように口承によるもの。

と分類されよう。

文字の使用の面でいうと、A・Bは仮名（平がな、片カナ）が主流を占め漢字は少ない。Aの場合は漢字のない場合もある。Cになると、ルビの振られたものが多いが、漢字が頻出してくる。そしてCはBより長編である場合が多い。

これを内容面からすれば、

A　幼年童話・童謡（詩）・シナリオ　・昔話説話のリライト
B　童話・童謡（童詩）・シナリオ　・昔話説話のリライト
C　少年少女小説・詩　・シナリオ　・昔話説話のリライト

と分類されよう。昔話―民話―説話の概念分類は難しいが、ここで

は子ども向けとは限らないものをいう。Aの場合、アニミズム性が濃く、超自然的なシュールでファンタジックな面が強い。人間の一生が、原始から現代までの総てを体験するものであることを考えると納得できる。森羅万象、動物や植物、鉱物や天体物、月や雲さえも人間と同じように人間語（本稿では主に日本語）をしゃべるのである。Bではそれがやや薄れるが、子供と動物の登場が多く、またウエィトも重い。すなわち、メルヘン性はAと比べてやや稀薄である。Cは（大人の）小説の少年・少女版である。当然テーマも、歴史的・現実的・社会的・国際的と重く大きくなる。シナリオやリライトは当然享受層の学力・体験等に沿ってなされなければならない。

次に、これらの対応年齢期としては、当然個人差もあるわけであるが、レディネスの問題もあるので、一応、言語・情緒・知識等の心身の発達、生活環境の変化等の問題を加味すれば、おおよその目度として、Aを幼年期すなわち幼稚園（保育園の年中・年長のころ）期にあるものに、学齢児童期の初期、すなわち小学校課程初級までを含めた時期、またBを、小学課程中級、Cを同上級（教育漢字のマスター期）、ほどにあるものを想定することができよう。

（勿論、大人が子供に読んでやったり、自身一緒になって童心を懐しむ場合も有り得る。）

これら形式面のＡＢＣと、内容面のＡＢＣとは必ずしも一致するとは限らない。どちらかが、どちらかにズレやすい。また、対応年齢も、宮沢賢治の童話のように言語的には平易だが、内容的には高度なものになると、例えば、「オツベルと象」など、中一の教科書に登場している。勿論、象も人間のように言葉を話す。よって、ＡＢＣは、あくまでも一応の目安である。

※

さて、次より、かかる「日本児童文藝」と〈虹〉との関係にテーマを絞って、少しく収集した〈虹〉登載資料を、注解・鑑賞・吟味して〔考〕として加え、その上に立脚しつつ、その特性上、教育的意味合いをも加味しながら、児童文化的・児童文藝的意味について考察を試み、それを要約してみたい。

《資料》と〔考〕

〈凡　例〉

一、昔話は、遠い昔より囲炉裏ばたで語りつがれてきた、いわゆる口承文藝であり、享受の面で、全面的に児童文学とは言えないが、しかし、一面その可能性も含まれているのでリライトと確証もないものも資料として俎上に載せた。

一、本文の行数が多い場合、印刷の都合上追い込みとした場合もある。その場合、「╱」印を記し、「段落」を示した。

一、最下段に記した「P並びに数字」は、「収載頁」を示す。

一、本文中の傍線「——」は稿者による。この場合、漢字のルビは省いた場合もある。

一、①等、の記号は、稿者の「虹と日本文藝」中の資料ナンバーを示し、「それを参照されたし」の意である。

一、発行年月日は、特別な記載のない場合、初版のものである。

昔　話　（一部（d））

昔話(1)　（前略）

伯父たち夫婦は薪の燃え尻を手に手に持って、ポロヤイェピリカ、ポンヤイェピリカ、義兄たちの頭や体を、めっためになぐりつけた。**火の虹**が二人の上へ降り被(かぶ)った。…(a)

（中略）

我に合わせた憑き神たちは、龍本来の姿を現わし、雲から抜け落ち、細い尾で大地の上をよじり立ち、猛る鱗のそれぞれが、鋭い刃の林のよう。鱗と鱗のあいだから、二つの火花、三つの焔が舞い上がり、それと合わせて、樹海の上を、**焔の虹**が走り渡る。…(b)

（中略）

何度も何度も目を凝らし、たまげたことに、イシカラ姫が美しいと言ったけれども、物の数ではありません。片方の肩から、**太陽の虹**、片方の肩から、**屈曲した虹**、二つの光が、頭の上で顎を重ね、その下で見えている顔、太陽のように私は見た。…(c)

（後略）

〔考〕半神半人のポンヤウンペを主人公とするアイヌの〈ユーカラ〉英雄叙事伝の一つである。『日本昔話通観』第Ⅰ巻―**北海道（アイヌ民族）**―（1989、同朋出版）所収の「50　援助の娘」（原題・金(カニ)の下駄(ピラッカ)―胆振・登別市幌別・女）のものの一部である。(a)は、「小さい浜の神の甥」を「村々を荒らしている者」と間違えて殺害した息子達を、馬鹿息子、至らないものとして、御仕置している場面、(b)は侵入者カニピラッカと戦い、打ち滅ぼす直前の場面、(c)は、カニピラッカの妹の美しさに魅入られている場面、である。ここに於て〈虹〉は、すべて精霊的ではあるが、第一次認識（原始認識）たる〈動物〉性、特に〈蛇〉性として描かれている。(b)では「龍」の同類と見なされている。このような描写は、金田一京助採集のユーカラ（＝38）にも見られるが、類型的なので、ここでは省く。またこれらは昔話に入っているが、享受者が、「子ども」専門ではないので、純粋な意味での児童文藝とは言えない。

昔話(2)　昔昔。

昔ァ、**虹**(のず)のかがった時、其(ほ)の**虹の橋**(はす)の下さ行(え)って見ると、銭(じぇね)ァ降(ふ)ってるならけド。ほんで、みんな、わらわらど叺(かます)なの腰篭(はぎご)なの持(たが)って、**虹**の立ってる内(うず)、銭拾(しょ)い行(え)ぐげド。

ほんで、このままでァ、人人(しとびと)ァだんだえとへヤミコギ（怠け者）えなって大変事(おおごと)らどて、天の神様ァ考えで、人ァなんぼ**虹**ば追(ぼ)っかけでも追っつか(か)れね様(よ)えして呉(け)ったけドワ。

ドンビン、サンスケ。

（佐藤亀蔵）

〔考〕佐藤義則編『全国昔話資料集成』1―**羽前(うぜん)小国(おぐに)昔話集**―（1974、岩崎美術社）所収、第三部「笑話」中、「二〇銭の降る虹」。羽前小国、すなわち、みちのく山形の昔話である。〈虹の橋〉の表現は、〈虹〉の第二次的認識である。中核に、古代グローバルに拡がっていた「虹脚埋宝」伝説の変形がみられるが、これと〈虹〉の生態とを結びつけて、笑話仕立てにしたものである。天神を〈虹〉の上(かみ)に置いている。知的、文化的要素の加わった「笑話」の一つであり、前掲「昔話(1)」などより、内容的に見て新しい。

昔話(3)

山奥に虹織姫がおり、淵の中で一年中機を織っている。この姫は天の織姫だったが何かの理由で地上に降り、淵の中で機を織っているのだと里人らは話していた。姫の住む淵の付近はいつも霧が出ていて、日が当たると美しい虹が出るが、その虹は半分だけしか出ない。櫛を作る人が山奥に住んでいて、その男は父親と二人で櫛を作っては姫のいる淵のそばを通って町へ売りに行く。男は父からも里人からも姫の話を聞き、姫を見たくなる。男が父に話すと、「里人の中には遠くから姿を見た者がいる」と教えられる。男は通るたびに淵のそばで姫に「一目姿を見せてくれ」と頼む。そのうち父は年をとり、男が一人で櫛を売るようになる。あるとき男は精根込めて朱塗りの櫛を作り、淵の縁に置いて、「気にいったら使ってください」と言うと櫛が淵のまん中まで流れていき、水の底から渦巻が出て櫛が吸い込まれる。男は気味悪くて急いで家に帰ると、父は息子の様子に不審を抱きわけを聞く。息子が姫に櫛をあげたことを言うと、父は「人間の男がそんなことをするととり返しがつかない」と言う。男はつぎに里に出るとき、恐ろしくて淵のそばまで来ると足がすくんでしまう。霧の中から美しい女が現われ、頭には男の作った櫛がさしてある。男はうれしくて涙を流しながら姫の姿を見ているうちに霧が出て姿が見えなくなる。男は夢心地で里へ降りて宿の主人に話をする。主人は男に今夜泊まっていくよう勧めるが、男は自分の体験を父に伝えたいからと帰り、行方不明になる。淵のへりに男の荷物が残っており、淵からはみごとな虹がかかり、その虹は山の向こうまでかかる。それ以来淵から姫の姿は消えてしまう。里人たちは織り姫が天から地上に婿捜しにきて、櫛作りの男を婿にして天まで連れていったとうわさした。（遠藤稿）

（——線は稿者による）

〔考〕『日本昔話通観』第7巻—福島—（1985、同朋社出版）所収の「むかし語り—76　天人女房—天人降下型（梗概）、による。—線は稿者による。語りは「福島・女」である。

山奥の淵の中で一年中機を織っている「虹織姫」の実態は明らかにされていないが、里人のうわさとしては、初めに「かぐや姫」のごとく「貴種流離譚」が語られ、最後には、天人女房—天人降下型の話が、里人らしい「婿取り」話に変貌し、その悲劇性を薄めている。天女自身も本来、〈ニジ〉の雌、すなわち〈蜺〉である。

淵とか・滝壺に潜んでいるのは、本来、「たま」を抱く「龍」(注1)であり、この場合「龍女（りうめ）」すなわち龍宮城の「乙姫さま」と同質のものであるはずである。イタリア昔話（＝37）における、湖にすむ美しい水の精・オンディーナも同型であろう。これを陰陽の接点たる数ある〈虹〉のセックス・婚姻民俗(注2)として、美化された「虹織姫」に仕立て、古代中国の七夕伝説の「織姫」「ひこぼし」に象徴される婚姻談の一種のパロディによるバリエーションを絡ませている。

〈虹〉と「織姫」とのセットは、遠くフィンランドの古代の『カレワラ』（＝32）にも見られるが、初めの部に語られる〈半分だけの虹〉、〈織りかけの〈虹〉か?〉は、婚姻の未完成を暗示し、最後の〈山のむこうまでかかるみごとな虹〉は、婚姻の完成を暗示するのであろう。『山海経』（＝3）に描かれている同体の〈両頭の虹〉

のように……。また、〈虹〉を二次的認識たる「橋」型に考えると、男を連れて天へ帰る美しい「天橋」の完成とも考えられる。

主客の顛倒は見られるが、広くは異類婚説話、人間と超自然的存在との結婚の類型である。世界各地に分布する白鳥処女説話・天人女房譚がベースにあろう。

「あるとき男は精魂込めて朱塗りの櫛を作り、淵の縁に置いて、『気に入ったら使ってください』と言うと…」のくだりなど、川端の名作『古都』の秀男と苗子の関係を髣髴させる。この場合も、北山の苗子に逢いに行く途中、清滝川に三たび〈虹〉がかかる。

（注1）「龍」は〈ニジ〉の後代的発展的姿で、その〈オス〉＝ニジのオス的要素が、「龍」となり、〈メス〉的要素が天女＝乙姫＝龍女、となったものと考える。本話の場合、「虹織姫」で「虹姫」ではないが、その伝統がまつわっている。

（注2）比較研究資料[1][3][9][26$_3$]－(e)[28$_4$]他。

昔話(4)　昔、人間は巣出水を浴びて脱皮していた。天の神の太陽がひばりに巣出水を運ばせると、途中で**虹**が現われて、巣出水を奪って捨ててしまう。太陽と月が**虹**をしかったので、それからは**虹**は太陽を避けて太陽の反対の方向に現われるようになり、ひばりは太陽にしぼられて小さくなった。（ゆがたい三p5 池間島p・4）

〔考〕『日本昔話通観』26－**沖縄**－p808（1983、同朋社出版）中動物昔話「ひばりと若水」の類話7として出ている。天神、この場合は、太陽と月のようであるが、〈虹〉の上に置いている。本来、「ひばり」を中心とした動物昔話であるが、〈虹〉も動物的、あるいは半動物的に描かれている。やはり〈天蛇〉であろう。「水」を好み飲む〈虹〉の習性が、やや変形されて－奪って捨てる－語られている。「太陽と月にしかられた」からという、語り的論理を通して、〈虹〉の生態が語られている。起源説明型としては、「昔話(2)」と同類型である。(1)(2)共リライトの匂いがあり、児童文藝性が濃い。

昔話(5)　（前略）と、見るままに、大きな火の鳥が、山々をゆるがして空にとんだ。口から金の火をふき、左右のつばさは十余尋。はばたく度に**七色の虹**が、夜空をそめてきらめいた。…（中略）…この火の鳥の食物が、ことごとく金や銀の石であるのを見れば…果して、金のしずく銀のしずくにぬれる山肌が**虹の光**をふりまきながら姿をあらわして………

〔考〕『日本の民話』2－秋田篇－（昭51・ほるぷ）中「火の鳥」。〈虹〉の二次的発展形象たる龍またはドラゴンの変形と虹脚埋宝伝説とが結合したものである。

A 類

A－(1)　北原白秋著『**二重虹**』－繪入童謡第七集－（大正15－3－24、アルス）

二重虹

坊やよ、坊やよ、御存じか。
今朝がた、七いろ、**二重虹**。
お家の眞上の**二重虹**、
父さん遠くで見てました。

旅から、やっとやっと、久しぶり、
坊やの顔見に帰る途。

向うの山まで來て見たら、
お家の青空、**二重虹**。

坊やも目ざめか、歌うてか、
いそいそ歸ろと飛んで來た。

坊やよ、坊やよ、御存じか。
今朝がた、七いろ、**二重虹**、
お家の赤屋根、**二重虹**、
父さん涙がながれてた。

〔考〕この童謡は大正十一年十一月に書かれ、翌年、雑誌『女性』に載せられたものである。大正十五年、『二重虹』という題名をもつ童謡集が刊行されたが、その中の巻頭に収められたものである。（他に「序詩」・「雨の樋」にも〈二重虹〉は出てくるがこの際は略す。）　この詩の鑑賞に際しては、ほとんど言語的解釈は不要である。しかし、その成立背景について、少しく知識を得ておくことは、その鑑賞を深めるのに役立つ。白秋は、この作の生れる前に不幸にも二度妻に去られている。しかし、大正十年に結婚した、三度目の妻・菊子は日蓮宗を信仰し、聡明かつ良妻賢母で、よく白秋の詩業を支え、温い家庭を築いた。少し前に建てたものであるが、小田原の伝肇寺の東側の方向に萱屋根に萱壁の「木兎の家」と竹林に方丈風の書斎を建て、また、木兎の家の東側隣接地に赤瓦の三階だて洋館（岡本一平の挿絵にもある）を建て、そこに住まっていた頃の作である。笹本正樹著『北原白秋論』（昭50、五月書房）によると、「新フロイド主義者ヘルベルト・マルクーゼ的にいえば、それは一夫一婦の生活により、バッカス的表現からオルフェ的表現に移行したのである。」また、「童心を持った詩人といわれる白秋は、それ故にまた子煩悩であった。次の童謡（＝序詩の「二重虹」）はいかにその子らを愛していたかがわかる。」とある。これはこの童詩にも当てはまる。「坊や」は、菊子との間に生れた長男の「隆太郎」である。

　また、白秋筆の「巻末に」によれば「二重虹と云へば、この小田原の山や海にはよく二重虹が立ちます。こんなにまた朝や夕がたに虹の立つところはあまり無いでせうと思ひます。それは明るくて綺麗です。隆太郎はこの美しい二重虹を見て育って來ました。」と記され、その自然的背景を叙している。

　結聯部の「お家の赤屋根、**二重虹**／父さん涙がながれてた。」とわが家、わが家庭の上に〈二重虹〉がかかって荘厳されたユートピア的描写は、遠くは、古代インドの「名レテ虹ヲ為ス二帝釋宮一ト」（＝$\boxed{28_1}$）やチベット密教の曼陀羅におけるみ仏をめぐる〈浄信の虹〉（＝$\boxed{19_2}$）、また仏像にみる円形の光背や、愛の宗教たるキリスト教の神の玉座を荘厳する〈虹〉（＝$\boxed{29_2}$）と一脈通じよう。

　童謡の〈二重虹〉は、以後消えることのない白秋とその家族の心の〈二重虹〉でもあったのである。

A―(2)　石川重遠作『にじのくに』（1973, 12, 1、文化出版局）

（前略）

まりこは　まどから　そらを　みました。
「あっ！　にじがかかった」

まりこは　だいどころへ　とんで　いきました。
「おかあさん、**にじ**へ　いって　みたいな。ねえ、**にじ**へ
つれてって。」
「あら、こまったわね。」
「それでは、わたしは　おにんぎょうの　まりーちゃんと
いっしょに　**にじ**へいってきます。」
まりこが　にじの　みえる　まどまで　くると、のりもの
が　ありました。「**にじ**の　くにへ　しゅっぱつします。
おはやく　おのり　くださーい。」と　いって　いました。
「おかあさん、ほんとに　**にじ**へ　いって　きます。」
（中略）
（むらさきのくに）→（あいいろのくに）→（あおのくに）
→（みどりのくに）→（きいろのくに）→（おれんじいろ
のくに）→（あかのくに）
（中略）
あかの　くには　きえだしました。　でも、だいじょうぶ。
まりこと　まりーちゃんは　はなの　じゅうたんに　のっ
て　そらを　とんで　います。（略）「おかあさんただいま。
にじへ　いって　きたの。」（略）「そう、よかったわね。けー
きをたべながら、**にじ**の　はなしを　きかせてね。」（後略）

〔考〕「にじがかかった」とあるが、「かかる」の表現は「たつ」と違って、「架橋」的イメージを構築する。〈虹〉の異郷への「橋」系発想が裏にある。物語展開の伏線効果も発揮している。七色の「にじのくに」の漫遊が、子どもらしい心理に沿ってみごとになされているが、その色の順序は、下より「紫」→「赤」で、いわゆる〈主虹〉のものである。科学的にもきちんと正しく記されている。ヨーロッパでは「藍」を除いた「六色」の場合もあるが、現代日本で一般的な「7色」となっている。「はなのじゅうたんにのって」とあるが、絵によると、それにのって更らに、〈虹〉の橋の上を滑り台の滑降のように天降っている。その意味で、古代における「天の浮き橋」的なものが残っている。また、「はなのじゅうたん」は『アラビアンナイト』の系譜に属しよう。

　内容的には、『不思議の国のアリス』の系譜にあり、最後の「ケーキをたべながら」は『ちびくろ・さんぼ』の系譜に属しよう。アリスと違うのは、最後まで「夢」ではなく、「現実」のものとして書かれている所に、ファンタジーによる飛躍と童話的真実がある。しかし、ヒロインの〈虹〉界漫遊は、母親がケーキを作り始めて出来るまでの、わずかの間の出来ごととなっているので、ヒロインによる「一炊の夢」を黙示しているものともとれる。

A―(3)　落合恵子作・すずき大和画『**めぐちゃんの赤いかさ**』―小学館の創作童話シリーズ㉘―（1976―1―20、小学館）
（前略）
おじいさまは　チューリップ(ちゅーりっぷ)がたの／かさをさした　めぐ
ちゃんを／たいそう　きに　いって、／「これに　のって
おかえり。／とくべつサービス(さーびす)だよ。」／と、空(そら)から**虹(にじ)**を
かけて／くださいました。／七いろの　**虹**の　**すべりだい**
です。／なみだやさんと　めぐちゃんは／じてんしゃに
のった　まま、／す、す、すいーっと、**虹(にじ)**の／**すべりだい**
を　すべりおちて／ちじょうに　もどって　きました。

〔考〕ルビは振ってあるが〈虹〉の漢字を出している。表紙にあるように「小学校低学年むき」を志向しているからである。（但し、

現在の所、〈虹〉の漢字は、小学校のいわゆる教育漢字にはない。人名漢字にはある。）この話も「空から虹をかけて」と「架橋」系である。その発展型として、現在の子どもらに馴染み深い、大空にかかる「虹のすべりだい」のメタファーを効果的に駆使している。「七いろ」も一般的。乗物好きの子どもにとって、虹のすべり台の上を滑降する涙屋さんの「自転車」もまた、効果的援用である。

A―(4)　大友康匠・幸子作絵『**ノンタンほわほわほわわ**』(1977―12、偕成社)

〽しゅっぽ／しゅっぽ／くもの　きしゃ。／もく　もく／ふんわり／くもの／きしゃ。／**にじの　トンネル**／きらきら／しゅっぽ。　p25」

〔考〕「にじのトンネル」と、〈虹〉が、美しさの加味された形状的比喩として、「トンネル」陰喩（メタファー）となっている。「トンネル」型見立ては、トンネル自体、近・現代的なものなので、当然新しい発想である。汽車とセットになって、生き生きと動くもの、乗物を好む「子ども」特有の心理にみごとに沿った比喩である。童話詩風のリズミカルな韻律とミックスして、楽しく明るい子供の夢とファンタジーの構築に貢献している。ただし、絵によると〈虹〉は、〈主虹〉の順序に従ってはいるが、「赤黄青紫」の4色である。読者を三～四歳の幼児に想定しているからであろう。

A―(5)　佐々木たづ作・駒宮録郎絵『**きんの　いとと　にじ**』―キンダーおはなし絵本傑作選―(1979―1、フレーベル館)

もりの　いりぐちの／きの　したに、ときどき／ひとりの　おとこが／こしを　かけていました。／そばに／『つくろいもの。／なんでも　つくろいます。』／と　かいた　ふるい　きの　いたが／たてかけて　ありました。　p2」

（中略）

おとこは　ちいさい／かわの　サックから、／きんいろの　うつくしい／はりを　とりだしました。／それを　ひだりてに　もつと、／めのまえに　まっすぐに／さしている、ほそい／ひかりの　せんを　とりあげ、／そのはしを　はりにとおすと／もう　しごとに　かかりました。　p15」

きんの　はりに　ついている／いとは、にじの　なないろに／きらきら　ひかって　みえました。　p17」

（中略）

てんの　そこが　ぬけたような、／その　おおあめが／さっと　あがったとき、／まっさおな　そらに／かかった　**みごとな　はし！**／むらじゅうの　ひとが／そとへ　でて、その　**うつくしい**／**にじを**、／あおぎました。　p23」

（中略）

「あの　おとこは、／**にじに**　なったのだ。／なぜって、あめのあと、／あの　そらに／おおきく　かかる／にじを　みていると、／いつも、／あの　おとこに／なおしてもらった／うわぎを　きたり、／かさを　さしたり／したときと、／ほんとに　おなじ／きもちに／なるんだもの。」と、むらの　ひとびとは／いうのです。　p28」

〔考〕「きんの　はりに　ついている　いとは、にじの　なないろに…」とあるが、これは逆に、虹の7色の糸の先に「金」の針がついていることになる。〈虹〉の根（脚）もとに金が埋まっている―という、古代よりグローバルに流布している「虹脚埋宝」伝説（＝

36）を踏まえた、その創造力によるヴァリエーションであろう。p9にある「あのおとこになおしてもらったものをきると、こころがうきうきして、かなしいことがなくなってしまう。—」という村人の至福感と呼応している。「あのおとこはにじになったのだ」の原型は、インドネシアの昔話（＝28_4）にもあり、また台湾原住民の「オットフ」信仰（＝27）とも同根であろう。そこには、「死」あるいは「往生」が暗示されている。〈虹〉を着ること＝〈虹〉を視ることとを同次元の同質に結びつけたところが面白い。創造と伝承との混融がある。古代中国（＝1）や、アメリカインデアン（＝25）に顕著な「虹指差禁忌」俗信とは、真反対の発想である。

A—(6) 山下夕美子作・遠藤てるよ絵『にじのすべりだい』（1980—2、ポプラ社）（行変え・頁略）

（前略）
のぼって いくのは あじさいの 水しぶきが えがく **七色の にじ！** 花のベランダから 空へ みごとな にじが かかりました。（略）気がついたとき ユウくんは、七色の さか道を、はいのぼっている ところでした。（略）町が、まあ、あんなに 小さく なっていました。（略）にじが 下りになったのです。しゅーるる、**大きな すべりだい**。**七色に かがやく すべりだい**、（略）すとん、とユウくんの 足が 地面にとどいたのでした。ユウくんは、(a)知らない 町の 知らない 家の うらにわに たっていました。（後略）

〔考〕A—(3)と同様の発想の「すべり台」型、「橋」系の発展型である。（a）部の類似発想の古型としては、シベリアにあって「虹がヴェルホヤンスク近在の少女を持ちあげて、イルクーツクのそばに降ろした」という伝説がある。（＝22_2）どこか深層心理中で繋っていよう。

A—(7) 君島美知子絵・安井光恵文『にじで なわとび』—さ・え・ら創作絵本—（1980—12、さ・え・ら書房）

（前略）

きゅうに かぜが ふいて、／ぼくは ふうせんと／いっしょに ふわりと／そらに まいあがりました。 p7」

（中略）

むっつめの やまを こえ、／ななつめの やまを／こえて——／とうとうはとは／いいました。／「ほら あそこが／いい ところさ。」 p26」

あか、だいだい、き、／みどり、あお、あい／そして むらさき。／**ななつの いろのにじ**が、あっちにも／こっちにも／ありました。p27」「すてき！／**にじの くにね**。」／おんなのこが／うっとりして／いいました。p28」**にじの くにに**／つくと、そこには／いろいろなくにから／きた、おとこのこや／おんなのこが／たのしそうに／あそんで いました。p29」ぼくは うれしく／なって、みんなと／いっしょに、**にじで**／**なわとび**を しました。


〔考〕鳩のいう「よいところ」、すなわち〈虹のくに〉渡航のために、子どもの好む「風船」を魔法の杖としたところに童話的論理が働いている。しかしこれとて、遠く中国古代の仙界昇仙のための「龍舟」や、太平洋ポリネシア諸島につたわる「Anuanua」（彼界（(常世の国）—此界を往来する、神の子である王の航海するカヌー）（＝

33)にその原型がある。「ひとつ　やまこえ……なつ　やまこえ…」は、虹の7色から導かれる〈にじのくに〉への伏線的手法である。また、天界の〈にじのくに〉は、古代インドの「名テレ虹ヲ為ス二帝釈宮ト一」（＝281）の、子ども版・童話版である。また、〈にじのくに〉の「あっちにも　こっちにも」たつ、多くの美しい〈虹〉は、主虹・副虹・暈・幻日・反射虹、そのまた反射虹と、無限にたつ可能性を秘めた〈虹〉の生態の投影でもあろう。（ただし、本書の絵には、暈・幻日は見られない。）さらに、「にじで　なわとびを　しました。」の〈虹〉と「縄」との結合は、はるか遠く中央アジアの草原から蒙古の古物語（＝221）に見られるものである。遠い古代が、童話的衣装をまとって、日本の子どもの文藝の中によみがえっている。

A―(8)　手島悠介作・今井弓子絵『にじの子レインぼうや』―岩崎幼年文庫20―（1982―1―25、岩崎書店）

（前略）

「ぼうやは、空へ帰ったんだ!」／ぼうぜんとして、治がつぶやきました。／「たあちをたすけてくれて、空へ帰っていったんだ!」／かこは、なきそうになりながら、(a)雨あがりでもない、明るい夏の空にかかる、ふしぎなにじを、じっと見つめました。

〔考〕レインぼうやは、にじの子で、お母さんににじが空にかかったので、いつものように、にじのはしをおりて、下で遊んでいたがつい、お母さんにじが消えるまでにもどる、という約束を破ってしまった。にじの子の掟で、良いことを三つしなくては空にかえれない。「たあち」は治の弟である。堀におっこちておぼれかけていたのをレインぼうやが助けたのである。「レインぼうや」設定もメルヘン的であるが、（a）部のごとく、自然と離反した描写もメルヘン的である。『竹取物語』のような貴種流離譚的おもかげも有している。

A―(9)　高橋宏幸文・絵『チロヌップのにじ』（1983―11、金の星社）

（前略）

のっぽが、おぼれかけた　めすの　子ぎつねの　くびに、赤い　ひもを　むすんでやった。／「わっはは、よう　にあうで。そうだ、赤い／リボンだから、おめえの　名はアカコだ」／すると、ずんぐりと　ひげづらも、ほかの2ひきに、／黄いろと　青の　リボンを　つけてやった。「こっちの　おすの　きつねっこは、黄いろの　キスケと、青の　アオタだ。いい　名だろう、わっははは」／3びきの　子ぎつねが、のこりゆきの　なかで／じゃれあうと、赤、黄、青の　リボンが　うごいて、／小さな　にじが、おどるように　みえる。　…(a)

（中略）

りょうしたちの　こぶねが、しまを　はなれた。／クャーン　クャーン／はまべで　なく、子ぎつねたちの　かなしそうな／こえが、だんだん　とおざかる。／もう、そのこえも　きこえなくなったころ、しまの／まんなかに　そびえる　トド山の　上に、みごとな／にじが、たった。／「きつねたちが　かけた、にじかもしれねぇ」／3にんはそういうと、ふねを　いそがせた。　…(b)

（中略）

20年(ねん)、そして　30年(ねん)と　すぎた。ある　なつ、チロヌップ(ちろぬっぷ)の　おきを　とおる／ふねに、年(とし)おいた　3にんの　りょうしが　のっていた。／手(て)を　かざしていた　のっぽがさけんだ。／「おおう、トド山(とどやま)の　上(うえ)に　にじが！」／3にんが　みたのは、きりの　なかに　かすむ、**赤**(あか)**い　すじのような　にじ**だった。／ずんぐりと　ひげづらが、こえを　しぼった。／「チロヌップ(ちろぬっぷ)の　きつねが、おらだちをよんでるだ！」　…(c)

〔考〕作者のことばによると、戦争中、千島ですごした経験をもとに、戦後の千島に悲しみと思いをこめつつ思いをはせて創作したものという。また、「チロヌップ」は、アイヌ語で「きつね」である親子の情愛が切々と迫る名作である。この作品世界に〈虹〉が登場している。(a)部が、(b)(c)部の伏線となっている。(b)(c)にみる〈虹〉を心の伝達の手段とみるのは、『旧約聖書』（＝29₁）のノアの箱舟のあとにたつ〈虹〉、ギリシャ神話『イリアス』（＝31）に現れる天―地の伝達使である〈虹〉の女神・〈イリアス〉を原型的に想起させる。前者のように、のろし的伝達手段であれ、直接のメッセンジャーであれ、広くは「橋」系のヴァリエーションであろう。この伝達機能に、「狐は化ける」という俗信も絡っていよう。

(b)には、三匹の子ぎつねが揃って健全であったころの「赤黄青」の3色の〈虹〉が描出されている。それに比して、結末部(c)に描かれている「赤いすじのようなにじ」は、いわゆる〈丹虹〉であるがきつねの家族で、親ぎつねの捨身の代償によって生き逃びた、たった一ぴきの、かつての小狐「アカコ」を暗示している。（このような所は、『ユーカラ』に見る〈虹〉(ラヨチ)とは異質である。）

〈虹〉を「チロヌップのきつね」と観じるのは、作者の分身たる優しい心をもつ三人の「りょうし」達の心の反映でもあろう。

A―(10)　梅宮英亮絵・文『にじのカーネーション』（1984―4―10、福武書店）

夜(よる)が　まもなく　あけようと　しています。／おにわに　さいている花が、あさつゆに　ぬれて、うつくしく　かがやいています。／とつぜん、とおくの山(やま)に　にじが　かかりました。大きく　なりながら……／(a)おやおや、こちらにやってきました。／みかちゃんの　(b)おにわが　なないろに　かがやきました。／すると　そこには、みたこともない　カーネーションが／さいているでは、ありませんか。ちょうどそのとき　(イ)めをさました　みかちゃんは／その花を　みました。／「まあ、きれい。(b)まるで　にじのようなカーネーション！」／でも　すぐに、にじも　花もきえてしまいました。

（中略……星の女神さまと母の日のプレゼントのために「にじのカーネーション」探しに出かけて、出合ったキツネやカエルやウサギやクマの家族に優しくしてあげる）

そのとき　きゅうに、森も　どうぶつも　きえて、あのめがみさまが／ほほえんでいました。／「森(もり)の　どうぶつたちを　こころから　あいしてくれて　ありがとう。／そのこころを　いつまでも　なくさないで　くださいね。／おれいに　わたくしから　**にじのカーネーション**を　プレゼントしよう。／さあ、こちらですよ……」…（略）めをさますと　おかあさんが、やさしく　ほほえんでいました。

…（略）「みかちゃん、おにわのカーネーションが／さきましたよ。はやく　まどべに　いって／ごらんなさい」／おにわのカーネーションは、あさひをあびて、／(c)**なないろの　にじのように**、うつくしく　かがやいていました。

〔考〕～部より前は、夢の中の出来ごとであることがわかる。（イ）に「めをさましました」とあるが、これは夢の中の夢で、従って、（b）はまだ夢の世界の出来事である。（（c））に至って現実となるのである。）夢の中においても、優しい心を持ち、自己犠牲的行為をするヒロイン・みかちゃん、そのお礼として、星の女神さまより憧れの〈にじ〉のカーネーションをプレゼントされる。〈虹〉を美しい「愛の象徴」とするキリスト教的世界観に彩られている。しかし、（a）部の作者の深層心理には、太古における〈虹〉の動物性が、かすかに息づいているのが透視できる。

A―⑾　山形童話の会編・久米宏一絵『**もんぺの子作品集**』（1984―10―15、岩崎書店）　須藤克三作「大きなにじわたれ」

大きな大きなにじです。

さとるくんは、あかねちゃんに、「あのにじ、ぼくのうちの山から生まれているんだぞ」といいました。「ちがうよ。あの**にじ**、わたしのうちの田んぼのあたりから…中略…「**にじ**さぁん。もうけんかしないから、きえないでよ。」…中略…その夜、さとるくんは夢の中で、**にじのはし**をわたりました。あかねちゃんも、**にじのはし**をわたりました。ふたりは、ふわふわのにじのはしであいました。

（後略）

〔考〕〈虹〉の「橋」系発想がみられる。童話の論理上「夢の中」に設定されているが、古くからある〈夢の浮き橋〉の系譜に属しよう。童話ゆえ艶色は淡いが、幼い男の子と女の子との仲直りの心の架け橋でもある。

A―⑿　浜田広介作・梅田俊作絵『**にじはとおい**』―（小学校こくご一ねん上）―（1986―1―15、学校図書）

（前略）

にじがでました。のはらのかえるが、それをみて、つくんつくんとはねてみました。なんどはねても　とどきません。「たかいものだな。」かえるは**にじ**にとびつくことをやめました。　p44」　（中略）

……**にじ**がぬまからたっているなら、ぬまのふちからとびこんで、くぃくぃおよいで、**きれいなにじ**に　つかまってのぼってやろうとおもいました。　p47」

〔考〕何度も挫折しながら、きれいな〈虹〉に対して執念を燃やし続ける蛙にとって、〈虹〉は大きな夢であり、単純な生活に何か新しい風を送りこむものとして描かれている。〈かえる〉心は〈幼な〉心でもある。「橋」系の片はしが「のぼってやろう」にのぞいている。

A―⒀　今西祐行作・渡辺有一絵『**にじのはしがかかるとき**』―今西祐行絵ぶんこ10―（1985―2―25、あすなろ書房）

（前略）

だから、山のけものは、いつも　あらそい、けんかし、たたかって　いなければ　なりませんでした。／でも、山に**にじ**が　かかったときだけは、だれも　えも／のを　さがしませんでした。／だから、けんかも、たたかいも　おこりませんでした。　p6」

（中略）

「おかあさん、山に　**きれいな　はし**が　かかったよ。あのはし　わたったら、どこへ　いくの。ぼく、いってみたいな。」／オオカミの　子どもが　いいました。／「おとうさん、空に　(a)**きれいな　道**が　できたよ。あの道は、／どこへいく　道なの。」／タヌキの子どもも、たずねていました。　p6・7」

（中略）

「こんど、**はし**が　かかったら、また、みんなで　いっしょに　わたろうね。」　p12」

（中略）

けれども、けものたちは、山に　帰って　まもなく、おとなに　なっていきました。そして、子どものとき、みんなで／した　やくそくを、わすれてしまいました。／それでも、雨が　あがって、**きれいな　にじ**が　かかると、／けものたちは　ふと、とおいむかし、みんなでした　やくそくを、思いだしました。／そして、**うつくしい　にじ**が　きえるまで、しずかに　すごすのです。　p14」

（後略）

〔考〕子どもが〈虹〉を探しに行く話は、立原えりか童話集『青い羽のおもいで』（昭50、角川書店）にも出てくるが虹脚埋宝型の変形でやや即物的である。この話で、（a）部の〈虹〉を美しい天空の道と観ずるのは、直前の「きれいな　はし」と修辞的に対句法を採っているもので、古来よりの「橋」系のヴァリエーションであろう。〈虹〉を美しいものと観じ、その美しいものを視ることによって、荒んだ心も浄化され、和らげられることを描いている。それは、とりもなおさず「子どもごころ」に回帰することでもある－ことを謳っている。作品中の、

どうして、にじが　でると、けものたちは、けんかをしないのでしょう。

けものたちも、みんな、子どものときが　あったからです。

という問答形式の文章が、それを雄弁に物語っている。

「童ごころ」は、まさに「聖ごころ」と重なるのであると…。

A―⑭　杉みき子作・津田櫓冬絵『**コスモスさんからおでんわです**』（1986―11―1、教育画劇）

「こちら、コスモスつうしんきょく。きのうの　おれいです。／ひがしの　そらを　みてください。」

でんわは、それっきりで　きれました。

「なんの・ことかしら？」

わけが　わかんないけど、／とにかく　そとへ　でてみたら……。　p12」

「わあっ、**おおきな　にじ！**」　p14」

〔考〕「コスモス」と〈虹〉とは、童心の世界ではイメージ的に共通性がみられるもののようである。「サッちゃん」で名高い阪田寛夫の童謡集『てんとうむし』（1988、童話屋）中にも、「おのこおみな」と題して「……われらおみなは／かみさまが／コスモスの花から／おつくりなされた／……コスモス　コスモス／**虹の花**……」というのがあることによっても知られる。ここの「わあっ、おおきな　にじ！」も二回目のコスモス通信局よりの電話に、ヒロ

インのるみちゃんが、「わあっ、すてきな　ゆうやけ！」と感嘆した、美しい夕焼けとペアーとなる対応法がとられている。すなわち、最高に美しい気象現象の一つとして、リフレーン効果の初めに援用されている。そしてそれは、首が折れかけていたコスモスのかすかな声を聴き取り、助けてやったるみちゃんの「優しさ」への御礼、画家の心を通した神の福音のごときものに描かれている。奥底に愛の象徴的要素をも持つキリスト教的〈虹〉観が、ひそと息づいているのである。

A―⒂　かわせたまみ詩・北田卓史絵**『うみのにじ』**―しのえほん7―（1987―6―20、国土社）

だれか／うみに　かけた／**にじの**／**にじの**／**すべりだい**／かもめが　すべった／すいー　すいー／あっ／にじに／しろい　はね／そまったよ
だれか／うみに　かけた／**にじの**／**にじの**／**まるいはし**／ヨットが　くぐった／すいー　すいー／あっ　にじに／しろい　ほが／そまったよ

〔考〕「にじのすべりだい」のメタファーは、現代童話的な比喩であるが、これは、対句的表現の「にじのまるいはし」のごとき、古来からある「橋」系見立ての発展型であろう。A―⑶にも既出している。「白いかもめ」と「白いヨットの帆」が〈虹〉色に染まる発想は面白い。（ただし、A―⑻にも類似発想はみられる。）絵によると、「白いかもめ」の場合、触れた右翼のみが〈虹〉色に染まっている。子どもの好む、動物と乗物が〈虹〉色に染まったのである。そこに、明るい童詩的飛躍がある。

なお、〈虹〉にかかわると、何らかの変化の起る伝承は、ヨーロッパに「虹の下をくぐり抜けたり、虹の根に触れている所の水を呑むと、男は女に、女は男に変身する」（＝34）というのがある。

A―⒃　上西清治作・貝原浩絵**『虹を駈ける羆』**（1987―11―30、風濤社）

イヨマンテ（熊送り）の歌声が風に乗って、ホイ、ホイ、ホイ、天にとどく。／「ほら、羆が**虹の橋**を駈けのぼって、神の国へ帰ってゆくぞ」梟は、ビッチィをふりかえってにっこり笑うと大きく翼をひろげ、山のむこうへ飛び去った。
羆の姿がだんだん小さくなり、空の彼方に消えてしまうまで、ビッチィは瞬きもせずに見つめていた。

〔考〕熊送りにおける熊の霊魂が、〈虹〉の橋を渡って昇天するという描写は、アイヌ古来の伝承によるものなのか、作者の創意によるものかは定かでないが、この類型としては死者の霊魂が、〈虹〉の橋をわたって浄土あるいは神の国へ赴くという民俗は、台湾原住民（＝27）や北アメリカインデアン（＝25）などにも見られるものである。それにしても、結末部の遠近法を用いた具象的な描写は、秀れた映画の最終シーンを見るように見事である。

A―⒄　日暮その作・天野めぐみ絵**『ムクは虹色の空』**（1989―10―31、河出書房新社）

（前略）
「ママ**虹**」ミクが声をあげます。
「あっ、ムクちゃん、**虹**よ、**虹**。きれい。ママ、**虹**、大好き。見てると胸がすーっとするから」

あじさいの葉のカタツムリに気をとられていたムクが東の空を見あげます。
ムクの**心は虹色**です。 p153」

〔考〕主人公の「ムク」は幼稚園の男の子で、「ミク」はその姉で小学校一年生である。主人公は幼いが、かなりの長編である。親が少しづつ読んでやる本であろう。〈虹〉を「きれいなもの」、「胸がすーっとするもの」と享受している。「ムクの心は虹色です。」が長編の最後の締めとなっている。「心躍るような境地」のメタファーである。当然、不吉・妖祥観とは対極にある。

A―⒅ さくらともこ作・島田コージ絵『**にじのきつね**』―えほんとなかよし9―（1991―7、ポプラ社）

（前略）
ふとんの　なかで　ごんべえさん、／ぶつぶつ　つぶやく　ひとりごと。／「まいにち　あめふり、いやだなあ。／こんなときに　もし　**にじが**、／パアッと　そらに　かかったら、／どんなに　きぶんが　いいことか。」 p18」
（中略）
ドロロン　ロン　ロン　ドロロンパッ　つねきち　ばけたよ　**おおきな　にじに**。p21 22」（中略）あまぐも　どこかに　ふきとんで、／かがやく　七いろ　**にじの　はし**。（中略）めだま　グルグル　もう　だめだあ～「うわっ、にじが　おちてきた！」p23 27 29」（中略）「わははは、これは　おどろいた。／こしが　ピンシャン　のびたわい。／**にじの　きつね**の　おかげだよ。／これで　げんきにはたらける。p29」（中略）そらから　おちた　つねきちの／こしの　いたいの、もうすぐなおる。／あめあがりだよ、**にじが**　でた。 p31」

〔考〕――線部の、ごんべえさんの心境には、〈虹〉を浄化・蘇生作用のある、すばらしいものとの享受がある。中国古代に蔓延していた不吉・妖祥感はない。小狐のつねきちが、けがをしたごんべえさんのために、一所懸命、〈虹〉に化けて励ます話で、南吉の名著『ごんぎつね』のパロディーのような一面もあるが、〈虹〉と絡ませた所が新しい。結末部も『ごんぎつね』のように悲劇性の見られないのも、幼年童話のゆえであろうか。なお、「狐」と〈虹〉との因縁は深く、その組み合わせは、A―⑼にもある。

A―⒆ 松谷みよ子作・瀬川康男絵『**きつねのよめいり**』（福音館）

（前略）（行変え略）
するときゅうにひでりあめがぱらぱらふってきました。
「ほう、きつねのよめいりや」
おじいさんが、そらをみあげるとどうでしょう。こちらのやまからあちらのやまへ、**なないろのにじ**がかかり、そのうえをきつねのよめいりぎょうれつが、しずしずとわたっていくのです。

〔考〕日が照りながら小雨が降るのを民間伝承で、「狐の嫁入り」とか「狐の祝言」とかいうが、それに〈虹〉を絡せて作った童話。〈虹〉の橋系の一つ。日照り雨は気象的にも〈虹〉がたちやすい。この話の〈虹〉もキツネと関係がある。ただし、雌ギツネである。日本人のルーツの一つとも言われる、遠くシベリアのヤクート人やブリヤート人も〈虹〉を〈牝狐の小便〉と呼んでいることと想い合わせられる。

同型の話に、小口明作・三木六徳絵『にじいろのマガタマ』（昭54、そしえて）がある。

A－⑳　青島美幸作・絵『ダールンの虹』（1990－11－16、パロディ社）

ダールンは**虹**が大好きです
ダールンの夢は**虹**を渡ることでした
虹さえ渡れば人生変わると信じているからです
そんなダールンをニコニコみつめていたのは
昔　この世にいたことのあるダールンでした
（中略）
天から降ってきたような**七色の虹**は
（中略）
そして
ダールンはまた旅に出るでしょう
ダールンの旅は
たぶん
虹を渡るまで続くのです
なぜって
だって　それは
虹がきれいだからです

（——線部中の漢字のルビ略）

〔考〕表紙カバーの帯に、「これはアルファー波分析に基いて出筆された作品で、α波を引き出す為の絵本です。ダールンと共に自己を知る旅に出ましょう。きっともう一人のあなたを一番理解してくれるあなたがそこで待っていてくれるはずです。」とある。「α波」とは「覚醒、安静、閉眼時の正常人の脳波。」をいう。〈虹〉の面からみると、「虹を渡る」との物語りの奥には当然、〈虹〉の二次的認識たる「橋型」発想を踏まえた認識が前提的に隠されている。また「虹さえ渡れば人生変わる」との、主人公・ダールンの信仰は、A－⑮やヨーロッパに伝わる古来の俗信（11㉞）「虹の下をくぐり抜けたり、虹の根の触れている所の水を呑むと、男は女に、女は男に変身するという」との、「変」身、「変」質の「変」のカテゴリーにおいて合流する。ただ、α波をひき出す、〈虹〉への永遠の憧憬の核に「虹がきれい」、すなわち「美」を据えているのは、〈虹〉の「七」色と共に、現代的三次認識といえよう。

B　類

B―(1)　宮沢賢治原作・近藤弘明絵『めくらぶどうと虹』（1987-10-20、福武書店）

（前略）

その城あとのまん中に、／小さな四っ角山があって、／上のやぶには、(a)めくらぶどうの実が、／**虹のように**熟れていました。（中略）

東の灰色の山脈の上を、つめたい風がふっと通って、／**大きな虹**が、**明るい夢の橋**のようにやさしく空にあらわれました。（略）よるのそらに燃える青いほのおよりも、／もっと強い、もっとかなしいおもいを、はるかの**美しい虹**に捧げると、／ただこれだけを伝えたい（略）**やさしい虹**は、うっとりと西の碧いそらをながめていた／大きな碧い瞳を、めくらぶどうに向けました。（略）

「いいえ。私の命なんか、なんでもないんです。／あなたが、もし、もっと立派におなりになるためなら、私なんか、百ぺんでも死にます。」

「あら、あなたこそそんなにお立派ではありませんか。あなたは、たとえば、**消えることのない虹**です。変らない私です。／私などはそれはまことにたよりないのです。ほんの十分か十五分のいのちです。／ただ三秒のときさえあります。／ところがあなたにかがやく七色はいつまでも変りません。

（後略）

〔考〕原作「めくらぶどうと虹」は、宮沢賢治によって大正時代に創作されたものであるが、これに新しく近藤弘明が絵を添えたものである。『校本宮澤賢治全集』第七巻所収本文と照合したところによると、享受層を考えて、「云ひながら」→「いいながら」のごとく、「漢字」→「平仮名」、「歴史的仮名遣い」→「現代仮名遣い」漢字のルビの付加等の表記上のこと以外、完全に原作と一致している。いわゆるリライトではない。

絵本型で、〈虹〉や、めくらぶどうや野鼠が話したりするので、童話的条件を備えていることにはなるが、内容的には、かなりハイレベルな作品である。カバーに付された詩人・生野幸吉の解説によると「これは宮沢賢治の初期の童話に属しますが、天上的なもの、『まことのひかり』への、それといっしょになれたら『もう死んでもいい』という切々とした願いが、もっともはっきりと言われている作品のひとつでしょう。」とあり、また「万物流転のはかなさを語り、イエスの山上の垂訓（マタイ伝第5章）のなかのよく知られた野の百合のたとえを引いて、さだめないもの、はかないものが、かぎりないいのちにかわる『まことのちから』を説きます。マタイ伝を引きながらも、そこには仏教の衆生済度の悉皆成仏といった思想が、さらに大きな、やさしい救いのひろがりを、虹の輪のようにひろげていると思います。…」とある。要を得た解説である。

このような深い内容を表出するために〈虹〉を素材として援用したのである。その風貌は、大きく・美しく・やさしく・明るい夢の橋、のようである。そして、自然の〈虹〉は無常であるが、宗教の「まことのひかり」に照らされた献身的な心の〈虹〉は、〈消えることのない虹〉すなわち永遠であることを示している。ここには、自然科学者の目と、宗教者の心眼とが重なっている。

(a)部の〈虹〉のように熟れている、めくらぶどうの実という描写も、単なる瞩目や思いつきではなく、自身は気づかない（めくら）けれど、「まことのひかり」を蔵した存在たりうることの伏線であろう。

これを思うとき、A－(1)の〔考〕でも引いた、チベット密教の曼陀羅にみるみ仏をめぐる〈浄信の虹〉や、愛の宗教たるキリスト教の神の玉座を荘厳する〈虹〉が想起される。仏像の光背にみる円形の光背も〈消えることのない虹〉かも知れない。

賢治にはこの他、「虹の脚もとにルビーの絵の具皿があるそうです」という、虹脚埋宝伝説を賢治風にアレンジした『十力の金剛石』と題する童話がある。妹尾一朗の絵で福武書店より出ている。

B－(2)　石井桃子著『ノンちゃん雲に乗る』（1967.1.20、福音館書店）

－青色活字つづき－

（前略）

また、つい四、五日まえ、雨の降った日、ノンちゃんは日ごろふしぎに思っていることを、おとうさんにききました。よく雨の日に、ぬれた道の上に、**とてもきれいなにじのようなもの**が流れていることがあるでしょう。ノンちゃんは、そのことをおとうさんにきいたのです。

「おとうさん、これなに?」／「ガソリンだよ?」（中略）「油が水んなかで空中分解するんだね?」と、にいちゃんが知ったかぶりをしました。（中略）「そうじゃないさ」と、おとうさんはいいました。「あれはね、油が水におちても、水にとけないだろ?そこでひろがって、ハクマク――うすい膜になるんだ。そこへ太陽の光線があたってね、七色にわかれる……知ってるだろ、太陽の光線が屈折すると七色にわかれること?」「知ってるよ。プリズムでやったことあるもの。**にじだって**、そうだね。」と、にいちゃんがいいました。（中略）ノンちゃんには、おとうさんの話がよくわかりませんでしたし、にいちゃんの知っているという「プリズム」のことも知りません。けれども、雨が降っても、雲の上には、おてんとうさまがちゃんと照っててくださるということ、またそのおかげで、お天気の日には見られない、こんなきれいなものが、道のあちこちにでき、ノンちゃんたちをたのしませてくれるということは、ほんとにふしぎでありがたいことだと思いました。／こんなふうに、おとうさんは毎朝、ノンちゃんたちにいろんなお話をしてくれて、とてもいい人です。ノンちゃんは、おとうさんがだいすきです！　P70～72」

（後略）

〔**考**〕「ある春の朝」の黒色活字の章に続く、青色活字「雲の上」の中の一部分である。ヒロインの「ノンちゃん」は八歳・小二である。そのノンちゃんが、氷川様の杜のひょうたん池のほとりのモミヂの木に登り、枝が折れて池に墜落し、意識を失った所から「雲の上」となる。夢の中の出来事の形をとり、ノンちゃんの深層心理の世界が展開する。その中の一シーンである。雲の上で、お父さんからの大事な贈り物である、おひなさまの高砂のじじばばのじじにそっくりな、おじいさんの「ノンちゃんのお父さん」の問いに答える形になっている。パンフレット「この本を読むまえに」に「今までの日本の児童文学に登場しなかった〝ノンちゃん〟という生き生きした女の子を通して、ある時代のある家庭と、それをとりまく社会を描いています。『ある時代』は設定されていますが、限定されることなく、日本人の心の中にだれもが持っている愛の姿、平和のありかた、しあわせとは、をこの作品はいっています。」とある。

さて、〈虹〉に関してみると、お兄ちゃんとお父さんとの楽しいやりとりの中に出てくる。お父さんの説明は、児童文藝に珍しく、「科学的」である。しかし、児童文藝としては、――線部にみるがごとき、科学的な理解そのものよりも、家庭内での人間関係また自然に対する子どもらしい優しい感受性の方が大切である。深層心理ゆえ、本音の子どもの心が覗いている。

B―(3)　木暮正夫作・黒井健絵『**虹のかかる村**』（1981·6·5、サンリオ）（行変え略、――線は稿者による）

（前略）

そういえば入山あかねもいっていました。「――村には霧の日が多いの。よく晴れた日でも、村のどこかしらに霧がかかっているから、それで霧里村っていうの。村に**虹**がかかることはめったにないけれど、(a)何十年かに一度**夜の虹**がかかるの。(b)**夜の虹**は、渡ることができてね、(c)虹の橋を渡ると一生に一度だけののぞみがかなえられるんだって。そんないいつたえもある村なの―」　P14」

（中略）

とむさんはあかねのおはかの前で、結婚を申し込むつもりでした。「そりゃいい。だども、**夜の虹**がかからねば、おまえさんののぞみ、かなえようがあるまいよ。なんせあかねはもう、この世におらんものな。かわいそうなことをしたわい……。」

（中略）

「あかねさんが何であれ、ぼくの気持はかわりません。」「よういうてくれた。おまえさんが、村におるうちに、**夜の虹**がかかることを祈るばかりじゃ。(d)娘のねがいと、おまえさんのねがいがひとつになれば、わしはもう思いのこすことなど、ありゃせん。（略）」　P24」

（中略）

窓に目をやったとむさんは、**夜空**にかかった**大きな虹**を見ました。虹は七色というけれど、**夜の虹**はもっとたくさんの色を持っていて、口ではいいあらわせないほどみごとなものでした。ゆるやかなカーブを描いて**夜空にうかぶ虹**をふちどるように、星がまたたいています。

「あかねさん、いまいきますからね。ぼくも虹をわたっていきますよ。**虹**のむこうには、あかねさんとくらせるところがあるんだ。」

(中略)

あくる朝、霧里駅の近くで、とし老いたきつねが一ぴき、死んでいたそうです。娘ととむさんのねがいをかなえる**夜の虹**をかけて、息たえたのでしょう。眠るように死んでいたそうです。(後略)

〔考〕昔話風に言えば、単なる異類婚姻譚ということになるが、この物語の場合、もう少しつっ込んで「障害を越えたプラトニックな愛の物語」として読む方が適切なように思える。そこには娘を真に愛してくれる青年への感謝と、二人の願いをかなえさせてやりたいと願う、捨身の親の愛がある。A－(9)のチロヌップの狐に通ずるものがある。愛の尊さを訴えている作品である。

〈虹〉についてみると、これも「狐」と〈虹〉との結合型の一つである。狐は「化ける」という共同幻想が裏にあろう。

(a)(c)部は、作者の創意によったものか、伝承によったものかは定かではない。(b)は、次資料B－(4)にも出てくるもので沖縄の創世開闢にも出てくるものである。美しく幻想的な〈夜の虹〉は「精霊(この場合は純粋な愛の魂)の渡る橋」として、広い地域で信じられていたのであろう。いずれにしても、その彼方には「幸福な世界」が待ちうけているのである。(この思想は、〈虹〉をプラス面で享受する〈虹〉のもつ一般的な属性であり、その共有である。)

また、(d)部の「男・女の結合」という内容には、古代中国で広く信じられていた「〈虹〉は陰陽の結合である」という思想が好意的に受けとられて隠れている。

B－(4) 鶴岡千代子作『**白い虹**』(1979·6·30、教育出版センター)所収。巻頭作。

白い虹

－民話「つるにょうぼう」より－

つるよめさま　わたれ
白い虹　わたれ
菜の花色の　お月さん遠い
ひとりぼっちで
細い橋　わたれ

つるよめさま　わたれ
夜の虹　わたれ
ぬれてまろまろ　お月さんおぼろ
なみだかくして
長い橋　わたれ

つるよめさま　わたれ
夢の虹　わたれ
白い橋うかべて　夜の空ふかい
花びらみたいに
舞いながら　わたれ

〔考〕後注に『白い虹』(月虹)月の光で見える虹、光が弱いために、色彩が淡く、白く見える。」とある。白秋の『二重虹』（A－(1)）の「巻末に」にも「朝や夕方ばかりでなく、満月の晩にも西の空に白い白い霧のやうな大きい虹が立つことがあります。その虹の中と外とには、青い空に、ちらちらちらちらと数へきれぬほどのお星さまが光ります。それが屋敷裏からも二階の露台からもよく見えます。何だかあまりにありがたくて、掌が合はさりさうです。これは月虹と云ふのださうです。」（原文は旧漢字・総ルビ）とある。

　この詩は、サブタイトルにあるように、民話「つるにょうぼう」によって発想されたものである。原題「ツル女房」で、同朋孔版『日本昔話通観』の「第10巻新潟」・「第3巻岩手」にあり、類話36が載っているが、「ツル女房」が〈夜の白い虹の橋〉を渡っていくという記載はない。勿論、木下順二の名作「夕鶴」のごとき「つう」という名前もない。優しく哀しいヒロイン「ツル女房」を「つるよめさま」と童話風にして、そのヒロインへの同情から生まれた、作者の創意的ファンタジーである。しかし、白秋をして、「何だかありがたくて、掌が合はさりさうです」と言わしめた、幻想的夢幻的な〈夜の虹〉、その〈虹の橋〉を渡ることができるのは、前資料B－(3)とも共通するもので、その〈夜の虹〉の橋のかなたには、きっと幸福な世界が待っている－という共同幻想があるのであろう。

B－(5)　原田直友作・詩集『**虹－村の風景－**』（1985.5.30、教育出版センター）

虹

おうい／**虹**が出てるよう
林の小鳥よ見てるかい／野の虫も見てるかい／小川の魚も見てるかい
アリも巣から早う出ておいで／セミも歌うのをやめて／ちょっと見上げてごらん
向うの／山の上の／大きな**七色の橋**だよ

〔考〕〈七色の橋〉は、〈虹〉の「橋」系メタファーである。向うの山の上に出た大きな〈虹〉の美しさを、すべての生き物に知らせてあげたいという気持が、呼びかけの修辞法の援用を得て表わされている。〈虹〉のもつ心躍らせるローマン性。ワーズワースの〈虹〉の詩に通う童心の発露。

C類

C－(1)　坪田譲治著『**サバクの虹**』－岩波少年文庫168－（1958、岩波書店）初出＝「少国民世界」昭22・1（頁略）

（前略）
　七日たって雨がやむと、ふしぎなことがおこりました。サバクの草も木もない山の中のひとつの谷間に、**大きなニジ**がたったのです。こちらの山の中腹から、むこうの山のいただきにかけて、空に**五色の橋**をかけました。人もケモノも、鳥も虫も、それから魚一ぴきいない山の中ですから**ニジ**はほんとにふしぎなほど美しかったのです。しかも、その**ニジ**が夜もひるもきえないで、なんと、三日もたっていたということです。（中略）**ニジ**のねもとになっていた山の中腹に、一本の大きな木がはえていました。（中略）その木の下の大きな岩のねもとから、きれいな泉がわきだしました。（中略）どこからか鳥が一羽とんできました。（中略）ガマは、そこにいて、そこにたくさんよってくる動物を、つぎからつぎへパクリパクリとたべていました。（中略）ついにニジは、その谷間の上に二度とたたなかったということです。

〔考〕〈五色の橋〉は〈虹〉の「橋」系メタファーである。そして「五色」は、陰陽五行説を宗とする中国的認識である。仏教的な匂いもある。「ハスの花の上のほとけさまのような雲のみね」や「そんなになっても洪水になるでもなく」等、仏教や旧約聖書が下敷きとなっている表現がみられる。構想もこれらと無関係ではなかろう。すなわち〈虹〉は万物の「いのち」の根源の象徴として描かれているようである。岩のような「大ガマ」は欲望の象徴のごとくである。欲望によって生命体が完全に滅び去った後に、神の啓示としての〈虹〉が再びたったけれども無意味であった。ゆえに、永遠に三度とはたたないのである。人間のあくなき欲望への警鐘のような作品である。児童文藝でありながら、作者の「あとがき」に「ただ、私の作品は小説風の書き方と思って、お読みになって下さい。」とあるように、恐ろしい重いテーマを抱いた作品である。

C―(2) 新開ゆり子作・北島新平絵『**虹のたつ峰をこえて**』
(1975·12·20、アリス館牧新社) ―発教坊の話3―

（前略）

あの山の、そのまた山の上にかがやく青空の向こうにあるという相馬の国へと、目ざす足のはこびは軽い、若者ばかりの胸ははずんだ。／そのとき、だれかが叫んだ。

「あっ、**虹**やがな。**虹**が、あれ、あのように大きいのが……」

P169」（後略）

〔考〕これから旅立つ方向に〈虹〉がたっていることにより、瑞祥すなわち、苦しい危険な旅の果ての、相馬移住の成功―の予兆を感じさせる。

C―(3) 川村たかし著『**石狩に立つ虹―新十津川物語3**』(1980·1、偕成社)

（前略）

ふたりがならんでもみをおろしはじめるころ、空は急速に晴れわたっていった。あとにはあらわれたような空がひろがった。すみわたった風にのってカッコウの声がとおくちかくながれてくる。なんだかあたりが明るくなったような気がして、ふと顔をあげたフキは思わずあっといった。

「おじさん、あれを見て。」／空に**巨大な虹**がかかっていた。**虹**は砂川の下流からりゅうりゅうと立ちあがり、北の方にある滝川のあたりまでまたいでいる。**虹**の周辺にはまばゆい七色の粉でもあふれるように、それはあざやかだった。／「ほほう。」／恭之助もあんぐりと口をあけた。

「こいつは豪儀だ。こんなのはじめてだなあ。」

「おじさん。」／フキはせきこんで、

「なにかきっとええことがあるのよ。ほれ、まるでおれらが**虹**のどまん中にいるやんか。」／「ほんとだ。」 P112」

（中略）

その朝ぱらぱらと小雨があって、すぐに晴れた。焼け山にかすかな**虹**が立つのをあやは見た。だが、その**虹**はまえのようにしっかりしたものではなくて、天の弧がきれた足もとだけのものだった。／「いっしょにいこうか。」／父がさそったけれども、あやは首をふった。 P235 236」

（後略）

〔考〕第2回路傍の石文学賞受賞作品である。西本鶏介の解説に「ここでは、あやを中心に、その母親としてたくましく生きるフキと日露戦争によって身心ともにうちひしがれた豊太郎の姿を通して、苛酷な開拓地での生活が描かれています。（中略）ここには、児童文学が、たまたま大人の小説になったのではなく、小説でなければ描けない児童文学の面白さがあります。この物語は、フキにとっての苦闘の生活史であると同時に、あやにとっての、新しい人生への旅立ちでなくてはなりません。」とある。これを踏まえて〈虹〉出現の意味を考えると、（a）部は「苦難の中の希望の象徴、幸福への予兆」瑞祥として理解される。（C−(6)の（a）とも共通する。

C−(4)　大木竹生作・斎藤博之絵『冬の虹』−創作児童文学20−（1981.1.31、岩崎書店）

（前略）

とつぜん、松吉が、大声をあげた。
「みんな見て、**きれいな虹だ！**」
海と半島の突端にかけて、**七色の虹**がかかっている。まるで新造船の進水をことほぐかのように……。
日本の船大工もロシア兵も、肩をよせあい、見とれている。
フィドロフがぽつりとつぶやいた。「ナ・ローヂヌ・ダモーイ（故郷へかへれる）」／その手のなかには松吉が戸田の海へもぐってとってきた、きれいな貝殻がにぎりしめられていた。／「スパシーボ（ありがとう）」／フィドロフは松吉の手をとった。その両眼には、涙がにじんでいた。

（後略）　P174」

〔考〕時は徳川幕府の末期、ディアナ号と戸田号の史実に触れつつロシア人と日本人の交流、また日本とロシアの造船技術を通しての科学技術・文化の交流という、史実を踏まえた国際的な重いテーマを持って描かれた少年少女小説。184頁の長編。
〈虹〉は、その日本人とロシア人の温かい友情の架け橋であると同時に、キリスト教的、「苦難のあとの希望の象徴」）＝29_1）として描かれている。〈虹〉がたった進水式は三月十日であるのに、題名に〈冬の虹〉とあることが、それを如実に物語っている。

C−(5)　岡本文良作・小泉澄夫絵『とら先生と海のにじ』（1982.2.20、旺文社）

（前略）

雨がやむと、海の上ににじが出ました。
「ほら、先生。**きれいなにじが出たよ。**」
徳宝が言いました。みんなは、そろって、そのにじを見ました。
「先生、(a)あのにじは、先生とぼくたちの**心にかかる橋**だね」
徳宝が、また言いました。／「うん、そうじゃ、そうじゃ」先生は、そう言うと、そうっと手の指を目がしらに運びました。

（後略）　P120」

〔考〕太平洋戦争前、台湾の子供達の中に溶け込み、勉強はもちろん、進学・就職などに親身になって世話した日本人の先生・「とら先生」を、戦後、教え子達が、台湾に招待するという−先生と生徒の二十数年にわたる交流を描いた心温まる物語。（カバー文参考）

真の「国際化」をテーマとした重い作品。

(a)部は、キールン港での、とら先生と教え子達の別れの言葉であるが、〈虹〉の「橋」系発想が見られる。ただ、それは敷衍されて〈心にかかる虹〉となり、〈消えることのない虹〉に昇華している。

C―(6)　箕浦敏子作・鬼藤あかね絵『**マリアさん、虹がみえますか**』
(1983・2・23、講談社)

(前略)

フロントガラスのかなたに、白っぽい空がひろがる。かすかな色彩がみえるのは……**にじ**であった。

「あっ、**にじ**」

幸子は、思わずさけんだ。となりにすわっている隊員が背をこごめるようにして前をみた。そして、幸子にむかってにっこりとうなずいた。白いヘルメットの下の顔が、思ったよりやさしかった。／**にじ**をみたのはいつのことだったか。幸子には思いだせない。ずいぶんひさしぶりである。

　マリアさんが、「なに？」というそぶりをした。ねむってはいない。この振動ではねむれるはずもない。

「マリアさん、**にじ**がみえるのよ！」

「にじ？……(a)**にじ**をみると、いいことあるといいます。」

よわよわしい声だが、気分は、おちついているようだ。きんちょうしていた車内の空気がほぐれた。［P143・144］

(後略)

〔考〕病気になった一人暮しのロシアの老婦人と、そのめんどうをみることになった日本人家族のあたたかい心の交流を描いた国際色豊かな作品である。そのロシアの老婦人・マリア＝アレクセーエブナ＝ボグダノーワを救急車で入院させる途上のシーンである。そこに〈虹〉が登場している。

(a)部にみる、民間信仰的また『旧約聖書』的瑞祥観信仰は、衰弱したマリアさんの体力に、生きる気力を注いでいる。ユーモラスなA―⑱の「ごんべえさん」の話とも通うものである。

C―(7)　西沢正太郎著・市川禎男画『**五竜に立つにじ**』(1983・3・10、小学館)

(前略)

「あれ、なーに。」／「久江っ、だまってよく見るんだ。」先生は、おこったように久江をそっちにむかわせた。／ちょうど山荘の屋根をこえて、五竜岳の腹のあたりに、**七色のまるい輪を描いたにじ**が、かすかにそめ出され、一しゅん色こく浮かびあがる。と、たちまちうすれて消える。そのあたりだけ、にわかにわきたった一団の白い霧が、うすいレースのカーテンをひらめかすように流れていく。こんどは、切れめのないカーテンが、ゆっくりと横ぎりはじめた。**ブロッケンのにじの輪**は、ほんのしばらく落ちついて、背後にそそり立つ岩峰の前景をいろどる。五竜は、わずかにいかめしい山頂を見せているだけだった。

「千一、手をあげてふってみろ。」「あれっ、にじの中に、ぼくが手をあげている。」／先生にいわれ、みんな千一と同じ実験をはじめた。／「ちがうわ、わたしよ。」／久江もいいはる。ブロッケンの輪の中に映し出される人かげは、公平に、その人だけを主役にして答えてくれる。／宙に浮かぶまるいにじの輪を支えているのは、こちらで足をふみしめている白岳のゆるやかな半円形のかげだった。こうして**五竜の花嫁のように**現われ、みごとにむすばれた**色霧の輪**も、わずか三分間ほど、見えがくれしながら、どこへともなくすいとられてしまった。

（後略）

〔考〕山登りのベテランである著者が、子どもらへの熱い教育愛を込めつつ、児童文藝の世界に新しい地平を拓いた登山小説。

その中に蜃気楼もどきの〈ブロッケンの虹の輪〉が登場するが、これは有名な「ブロッケンの妖怪」のごとく「妖怪」とは享受されていない。それについて、子どもらに科学的な根拠―「あんなにきれいに見えるものでもこわいの？」久江は、胸をふるわせて聞いていた。「そう、お天気博士にたずねても、おそれる理由がある。なぜかというと、このブロッケンは朝と夕方にしか現われないが、そのあと天気がくずれることが多いらしい。そのため遭難事故にもつながりやすいんだ。（後略）」と慎重な対応を諭した後に、「だから、きょうみたいに、こんな上天気の日にブロッケンが見られるなんて、まったく思ってもいなかった。ふしぎだよ。きのう、みんなが五竜の山頂で、忘れずに日蝕をつかまえてくれたから、太陽がもう一つ、おみやげをつけてくれたのかもしれないな。」「わたしたち、よっぽど運がよかったのね。」と会話している。すなわち、初めて山登りに挑戦した都会っ子たちへの自然の歓迎のしるし、またその子等のたくましくなっていく未来への祝福・瑞祥としてとらえている。

これは最後の、命がけの苦難も乗り越えて、下界の夏の駅にやっと帰還した場面で、

「しかし、いい山だったな。」

「うん。来年もまた来るぞう。」…「わたしたちもよ。」

の会話が、それを雄弁に物語っている。

C―(8) 早船ちよ作・大田大八絵『虹』―原爆児童文学集8―（1985·4、汐文社）

（前略）

道路の左がわ、ま南の空に、入道雲がむくむくとわきあがる。――と、みるみる雲はピンク色にそまり、ホワイトがオレンジにかがやき、やがてホワイト、くすんだ黄色にかわる。

――やあ、**きれいな虹**。でっかい**虹**じゃ。

――**絵のようじゃ！　ヒロシマの空**は。

子どもたちは、あっけにとられてながめている。――**空いっぱいの虹**。くすんだ黄色の雲の下から、むくむくと茶黒い入道雲がふくれあがる。

ず、ず、ずしーんと地ひびきがした。青白い、いなずまが走る。らいめいがとどろく。虹は消えていた。

（中略）

中谷先生は、紙しばいのなかのもんくを、一字一字かみしめるようにして、ゆっくり読みます。

――こわくても、目をそむけるな。

サマー・スクールの子らは、てんでにいいます。――目をそむけるな。／それを見てから中谷先生は、声を大きくします。――かなしくても、うつむくな。

「はーい。」「はい。――うつむくな。」

――まっすぐ目をあげて見よ。戦争を、人類の敵・原爆を心にきざめ。／中谷先生の目には、**虹**が、はっきり見え

ます。**虹**は、あやしい美しさで、とつぜんあらわれ、たちまちゆがんで、こわれました。

——知らんということ＝無知ほど、こわいものはない。真実をきわめよう。なぜ？　ときけ。なぜ、なぜ？　と問いつめようね。　P142」

（後略）

〔考〕中谷先生は原爆の被害者である。『キューポラのある町』で名高い早船ちよの作である。「原爆」「戦争」等の社会的テーマをもつ重厚な作品。結末部の「サマー・スクールの子らは、はく手する子がいませんでした。（略）どの子も、胸にずっしり重たいものをかかえて、ゆっくりと、自分のへやへかえっていくのです。」の語りが、よくそのことを表出している。

前部の〈絵のように大きくきれいなヒロシマの空の虹〉は、後部の〈中谷先生の目に、映って消えた虹〉と呼応している。

この〈虹〉は、妖しいほどに美しい「妖祥・凶祥」の〈虹〉である。古代中国文化にしばしば現れるものである。C―(3)、C―(6)等とは対極にある。

C―(9)　池田大作著『**太平洋にかける虹**』（1987.4、金の星社）

（前略）

「あっ！　**虹**だ、**虹**だ。**虹**がでている！」

みんな急いで海の方向にかけだしました。がけの上の鉄さくのところまでくると、光る海原がパノラマのように一度に大きく目に飛びこんできました。午後の日を受け、ゆう大に波打つ太平洋です。／**虹**は水平線の上から、あらいたてのような雨あがりの青空に向かって、高く、遠く、のびていました。見たこともないほどの**大きな虹**です。あざやかな七色の光の帯が、ゆみなりのアーチとなって、空と海を結び、太平洋を結んでかがやいています。まっ白なかもめの群れが、虹の足もとをかすめて飛び立っていきました。

ゆめのように美しい光景でした。だれもがうっとりと見とれたまま、しばらくは声もだせません。

「ほんとうだ……。**光の橋**だね！」／やがて、けん太がいいました。／「光でつくった光の道。なんて、きれいなのかしら！」／そう続けたのは、みずえさんです。

「虹の橋は何色？」／とも子先生が質問しました。

「赤！」／「オレンジ！」／「黄色！」／「緑！」／「えーっと……ブルー！」／「それから、それから、あい色！」「そして……むらさきね！」／「そのとおりね。たくさんの、ちがった色が集らないと光の橋はできないの。平和の橋だって、いろんな国の、いろんな人が力を合わせなければ、作れないのよ。」／「そうか！　同じ色ばかりでは、きれいな虹にならないね！」（中略）　P129 130 132」

「みんなが、そのいのちを、ぴかぴかにみがいて、かがやかせていけば、どんな虹よりも、もっときれいで、もっと大きな光の橋だって、かけることができるのよ。そして、その光は、けっして消えることがないの。」／先生の言葉に、みんな、ぐんぐん大きな希望がわいてきました。

「世界じゅうに、光の橋をかけたいね！」　P133」

（中略）

「あれ、エミリー！」／光湖には、いっしゅん、虹をわたってくるエミリーの姿が見えました。いいえ、それはエミリーによくにた青い目の人形たちでした。いくつも、いくつも、(a)数えきれないほどの青い目の人形たちが、笑顔でおどりながら光の橋をこえてきます。／（もしかするとー）光湖には、それは戦争で消えていった一万二千もの人形たちのように思えました。（中略）まぼろしはすぐに、ふっと見えなくなりました。（中略）玉蓮さんにも人形たちが見えたのです！　ふたりは、にっこりうなずき合いました。

「こんどはわたしたちが、虹をわたっていく番ね。」

「そしてわたしたちが作る心の橋を、…（後略）　P135 136 138」

〔考〕〈虹〉は、平和の海にかかる希望の〈虹〉である。その〈虹〉は、太平洋を結んで七色に輝いてたっている〈光の橋〉である。〈虹〉の「橋」系発想がみられる。（a）は、その橋を渡ってくる人形たちの「まぼろし」である。ここには、〈虹〉を「精霊たちの渡る橋」と観ずる古代的〈虹〉観の援用がみられる。これを折りまぜつつ、現在あるいは未来の大きなテーマたる「国際化」の問題がとも子先生の口を借りながら、宗教家らしい明るい夢で描かれている。

〈虹〉＝光の帯　→光の橋　→　心の橋　と昇華されている。

C―⑽　松永伍一著『**虹いろの馬車**―伊東マンショと少年寒吉の物語』（1987・12、偕成社）

（前略）

メスキータ神父さまは、板張りにひざを立て、マンショさまの手に自分の手をかさねておられた。／神父さまや修道士（修業中の僧）の方がたが、いそぎ足で部屋にはいってこられた。みんな寝台のまわりにひざまずいて、お祈りをされた。／「なにか言っておいでだ。」／「………。」あたいは、すきま風を防ぐために板戸にからだを寄せていた。とてもきこえない。／イタリア人の神父さまが、耳を近づけになった。

「**虹いろの馬車**。……そうおっしゃっていますよ。」

みんなどういう意味だろう、と首をかしげておられる。

「**虹いろの馬車？**」／「**虹いろ？**」／「なんだろう。」

そのときだった。／まっ白い髪の毛をふりみだして、メスキータ神父が、まるで物が割れるような声で泣かれた。「マンショさまは、ローマの町を馬車で走っておられる」とあたいは思った。メスキータ神父さまは、その一言をきいて、三十年まえの旅をいっしょにされているのだ、きっと。その**虹いろの馬車**に乗って……。／それからすぐ、マンショさまは息をひきとられた。祈りの声が部屋じゅうにひびいた。／あたいは、板戸にしがみついて泣いた。冷たい風で、からだが寒さにふるえ、骨まで寒くなった。

それでも、すきまから月の光を見ていた。あたりがボーッとかすんでいき、空とも海ともつかぬ広がりの中を、十五歳のマンショさまを乗せた一台の馬車が駆けていった。

見るまに、それは**美しい虹に染めあげられて**、小さく小さくなっていくのだった。

〔考〕今から凡そ四〇〇年前、天正の吉利支丹少年使節の一人として、はるばるローマへ派遣された孤児・伊東マンショの晩年が、みなし子・寒吉とのかかわりの中で、深い愛と信仰に生きる姿として、感動的に描かれた物語である。昭和63年（第34回）青少年読書感想文全国コンクール課題図書に選定された作品である。

この物語に出てくる幻想的な〈虹いろの馬車〉は、古代よりある〈虹〉の「橋」系発想の一つ、「神霊・精霊・霊魂のわたる橋」の変型であろう。それに国際性－〈虹〉の架橋性[注1]－を混えつつ、宗教家としての篤い夢－キリスト教的至福性－が重ねられているものと見ることができる。

（注1）児童文藝ではないが、この書に先立って、野田宇太郎に『羅馬の虹』（昭45・芽起庵）があり、それには、「夢ならぬ天正の少年使節の旅は、日本歴史の上に、長い間、誰も気づかぬほどかすかに架けられた、日本からヨーロッパへの巨大な虹の橋であった。…」（P7・8）とあり、その発想の類型的先蹤がみられる。

C－⑾　大澤豊作・天崎芳則挿画**『街は虹いろ子ども色』**（1988-2.17、草の根出版会）（行変え省略）

（前略）

西町一帯はたいした雨ではなかったので、夏まつりには大きくひびきませんでした。

「あっ、**虹**だ！」アヤが、さけびました。みんないっせいに空をみあげました。**虹**がみえます。**虹**は超高層ビルをおおってくっきりみえます。

「わあ、きれい！」ジュンは、西町にひっこしてきて、はじめて虹をみました。みんな、しごとの手をとめて、しばらく**虹**にみとれていました。

「**レインボー！**　そうだ、おれたちの少年団をつくったら『**レインボー少年団**』にしよう」テツがいい出しました。ジュンもいいなまえだと思いました。ほかの子どもたちもうなずいたり、拍手をしています。（略）ヒロシもひびきのいいきれいなまえだと思いました。しかし、ヒロシがレインボー少年団にはいれるかどうかわかりません。単身赴任で大阪に行っているお父さんが、お母さんとヒロシを大阪につれて行って、いっしょにくらしたいといいだしたのです。ヒロシは西町がすきです。でもお父さんのいうこともそのとおりだと思うのである。（略）でも、ヒロシはまだ、そのはなしはだれにもしていません。

ヒロシは、大きく息をすいこんで、空をみあげました。超高層のビルにかかった**虹**は、いつまでもくっきりとみえていました。テツも、アヤも、クウちゃんも、コージも、大介も、平介も、みんな**虹**をみています。

雨あがりのさわやかな風に、ジュンの長い髪がゆれました。もうすぐ夏休みが終わる、日曜日の午後のことでした。

〔考〕この本のもとになっているのは、親子映画運動二〇周年記念作品「街は虹いろ子ども色」の**シナリオ**である。結末部である。子供らの見あげる〈きれいな虹〉は、子供らの「夢と希望の象徴」として描かれている。題名は明るいが、その子供の夢と希望を分断する、親の転勤という重い命題を荷負っている。

通　考

一　古典日本児童文藝、すなわち児童向け昔話[注1]、室町時代のお伽草子[注2]、江戸時代の赤本等を鳥瞰するに、〈虹〉がテーマとなったり素材とし援用されているものを見つけ出すことはかなり困難である。主として、大人を享受者としていたであろう「民話」的昔話に、上掲の数話が摘出された程度である。その内容は、プラス型の「虹脚埋宝」系伝説の変形や、〈虹〉形態起源説的笑話、また天人女房型の変形、として、わずかに目に触れた程度である。このように、量的に見て稀薄である要因の多くは、〈虹〉のマイナス文化的要素として、わが国の民間伝承が、中国古代の文化に多分に染まっていたであろうこと、すなわちその妖祥観・不吉観・凶祥観・邪淫観、等の滲透によるものであろう—と思われる。

それが、近代に入ると、上掲資料の示すごとく、その呪縛よりかなり解き放たれて、どっと多くの〈虹〉の児童文藝が現出してくる。これは文明開化による、ニュートン以後の光科学的研究の成果に対する知識の輸入もさることながら、宗教をも含む西欧文明の流入と無縁ではなかろう。そこには、多く、キリスト教的[注3]〈虹〉観、すなわち「苦難のあとの希望の象徴」的パターンのものがみられる。それが、児童文藝としての使命の一つ、面白いと同時に「教育的」であらん—とする志向と、みごとに一致して現れている。

ただし、稀ではあるが、戦争・原爆というような暗く重いテーマを担っている早船ちよの作品（C—⑧）のごとくは、東洋の古代的妖祥観・凶祥観が地下茎のごとく芽をもたげている。古代が、近現代の中にも間歇的ではあるが、現出しているのを見るのである。それは折口学の説く通りである。この場合、それがまた、作品の強烈な印象的効果の発揮に繋っている。

二　また、各作品の〔考〕でコメントしてきたように、偶発的類似発想なのか、民族の移動、また文化の伝播によるものかは定かではないが、インド仏教やチベット密教、シベリア住民や北アメリカインデアンの信仰、台湾原住民のオットフ信仰、ギリシャ神話のイリス型、中央アジア蒙古の縄型見立て等、外国の古代において存在する民間信仰また文化的原型が混融しており、いうならばその系譜としての内容がみられる。この現象は、潜在していた作者の深層心理と修辞的感性との結合と見ることが可能かも知れない。

三　また、グローバルに古代から存するものであるが、〈虹〉の（稿者のいう）**「橋」系発想**のものが数多くみられる。これはもと「龍蛇・虹蛇」から二次的に形状的に発展したものであるが、民俗信仰的意味合いが着色されて、霊魂あるいは精霊、神等の渡る橋と観ずるものである。すなわち異界との境界に属するもので、その彼方には大むね幸福な世界、ユートピアがあると信じられている。

それが如実に現れているものが、（A—⑯）（B—③）（B—④）である。これらには、日本の古典的湿り気があるが、これを払拭すると、例えば、（C—⑤）のごとき、とら先生と台湾の子ども達との「心の架け橋」型となる。それは、この（C—⑤）もそうであるが、広く日本人と外国人との心の架け橋、すなわち国際的なテーマに〈虹〉が象徴的に現れ、その援用は、美しく文藝的効果を生んでいる。上級用の、（C—④）（C—⑥）（C—⑨）、天駆ける「馬車」型を生んだ（C—⑩）等がそれである。

更に、それが幼年童話になると、子どもの主人公が、夢の中で、〈虹〉の橋を昇り降りしたり、また作品中の現実世界で、昇り降りすることになる。また昇降の降が、「滑降」となり、身近で子供らしい**「すべり台」型**（A—③、A—⑥、A—⑮）に発展している。

四　また、形状的発想型として、新しく〈虹〉の**「トンネル」型**（A—④）を生んでいる。これも、子どもの好きな乗物、汽車・電車等と、概念の中でセットになったもので、児童文藝にふさわしい新しいメタファーといえよう。

五　イメージ的発想としては、**「カーネーション」型**（A—⑩）も、母と子どもを繋ぐ「母の日」にちなむもので、優しいイメージと共に、児童文藝にふさわしい新しいメタファーである。同様に、「コスモス」とのイメージ的繋りもみられる。

六 〈虹〉は、キツネとセットになって現れる場合が多い。（A−(9)、A−(18)、B−(3)）昔話で馴染み深いキツネの「化ける」という機能に関わる共同幻想を生かしたものである。俗信「キツネの嫁入り」と絡ませたものもある。（A−(19)）

七 「変わる」という意味で、六と幾分抵触するもので、〈虹〉による「変質」型がある。（A−(15)）これに「橋」系発想を絡めたものもある。（A−(20)）これらは遡及すれば、古来よりヨーロッパに伝わる俗信のカテゴリーと合流するものである。

八 これもグローバルに古代より広がっているものであるが、「虹脚埋宝」説話を淵源とする〈虹〉のもつローマン性が、様々の形で現れている。もと財宝、すなわち物質的富を追う夢であったものが、民俗・文藝の中で、精神的なものに転嫁・昇華されて、キリスト教的瑞祥的〈虹〉観とも絡りつつ、「至福感」として感受されている。上掲の資料中にも、それが如実に現れている。賢治童話（B−(1)）のように、科学性と同時に、独自の深い宗教観と結びつくと、〈大きく、美しく、やさしく、明るい−消えることのない虹〉として、読者・児童の心に刻まれる。やはり無上の至福感ではある。

九 登山児童文藝の中に、〈ブロッケンの虹の輪〉が登場するが、それは「妖怪」としてではなく、自然の子ども等への歓迎・祝福のしるし、すなわちこれも瑞祥としてとらえられている。（C−(7)）

十 都会の雨の日の舗道に広がる〈虹〉、油・ガソリン等の生むニジ模様を子ども心に、きれいなもの、楽しいものと享受している。（B−(2)）

十一 かく、近・現代の創作児童文藝の中にも、新しいものと同時に、作家の無意識化、深層心理の中に潜在する、かつてのグローバルに広がっていた古代的なものが目覚め発動し、衣装を換えつつ、多分に〈虹〉に投影していることが知られる。一方また、それは、創作者としての、修辞的感性との交接でもあろう。

そして、この〈虹〉は、日本の、というより広く児童文藝一般の特色たる「童（わらべ）ごころ」＝純粋さ・優しさを主たる核とする、メルヘン性・ファンタジー性・ローマン性、等の構築の上に、建設的教育性を混えて、効果的に貢献しているものの一つの象徴である−と結論づけることができよう。

（注1） 調査資料
(a) 諸家編『全国昔話資料集成』①〜⑳（1974〜、岩崎美術社）
(b) 諸家編『日本の民話』①〜㉖（昭51〜、ほるぷ）
（※この(b)本の話にはやや創作的潤色がある。）
(c) 関敬吾著『日本昔話大成』①〜⑫（昭54〜、角川書店）
(d) 稲田浩二・小澤俊夫責任編集『日本昔話通観』①〜㉙（1989〜、同朋社出版）

（注2） 調査資料
市古貞次校注『御伽草子』−日本古典文学大系38−（昭33、岩波書店）
大島建彦校注・釈『御伽草子集』−日本古典文学全集36−（昭49、小学館）

（注3）『旧約聖書』第9章（創世記）の〈虹〉について、児童向けにリライトしたものに、
岸田文子・文−中谷千代子・絵『ノアおじさんのはこぶね』（1969、岩崎書店）
オーウィック・ハットン作−岩崎京子訳『ノアのはこぶね』（1982、偕成社）P26・27
E・ボイド・スミス作−さいわ絵−おおばみなこ訳『ノアのはこ舟ものがたり』（1986、ほるぷ出版）
がある。これらが、享受者としての児童の心に、「キリスト教〈虹〉観」として、側面から影響していることも有り得よう。

結章

以上、第Ⅰ章において、比較研究資料として、管見に入った世界各地の〈虹〉資料を渉猟・掲載しつつそれらに「私註」を加え、また、第Ⅱ～Ⅳ章においては、広く日本文藝に現れた〈虹〉資料を掲げつつ同じく「私註」を加え考察してきた。それぞれが、それぞれの文化を背景として、特色ある認識による享受と表現が見られ、誠に興味深い資料との逢着の連続であったが、如何せん、多岐亡羊の感は否めない。しかしディテールは各資料の「私註」に譲ることを旨としつつ強いて、総括・要約して結語としたい。

第Ⅰ章の方は、「虹と日本文藝（八）――比較研究資料・通考――」として、私見を混えつつ、大概の要約をなしてきたので、ここでは、初志の目的でもあり、主たるテーマでもある、〈虹〉の日本文藝上における認識・享受と、その表現の様相について特記事項をめぐる形で整理しつつ、また文化的意義を絡めて、いささかの私見を述べてみたい。

一　日本文藝の表現の奥には、文字伝来以前、グローバルに広がり流布していたもので、気の遠くなるような遥か大昔の、自然崇拝の心の入り混った〈虹〉の始原・太古的認識――第一次[注1]または第二次的[注2]――が隠し内蔵されており、それが現代に至るまでの日本文藝中に脈々と遺伝しつつ、時折、間歇的に文藝史の（あらゆるジャンルの）表層に浮上、発現しているのが見られる。科学文明の行き渡った現代においても、必ずしも完全には「脱古代化[注3]」（＝第三次[注4]的認識化）がなされていない。

ただ、〈虹〉の科学的認識は、中世にその萌芽[注5]を見るが、一般的になったのは、西欧科学文明の怒涛のごとき流入を見た、近代（明治期）以後である。（〈虹〉に関する秀れて画期的な発見のなされたニュートンの光科学研究の時期は、日本では近世中期にあたるが、その頃は鎖国していたので、一般的な知識・教養とまではとても至らなかった。）一方、文藝に深くかかわる知的教養の面では、上代－中古－中世と、一番近いアジアの大国たる「中国[注6]」の、その高い思想・文化の影響・薫染がみられる。（「白虹貫日」思想の移植・定着化などもその一例である。）

二　大和系とは異質の伝統と文化を誇る「北辺」・「南島」文藝上、〈虹〉に関する共通項は「動物」的認識であり、異項としては、「南島」においては「橋」型がみられ、「北辺」には見られない。比較〈虹〉言語的に見れば、「北辺」と「南島」とは全く異質であり、「南島」は「朝鮮半島」と並んで大和系である。[注7]

三　日本文藝とは、その基盤的教養として付かず離れずの関係にある、〈虹〉の大和系日本における言語的な面を、日本辞・類書史に沿って鳥瞰したものは、「虹と日本文藝（十）続」末尾の「通考」に譲る。　※大和系日本語の発音は、上代は「ノジ」、中古以後は「ニジ」（＝44＝『倭名類聚鈔』）。

四　花やかな論争史をもち、上代文藝[注8]（『記』『紀』）に初登場する「**天浮橋**」は、（気の遠くなるような太古の昔より連なっている認識・享受スタンスにある）上代人の〈虹〉の矚目により、幻想的に発想されたもので、異界・高天原に近接しつつ、地上より浮きつつ架かる〈虹〉本来の属性を内蔵する文藝的効果を有する「橋」で、〈虹〉そのものというより、むしろ〈虹〉の二次的認識による見立て、あるいはメタファーと考えられる。これは、近・現代人にまで深層において遺伝し、途上の文藝に間歇的な発現がみられる。また途上、中古の『源氏物語[注9]』や中世の定家の「和歌[注10]」とその亜流[注11]などに「夢のうきはし」と、さらに文藝的にグレードアップしつつ変容している現象が見られる。これらの場合も、品のよい「艶」なるものを発酵させてはいるが、奥の奥に〈虹〉のもつ（動物的）属性―邪淫性―を淵源として秘め湛えている。（これらは作者等自身の意識上にはのぼらない、無意識下の承継によるものであろう。）

かく「天浮橋」と〈虹〉との関連性の存在は、大和系（狭義の日本）と同一系言語文化圏にある沖縄の開闢（創生）神話（＝39₉）に〈**天夜虹橋**（アメユノズノバス）〉の語が見えるのも一つの傍証であろう。

同じような問題に『枕冊子』（＝83）や『聞書残集』『夫木和歌抄』所収西行歌、[注12]等にみえる「**をふさ**」のそれがある。西欧のレインボウに対するアイリスのごとき、いわゆる〈虹＝ニジ〉の異名という仮説のあるものである。柳田国男の「なふさ」の誤写説には加担し難く、これは此界と異界に架かる〈虹〉を、種々の色によって構成される美しい尾をもつ鳥、例えば、山鳥、雉、等の尾ふさ（房）（→緒房）に見立てた隠喩[注13]表現である可能性が高い。因みに、「をふさ」の表現は、上掲**二**、**三**の例や近世俳諧の一例くらいで、これらを除いて日本文藝史上に類を見ない。

五〈虹〉の「色数」殊に文化的に見た「七色」の問題については、これを文藝史上に探索してみると、奈良時代後期（767）の詔命（『続日本紀』[注14]）に「甚奇異麗雲**七色**相交立登在」の記載があり、〈虹〉の映った〈ニジ〉雲のようでもあるが、マイナス認識の強かった当時の民俗のことなど考え合わせると、「虹の七色」の先駆資料としては今ひとつおぼつかない。（因みに、『日本書紀』文化二年（647）の条に、「是歳制七色一十三階之冠」があるので、「七」色に拘泥したい、という日本文化の先蹤という意味では、〈虹〉の場合もその類型に入れてよいのかも知れない。）

ともあれ、はっきりと「七色」が認知されるのは、ずっと下った近世の随筆、**岡村良通の『寓意草』**（＝100）《**1750**ごろか》に、「虹のなゝすぢ」の記述が見え、これはまさに「虹のなゝいろ」に置きかえられるもので「七色」の嚆矢と思われる。この「七色」を一般に広めたのは、オランダ書からの情報を得た司馬江漢[注15]であろうか。

第Ⅰ章――比較研究資料――で見てきたように、文化上の〈虹〉の色数は、七とは限らず一～七すべてあるわけで、現在もふつうには七色といわれているが、例えば、平安初期の『日本霊異記』（＝80）や中世の「吾妻鏡」[注16]や現代の歌謡曲、[注17]また著名な小説、ヒロシマ原爆に取材した『黒い雨』（＝142―C）等には「五色」・「五彩」の表現が見られ、これは中国文化的享受の薫染によるものであろう。

六「〈虹〉と**女性**」の問題については、古代中国においても、『詩経』（＝1）を初めとして、その享受をめぐって主にマイナス・イメージで喧しく論じられてきたものだが、日本の文藝史上にこれを見ると、表面上は〈虹〉の影さえ見えず、洗練に洗練を重ねた極致ともいうべき紫式部の「夢のうきはし」（＝85₄＝『源氏物語』）を別として、〈虹〉そのものの表現としては、和歌史上に、南北朝期の『延文百首』（1356）中の進子内親王と、『光厳院三十六番歌合』（1349）中の女房の作、がみられるのみで、西欧の光科学文明の一般的流入がみられた近代に入るまでは、勅撰集をはじめとして私家集にも絶えて見られず、その姿を隠していた。まさに異常とも思える享受（**極僅少**）現象である。例えば、近代の与謝野晶子[注18]――一人だけで60首の〈虹〉歌をもつ――などと比照して見れば明らかである。これは古典期において、作歌しうる教養的レベルにある女性の外出の機会が比較的少なく、従ってその矚目チャンスに恵まれなかった――という生活環境条件の影響もないとは言えないが、何と言っても内面的には、女性における「〈虹〉禁忌（タブー）」民俗（邪淫）信仰に強く支配されていた所以によるのであろう。この〈虹〉と「女性」との禁忌関係は、中国古代の『詩経』の心に見られたその関係、また伝播ともオーバーラップしている面も無きにしもあらずと思われる。すなわちこれと全く無関係でもなかろう。

七　日本文藝上には、〈オス・ニジ＝虹〉の文化的発展による「龍」(注19)型や〈メス・ニジ＝蜺・霓〉の文化的発展による「**天女**」(注20)型、の文藝もみられる。これらは多く中国古代文化の影響である。

「龍」は「タマ」（＝神威的パワーの表象）を抱いて、水中（＝「水府」）に住んでいる（潜龍）が、時として昇天（登龍）したり、降天（降龍）したりする。地球上の生命に必須の「雨水の恵み」をもたらす。おおむね有難い存在であるが、それが過度になった場合マイナス効果――洪水等――もある。鎌倉将軍・源実朝の和歌(注21)にその民俗信仰の投影がみられる。天―地・海中、を自由自在に飛翔往来する。（天―地の往来、という意味では、ギリシャ神話（＝[31]）の〈虹〉の女神アイリスと共通する。）天界、海底界（＝「水府」＝「龍宮」）は共に異界であるが、物・心両面の幸福と『般若心経』のような「不生不滅」の、いわば不老不死の永遠の生命を宿す理想郷的空間（天国、パラダイス、極楽、蓬莱山、龍宮、常世の国、等ほぼ同質）であり、文化的に見て本質的には同質である。従って、（機能的には）龍―天人（男性）、乙姫（龍女）(注22)―天女、は同質的対応である。（ただし形状は、一般的に言って、乙姫―天女、は同形であるが、龍―天人は異形、で表現されている。天孫降臨の日本皇室の伝統儀式の女性の服装が、この天女―乙姫型であるのも興味深い。「君が代」のごとく千代に八千代に、皇室の永遠の生命への願いが込められた装束であろう。『竹取物語』（＝[82]）の「かぐや姫」も天女であるが、育ての翁に「不死の薬」（「タマ」の分身に相当する神威的パワー）を与えている。

八　日本文藝上では、〈虹〉の「出現」・「存在」・「消滅」を示す表現はかなり多彩(注23)である。

「出現」では「**たつ**」「**立つ**」が圧倒的に多い。（「立つ」の表記も見られるが、本来は「神威あるものの顕現」を示す「**顕つ**」である。）「**ふ（吹）く**」は『贈補俚言集覧』（＝[63]）に、「京都にては虹がたつと云江戸にては虹がふくと云」の指摘は興味深い。

また、〈虹〉の存在表現に、(A)＝〈虹〉の**根**　B＝〈虹〉の**尾**というのが多く見られるが、前者は樹木的・植物的認識により、後者は動物的認識によるもので、その発想形態の対比が面白い。

九　日本文藝上、〈ニジ〉の漢字表記は、おおむね〈虹〉であり、対位散同、すなわち〈ニジ〉のように雌・雄のある場合は、その総称的表記である。ただし、「虹蜺（にじ）」のごとく熟語的ではあるが、「虹」を「蜺＝メス・ニジ」と区別して、「雄」に特化している場合もある。

日本辞・類書史上では、〈ニジ〉を指して、「虹蜺（霓）」や他に「蝃（螮）蝀」の表記も出てくるが、日本文藝上では「蝃（螮）蝀」の方は極く稀である。因みに、「蝃蝀」は中国上古の《北方》の文化を担っているのに対し、「虹蜺」の方は湖南・湖北すなわち《南方》(注24)の文化を担っているもので、こと《ニジ》に関してみると、日本の文藝は、後者《南方》文化の影響がより大である、ということになる。因みに〈虹〉の形態語彙を数量的に見れば、（比較研究資料[21]と照応してみれば知られるごとく）文化的先進国の中国と比べると、中国の方が圧倒的に優勢である。しかし西方の諸国と比べれば日本の方が優勢のようでもある。

十　中国南北朝時代（520ごろ）の『文選』にも見える「抗應龍之虹梁」（＝6－(1)）のごとく、建築文化の中に潜入・定着し、建築用語「虹梁」[注25]と化し、「水府」（＝龍宮＝水神の支配する幸福と永遠の生命を宿す空間）、すなわち「致福」のシンボルとして、日本に移入されて、上代の薬師寺や中世の東大寺南大門、等に見られ、さらに『太平記』（＝92）等、著名文藝の中で、「虹梁」または「虹ノ梁」と表現され、その生態・属性を遺憾なく発揮しつつ、空間的壮麗美を打ち出す文藝的イメージ構築にたくましく貢献している。この壮麗さを讃える美意識は、狂言中、「どれから見てもなりのよい御堂」（＝94）構築のファクターとして眺められ、近世に入って仮名草子の『犬枕』（＝95）に「大きで良き物」とされ、絢爛たる歌舞伎の舞台の大道具（「名歌徳三舛玉垣」＝101）の一つに受け継がれていく。

十一　〈虹〉の「衣」文化への潜入の反映のみられる文藝には、(A)＝衣裳型、と(B)＝副飾品・小物型、があるが、(A)は（白鳥処女説話の混入、また溶合した）「羽衣」（＝〈霓〉裳）系説話（＝78_{1}　79　82　93等）があり、(B)の代表格としては浮世草子・浄瑠璃の詞章がある。(B)については、近世、太平謳歌の華やかな元禄時代、西鶴の文藝に〈虹〉の衣文化の反映がみられる。「虹嶋の糸屋帯」（＝98_{2}）、「虹の大筋なる嶋じゅす」（＝98_{5}）、「虹染の抱へ帯」（＝98_{7}）、等である。〈虹〉好きの西鶴としては、「少しは分らしき（色めいた）風情」の表現に〈虹〉の属性としての、ややセクシーな「艶」なるものを匂わす。近松にも「霞の袂　虹の帯」（＝99_{3}）があり、これは太夫の扮粧の麗しさの形容表現である。ここにも麗しさの中に「艶」なるものを見ている。いわば「艶麗」であり、古代感覚の無意識下の薫染である。

因みに、海外へ目を移し、〈虹〉の衣文化への潜入を見ると、(A)衣裳型の「天の羽衣」系より、(B)副飾・小物型は、そのバライアティにおいて著しく、例えば北極圏のエスキモー人の虹詩（＝24）にも「きれいな虹の帯」とあり、シベリアの俗信（＝23）にも「太陽神のコートの縁」と類似表現がみられる。また中東方面の神話（＝30）ではイシュタル女神の「ヴェール」とか「首飾り」もある。近く朝鮮半島の『朝鮮童謡選』（＝26_{2}）には「銭嚢」には「七色虹で縁を飾り　二重の虹で紐つけて」と、また「仙女の衣の」には「仙女の衣の中紐に　七色虹を飾りつけ　二重の虹で縫いとめて」ともある。これらは、日本民俗学にいう「たま」信仰、すなわち神秘的な威力の発揮力を内蔵するもの、として類型的に共通する。「たま」を抱いて深淵に身を潜めていると信じられていた「龍蛇」は、また〈虹〉と同類なのである。よって〈虹〉もその神秘的な威力によって幸福を授けてくれる存在なのである。現代にも通行している〈虹の財布〉などもその片鱗の一つであろう。とすれば、日本文藝にみる〈虹の帯〉には、「艶麗」の下に、さらに「致富・致福力」への期待が秘められてもいよう。

十二　〈虹〉と「旗」との関係であるが、これは日本文藝史上では、『常陸國風土記』76_{1}に見られる。これは「天之鳥琴」・「天之鳥笛」の名に象徴される、高天原の天孫系の民族が、土着の異民族——この場合は、東北の、アイヌ、広くエミシ・土蜘蛛等——を策略を弄し、武力を駆使しつつ、ややユーモラスな、また凄惨に征服していく過程における場面に〈虹〉のイメージを抱く〈虹旗〉が活躍している。この〈虹旗〉は、中国上古を見ると、その「南方」、湖北・湖南の文化を担っているといわれる『楚辞』（＝2）や、南北朝時代に成立した「文選」（＝6－⒁）にも現れているもので

〈虹〉すなわち神威の憑依を示す「天子の御旗」である。龍旗や虹旗と同類である。原則として、美しい五色であったと思われる。（[2]私註参照）（[76]私註再録）管見によると、この〈虹〉と「旗」との記述はこれが日本文藝史上唯一のもので、その後絶えて久しいものである。

十三　和歌（近代以後の短歌をも含む）は、かつて「やまとうた」と呼ばれ、日本人特有の美しい心情を吐露しうる代表的な表現形式として尊ばれ、日本文化の重責を担う「底荷」であるとも言われる。日本文藝史的に見れば、和歌史は連歌・狂歌・俳諧、等を派生させ、さらに物語等散文文藝にも少なからず影響を及ぼしてきた大きな存在である。

そこで〈虹〉（自体）に関して和歌史を鳥瞰すると、数量的にいえば、一口に言って古典和歌史上[注26]はまさに極く「**僅少**」（勅撰八代集中は皆無）であり、近代以後になって一挙にその数を増す。この裏には、（龍蛇、凶祥、妖祥、兵象、不吉、淫猥、等のキーワードが示す嫌悪感に染められていた）マイナスの古代認識があり、ニュートンによって開化された光科学文明の享受によってそれが薄れていく――マインドコントロールが溶解していく――大脳新皮質の力が相対的に強まっていく――過程、すなわち「脱古代化」＝近現代化のプロセスと密接に連繋していよう。

「季」感の問題も、これとパラレルであると思われ、古典和歌史上における〈虹〉は、その萌芽・前蹤は見られるが、近代以降の〈虹〉＝「夏」という固定的俳諧的季語感覚は確立されていない。ジェンダー問題、女流歌人問題（古典中は極僅少）も、ほぼ並行的に推移している。

近代短歌史上では、明星派などに、幻想的・空想的〈虹〉の登場も見られるが、おおむね手堅いアララギ的写生技法による、素直な目がとらえた日本的自然神的美感の結晶[注27]としての作品が多い。また西欧文化の流入した時代を背景としていながら不思議と、〈虹〉を神の啓示・契約として、いわば宗教的心眼によって「不幸のあとにくる希望の象徴」と見る旧約聖書的（キリスト教的）世界観の濃厚に反映したものは見られない。これはその受容が唐突で、従って未熟であったことに基因していたのであろう。

しかし、常民による「昭和の感情史」ともいわれる『昭和萬葉集』を素材として現代短歌史を眺めると、〈虹〉は、心理の深層に眠る古代的民俗意識――不吉・凶祥・妖祥等、また逆に吉祥・瑞祥――の間歇的覚醒と発現と共に、旧約聖書的（キリスト教的）世界観の対象として詠出され、更に知的、心象詠の出現と絡りつつ登場している。これは強力な前衛短歌運動と共に、間口が広げられ必ずしもアララギ的写生技法に拘泥しなくなってきた、という史的背景の影響によるものであろう。

和歌史上における〈虹〉の多詠者、すなわちベストスリーは、その古代的、禁忌的呪縛からかなり解き放たれた近代の三者、与謝野晶子[注28]・斎藤茂吉[注28]・前田夕暮[注28]であり、茂吉・夕暮を〈虹〉の双璧とすれば晶子はその女王である。

〈虹〉の異名とも囁かれた「をふさ」、別表現ともみられる「天の浮き橋」については**四**で述べた通りである。ただその根拠として調査の不十分という憾みは多分にある。

和歌史から派生した俳諧を大観すると、古典（近世）俳諧における〈虹〉は、作品に現れた数自体が、この期以前の文藝に比してやや多くなっている――忌避の度合の減少――と思われることを含めて、質的にも稿者のいう一次的認識（太古的、爬虫類的・蛇的＝動物的認識）によるマインドコントロールからかなり解かれつつあるようである。しかしその属性は、作者の意識・無意識を問わず作品の内深く潜ませている場合もみられるので厄介である。

『俳句三代集』を資料として近代俳諧を眺めると、大正時代より〈虹〉の季語的感覚（超古代的）が定着しはじめるが、一方、プラス（吉祥）・マイナス（不吉・凶祥）の古代の影も深々と射してもおり、これがまた読者に奥行きのある美的世界の享受の喜びを増幅させてくれてもいる。

また同様に和歌史より派生した連歌・狂歌については、おおむね和歌史のそれに準ずるが、むろんジャンル特有の面もあり、これらはその資料の私註に譲る。

十四　数量的にはマイナーであるが、〈虹〉の出現形態としてはやや特殊な〈**月虹**〉も描写・表現されている。（cf. 39$_9$、124－(C)、141、「虹と日本児童文藝B－(3)、(B)－(4)」民俗的感受をも含め、おおむねプラス志向で享受されている。

十五　〈児童〉と日本児童文藝をめぐっての考察は、「虹と日本児童文藝（下）」の「通考」に譲る。大むね大人を対象とした文藝と同様であるが、少し違うのは建設的な教育的使命による面と、「橋」型発想のバリエーションに、子供の喜ぶ「すべり台」型、「トンネル」型、「カーネーション」型（母の日）などが初登場していることである。

十六　古典日本文藝では総じて〈虹〉はそう多くは見られない。極めて少ないといった方がよかろう。しかし、西欧文明の流入を見た近代に入ると、西欧科学文明、ニュートンによる光科学研究の功績の発展上の享受による知的認識により、古代的認識のもつマイナス・イメージ面からの呪縛よりかなり解放され、目からウロコの第三次的認識――「脱古代」的＝〈虹〉をオーロラと並ぶ最高に美しい気象現象とのみ観ずる現代的認識――の発生と共に、文藝上にも〈虹〉表現の多出を見るようになった。

とは言え、一方たまたま〈虹〉に逢着すれば、

虹たつと逢ふ子逢ふ子に告げて歩す[注29]　（川崎）柴田圭子

のごとき、ゆえ知らぬ愉悦的心躍りを感じない人は珍しい。これは本人の意識・無意識にかかわらず、古代的DNAのプラス面の間歇的発現の力、発動によるものなのであろう。

また、近代以降の「文化」を背景とした〈虹〉の文藝では、中国古代文化の影響は薄れて、代って西欧のキリスト教文化（正確には『旧約聖書』[注30]型のプラス指向の〈虹〉文化《これはその奥の奥に、太古的認識のプラス面＝雨をもたらす↓生命の豊穣↓虹脚埋宝・吐金信仰↓致福》を宿す）の影響が色濃く見られ、その結果、瑞祥－苦難のあとの希望の象徴として、夢見るようなローマン的至福感を形成し、文化として昇華され、それを伴った認識・享受による表現作品が、かなり普遍的に、市民権を得たかのごとく広く見られるようになったのである。

☆

自然界の〈虹〉は「水」の存在しない所には決して顕出ない。気の遠くなるような遥か大昔の古代人も、経験的にそれを知っていた。〈虹〉が天から水を飲み[注31]に河川や井泉や水甕、等に天降ったり、旱魃の時[注32]、人々は「雩」祭というお祭りをして雨乞いもしていた。「雩」は〈ニジ〉のことである。

地球上に〈虹〉がたつ――という気象現象は、（わずかながらも

氷塊の存する火星(注33)等を除けば）地球が「太陽系唯一(注33)の豊潤な水惑星である」という、いわば自然的宇宙神よりの測り知れないほどの有難さをもつ賜物によるのである。鬼才・ニュートンの〈虹〉の光科学も、当然その前提の上にたっている。かく、人類、否、地球上の生命体にとって極めて大切なこと――致福観――を、思い起こさせ再認識させてくれるのが〈虹〉である。

その〈虹〉を感動をもって享受し、表現した、その結晶としての文藝作品を、読み、味わい、イメージし、作者の感動を追体験することによって、人は心に、消えることのない、たとえ一旦消えたとしてもいつか再びたつであろう〈虹〉を感受することになる。その結果、自然の恵みへの感謝と、あまりにも神秘的な美しさゆえの畏怖感と同時に、わが未来の生へのローマン的希望を内蔵する陶酔的なまでの至福感を抱くに至るのである。それは永遠の平和を希求する祈りの心とも重なって……。

かく、自然の〈虹〉と文藝上の〈虹〉との甘美な相関関係の中に、地球存亡の危機をもささやかれる今日、重大な環境問題――自然保護の大切さの覚醒とその認識をベースとした運動――とも絡まりつつ、人類の運命をも左右する一つの、金の鍵が秘められているように思われる。

これは、かの高名な『旧約聖書』（＝29_1）の〈虹〉観ともはからずもみごとに底通するものなのである。

（注1）「虹と日本文藝（八）――比較研究資料・通考――」。
（注2）「虹と日本文藝（八）――比較研究資料・通考――」。
（注3）「脱古代化」については、「虹と日本文藝（十五）」の「分析・考察」中に詳述。
（注4）「虹と日本文藝（八）――比較研究資料・通考――」。
（注5）「虹と日本文藝（十）」中48（＝『塵袋』）。
（注6）「虹と日本文藝（十二）続」中の85_1（＝『源氏物語』、「虹と日本文藝（十三）」中の90（＝『平治物語』）、91（＝『平家物語』）から敷衍されて「虹と日本文藝（十七）」の『昭和萬葉集』中の、109、59、98、114、101、17、102歌、等。
（注7）「虹と日本文藝（九）」。
（注8）「虹と日本文藝（十二）」。
（注9）「虹と日本文藝（十二）続」中、85_4。
（注10）『新古今和歌集』38「春の夜のゆめのうき橋とだえして峰にわかるる横雲のそら」（『新編国歌大観』）。
（注11）「虹と日本文藝（十六）」中、(B)－(61)・(62)
（注12）「虹と日本文藝（十五）」資料(7_1)(7_2)。
（注13）「虹と日本文藝（十二）」83私註〔考〕。「虹と日本文藝（十五）」の「分析・考察」十一。
（注14）「虹と日本文藝（十二）」中「参考」。
（注15）〈参考〉　言語社会学者・鈴木孝夫氏よりの稿者宛の私信（平成十七年四月十五日）によると「幕末に司馬江漢がオランダ書から学んで広めたのが初めてのようです」とある。（※傍点は稿者による。司馬江漢（一七四七～一八一八）は「江戸後期の洋風画家。蘭学者。洋風画の一般への普及に貢献した。その一方、天文・地理など西洋の自然科学を紹介。……」《『日本歴史大事典』2、平12、小学館》。岡村良通の随筆『寓意草』（＝100）の時期とほぼ一致する。）
（注16）「虹と日本文藝（十三）」中「参考」。
（注17）その歌詞に、例えば
「ロマンス航路」（昭和25年、島田磬也作詞）の第二連
可愛い人形は　あの娘の形見／せめて想い出　抱いてゆく
名残り惜しめば　ホワイトデッキ　波に五色の虹が立つ

あゝバイバイ　さようなら　ロマンス航路
「花のロマンス航路」（昭和30年、吉川静夫作詞）
　青いしぶきか　五色の虹か／若い希望の　胸に散る
　海はゆりかご　夢見る港／あゝ美わしの　美わしの君と行く
　花の　花のロマンス航路

がある。　（※〈虹〉は多出。ただし他の色数は「七」。）

（注18）第Ⅲ章「虹と日本文藝――近代歌人の〈虹〉歌とその表現――」A・明星派・「与謝野晶子」。

（注19）「虹と日本文藝（十三）」中[93]（＝『謡曲羽衣』）、「虹と日本文藝（十二）」中、[82]の（注5）等（「龍宮」）、[84]（＝『宇津保物語』）、「虹と日本文藝（十八）」中、(10)（＝「雨龍」、「虹と日本文藝（十六）」中、[B]－(63)（＝「天の龍駒」）、「結章」中、（注17）（注18）の記載歌（実朝・晶子）、他。

（注20）「虹と日本文藝（十一）」中[71$_4$]（＝『古事記』）、「虹と日本文藝（十一）続」中[78$_1$]（＝逸文『丹後国風土記』）・[79]（＝逸文『近江国風土記』）、「虹と日本文藝（十二）」中[82]（＝『竹取物語』）、[84]（＝『宇津保物語』）、「虹と日本文藝（十三）」中[93]（＝『謡曲羽衣』）、他。

（注21）　建暦元年七月洪水漫レ天土民愁歎せむことを
　　思ひて一人奉レ向二本尊一聊致二祈念一
時により過ぐれば民の歎きなり八大龍王雨やめ給へ
（『金槐集』）

（注22）世はなりぬ龍女が梭のねもひゞきくがより海のなつかしき日と
（与謝野晶子『常夏』・『明星抄』）

（注23）　Ⅰ：「出現」の表現・表記
a_1＝たつ　a_2＝顕つ　a_3＝立つ　a_4＝わきたつ　a_5＝立ち匂ふ　b_1＝ふく　b_2＝ふきわたす　b_3＝吹き出す　c_1＝出づ　c_2＝出る　d＝咲き出す　e＝あらはる　f＝にじむ　g＝つくる　h＝吐（は）く　i＝見そむ　j＝彩る　k＝起る　l＝むすぶ　m＝生（あ）る　n＝さす　o＝かける　p＝湧く

Ⅱ：「出現」と「存在」の両意を含む表現・表記
a_1＝懸（か）かる　a_2＝かけ初む　a_3＝懸けわたす　b＝かかぐ　c＝またぐ　d＝引きわたす　e＝引っ張る　f＝染めわたす

Ⅲ：「存在」の表現・表記
a_1＝あり　b＝見ゆ　c＝澄める　d＝匂う　e＝たな引く　f＝反（そ）る　g＝むかふ　h＝つづく　i＝とわたる　j_1＝立そふ　j_2＝なごり立ちそふ　k＝のこる　l＝うつろふ　m＝ほど（解）く　n＝もえる

Ⅳ：「消滅」の表現・表記
a_1＝消（き）ゆ　a_2＝きえ懸る　b＝たゆ

（注※Ⅰ－P＝「若人の春」（門田ゆたか作詞）、Ⅲ－n＝「憧れは馬車にのって」（清水みつる作詞）……歌謡曲）

（注24）「後漢の高誘は『兗州、之を虹と謂ふ』といひ、虹という言葉は、もともと兗州即ち今の河北・山東方面の方言であったと見てゐる（呂氏春秋季春紀注）。」（森三樹三郎著『中国古代神話』（昭44、清水弘文堂）

（注25）「虹と日本文藝（十三）」中[92$_1$]私註〔考〕、[92$_2$]私註〔考〕、[92$_3$]私註〔考〕。

（注26）「虹と日本文藝（十五）」。

（注27）近代短歌の集大成ともいうべき『新萬葉集』の調査による。（「虹と日本文藝（十六）」。

（注28）第Ⅲ章「虹と日本文藝――近代歌人の〈虹〉歌とその表現――」A・B。

（注29）『朝日新聞』（昭和58年6月16日）丹羽麦舟選「あいち柳壇」中。

（注30）「虹と日本文藝（六）――比較研究資料私註(6)――」中[29$_1$]。『新約聖書』（＝[29$_2$]）もその思想は『旧約』の延長線上にある。

（注31）「虹と日本文藝（一）――比較研究資料私註(1)――」中[1]私註〔考〕中『説文』。「前同（二）」中[5₃]（＝『漢書』）、「前同（三）」中[12₁]（＝『太平広記』）、等。

（注32）「虹と日本文藝（一）――比較研究資料私註(1)――」中[1]私註〔考〕中（注2）。

（注33）欧州宇宙機関（ESA）は探査機マーズ・エクスプレスによる像の解像によって、勿論、地球ほどの規模ではないが、火星にもわずかに氷塊の存することを報道した。（平成17年7月29日『朝日新聞』夕刊）

※本書の出版に関し、助成金を交付していただきました椙山女学園に対し、心より感謝の意を表します。

あとがき

十数年にわたる〈虹〉資料渉猟の旅をひとまず終え、その鳥瞰を得て、今ほっとしているところである。振り返って見ると、途上、多くの方々より貴重な御教示、また暖かい御援助や励ましの御言葉をたまわったことが想起される。これらを心に銘記しつつ、ただただ菲才の身、深謝して頭を垂れるばかりである。

壮大なテーマと構想を秘めたこの「虹と日本文藝——資料と研究——」には、少々比較文化的視座をも参入させてみたが、それは背景となる文化・社会・科学等と深く広く学際的・横断的に結びついて、没我の境地に誘うべく興味津津たるものであった。また、それによって幾度か、日本文藝の世界に新しい風景が見え隠れしたのにもハッとさせられた。そして、その表現のもととなっている〈虹〉認識の問題は、（わずかな氷塊を抱くという火星等を除いて）太陽系唯一の青い水惑星である地球、その上に棲息する人類、否、生命体の総ての運命とも絡まる、カレントな環境問題をも包み込んでいく重いテーマであるが、いかんせんそれはまだ緒についたばかりである。本書がその捨て石の一つともなれば幸である。今後、学界での実り多き成果とその発信を庶幾かつ待望しつつ、ひとまず予祝・自祝の杯をあげたいと思う。

川淵に水浴びしのち見し虹の大きかりにし遠き夏の日

荻野晴雨

大和ことば《現代》　にじ・ニジ・虹　niji

琉球（沖縄・南島）ことば　nuji

アイヌことば（札幌・帯広）　rayóci

〈参考〉　天の浮橋　をふさ　たちもの

Ⅸ　エスペラント語　ĉiel−arko

（注1）Moon Bow　月虹＝満月の夜，月と反対側に出る〈ニジ〉のこと。

　これが見える条件を満たす地域は，ハワイとサイパンだけといわれている。現われるのは，１月から３月の雨期で，満月の前後３日間くらいという。その時、山に雨雲がかかり，貿易風が山に吹きあたり，かつ満月が雲の裂け目から顔を出し光り輝くとき，月の反対側にたつ。瑞祥。吉兆。

　ハワイ語の Na Pu Nakori は〈神聖な虹〉の意。

　（1992－３－17，９：00 PM～　CBC テレビ「ギミア・ブレイク」にて放映）

・ラオス語	n. huıng^{5} gı:n^{1} na:m^{5} ຮຸ້ງ ກິນນ້ຳ
タイ語派	
タイ語	
・タイ語	(h)roongi รุ้ง
Ⅴ　マライ・ポリネシア語	
インドネシア語派	
・インドネシア語	Pelangi, biang–lala
・マライ語	Pelangi, benang radja
・タガログ語	*bahaghari, bala–ngáw.*
・パラオ語	orrekim
・ヤップ語	qachew, ragim
ポリネシア語派	
・ポリネシア祖語	anuanua
・ハワイ語	anuenue Na Pu Nakori（注1）
ミクロネシア語派	
・マーシャル語	iia, jemāluut
・プロアナ語	rakim
Ⅵ　アウストロ・アジア語族	
・ベトナム語	câu vông
Ⅶ　セム語族	
西セム語派	
・ヘブライ語	קֶשֶׁת
南セム語派	
・アラビア語	أقواس قزح قوس قزح qaws qozaḥ　sqwās qozaḥ
Ⅷ　諸語	
アフリカ諸語	
バンツー諸語	
・スワヒリ語	upindi wa avua
極北諸語	
・エスキモー語	Chaw'ne　Too loo'muk　Oov Wan'uk
朝鮮語	*무지개 mudʒigæ
日本語	
大和ことば《古代》	努自　noji

• ウェールズ語　　enfys

ゲルマン語派

北ゲルマン語

• アイスランド語　　regn−bogi,　dal−regn

• ノルウェー語　　regn−bue

• スウェーデン語　　regn−båge

• デンマーク語　　regn−bue

西ゲルマン語

• ドイツ語　　Regen−bogen

• オランダ語　　regen−boog

• 英語　　rain−bow

Ⅱ　ウラル語族

フィン・ウラル語派

• フィンランド語　　sáteen kaari

• ハンガリー語　　szivár vány

Ⅲ　アルタイ語族

チュルク語派

• トルコ語　　gök kuşağı

Alkim

• キルギス語　　ケムピルヌィン・クサグィ（cf. 22₁）

モーコ語派

• モーコ語　　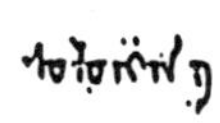（縦）（cf. 22₁）

ツングース語派

• 満洲語　　Nioron

Ⅳ　シナ・チベット語族

中国語派

• 北京官語　　虹蜺（霓）hóng ní

《口語》　　虹　ga`ng,　jìang

他　　資料21参照

蝃蝀　隮　濕　挈貳　蛪示　[illegible]　雩　蝱蜺

颶母　気母　[illegible]　蝎　天弓　天忌　絳氛

紅橋　彩橋　玉橋　水椿　旱龍　挂龍　暈

析翳

チベット・ビルマ語派

• チベット語　　གཞའ་ཚོན gzha' tshon（g'shah—）

འཇའ་ 'jha'（hjah）

四三三

世界〈ニジ〉語彙（抄）表

I　インド・ヨーロッパ語族	
インド・イラン語派	
インド語	
• サンスクリット語（梵語）	indra–dhanus इंद्रधनुस् 帝釋宮
イラン語	
• 現代ペルシア語	قوس قزح qo͡use qazah.
アルバニア語派	
• アルバニア語	ylber
スラブ語派	
南スラブ語	
• ブルガリア語	duha
• ユーゴ語	duga
西スラブ語	
• チェコ語	duha
• ポーランド語	tęcza
東スラブ語	
• ロシア語	páДyra
ギリシャ語派	
• ギリシャ語《古代》	ἶρις,
• ギリシャ語《現代》	ουράνιο τόξο
ロマンス語派	
• イタリア語《古代》ラテン語	arcus–plūvius arcus–coelestis
• イタリア語《現代》	arco–baleno
• スペイン語	arco–iris
• ポルトガル語《中世》	arco–do–ceo
《現代》	arco–iris
《ブラジル》	arco–da–'velha
• フランス語	arc–en–ciel
• レト・ロマン語	artg
• ルーマニア語	curcubeu
ケルト語派	
ゲーリック語	
• スコットランド語	bogha–frois
ブリタニック語	

著者略歴

荻野恭茂（おぎの　やすしげ）

1937年　広島県に生まれる。
1961年　慶応義塾大学法学部卒業。
1963年　慶応義塾大学文学部卒業。
1967年　名古屋大学大学院文学研究科修士課程修了。
2000年　文部大臣教育功労表彰を受ける。
現　在　椙山女学園大学教授。和歌文学会会員。表現学会会員。
　　　　日本児童文学学会会員。
著　書『新萬葉集の成立に関する研究』（1971，中部日本教育文化会）
　　　『新萬葉愛歌鑑賞』（1978，中部日本教育文化会）
　　　『中河幹子の歌』（1981，笠間書院）
　　　『与謝野晶子「明星抄」の研究』（1992，桜楓社）
　　　『歌人の京都——風土と表現——』（1998，六法出版社）
　　　『東西南北／みだれ髪』〈共著〉（2000，明治書院）

椙山女学園大学研究叢書26

虹と日本文藝——資料と研究——

2007年２月28日　初版発行（300部限定）

著者　荻　野　恭　茂

発行　株式会社 あるむ
〒460-0012 名古屋市中区千代田3-1-12 第三記念橋ビル
Tel. 052-332-0861　Fax. 052-332-0862
http://www.arm-p.co.jp　E-mail:arm@a.email.ne.jp

印刷　松西印刷　　製本　渋谷文泉閣

ISBN978-4-901095-79-2　C1095